Faust

浮士德

一部悲剧

第二部

［德］歌德 著

谷裕 译注

商務印書館
创于1897 The Commercial Press

图书在版编目（CIP）数据

浮士德．第二部 /（德）歌德著；谷裕译注．— 北京：商务印书馆，2022（2025.8 重印）
ISBN 978－7－100－20371－5

Ⅰ．①浮…　Ⅱ．①歌…　②谷…　Ⅲ．①诗剧—剧本—德国—近代　Ⅳ．①I516.34

中国版本图书馆 CIP 数据核字（2021）第 188522 号

浮 士 德
第二部
〔德〕歌德　著
谷裕　译注

商 务 印 书 馆 出 版
（北京王府井大街 36 号　邮政编码 100710）
商 务 印 书 馆 发 行
北京中科印刷有限公司印刷
ISBN 978－7－100－20371－5

2022 年 1 月第 1 版　　开本 880 × 1230　1/32
2025 年 8 月北京第 3 次印刷　　印张 23⅞

定价：120.00 元

译者序

自上世纪二十年代，郭沫若译竣《浮士德·第一部》以来，歌德的《浮士德》，包括全译和选译，陆续至今，已有十数种译本。惜自初译，时光荏苒，已近百年，有关《浮士德》的研究仍未真正展开。已有的种种，或多限于第一部，或笼统而谈，大凡围绕几段格言警句，固着于“浮士德的进取”“浮士德精神”等程式，未脱窠臼，得以拓展。

之所以徘徊不前，盖因《浮士德》很难读懂，第二部则尤甚。第二部主体作于 1825 至 1831 年间。歌德生于 1749 年 8 月，卒于 1832 年 3 月，如此算来，第二部是歌德 76 至 82 岁间的创作，浓缩了其毕生实践和思考。第二部上演“大世界”，即公共领域事物，涉及广泛，政体形式、经济金融、学院学术、历史更迭、军事作战、围海造陆、海外劫掠等，被悉数搬上舞台，囊括歌德时代乃至整个近代史上，德国和欧洲的重要事件。且人类社会景象，又与其时自然科学类比映照，如以火成说、地震、地质地貌学原理比照革命；以炼金术古法杂糅无机化学，制造人造人；以气象学关于云的分类，映衬层层向天界飞升。歌德时代繁荣的人文科学话语、科技手段、对古希腊的考古发现，亦无不蕴于其中。

一言以蔽，《浮士德》，尤其第二部，非美文学也，若不具备相应知识，无好的德文注释版参照，不进行纵横研究，则甚至不知台词所云，继而难以把握对它的移译。既无贴切的译文，则无怪研究不曾深入。此其一。

另一阻碍之处，在于《浮士德》的戏剧形式。《浮士德》是一部以诗写成的戏剧，标有丰富的舞台提示，歌德作之，以为上演之用。然《浮士德》并非一部剧，而是很多幕、场，自成一体，自成一剧。就第二部来讲，名为五幕，实非古典戏剧意义上的五幕。且间有唱段、歌剧、舞蹈、双簧、哑剧等多重舞台表现形式，台词与表演关联，若非观看演出，实难解其意。此其二。

有碍于此两大难处，加之客观条件缺失，任前辈或同侪如何潜心移译，都难免力所不逮。幸好 1994 年，有德国资深《浮士德》注者、哥廷根大学教授薛讷先生，出版详尽《浮士德》注释版，至 2017 年，已修订至八版；2000 年，施泰恩导演，一改唯上演第一部的惯例，倾力把第二部全本搬上舞台，终使人一睹《浮士德》之人间大戏的全貌。

基于新注与全本演出，2012 年，受当日德方导师、德国波鸿大学的克鲁斯曼教授（P. G. Klussmann, 1923—2019），并北京大学《浮士德》研究前辈范大灿先生，并刘小枫兄鼓励，尝试边讲授《浮士德》，边对之进行注释。一则出于自身的好奇，一则出于我专业和职业的本分。然甫一行动，便遇到麻烦。当时拟定用郭沫若译本。因众译本中，数郭译最为传神，文采斐然，为国内《浮士德》读者熟识。麻烦出在，郭译多为化译，注释时难以找到对应的文字，几乎每一处都要再行译出原貌，并辅以说明。几段下来，页面已模糊一片。那哪里是助读，分明是给读者再添杂芜。

于是不得已，只得硬着头皮自译。积年累月，久而久之，遂成今日的试译本。因尝深憾第二部既重要，却难懂，继而常被忽视，故而先从第二部入手。译文不才，唯勉力照顾以下两点：

一曰力求信实。亦为注释之故。舍此，所注之词之内容，则无着落。化译固然好，读之畅然，但也有罔顾西人之特殊文化及思维方式之嫌，妨碍切实领悟西方文明之精髓。大如以儒释道概念转译基督教概念，小如以言情美文化译据实文字，美则美矣，但终于理解西方无益。

二曰力求符合原台词风格，亦即符合人物角色、舞台场景。《浮士德》戏词供舞台演出之用，需得上口。其剧出场人物众多，层次丰富。上到帝王，下到市井小民；上到天使，下到女巫；上到众仙，下到魑魅魍魉。就戏剧形式，有肃剧、滑稽剧、笑闹剧，有多至几十人的大众剧，有三四位演员上场的古希腊羊人剧。就诗歌形式，有拟古的古希腊双三音步无韵体，有类似顺口溜的俗物。大雅与大俗，考究与粗鄙间，歌德风格变换，张弛有度，应对有余。

然不少译文，却无视角色场景，见诗便一意求雅，令鬼魅口占词赋；或一韵到底，让个天使口吐打油诗；更或令丑角梅菲斯特，文绉绉地说他的谐谑打诨之语，一本正经地道白他本阴阳怪气的台词。如此反淹没了原剧的语言层次，泯灭了匠心和情致。然则如郭译一般，尤至各类颂歌处，以诗经楚辞等古体诗，如影随形，实我辈功力不逮。只有据实移译，求平实易懂，行有余力，略及韵律。但实际上不过是诗行形式的散文。诗行长短大略比照原文。

诗歌有格，常见如抑扬格、扬抑格、抑扬扬格、扬抑抑格，略相当于我们的仄平、平仄、仄平平、平平仄等，是诗行中一个小单位；诗歌有律，常见如四音步、五音步、六音步等，就是要数一下，一个诗行中有几个格律的小单位；诗歌还有韵，常见如对韵、交叉韵、环抱韵、无韵、孤韵等。再由格律韵不同组合，有时还配以特殊内容，构成不同的诗的体例、体式。每一种诗体又有其发源、传承、文学史背景。所以，单是诗歌形式，就承载很多信息。就诗歌而言，形式与内容不分表里。人物角色，其身份（国王、百姓、天使、魔鬼）、所处历史时代（古希腊、中世纪、歌德时代）、色彩（诙谐、严肃、刻板）均可从其使用诗体体现出来，或者说，对于不同角色、场景，作者均会配以相应诗体。——可惜，由于中西语言差异之故，原文这一层艺术特色，几乎无法在汉语中体现。

本试译本之注释、说明、简评等，主要参考薛注。薛讷以庞大学术团队，借之现代电子科技、信息技术，以内证充分、原始和研究文献全面著称。然凡注释，皆不免关系注者本人立场，个别地方窃以为有待商榷，尤其涉及观察视角与文化差异之处；又兼收汉堡版注。汉堡版注，出自薛讷师辈，秉承思想史传统，语言紧凑，凝练厚重；同时辅以专题研究文献，辞典百科。然而，德国学者的注释，多针对德国学界，对于德国读者耳熟能详的部分，则不再赘注。根据经验，恰好常常是这部分成为我们的盲点。故而我根据自己的判断，加入不少德文注释版未录、但约莫对我等异文化语境中读者有所助益的简注。考虑到可读性，力求言简意赅。又借诗行之优势，采用边注。边注容不下者，或需扩展说明者，则置入脚注。注释以知识性解说为要。

每场幕前置简要“说明”，是为题解，及对成文史、情节、诗歌戏剧形式的简要说明。大多场幕后置“简评”，摘要该场幕所涉问题，追加评述。原剧中舞台提示用仿宋体给出；边注用小号字；边注容不下，或对名词、概念的解释，均置入脚注。

本注释有意矫正几个误识。其一针对歌德的德国性，突出歌德是德国的，更是欧洲的，处于欧洲文学文化传统。若抱着其德意志性不放，则无法面对和把握《浮士德》的格局。毋庸说歌德时代，现代德意志国家尚未形成，其作品所涉中世纪及近代史，亦尽属欧洲框架，更何况其间充盈的欧洲文学程式、与欧洲古今文学的对话。

其二，德国某些现代学人，惯爱以启蒙之后的视角，审视启蒙时节、启蒙之前的事物，造成解释上的错位。就《浮士德·第二部》来讲，即是典型的巴洛克遭遇了启蒙：呈现大千世界、人生百态，遇到了玄想和思辨；公共领域、政治生活，遇到了私人领域、个体情感。其结果，必是以牺牲《浮士德》剧的公共性、多样性，并阉割其中诙谐幽默的“玩笑”（歌德自言）为代价。直至一部剧，成为无趣解释者生发空洞思辨的机缘。吾人又图省事，不分青红皂白，照单收之，将错就错。殊不知，读《浮士德》，盖如读《红楼梦》，实不在于概括什么、提取什么，而在于进入那个世界，体味细节中的诗文之美、布局之精妙、人生之意趣、人类处理公共事务的愚昧或智慧。

其三，歌德固富思辨，但绝不囿于思辨。其思辨与其时唯心主义哲学不同，皆建立在磅礴的事实、史实、现实、知识之上。割舍剧作对后者的呈现，无异于沙漠鸵鸟，得《浮士德》十不及一。譬如，《浮士德》中的海伦剧，过去一度称之为“美的悲剧”，实则三场分别贯穿古代特洛伊战争、中世纪十字军东征、19 世纪上半叶希腊反抗土耳其之解放战争。歌德自称其浓缩了三千年历史。所谓“美的理念”则只字未提。若仅专注于理念，则不读《浮士德》、不观看其演出也罢，不如径直去读理论。

其四，遇有阐释分歧，则简列某说要义。至于生发辨析，本见仁见智之事，故留待学人读者自行深究。而阐释分歧，就《浮士德·第二部》而言，确不在少数。盖因第二部，涉及当时代重大政治历史事件，或许迫于时局，或为避笔墨官司，又或畏遭激进者诟病，如针对革命与复辟、进步与保守、新与旧等敏感问题，作者显然在迂回，遮掩立场，多取隐微写作。这便造成意象模糊。加之，值新旧交替之时，个人面对时代、面对自我，在抉择取舍间徘徊犹豫，乃人之常情，老年歌德似亦概莫能免。凡此，均为基于不同立场的阐释，留下充足空间。

然若欲会心歌德本意，则需通本考量，反复琢磨；需启动基本语文学方法，遍历各手稿、补遗、版本，同时辅之与自评、书信、谈话乃至其他作品间的互证；需沿歌德的知识储量，钩沉致远；需透析时代格局；需以当时代思想潮流反观。无论进入哪一项，都仿佛跃入一个深不见底的无底洞。故而，《浮士德》的移译、注释，需要代代学人，薪火相传，非某一人之为可以担当。

"有朝一日，若所有的文学都从世上消失，人们或可以此剧重建之。"在 1804 年 1 月 28 日致席勒信中，歌德如是赞美卡尔德隆的剧作。然诚如薛讷所言，"但凡可以充分理由，如此评价世界文学中某部作品，那恰恰非歌德自己的《浮士德》莫属"。《浮士德》的诗歌戏剧形式、语言修辞，无所不包，后世足可以之重建文学大厦。然又何止于文学。《浮士德》之从古代近东、古希腊，经由中世纪，至歌德时代，从正统政治秩序到民俗野史，亦无所不包，沿其轨迹，亦足可以之复原半部西方文化史。

由是观之，译者也好，注者也罢，必得达到与歌德等量齐观的学识和思想，方可不辱这部经典之经典，不朽之名著。常人既无法企及，则只有勉力为之；既勉力为之，则难有止境。虽然感到，厮磨日久，会渐渐生出与作者间的某种默契，某种不可言传的心有灵犀，但仍无需隐讳，《浮士德》中有无数地方，系我一己之学力、思力、笔力，无法达至。另者，原剧中自有众多多义及隐秘之处，我亦不敢妄作刺探。因那本就是歌德的奥秘，宇宙和人生的奥秘。值此之处，译文只给出字面意思。余者恕以敬畏之心，缄口沉默。

既深知自己之浅薄，故言“试译”。歌德老人家直至去世前一月，还在亲听朗读，亲笔修订；薛讷老先生在23年间，增补修订7次。据此，吾辈之《浮士德》译注，注定是一次次锲而不舍的尝试。若以《浮士德》终场作类比，则大概大凡《浮士德》译注者，将莫不在歌德及学界前辈牵引下，经历一个层层上升的过程。

《浮士德》剧所演绎的，终是人的雄心与局限之悖论。此番译注工作，令我对之有了切肤之感。因能力实在有限，拙译注定错误百出，所安慰者，或可以此片砖寸瓦，抛砖引玉。若幸得指正，哪怕一字之教，将不胜感激。毕竟，译注经典，是所有学人之共同事业。

2020年12月24日于京郊西二旗

目录

第一幕

本幕说明

第一幕共分七场：风光旖旎之地、皇帝的行宫、宽敞的大厅、林苑、幽暗的回廊、灯火通明的过厅、骑士厅。1827年中开始创作。6036行之前的部分，曾于1828年，随“亲定版”一道出版。余者各场，幽暗的回廊最后完成。全部于1830年完成。1832年与第二部一起出版。

第一场风光旖旎之地构成两部之间的过场，衔接第一部格雷琴剧的结尾与第二部开场。歌德运用“长眠”这一艺术手法，令浮士德在大自然中、在精灵歌声的催眠下，借月夜长眠，来忘却过去，迎接曙光和新生。

第二场随即转入皇帝的行宫。据手稿显示，作者原本设计了更为周密的过渡，以交代情节发展的逻辑关系、人物内心变化等。其之放弃，表明第二部已不再围绕个别人物或事件展开。

皇帝的行宫、宽敞的大厅、林苑三场的核心情节是：值狂欢节前夕，皇帝在金銮宝殿召开帝国会议，听取军务、财务、内务大臣汇报工作，发现帝国陷入危机，主要是财务危机。继而是盛大的宫廷狂欢节假面联欢。与此同时，梅菲斯特借喧嚣之机，施魔法制造纸币，并骗得皇帝签署。果然药到病除，各方危机均得缓解。

幽暗的回廊、灯火通明的过厅、骑士厅三场，围绕招魂海伦展开。继大变纸币之后，皇帝责成浮士德，变出古希腊美女海伦，娱乐宫廷。实际上是一场借用歌德时代流行的魔灯（类似皮影戏、现代幻灯）技术，上演了一场剧中剧、招魂戏。

本场说明

风光旖旎之地是连接《浮士德》第一、二两部的过场。浮士德在大自然中、在精灵的催眠下，进入沉睡。他借长眠忘却了过去，迎来曙光。对于上部结尾的悲剧，浮士德并未意识到自己的罪过，未表现出忏悔。充满神恩的大自然赋予了他新生。

辞旧和迎新，亦有其象征意义，预示第二部将发生转折，戏剧形式和主人公形象，都将以新的面貌出现。

风光旖旎之地

浮士德卧于鲜花绿草丛中，疲惫、不安、倦怠。

日落黄昏。

众精灵体态纤小而优美，飘然浮动。

爱丽儿[1] 唱，风琴伴奏

原文四音步扬抑格交叉韵。

当繁花如春雨
纷然飘落大地，
当野田回绿的福泽
向芸芸众生闪烁，

春天给万物众生带来新生。

小精灵便慷慨上路
四下里奔走相助，
圣人欤？恶人欤？
不幸者均得眷顾。

圣人、恶人，精灵都给予安慰。

对众精灵。他，指浮士德。原文抑扬格，韵脚富变化。

请绕他的头在空中盘旋，
请亮出精灵高贵的手段，
抚平他心中惴惴的不安，
拔除谴责他的灼热毒箭，

---

[1] 莎士比亚《暴风雨》中“缥缈的精灵”，从朱生豪译“爱丽儿”。在《浮士德·第一部》瓦尔普吉斯之夜的梦一场也曾出现。在本场担任领唱。

洗净他内心经历的梦魇。
漫漫长夜分为四个时段，
赶快友好地去把它们填满。
先把他的头置于清凉的枕垫，
再用忘川之露为他洗浣，
他僵硬的四肢随之舒展，
元气满满在破晓前安眠；
且去把精灵的美差完成
让他重见神圣的光明。

格雷琴悲剧。

每时段 3 小时，古罗马巡夜习惯，略相当于更次。

命精灵陪伴浮士德度过四个时段。

指一更时让浮士德入睡。

忘川河化作露水。言二更主忘却。忘却旧痛，获得新生。

三更主舒缓、解脱。

四更恢复体力，安详睡去。

众精灵 独唱、二重唱、多重唱，分声部轮唱，齐唱

当暮气蒸腾漫卷
茂林环绕的平川，
黄昏便把甜香与
雾霭降落到人间。
心儿静卧在摇篮，
轻诉甜美的平安；
在这位倦者眼前
白昼的大门闭关。

原文同爱丽儿唱段，四音步扬抑格交叉韵。

共四段，分写四更。本段写一更。日落黄昏，倦者即将入睡。

黑夜已悄然降临

本段写二更。夜色已深，安静入眠。

繁星神圣满布苍穹，
大如炬，小如点，
远近飘忽兮闪动；
在下倒映在湖面，
在上闪耀在晴空，
月之华光笼罩天庭
承诺着幸福安宁。

时辰似水流觞，
本段写三更。长眠者将康复。
痛苦幸福两相忘；
知否！你将痊愈；
以长眠疗伤，行将治愈。
要相信新的曙光。
白昼将临。
幽谷绿，青山涨，
草木静谧撒阴凉；
春种秋实兆丰收
秀穗滚滚翻银浪。
如获丰收。

为达无尽的愿望
本段写四更。即明。
请看天边的霞光！
你尚裹着蒙眬睡意，
将醒。
睡眠是外壳，把它褪去！
睡眠像果壳，浮士德裹在里面，治愈，成熟。

任众人踟蹰不前
你切莫不敢放胆；
识时务而敏于行，
君子盖无所不能。

> 敢于再度行动。

隆隆巨响，宣告太阳将至

> 按古人想象，日出日落伴有巨响。

爱丽儿

听！时序女神在呼啸！
对于精神之耳
新的一天隆隆来到。
石门咯吱吱裂开，
福玻斯的车轮戛戛而来，
光伴着怎样的巨响！
鼓声旁旁，号声锵锵，
二目玄黄，双耳震荡，
天耳不开听不到声响。
请诸位快溜进花冠，
悄悄藏身，越深越好，
躲进山石，躲到叶下；
一旦听到，双耳不保。

> 时序女神掌管时辰和季节，负责开关天门。
>
> 有精神之耳的人方可听到宇宙的声音。
>
> 太阳神驾车而出。
>
> 令小精灵躲藏，恐其受不了巨响。

此为浮士德在第二部的开场独白。浮士德因精神之耳听到日出的巨响而苏醒。五音步抑扬格。[①]

获新生，准备踏上大世界之旅。

浮士德

生命的脉搏重又有力地跳动，
温和地向苍穹中的朝霞致意；
大地啊你这夜依旧稳固无比，
在我脚下精神焕发地呼吸，
你又开始饶有兴致把我拥抱，
你催发和触动我坚定的决意，
向着最高的此在不断进取。[②]——
晨曦中世界已然被开启，
林间传来生命的千万声鸣啼，
雾气流入山谷，复又荡出，
哦天空的明朗渐渐伸向谷底，
树上的枝丫，充满生机，在芬芳
的山涧从蜷缩的熟睡中展放；
自山脚五颜六色依次排列，[③]
滚颤的露珠在鲜花绿叶滴淌，

---

① 此处独白前两段仿但丁《神曲》，用三行诗的韵脚（aba，bcb，cdc…），拟阔步前行，庄严激昂，整部《浮士德》仅此一处。后两段用交叉韵。

② 手稿中原文，immer fortzustreben，强调不断重新开始，19 世纪末被改为 immerfort zu streben，强调逐级上升。

③ 伴随日出，由山峰到谷底依次被照亮，颜色逐渐变化。符合歌德的颜色学：光为一体，颜色由明暗变化而来。

我的四周变成了人间天堂。

抬头仰望！——巨人般的群峰
已在宣告最壮美时刻的来到；
它们有幸早享永恒之光照耀，
那光随后才会降临我们身上。
此刻它正给阿尔卑斯山坳的绿茵
送去崭新的光辉与明朗，
并由高向低层层推进照亮；——
她喷薄而出！——惜已令我目眩，
无奈带着灼痛的双眼，转向一边。

1797 年歌德瑞士之行印象。

太阳即将喷薄而出。

日出先照亮群山之巅。

由高到低逐次照亮，仿佛白昼战胜黑夜。

太阳过亮，无法直视。

永恒之光（神）不可直接面对和认识。

常常如此：当希望满载渴望
渐渐接近至高的愿望，
通往实现的大门已张开臂膀，
此刻却从那些永恒的地底
迸发出大火，令人惊愕；
我们不过要点燃生命的火炬，
却陷身火海，怎样的烈火啊！

是爱？是恨？是引火烧身？

痛苦伴着欢乐变幻莫测，
我们只得再把目光投向大地，
用最青春的面纱把自己遮蔽。

最高愿望要实现时，反而如太阳不可直视或接近，只得再转向大地。

“最青春的面纱”：一说是清晨的薄雾，一说是年轻时感觉世界神秘如隔面纱。

就让太阳待在我的身后！

不再张开双臂迎接，不再直视。

看那瀑布，在岩隙间奔流，
望着它我愈来愈惊诧。
但见它一级级奔腾而下
倾泻出千条万条急流，
层层叠叠泛起冲天浪花。
壮哉此景：由此激流散发

“激流”即“狂飙突进”之“狂飙”。

映出一道彩虹持续又变化[①]
时而清晰，时而化为雾气，
四下播洒芬芳清凉的阵雨。
它反映着人的努力。

指彩虹。

用心体悟你会更透彻领会：
在这五彩的反光中我们分有人生。[②]

---

① 阳光照在瀑布上映出彩虹。彩虹在《旧约》中是大洪水过后，神与人设立和好盟约的记号；“持续又变化”，映出彩虹的水花不同，但彩虹常在，包含辩证关系。

② 据歌德的颜色学，彩虹并非折射而是反光的结果。由此引出，真理和神性，人永远不可直接认知，只能通过反光中的影像或通过象征、具体事例、类似现象来把握。我们的人生只对应和分有反光。可见第二部开场，蕴含歌德的自然神学思想，以背对太阳、面向大地、满足于反光，表达对真光——真理和神性的敬畏。

本场说明

皇帝的行宫场中，就皇帝这一角色，歌德本欲直接给出马克西米利安一世的名号，后改为泛指的“皇帝”。马克西米利安一世（1459—1519）系出哈布斯堡家族，1508—1519 年在位，人称欧洲“最后一位骑士”（可与第四幕第二场中的皇帝对照），通过联姻扩大了神圣罗马帝国疆土，在位期间曾颁布多项改革措施以巩固统治，标志了从中世纪晚期到近代早期的过渡。[①]

改为泛指后，剧中所上演的问题也具有了代表性：如诸侯各自为政、正义和公正缺失、军队失控、经济危机、民怨如潮，皆为政治统治中常见的弊端。歌德 1827 年 10 月 1 日对爱克曼说：“我试图在这个皇帝身上，塑造一个皇帝，他具备一切亡国之君的特征，后来其命运也的确如此。他对帝国和臣民的福祉漠不关心，只想着自己，只想着如何每天翻陈出新地享乐。国家无正义，军队无军饷，国库无银两。”这正如《黄金诏书》中所说：“每一个自身分崩离析的国家，都将灭亡，因为它的首脑已成为无赖之徒的同僚。”

根据“佳期”“假面狂欢”“斋期布道”等关键词暗示，本场当发生在狂欢节期间，化装舞会之后当是赎罪的四旬斋期。

需要注意的是，本场所表现的君臣关系、宫廷格局与中国古代不同。神圣罗马帝国皇帝由选帝侯选出，而廷臣由选帝侯或其他诸侯充任，因此皇帝与廷臣之间关系松散，相对平等。

---

① 早在 1816 年，歌德谈到对《浮士德·第二部》的设想时，本意欲让浮士德禁止梅菲斯特进入皇宫实施魔法。后来的创作显然有所改变。浮士德非但未禁止梅菲斯特，反让梅菲斯特成为自己的“帮凶”。

此外，占星师和宫廷弄臣，是近代早期西欧宫廷中常见的角色，占星师作为智者充当谋臣，掌管意识形态；宫廷弄臣是一个固定的宫廷职位，有所谓“愚人自由”，允许批判现状而不受惩罚，允许戏仿贵族，起到讽谏和调节气氛的作用。

本场台词多用四音或五音步牧歌体，韵脚规律。作者用此格律相对简单的诗体，拟皇帝及宫廷无甚文采的对话。对话多政治修辞、宫廷套话。

皇帝的行宫[①]

金銮宝殿

众朝臣等候皇帝临朝。

号角齐鸣

众朝臣盛装登场。

皇帝升座，

占星师侍立在右。

---

① 行宫（Pfalz）：由中古拉丁语宫殿（Palatium）一词演化而来，该拉丁词原指古罗马奥古斯都皇帝建在罗马城帕拉丁（Palatin）山丘的住所。简言之，“Pfalz”即“Palast”在德语中的变体，意为王宫、皇宫、宫殿。从法兰克王国开始到中世纪晚期，欧洲君主，尤其神圣罗马帝国的王（皇帝）无固定都城，采用巡游制，帝王家族及全体宫廷随从，在统治区域内从一个行宫巡游到另一个行宫。在封建采邑制下，帝王巡游制可助其了解帝国全貌，同时更好地巡察地方诸侯，巩固帝国内部团结。因封建采邑制系通过个人关系来维持，因此巡游也是沟通封君封臣关系的手段。此外巡游可以满足宫廷经济需求、维持日常供给，因当时交通运输不便，巡游实际上是宫廷在移动中寻找供给。故而行宫多建在交通便利和农副产品丰富的地区，且按照当时的日行程，大约每隔二三十公里就有一处，具体地点多选在自由市、主教府所在地或大的帝国修院。行宫建筑群一般包括正殿、礼拜堂、庄园、林苑（供狩猎），可供过冬的冬宫或可举办节庆的一般是行宫中规模较大者。宫廷成员处于不断变化之中，巡游路过地区不同，会有不同贵族带扈从加入或退出。相比之下，各处“王宫”则只是帝王的庄园，只有经济意义，仅供帝王偶尔或路过时居住，平日由家臣管理。最后值得注意的是，行宫的历史称谓应当是“王的行宫”，至 19 世纪才称“皇帝的行宫”，因后来人们忽视了，神圣罗马帝国的王只有经过（教宗）加冕才能称皇帝。

皇帝[①]

各位忠臣、爱卿免礼，
今日来朝远近咸集；——
我见智者侍立在侧，
可那弄臣哪里去了？

指占星师。

宫廷弄臣，也称小丑，愚人打扮。

侍臣一

就在你的袍裾后头
他在台阶栽了跟头，
那肥仔已被人抬走，
不知是死还是醉酒。

梅菲斯特用计弄走弄臣，以便自己充当。

侍臣二

说时迟来那时快
就有一个来当差。
看他打扮蛮光鲜
可那副鬼脸太难看；

---

① 17世纪《浮士德故事书》（普菲尔茨〈Pfizer〉版）中，有浮士德在因斯布鲁克觐见马克西米利安一世皇帝的情节。1816年歌德谈及这段创作计划时，打算改为浮士德在奥格斯堡帝国会议上（一说在帝国城市法兰克福值其加冕德意志王时）觐见同名皇帝。但成稿中具体信息全部省去，唯从债台高筑、喜欢魔法和宫廷筵宴等特征可看到马克西米利安一世的影子。

侍卫们拦他在门槛
刀戟交叉架面前——
喏就是这个傻瓜莽汉！

梅菲斯特 跪在宝座前[1]

打哑谜，取乐皇帝；谜底大约是梅菲斯特自己：魔鬼和弄臣。

什么人人喜欢又厌恶？
什么人人想要又驱逐？
什么总是有人来保护？
什么人人谩骂又告发？
谁你不招自来？
谁让人欢乐开怀？
什么近在宝座的台阶旁？

---

[1] 宫廷弄臣（Hofnarr）：自中世纪晚期即是一个固定的宫廷职位，属于宫廷建制。弄臣首先是一个滑稽角色，功能是娱乐君主和宫廷；其次也是一个严肃的角色，任务是随时提醒君主：君主也是可朽之人，会有罪孽，一切权力和荣华都是虚空等。宫廷弄臣允许讽刺和批评君主而不受惩罚。因此他有特殊地位和自由，即所谓“愚人自由”。在绝对君主制宫廷中，弄臣或出于自己观察判断，或受宫廷大臣和顾问委托，可随时向君主传达真实信息。弄臣有两种，一种是正常人，一种是侏儒等有自然缺陷的人。本场出现两个弄臣形象，一个是酒鬼侏儒，即皇帝的老弄臣，一个是梅菲斯特充当的替补。在二者身上集合了近代早期德意志多个宫廷中几位著名弄臣的形象，如马克西米利安一世宫廷中的昆茨（Kunz von der Rosen, 1470—1519），以机智和谏言著称［梅菲斯特］；萨克森宫廷的侏儒，小丑克劳斯（Claus Narren, 1455—1530）［老弄臣］；普法尔茨选帝侯的弄臣，号称“海量”的侏儒（Clemens Pankert, 1702—1735），以能喝著称［老弄臣］；萨克森强大的奥古斯特宫廷中的约瑟夫（Joseph Froehlich，1694—1757），他与当时另一名弄臣号称宫廷双璧［梅菲斯特和浮士德］。

什么会祛除自己出殿堂？

皇帝

今儿你最好把嘴紧闭！
哑谜在这儿颇不合宜，
因先生们有要事商议。——　讨论国事。
不过请问谜底！我煞是好奇：
那老家伙走了，恐难再返还；　婉言称死。
你顶他的缺儿站到我身边。

梅菲斯特

走上陛阶，左侧侍立。　与占星师一左一右。

众人交头接耳　以下为七嘴八舌的议论。

新来个弄臣——又多个祸害——
是什么人——打哪儿进来——
那老的摔倒——就算报销——
走了个酒桶——来了个瘦高挑儿——

皇帝

各位忠臣、爱卿免礼，　刚被打断，重又开始。

欢迎诸位远近咸集，
众爱卿来朝吉星高照，
上天大书昌隆之兆。
然为何值此佳期，
本该抛却所有烦恼，
戴上假面狂欢的美髯，
让自己开怀享乐一番，
却为何要用议政苦了自己？
既然诸位认为别无他选，
那便悉听尊便，诸位请讲。

占星。

狂欢节。

美髯，泛指假面。

皇帝心念假面舞会，众臣要商议国事——用于讽刺君主的修辞。

总理大臣

神圣罗马帝国总理大臣一般由美因茨选帝侯（即美因茨大主教）担任。本段讲帝国无正义和公道可言。

至高的德性如神圣的光环，
笼罩陛下的头颅，唯有您
有能力有效实施：
正义！——正义人人热爱、
个个希求，不可或缺，
全凭您把它施之于民。
然而！理智何济于精神，
良善何济于人心，意愿何济于行动，
倘若举国上下混乱一片，

祸患生祸患绵延不断。

若无正义则生国乱，理智、良善和意愿都无济于事。

谁若从殿堂之上俯瞰
帝国，便仿佛置身梦魇；
只见怪象生怪象，
不法者依法大行其道，
谬误的世界日渐招摇。

不义压倒正义。

有人盗牛羊有人抢婆娘，

针对第十诫：不可贪恋邻人的妻子、牛驴等一切东西。

圣坛的圣杯十字灯台也不放，

抢掠圣物，礼崩乐坏。

竟还炫耀如何经年
毫发无损，周身无恙。
如今状告者涌向公堂，
法官端坐高高在上，
哪管民怨沸腾暴乱频仍，
混乱如潮波涛汹涌。
有人公然作恶寡廉鲜耻，
有人依傍同伙权势，
无辜者无依无靠，
便只听得有罪！的判告。
如此天下势将离析，
正义公平终将灭迹；

敢问把人引向公正的意识，
如何能让它发展健全？
到头来就连谦谦君子
也作了阿谀之徒贿赂之士。
一个不能惩罚犯罪的法官，
终将成为盗贼的同犯。
这听来黑暗，怎奈比起美图
我更喜欢加深加厚的黑幕。

更喜欢看到和揭露黑幕。

停顿

决定迟早要做不容推脱，
倘若人人害人，人人自危
那就连圣上宝座恐也不保。

军务大臣

诉说军队乱象。

如今的乱世中一片疯狂！
人人打人，人人挨打
面对军令却装聋作哑。
市民们躲避在家里，
骑士们在城堡盘踞

密谋如何与我们周旋
保全自己的实力。
雇佣兵越来越不耐烦，
拼了命索要盘缠，
可一旦如数发下
便再也见不到他面。
谁若违逆众人的心愿，
谁就捅了马蜂窝；
军人本该保卫的帝国
却横遭蹂躏，一片荒漠。
人们任其嚣张肆虐，

近代早期的雇佣兵问题。[1]

① 雇佣兵（Soeldner）：中世纪晚期出现的士兵或军队，以契约形式，在规定时间内为某一雇主服务，以换取饷酬，14 世纪逐渐取代骑士及采邑制下扈从的军队，成为主要作战力量，从而也引起骑士制度衰落，以及贵族经济没落。雇佣兵的出现主要因金钱经济出现，其兵源主要来自城乡底层，如负债的农民、逃亡的农奴、因行会法而无竞争能力的帮工、失业的矿工等，其统领主要是贵族，也有城市平民。雇佣兵的好处在于，作战时上场，平时无需供养，但被解雇的雇佣兵因无抚恤金或养老保障而加入强盗团伙，打家劫舍，成为很大安全隐患。雇佣兵在法国大革命以后，逐渐由普遍兵役制下的常备军取代。雇佣兵一般自带武器，如瑞士雇佣军因作战英勇而享有良好声誉，且因其首领来自不同地区，不会对雇佣者造成被夺权的危险。因雇佣兵制，在欧洲民族国家形成过程中，军事并非取得政权的关键力量。相比之下，政权的合法性和经济财政才构成取得政权的决定性因素。直到 19 世纪军队国家化，职业军官领导下的军队才对政治精英构成威胁。但历史上雇佣兵因为军饷而战，可以频繁转换阵营，存在很多弊端。三十年战争中，雇佣兵的问题暴露无遗。德国的雇佣兵，也称长矛兵，在 1515 年梅莱尼亚诺战役后，取代瑞士雇佣军的地位而日渐兴盛，成为欧洲雇佣军重要来源。

半壁江山国将不国；
帝国之外虽尚有诸王
却都事不关己袖手观望。

> 影射欧洲各国为各自保存实力，以为事不关己，不积极参加反法同盟。

财务大臣

> 言帝国诸侯各自为政，各自敛财，国库空虚。

谁还有心指望盟友！
人家许给咱的援款，

> 邦国之间、邦国对帝国的战争援助款。

就像水管从不开关。

> 水管的水，俗语，意为不可靠。

主上，在你那些大邦
财产都落入谁家私囊？
时时处处都有新人起家；
且要各自为政不受管辖，
只消看一眼他都在干啥；
咱们已让出那么多权利，
简直再没什么留给自己。

> 神圣罗马帝国封建割据，邦国享有行政、司法、铸币、开矿等很多特权。

即便是党派，无论名号，
现如今也都不那么可靠；

> 保皇帝党（吉伯林派，皇帝派）也不可靠。

无论它们谩骂还是夸奖，
爱憎对它们没什么两样。
无论吉伯林还是圭尔夫

> 中世纪意大利和帝国内的皇帝派和教皇派，后泛指对立的两派。

为保实力无不偃旗息鼓；

> 党派也都为各自利益，皇帝连皇帝派也靠不上。

如今谁还肯帮衬邻居?
疲于奔命只为自己。
通往金钱的门已然堵严,
人人都在搜刮、搂钱、暴敛,
而咱的国库,早已入不敷出。

内务大臣

负责宫廷膳务和酒务。抱怨宫廷酒宴奢靡,寅吃卯粮。

唉我这里也是祸殃连连;
我们天天想着节俭
可用度却日日增添。
整日里我的麻烦不断。
不过任紧缺也碍不到厨师;
野猪、麋鹿、狍獐、兔子,
火鸡、家鸡、肥鹅、肥鸭,
实物贡品,不动的地租,
尚且马马虎虎上缴如数。
只是到头来美酒不足。
窖里本也大桶小桶层层摞满,
顶级的年份和葡萄园,
怎奈贵人们宴饮无度
直喝得酒去桶空不剩一滴。

农民、佃农上缴农产品和地租。

市议会不得不献出窖藏，

本市的藏酒。

人们又持大杯，举小碗，
直把酒席吃到桌子下面。

醉酒，狼藉。

现在轮到我来付钱、打赏；
犹太佬趁机敲我竹杠，

放高利贷给宫廷的犹太人。

向我发放抵押贷款，

以未来的地租收入抵押贷款。

搞得我们年年寅吃卯粮。
养猪等不到它长肥胖，
床上的软枕也都押上，
就连桌上的面包也是赊账。

皇帝　沉思片刻，冲梅菲斯特

嘿你这小丑，是不是也有苦要诉？

梅菲斯特

一味阿谀奉承。

我？非也。但见殿内灿烂辉煌，
但见你和群臣熠熠发光！——
有陛下亲自指挥发号施令，
稳健的军队让敌人丧胆闻风；
有良好意志在手，又有理智
和机变助佑，何谈信心不够？

有如此群星荟萃，怎会有
国运不祥，怎会有前途渺茫？

众人交头接耳

好一个骗子——他心里清楚——
一派胡言——迟早会被揭穿——
我知道——他卖的什么药——
下面的节目？——某个项目——

项目，原意“向前投射的东西”，投影，虚幻之意。

梅菲斯特

自荐挖宝。

敢问这世上哪个地方没有缺陷？
有缺东有少西，这里嘛是缺钱。
钱嘛固然大街上捡不到；
可凭智慧却能掘地挖宝。
在山上的矿脉，在墙根底下
定有铸好的金币、待铸的金沙，
若问谁能把它们搞到地上：
天才之自然和精神的力量。

用魔法探宝，用炼金术提炼。

总理大臣

大主教，驳斥梅菲斯特为异端，捍卫基督教和教会。

自然和精神！基督徒不能苟同。

人们烧死无神论者，
过于强调自然和精神，导致无神论。
因危险之至如此言说。
自然是罪孽，精神是鬼蜮，
两者合伙孕育怀疑
精神、理性会引起怀疑，背弃信仰，也背弃皇权。
诞下怪异的可恶杂种。
休要再提！——在皇帝的旧地
仅仅诞生两个世系，
威严地支撑他的统治：
那是圣人和骑士；
即僧侣和贵族，第一和第二等级，中世纪西欧封建秩序的支柱。
他们抵御一切暴风骤雨
得到教会和国家作为奖励。
僧侣得教会，骑士得封地。
从蛊惑者的暴民思想
发展出抵抗，
他们是异端！是巫师！
他们败坏乡村和城市。
你莫不是想借插科打诨
把他们舶入帝国的高层，
而诸位竟也包庇祸心，
对皇帝和群臣说梅菲斯特。
异端和弄臣可是近亲。

梅菲斯特

以下为梅菲斯特常用的五音步双行押韵体。

听言谈就知是饱学之士！
诸位不触碰的当然远隔千里，

继续掘宝之事。

诸位不去抓，自然两手空空，
诸位未估到的便以为不真，
诸位未称量的便以为没分量，
诸位没铸的币便以为不流通。

皇帝

说来说去也补不上亏空，
你的斋期布道百无一用。

复活节前四旬斋期的布道，劝人禁欲赎罪。此为戏称梅菲斯特的宏论。

我听够了无厘头的论战；
既是缺钱，那就去搞钱。

梅菲斯特

我能如诸位所愿只多不少；
虽说简单，可也不易办到；
财宝就在那里，可若想得到
需要技巧，待要从何说起？
诸位请想：遇到兵荒马乱

指民族迁移或遇战乱、逃难、遭驱逐。

如潮的难民四处流散，

就有李四张三，就算吓破了胆，
也不忘把自己的最爱东藏西塞。

指财宝。

自强大的罗马人时就如此，
直传到昨日，直传到今时。
所有东西埋在地里无声无息，
皇土上的宝藏自然要归皇帝。

财务大臣

这小丑说得倒是在理，
这的确是皇帝古老的权利。

按古法（如萨克森法、施瓦本法），藏于地下一锹挖不到的宝藏归皇帝所有。

总理大臣

撒旦给诸位套上金制的绳子：
这不像是规矩、正当的法子。

内务大臣

只要能搞来内廷所需的款项，
我看有点儿不正当也无妨。

军务大臣

机灵的小丑，许的诺尽合人意；

军人才不管哪里搞来的钱币。

梅菲斯特

诸位若以为自己受了蒙蔽：
瞧！现成的占星师！可向他求教，
天宫黄道、推算吉时他无不通晓，
你，说一说此刻的天象如何？

众人交头接耳

两个无赖——蛇鼠一窝——
小丑和星士——围着宝座——
旧调重弹——故伎重演——
愚人吹风——智者学舌——

占星师 按梅菲斯特的提词

梅菲斯特在台前提词孔提词，星士（浮士德扮）学说，表演时观众可听到台上台下、一先一后、一轻一重两个声音。

太阳自己它是一团纯金，[1] —— 太阳对黄金。
墨丘利为得打赏而送信， —— 墨丘利，信使，水星，对水银。
维纳斯让在座的诸位动情， —— 维纳斯，爱神，金星，对铜。

---

[1] 以下占星师以观天象来确定造钱的吉时，实故弄玄虚。此处表述拟占星术语，当时已知的七行星分别对应罗马七神及七种不同金属。

清晨傍晚把秋波暗送；
贞洁的露娜变化无常；
马尔斯动辄与人较量。
还是朱庇特在最美地闪耀，
萨图恩庞大，观之却遥远而渺小。
它对应的金属我们并不看好
因其价值不高，分量却不小。
啊！要是木星与太阳交集，
黄金配白银，则皆大欢喜，
余下的一切不费吹灰之力，
宫殿、美苑、酥胸、红颜，
这位宿学全都不在话下，
你我不行人家却神通广大。

金星于清晨和傍晚分别出现在东方和西方，俗称启明星。

露娜，月亮，对银。因有阴晴圆缺，而被认为性情乖张，情绪变化无常。

马尔斯，战神，火星，对铁。

朱庇特，主神，木星，对锡。

萨图恩，农神，土星，对铅。第二大行星，但因距地球远而显渺小。

铅是贱金属。

有版本木星作月亮，指金银交会，适宜造钱。一说木星也对应银。

造出黄金或金钱。

指浮士德。

至少在最后两句，梅菲斯特忘记了自己是在提词，直接以自己的身份说话。

皇帝

好像每句话都在重复；
尽管如此也难让我信服。

提词所致。

众人交头接耳

什么意思——拙劣的玩笑——
又是炼金——又是星象——

常听人说——空欢喜一场——
来的这个——又是只菜鸟——

指宿学，即浮士德。

梅菲斯特

回到梅菲斯特常用的四音步，戏谑的语气。

在座的诸位一脸迷惑
如此高人却也信他不过，
有人竟扯到曼德拉草[1]
有人连黑毛犬都能想到。
凭什么在这里打趣，
凭什么诬告这是魔力，
等您哪日脚底板发痒，
一个趔趄搞得浑身打晃。[2]

即有人认为占星师所言是迷信。

谁都能感到生生不息之
自然的神秘威力，
从地底深层的界域
有活跃的气息升起。

---

① 曼德拉草，根似人形，民俗中认为其有魔力，有麻醉、致幻和壮阳等功效，可带来健康和财运，以长在绞刑架下者最旺。传说连根拔起时它会发出凄厉的尖叫，致使听者毙命，故需以蜡封耳，以黑毛犬牵之。

② 说明脚下埋有矿藏或金银珠宝。根据 19 世纪初流行的伽伐尼电流说，某些人对矿带和水源等有感应。此说介于魔法与物理学之间。

谁若忽觉四肢发麻，
或有某处汗毛倒立，
就毫不犹豫地掘地翻土，
底下肯定是说书的，埋着宝物！

民俗中认为埋着说唱艺人的地方有宝，人走过时会趔趄。

众人交头接耳

众人得到梅菲斯特心理暗示有了感应；或在讽刺梅菲斯特。

我脚下像灌了铅——
我胳膊痛风——在痉挛——
我大脚趾瘙痒——
我整个背发酸——
这儿这么多征兆
肯定有金银不少。

皇帝

快快动手！休再溜奸耍滑，
验证下你天花乱坠的鬼话，
快指给我们藏宝的地方。
我这就放下宝剑和权杖，

皇帝上朝时持宝剑和权杖。

我愿用自己高贵的双手，
要是你没扯谎，就把大业成就，
要是扯谎，就送你进地狱里头！

梅菲斯特

去那儿的路我自己很熟——

魔鬼熟悉去地狱的路。

只是我无法一一宣布
四处散落着多少无主的宝物。
有农夫扶犁耕地
就发现泥中一只金器，
有人刮下墙上的硝石
就发现成捆的金币
又惊又喜捧在干枯的手里。

偶然找到藏宝。

那有意寻宝的
不惜捣毁屋顶房梁，
不惜潜入地穴幽廊，
直闯到地狱的边上！

有意寻宝者无孔不入。以上或影射歌德时代的考古工作，或影射流行的哥特式寻宝小说。

在旧日的大酒窖里，
有金灿灿的杯盘碗具
在他眼前摆放整齐。
红宝石镶在高脚杯上，
若想用它把酒品尝
旁边就是陈年佳酿。
然而——据行家研究——
那酒桶的木头早就腐朽，

是酒石结成桶在盛酒。

时代久远，酒结晶成酒石。

何止宝石黄金
就连佳酿之结晶，
也披着黑夜的阴森。

未经发掘。

经咱们的智者探讨；
白日寻宝那是胡闹，
黑暗里才埋藏奥妙。

皇帝

奥妙交给你！埋着有何益？
东西既值钱，就要让人见。
半夜里谁认得谁是贼？
牛都一般黑，猫都一般灰。
脚下满满，沉甸甸的金罐：
你去扶犁，把它们翻出地面。

其真正目的，是以地下的宝藏做抵押制造纸币，并非真正有意挖宝。

梅菲斯特

你拿锄头铲锹自己去挖，
干点农活让你更加伟大，
自会有一群金牛犊，
一簇一簇破土而出。

金牛犊，语出《出埃及记》32，喻拜金和偶像敬拜。

然后，你便立即，满心欢喜，
把自己和情人打扮得更加华丽；
闪亮的宝石，璀璨的珠翠
最是提升美丽和君威。

皇帝

那就快快行动！还等待何时？

皇帝如同被催眠，陷入梅菲斯特的思路，受其左右。

占星师 同上

即由梅菲斯特提词。此处改为四旬期布道风格。

主上！请少安毋躁，
等先过了那个热闹；

即狂欢节假面舞会。

分心影响达到目标。
先要安心地赎罪，
与天修好于地得宝。
想得善报就先行善；
想快乐就心平气和；
想要美酒就先榨葡萄，
盼望奇迹就坚定信仰。

皇帝

那就让我们欢度节日！

圣灰周三亦将如期而至。[①]
此间咱们尽情欢乐，
把狂欢节过得更加红火。

号角齐鸣，众人退场。

梅菲斯特

成功如何与幸运相连
傻瓜们从来都看不穿；
就算他们得了智者之石
也是拿走石头丢下智者。

梅菲斯特趁狂欢节之乱施展魔法而获得成功。

炼金术的最高追求。

交叉修辞。讽刺众人愚蠢。

---

① 狂欢节过后的星期三，教会有额上涂灰仪式，之后开始四旬斋期，行斋吃素，麻衣赤脚，忏悔赎罪，直至复活节。

本场说明

宽敞的大厅，通常也称“假面舞会”，是一场滑稽剧（Posse），剧中剧，共922诗行，占第二部八分之一篇幅，是《浮士德》中几个大场景之一。

歌德本人，作为“宫廷诗人”，曾在魏玛宫廷组织多次宫廷庆典和假面舞会。就本场人物和道具，歌德参考了一份1559年的文献。文献详细记录了佛罗伦萨美第奇家族的狂欢节活动。

本场主体，由假面游行和假面舞会两部分组成。自始至终有一位司仪，亦即报幕人，介绍上场人物，讲解场景，维持秩序。

游行队伍由几组人物组成：首先出场的，是一组市井和社会边缘人物，依次按职业上场，表演市井内容，形式类似第一部中城门外一场的大众剧，实为民间喜剧、滑稽剧程式；接着出场的，是几组希腊神话中的女神，依次为美惠三女神、命运三女神和复仇三女神；最后是以大象上场为标志的寓意场景。

之后，假面舞会开始，中场插入以驾车少年为核心的寓意剧；最后是皇帝装扮的大神潘及随从出场。

狂欢节于16世纪由意大利的佛罗伦萨传到德国，首先在宫廷流行。本场上演的就是在皇宫举行的、由贵族和宫廷侍臣表演的假面游行、假面舞会。整个场景宏大、铺张、喧哗。与民间狂欢节剧相仿的是，它带有浓厚喜剧色彩，讽刺人的贪婪、淫欲等各种恶习；与之不同的是，它有格调高雅的希腊神话人物表演和寓意剧。

本场有大量唱段（缩进的段落），格律、曲调十分丰富，伴有舞蹈、哑剧等其他舞台艺术形式。在舞台技术方面，少年驾车一场使用了19世纪上半叶流行的魔灯技术。

宽敞的大厅，并若干偏室

假面舞会的装饰和布置

司仪

整个假面舞会的报幕和主持。本段讲德意志神圣罗马帝国皇帝，值到罗马觐见教宗、加冕之际，把狂欢节带回德意志。

诸位莫以为是在德意志地土
观看魔鬼、愚人和骷髅乱舞，

德意志本土的娱乐都很严肃。

等待大家的是欢快的节目。
我们主上，值其罗马之行，
为自身利益，为诸位欢愉，

为自身利益：加冕；为诸位欢愉：带来狂欢节。

越过了高高的阿尔卑斯，

所谓越山。

赢得了一个欢快的国度。

双关：得帝国并从阿尔卑斯山另一端带来狂欢节文化。

我们的皇帝，先在圣座足下，

皇帝对罗马教宗仪式性的吻足礼，显示世俗权力的谦卑以及对教宗的效忠。

请求正当的权力，[①]
待他前去加冕，
顺便给我们带来了假面。

皇帝到罗马接受教宗加冕，带回假面舞会。

我们从此如获新生；
无论谁只要他精明

---

① 神圣罗马帝国皇帝需由罗马教宗加冕，赋予其统治合法性。这一程序一直延续到 1555 年奥格斯堡宗教和约签署。

都会惬意地戴在脸上；
它让人看上去愚不可及，
真真的可谓是大智若愚。
我见大家已纷纷入场，
三三两两，成对成双；
一群接一群熙熙攘攘。
往来穿梭，热闹非常；
说到底，任凭古往今来，
从来都千百恶作剧连台，
这世界就是大愚人一个。

园丁姑娘 唱，曼陀林伴奏

从花园果园拿水果鲜花到集市贩卖的女子。歌词含带情色意味。

为赢得诸位的鼓掌
今夜我们精心化妆
年轻的佛罗伦萨姑娘
目睹德意志皇宫的辉煌；

“佛罗伦萨姑娘”与“卖花姑娘”同一个词，双关，狂欢节起源于佛罗伦萨。

给我们棕色的卷发
装点上喜庆的簪花
丝带飘飘，绒球摇摇
花团锦簇人见人夸。

我们觉得很有成绩
非常非常值得奖励
我们的簪花闪闪发亮，
整年里它们都在开放。

手工制作的假花是当时流行的时尚。歌德妻子婚前是做簪花的女工。

这五颜六色的丝绦
对称排列尽显妖娆；
就算单个看着可笑
整体还是让人叫好。

我们是园丁姑娘
可爱迷人又浮浪
因女人的自然天性
就与艺术如影随形。

艺术：人造的如假花，非自然天成的东西。

司仪

请看那满满的货篮
她们顶在头上
琳琅满目挎在臂膀
断不会让一人失望。

赶快在绿茵小径
开启一个花园
一切都值得一观
货物连同它们的女主。

园丁姑娘

值此热闹讨价还价
可千万别真正成交
只意味深长的数语
愿大家心有灵犀。

指以下各段对所售鲜花果子的描述。

带果子的橄榄枝

由人以道具装扮。

我不羡慕花团锦簇
我避免争端和不睦，
因其与我天性不符。
可我是诸邦的依靠，
且作为可靠的担保，
充当土地和平的记号。
我希望自己今天有福，
体面地装饰美丽的头颅。

橄榄枝象征和平。

橄榄油为主要食品之一。

麦穗花环　金色

戴上克瑞斯的赠品
把你衬得可爱迷人
愿人人企盼的收获
成为你美丽的头饰。

麦穗是克瑞斯（罗马神话中司农业和丰收的女神）的馈赠。

别出心裁的花环

非自然的，靠想象编制的花环。

花似锦葵花点点，
奇异花簇出青苔！
自然界里不常见
时尚把它推出来。

别出心裁的花束

诸位要问我的大名
恐提奥弗拉也难说清；
就算难得人人青睐
我还是希望招来
我愿委身之人的喜欢，
愿她把我编入发辫，
愿她肯下定决心
好生把我别在胸前。

即提奥弗拉斯特，古希腊植物学家，亚里士多德的学生。

吆喝

就让别出心裁
随时尚大放异彩，
自然从未造就
种种的稀奇古怪；
绿叶柄，金钟花，
探出浓密的卷发！——

玫瑰花蕾

我们愿把自己隐蔽，
谁发现了才有运气！

当夏日点燃它的烈焰
玫瑰花蕾便宣告绚烂，
谁能割舍这样的福分？
承诺的话，海枯石烂！
在花神的国度是媚眼
连同头脑芳心说了算。

［在绿茵小径，园丁姑娘们优雅地摆放自己的货品。］

花匠　唱，双颈大琵琶伴奏

意大利低音弦乐。本段意思是，鲜花仅供观赏，果子才实在地可以品尝。唱词含调情、情色暗示。

鲜花嘛就让它开放
戴在头上仅供观赏
果子可不只是诱人
人们是要把它品尝。

黝黑的脸膛今天带来 指花匠。
樱桃、桃子、大青梅，
快来买！眼睛这法官
哪比得上口腹的评判。

谁有品味和兴致
就来吃熟透的果子！
对着玫瑰要作诗，
见到苹果可要吃。

请如花似玉的姑娘
允许我们来做情郎
我们在一旁，把丰富
成熟的货品打扮漂亮

有趣的鲜花彩带似海，

爬满花木的凉亭是湾，
瞧这里应有尽有：
花苞和青叶、花朵和果实。

吉他和双颈大琵琶伴奏，男女两队园丁，轮唱，边把货品高高摞起边叫卖出售。

母亲和女儿上

母亲对女儿，与城门外一场中相仿，带有情色意味，民间喜剧程式。

母亲

闺女当年你一落地
我就拿个小帽打扮你，
那脸蛋别提多可人，
那身子别提多柔嫩。
就想着你成了新娘，
嫁给了万贯富商，
想着你做了小婆娘。

哎！一晃好多年月
白白蹉跎一无所获
形形色色的求婚者
一个个从身边溜过。
你和一个跳在一起，
又用胳膊肘儿，
和另一个暗通款曲。

无论想出什么聚会
都是白白准备，
第三者还是抓人质
统统无济于事。
今天愚人都上了街
小乖乖赶快敞开怀
准保会有人贴上来。

两种游戏名。

女伴们

年轻漂亮，围了过去，说起悄悄话，声音越来越大。

渔夫和捕鸟人

拿着渔网、鱼钩和粘杆等工具上场，加入美女们的行列。试着相互赢得青睐，抓住对方，或溜走或不放，一边进行着极为惬意的对话。[①]

伐木工 粗鲁、急躁、笨拙

闪开！起来！
把路让开，

① 除此两处外，本场还有几段这样的讲述式介绍（如下文介绍各类诗人处）。据说歌德本计划写出完整对话，但后来放弃。文本补遗中录有几段残留的台词；但也不排除，作者有意按意大利即兴喜剧特点，只想给出舞台提示，以任演员临场发挥。

树咔嚓倒下
我们砍伐，
扛在肩上，
横冲直撞。

我们劳驾
诸位明察；
若非此地
也有粗人，
那讲究的
再聪明
如何能活。
记着这点；
我们不流汗，
你们就冻坏。

公鸡头 愚蠢至荒诞

一类丑角，戴公鸡头面具，说话如公鸡叫，跳行，狂欢节常见。

你们这蠢货
生来背就驼。
我们聪明人，
从不扛长活；

瞧这鸡冠帽，
夹克和短裙
穿来不费劲。
我们无所事
游手又好闲，
脚踩拖拉板，
穿街过巷
四处游荡。
伸头看热闹，
相互学鸡叫；
边叫又边跑
如泥鳅一般
人群里乱钻，
一齐蹦又跳，
合伙瞎胡闹。
你们尽管夸，
你们尽管骂
我们全不怕。

寄生虫　谄媚且贪婪地

能干的扛柴工，

食客，寄居在有钱人家里，靠谄媚蹭饭度日，意大利喜剧中的角色，源自古希腊罗马喜剧。

还有贵表兄
那些烧炭工
我们都有用。
因只一味哈腰，
点头称好，
油嘴滑舌，
模棱两可，
合人口味
冷暖两说，
怎能当吃当喝？
就算有火
熊熊燃烧
从天而降，
可若无人砍柴
无人烧炭，
那宽大的灶眼
也不会点燃。
这就开煎开炒，
这就开煮开熬。
真正的食客，
舔盘的高手，

能猜出烹鱼，
能嗅出煎肉；
这催他赶赴
东家的餐桌。

酒鬼 喝高了

你今天千万别惹我！
我觉得自由又快乐；
新鲜的乐子快活的歌
是我自己喝出来的。
瞧我喝！喝呀，喝。
诸位干杯！干呀，干！
后面那个，快走上前！
干杯，干完。

我老婆她发怒冲我吼，
见我这行头就皱眉头，
嗯，不管我有多挺拔，
总骂我是个衣服架。
可我还是喝！喝呀，喝！
干杯！干呀，干！

衣服架们快来干！
叮当，干完。

别告诉我说我转了向，
我就喜欢舒服的地方。
老板不赊账还有老板娘，
不行还有上酒的姑娘。
我还是喝！喝呀，喝！
来呀大家！干呀，干！
一个接一个！干下去
我觉得要全干完。

只要能寻欢作乐
管它在哪儿和如何；
随便让我躺在哪儿
我可不想再站着。

合唱

各位兄弟喝呀，喝！
重新斟满，干呀，干！
凳子椅子上坐好，
喝到桌底方算完。

司仪

宣布几位诗人上场。有自然诗诗人，宫廷和骑士歌手，有温柔的和激昂的。各路同好竞相上前表演，各不相让。有一位从台前溜过，口中念念有词。[①]

讽刺诗人

可知是啥真正
让本诗人高兴？
是能尽情说唱
没人想听的诗行。

黑夜和墓园诗人请代为道歉，因他们正在和一位刚刚复活的吸血鬼，进行一场非常有意思的交谈；从中或可发展出某种新的诗体；司仪只得听之任之，并开始招呼希腊神话登场，神话即便戴着现代的面具，也丝毫无损其特征和受欢迎的程度。[②]

美惠三女神[③]

阿格莱亚 主光明，此处主赠与。

我给世间带来优雅；

---

① 似在讽刺赶时髦的浪漫派诗人；“有一位”指下文的讽刺诗人。

② 歌德显然不喜欢黑夜和墓园诗人，认为希腊神话更受人欢迎。本场景大约因时间不足而未展开，如果展开，本场体量将更为庞大。

③ 美惠三女神指主光明的阿格莱亚、主繁荣的塔利亚、主喜悦的欧佛洛绪涅，她们给人带来优雅、美丽和欢乐。此处与希腊神话略有出入，一是以古希腊神话中另一位主繁荣的女神——赫革摩涅——代替了塔利亚，二是相应地把主光明、繁荣和喜悦，置换为主赠与、接受和感谢。

赠与时莫要忘了它。

指优雅地馈赠。

赫革摩涅

本应为塔利亚，主繁荣。此处换为女霸主，主接受。

请优雅地接受馈赠
得偿所愿喜不自胜。

欧佛洛绪涅

主喜悦，此处主感谢。

在平淡无奇的时日
愿言谢成为至雅之事。

命运三女神[①]

阿特洛波斯

长姐，本主切断生命之线，预示死亡，在此充当小妹，主纺织生命之线，掌管未来。

我本长姐，可此番
却受邀请来纺线
我不由思绪万千
面对脆弱的生命之线。

为让这线柔软顺滑，

---

① 命运三女神分别是克洛托、拉刻西斯和阿特洛波斯。其中最小的克洛托，纺织生命之线，掌管未来；二姐拉刻西斯，理线，决定生命之线的长短；长姐阿特洛波斯，切断生命之线，掌管死亡。此处与古希腊神话略有不同，一是顺序有所颠倒，长姐纺织生命之线，小妹切断生命之线，理线的二姐断后；二是在狂欢背景下，命运女神带上了喜剧色彩，不再令人恐惧。

我挑选上等的纯麻；
为让它平整纤细均匀
我的巧指把它调匀。

诸位若沉溺歌舞
纵情欢笑无度：
莫忘此线的界限，
留神！它终被剪断！

克洛托

小妹，本主纺线，在此主断线。

要知，就在这几日
这剪刀交给了我；
长姐的行事作风
实让人无法领情。

她把最无用的细纱
在阳光空气中抻长
却把最灿烂的希望
边剪断边拖到墓旁。

可我，也在年轻气盛时，

错过成百上千次；
今天为不越雷池，
用套收起这剪子。

我愿这样行使义务，
亲切友好地观看节目；
在此自由放任的时刻
请诸位尽情狂欢取乐。

不剪断生命之线，不扫兴。

拉刻西斯

主理线，决定生命之线的长短，本当排在中间，但在此排在最后。

唯有我，善解人意，
理线就交到我手里。
摇纱机它永不停息
但还从未操之过急。

用摇纱机把纺好的线理成一束一束，避免缠绕，以供使用。

条条纺线，都要理好，
每条都上自己的轨道，
一条都不让它乱跑，
乖乖在纱框上缠绕。

倘若我一时玩忽职守

这世界就会让我担忧；
时辰一到年岁一满
就有织工拿走线团。

预示线被剪断生命结束。

司仪

接着上场的诸位兴许不认得
就算诸位博古通今学富五车；
不管这组女人多么恶行累累
诸位见了也会把它当成贵客。

谁会相信，她们是复仇三女神，
漂亮、苗条、友好、青春年少；
让她们走过，诸位就会体认
这群鸽子如何像蛇一样伤人。

语出《马太福音》10:16：“所以你们要灵巧像蛇，驯良像鸽子。”

她们尽管阴险，然而在今天
每个愚人都夸赞自己的缺陷，
她们也并未求天使的美名，
而是承认自己是城乡的苦难。

复仇三女神[1]

阿勒克托　　离间情人及未婚夫妇。

多说无用，请诸位相信我等，
我们年轻漂亮，是温顺的小猫，
在座诸位谁若有心上人：
我们会不停地搔他耳朵

直到他转过头，听我们说：
你的她还没忘和别人调情，
且尽是些脑残驼背和瘸子，
嗯，她哪点配做你未婚妻。

我们同样骚扰那未婚妻：
称她男友，就在几周前，
曾当着那谁把她诋毁！
就算能和好，破镜终难圆。

---

[1] 复仇三女神指阿勒克托，不安女神；墨该拉，忌恨女神；提西福涅，报仇女神。她们长蛇发，眼中流血泪，双肩生翅膀，手执火把和蝮蛇鞭，十分凶恶丑陋。然而在狂欢节背景下，她们化为骚扰爱情婚姻的角色：阿勒克托，离间情人或未婚夫妇；墨该拉，离间已婚夫妻；提西福涅，惩罚不忠者。

墨该拉

玩笑而已！待二人结为连理，
我才出手料理，不乏用诡计
让最甜蜜的幸福出现嫌隙；
要知人心多变，如斗转星移。

离间已婚夫妇。

没有谁好事到手如愿以偿，
就不再追逐更大的奢望，
幸福到头也是稀松平常；
他逃离阳光，却去温暖寒霜。

疏远爱人，亲近冷酷的人。

对付这一切我驾轻就熟，
把阿斯蒙蒂带给忠贞夫妇，
瞅准时机播撒不幸的种子，
败坏那些成双成对的夫妻。

犹太教中的一种恶魔，主要主色欲，在此指挑拨夫妻关系、破坏婚姻的恶魔。

提西福涅

对背叛者我不费口舌
先配毒药再把刀打磨；
你若爱上另一个，迟早
让你身首异处活不了。

惩罚不忠者。

一时间的卿卿我我
转眼就成苦水泡沫！
别谈条件没得商量，
有罪赎罪理所应当。

别在这儿高歌原谅！
我向峭壁诉说冤枉，
听！回声在说：复仇；
挨千刀的喜新厌旧。

司仪

以下依次上场的是一系列寓意图。[①]

诸位行个方便两边让开，
现在上场的非同一般。
瞧一座大山移上台来，
两肋高傲地搭着彩毯，

大象上场。歌德曾设想在演出本节时，安排真的大象上场。

---

① 寓意图（剧）系用事物、人物、动物等具体形象，表示另一种事物或抽象概念，不受时间、地点、具体环境限制，可传达普遍的理解和认识。因寓意图所使用形象及其道具、行为方式和语言，通常具有约定俗成的固定含义，若不知其背景则很难理解。为便于理解，先简要说明第一个寓意图中各项事物所指：大象，寓指庞大而盲从的民众；坐着的小巧玲珑的女子，寓指治国所需要的明智，有了明智，便可举重若轻，如用小巧的指挥棒便可以指挥大象；站立在大象上面的英姿飒爽的女子，是胜利女神，光彩夺目；被枷锁束缚的两位女子寓指恐惧和希望，恐惧看一切都是敌人，满腹狐疑，希望对一切过于乐观而（转下页）

牙齿长长，鼻子弯弯，
超级神秘，待我公开谜底。
它颈上坐一小巧玲珑妇女，

明智。

用纤细的指挥棒把它指挥，
另一位英姿飒爽立在上面，

胜利女神。

周身灿烂的光环令人目眩。
两侧有戴枷锁的贵妇随行，

恐惧和希望。两者都对治国不利，因此要有所束缚。

一位面带惶恐，一位高兴，
一位盼自由，一位自在闲散。

前者指恐惧，后者指希望。

二位请自报家名。

恐惧

看一切都阴暗，满腹狐疑，又不行动。

乌烟瘴气的火把、灯烛，
在闹哄哄中幽幽闪动，
行走在假面之中
唉这枷锁把我紧束。

起开这些可笑的笑脸！

（接上页）不知忧虑。两种都是人类的大敌，因此需要束缚，用绳索捆住。关于大象和胜利女神的形象，歌德主要参照了《恺撒的凯旋》（15 世纪意大利画家曼特尼亚的油画，歌德看到的是 17 世纪意大利画家安德里亚尼临摹的木版画）。

你们的冷笑让我起疑；
莫不是所有我的宿敌
都在今夜向我出击。

瞧这个！朋友变死敌，
我早识破他的面具；
那个想把我杀了
被我发现悄悄溜掉。

唉我多想无论去哪里，
把这个世界逃离。
可彼处也有毁灭威胁
用污浊和恐惧相裹挟。

希望　　过于乐观，不知忧虑。

向亲爱的姊妹问好，
就算这两日的妆容
颇让大家尽兴，
可我知道明天一到
大家就要恢复原貌。
咱们若黑灯瞎火里

感到不特别惬意
那就在晴朗的白天，
完全按自己的意愿，
一时独自，一时结伴
纵情徜徉在美丽的田间，
随心所欲休息劳作
无忧无虑地生活，
从不匮乏，永不蹉跎，
咱们处处是嘉宾
哪儿都可以推门便进。
肯定不管何处
总能找到极品。

明智

作为主人介绍这组形象。

人类大敌中的两个
恐惧和希望戴着枷锁，
我不让其靠近集体；
避开！便确保无虞。

活生生的庞然大物
我来指挥，它背驮塔楼，

战象。

战象参加凯旋游行时，常背驮作防御之用的塔楼。

勤勤恳恳一步一步
走在陡峭的小路。

在塔楼垛口的上方
有位女神长着宽阔
矫健的翅膀，她把
胜利洒向四面八方。

胜利女神。

环绕着光彩和荣光
把远近四方照亮；
她称自己为胜利，
是一切行动的神女。

政治行动，一切国家行为和措施。

左伊罗斯-忒耳西忒斯[①]

嘿！我来得恰到好处
都尝尝我骂人的功夫！
不过我此番所骂

---

① 双重面具，包含两个角色，都是恶毒的诽谤者：左伊罗斯（Zoilos von Amphipolis，约公元前 400—前 320），古希腊智者、犬儒学派演说家，以恶毒攻击所有人和事著称，他批判柏拉图，诋毁荷马，人称“荷马之鞭”；忒耳西忒斯，是《伊利亚特》中希腊联军里最丑又爱口出不逊的人物，后泛指丑陋的诽谤者。

是上面那个维多利亚。
她张着对白色翅膀
就以为似雄鹰翱翔，
且无论她转向何方
人民土地都要拱手相让；
殊不知但凡荣耀的胜利
都会让我怒从中起。
让低变高，让高变低，[①]
让曲变直，让直变曲，
只有这样我才康泰，
就是想把个乾坤挪移。

胜利女神。

司仪

看招，你这泼皮混账，
乖乖地吃本大师一杖，
还不给我蜷缩起来！——
快看这双料的侏儒
兀地成了恶心的一块！——
——奇怪！——又变成了蛋，

讲左伊罗斯-忒耳西忒斯吃了他一杖，变成蝮蛇和蝙蝠。且以此为界，以上是假面游行，以下是假面舞会。

司仪手握维持秩序的手杖。《伊利亚特》(II，265—277)记，奥德修斯以手杖击打忒耳西忒斯。

① 本节影射《以赛亚书》40:4 中“高高低低的要改为平坦”句，此段在先知书中预言弥赛亚到来，此处是戏仿，预示假先知到来，带来一个颠倒的世界。

鼓胀起来分成两半。
一对双胞胎掉将出来，

司仪用杖施魔法，将两者分开。借鉴《天方夜谭》一情节。

竟是蝮蛇和蝙蝠原来。

恶毒加黑暗。

一个倏地从地上爬走，[1]
一个黑乎乎飞上房头。
它们跑出去会合，
我可不愿做第三者。

让它们跑出去了事。

众人交头接耳

快看！那边已经跳上——

舞会开始。

唉！我好想退场——
觉得吗？咱们身侧，
有那鬼杂种出没？——

众人害怕上文的蝮蛇和蝙蝠窜到身旁。

呼地飞过我头发——

疑有蝙蝠飞过。

脚下也有东西爬——

疑有蝮蛇爬过。

咱们没一个受伤——
可没一个不惊慌——
真是拙劣的玩笑——
是这群畜生胡闹。

---

[1] 影射《圣经·旧约》中神对蛇的惩罚。参《旧约·创世记》3:14："耶和华神对蛇说：你既作了这事就必受咒诅，比一切的牲畜野兽更甚。你必用肚子行走，终身吃土。"

司仪

自从接受司仪的任务
负责假面舞会的报幕
我就小心盯着四门，
避免让这欢愉之地
溜进什么搅局的东西，
既没懈怠，也没走神。

无车马等进入。引出下文魔灯效果。

然而恐怕穿过窗棂
有幽灵飘进大厅
我不知如何让大家
摆脱鬼魂和魔法。
刚那侏儒已十分可疑，

指上文左伊罗斯-忒耳西忒斯。

瞧！又一队接踵而至。
我很想尽司仪之谊
讲解每个角色的意义。
可根本看不懂的
恕我也无法说明，
还敬请各位指正！——
是什么从人群掠过？——

一辆豪华的驷驾马车	以下实际上描述了魔灯制造的舞台效果。[①]
浮在众人中间穿过；	
可它并未把人群分离	从人群中，或从人群的头上掠过，却不冲散人群，是魔灯制造的光影效果。
也丝毫未见哪里拥挤。	
远处彩灯晶莹透明，	
如扑朔迷离的繁星，	魔灯的光源装置。
看上去颇像魔灯。	点出是魔灯。
已疾风暴雨般呼啸而来！	
让开！我有些毛骨悚然！	

少年 司驾车	以下是寓意剧。[②]
停！	接上行，拟急促。
四骏马请把翅膀收住	如插翅之马。
就如同感到缰绳束缚	实无缰绳。

① 魔灯，laterna magica，一种投影技术，原理类似现代的幻灯机，即通过光源（最初是蜡烛、油灯、沥青火炬，后改为白炽灯等），把图片打到幕布或舞台上。魔灯技术歌德时代流行，19世纪逐渐成为喜闻乐见的大众媒介。第一幕最后一场，即海伦的招魂戏，也使用了魔灯。详见彼处相关脚注。

② 该部分主要有三个角色：驾车少年，寓指诗或诗才；普路托斯，指财神，代表财富；其伙伴瘦干儿，寓指吝啬。其中诗人指宫廷诗人，非现代意义上进行自由自主创作、强调审美和个体的诗人。歌德曾在手稿中注明各个角色的寓意所指，但成稿中删去；同样，歌德曾几度为“驾车少年”标注“欧福里翁”的字样，后也删去。舞台上一般用同一个年轻演员表演以下三个角色：第一部中返老还童的浮士德，此处的驾车少年，第二部第三幕中的欧福里翁。

我叫停你们就停，
我高兴了你们就冲——
这大厅咱们要尊重，
瞧人们一群群围上
看热闹的水泄不通。
司仪！请上前报幕，
要赶在我们消逝前，

魔灯表演结束前。

把我们介绍推出；
因我们是寓意人物

自曝是寓意剧。

请按此把我们描述。

司仪

我不知尊驾如何称呼，
可我能把尊驾描述。

驾车少年

那就一试！

司仪

以下如猜谜，逐条试探。

不得不说：
你首先是年轻而俊美。

是个半大的男孩；然而
女人们更愿你成熟而魁梧。
你看上去是个风流坯子
打娘胎里就会眉来眼去。

驾车少年

听上去不错！请接着说，
给哑谜想出些好词好句。

司仪

黑眸如炬，黑发如漆，
通体映照着珠光宝气！
多么精致华美的长衣
从肩膀一顺拖到脚底，
还有紫红花边闪光亮片！ 华而不实。
难免会有人说你娘气，
而你，若是身不由己
现在就讨得姑娘们欢喜
她们定传授你入门的手艺。 爱情游戏。

驾车少年

这是谁人？他气宇轩昂
端坐于鄙车的宝座之上。

指着车上的普路托斯（浮士德饰）发问。

司仪

描写车上载的普路托斯，古希腊财神。

像是位国王富有而慷慨，
愿人人有幸得其垂爱！
他念兹在兹唯有一处，
即查看哪里有何不足，
他纯粹的乐趣是给予
远远超过占有和纳福。

慷慨好施。据古希腊神话，普路托斯大约是被宙斯戳瞎眼睛，无选择地分赠自己的财物。

驾车少年

可你不能就此打住，
还要接着详细描述。

司仪

帝王气度本不可言传。
但见他一张康健的圆脸，

谐谑之词，对富人漫画式描述。

腮帮鼓胀，红润面膛，
衬着包头更显硬朗。

西方人惯把富人想象为东方的君王。

华服多褶好不舒泰！

至于他的举止做派？

看着像位熟悉的君王。

财神。一说王者可从其风范辨认出。

驾车少年

是人称财神的普路托斯，

他亲自盛装出场，

吾皇切切把他盼望。

司仪

可说说你自己姓字名谁？

驾车少年

我是挥霍，我是诗。

指与散文相区别的韵文，即后来与应用文相区别的纯文学。在此泛指文学。

诗人如我，要圆满

就要耗尽自己的本钱。

我亦是富有无比

自谓与财神无异，

以宴舞为其添彩助兴，

他缺少的我来补充。

宫廷诗人，为财神助兴；作应制诗，为宫廷歌功颂德。华而不实。

司仪

你看上去颇会自诩；
可否一展你的才艺！

驾车少年

以轻佻之举，播撒些闪光之物，佐以煽情。寓指（宫廷）文学本质。

瞧我只消啪啪打个响指，
四下便是金灿灿的首饰。
那边蹿起一条珍珠项链，

均为闪光但不实之物。

不停地四下打着响指

接住这副金的耳环项圈；
还有小公主的发卡发簪，
戒指上有珠宝钻石镶满。
我再不时地播撒些火花
说不定哪里就能点燃。

煽情的火花。

司仪

众人连扑带抢一拥而上！
竟把个发放者困在中央。
他梦幻般打出细软
一件件啪啪四下飞散。
可我看到另一重机关；

某人费力去抓某样东西
结果证明是白费力气，
那礼物倏地从手中飞去。
珍珠项链化为乌有，
留下甲虫在手里抓挠，

项链到手里变为甲虫。

那倒霉蛋把它们甩掉，
可它们还在头顶嗡嗡叫。
有人以为扑到了真货
其实是可恶的蝴蝶一个。

不值钱的亮片。

你这骗子只顾漫天许诺，
却给出华而不实的货色！[①]

驾车少年

看得出你能报出假面，
可探查外壳里的实质
却非宫廷司仪的本职；

司仪只能报出假面，却说不出假面背后的实质。

这需要更敏锐的认知。
我不想挑起任何争执；
还是转向你，我的主子。

---

① 看着闪闪发光，却是虚假的东西，寓指文学艺术即是想象和虚构的东西；第二层寓指文学艺术粉饰华而不实的宫廷文化。

转向财神普路托斯

不是你把风驰电掣的
驷驾马车交给了我？
我则有幸听从你指挥？
你指哪儿我就到哪儿？

宫廷诗人听命于主人、财神。

不是我勇敢翻身上树
为你折取了棕榈枝？

宫廷诗人的职责之一，是参加竞赛，为主人赢得荣誉。

多少次我为你格斗
都有幸从未失手：
若有月桂装点你的额头
不是我用知行把它编就？

为财神效劳，为之赢得艺术桂冠，隐喻艺术和金钱的关系。

财神普路托斯

浮士德扮。

若需要我为你证明，
可以说：你是我灵中的灵。[1]
你做事从来按我意图，
你比我本人还要富足。
我，为奖励你尽职尽忠，
众冠冕中最把桂冠推崇。

---

[1] 戏仿《旧约·创世记》2:23：“这是我骨中的骨，肉中的肉”，言二人是一体。

我向大家传布一句真理：
你是我的爱子我喜悦你。[①]

通过戏仿《旧约》和《新约》经文，比喻财神、诗人和才情三位一体。

驾车少年 向众人

我手中最伟大的才华，
看呐！我已四处播撒。
许多人头上已点燃
我迸发喷洒的火花，[②]
火花在人群中跳耀，
在一处停留，在一处逃走，
却是难燃熊熊火焰
不过繁荣一时匆匆一闪。
对于多少人，还未看清，
它们已熄灭如雁过无声。

并非所有人都受诗情感染而接受诗。

诗不过昙花一现。

妇人们嚼舌

那驷驾马车上坐的

---

① 戏仿《新约·路加福音》3:22："又有声音从天上来，说：你是我的爱子，我喜悦你。"另见《马太福音》3:17；《马可福音》1:11。本句系耶稣在约旦河接受洗礼后，听到的神的声音，是天父对子说的话。

② 言自己如圣灵降临，播撒神圣的火花。参《使徒行传》2:3—4："又有舌头如火焰显现出来，［……］他们就都被圣灵充满"。

定是个跑江湖的；
后面蹲个汉斯香肠，
缺吃少喝麻秆儿一样，
从没小丑这副模样。
估计掐他都不知痛痒。

指财神-浮士德。

小丑的一种。跟车半蹲在车后端的是吝啬（梅菲斯特饰）。

汉斯香肠一般都是矮胖。

瘦干儿

别碰我身恶心的女人！
我肯定讨好不了你们。——
早在女人还持家之时，
阿娃雷西亚是我的名字；
那时我家中殷实富庶：
因的是只进，不出！
我忙碌着用箱笼累积；
反倒被当成某种恶习。
可就在最近几年
女人们不再安于节俭，
就像可恶的购物狂，
欲望远超过囊中的大洋，
男人们不得不忍耐
望过去满眼是欠债。

梅菲斯特饰。

德文中身体和女人押韵，本段用此音韵游戏，中文难以体现。

女人不喜欢吝啬，喜欢铺张。

拉丁语“吝啬”的音译，吝啬在拉丁语中是阴性名词。意指“我”曾经由女人扮演、寓指。打诨之语。

吝啬是恶习，七宗罪之一。

她们若卖出去点针线，
则拿来打扮拿来养汉；
吃得更好，喝得更多
与那群纨绔子弟快活；
这更让我着迷黄金：
我是男人扮的悭吝！

齐啬在德语中是阳性，故称男人扮演。打诨。

领头的妇人

就算恶龙彼此沆瀣一气，[①]

此时场上应该已出现了魔灯打出的恶龙。

说到底此处是骗人的把戏！

无端闯入的（魔灯打出的）虚幻形象。

他来就为把男人们挑唆

挑唆对女人吝啬。

他们的日子本就不太好过。

群妇

瘦鬼！给他一个耳光！
那苦相还敢威胁我们？

原文十字苦像。

我们会怕他那张鬼脸！
恶龙全都是纸老虎，

---

① 此恶龙指梅菲斯特扮演的吝啬，彼恶龙指传说中看守财宝的巨兽。两者都守财。此外，德语中也用恶龙称母老虎，恶婆娘。故而恶龙在此处三关。

冲上去打他个稀烂！

以为魔灯打出来的车，是狂欢节游行的彩车，上面是纸糊的形象。

司仪

听我指挥！保持安静！——
可仿佛无需我帮忙，
瞧那些发怒的怪物
在唰地腾出的空地上
激动地张开双重-翅膀。
它们愤怒地甩动恶龙
布满逆鳞、喷火的喉咙；
众人逃走，场上清静。

恶龙。

依然是魔灯制造的效果。

原文孤韵。

普路托斯从车上下来。

司仪

他走下车辇王者一般！
手一挥诸龙立即行动
装黄金和贪婪的箱笼
转眼从车上搬将过来，
箱子于是伏在他脚下。
整个过程如奇迹发生。

黄金和贪婪，Gold und Geiz，押头韵的文字游戏。

魔法-魔灯表演。

财神普路托斯 冲驾车少年

你终于卸下了沉重的负担，　　卸下装黄金的箱子。
自由自在，快去往你的地盘！
它不在这里！混乱、斑驳、疯狂
我们四周是光怪陆离的形象。
到可清晰观照美好清明之地，
到你仅属于、信任自己之地，
那儿唯有美和善令人欣喜，
走向孤寂！——创造自己的天地。

驾车少年

作为你的使者我懂得珍惜，
一如我爱你如至亲的亲戚。
有你之地就有富足，有我
人们则感到有美妙的所得；
人们常摇摆于荒谬的生活：
是委身于你？还是于我？　　是把自己交给金钱还是诗。
跟随你的自是怡然自得，
跟随我的却总有事要做。
我做起事来从不隐秘，
哪怕呼吸都会暴露自己。　　诗人创作就会暴露自己。

再会！你恩准我自奔前程
我随叫随到只要你轻唤一声。

如登场一般，下。

财神普路托斯

现在是时候打开百宝箱
为点锁我借用司仪的小棒。
开了！看呐！铁锅里[①]
开始变化，有金血泛起，
先成了王冠、项链、戒指
金血涌动又要将其熔化吞噬。

用司仪的指挥棒施展魔法开锁，同时以之施展下面的魔法。

众人纷纷大叫

瞧呀！冒起来不断
眼看溢出箱子边。——
金灿灿器皿熔化，
一卷卷金币滚下。——

① 箱子改为锅，或影射《旧约·耶利米书》1:13—14："耶和华的话第二次临到我说：'你看到什么？'我说：'我看见一个烧开的锅，从北而倾。'耶和华对我说：'必有灾祸从北方发出，临到这地的一切居民。'"

像真杜卡特出炉，[1]
哦这好让我心动——
眼前都是我最爱！
顺着地板滚过来。——
有人发，赶紧用
一弯腰就成富翁。——
咱几个，秉雷霆之势，
干脆拿走那箱子。

司仪

愚蠢的家伙，在做什么？
这只是狂欢节的玩乐。
今晚别再想什么美事；
谁会白给你黄金首饰？
给你们在这游戏里
最多就放点芬尼币。
一群蠢货！如何就把
巧妙的假戏当成真做。
何为真做？——痴心妄想

作赌博筹码用的芬尼币，不值钱。

[1] 杜卡特：14 至 19 世纪欧洲通用的一种金币。

你们在所有角落捕捉。——
假面财神，晚会主角，
赶快把这群人赶跑。

众人见了假金币便不听司仪指挥，秩序混乱。

财神普路托斯

刚好有你的手杖
劳驾临时借我一用。——
把它往汤里火里一蘸。——
嘿小心了！诸位假面。
噼噼啪啪，火花四溅！
手杖，它已经点燃。
谁若挤上前来
立刻被无情烧焦。——
我现在开始绕场。

或影射摩西的手杖。摩西以手杖击打各种灾祸，财神用手杖施魔法。

喊叫伴着拥挤

天呐！我们完了。——
能逃的赶紧逃！——
后排的向后跑——
已经溅到我脸上。——
滚烫的棍子顶到我——

我们统统要玩儿完。——
后撤后撤如潮的假面！
后撤后撤一堆无厘头——
有翅膀我就飞走。——

财神普路托斯

四下里都已退后
相信没有人烧着
人群退避；
被吓了回去。——
为确保秩序井然
我画个无形的魔圈。

画一个魔圈（像孙悟空三打白骨精），司仪、财神、吝啬在圈内，众人在圈外。

司仪

你可真是功德无量
多谢你智慧的力量！

财神普路托斯

尊贵的朋友断不可放松
接下来免不了还有骚动。

吝啬

若有闲情，诸位不妨
把在场的人群欣赏；
跑在前的总是女人
但凡哪有便宜和热闹。
我呢还不至坐怀不乱
美人嘛就是养眼，
反正今天不要我掏钱
就尽管去作乐寻欢。
因此处过于人多眼杂
并非人人都听清我讲话，
我便计上心来且但愿成功
就用哑剧来一吐心声。
只有手脚、身段儿不够，
还得寻点儿恶作剧噱头。
我要把黄金当泥巴摆弄，
因拿此金属捏什么都灵。

下面开始哑剧表演。

本用“阳具”一词，后改为“恶作剧”。

也寓指黄金、金钱万能。

司仪

这瘦干儿他要干什么！
吃不饱饭还懂幽默？

他把金子揉成一团，
金子在他手中变软；
无论怎么连揉带搓
它还都是面团一坨。
他转向那边的女人，
一片惊嘘，竞相回避，
竟都是难堪的样子；
这家伙最善恶作剧。
他似乎乐开了花
因为大伤了风化。
我不能再坐视不管，
拿手杖来把他轰远。

手稿中写明，吝啬把黄金捏成阳具的形状，寓指金钱与淫欲一体。

财神普路托斯

他哪料我们外临大敌；
就让他接着口吐妄语
恶作剧很快就没空间；

下面野蛮的大神潘的队伍要上场。

妄语一词系歌德后改，以影射《以弗所书》5:4。[①]

① 《以弗所书》5:3—7：“至于淫乱并一切污秽，或是贪婪，在你们中间连提都不可，方合圣徒的体统。淫词、妄语，和戏笑的话都不相宜；总要说感谢的话。因为你们确实地知道，无论是淫乱的，是污秽的，是有贪心的，在基督和神的国里都是无分的。有贪心的，就与拜偶像的一样。不要被人虚浮的话欺哄；因这些事，神的忿怒必临到那悖逆之子。所以，你们不要与他们同伙。”

律法再强大也不敌外患。

外患，大神潘的队伍将上场。欲制止恶作剧，外患比司仪的道德约束（律法）更见效。

喧闹夹杂荒腔走板

以下是皇帝装扮的潘神及众随从上场。

过来一支粗犷的队伍
来自山顶和密林深谷
不可一世地迈步向前
拥戴着他们的大神潘。

皇帝饰。

他们似乎知人所不知
径直闯入空空的圈子。

指下段普路托斯已为之打开魔圈。或知道潘神由皇帝装扮。

上文画好的魔圈。

财神普路托斯

我认得诸位和诸位的大神潘！

冲潘神队伍。

诸位齐上场步伐矫健。
我知道的事人所不知
恕我打开这紧闭的圈子。

事先知道大神潘由皇帝扮演而打开魔圈。

但愿他们有好运相伴！

转向在场的其他人。

最神奇的事都能出现；
他们不知自己迈向何方，
他们事先未曾小心观望。

进了浮士德-梅菲斯特设计的魔圈。

以下出场者，均为潘神随从，野蛮粗暴，多为北方民俗中的灵怪，不属古希腊罗马神话系统。

闹哄哄唱

一群人花里又胡哨！
咱们是野蛮加粗暴，
跑得快来跳得高，
撞上台来把场闹。

似一众野人闯入联欢会场。

众法翁[①]

法翁一群
舞姿风趣
橡树花环
蓬发一圈
耳朵细小而尖
竖在卷头外面
塌鼻子大圆脸
一切都不碍眼。
他若伸小手邀舞，
美人儿不跳也难。

---

① 法翁（Faun）：古意大利自然和山林之神，相当于古希腊神话中的牧神潘；后演化为掌管畜牧的自然神，生活在林中，有尖耳，半人半羊，性淫，可以是多数，对应古希腊神话中的萨提尔。文中取第二种意思。

萨提尔[①]

萨提尔跳着跟进去　　尾随进入魔圈。
小小细腿山羊足，
看上去精瘦多筋骨。
仿佛高山上的羚羊，[②]
我好笑地四面观望。
自由空气刚刚吸了一口
就笑人家老婆孩子热炕头　　鄙夷庸常生活。
笑它深陷沟底的烟瘴雾霾
还自以为过得舒泰，
哪如在下清清静静
独拥山顶上的仙境。

土精[③]

迈着碎步小矮人登场
我们可不愿成对成双；

---

① 萨提尔（Satyr）：古希腊神话中的半人半兽，酒神狄奥尼索斯的随从，古罗马文学中常与法翁混用，形象通常为塌鼻、秃头、裸体、挺着巨大的阳具，有长耳或角、马或驴尾、羊腿加羊蹄，一般认为其好色、性且粗鲁。

② 隐约影射《旧约·雅歌》2:8—9：“听啊！是我良人的声音；看哪！他蹿山越岭而来。我的良人好像羚羊，或像小鹿。”只是此处和经文中的“羚羊”均羚羊属，非同一词。

③ 土精（Gnom）：小矮人，在此与挖宝、藏宝的侏儒混用，后者忙忙碌碌在山中矿脉寻宝、挖宝、藏宝。

身披苔藓小灯明亮
往来穿梭匆匆忙忙，
虽说是各干各的，
凑一起也如蚁群闪光；
忙忙碌碌熙熙攘攘，
东奔西跑横冲直撞。

如矿工在山间挖宝。

与善意的同仁相通，
也是著名的山间郎中；
为崇山峻岭把脉，
汲取富有的矿带；
把各种矿砂堆成堆，
不忘祝福：安全返回！
说到底全然是好意
我们从不与善人为敌。
可一旦黄金见了天日
人就做起偷盗和皮条生意，
傲慢之徒也得了铁砂，
他本就想着打打杀杀。
谁若无视那三条诫命

其他类似的小矮人，传说中探矿采矿的侏儒。

把探矿者比作山石的外科医生，诊断山间是否有矿脉。

矿工的问候和祝福语。

可制造兵器。

自不会在意余下的种种。[1]
这一切实非吾辈之过，
还请诸位接着忍耐则个。

巨人[2]

我们以野人著称，
哈尔茨山一带闻名，
自然是力大赤膊，
如巨人一般走过；
右手握着根冷杉
粗糙的带子缠身
用简陋的枝叶遮羞，
这护卫教皇也难求。

教皇用山国瑞士人做侍卫。

众宁芙[3] 合唱

潘神没有台词和自我介绍，由宁芙的合唱来介绍，合唱有帝王颂意味。

---

① 十诫中前三诫关涉对神的信仰，包括：只信耶和华一神，不可造偶像；不可妄称耶和华的名；恪守安息日。若不遵守这基本的三诫，便也不会遵守其他关于伦理道德的诫命，如此处涉及的第五诫“不可杀人”，第六诫“不可奸淫”，第七诫“不可偷盗”。关于十诫参《旧约·出埃及记》20:1—17。

② 传说中住在山林里的巨人，相当于北德地方（哈尔茨山一带）的法翁，在此充当潘神的卫士。

③ 宁芙（Nymph）：古希腊神话中的次要女神，一般理解为山林水泽中的精灵和仙女，年轻貌美，擅长歌舞。虽然此刻上演的是各种粗俗的“野人”，但按宫廷规矩，其合唱依然有帝王颂的意味。

围绕着大神潘[1]

他终于出场！——

大神最后出场。

世界之大千，

“潘”的西文（Pan）常与词形相近的“一切”或“大千”的意思混淆。

由大神潘
来展现。
快活的人群把他围住，
围绕着他蹁跹起舞，
他严肃且又友爱，
他愿大家欢乐开怀。
即便是朗朗碧空
他也常保持警醒；

牧人的特征。

怎奈小溪铮铮淙淙，
微风在静谧中把他摇动。

催人入睡。

当他晌午时分睡下
纹丝不动树上的枝丫，
萋萋草木如膏的气息
弥漫沉静不语的空气，
宁芙也不得嬉笑打闹

---

[1] 潘（Pan）：古希腊神话中的牧神，半人半牛，或半人半羊，常驻阿卡迪亚，掌管山林水泽，手持牧羊杖或排箫，喜歌舞宴乐，常有宁芙相伴。中午对于潘神是神圣的时刻，他的午睡不得被打扰。

需就地倒下呼呼睡着。
如若猝不及防，但听得
他冲天的怒吼咆哮，
如闪电轰鸣如大海来潮，
于是人人不知所措，
惶惶如雄师四下逃散
瑟瑟如勇士临敌震颤。
请接受我们的敬意
祝领队人万岁金安！

潘在午睡时若被打扰，会大怒，君威不可挡。

土精代表团 冲大神潘

发光的丰饶的富矿
游丝一样穿过岩隙，
只告诉聪明的探矿棒
它迷宫的所藏，

发光是金属矿的标志。

狭窄的矿脉。

只有聪明人才能找到富矿。

我们在漆黑的地穴
搭建穴居式的房子，
而你在光天化日下
恩慈地把财宝分发。

拟挖矿。

我们此时此地发现
一个奇妙的财源，

普路托斯的百宝箱。

它保证妥妥地给予
从未有过的财富。

暗指发行纸币。

这事可由你成全，
主人，去把它接管。
你手上每件值钱东西

暗指纸币。

都会让整个世界受益。

财神普路托斯 冲司仪

咱们一定要保持镇静
发生什么就让它发生，
我看你一向心志坚定。
眼看要出现惊悚场景，

“出现”一词词根为“眼见”。指接下来的大火。

此世后世都会拒不承认，
就请你忠实地把它记录。

请司仪记下以下发生的事，先是大火，再趁火中混乱签署纸币。

司仪 同时握住普路托斯手中的手杖

两人一起施法。司仪讲述皇帝装扮的潘欲捞取财宝而引火烧身的经过。

小矮人引着大神潘

上文的土精。

一起来到火泉前，

火泉从无底深渊涌起
又旋即回落渊底，
恰似一张阴森的大口；
但见浓浆火焰再起，
大潘依旧神采奕奕，
因见到奇景而欣喜。
一时间珍珠沫子四溅，
他怎可信任那帮矮人？
他弯腰探进身去细瞧。——
不料把胡子掉进去了！——
那光下巴的看着像谁？
他用手遮住我看不准。——
接着又一个猝不及防
胡子烧着又飞回脸上。
点着了花环脑袋和胸脯，
玩笑彻底变成痛苦。——
一群人赶上来救火，
引火烧身全军覆没，
瞧他们连扑带扇
反倒让死灰复燃；
被火元素层层裹挟

火泉见到大神潘即有反应。

他们把潘带到百宝箱和火泉。感叹不该相信。

施了魔法。

假面大军难逃一劫。[①]

我都听到了些什么
交头接耳以讹传讹！
哦好一个不祥的夜晚
竟带来如此的灾难！
谁都不愿听到的
第二天就会宣告；
可我听见处处在喊：
是皇帝他苦不堪言
哦但愿这只是谣传！
烧着的是皇帝那队。
让诱他到此的去见鬼，
身绑浸了树脂的枯杨，
他们吵嚷-喧闹着登场
让所有人走向灭亡。
哦年轻人，你还不知　　指皇帝。
给快活加以明确的约制？
哦陛下啊，你还不知

① 据说该场景，包括皇帝、随从、火炬、引火烧身等，参考了 1642 年的一份法王查理六世宫廷的史志。

统治需要君威和理智？

丛林也燃起火焰，
火苗蛇一样上蹿，
直到木头搭的顶盖，

以上大约是狂欢节联欢的各种道具布置。

眼看我们置身火海。
痛苦呻吟此起彼伏，
竟不知谁来出手相救。
今夜是大火余烬的灰堆
明朝又是皇宫的华美。

一切皆为魔法所致。以下继续施魔法，熄灭火焰，恢复原状。

财神普路托斯

施魔法灭火，使一切恢复原貌。

已播散了足够的恐怖，
终于该轮到出手相助！——
发力击打吧神杖，
让地板震颤作响。

使用手中魔杖（司仪的指挥棒），影射《旧约·出埃及记》中，摩西以杖击打各种灾祸。

让宽广空旷的厅堂
弥漫起清凉的芳香；
浓雾，饱满的雨云

以下呼风唤雨场景，普菲尔茨版《浮士德故事书》有载。[1]

---

① 《浮士德故事书》（普菲茨版）中，有浮士德在皇宫，为皇帝表演呼雷唤雨的情节。

聚拢过来再四下飘荡，
笼罩余火未尽的现场；
淅淅沥沥，浮云涟漪，

主语依然是雾和云。

翻滚流动，雾气蒸腾，
灭尽各处的余烬，
和缓而湿润的云雾啊，
请把这虚妄的玩火游戏

孤韵，突出“玩火游戏”。

化作闪电转瞬即逝。——
但凡有妖魔敢来作怪
就让它尝尝魔法的厉害。

实际是财神施云雨，熄灭自己前番所施大火。

【插图 1】

铜版画，临摹 Ch. 勒布朗（Charles LeBrun）的纸版画
亚历山大大帝凯旋巴比伦

（藏于：魏玛的歌德-国家博物馆）

本场说明

林苑，场景转移到行宫供狩猎的林苑，时间是第二天清晨；梅菲斯特施魔法发放的纸币已见成效。有关本场所影射的历史人物和事件，见结尾处“简评”。

林苑

朝阳

皇帝，全体朝臣，男宾女眷；
浮士德，梅菲斯特，穿戴随俗而本分低调，跪在地上。

浮士德

陛下可饶恕那玩火的把戏？

皇帝 示意二人平身

我倒想多来些那样的游戏。——
一下子被红红的火焰围着，

> 皇帝讲述从自身角度获得的观感。

感觉自己成了冥王普路同。

> 皇帝把前场大火描述为地狱之火，自比冥神。

如夜如炭地底下一片黑暗，
泛着暗红火焰。条条沟壑
蹿起千万条狰狞的火舌，
攒动着汇聚成一团大火。
它盘旋上蹿状若穹拱，
那穹拱时隐时现飘忽不定。
透过摇动的火柱的空隙
我看到万民的长龙激动不已，

> 影射摩西带领以民出埃及时，神以火柱在夜间陪伴以民。参《出埃及记》13:21 等。

他们从四面八方奔涌上前
和往常一样，前来朝见。
我认出里面的朝臣二三，
感觉仿佛君临火精万千。

火精，蝾螈，传说经火不坏。

梅菲斯特

你乃万民之主！因四大元素

水、火、土、风。

个个尊你为无上的君主。
如今顺从的火你已经考验，
何不再进入海洋汹涌浩瀚，

继火元素是水元素。

不等你踏上珍珠满地的海底
便有奇妙的一群围着你游弋；

以下讲海底一切生物也都围绕皇帝，以他为中心。

你看到绿滢滢摇曳的波浪，
泛着紫边，荡出最美的宫房，

《颜色学》曾谈到海水的绿色和紫边。

把你围在中央。无论陛下你
移步何方，殿宇都形影不离。

模拟海水游动浮荡的特征。

就连水壁也喜见一派生机，

想象皇帝在水晶宫，有四壁与外界隔开。

飞矢般的鱼群，游来游去。
海中珍奇涌向新的柔和光环，
冲将过去，却又被挡在外面。
水中斑斓嬉戏的是金鳞海龙，

鲨鱼张嘴，你笑人家的喉咙。[1]

隔着水晶宫的墙，如在海洋馆观看海底世界。

任你的廷臣围着你多么陶醉，
你也不曾见如此的形影相随。

水晶宫随皇帝移动。

水墙自不会把你和美人隔开
好奇的仙女们凌波游来

海神之女，海中仙女，第二幕爱琴海分场将再现。

向着永恒活水中华美的瑶台，
幼者胆怯只道似鱼儿撒欢，
长者如忒提斯则着实老练；

忒提斯是一位著名的海神之女，嫁与凡人珀琉斯为妻，生阿喀琉斯。

她向珀琉斯二世递上酥手红唇。——[2]
随即让他入座奥林匹斯诸神！——

以上为梅菲斯特的帝王颂，仿佛给皇帝施行催眠术，造成催眠效果。

皇帝

那风凉的地方我特赦给你。

奥林匹斯山上。

登上那个宝座还不到时机。

神界是凡人死后才能去的地方。

梅菲斯特

可陛下！你已然拥有大地。

就差作掌管上界的天神。

---

① 文字游戏，“冲某人的脸发笑”，有当面取笑之意，此处换为“冲鲨鱼的喉咙发笑”。

② 谄媚皇帝是珀琉斯二世，珀琉斯是海神之女忒提斯之夫。忒提斯原被迫嫁给珀琉斯，而在此，忒提斯主动向皇帝示爱。

皇帝

是哪阵祥风把你吹到此地？
我看你来自天方夜谭。
若有山鲁佐德的满腹故事，
我承诺给你最大的恩施。
你要随叫随到，平日里
多数时间都极不合我意。

《一千零一夜》中的王后山鲁佐德善讲故事。

【至此，6036 行以上，曾在歌德生前于 1828 年，与第一部随亲定版面世。以下，遵歌德遗嘱，随整本第二部，在其去世后于 1832 年出版。故而这最后一句，或许是歌德面对 1820 年代时局，对自己当时心境的一个总结。】

内务大臣 疾趋上

以下各段，诸臣分陈，因有了纸币，账目平复，危机解决。

吾皇万岁，有生之时
能禀报如此天大喜事，
实令微臣三生有幸，
陈于御前喜不自胜。
一笔笔账单得以偿清，
放贷人的利爪也被抚平，
我终于摆脱了地狱之苦；
就连天上这等好事也全无。

宫廷债务偿清，包括贷款利息杂税等。

军务大臣 疾趋随后

预支军饷也已平账，
整个军队重又上岗，
长矛兵感觉打了鸡血，[1]
高兴的还有酒家和姑娘。

皇帝

众卿终于松了口气！
紧锁的愁眉开启！
猴儿急似的前来禀告！ 三个叹号。

财务大臣 上

陛下请听二位功臣详表。

浮士德

此事当由总理大人奏报。

---

[1] 长矛兵（Lanzknecht），是 15、16 世纪德国雇佣兵，因主要兵器是长矛，故得名。马克西米利安一世皇帝因多方作战需要，引入长矛兵建制，因其先进战法和纪律观念而具有很强作战能力。但若不能按时发放军饷，士兵也会做各种打家劫舍、毁坏农田的勾当。马克西米利安一世皇帝及其后任查理五世，都曾因财政困难而拖欠军饷，引发长矛兵不守纪律，甚至更换雇主。

总理大臣　缓步上

帝国总理大臣一般由（美因茨）大主教出任。早知梅菲斯特所为，故缓步而上。

老夫我当真福分不浅。——
请看这命运攸关的纸片，
是它把痛苦化作欢颜。

纸币称谓之一。

宣读

“欲知详情者听宣：
该纸笺面值克朗一千。

纸币称谓之二。克朗：帝国流通的金币。

作为某种抵押，担保的
是帝国埋藏的无数财宝。[①]
立此凭据，只待宝藏
发掘，随即便可冲账。”[②]

皇帝

就知是恶行，欺世盗名！

皇帝很警觉，本意不坏。

是谁伪造了皇帝的签名？

皇帝看到纸币上的签名。

竟逍遥法外如此罪行？

---

① 所谓埋藏的财宝，根据上文，不仅指金银等富矿，而且指出于各种原因埋藏于地下的金银珠宝。

② 以帝国境内埋藏的、但尚未挖掘开采的富矿或其他宝物作抵押，签署纸币，无相应的贵金属实物担保，某种意义上相当于空头支票。

财务大臣

好好想想！正是你亲笔所签；

假面狂欢中并未上演该情节。

就在昨晚。你扮成大神潘，
总理大臣与我等一起上前请愿：
“为让陛下尽享盛大欢宴，
为国泰民安，请把名签。”

趁狂欢节皇帝装扮大潘，贪婪且心不在焉之际，请求签字。

你大笔一挥，然后连夜
变戏法的就变出千万张来。

梅菲斯特施魔法。相当于印刷了纸币。如宋代交子、会子等楮钞发行亦得益于印刷术出现。

为让此善举人人受益
我等旋即加盖了一整批，

把皇帝签名（复制）加盖在各种面值的纸币上。

十、三十、五十、一百的都已就绪。

不同面额的。

诸位想不出它多让人获利。

对众人说。

那些城市，本已半死不活，
此刻生机勃勃聚集各种享乐！
尽管世人早已感念你的名号，

再次转向皇帝。

可如此乐见还是头一遭。

更喜欢看到纸币上皇帝的名号。

如今多余的是那些字母

皇帝名号本身已不重要，重要的是它作为符号（记号），可使纸币生效。

凭此记号即是人人有福。

戏仿君士坦丁大帝之“凭此记号（十字架），汝将获胜”的典故。纸币取代十字架。

皇帝

我的臣民认它作真金？

军队、宫廷有了足够饷薪？
我颇觉蹊跷却不得不应允。

虽觉有问题，为应对财政危机，不得不默许。

内务大臣

这草创之物似难再回笼；
它迅雷闪电般四处流通。
兑换-行各个四门大开，
纸片统统在此兑换
打着折扣兑出白银真金。

纸币似要兑换成金银方可使用，且不及真金白银值钱，兑换时要打折扣。

拿着到肉铺面包店和酒馆；

普通市民有钱后的普遍反应，用于吃喝穿戴等消费。

有一半人只想着日日开宴，
另一半则忙着炫耀打扮。
到布店裁布，找裁缝缝衣。
山呼“万岁！”豪饮在酒窖里，
好一片煮汤炖肉杯盘狼藉。

梅菲斯特

戏说纸币的好处在便于携带。

谁若在露台间独自逍遥
或可遇美，倾国倾城之貌。
妖娆的孔雀羽半遮碧眼，

时尚。

巧笑倩兮美目盼着银票；

它比机智和巧言更快传递
人世间最丰富的爱意。
不必再怕钱包钱夹麻烦，
小纸片很容易揣在胸前，
正好配着这里的花笺。——

情书。

神父默默把它夹进祈祷书，
士兵呢，为更快转换阵营，
赶紧把腰带的分量减轻。

原把金属货币藏于腰带。

陛下恕罪，如此丰功伟业
我却喋喋不休地纠缠细节。

浮士德

宝藏不计其数，它凝固、

不流通。

深埋于地下您的国土，
白白闲置。任思想如何
广博对如此财富也显局促，
想象力，即便它一飞冲天，
再努力也只能望洋兴叹。

人的思想和想象力均无法想象地下埋藏着多少宝藏。

唯精英，方得深度领悟，

精英亦作魂灵讲。双关。

抱无边信任对无边之物。

唯精英才能看到好处，报以信任。

梅菲斯特

继续戏言纸币的各种便利，包括可随时兑换贵金属。

如此纸钞，取代黄金珠宝，
如此方便，省去很多麻烦，
无需再去讲价，再去兑换，
只管谈情说爱交杯换盏，
若需金银，就找人兑现，
若缺了金银，就挖上一天。
金杯和金链拿去拍卖，
那纸钞，一旦分期兑现，
就让嘲讽我们的怀疑者汗颜。
人们再不要别的，因已用惯。
从此我皇天后土再不缺少
黄金、珠宝，还有纸钞。

对应的贵金属冲上。

皇帝

任命二人负责帝国财宝的挖掘和管理。

得此洪福帝国承蒙相助，
按理当为二位论功行赏。
就把帝国内的土地相托，
管理宝藏二位当仁不让。
二位熟知大片完好矿藏，
开采与否全凭二位主张。

请财富大师们强强联合，

包括财务大臣。

愉快地履行庄严的职责，

愿上下两界珠联璧合，

地下储藏的贵金属，与地上纸币的面额统一。

融为一体，洪福永祚。

财务大臣

我们之间不会生半点嫌隙，

有魔法师作同僚我十分欢喜。

与浮士德同下。

皇帝

下面我就逐一打赏宫中侍从，

打赏纸币。

再让他们说说拿它来做何用。

宫廷侍童一[1] 接过

我要生活得愉快，欢乐开怀。

---

[1] 宫廷侍童（Page）：中世纪概念，贵族少年，在骑士成年礼（授剑礼）之前，跟随骑士，充当侍从，帮助执盾、穿戴盔甲、持兵刃、打理战马、跟随骑士打仗比武等。贵族男童一般7岁左右被送到宫中，习得宫廷生活和礼仪；14岁由神父主持仪式，在圣坛前被祝为侍童，得授短剑，之后开始跟随骑士，除服侍外，主要任务是习武，直到自己一般在21岁接受授剑礼后成为骑士。伴随骑士阶层没落，17世纪以后宫廷侍童的出路不再是骑士，而是军官。

宫廷侍童二 同样接过

我这就给情人，把首饰购买。

年轻人的用途：为生活愉快、谈情说爱。

宫廷内侍一[1] 接过

从今儿起，我要喝双倍好酒。

宫廷内侍二 同样接过

口袋里的骰子，勾着我出手。

中年人的用途：喝酒、赌博。

旗手一[2] 若有所思

先给我的庄园、府邸清债。

旗手二 同样地

和我别的财宝一起存起来。

中年低阶贵族：还债或攒起来。

皇帝

本承望各位有兴致大干一番；

当然也不难猜到你们的打算。

本无悬念。

---

① 宫廷内侍（Kämerer）：宫廷职位，贵族充当，最初负责内廷起居、服饰顶戴等，后逐渐接手宫廷财务和所有内廷事务，在此是一般侍臣，财务由财务大臣管理。

② 旗手（Bannerherr）：本司执旗，同样由低阶贵族充当。

一目了然，不管有多少财力
你们都不思进取本性难移。

宫廷弄臣 ［走过来］

即皇帝的行宫场中跌倒被抬走的弄臣，现又上场。

您大开恩典，让我也雨露均沾。

皇帝

你若生还，早又拿去喝光才算。

宫廷弄臣

神奇的纸张！我摸不着头脑。

又一对纸币的称谓。

皇帝

可不是嘛，因为你用它不着。

宫廷弄臣

又有些飞落，我不知所措。

皇帝撒纸币给弄臣。

皇帝

只管接着，它们归你所得。

下。

宫廷弄臣

到了我手中，五千克朗！

梅菲斯特

你又活了，两腿的酒囊？

宫廷弄臣

我常这样，此番最是欢畅。

梅菲斯特

你满头大汗，想是大喜过望。

宫廷弄臣

您瞧这个，果真能当钱花？

拿刚接到手的纸币给梅菲斯特看。弄臣机敏，表示怀疑。

梅菲斯特

包你足吃足喝拿着它。

宫廷弄臣

也能买房、置地、购牲口？

梅菲斯特

当然！交了钱，就把货拿走。

宫廷弄臣

还有府邸，连同林苑和小溪？

梅菲斯特

然也！

不日你就成了体面的骑士！

宫廷弄臣

今晚就高枕于我的宅基地！——

弄臣大智若愚，唯有他想到以纸币购置不动产，可抵御通货膨胀。

下。

梅菲斯特 独自

谁还把咱弄臣的机智怀疑。

机智本是弄臣的看家本事。

简评

本场以戏剧形式，记录和展现了纸币的诞生、发行、原理、兑换、优点，并预示了它存在的隐患。

纸币诞生是为缓解帝国财政危机；发行系朝臣趁狂欢节假面舞会，骗取皇帝签名，然后由梅菲斯特施魔法复制；其原理是以帝国境内——尚未开采或挖掘的——富矿或其他财宝作抵押；纸币同时还可以折价兑换贵金属；纸币的优点是刺激资金流动，拉动消费，带来城市繁荣，同时便于携带和使用。

纸币存在的隐患在于，若没有或缺少相应贵金属准备金，或大多数人热衷于消费而非投资和生产，就会导致消费欲望无限膨胀，进而引发滥发纸币和通货膨胀。

纸币发行在歌德时代仍属新事物。歌德本人在魏玛宫廷任职时，曾担任财务大臣，其藏书中有四十余部涉及国民经济。他一生多次经历纸币发行或发行失败的情况，对当时其他国家的理论和实践均有透彻了解。

在很多细节方面，本场参照了约翰·劳（1671—1729）创建的模式。约翰·劳是出生于苏格兰的国民经济学家、银行家。1715 年，他出任法国财政总监。时值法王路易十四驾崩后不久，由频繁的对外战争导致的国库空虚、经济萧条、通货紧缩使法国经济濒于崩溃。次年，约翰·劳在法国创办了有货币发行权的发行银行，发行纸币。这一举措，帮助法国摄政王消除了所有债务，促进了普遍经济增长。

约翰·劳并非第一位引入纸币的人。早在 1609 年阿姆斯特丹就已有纸币发行，1661 年在斯德哥尔摩也曾有暂短发行。然而，约翰·劳的创新之处在于，其纸币发行不仅以贵金属储备作担保，而且还以国有土地、不动产——在未来的收益——或其他资产作担保。在发行初期，约翰·劳确保银行发行的纸币均可立刻兑换为相当面值的金币。

约翰·劳的做法代表了当时代经济学家的共识，即大量快速流动的资金，可促进国民经济发展。然而，虽然劳本人意识到通货膨胀危险，但他无法说服法国宫廷控制纸币和股票的发行，最终纸币发行不断增加，造成严重的经济和金融危机（密西西比泡沫）。

在歌德时代，如1789—1796年法国大革命期间，法国以没收的教会财产为抵押所发行的指券（Assignat）也最终导致通货膨胀和暴动。

如同对待很多当时的新事物，歌德对纸币发行也并未完全否定或肯定。出于个人经验，歌德一方面认识到，以纸币和信贷代替铸币，势必刺激商品销售，释放巨大的经济力量；另一方面他也前瞻到纸币带来的问题，对纸币的稳定性持怀疑态度。歌德的观点与约翰·劳所认为的一样，即纸币本身并没有问题，问题在于人的欲望会无限膨胀，从而导致滥发，引发危机。

1829年，歌德在《威廉·迈斯特的漫游时代》的一章“漫游者意义上的观察”中写道：“贸易的活跃、纸币的深度介入、为偿还债务造成的债务增长，凡此，均为当前年轻人所面临的重大而基本问题。”（FA I 10, 563）这段话，深刻预见了纸币对未来年轻人的挑战。

本场说明

幽暗的回廊，在第一幕中位置居中，却是第一幕最晚写成的一场。幽暗一词，一指天色将晚，二暗示即将施展魔法。回廊指行宫内院朝向天井的回廊，一般在二层，有廊柱。

幽暗的回廊夹在明亮的林苑与灯火通明的过厅两场之间。在此，浮士德与梅菲斯特暗中商议对策——浮士德受大臣之托，需为皇帝变出（招魂）海伦和帕里斯取乐，[①] 他为此恳求梅菲斯特，再以魔法相助。

梅菲斯特是基督教语境中的形象，与古希腊无涉，理论上不能直接接引海伦。他因此只能把魔法、法器交给浮士德，让他自己完成招魂工作。浮士德需要下到“众母”那里，而他的法器是一把能伸缩的钥匙。

前场大变纸币，暂时缓解了帝国财政危机，也使得宫廷可以继续组织盛大的聚会；大变海伦和帕里斯，便是娱乐皇帝和宫廷的又一个节目。需要注意的是，皇帝和宫廷要观看的，并非美女、美的化身海伦，而是海伦和帕里斯的表演，更多为满足偷窥和淫欲之心。纸币和海伦，金钱和淫欲，可谓讽刺宫廷生活的两大程式。在此，两者均为魔法变出来的虚假之物，是“乐子和假戏”。

众母身在地府，也是海伦的魂灵所在，浮士德下到众母处寻找海伦的魂灵。之后依情节逻辑，本该是浮士德把海伦带到上界，然而剧中省略了这一环节的表演，止于浮士德见到众母。之后直接接最后一场骑士厅，海伦（魂魄）径直出现在舞台上。

---

① 招魂海伦的情节，在 1587 年的《浮士德故事书》中就已出现。彼处是浮士德当着查理五世皇帝，变出亚历山大大帝及其夫人。在 1674 年的普菲尔茨版和 18 世纪的“基督教意义”版中，是当着马克西米利安一世皇帝。

新近研究表明，本场是对骑士厅场再度用魔灯上演戏中戏的准备。此处神秘的三足香炉既是魔灯的光源，也是舞台喷雾装置。浮士德在本场的任务，客观上就是去取这一道具。

幽暗的回廊

浮士德　梅菲斯特

梅菲斯特

以下对话，系两人相互指责揶揄。

很显然，浮士德把梅菲斯特从假面联欢大厅中拉出来，拽到回廊，商议事情。

把我拽到回廊是何用意？
那里面不是才有乐趣？
熙熙攘攘的宫廷里
不才处处是乐子和假戏？

浮士德

少来这套吧，这些排场
对你来说早就习以为常；
此刻，你躲躲闪闪
无非就是怕我言归正传。
可是我被逼得好苦，
负责内务的臣仆又来催促。
皇帝他要看海伦和帕里斯，
而且马上就得落实；
这男中帅哥，女中媚娘，
他要看到具体的形象。

梅菲斯特躲避浮士德，怕其请求海伦、帕里斯之事，因他无能为力。

赶快操办断不能让我食言。

显然浮士德此前答应过臣仆或皇帝。

梅菲斯特

答应得草率，实在是胡来。

浮士德

伙计，你咋就没想到
戏法会带来什么烦恼；

人们会求更多的戏法。

咱们先让他富了起来，
然后还得逗他愉快。

梅菲斯特

你以为那么容易兑现；
这事看上去更加难缠，

招魂海伦和帕里斯。

介入完全陌生的地盘，

古希腊对于梅菲斯特是陌生的领域。

到头只会糟糕地再添麻烦，
你以为海伦那么好显灵
就像古尔盾的纸币幽灵。——

纸币幽灵对海伦的幽灵。古尔盾：历史上的金币或银币。

我大可与魑魅女巫，连同
尖头钝脑的侏儒，为你服务；
可魔鬼的情人，就算勉强，

女巫。以上都是中世纪的产物，与古希腊的人设无涉，梅菲斯特无能为力。

也总不能把女英雄充当。

指半人半神的海伦。

浮士德

又来陈词滥调一套！
你这人做事总不着调。
你就是一切障碍之父，

梅菲斯特总是故意刁难。

每出一招都要新的酬劳。
你嘟囔几声便大功告成，

念几句咒语。

转眼工夫，就把她变出。

梅菲斯特

我可管不了异教之徒，

海伦之类。

他们住在自己的地府；

梅菲斯特无法施魔法招出古希腊人的魂魄。

不过倒有一招数。

浮士德

快说，别再踟蹰！

梅菲斯特

真不情愿泄露更妙的天机。——
某个幽闭处有众神女聚集，

宝座四周是无限和永恒，
说起她们真有些难为情。
她们是众母！

浮士德 惊到了

众母？

梅菲斯特

吃了一惊？

以上三句一个诗行，表对话急促。

浮士德

众母啊！——众母！——甚是神奇。

梅菲斯特

着实神奇。众女神，为汝凡俗
所不知，而我辈又不愿提起。

不愿提异教之物。

为达其居室，你要钻到最深处；
因你之过，不得不向她们求助。

浮士德给宫廷的许诺。

浮士德

怎么走？

听有招魂海伦的途径而迫不及待。

梅菲斯特

无路可走！需入不曾入、
不可入之地；入无可祈求、
不可求之地。你准备就绪？——
梅菲斯特似念咒，故弄玄虚。
没有门锁，无需拉栓，
你将被孤寂驱赶四处周旋。
你可知何为荒漠和孤寂？
地府。

浮士德

我看你还是省了那些咒语，
泛着女巫丹房的邪气，
第一部中女巫的丹房场。
那已是很久以前的记忆。
我那时不也要与这世界来往，
以下牵涉第一部。
学习虚无，再传授虚无之物？——
此世约等于虚无。
我若理智地说出自己的思想，
反对的声音就会双倍地响亮；
竟至为避开可鄙的算计
我不得不退避荒野和孤寂，
但又不甘寂寞，独自生活
最后还是把自己交给了邪魔。
与魔鬼梅菲斯特签约。

梅菲斯特

就算你横渡一个大洋

讲哪怕穿越空旷无垠的大洋，都能看到很多景象，然而在寻找众母的途中，却无声无息，十分孤寂。

知道将是茫茫无际的景象，
你仍能看到汹涌的波浪，
即便你害怕它带来死亡。
你总能看到点儿什么。有海豚
擦着碧绿而平静的海面游过，
有日月星辰，云起云落；
然而在永恒空虚的远方空无一物
你听不到自己的脚步，
你驻足也找不到任何稳固之物。

在寻找众母的路上，是一片绝对的虚无。

地府景象。

浮士德

你讲话活像秘教导师的鼻祖，
惯会诓骗刚入门的忠实新徒；
不过刚好相反。你派遣我进入虚无，
让我到那儿去增长能力和技术。
你对待我就像对待一只猫，
一只为你火中取栗的猫。
那好！咱们就来一番探究，
希望在你的无中找到宇宙。

古希腊引导年轻人进入秘教的祭司。

引导入教是为找到归宿，派遣是为宣教，故言刚好相反。

梅菲斯特

你我分手前我得夸一夸你，
看得出你理解魔鬼的心意；
拿上这把钥匙。

浮士德

就这小东西！

梅菲斯特

你先接过去，不可把它小觑。

浮士德

它在我手里变大！发光，闪亮！　　一说如阳具。

梅菲斯特

可意识到手中是何方宝物？
这钥匙能嗅到你要的去处，
跟它下去，它带你去找众母。

浮士德　为之一颤

众母！听之总像过电一般！

我为何听不得这个字眼？

梅菲斯特

你竟狭隘到受不了一个新词？
只有听说过的才让你踏实？
但愿再听到什么都不会搅扰你，
你早已见怪不怪最奇异的东西。

浮士德

我当然不认为僵化有益，
人类最好的部分是战栗；
就算世道让动情变得不易，
可深感非凡仍会激动不已。

梅菲斯特

那就请下去！或者说：升起！
其实无异。逃离已生成的大千，
去到那解脱了物象的空间，
愉悦于那些久已不在的东西，
它们一路如浮云翻卷缠绕，
挥动钥匙，莫让它们近靠。

到脱离尘世以外的地方去。

无具体形象的绝对空间，只有原始的空间形式。

浮士德　兴奋地

好极！握紧它便觉新生气力，
完成宏图伟业的心胸开启

梅菲斯特

终有灼热的三足香炉
告你已到深而又深的深处。
借其幽光你将看到众母，
或坐、或立或在漫步，
落落随性。流影随形，
永恒感官之永恒的愉悦，
万物之图像在四周浮荡。
她们看不到你，只看到模型。
鼓足勇气，任危险重重，
径直走向那三足香炉，
用钥匙轻轻触碰！

古希腊神庙用于占卜的器具；[1]一说象征母体；近说是魔灯的光源及制造舞台雾气的装置。

众母形象变换。

看不到有血有肉的人。

浮士德

手持钥匙，做出一副坚定而势不可挡的样子。

---

[1] 著名的如德尔菲阿波罗神庙中的三足炉，女祭司皮提亚端坐其上，受感应进入迷狂状态时宣布预言。三足炉后被赫拉克勒斯偷走。

梅菲斯特 上下打量

就是这样！……

在训练姿势。滑稽剧程式。

它会贴上，如忠仆跟随雇主，

钥匙像有磁性的魔棒，吸引香炉贴着它跟着走。

然后你凭着运气，从容升起，
趁她们不备，你已把它带回。

浮士德的主要任务仿佛是取出香炉，众母则是香炉的守护者。

只待你把香炉带到这里，
便可召唤黑夜中的那对男女，

海伦和帕里斯。

敢作敢为你便是古今第一；
大功告成全凭你的气力，
当然还需努力，先用魔术，
然后让二神现形于烟雾。

点明香炉是喷雾装置（大概装有干冰）。在以下的骑士厅场二形象出现在烟雾中。

浮士德

现在做甚？

梅菲斯特

且使劲降下去，
跺脚降下去，再跺脚升起。

浮士德 跺脚并降了下去。

据2000年施泰因导演版，浮士德使劲跺着脚从舞台降下。

梅菲斯特

但愿那钥匙助他一臂之力！
他能否回来我着实好奇？

简评

关于“众母”，历来有很多解释，大多有过分拔高之嫌，比如把围绕众母浮荡的图像，解释为“柏拉图式的理念”，“亚里士多德式的圆极”，莱布尼茨的“单子”，“各种元图像”，或歌德式的“自然的各种元形式”，仿佛歌德在做什么深不可测的哲思。

新近研究认为，鉴于本场滑稽剧的形式，这至少是歌德的又一个“严肃的玩笑”。歌德曾在普鲁塔克的书中读到过“众母”，她们在普鲁塔克笔下就是“众女神”的意思。

然而，本场的“众母”，很可能是歌德“自己的发明”。歌德曾在去世的前一年，具体说是在 1830 年 1 月 10 日，为爱克曼朗读过本场。根据爱克曼的回忆，他本人“感到颇为费解”，于是请求歌德“略示一二”。

而“歌德呢，和以往一样，不愿暴露自己的秘密，他瞪大眼睛看着我，又重读了一遍：众母啊！众母！甚是神奇！——”之后，歌德让爱克曼把手稿带回家，仔细研读，看能否明白。

事实上，从梅菲斯特与浮士德的对话来看，幽暗的回廊是一场滑稽剧。两人相互揶揄，梅菲斯特用一贯的冷嘲热讽，浮士德夸张的急切心情和笨拙动作，更是令人捧腹。从郭译本（吉林出版集团版）所用弗兰茨·斯泰封（Franz Staffen）的插图来看，“众母”是一群裸体的妖娆女子，难怪说她们“泛着女巫丹房的邪气”。

若想猜测何为众母，还要先看那把“钥匙”为何物。它是梅菲斯特交给浮士德的法器，一个“小东西”，却在浮士德“手里变大！发光，闪亮”。

有拔高的解释称之为“诗意的符号，象征浮士德先知般的精神活动，它在认识有幸得以提升的那一刻，引向对隐匿之法则的洞察”。而薛讷则根据上下文的暗语、影射，将之解释为“阳具的象征”，“灼热的三足香炉”与之匹配，是女体的象征。据此，众母乃是歌德心目中“创造的第一实体——爱欲”的化身。

因本场第一次出现海伦这一人设，故而在此略作说明：海伦的人设并非歌德原创，而是早在1587年的《浮士德故事书》中，浮士德就为他的学生们引来美人海伦的魂灵。因此，歌德创作《浮士德》之初就计划了海伦戏。

《浮士德·第二部》中共有三场海伦戏，按三场在成稿中的呈现顺序，依次为：本场中的招魂，引发浮士德渴望见到海伦真人；第二幕中浮士德在古典的瓦尔普吉斯之夜寻找海伦，但海伦本人并未出场；第三幕中海伦出场，与浮士德恋爱结合，生子欧福里翁。也就是说，其呈现的顺序为：渴望——找寻——结合。

但是，成文史却是另一个顺序：第三幕、第一幕、第二幕。第三幕中，浮士德试图“以强力（Gewalt）招回古代的形体（Gestalt）”，第一幕已成为招魂的闹剧，至第二幕，更是蜕化为对语文学者、海伦形象的调侃，即按创作先后则是：恋爱结合——闹剧——调侃。因此，笔者更倾向于把该场整体视作一场梅菲斯特的故弄玄虚，滑稽剧中丑角的谐谑打诨，其间夹杂的更多的是性的暗示，而非严肃的哲思。

本场说明

灯火通明的过厅，是个过场。本场中，皇帝、廷臣和宫廷众人走动换场，从四面八方走向骑士厅，观看招魂戏。也就是说，在浮士德按梅菲斯特指示到众母处取香炉的同时，众人穿堂过屋，走向骑士厅，准备在那里落座观看招魂表演。

歌德早在1797—1798年就设计了本场，后加到这个位置。梅菲斯特扮演江湖医生，运用顺势疗法等其他怪异方法（实则以施魔法或再现民间流行的偏方），满足宫廷贵妇和侍童们提出的各种奇怪要求。治病过程戏仿耶稣治愈病人。

该场是一出简短的滑稽和笑闹剧，讽刺宫廷医生和宫廷众人，属于宫廷和职业讽刺；同时影射和讽刺了歌德时代德国流行的各种怪异治疗术。

灯火通明的过厅

皇帝、诸侯，并宫廷众人走动换场。

宫廷内侍 冲梅菲斯特

阁下还欠我们一场招魂戏；
赶快上演！圣上已不耐烦。

内务大臣

刚刚陛下还亲自过问；
二位！别再耽搁让君上难堪。

梅菲斯特

我的同伙正在张罗此事，
他已经找到了法子，
正关起门来悄悄试验，
需得特别刻苦钻研；

暗示在准备和调试招魂设备（魔灯、舞台喷雾装置等）。

谁若让美这宝贝升到台面
需得高超的技巧、智者的魔法。

称浮士德在实验室搞魔法。

内务大臣

不管二位需要什么技巧，
皇上便是要马上准备好。

金发女子 冲梅菲斯特

劳驾！您看我的脸干干净净，
可到了可恶的夏天就要犯病！
冒出暗红的斑点麻麻密密，
毁了雪白的皮肤让人生气。
求一服灵丹！

梅菲斯特

　　　　可惜了！宝贝似的脸，
到五月就像豹猫斑斑点点。
取青蛙卵、蟾蜍舌，蒸透，
趁着满月小心地蒸馏
月转亏时小心地涂上，
春天一到，斑点退光。

歌德时代用青蛙卵治雀斑，盖以蛙卵对斑点。提纯、蒸馏等为炼金术术语。

黝黑的女子

一群人挤上前来围着您讨好。

开个方子吧！拖着只冻坏的脚
我不方便漫游和舞蹈，
就连行礼也笨得不得了。

指女子的屈膝礼。

梅菲斯特

请允许我踩上一脚。

黝黑的女子

哦情人间才开这类玩笑。

梅菲斯特

我的一脚，乖乖！比那个重要。
以毒攻毒；不管哪儿不舒服；
用脚医脚，各个部位都如法炮制。
来吧！小心！您不必回敬。

顺势疗法。

黝黑的女子 大叫

哎哟！疼死喽！这一脚够劲，
像马蹄踏上。

梅菲斯特作为魔鬼本来就有一只马脚。

梅菲斯特

您的毛病已经治好。
从今后你想跳多少就跳多少，
还可餐桌下暗地与情人勾脚。

贵妇 挤过来

让我过去！我已是痛不欲生，
五内俱焚又郁结于胸；
到昨日他都巴不得我多看一眼，
可今日便背对着我和她调情。

梅菲斯特

的确太过，不过请相信我。
你要贴近他不声不响，
拿这块炭给他划上一道
在袖子、大衣和肩膀上：
他便懊悔心如刀绞。
可你需得马上把炭吞掉，
不得用酒，水也不要： 生吞。
保他今晚就到你门前啜泣。

贵妇

不会有毒？

梅菲斯特 怒

放尊重点！

要跑好远才能找来这炭；

要知它来自火刑堆

吾辈曾费力把那火点燃。

以上种种或为当时流行的魔法，或为无稽之谈。

宫廷侍童

我谈恋爱可人家说我尚未成年。

梅菲斯特 旁白

我完全不知道该听谁说。

众人熙熙攘攘一拥而上。

冲侍童

您不见得要找年轻的少女。

上点年纪才知道把您珍惜。——

又有人挤上前来。

又来一拨！实在是难缠！

为脱身我只有口吐真言；

拙劣至极！无奈情势所迫。——

对于梅菲斯特，说真话是拙劣的事。

众母哦众母！快放出浮士德！

四下望去

大厅中已是灯光幽明，
忽然见走来宫廷一众。
依例按品级鱼贯而行，
穿过长廊并远处的回廊。
好了！已齐聚古老宽敞的
骑士厅，直挤得水泄不通。
宽阔的墙面挂上了壁毯，
盔甲装饰在角落和壁龛。
我觉得此刻无需再念咒语；
魂灵们自己就会找到这里。

皇帝及廷臣按等级而行。

挂毯绘有战争场景，相当于今天的布景。

道具。

双关。海伦等与观众。

本场说明

骑士厅，顾名思义，演出地点在皇帝行宫的骑士厅。主体是一部剧中剧，即宫廷观众就座，观看小舞台上海伦和帕里斯魂魄的表演。其中海伦魂魄登场、浮士德昏倒在地等素材，源自《浮士德故事书》。

由上一场结尾台词可知，骑士厅已为演出做了相应布置：墙壁上悬挂壁毯，相当于舞台布景；在大厅各角落摆设了头盔剑甲等道具。

现在需要想象，舞台上的骑士厅中，又用移动墙板和幕布搭建出一个深景小舞台，供上演剧中剧之用。剧中剧的演出格局为：

在小舞台上，报幕人（后由占星师代替）站在一侧的前台，讲述情节（因招魂戏是哑剧）；梅菲斯特出现在台前中部的提词孔，背对观众，为报幕人提词——又一次台词双簧，表明梅菲斯特是整场戏的总导演；在与报幕人对称的舞台另一侧，浮士德从地下众母处升起，站定。

浮士德身着祭司的法衣（充当美的祭司），头戴桂冠（诗人的打扮），同时又是施魔法的魔法师。

本场再次使用魔灯技术，利用光影效果表演魂魄戏，且佐以舞台喷雾装置，制造烟雾缭绕的效果。或者说，本场是这两种技术的结合：魔灯把人物形象打在烟雾上。

骑士厅

灯光渐暗，
皇帝和宫廷众人，
已入场。

报幕人

给演出报幕原是我本行，
魂灵霸场让它暗淡无光；
谁想为无厘头的机关
说明原委那纯属是白忙。
椅子摆好凳子就在身边；
皇帝被安置在壁板跟前；
他在挂毯上可惬意地
观赏那伟大时代的战场。
君主和廷臣围坐在中央，
密密的长凳摆设在后方。
在魂灵表演的晦暗时刻，
情侣间自可卿卿我我。
如此，大家既已安坐停当，
我等就绪，魂灵大可登场！

号声响起

暗示魔灯的机关。

报幕无法为招魂戏说明原委。

壁板随后打开，即是深景小舞台，实则把皇帝安置在了舞台前排位置。

当时有用魔灯展示历史伟人和战争场景的做法，此处壁毯相当于布景。

占星师

替换了报幕人。

好戏啊就请立刻登台，
听主人发令，壁板打开！

观众面前的壁板打开。后面是深景小舞台。

一切就绪，魔法就在手边，
壁毯消失，如被火势席卷；

刚才绘有战争场景、充当布景的挂毯卷起。

壁板中开，向后方翻转，
显出搭好的深景舞台，
神秘地给我们显出幻境，

自曝用深景舞台表演幻象剧。

我这就登上舞台的前端。

站在深景舞台的前端。

梅菲斯特 出现在提词孔

从这儿我望蒙各位抬举，
吹风儿乃魔鬼讲话的技艺。

冲占星师

你既通晓那斗转星移，
也必善解我吹送的词句。

占星师顶替报幕人，其台词由梅菲斯特提示。两人会意，心照不宣。

占星师

台词不甚连贯，因梅菲斯特说一句他学一句。

凭神力打造了这诸般景象，

以下介绍深景舞台所呈景象。

厚重无比，一座古老的殿堂。

舞台背景图。

如旧日里擎天的阿特拉斯，

耸立着，一排排，好多柱子；
仿佛承受得住沉重的山石，
两根就撑起一座宏伟建筑。[①]

建筑师

既可是剧中皇帝时代（近代早期）的建筑师，也可指歌德时代崇尚中世纪艺术的浪漫派建筑师。

是古希腊！窃以为它乏善可陈，
当称其是简陋和粗笨。
人道粗糙是高贵，笨重是伟大。

讽刺温克尔曼之“高贵的单纯，静穆的伟大”。

我更爱细-柱，它向上，无限延伸；
高高耸起的尖顶提升精神；
这样的建筑最是让人振奋。

中世纪欧洲基督教的哥特式建筑。

占星师

请心怀敬畏迎接黄道吉时；
让魔法的咒语把理性约制；
再让奇妙而大胆的想象
由远及近自由徜徉。
目睹大胆的奢望如愿以偿，

① 深景舞台向后凹进，背景上绘有或投影具透视效果的背景图；台前两侧各贴一根切半的实体柱子，造成逼真效果，标记舞台界线。

因不可能，故值得信仰。

典出德尔图良论信仰：“因其荒谬，故而我信。”此处指即将开始的招魂戏。

浮士德 从舞台前端另一侧升起。

此时前台一侧是占星师，一侧是浮士德，中间提词孔中是梅菲斯特。

占星师

着法衣，戴桂冠，奇人出场，
前来完成自己未竟的事项。

表明身份是祭司、诗人和魔法师。这是一场祭祀美的偶像的仪式。

由空穴一同升起的还有香炉，

由地下众母处。

我预感炉中将有香烟散出。

喷出烟雾。

他正准备祝福那圣仪，
接下来定是连台好戏。

戏仿感恩祭开始前神父祝福圣体，准备祭台。

浮士德 煞有介事地

模拟神父，戏仿基督教感恩祭神父仪式用语。故弄玄虚。

众母，以你们的名义，你们

拟呼唤全能的神。

统御无极，永处于孤寂，
却又群集。生命之图像
在头上飘扬，灵动，却无生气。

因是阴间地府中的魂灵。

曾经的奇光异彩中的生命，
在那里浮动；因其意欲永生。
全能的众母，你们将其分配，
到白日的帐幕，到黑夜的天穹。

前者将获得迷人的生命，
后者果敢的魔法师把它们找寻；①
他将信心满满，以丰富的馈赠，
令人人如其所愿，一观奇景。

占星师

灼热的钥匙一触到香炉，
一阵烟雾就弥漫了全屋。

似点燃炭产生烟雾。魔灯投影到烟雾上，而非幕布上。

如云翻涌，烟雾四溢，
开，聚，合，离，交集。

雾气由弥漫到轮廓清晰。

快看魂灵-大师们的好戏！
他们且移步且发出乐音。
幽鸣中流溢出不可思议，
随他们移动处处响起旋律。
楹柱，连同三陇板作响，
感觉整个殿堂都在歌唱。

歌德曾说，“建筑本是无声的乐曲”；此处因魔法而发出声音，舞台上响起音乐伴奏。

浓烟下降；自缥缈的薄雾
一位美少年合着节拍走出。

---

① 言众母掌管地府，分配地府中的魂灵，令一部分魂灵属于白天，可以重新获得生命，一部分魂灵属于黑夜，要靠魔法师来招魂。魔法师，在初稿中作“文学家”。歌德或故意改动，以模糊两者界限。

司仪不赘，无需再报名字，

谁人不识迷人的帕里斯！

有香烟、烟雾、音乐，营造招魂仪式的氛围。

［**帕里斯**从烟雾中现身］

占星师沉默，由台下观众七嘴八舌描述台上情景，因魂灵只能表演哑剧。

贵妇一

哦！绽放的青春光彩照人！

贵妇二

就像只蜜桃多汁而鲜嫩！

贵妇三

那棱角分明、甜美的丰唇！

贵妇四

你莫非想一品那杯中的甘醇？

狎昵。

贵妇五

他着实俊美，虽算不上优雅。

贵妇六

他不妨再多点儿灵活潇洒。

魂灵动作比较僵硬。

骑士一

我觉着就是个放羊的小子，
无骑士风范又无王孙气质。

帕里斯幼年时被放逐，在伊达山上作牧童成长起来。

中世纪优雅的骑士看不起古希腊粗犷的美男。

骑士二

诶！半裸着身子这小伙漂亮，
竟不知他穿上铠甲作何模样！

贵妇

他坐下了，身段柔软，得体。

身段柔软，魂灵之故。

骑士一

坐他大腿根上您定惬意无比？

贵妇二

他优雅地将手臂扶到头顶。

宫廷内侍

放肆啊！简直是不成体统！

指责帕里斯的姿势放肆。

贵妇

你们男人事事都吹毛求疵。

内侍（同前）

他胆敢在御前伸懒腰造次！[①]

贵妇

他在演戏！以为场上就他自己。

内侍（同前）

即便演戏，也要合宫廷规矩。

贵妇

那英俊小生已睡意缠绵。

内侍（同前）

眼看要打鼾，也太过自然！

指责帕里斯之自然主义式的表演方式，无视宫规。

---

① 按（法国）古典主义戏剧表演规定，面对宫廷观众不得造次，如在台上表演伸懒腰或酣睡等。

年轻贵妇 陶醉地

香烟中混合着何种香气？
竟如此之沁人心脾。

中年贵妇

果然！某种气息令人神怡，
是他的气息！

老年贵妇

是旺盛的成长。
在少年身上化作仙香，
袅袅地向四下里飘扬。

以上帕里斯魂灵登场，招致一通品头论足，不过是女士狎昵，男士打趣，侍臣不满。

海伦 从烟雾中现身[①]

梅菲斯特

正是她！在她面前我偃旗息鼓；
奈她如何漂亮，我却感觉全无。

作为中世纪的魔鬼，丑的化身，梅菲斯特对古希腊的美人无能为力。

当然也感受不到海伦的美。

---

① 两人表演。当使用了两台魔灯装置，另一台当如通常一样，隐藏在观众看不到的地方。

占星师

此番我依然是无话可说，
坦诚如我我承认，我认可。

上回是帕里斯出场，无需介绍。此番是见到至美，无言以表。

美人来仪，我多想长出火舌！[①]
对美自古已有多少颂歌；
谁见到它谁就会魂不守舍，
谁得到它就是难消的福祚。

浮士德

是我亲眼目睹？还是深埋于
头脑里的美的源泉喷薄而出？

搞不清是亲眼所见，还是脑中所想。

我那惊悚之旅带来神福眷顾，

到众母处的旅程。

世界此前于我多么紧闭、虚无！
自从我当上祭司它变得怎样？

美的偶像的祭司。

方值得期许、有了根基而久长！
就让生命的气息离我而去，
倘有一日我离开你重返庸常！——

表示如果再离开美就活不了了。

那美好的形象一度让我着迷，

---

① 典出《新约·使徒行传》2:3—4："又有舌头如火焰显现出来，分开落在他们各人头上。他们就都被圣灵充满，按着圣灵所赐的口才说起别国的话来。"原指圣灵降临，开启人口，人便（为宣道而）善于言辞。此处戏仿。

出现在魔镜中令我幸福无比，
原都不过是这美人的幻象！——
为你，我愿献上一切涌动的力量，
献上全副激情之激情，
还有爱慕、爱情、崇拜和痴狂。

第一部女巫的丹房场中所见镜中美人。

眼前的美人实也不过是魂灵、泡影。浮士德已经开始混淆真实和幻象。

仍然是针对泡影、幻影。

梅菲斯特 从提词孔

嘿保持镇定，别出了戏！

浮士德过于入戏，有假戏真做的危险。

中年贵妇

高挑，苗条，就是头太小。

以下的品头论足，依然起到介绍剧情的作用。①

歌德时代，一般人都知道，这是指“美第奇的维纳斯雕像”，其头与身体的比例是一比九。

年轻贵妇

瞧那脚！粗糙得不能再粗糙！

外交官

此类王侯命妇我见过不少，
感觉这位真真是从头美到脚。

---

① 类似帕里斯出场的情形：占星师不言，因是哑剧，剧情由台下观众（群众演员）的议论再现。此番针对美女，翻转过来，是女士贬损，男士赞美，但都不过是抱着猎奇心理，庸俗地品头论足。

廷臣

她走近熟睡的少年，狡黠而温柔。

帕里斯，刚在台上表演入睡的牧童。

贵妇

青春的纯美，衬得她多么丑陋！

诗人

他映照着她的美丽荣华。

贵妇

恩底弥翁和露娜！甜美如画！

以下上演的是“恩底弥翁和露娜”（月亮女神），造型剧。[1]

诗人

正是！女神似刚下凡的样子，
她探过身去，吸吮他的气息；
羡煞啊！——在吻他！——过于嚣张。

---

[1] 据古希腊神话，恩底弥翁是一个牧羊的美少年，月亮女神塞勒涅爱上了他，经常趁他熟睡之时，下凡偷吻他。月亮女神在文中用的是“露娜”，神话中还经常与阿尔忒弥斯或狄安娜混用。——可见本场招魂表演包括两个主要造型，“恩底弥翁和露娜”与下文的“抢走海伦记”。

嬷嬷

这当着众人！也太过浮浪！

宫廷贵妇，尤其年轻女子的老侍女。

浮士德

给了那少年无上的恩宠！——

梅菲斯特

别喊！安静！

那为所欲为的不过是个幽灵。

廷臣

她轻盈地走开；他苏醒过来。

贵妇

她转身回望！和我想的一样。

言海伦擅勾引男人。

廷臣

他一脸惊异！以为发生了奇迹。

贵妇

对她来说，这一切都平淡无奇。

海伦对调情见怪不怪。意同上句。

廷臣

她端庄地回身向他走去。

贵妇

看样子，她要给他上一课；
男人们这时都愚不可及，
他也不例外以为自己排第一。

骑士

休得把她诋毁！多么典雅高贵！——

贵妇

明明是个婊子！应该叫低微！

宫廷侍童

我多想自己就是那个牧童！

廷臣

谁人能不落入这样的情网？

贵妇

这宝贝倒手倒了好几回，[1]
上面镀的金都已快磨没。

贵妇二

自打十岁起，她就算作废。

一说海伦十岁便已被抢劫。

骑士

有机会人人都选择最佳，
而我却偏爱这败柳残花。

学者

她我已看清，但仍要坦承，
是否是真身，还不敢确定。
眼下这儿越说越不着边际，
我则只好依附古籍。
比如我读到：她的确特别

即把海伦说得越来越不堪。

指荷马史诗《伊利亚特》。

---

[1] 《浮士德》共三处海伦戏，其中海伦所委身者，有忒修斯（抢走）、墨涅拉斯（结发）、帕里斯（情人后二婚）、帕里斯之弟（续嫁）、阿基琉斯（阴婚）等，亦即几乎囊括了所有关于海伦情事的传说。参第二幕古典的瓦尔普吉斯之夜场，以及第三幕。

讨了特洛伊老头儿们欢心；
窃以为，这完全符合此景，
比如老朽我就对她十分动情。

海伦受到以特洛伊老王为首的众老臣喜爱（《伊利亚特》卷三，154—158 段）。

说明这个海伦是真身。讽刺照本宣科研究古希腊的学者。

占星师

重拾司仪之职，讲述台上场景。

哪里是少年！分明是猛汉
不容分说，把她抱在怀里。
两臂运力，把她高高举起，
这是要把她抢走？

帕里斯。

本段所述，系经典的“抢走海伦”的造型，见于欧洲一系列类似题材的绘画和雕塑。①

浮士德

　　　　　　　　愚蠢狂徒！
大胆！听着！住手！停下！

连用五个叹号。见有人动他的海伦，浮士德急了。

梅菲斯特

是你自导的，这场鬼脸鬼魂戏！

浮士德自己以魔灯装置上演招魂戏，自己却陶醉于其中不能自拔。

---

① 其中典型的有 18 世纪德国人约翰·威廉·拜尔（Johann Wilhelm Beyer, 1725—1796）的雕塑、16 世纪意大利画家弗兰西斯科·普列马提乔（Francesco Primaticcio, 1504—1570）的油画。此外，著名的还有 17 世纪意大利画家圭多·雷尼（Guido Reni, 1575—1642）作于 1631 年的油画、弗兰德斯的西蒙·德·沃斯（Simon de Vos, 1603—1676）的油画。四种作品都题为“抢走海伦”，前两种有举起的造型，后两幅无。

占星师

最后一句！看完刚才的大戏
我给它命名：抢走海伦记。

占星师作为报幕人，最后总结，报出戏名。[1]

浮士德

何来抢走！我岂可等闲视之！
我手中不还握着这把钥匙！
是它引我，穿过惊涛骇浪般
恐怖的孤寂来到此坚实的海岸。
我在此驻足！这里是真实，

其实是幻象。

在此本精神可与魂灵对峙，

本精神，浮士德自称，魂灵指海伦和帕里斯。

在此伟大的双重帝国奠基。

魔法与现实的双重帝国。

她曾如此遥远此刻却触手可及。
我挺身相救她便双重归我所有。

指招魂出来，又保护不被抢走。

我不怕！众母啊！请你们恩许。
谁若见识了她便再不能失去。

占星师

在做什么，浮士德！——他用强力

---

[1] “抢走海伦记”，属于源自古老民俗的“抢新娘”母题，后者亦常出现在民间喜剧中。

把她抓住，那形象已然模糊。[1]

他又把钥匙对准那少年，

挨到他！糟了！立刻！瞬间！

爆炸，浮士德倒在地上。
魂灵在烟雾中消散。

魔灯打在烟雾上的魂灵形象，渐随烟雾消散而消失。

警告要爆炸。现实中，使用魔灯装置偶尔会出现爆炸。[2]

梅菲斯特 把浮士德扛到肩上

诸位瞧瞧！把个愚人扛在肩上，

就连魔鬼自己最后也要遭殃。

昏暗，骚乱。

---

① 强力、暴力（Gewalt），形象、形体（Gestalt），德语中两词头尾均押韵，可巧妙地表达浮士德（或歌德及其同时代人）试图用强力，恢复海伦亦即古希腊之美的形象。这对韵脚，在《浮士德·第二部》中出现十余次之多。

② 有两点可以补充：其一，歌德曾在萨克森地区及英伦的作品中，读到过类似描述，即观众出于好奇，试图触碰魂灵，随即引发爆炸；其二，歌德时代，使用魔灯装置时，因其光源有时是瓦斯汽灯，而插画有时采用玻璃材质，若操作不当，可随时引发爆炸。

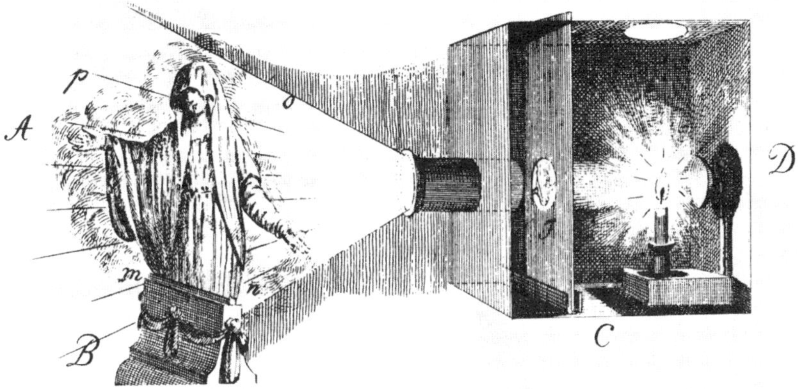

【插图2】

魔灯-投影：雾中形象。
出自：Ch. B. 冯克（Christlieb Benedict Funk）:《自然魔法》，1783年
（第5幅铜版画）

【插图 3】

制造魔灯雾中形象的炭盆和香炉。
出自：Ch. B. 冯克：《自然魔法》，1783 年（第 5 幅铜版画）

简评

在此最后总结一下剧中魔灯技术的应用。首先，魔灯（laterna magica）及其相关装置，在歌德时代流行甚广，歌德熟知此物。在1807年某日的日记中，歌德记载了自己如何研究魔灯，如何拜访了魔灯的制造者。1828年12月12日歌德在写给一位画家的信中，具体谈到魔灯在舞台上的应用。及至歌德在1829年9月创作本场时，曾命人到魏玛的自然博物馆，借出馆藏的整套装置。只是此时魔灯已过时，不会再像此前那样引发惊异、恐惧，制造强烈的舞台效果。

《浮士德》中有多个场景使用了魔灯技术。如第一部书斋［二］中，黑狗变成梅菲斯特；女巫的丹房中的镜中美女；本幕的驾车少年一节；本场此处的招魂海伦和帕里斯，等等。

有关制造烟雾的装置，据时人描述，它可以是一个空心铁皮桶，在桶内平置上铁板，铁板上放上炭，点燃后便有烟冒出。其原理和教堂使用的香炉一样，只是放大版罢了。本场中的三足香炉，就是这样一个隐蔽的制造烟雾的装置。

本场演出的原理是，浮士德与香炉一道（通过舞台升降装置）升到舞台上，然后用“灼热的钥匙”触碰香炉，——即用点火的炭棒点燃香炉中的炭，香炉便既是辅助光源又制造雾气，然后魔灯打在上面，——于是魂灵的幻影便在烟雾中现形。

就海伦戏部分，需要注意的是，歌德在此明确表示，这是一场由魔法师、诗人、文学家、学者制造的招魂游戏。其后，整个被称为“海伦剧”的第三幕，歌德在1827年将其付梓出版时，也曾加副标题“古典－浪漫的幻象剧（Phantasmagorie）”，与第一幕的魔灯招魂戏呼应。

在本场，海伦显然是招魂出来的假象、幻影，为供宫廷消遣娱乐、猎奇狎昵而设。唯有浮士德抱着审美的理想，完全混淆了真实与假象，假戏真做，引发爆炸。这其中本就包含了深刻的反讽。

新近的研究则更进一步，认为魔灯者，相当于当日的大众媒介，它可以被操纵，令人目眩，混淆真伪，制造各种幻象，及至制造者自己也信以为真，为其所操纵。

最后总结第一幕可以说，第一幕总的底色是虚和假，由假面、假花开始，经纸币到招魂海伦，处处紧扣人造之假象的意象。无论财富还是美女，均为通过施魔法、变戏法得到的不实之物。

第二幕

本幕说明

本幕分哥特式书斋、实验室和古典的瓦尔普吉斯之夜三场。1826 年春，开始创作，1827 年秋，集中撰写，1830 年底，完成。大约在歌德 77 至 81 岁间。本幕内容丰富，想象奇特，尽显了老年歌德的诗才。

若以海伦戏为线索，则第二幕介于第一幕终场的招魂戏与第三幕海伦正式出场之间，承上启下。第一幕终场，骑士厅场，浮士德自己入了戏，妒火中烧，扑向魂魄，用灼热的钥匙触碰帕里斯，引发爆炸，昏厥倒地。第三幕开场，海伦出现在斯巴达墨涅拉斯王宫前。所谓承上启下，这第二幕的线索，即是浮士德到古希腊寻找海伦。

歌德设计了一个极为奇异和有趣的寻找过程。他让一个人造的小人，荷蒙库鲁斯，带领浮士德和梅菲斯特，去到古典的瓦尔普吉斯之夜，亦即到一个黑暗的、光怪陆离的古希腊去寻找美女海伦。

为此，首先要有人造小人的诞生。于是安排有哥特式书斋和实验室两场做铺垫。由标题或上演地点可见，这两场复又聚焦学者和学院生活。只不过不再从个人如浮士德心理视角透视，而是一个多方位的呈现。

哥特式书斋场，上接第一部中的书斋［一］和书斋［二］。梅菲斯特把炸昏过去的浮士德背回到他原来的书斋。书斋陈设一切如旧。浮士德昔日的助手瓦格纳，在浮士德失踪后，一跃成为学术泰斗，但已不再是人文学者，而是一个实验科学家。瓦格纳也有了一个助手，同样崇敬乃师并与乃师一道，如期盼耶稣复临，期盼师祖浮士德归来。另一方面，昔日，梅菲斯特曾假扮浮士德，愚弄一名新生。此时，彼新生已成长为学术新锐，新潮而轻狂，前来揶揄老朽，以报一箭之仇。

实验室场，瓦格纳在实验室，苦心孤诣，试验以古法（帕拉塞尔苏斯的炼金术）、新观念（人可以制造纯精神之人，使人彻底摆脱动物性）并新思路（以无机物合成有机物），制造人造人。剧中暗示，在梅菲斯特的助力下，瓦格纳终于大功告成。

同为学者讽刺剧，在与第一部时隔五十多年后，讽刺的对象发生了变化：由对僵化的经院学问、学院生活的讽刺，过渡到对实验科学、学术新潮的讽刺。实验室中终于造出一个甫一诞生便不受我们控制，且反过来指挥我们的小人荷蒙库鲁斯。

古典的瓦尔普吉斯之夜场，是继第一幕假面舞会场后，又一个大场，篇幅宏大，时空纵横，场景更为丰富，角色更加驳杂。浮士德、梅菲斯特、荷蒙库鲁斯三者各抱各的愿望，前往古希腊，结果均如愿以偿：浮士德打探到海伦的下落，梅菲斯特遇到最丑的女巫，荷蒙库鲁斯在海的节日，完成与海神之女的“婚配”，将在水中获得有机的生成。该场集滑稽剧、笑闹剧、讽刺剧、哑剧等多种戏剧形式，以及双簧、唱段、轻歌剧、芭蕾舞等多种舞台表现形式为一体，是一场好看的大戏。

本场说明

在哥特式书斋场，梅菲斯特扛着不省人事的浮士德，来到他昔日的书斋。场景回复到第一部中的书斋。自浮士德随梅菲斯特出走，此处便无人涉足，尘封已久，一切如旧。相比之下，书斋外则不可同日而语：学者代际更迭，学术新锐鹊起，实验科学日新月异。

本场中，浮士德一直在昏睡，无戏份。上场的有梅菲斯特，瓦格纳，瓦格纳的助手，当年受假扮浮士德的梅菲斯特愚弄的新生。浮士德出走后，瓦格纳晋升学术泰斗，此刻正在进行人造人的实验。瓦格纳的助手，一如瓦格纳当年之崇拜浮士德，崇拜乃师，并与乃师一道，如盼望耶稣复临，盼望师祖浮士德的回归。然而此时复临并参与学术活动的，只有梅菲斯特。

当年的新生已成为学士、学术新锐，他狂妄自大，不可一世，无情蔑视、讥讽、排斥老派学者。

本场延续了学者讽刺，只是矛头由对经院的讽刺，转向对学术新潮的讽刺。

高拱顶、狭窄的
哥特式书斋

浮士德昔日的书斋，一切如旧

梅菲斯特 从一帘后走出。他掀开帘，向后拉，

观众可见，**浮士德**横躺在自己的老古董床上。

好生躺着吧倒霉蛋！受诱惑

陷入难解难分的爱的枷锁！

海伦若让谁神魂颠倒

那他就一时半会儿清醒不了。

四下打量

待我上下左右看上一看，

以下一边四下打量一边说。

这儿完好无损，一成没变；

花玻璃嘛，看上去更加昏暗，

蜘蛛网嘛，有增无减；

墨水凝固，纸张发黄；

不过一切都还在老地方；

就连鹅毛笔也还搁在这里，

浮士德曾用它向魔鬼出卖了自己。

嘿！笔管下端还凝结着

我连哄带骗的血一小滴。

呼应第一部书斋［二］场，梅菲斯特哄骗浮士德以血签约。

但愿哪位顶级收藏家走运
能淘到这样一件孤品。
这件老皮袍也还挂在老钩上，
让我想起当年的玩笑，
我对那臭小子循循善诱，
想必他长大了仍十分受用。

呼应第一部书斋［二］场，梅菲斯特假扮浮士德，愚弄新生。

我这会儿实在又心痒难搔，
还想钻进你，这暖和的皮草，

如当日穿上浮士德的皮袍，假扮浮士德。

再冒充教员摆好架势，
如人为理所应该的样子。

呼应第一部书斋［二］场，梅菲斯特假扮浮士德，正襟危坐。

学者们追求的道貌岸然，
魔鬼他早就不以为然。

指摆学者派头，魔鬼早就对之不以为然。本场的魔鬼常代老年歌德吐露心声。

他抖了抖摘下来的皮袍，
知了、瓢虫、飞蛾等呼喇喇飞出。

昆虫齐唱

欢迎！欢迎
我们的旧主，
我们嘤嘤嗡嗡
早把你看清。
你在静静中

呼应第一部书斋［二］场。梅菲斯特为诸般害虫的头子。

播下一粒粒种，

类比上帝造物。

如今千千万
飞到老爸你身边。

害虫均为梅菲斯特所播的种。

骨子里的泼皮
隐藏得甚好，
皮袍里的跳蚤
让你露出马脚。

梅菲斯特（泼皮）身着皮袍道貌岸然，皮袍中的跳蚤反认出他是谁。

梅菲斯特

小子们真让我惊喜又高兴！
只管播种，到时就会有收成。
且再抖抖这件老道袍，
四下又飞出几只小跳蚤。——
飞走！散开！诸位小可爱
快躲进无数的角落藏起来。
比如那边的旧书柜，

借之再次写书斋布置，呼应第一部书斋［二］。

或这边棕黑的羊皮纸堆，
还有落了灰的破罐烂瓶，
和那头盖骨上空空的眼洞。
这里杂乱无章又霉气，
难怪总能生出幺蛾子。

幺蛾子，原意“蟋蟀”，奇思异想之意，文字游戏。“蟋蟀”一词另见天堂序剧。

钻进裘皮大衣

来吧，再次裹上我的肩膀，　　对皮袍说。
我今儿再当一回教务长。
可自己任命自己又有何益，
认可我的众人都在哪里！

拉钟，发出尖厉刺耳的声音；
震得教室摇动，门户洞开。

助教　跌跌撞撞穿过长而昏暗的走廊　　瓦格纳的助教。激动。

如此钟声！令人战栗！　　神圣的战栗。
摇动阶梯，震荡四壁；
透过花玻璃的震颤，
我看到暴雨中的闪电。
头顶上，天花板开裂，
石灰抖落，瓦砾横移。
各处的门，本严封不殆，
此刻却被神奇之力打开。——　　影射或类比耶稣复活。然而复临的是梅菲斯特。[①]

---

① 影射耶稣受难和复活时自然界发生的异象。耶稣受难时的异象见《新约·马太福音》27:51—52：“忽然，殿里的幔子从上到下裂为两半，地也震动，磐石也崩裂，坟墓也开了，已睡圣徒的身体多有起来的。”耶稣复活时的异象见《新约·马太福音》28:1—4：“安息日将尽，七日的头一日，天快亮的时候，抹大拉的马利亚和那个马利亚来看坟墓。忽然，地大震动；因为有主的使者从天上下来，把石头滚开，坐在上面。他的相貌如同闪电，衣服洁白如雪。看守的人就因他吓得浑身乱战，甚至和死人一样。”两处都有地震和开裂的景象。根据上下文，这里更多类比耶稣复活。

唔！好怕！一个高个子
披着浮士德旧日的袍子！
见他的眼神，他的示意，
我简直要噗通跪倒在地。
是站住？还是跑掉？
天呐！我如何是好！①

梅菲斯特 招手示意

过来朋友！——尼哥底母可是尊号。②

助教

大人！③正是贱号——让我们祈祷。④

---

① 助教和乃师瓦格纳一同期盼浮士德复归，本段以类比耶稣复活，来表达他们期盼的心情——如同耶稣的门徒盼望耶稣，他们盼望浮士德。因此，助教见到有人披着浮士德的袍子，以为浮士德回来，既激动又崇敬又害怕，和耶稣门徒见到复活的耶稣一样。

② 尼哥底母（Nicodemus），是《新约·约翰福音》中一个人的名字，他是犹太经师，不敢在白天来见耶稣，但又想听耶稣讲道，于是趁黑夜来见耶稣。耶稣给他讲了若信他便会获得重生和永生的道理。这是《约翰福音》乃至基督教最核心最重要的道理。见《约翰福音》3:1：“有一个法利赛人，名叫尼哥底母，是犹太人的官。这人夜里来见耶稣，[……]”。此处是戏仿。

③ 大人，原文 Hochwürdiger Herr，意为“尊敬的先生”，是天主教对神父或高阶神职人员的尊称。这一方面是助教听到“尼哥底母”后的反应，产生滑稽效果，一方面也因为直到近代早期，大学教授多为神父和僧侣。

④ 让我们祈祷，原文 Oremus，拉丁语，教会弥撒礼仪用语，即每次祈祷前，神父都会如此召唤。且与“尼哥底母（Nicodemus）”押韵，文字游戏。故下文梅菲斯特用同样的句式说，“让我们免了”。这一系列对圣经或圣事的影射，包含多重文字游戏，一则造成滑稽效果；二则凸显助教等对浮士德的崇敬，几乎奉之为神；三则讽刺梅菲斯特为假先知。

梅菲斯特

让我们免了！

助教

荣幸！承蒙您知道贱名！

梅菲斯特

知道，年纪老大还是学生，
人称大师兄！便成了学者
毕业年级的学生。
仍继续深造，因为别的干不了。
如此建个中等的纸牌屋，
不牢固的知识大厦，空中楼阁。
顶级的精英也未必建好。
令师可是位饱学之士：
谁人不知尊贵的瓦格纳博士，
当今学界的泰斗！
唯他一人把学界维系，
让智慧日有进益。
求知若渴的弟子、学人
趋之若骛如众星拱辰。
唯他一人在讲台上闪光；
宛若圣彼得掌管钥匙，

上界下界都由他开放。[1]
他独占鳌头炙手可热，
几无荣誉名声可与匹敌；
就连浮士德都黯然失色，
论发明创造唯独他一个。

连续三个“唯（独）”，拟路德之“唯独”。

助教

大人！请恕我对您说，
请恕我冒昧地反驳：
您所言确无其事，
吾师他乃谦谦君子。

瓦格纳。

自师祖不可思议地消失

浮士德。

他无法接受现实，
惟愿他复临顺遂祥康。[2]
这书房，如浮士德博士当日一样，

---

① 戏仿耶稣把天国的钥匙交给他的大门徒彼得。见《马太福音》16:18—19：“我还告诉你，你是彼得，我要把我的教会建造在这磐石上；阴间的权柄（权柄：原文作门），不能胜过他。我要把天国的钥匙给你，凡你在地上所捆绑的，在天上也要捆绑；凡你在地上所释放的，在天上也要释放。”因彼得是耶稣大门徒，后世的教皇都称为圣彼得的继承人，从而也影射瓦格纳学术教皇的地位。同时（如下场显示）讽刺自然科学家僭越造物主的地位。

② 复临：耶稣基督的复活和再次来临，影射瓦格纳像耶稣的门徒，期盼和等待主的复临一样，等待浮士德再次归来。如此一来，就等于以基督教的统序，类比学术界的统序：浮士德相当于神，瓦格纳相当于圣彼得或教皇——学界教皇。

纹丝未动自他远行，
把旧主的归来等待。
小徒从来未敢擅闯。
今天定赶上黄道吉时？——
四壁看上去让人惊骇；
门框大震，门闩跳开，
否则凭您自己恐进也不来。

梅菲斯特

您那位尊师人在何处？

瓦格纳。

劳驾引见，或把他请出。

助教

侧写瓦格纳闭门谢客，潜心在实验室以炼金术制造人造人。

哦！他对此严加禁止，
恕小徒不敢故犯明知。
为成大业，他一连数月

大业：用炼金术造人。

在最安静的安静中度过。
学者中他最弱不禁风
可看上去却像个烧炭工，
鼻子耳朵黑炭一脸，
吹火他吹红了双眼，

时时刻刻望眼欲穿；
火钳的乐音把他陪伴。

梅菲斯特

若是他把我拒之门外，
就说我能让他好运快来。

暗示梅菲斯特介入人造人实验，且起到关键作用。

助教下，梅菲斯特正襟危坐。

还没等老夫我坐稳
那头就过来一个眼熟的客人。

从书斋对面走廊的另一头冲书房走来。

不再是新生而是新锐，
定要无法无天肆意妄为。

梅菲斯特当年戏弄过的新生，如今成为学士，新潮、激进，对老人和旧事物极为刻薄。

学士 顺走廊径直冲过来

以下原文双行押韵，拟急促的自言自语。

大门二门豁然洞开！
总算是把希望盼来
毋庸再在霉腐中过活，
活生生却像死人一个，
萎靡沮丧又垂头
活着形同行尸走肉。

学院让活人毫无生气。

这围墙，这四壁

终将倾塌成灰迹，
我们若是躲闪不及，
定将葬身于瓦砾。
我之不羁无人能敌，
可也不能身陷险地。

害怕被砸到。

哼我可是今非昔比！
多少年前，来到此地，
我不还是个乖乖新生，
忐忑不安，诚惶诚恐？
竟听信那帮长胡子的，
用他们的胡话勉励自己。

他们从翻烂的旧书册
拿些自己知道的来唬我，
自己知道，却不相信，
白白耗费彼此的光阴。

怎么？——那边斗室中
昏暗里坐着一位贤明！

呼应第一部书斋［二］，新生拜见（假扮浮士德的）梅菲斯特时的情景。

越走近越感到惊讶，

他还穿那件棕色大褂；
没错和当年见他一样，
裹着暖和的大氅！
那时我还懵懵懂懂，
以为他讲话煞是聪明。
今天再无甚顾虑，
待我这就走上前去！

老先生，若是忘川河的浊流
还未冲刷您那歪垂的秃头，
就睁眼看看来的是哪位小徒，
他已从大学的教鞭下脱颖而出。
我看您和当日没什么两样；
而我则已是脱胎换骨。

指遗忘了前事。你若没忘当年是如何捉弄我的。

梅菲斯特

很高兴用钟声把尊驾招来。
那时我看您就着实不赖；
单看幼虫和蛹茧，就知道
将来的蝴蝶一定很鲜艳。
满头卷发，尖尖衣领

卷发、尖领：当年新生的装束。

当日您还觉得很受用。——
您大概从没戴过假发辫？——

学院用假发辫。

您今天的头型是瑞典范儿。

瑞典头：时尚且进步的短发型，18世纪在军队和大学取代了假发辫。

看上去十分果敢又能干，
只是别光着脑袋把家还。[1]

学士

老先生！咱们虽在老地方，
可时代更新和从前不一样。
我劝您还是省了双关语；

光头与绝对主义。

这年头不会有人再在意。
您当日捉弄温良忠厚的青年，
把他们玩弄于股掌之间，
试问如今谁人还敢。

梅菲斯特

对年轻人讲纯粹的真理
黄口小儿哪里听得进去，
可等过了多少年后

---

① 光头，德文 absolut，本作“绝对”讲，在上下文是“光头”的意思。在此双关，讽刺歌德时代流行的唯心主义哲学，尤其以费希特为代表的绝对主义、“绝对自我”之说。

待他们有了切肤的感受，
又以为那都出于自己的脑瓜；
于是还说：老师是个傻瓜。

学士

毋宁说是个骗子！——敢问哪位老师
肯当学生面直接说出真理？
他只管要么添加要么删减，
冲着乖孩子们，时宽时严。

梅菲斯特

要学习当然还有工夫，
眼见您自己也要去教书。　　学士已有资格教新生。
光阴荏苒，日居月诸，
想必您已练就得经验丰富。

学士

经验！不过是泡沫和云烟！　　唯心主义哲学特征，轻经验，重思辨。
怎可与精神比肩。
承认吧！古来所学的知识
压根儿就没学习的价值……

梅菲斯特　稍停片刻

早知如此。从前我只是愚钝，
现在更觉自己浅薄和蠢笨。　　打趣学士。

学士

真令人高兴！您很有自知之明，　　不明就里，信以为真。
您是我见的第一个理智的老翁！

梅菲斯特

我本寻找隐藏的黄金宝贝，
扛走的却是堆可怕的炭灰。[①]

学士

您还以为，自己的脑壳秃瓢　　原文“秃瓢”押“宝贝”。
会比那边的髑髅价值更高？　　越来越放肆。

---

① 可作几重理解：第一重，本以为新锐是黄金，结果证明不过是炭灰。第二重，影射《浮士德故事书》第 58 章“浮士德在契约签订后第 22 年寻获一份宝藏”的情节，浮士德按梅菲斯特指示，来到教堂地下墓穴，发现一大笔金光闪闪的宝藏。他把财宝挖出来，却突然发现四下里鬼影重重，而那些财宝不过一堆黑炭而已。见 *Historie von Doktor Johann Faust*. Hrsg. von Max Wehrli, Zürich 1986, S. 221–222。第三重，借柏拉图《斐多篇》中的比喻，讽刺新派对传统刻薄，却脱胎于之。

梅菲斯特 惬意地

朋友，你可知，自己有多粗暴？

学士

德语里骗人说话才讲礼貌。

礼貌等于说谎骗人，等于非德国式的。德语不假惺惺，不骗人。

梅菲斯特 驱动带轮子的椅子，不断移向前台，对台下

这上面令人目眩又窒息，
可否到你们那里寻个容身之地？

直接与观众打诨。受不了年轻人的狂妄。

学士

在最不合时宜之时，一无是处之际
还要标榜自己，纯粹是自不量力。
人活的是个血气，哪里的鲜血
有如年轻人身上的那般涌动？
那是新鲜力量中鲜活的血液，
它从生命中创造新的生命。
这里蓄势待发，大有作为，
弱者倒下，强者跟上。
在我们赢得半个世界之际
你们在哪里？打瞌睡，想问题，

一说指涉青年人在反抗拿破仑的解放战争中所做的贡献。

做梦，权衡，计划无尽无穷。
话说人老就像得了寒热病
兀的陷入忽冷忽热的窘境。
现在是人到三十古来稀，
再活着便和死了无异。
最好到点儿就把你们杖毙。[1]

梅菲斯特

这样说让魔鬼都无语。

学士

若我不愿意魔鬼都不得存在。

极端的以自我为中心，绝对的主观主义，影射费希特的“我”与“非我”。

梅菲斯特　*旁白*

马上就让你尝尝魔鬼的厉害。

学士

这才是年轻人最高贵的天职！

---

① 据说费希特 1806 或 1807 年在一次面对年轻人的讲演中，为提振民族意识，使用过类似说法。其大致意思是：人过了三十岁，则当为维护自己的荣誉和世界的利益，自了残生。（另一方面，耶稣三十岁以后才开始讲道。）当然学士大约只是庸俗地使用费希特的术语，却未必理解其哲学思想。

世界在我造它之前并不存在；
太阳是我把它从海中牵上来；
和我一道月亮开始它的圆缺；
白昼把我的道路装点美丽，
大地向我送上繁花与绿意。
我挥一挥手，亘古第一晚
群星绽放，壮丽辉煌。

6794 行至此，均用过去式，拟上帝造物。[1]

除了我，谁带领你们逃离
所有平庸狭隘思想之樊篱？
我听从精神的声音，自由
而喜悦地跟随我内在的光，

强调自我的内在，终将导致奉自我为神。第五幕中，浮士德有类似表述。

我匆匆上路，欣喜若狂，
背朝黑暗，面向光芒。

写尽新派年轻人的狂妄。

下。

梅菲斯特

别了你的辉煌和原创！——[2]

---

[1] 歌德曾在 *Tag- und Jahreshefte* 1794（FA I 17, S. 31）中，说费希特认为世界是他创造的财富。

[2] 原创（性），Original，天才的特征，狂飙突进运动的关键词之一，此处当然是反讽。歌德曾是狂飙突进运动的代表，时隔五十年，暴露出老年歌德对自己青年时代的反思和清算。又见歌德所言："所谓的由自身中创造，常常制造一些虚假的原创性和矫饰者出来。"（FA I 13, 392）

你若明白该多么沮丧：
拙见也好，高见也罢
哪个不是前人想剩下？——[1]
我们也不必为此惊慌，
没几年就另一副模样。
就算新浆看上去荒谬，
也终将会酿成美酒。

以新酒作喻。

冲台下不鼓掌的年轻人

诸位听我讲话也不叫好，
我且不和各位乖乖计较；
要知道：魔鬼他老了，
要理解他，要等诸位变老！

歌德心声，因其后来不再招新派年轻人、大学生喜欢。

---

[1] 言世间之事本传统多，创新少。参《旧约·传道书》1:9—10："已有的事，后必再有；已行的事，后必再行。日光之下并无新事。岂有一件事人能指着说这是新的？哪知，在我们以前的世代早已有了。"

简评

本场的讽刺一则针对自然科学僭越造物的实验，一则针对狂妄的学术新人。

本场呼应第一部中的学者剧。第一部的学者剧，其创作时间在 1770 年代初，即在歌德上大学的时代。之后，歌德曾在 1790 年代末至 1800 年代初，进行过大幅的添加和修改。本场的学者剧，创作于 1820 年代末。相较之下，与初次创作相隔五十余年，与二次创作相隔二三十年。其间，歌德从二十多岁的学生，到四五十岁的中年，再到七八十岁的老年。

基于人生经历变化，同时鉴于欧洲和德国学界的变化，歌德之讽刺所针对的问题也发生变化——从第一部中对经院学者、学院生活的程式化讽刺，转向有针对性的对现代自然科学、大胆学术创新的讽刺。

此时的学术已抛弃经院的、形而上的传统，演化为经验的、实验的科学。学界宿学被奉为神明，学界泰斗开始僭越神，进行造人的试验。

其次，1790 年代末，德国学界、思想界兴起浪漫派思潮，担纲者多为年轻作家、学者、知识界人士、学术新锐，他们引领思想界新潮流，尤其从早期浪漫派的 F. 施勒格尔、诺瓦利斯等人中，发展出浪漫的唯心主义，到费希特达到高潮。这批浪漫派中人起先推崇歌德，到后来便对他不感兴趣。歌德自己也深切意识到这点。

本场的学士，即影射这种浪漫派新人的代表，歌德借梅菲斯特之口，讽刺了他们缺乏敬畏、藐视权威、不可一世的狂妄，借舞台展示了他们极其浅薄却不自知的滑稽可笑。歌德同时明确说明，这并非指涉某一具体人物或团体，而是泛指青年人常有的自傲。（1829 年 12 月 6 日与爱克曼谈话）也就是说，歌德在此，再次从一时的具体现象，抽象出普遍的代际问题。

本场说明

实验室场，上演瓦格纳在实验室进行人造人的实验。梅菲斯特在关键时刻进入，随之人造人荷蒙库鲁斯诞生，暗示人造人的成功得到魔鬼的助力。浮士德全场昏睡，无戏份。

人造小人甫一诞生，便用其特异功能，窥见到浮士德的梦。浮士德正梦到勒达（海伦之母）在水中嬉戏，宙斯（海伦的生父）化作天鹅游来与之调情合欢。根据古希腊神话，海伦便由此诞生。也就是说，浮士德做梦都在想着海伦，且他的梦再现了一个充满爱欲的有机的造人过程。实验室烧瓶中的产物，偷窥大自然中性感的场面，这一反差造成强烈的喜剧效果。

瓦格纳的人造人试验，既继承了炼金术设想，又融合了1820年代的新科技。根据医生、炼金术士帕拉塞尔苏斯（Paracelsus）《物性论》（*De natura rerum*, 1572）描述，人造人试验需取男子精液来培养胚胎，以培养基代替母体。胚胎需用40天着床，40周孕育。造出的人形体微小，故称"小人"，对应拉丁语Homoculus，音译"荷蒙库鲁斯"。

同时，1820年代，德国化学家人工合成尿素成功，标志可以由无机物制造出有机物。因此可以说，瓦格纳的人造人既借用了炼金术的思路，又受到现代化学的启发。但其最终的动机，却是制造一个只有纯粹思想和精神的人。

故而荷蒙库鲁斯只有精神，没有肉体，不能脱离曲颈瓶存活。于是荷蒙库鲁斯最大的愿望，便是弥补美中不足，获得肉体，获得真正的有机的生成。为达此目的，在本场将结束时，他提议带领梅菲斯特和浮士德，去往古希腊的古典的瓦尔普吉斯之夜。

实验室

中世纪意义上的实验室，

四处堆放着笨重的器械，
用作奇妙的用途。[1]

瓦格纳[2] *坐在炉边*

钟声响起，可怕至极
震颤着熏黑的四壁。
成败与否严阵以待
须臾即可见得端倪。
混沌的一团开始放亮；
曲颈瓶的瓶肚里
开始发出活炭的红光，
就像美妙的红宝石，
透过黑暗熠熠闪亮。
终于出现明亮的白光！

前场梅菲斯特所敲之钟声。“可怕”：如末日审判的钟声。

长颈梨形玻璃瓶。

传说红宝石生于炭。

---

① 炼金术意义上的实验室及器械。

② 瓦格纳，德文 Wagner，字面意思是“冒险者”，其动词意思是“大着胆子去冒险”，本场常用人名中隐含的这一意思做文字游戏。另，瓦格纳的人设，除源自 1587 年版的《浮士德故事书》外，还借鉴了 1593 年的《瓦格纳故事书》。其中，瓦格纳是浮士德收留的一位弃儿，承受了浮士德的衣钵，四处施魔法以骗得钱财和声望。

哦但愿这次我能保住！——

用词和语气仿孕妇害怕流产。

天呐！是什么在门口窸窣？

梅菲斯特　走进来

暗示梅菲斯特是人造人成功的关键因素。他的到来似乎对化学反应起到催化作用。

多谢欢迎！多谢美意。

不请自入。

瓦格纳　怕怕地

害怕闲人进入，打扰好事。

欢迎！正合吉时的吉星。

炼金术讲究星象吉时，认为它们利于元素化合反应。这里是恭维梅菲斯特，同时暗示他是关键推动力。

压低声音

请屏住呼吸切莫作声，

杰作马上就大功告成。

梅菲斯特　压得更低

所谓何事？

瓦格纳　再低

正在造人。

在实验室中制造（machen）人，而非上帝造（schöpfen）人。

梅菲斯特

造人？是怎样的情侣

被你们关进了丹炉？

故意以为是男女交合自然造人。

瓦格纳

非也！那是旧时的风气
我们称其为纯粹的闹剧。
什么迸发生命的稚嫩的点，

先成说。[1]

什么由内而发的美妙的力

后成说。

那取予、自我生成之力，
吸取近处和外来的东西，

不同养料。

此力之尊严行将被代替；

此力几乎具有神性，故称尊严。以上盖言有机生命形成过程。

如果说动物仍将乐此不疲，
那人则必将因其伟大天禀
不断拥有更高贵的来历。

人无需自然和动物性的生育过程，也就无所谓先成后成。

转向炉子

在闪！快看！——实非虚传，
若把成百上千种物质，
通过混合，最最重要的混合，

---

[1] 先成说，也称预成说，此处具体指歌德时代关于胚胎发育的一种假说，认为卵细胞或精子（“迸发生命的稚嫩的点”）中，先于受精，便已存在生物体的雏形，即已存在生物体的各种组织和器官，然后吸收养料成长。与之相对的是后成说，或称渐成说，认为生命以某种有机物为养料，其成长要经历一系列新的塑形。而塑形需要一种无所不在的、自我生成的力（“由内而发的美妙的力”）来促成。歌德认为，先成说与不断提升的塑形不符；另一方面，即便不断吸取养料而成长，也必须以精子卵子的相互取予为前提，故而若非先成，至少也必有事先的规定。歌德继而认为，若要有有机生命出现，那么驱使其塑形的力的自由与统一，若无变形（Metamophose）的概念则无法理解。本节中，“点”和“力”两个关键词，表明歌德综合了那个时代之先成说与后成说的理论。

从容合成出造人的物质，
再把它密封进烧瓶，
恰到好处地蒸馏，
作品便会悄然告成。

合成、密封、蒸馏等，旧炼金术、今化学术语。

转向炉子

马上！轮廓越来越分明，
信心也更加、更加坚定：
世人都称是自然的奥秘，

比如自然的有机结合、生理过程。

我们偏用理智去试探玄机，
自然让什么有机地结合，
我们就用结晶把它获得。

人造的、化学的过程。魔鬼的“杰作”。

梅菲斯特

谁若痴长几岁就会见多识广，
世上难得还有他没见的状况，
我呢，还在早年的漫游时代，
就见识过有人被结晶出来。

一说暗指《威廉·迈斯特的漫游时代》(1821/1829)。

指小说中或泛指精神化的人物。

瓦格纳 死死盯着曲颈瓶

在升腾，闪光，聚集成形，
随时都将大功告成。

宏图在起初总显疯癫，
可我们终将笑傲偶然，

自然生殖的偶然性。

一个卓越思想的头脑，
终将要由思想者制造。

单一思想的人，仅有精神活动的人。一说人工智能前身。

出神地注视曲颈瓶

轻柔的力量令烧瓶作响，
弥漫，澄清；马上就要显形！
我看到一个纤小的形象

“力量”押“形象”。

一个乖巧的小人端坐中央。
我们，这世间，复欲何求？
奥秘已暴露于白昼。
请倾听里面的响动，
似成了语言，成了人声。

荷蒙库鲁斯[1]　在曲颈瓶冲瓦格纳

因是封闭的曲颈瓶，故而实际上只能是腹语。

嘿小老爸！成了吧？不是玩笑。

嬉认瓦格纳为父。

来呀，小心翼翼地把我拥抱！

因罩着易碎的曲颈瓶。

---

[1] 荷蒙库鲁斯，音译自拉丁语 Homoculus，系“小人”之意。帕拉塞尔苏斯以人造人形体小而称之为“小人”。瓦格纳所造荷蒙库鲁斯，只有思想和智识，是纯精神之人，故而无肉体，身体透明，且密封在曲颈瓶中，不能脱离曲颈瓶而存活。另据古人及帕拉塞尔苏斯的设想，人造人具有几项特异功能：知晓秘密或隐情；透视他人梦境或内心活动；预知未来。以下情节即扣此特异功能。

可别太紧，怕弄碎了玻璃。
此乃万物之本性：
于自然之物寰宇都显局促，
人造之物，需要封闭的小屋。

自然造物可向整个宇宙伸展。

人造人只能待在曲颈瓶里。

冲梅菲斯特

嘿表兄，你这泼皮也在这里？
来得正是时候，小弟万分感激。
一阵好运把你送到此地，
我既已生成，便要有所行动。
想这就挽起袖子做些事情，
你如此精明，给我指条捷径。

荷蒙库鲁斯名为精神产物，却与梅菲斯特称兄道弟。

歌德本欲明写梅菲斯特的介入，后改为暗示。

一出生且带着易碎的曲颈瓶就要积极行动，滑稽，反讽。

以本段出场台词来看，此乃俏皮喜剧角色，非瓦格纳之纯思想或纯精神之人。

瓦格纳

请恕赘言；这一向令我汗颜：
老少总拿些问题把我纠缠。
就比如：尚无人能解
为何灵与肉如此完美和谐，
如此紧紧相连仿佛永不分离，
却成天里没完没了彼此厌弃。
再比如——

梅菲斯特

停！我倒想问清：
男女为何总是打斗不停？
老兄，这个你永远无法搞懂。
还是让那个小人儿做点事情。

荷蒙库鲁斯

敬请吩咐！

梅菲斯特 指指侧门

展示一下你的天赋！

透视梦境的特异功能。

瓦格纳 只顾往曲颈瓶里看

哎，你真真是个可爱的小孩！

侧门打开，可见浮士德横倒在床上。

荷蒙库鲁斯 惊讶地

意味深长！——

以下为浮士德的梦境。[1]

---

① 以下小人讲述他透视到的浮士德的梦境：宙斯化作天鹅，引诱勒达（勒达因此诞育海伦）。同为造人，此处画面中的自然风景与爱欲，与实验室形成对比。

曲颈瓶从瓦格纳手中溜出，

悬浮在浮士德上方，映照着他。

风景这边独好！——清水涟漪

自然风光。

风林茂密！女人们正在褪衣；

勒达（斯巴达王后）与使女。

妖娆妩媚无可比拟！——越来越旖旎。
有位女子光彩照人孑孑独立，
是至尊的英雄和诸神的苗裔。

勒达。

她把玉足踏进清澈的水里；
让晶莹温婉的波浪抚平
高贵玉体中曼妙的激情。——
是哪来的翅膀拍打得山响，
兴波逐浪搅乱了水面的平静？

宙斯变天鹅，戏水而来。

姑娘们落荒而走；唯有
王后，款款地把目光投去，
面带骄矜女子的惬意
任天鹅之王在自己膝间偎依，
鲁莽又知趣。看上去他轻车熟路。——
怎的忽然升起一阵烟雾，
如稠密的幔帐遮住
那最妙不可言的一幕。

相当于以下省去若干字。以上描写，歌德参柯勒乔 1530/1532 年绘《勒达和朱庇特变的天鹅》。

梅菲斯特

亏你竟讲出这等故事！
人小却是个幻说的大师。
我怎么不见——

> 荷蒙库鲁斯本是无性繁殖的产物，却一上来就要透视并且讲述男欢女爱的场景。绝妙构思。

荷蒙库鲁斯

诚然。你从北来，
生长在混沌的时代，
混迹于骑士僧侣之间，
何曾有过自由的双眼！
晦暗不明最合你意。

> 梅菲斯特系出中世纪、北方，希腊神话的界域在古代、南方。
>
> 中世纪。
>
> 中世纪两大支柱等级。
>
> 原文孤韵。

环顾四周

> 以下为浮士德的书斋。

四壁黢黑，发霉，晦气，
拱顶高挑，螺纹，压抑！——
若这位醒来，则又要遭灾，
他登时立地就要断气。
林间美泉，天鹅，裸女，
那才是梦所预示的东西；
他如何还能置身此地！
随和如我都难以忍受。
快把他带走！

> 老派哥特式书斋。
>
> 指浮士德。
>
> 醒来若见到黢黑发霉的书斋，而非梦中明媚的古希腊，便立马活不下去。

梅菲斯特

这法子甚合我意。

荷蒙库鲁斯

提出建议，前往古典的瓦尔普吉斯之夜。

战士要命他上战场，
姑娘要引她把舞跳，
事情就这样说好。

比兴，意指各得其所，浮士德当去古希腊。

我很快想到，这时节
正是古典的瓦尔普吉斯之夜；
这难觅的佳期
定把他带到他的根基。

逆喻，异教的古希腊，与中世纪基督教的女巫狂欢之夜混在一起。

适合浮士德的环境。

梅菲斯特

此事我怎的从未听说。

荷蒙库鲁斯

它如何能传到你们的耳朵？
你们只晓得浪漫的幽灵，
孰知幽灵也是古典的纯正。

中世纪的。

梅菲斯特

敢问咱们动身去往何方？

我讨厌那般仿古的同行。

古希腊的巫魔。

荷蒙库鲁斯

西北，撒旦，是你游乐的地盘；

通常意义上的瓦尔普吉斯之夜在哈尔茨山的布罗肯峰，位于古希腊西北。

咱们此次是扬帆东南——
珀涅俄斯河在原野上自在流淌，
穿过密林，沿着潮湿静谧的河床，
平原延宕与群山峻岭接壤，
上游是新旧的法萨卢斯战场。①

色萨利平原。

梅菲斯特

诶！打住！休再与我提起
僭主与奴隶间的角力。
实乃无聊至极，一波未平，
新的一波又从头开启；
竟无人察觉：那无非是
藏在背后的阿斯摩太挑起。②

恺撒与庞培的斗争。僭主指行将奴役共和的恺撒。

---

① 法萨卢斯，称之古战场，是因为公元前 48 年，恺撒与庞培曾决战于此；称之新战场，指"古典的瓦尔普吉斯之夜"在此发生，时值决战纪念日前夜，当日战争的幽灵再现。有关珀涅俄斯河、色萨利平原及法萨卢斯的位置及译名见下场说明。

② 阿斯摩太，译法按思高本《圣经》多俾亚传 3:8，本是犹太教中的恶魔，主愤怒、贪婪、淫欲等，后主要指制造（夫妻间）不和的魔。另参假面舞会场相关注释。

他们争斗，名为自由权利，
仔细观之是奴隶对奴隶。

一说影射 1821—1829 年希腊反抗土耳其的解放战争。其地点也在法萨卢斯。

据手稿 H18a，指恺撒与庞培两方士兵均非自由人。

荷蒙库鲁斯

人本性难移说也无用，
必人人自保尽其所能，
从娃娃起，直到长成。
当务之急是如何治愈此公？
你若有法子不妨一试，
若不行便交与我处置。

治愈浮士德的相思病。

梅菲斯特

布峰的伎俩本可尽情操练，
可异教的大门却上了门栓。
希腊人从来就没什么本事！
不过任用感官游戏把你们迷惑，
勾引人敞开心扉轻松犯罪；
反让人觉得我辈无比阴晦。
有何法子？

布罗肯峰，第一部中瓦尔普吉斯之夜的发生地，梅菲斯特掌管的地盘。

梅是属于基督教语境的魔鬼，被挡在异教的古希腊门外，无法施展在布峰的魔法。

古希腊人重感官被认为是高贵的单纯，中世纪人禁欲却被认为罪孽深重。

荷蒙库鲁斯

倒少见你这般局促；
我若提及色萨利的女巫，
想必就说到了你的痛处。

色萨利的女巫，以淫荡、擅长施魔法和招魂术著称。

梅菲斯特 色眯眯地

色地的女巫！妙极！不枉我
打探了好久她们的消息。
只是夜夜与她们同居
想来也并不那么惬意；
可不妨去拜访！尝尝！

荷蒙库鲁斯

快拿来大氅，
给咱们这位骑士裹上！
这披风会像从前那样，
载着你们二人飞翔，
我在前头照亮。

浮士德将在第三幕以骑士身份营救海伦，荷蒙库鲁斯似已预见到。

荷蒙库鲁斯的曲颈瓶发微光照路，呼应第一部瓦尔普吉斯之夜场中引路的“鬼火”。

瓦格纳 担心地

那我？

荷蒙库鲁斯

哦你么
待在这儿做最要紧的事。
你展开古旧的羊皮纸，
按方采集生命之-原质
再依次把它们悉心调制。
想好用什么，更要想如何？

呼应前文拣选原料和按比例混合。

其间我到世上转上一转，
兴许能补上那一点缺憾。

原文“或许能找到 i 上的一点”，即让事物最终臻于完美的一点，指找到荷蒙库鲁斯所缺少的肉体。

于是宏伟的目的达到，

若荷氏找到肉体，表明瓦格纳的试验也臻于完善。

一番努力赢得一番回报：

瓦格纳的努力。

金钱、荣誉、声名、健康长寿
学问和德性——或许还有。
再见！

原文即用如此庸常词汇。学术研究的目的。

瓦格纳 忧伤地

再见！这让我心难安。
恐今生再无缘相见。

果然。荷蒙库鲁斯一旦获得有机生命，就不再是瓦格纳的造物。

梅菲斯特

这就赶往珀河流域，

岂可怠慢这位小弟。

冲观众

到头来我们竟依赖于

我们自己制造的东西。

预言。

【插图 4】

【插图 5】

德斯罗赫（E. Desrocher）作，铜版画，临摹柯勒乔的《勒达和朱庇特变的天鹅》

（藏于：魏玛的歌德-国家博物馆）

简评

对于荷蒙库鲁斯这一角色，歌德在创作过程中进行了重大改动。根据 1826 年的设计，瓦格纳原本将以炼金术，制造出一个活蹦乱跳的小人。浮士德和梅菲斯特是以访客和观摩者身份出现在实验室。但几年后，1829 年的成稿就已呈现出现在的样子。

究其原因，大约在于化学领域出现新的进展，也就是 1828 年人工合成尿素成功。如同近现代各项自然科学重大发现发明，均无可避免造成人的宇宙观世界观动荡，从无机物制造出有机物，也颠覆了人们的认识，促使歌德以戏剧形式，记录自然科学领域的变革，思考它可能带来的后果。

改动后的荷蒙库鲁斯由人工结晶而成，是纯思想和化学实验室的产物；它仅有精神没有肉体，并且是在梅菲斯特的助力下诞生。

这样，制造者到最后几乎要依赖于自己所造的东西。新近解释认为该形象预示了现代人工智能带来的危险。无论这样的解释是否牵强，有一点可以肯定，歌德以瓦格纳——“大胆的冒险者”——预示了现代科技将越来越大胆，越来越强调人的精神而抛却神学伦理，直至僭越神去试验造物。

【插图 6】

本场地点示意图（张皓莹作）

本场说明

古典的瓦尔普吉斯之夜，呼应第一部中的瓦尔普吉斯之夜，大约是整部《浮士德》中想象最为丰富、场景最为驳杂、语言最为诙谐幽默的一场。

标题采用了逆喻修辞：德国中部哈尔茨山布罗肯峰的瓦普之夜，系北方基督教语境中的女巫聚会和撒旦崇拜之夜，而古典的则指示南方的古希腊异教文化，两者本来风马牛不相及，但在此被通过文学想象捏合在一起。

在本场中，歌德并未塑造一个明媚的古希腊，而是展示了古希腊的另一面：黑暗、原始、粗鄙、淫荡，打破了歌德时代对古希腊的美化和憧憬。

古典的瓦尔普吉斯之夜发生在希腊半岛北部的色萨利地区（Thessalia，旧译忒萨利亚），北接马其顿，是相对荒凉的多山地区。

主要河流是珀涅俄斯河（Peneios，按河神珀涅俄斯译，今译皮尼奥斯河）。该河一支发源南部山区；下游穿过平原，最后出奥林匹斯山和奥萨山（Ossa）之间的坦佩谷，注入爱琴海西部的海湾（塞尔迈湾，Thermaikos）。

本场地点的顺序是：色萨利地区的法萨卢斯（高原，包括古战场和珀河上游）——珀河（下游-上游）——爱琴海海湾。

法萨卢斯（Phasalos，一译法萨罗、法萨卢，今译法尔萨斯），其古战场在珀河上游的出山口，依山傍河。公元前 48 年 8 月 9 日，恺撒代表平民派，庞培代表贵族共和派，在此决战。恺撒终以少胜多，从此“独裁取代共和”。该场就由这场战争的纪念日开始。

据说三大场（至 8033 行）围绕珀河上演的情节，带有古色萨利地区珀河节的影子，该节日一年一度，庆祝远古的一次地震，地震震开了坦佩谷，使珀河得以流入大海。

荷蒙库鲁斯、梅菲斯特和浮士德构成三条线索。三者各抱不同目的来到古希腊：荷蒙库鲁斯为寻找有机的生命，梅菲斯特为找到最丑的女巫，浮士德为寻找海伦的踪迹。三人时而分手，时而会合，最后均如愿以偿：浮士德得到女巫指引，踏上寻找海伦之路；梅菲斯特逐级找到最丑的女巫；荷蒙库鲁斯在海的节日，象征性完成与海神之女伽拉忒亚的婚配，注入大海，去开始他的生成。

古典的瓦尔普吉斯之夜是《浮士德》中篇幅和演出时间最长的一场，妖魔鬼怪，出场角色众多，整场都在黑暗中、月光下进行，光怪陆离，扑朔迷离。本场采用了歌剧、舞剧等多种舞台表演形式，但整体上是一大场滑稽剧，台词诙谐幽默，充满机锋。

古典的瓦尔普吉斯之夜

法萨卢斯战场

希腊北部色萨利地区法萨卢斯古战场。

晦暗

以下拟古希腊悲剧双三音步抑扬格，无韵。

女巫厄里茜托[1]

今晚是阴魂的祭日，一如往常，

古典的瓦尔普吉斯之夜与大战祭日在同一晚。

我厄里茜托，女巫，来到战场；

与第三幕海伦出场时的自报家门呼应。古希腊戏剧风格。

我哪有蹩脚诗人们渲染的那样
面目可怖……他们断不会停下
品头论足……惨淡中隐约可见
灰蒙蒙军帐波浪般沿河谷曼延，
敢是忧惧的夜晚的脸幽幽浮现。
年年岁岁往复不断！岁岁年年
直至永远……谁人肯把那帝国
垂手相让，谁若用了力气打下
又费了力气执掌。那不知驾驭
自己内心的，偏又喜欢驾驭
邻人的意志，凭着凌人的意识……

奥维德和卢坎曾描写过厄里茜托；且她知晓自己的后世。

指两军沿河安营扎寨的帐篷。

---

[1] 厄里茜托（Erichtho），色萨利地区的女巫，在古罗马诗人卢坎（Lucan）笔下，她是寄居在坟墓的吸血鬼。

此处就是一个铁血换来的例子，
展示暴力如何对垒更强的暴力，

恺撒对垒庞培，当时庞培军力更强。

优美绚丽的自由花环如何被打碎，

恺撒打败了代表共和的庞培。

僵硬的桂冠如何屈就王者的头。

桂冠戴在恺撒头上。

这方庞培梦想着昔日的荣光；
那方恺撒警醒地注视命运的走向！
两厢较量。世人皆知谁打了胜仗。

营火灼烧，放着通红的烈焰，
血染的沙场泛着冥冥幽光，
这黑夜罕见的奇光引得
希腊传说的大军聚集一堂。

下文将出现各路妖魔鬼怪。

团团营火旁或影影绰绰
或悠闲自得，浮现旧日的形象……
月，虽不圆，却也明亮，
冉冉升起，柔辉洒向四方；
军帐幻影消失，营火泛着青光。

火在暗处发红，在月光下发蓝。

欸！我头上！怎的一颗流星？

荷蒙库鲁斯到，曲颈瓶发出微光，仿佛流星一般。

闪着光照着一个有形体的球。

荷蒙库鲁斯的曲颈瓶；一说是浮士德。同时影射歌德时代发明的热气球。

我闻到了人味儿。我万万不可

去接近活物，我会把他们害苦；

厄里茜托寄居坟地，对活人有害。

况给我带来恶名毫无益处。
瞧它开始降落。我知趣地退下！

下。

空中飞人至

荷蒙库鲁斯

且让我再盘旋一周，
在阴森的营火上头；
眼下的河谷深渊，
看上去鬼气森然。

梅菲斯特

就仿佛透过一扇老窗，
如在混乱恐怖的北方，
看到令人惊悚的幽灵：
我大可把他乡作故乡。

此南方古希腊与北方中世纪的德国没什么两样。

荷蒙库鲁斯

看呐！一个长条老朽，
大步从我们面前跑走。

厄里茜托的魂儿。

梅菲斯特

她一定是吃了一惊；
见到咱们凌空飞行。

荷蒙库鲁斯

随她走开！放下此公
令兄的骑士，他马上
就会获得重生，
他惯在幻境寻找生命。

令兄：梅菲斯特；骑士：浮士德。

浮士德见到海伦方能活过来，而海伦只在虚幻的古希腊。

浮士德 触到地面

她在哪儿？

浮士德一到古希腊就醒来，醒来即问海伦，接第一幕结尾的招魂表演和爆炸。

荷蒙库鲁斯

我辈哪里知晓，
或许能在这儿问到。
你不妨赶在天亮前，
挨个儿火堆去探找：
谁到地府见过众母，
就没什么不能克服。

天亮幻境就会消失。

第一幕幽暗的回廊场。

梅菲斯特

我嘛也有自己的事情，
为了咱们都圆满成功
我看最好：各自穿越
火堆去进行历险活动。

建议三人分道扬镳：浮士德去打探海伦，梅菲斯特去找女巫，人造小人去找肉体。

然后，再会成一道，
小子，以你的声光为号。

荷蒙库鲁斯的曲颈瓶可发出光和声响。

荷蒙库鲁斯

就这样闪光，这样作响。

荷让瓶子发光并作响，展示给另二者看。

曲颈瓶嗡嗡作响，呼呼放光

走吧去见识新奇景象！

浮士德 独自

梅菲斯特与荷蒙库鲁斯已开路，剩浮士德一人。

她在哪儿？——姑且不再追问……
即便这不是承载过她的土地，

土。

不是激荡过她的涟漪：

水。珀河之水。

也是说过她语言的空气。

风。海伦虽未到过色萨利、珀河边，但这里至少也讲她的希腊语。

被奇迹般带到希腊！带到这里！
我立刻感到了足下的土地；
昏睡已久的我，顿觉神清气爽，

心情和安泰一样舒畅。

安泰：海神波塞冬和地神盖亚的儿子，只要不离开大地母亲就有无穷力量。

眼前光怪陆离林林总总，
待我认真考察这火焰的迷宫。

火。古希腊才有适合浮士德生命的土水风火。

退场。

【以下单表梅菲斯特一支。与各类女妖调情。仅插入一小段浮士德戏。】[1]

梅菲斯特 四下伸头探脑

在一堆堆小火苗中间穿行，

月黑风高，篝火幢幢，梅菲斯特在其间穿行。

感到一阵彻头彻尾的陌生，
全是裸体，没有几处着衣：
人面狮寡廉，雕头狮鲜耻，[2]
卷毛和翅膀，前身和后体
差不多尽数映到我眼里……

裸体形象，映入梅菲斯特眼里。

尽管我们心里也不安分，
可古希腊也太过活分；

就裸露和情色而言，梅菲斯特尤叹不及。

需得用全新的意识去把握，
再用时髦的花样去涂抹……

一说讽刺歌德时代的拿撒勒画派，为避免画裸体，用各种笔法遮掩敏感部位。

---

① 有版本在此加小标题珀涅俄斯河上游。实仍在法萨卢斯。小标题系后来的编者所加，歌德手稿上并无标注。

② 人面狮，司芬克斯，在埃及原为男相，移植到古希腊（俄狄浦斯王的故事）后，改为女相；雕头狮，Greif，音译格莱芙，雕头，狮身，有双翼，钩爪。两者均为女相，趴卧，裸露上体，古希腊雕塑常见素材。

不堪的一众！可我一个新客
少不得规矩地向她们行礼……
请安了！各位美女，聪明的老妪！

雕头狮格莱芙 咕咕地说

非老妪也！雕头狮也！——没人愿意，
有人叫她老妪。瞧这些词汇
听着像同源词的聚会：
灰暗、苦涩、郁闷、恐惧、坟墓、晦气，[①]
词源学上听起来一个调调，
令我们好不烦恼。

老妪和雕头狮二词的复数（Greisen/Greifen）花体字极易搞混。

梅菲斯特

不过，言归正传，
尊衔雕头狮中的攫取令人喜欢。[②]

雕头狮主看守财宝，看守财宝的前提是攫取财宝。文字游戏。

雕头狮 同上，下同

当然！两者的亲缘已经受考验，

指用喉音咕咕讲话。

即看守和攫取财宝有亲缘关系。

---

① 所列各词连同雕头狮，德语都以 Gr 开头，这些词开头字母同音，但意思上并不同源；因有喉音 / 小舌音 r 音，雕头狮讲话发出咕咕声。

② 雕头狮，Greif，拼写中含 Greif (en)，“抓取、攫取”之意。Greifen 是动词 greifen（抓取、攫取）的名词形式。本段梅菲斯特与雕头狮用文字游戏斗机锋。

虽则常遭诟病，然更多是称赞；
尽管去攫取姑娘、王冠和黄金，
攫取者多能抓住好运。

命运女神头发前长后短，善于抓住的便是有运气。

巨蚁[①] 形体硕大

诸位在谈黄金，我们搞了不少，
偷偷塞进石洞和山腰；
结果被独眼族翻到，[②]
瞧他们搬跑了正在大笑。

雕头狮

我们且让他们不打自招。

独眼人

只别在这欢快自在的良宵。
到天明所有的就都搬跑，
看此番我们定会得手。

古典的瓦尔普吉斯之夜。

趁着狂欢夜得逞。

---

① 根据希罗多德《历史》记载，印度有一种巨型蚂蚁，可从地下掘出金沙；另记说斯坎特人（古代住在黑海以北南俄罗斯草原上的游牧民族）的巨蚁从格莱芙处抢夺黄金。歌德在此结合了两种说法。

② 独眼人，原文阿里马斯佩亚人（Arimaspen），传说高加索山北部的独眼人，伴在雕头狮左右，开采金矿，雕头狮守护；一说他们偷走了雕头狮的黄金。

梅菲斯特 坐在两人面狮之间

人面狮（司芬克斯）一般一对一对出现。

我乐不得如此轻松入乡随俗，

在这样的古希腊，梅菲斯特宾至如归，如鱼得水。

人人讲话我都听得清楚。

与同侪之间毫无隔阂。

二人面狮司芬克斯

两者齐诵台词。

我们哼出幽灵的声调，
你们就跟着依葫芦画瓢。

连蒙带猜理解其意。

尊驾何人快报上名姓！

梅菲斯特

人们给我起了好多大名——
可有英国人在场？他们惯爱旅行，
寻访战场，寻访瀑布，
残垣断壁，古代发霉的遗迹；

讽刺歌德时代英国人的全球漫游和考古风。

这儿可是个值得一来的目的地。

歌德时代过后英国人才关注古希腊。

他们还曾见证：在旧戏里

老式道德剧。

我还扮演过英式的“恶习”。

“Old Iniquity”，在近代早期的道德剧中扮演恶习的化身。

二人面狮

怎会如此？

梅菲斯特

我哪里晓得。

二人面狮

就算是吧！你可略知星象？
此时此刻是何情况？

梅菲斯特 *仰头看天*

流星如雨，弦月高照，
在此温柔乡我感觉甚妙，
我靠着你的狮毛取暖。
爬上去反而高不胜寒，
出个谜语，至少打个哑谜。

或指英仙座流星雨，一般出现在 8 月 11 日，即大战纪念日两日后的夜晚。

靠上裸体的人面狮。

情色暗示。

人面狮以出谜语著称。

二人面狮

说出你自己，就已是个谜。
试着破解最内在的自己：
“好人恶人都需要你，
对一个如剑靶，激其苦习，
对一个如同伙，助其胡闹，

而两下，只为博宙斯一笑。”

再次点出梅菲斯特的两面性。说明他也不过是神的一枚棋子。

雕头狮一　咕咕地说

我不喜此人！

雕头狮二　咕咕得更响

他来此作甚？

一齐

此地哪容这讨厌鬼安身！

梅菲斯特　粗暴地

你是否以为在下的尖指
不如贵利爪搔上去舒适？
那就试试！

二人面狮　温和地

你尽可待在这里，
只是迟早会被赶将出去；
就不妨回贵地去随心所欲，
若没看错，你在此并不惬意。

梅菲斯特

你上身看上去可真是撩人，

人面狮上身如裸体少女。

可下面却是这吓人的狮身。

二人面狮

你这冒牌货是来找收拾，

梅菲斯特是外来的冒牌货。

我们的利爪可着实结实；

你这长着干瘪马脚的家伙

梅菲斯特有一只马脚。

在我们堆儿里不会好过。

美人鸟塞壬 在树枝上以歌声拉开序幕[1]

梅菲斯特

那河岸的白杨树枝上

是什么鸟儿在轻摇曼唱？

二人面狮

小心了，最优秀的水手

也抵不住这嘤–嗡的歌喉。

典出《奥德赛》。

---

① 美人鸟，塞壬，人首鸟身，栖于树上，在本场并非诱惑水手的女妖，而是充当歌队，台词均为唱段。

美人鸟塞壬

哦诸位何苦要纵情于
这般丑陋-奇异的妖精！　　美人鸟与司芬克斯互相揶揄。
听，我们成群结队飞来，
歌声优美动听，
一如我们塞壬的习性。

二人面狮　拟同样声调，嘲讽塞壬

快勒令她们下来！
她们把丑陋的鹰爪
隐藏在枝丫之间，
她们会突然袭击，
趁你们听得入迷。

美人鸟

抛却仇恨吧！抛却妒忌！
我们收集至纯的欢愉，
让它们在天空下散逸！
无论水上，无论陆地，
我们把最欢快的致意
敬献给受欢迎的客人。

梅菲斯特

真是纯粹的新鲜曲儿
出自歌喉，又如弦音儿，
两个调儿交织成趣儿。
不似我熟悉的小曲儿，
虽说也让人耳痒难搔
可人心它却打动不了。

古希腊的美人鸟的歌，梅菲斯特不熟悉。

悦耳。

一说因古希腊音乐过于陌生；一说讽刺浪漫派诗歌过于追求声音效果，无法打动人心。

二人面狮

休提动心吧！太过虚妄；
瞧瞧你这副嘴脸模样
也就配一只干瘪的皮囊。

浮士德 走过来

神奇啊！观之真让人开眼，
面目可憎却也气度不凡。
我已预感有好的运气；
我严肃的目光投向哪里？

指着人面狮

俄狄浦斯曾站在她们面前；

指着美人鸟

浮士德线索与梅菲斯特的交汇。

眼前各种怪物。

预感到可以找到海伦；但这是一个丑陋的世界，浮士德色令智昏。

她们让尤利西斯绑着缆绳折腰；
典出《奥德赛》。

指着巨蚁

数不清的财宝它们来积攒；

指着雕头狮

然后由她们忠实无虞地看管。
我感觉清新的精神流遍通体，
形象伟大，伟大的是记忆。[1]

梅菲斯特
一手稿显示原为浮士德台词。

平素你早就让它们滚开，
可今天似乎正中你下怀；
人在寻找情人的途中，
浮士德寻找海伦。
就连怪物也都受欢迎。

浮士德 冲人面狮

各位女士，能否告我：
海伦，可有哪位见过？

---

① 浮士德在希腊的土地上，并未看到梦中明媚的风光，相反，全部是黑夜中妖里妖气的怪物，却仍觉神清气爽，表明他完全混淆了理想（记忆）和眼前的事实。精神，德文 Geist，也有魂灵的意思，在此处有双关意味。

二人面狮

我们没活到她出世的日子，
最后几个被赫拉克勒斯打死。
喀戎那里你不妨去打探；
值此幽灵出没之夜他四处奔窜，
他若肯停下你便稳操胜券。

司芬克斯比海伦要古老。

赫拉克勒斯，希腊神话中的大力神。此为杜撰情节。

马人喀戎，人头马身。喀戎情节为歌德杜撰。

美人鸟

尊驾你定也不要错过！……
尤氏当日到我处做客，
未口出不逊匆匆而过，
反倒是讲了故事多多；
我们愿给你如实转述，
你若肯去我们的地盘
到那碧绿的大海岸边。

我们的信息。

塞壬原在海岸边，今夜来到珀河边。

尤利西斯（奥德修斯）给塞壬们讲了很多故事。

尤利西斯参加过特洛伊战争，一定更知晓海伦下落，以此来吸引浮士德。

引浮士德去爱琴海海湾。

二人面狮

贵人你切莫受她们诱骗！
如尤氏命人把自己捆好，
让我们的忠告把你捆牢；
你若找到高贵的喀戎，

警告浮士德不要受塞壬诱惑，而是听从人面狮的忠告。

便可兑现我前番的预言。

喀戎可助浮士德找到海伦。

浮士德 退场。

梅菲斯特 恼火地

是什么嘎嘎扇翅飞旋？

怪鸟。

太快了让人眼花缭乱，
一个跟一个鱼贯而过，
这个让猎人苦不堪言。

猎人：赫拉克勒斯。见下注。

二人面狮

像冬日里呼啸的风暴，
阿尔西德斯的箭几乎追赶不到：

赫拉克勒斯。[1] 怪鸟速度快，箭都赶不上它们。

那是飞快的斯廷法利斯怪鸟。[2]

该怪鸟为赫拉克勒斯射杀，故有此两行。

长着鸢嘴和鹅足，
善意地嘎嘎打着招呼。
它们愿在我们圈子里

---

① 阿尔西德斯，Alcides，赫拉克勒斯祖父的名字。赫拉克勒斯在成神之前，曾用祖父的名字。后阿尔西德斯成为赫拉克勒斯的别名。

② 斯廷法利斯怪鸟，Stymphalide，希腊神话中的怪鸟，因栖居在阿卡迪亚地区的同名湖畔而得名。体量如鹤，长着铁翅膀、爪子和鸟喙。可像射箭一样射出羽毛，把人射死。最后由大力士赫拉克勒斯把它们射死（其十二件功绩中的第六件）。他先让怪鸟惊飞起来，然后拿弓箭一一射死。

表明自己是同宗的亲戚。

怪鸟因有翼而愿与同样有翼的人面狮攀亲。

梅菲斯特 受到惊吓的样子

所谓明媚的古希腊，却屡屡让北方来的魔鬼受惊吓。歌德的反讽。

似还有别物在嘶嘶作响。

天上嘎嘎怪鸟在飞，地上嘶嘶九头蛇在窜。一上一下，一远一近。

二人面狮

对此物您大可不必担忧，
那是勒拿水蛇的九头，[1]
与蛇身分离，还自以为了不起。
话说您到此地有何贵干？
为何如此躁动不安？
您要去哪里？敬请随意！……
看得出，那边那几个
把您看成了歪脖。不用绷着，[2]
快去！向迷人的脸蛋问候则个。
那是拉弥亚，风流至极，[3]

一群拉弥亚。

---

① 勒拿的蛇（Lernaeische Schlange），通常称九头蛇海德拉（Hydra），希腊神话中的一种怪兽，因生活在希腊南部、伯罗奔尼撒半岛阿尔戈利斯地区的勒拿湖沼而得名。九头，砍掉一颗会生出两颗，中间一颗永远砍不死。后被赫拉克勒斯用智谋杀死。

② 歪脖，Wendehals，学名蚁䴕，啄木鸟的一种，受惊时颈部像蛇一样扭转，俗称“歪脖”。

③ 拉弥亚，Lamien，希腊神话中的女妖，上身为妖艳的女身，下身蛇形，本有猎杀小孩和吸血等特征，在此作以色诱人的淫荡的女妖。

嘴角含笑，面露风骚，
很让萨提尔们中意；
山羊脚尽可与之随心所欲。

萨提尔：半人半兽，长有山羊角和蹄，酒神随从，常指代淫欲之徒。

萨提尔长着山羊脚，此处用以挑逗长着马脚的梅菲斯特。

梅菲斯特

你们不走开？好让我再找回来。

随之便发生地震，有山隆起，把梅菲斯特与人面狮隔开。接 7676 行。

二人面狮

自然！去找那群浮浪的断混。
我们，自古埃及，便已习惯
而且还将再端坐千万年。
但请敬重我们的位置，
凭之我们把阴阳二历规制。

如古埃及吉萨金字塔前的人面狮，指示东西二方，规定阴阳二历。

　　端坐于金字塔前，
　　静观万民的审判；
　　任洪水、战争与和平——
　　我们自来岿然不动。

人面狮千百年来，从古埃及到古希腊，再到千万年后，面对世事流转而纹丝不动。

珀涅俄斯河神　在河水中，众宁芙[①]

---

① 有版本在此列标题**珀涅俄斯河下游**。当由编者所加（见前注）。下游流经法萨卢斯平原和坦佩谷，注入爱琴海海湾。

【本段主要为浮士德的戏份。他与梅菲斯特分手后，独自上路寻找海伦。】

珀涅俄斯河神

以河神代河。现身在流淌的河水中。

轻启吧你芦苇的耳语！
轻声曼语吧蒹葭姊弟，
垂柳扶风沥沥淅淅，
摇曳的白杨喃喃呓语
向着那被打断的梦境！……
怎奈一阵可怕的雷动，[1]
暗暗搅动一切的震动，
把我从水波宁静中惊醒。

河边景物，一切静谧轻柔。从水的特征。

河神（河水）的梦境。同时影射前场浮士德的梦境。

浮士德匆匆走近，打破宁静，如前场宙斯化天鹅打破河水宁静。两厢皆为情欲所驱。

浮士德 *走近河边*

我若听得真，就敢肯定：
透过这枝丫、这树丛
茂密如织的叶子
似隐约传出人声：

① 雷动，Wittern，薛讷按阿德隆（Adlung）词典解为“雷声、雷动”。然该词（尤作动词时）也作“嗅到、闻到”讲，指野兽或猎狗本能地到处嗅猎物的气味。且在如猎狗嗅气味时，伴随颤动、抖动（Zittern，押 Wittern）。故而解作浮士德受情欲所驱，如寻猎物般本能地寻找海伦，亦通，且更为传神。

仿佛是水波在闲聊，
微风在开——逗乐的玩笑。

“玩笑”也是本场一关键词。

水精宁芙[1] 冲浮士德

以下为诗朗诵或唱段。

恕我们劝你
倒下来休憩，
就这份清凉
恢复疲惫的四体，
尽享那总是
避你而去的安息；
我们淅淅，沥沥，
对你轻声细语。

浮士德

大段独白。自述前场荷蒙库鲁斯窥视到的春梦。无意识中暴露出情色联想。

我已醒来！哦让她们别走开
好一群无可比拟的形体，
我的眼睛将之送至那里。
一阵奇妙的感觉涌起
她们是梦境？还是回忆？

眼前的宁芙，令浮士德回忆起此前的梦境（勒达和天鹅），产生移觉，两厢交织。

宁芙，亦勒达与侍女。

似心灵之眼把看到的景物投射到眼前。一写眼睛，突出视觉。

---

① 宁芙，Nymphen，一般为自然界中善意的精灵，在此为水精。

你曾一度拥有这般福气。

前梦。

河水缓缓流过清新茂密

开始回忆梦境，再次呈现宙斯戏勒达的场景。

又轻轻摇曳的丛林，
不闻涛声，只潺潺沥沥；
涓涓百泉自四面八方
汇聚，流入清莹透亮
一洗凝脂的池塘。
少女们矫健的身形，

勒达的侍女。

连同水面掩映的倒影
映入被愉悦的眼睛！

二写眼睛，视觉感知。

她们成群欢快地戏水，
泳之放胆，涉之惴惴；
直喊声震天打起水战。
见此我本当心满意足，
本当就此一饱眼福，

三写眼睛愉悦。

只是我的意识不肯打住。

因意识知道下面将要发生的情景。

我的目光犀利地冲向
茂密的绿叶编织的屏障，
那里遮掩着高贵的女王。

指勒达，海伦之母；与“意识”押韵。

真是奇异！竟然有天鹅

从那边的水湾款款游过，
波澜不惊王者般显赫。
宙斯率众天鹅。
其怡然凌波，友善温和，
却又骄傲而自得
如其鹅首曲颈自如地伸缩……
然其中一只似与众不同
宙斯所化。
它自视不凡，昂首挺胸，
又扬帆疾驰甩开同伴；
它通身的羽毛蓬起鼓胀，
它兴波，逐浪，
冲向那个神圣的地方……
勒达处。
留下队友们在水中游荡
鹅羽安详又闪亮，
却不忘寻机大闹一场：
全为迷惑胆怯的姑娘，
鹅群引开海伦的侍女。
好令其忘却自己的责任，
侍女保护女主人。
一心只想如何保全自身。

众宁芙

姐妹们快把耳畔
预示马人喀戎将至。
贴近绿色的河岸；

我若是听得真真，
这便是马蹄的声音。
我好想知道，谁人
给今夜传来快报。

浮士德

我听到大地隆隆
好似快马的蹄声。
顺声观望！
如此好运，
我竟赶上？
哦奇迹无双！
但见骑士哒哒驰来，
一副智勇双全的气派，
胯下坐骑闪亮雪白……
没错，我认得此君，
著名的菲吕拉的儿郎！
停下！喀戎！我有话要讲……

菲吕拉（Philyra），喀戎的母亲，与克洛诺斯生喀戎。

马人喀戎[1]

什么？何事？

浮士德

请停下脚步！

马人

我从不驻足！　　喀戎总是匆匆赶路；说话也急切短促。

浮士德

那就请你！把我带上！

马人

上来！待我从容地发问：
去哪儿？你适才站立河边，
我且把你驮到河的对面。　　以为浮士德要过河。

---

① 马人喀戎（Chiron），人头马身，智慧而和善，据古希腊传说，为菲吕拉和克洛诺斯（萨图尔）所生，居住在色萨利和阿卡迪亚地区，能文能武，曾当过许多位英雄（忒修斯、阿基琉斯、伊阿宋、赫拉克勒斯）的导师，交游甚广，擅辨认方向，通医术，识百草。

浮士德　骑上去

悉听尊便。我感激不胜……
伟人啊高贵的先生，
培养出群英，赢得美名，
有阿尔戈号高贵的好汉
有诗人笔下所有的英雄。

阿尔戈号：寻找金羊毛的大船，满载古希腊英雄。

为讨好马人，指点海伦去向，浮士德三赞马人。此一赞。

马人

休要提起那段往事！
连导师帕拉斯都未受尊重；
他们终究是自行其是
仿佛不曾有过老师。

《奥德赛》中的雅典娜，屡谏奥德修斯或其子忒勒马克斯却不被遵从。

浮士德

你是遍识百草的名医，
精通所有草药的药理，
你妙手回春救死扶伤，
让我全身心地拥抱你！

二赞马人。

马人

但凡身边有英雄负伤，

我便上去指导和帮忙；
可最后还是把这手艺
拱手给了巫婆和僧侣。

至中世纪，医药到了修院的僧侣或民间的巫婆手里。

浮士德

你是真正的伟岸，
听不得他人夸赞；
总是谦虚地回避
仿佛世人都可企及。

三赞马人。

马人

你对阿谀拍马颇有一套，
王侯百姓奉承得都很精到。

浮士德

可你无论如何都要承认
你见识了彼时至伟之人，
逢至贤者你奋起直追，
亚神般一生恭谨无悔。
敢问众英雄豪杰之中

你以为谁人最是高明？

开始迂回地向询问海伦过渡。爱情令人变得聪明狡猾。

马人

说到阿尔戈号的群英
那是各路豪杰各显其能，
凭着各自天赋的力量，
相互之间各有短长。
若论少壮和俊美，
宙斯的双子出类拔萃。

海伦的双生哥哥卡斯托耳（Kastor）和波鲁克斯（Pollux）。

若论果断和急公好义
风神的二子无人能敌；

北风神（Boreas）的二孪生子。

论审慎、强壮、足智多谋、
讨女人欢心，伊阿宋堪称魁首。
俄耳甫斯，最是温柔沉静，

指乐师俄耳甫斯，可以音乐打动山石百兽。

弹起里拉琴无往而不胜。
林叩斯目光锐利，黑夜白天，

在第三幕、第五幕，分别作为浮士德城堡和宫殿的瞭望者出现。

驾驶圣船穿过暗礁险滩……

林叩斯因眼力好，充当阿尔戈号的舵手。

齐心协力方能共克艰险：
一人神通大显，余者同赞。

浮士德

赫拉克勒斯你怎的不提？

大力士，见前注。系最棒的男人，以之引出最棒的女人——海伦。

马人

唉！莫要勾起我的思念……
福玻斯我倒从未得见，
还有阿瑞斯，赫尔墨斯，
可他却曾立于我眼前
人人赞其如神明一般。

太阳神。希腊神话中有奥林匹斯神和阿尔戈号英雄两个系统，马人只经历过后者。

战神和神使。所列三者均属奥林匹斯神系统。

赫拉克勒斯属阿尔戈系统，最伟大的英雄，如神一般。

他是个天生的君王，
少时便具辉煌气象；
他对长兄俯首称臣
殷勤侍奉娇妾美娘。

欧律斯透斯。天后赫拉施诡计让欧诞生在赫前，成为迈锡尼王。赫事实上不得不对其称臣。

赫拉克勒斯曾得赠数十位姑娘。

盖亚再生不出如此好汉，
赫柏不会引第二人上天；
白白地谱了那些赞歌，
白白地苦了那些雕刻。

盖亚是地母，大地之意。赫拉克勒斯系宙斯与阿尔克墨涅所生。

赫柏，青春女神，在天庭侍酒，赫拉克勒斯升天后与之成亲。

诗人表达不出对赫拉克勒斯的赞美。

雕刻家无力塑造。赞赫拉克勒斯为男人之最，为引出下文女人之最。

浮士德

任凭雕刻家如何打凿，
都无法一展他的荣耀。
你刚讲了最美的男士，
也该说说最美的女子！

兜了一圈，终于提出真正想问的。

马人

咳！……女子貌美不足为奇，
左不过都是千篇一律；
我只赞美那般散发着
活泼和快乐的尤物。
美自是自葆永福；
妩媚则令人无法抵挡，
就像当日海伦坐我背上。

马人驮过海伦系歌德的杜撰。

浮士德

你驮过她？

马人

是，就在这背上。

浮士德

这怎不令我意乱神迷，
我能坐于此是何等运气！　　坐在海伦曾坐过的地方。

马人

她也抓着我的马鬃
如你这般。

浮士德

啊！我已全然
无法自持！可否细讲？
她是我唯一的渴望！
你驮她从何而来？去向何方？

马人

你既发问我但说无妨。
话说当日，那两位兄长　　海伦的两个孪生哥哥。
从强盗掌中把小妹解放。[1]

---

① 强盗，指劫持海伦的忒修斯（Theseus）。“强盗掌中”之“掌”，原文 Faust，德文“拳头”之意，与“浮士德”同音。听之如“强盗浮士德”，文字游戏。两兄弟把海伦从强盗（忒修斯）手中抢走，带回斯巴达。

可那强盗之掌不甘示弱，
重整旗鼓穷追不舍。
怎奈厄琉西斯的滩涂
挡住了兄妹奔逃的去路；
哥哥们涉水，我噼啪地游渡；
她跳下来即把我湿漉漉的
马鬃爱抚，再道恭维
和感恩，乖巧伶俐又自信。
多么迷人！令老少垂涎！

听之如“强盗浮士德”。

厄琉西斯（Eleusis），在雅典西北郊，以秘仪著称。

浮士德

才七岁！……

手稿及其他版本有十岁或十三岁之说。

马人

　　　我看是语文学家，
骗了你也骗了他们自己。
神话女子本自成体系；
作家的塑造则各取所需：
她永不成年，也不老去，
风姿绰绰令人垂涎欲滴，
幼年被拐，老来风韵犹存；

用实证方法研究神话。

总之，时间约束不了诗人。

浮士德

但愿她也不受时间约束！
阿基琉斯，已出时间禁锢，
在费赖把她觅得。稀世之运命：[1]

阿基琉斯已成幽灵进入阴间。

与命运抗衡赢得了爱情！

暗示自己的愿望，超越时空得到海伦。

难道我不该极尽渴望之力量，
去复活那独一无二的形象？

依靠文学塑造的力量，复活海伦的形象。一厢情愿。

永恒之佳人，与众神比肩，
伟大而可爱，崇高而温婉。
你昔日见罢，我今日见她，

第一幕结尾见到海伦的魂魄。

美妙又迷人，销魂又美妙。

交错修辞法。

此刻我全副身心魂牵梦绕，
若得不到她，我便活不了。

心情之急切。

马人

外乡人！在人间这叫迷狂，
在魂灵中你看去颇为虚妄。

---

[1] 费赖（Pherae），色萨利地区城市名，在入海口附近，相传有冥界入口。此处涉及有关海伦的另一传说系统：阿基琉斯的魂灵与海伦的魂灵结合（一说在多瑙河中一个岛上），生下欧福里翁。

不过于你刚好有巧事一桩；
因一年到头，机会无多，
我会照例去拜见曼托，①
医神阿氏之女；她静静祈祷　　阿氏：阿斯克勒庇俄斯。
恳请乃父：为他自身的清誉，
愿他终究澄明医者的意义，
劝他们莫如虎狼乱医……　　庸医如杀人。
一众预言女中她最为可爱，
从不癫狂作怪，只行善慷慨；
你若在那儿逗些时日，
她定能用灵丹妙药把你根治。　　根治浮士德的相思病。

浮士德

我不要来治好，我意念坚强；　　不改初衷。
否则我定如旁人般庸常。

马人

莫错过高贵灵泉的疗伤！
快下来！我们已经到站。　　到曼托处。

---

① 曼托（Manto），本为阿波罗神庙中作预言的女祭司，目盲的算命先生之女，此处被设计为医神阿斯克勒庇俄斯之女，可为浮士德治疗相思病，为他指示去往冥府寻找海伦的路。

浮士德

请宣！这月黑风高的夜晚，
你跋山涉水带我到了何岸？

马人

罗马和希腊曾在此开战，[①]
右珀河左有奥林匹斯山。
最辽阔的帝国逝于流沙；
终是国王逃遁平民凯旋。
抬头看！月光下近在眼前
矗立着永恒的神殿。

已至珀河下游。

指亚历山大所建的马其顿帝国。实际交战在此地以北。

女祭司曼托 在殿内呓语

马蹄声起
响彻神殿阶梯，
似有英雄来仪。

闭目，靠听力识别马人来到。

---

① 当指古罗马与马其顿-希腊之间在公元前168年进行的彼得那（Pydna）战役。古罗马的平民执政官卢基乌斯·埃米利乌斯·保卢斯（Lucius Aemilius Paullus，前229—前160）带领罗马人，在爱琴海沿岸的彼得那打败马其顿-希腊王珀尔修斯。珀尔修斯是马其顿安提柯王朝（亚历山大部将所建）最后一任国王。此役是三次马其顿战争最后也是决定性一役。此后马其顿灭亡，马其顿-希腊地区归于罗马人统治。

马人

正是！

请将双目开启！

曼托 苏醒

欢迎！看来你造访如期。

马人

你的神殿也尚在原地！

曼托

你仍四处奔走乐此不疲？

马人

你静居此地不越藩篱，

浪迹四方则令我欢喜。

马人与曼托一动一静，两厢相互调侃。

曼托

我在原地，任斗转星移。

这位是？

马人

这声名狼藉的夜晚
把他阴错阳差带到此间。
是海伦让他心智迷乱，
是海伦他想占为己有，
却不知如何又从何开头；
还是先投奔医神的妙手。

瓦尔普吉斯之夜。

阿斯克勒庇俄斯。

曼托

我喜欢异想天开的人物。

渴望得到可遇不可求之物的人。

马人 已跑远。

曼托

请进，莽汉，你高兴才是；
这条幽暗的通道通往冥后。
她在奥林匹斯空空的山脚，
偷听不该听到的问候。
我曾在此偷渡了俄耳甫斯，[1]

歌德在此把冥府想象在奥利匹斯山脚底下。

冥后被冥王普路同抢到冥府成亲，她偷听阳世消息，渴望回到阳界。

---

[1] 俄耳甫斯并非由曼托引入冥府，而是由冥王冥后用音乐诱惑进去。歌德以此杜撰暗示浮士德是第二个俄耳甫斯。

你莫失良机，来！鼓足勇气！

俄耳甫斯进冥府寻妻，未恪守诺言回头张望而失败。

同下冥府。[①]

珀涅俄斯河上游

同前

【以下回到梅菲斯特一线。】

美人鸟

美人鸟本在树上，现为躲避地震而跃入珀河，顺流至入海口的爱琴海海湾。

我们跃入珀河的水流！
去拍打着水花畅游，
一支一支歌儿悠悠，
无福的一众难得消受。

常人听到塞壬的歌声会受诱惑坠海身亡。

没有水便没有祥康！

Heil，有神圣、安康、幸福、祝福之意。

我们欢快地结伴而往
赶赴那爱琴海的海洋，
把那里的趣事分享。

要离开这不开化的地方，去往爱琴海海湾。

地震

① 歌德原计划，在此续写浮士德与曼托进入冥府，请求冥后释放海伦。但几经考虑决定省去。这样，本场浮士德线索就此终止，之后直接越到第三幕海伦登场。本段核心，是浮士德与马人喀戎的对话。浮士德先是狡猾地打探海伦的信息，后又急切地想得到她。马人来去匆匆，不屑于浮士德的痴心妄想。两人对话妙趣横生，喜剧效果强烈。同时，对话中，对古希腊神话和海伦进行了陌生化处理，尤其调侃了语文学者和诗人对海伦的美化。

美人鸟

河水汩汩地逆流而上，
不再沿河床向下奔淌；
河底震动，河水摇荡，
河岸崩塌，砾石高扬。
快逃！咱们一道快跑！
奇迹会把所有人吞掉。

快走！我等欢快的嘉宾　　美人鸟自称是海的节日的嘉宾。
去赶赴海之盛大的节日，
那儿水光粼粼，潋滟，
浪花徐徐，舔舐沙滩；
那儿的露娜映照水天，　　月亮。
以神圣甘露滋润心田。　　月亮主露水。
那儿有自由灵动的生命，
这儿是惊悚的山摇地动；
凡聪明人都快走！
此危邦不可久留。①

① 本段美人鸟塞壬的歌词，展示了两个不同的世界：一个是地震引发的山崩地裂、飞沙走石、河水逆流的恐怖世界；一个是爱琴海海湾月光下波光粼粼、温柔湿润的祥和世界。地震寓指革命和激烈的社会变革，对应火成说；海寓指温和的渐进，对应水成说。此处号召“聪明人”，从爆发地震的地方逃向海的节日，具有深刻的寓意。

地震神赛斯摩斯[1] 在地下怒吼咆哮

再一次用力举，
再用肩向上扛！
终来到地面上，
统统给我避让。

地震神用力撑开地面，从地下钻出来。

人面狮司芬克斯从旁描述，地震如何使地壳发生变化，再现了歌德时代地质学关于地表形成的火成说理论。

二人面狮

多么恼人的震动
多么恐怖的轰鸣！
这般晃动，震荡，
颠簸摇摆如狂！
令人忍无可忍！
可休想让我们挪动，
就算地狱迸开了洞。

不改位置。

以下台词写地震神身世，以及他此时如何从地下钻出。

以下是赛斯摩斯的形象。也是高山之成因。

有圆拱奇异地隆起。
借同一个家伙之力，
就是那个耄耋老头，

---

① 赛斯摩斯，古希腊神话中掌管地震的神，海神波塞冬是地震神的别名。本场选取地震作为地表形成的一个因素，与第四幕高山一场中地底火山爆发的因素呼应。

提洛岛便出自他手，[1]
为一个临产的女眷[2]
他把那岛托出水面。
他奋力，连压带挤，
高举双臂，弯着背脊，
活像个阿特拉斯，

如提坦阿特拉斯撑起大地。

举起田垄草甸和大地，
砾石沙石，细沙黏土，

由粗到细。

还有岸边静静的河堤。
安详静卧的河谷
他竟也横加撕下一缕。
他竭尽全力，永不疲倦，
雄伟的女像柱一般；

古希腊刻有（一般为女子）形象的柱子，永远不知疲倦，在那里支撑。

他撑着沉重的石基，
已从地底升到胸际；

地震神从地下把大地举起，自己随之从地下升到胸部。

你休得再向上举起，

---

① 提洛岛（Delos），爱琴海中部岛屿，古希腊神话中太阳神阿波罗的诞生地，岛上有阿波罗神庙遗址。

② 指把提洛岛从海中托出。据古希腊神话，宙斯与女提坦勒托（Leto）相好，勒托将分娩产子（阿波罗和阿尔忒弥斯），天后赫拉出于嫉妒，不让勒托在任何地方分娩。宙斯命海神（地震神）从海里推出提洛岛，让赫尔墨斯把勒托带到岛上分娩。

司芬克斯镇坐此地。[①]

地震神

凡此全由我一人所为，
人们迟早会供认不讳；
若非我来催动摇荡，
世界如何这般壮美？
地上如何会有高峰
耸入一碧如洗的苍穹，
若非我将之托起，
来呈现如画的迷人风景！

地震造成地表变化。

彼时，当着众先祖的面
在黑夜混沌面前，我身手矫健

古希腊神话中，最初的神是黑夜（Gaea）和混沌（Chaos）。

继而，连同一众提坦，
抛着皮利翁和奥萨二球来玩。[②]

巨人游戏，以山作球，相互投掷。

我们年轻人恣肆撒欢，

---

① 以上歌德的描述，受到拉斐尔的作品《保罗在腓立比的监狱》启发，确切说是该画作的铜版复制品，其原作在梵蒂冈。而拉斐尔描画的是《新约·使徒行传》中关于保罗的记载，即一场地震把保罗从监狱中解救出来。参《使徒行传》16:23—26：“打了许多棍，便将他们下在监里，嘱咐禁卒严紧看守。禁卒领了这样的命，就把他们下在内监里，两脚上了木狗。约在半夜，保罗和西拉祷告，唱诗赞美神，众囚犯也侧耳而听。忽然，地大震动，甚至监牢的地基都摇动了，监门立刻全开，众囚犯的锁链也都松开了。”

② 皮利翁（Pelion）和奥萨（Ossa）是色萨利东南部两座山。

直到最后玩烦，还不忘
把两山，当作两顶小帽
胡乱扣上帕纳斯山……[1]

帕纳斯山有二峰。

如今阿波罗在那里流连
一群有福的缪斯陪伴。
就连朱庇特和他的霹雳斧
其座椅也由我高高地擎出。

即推出了奥林匹斯山。奥林匹斯山如宙斯 / 朱庇特的座椅。

而此刻，我使足力气，
奋力地从地底升起
大声请出我欢快的居民，
把新的生活开启。

地底下的居民，即下面出场的各种侏儒。因地震之故，他们得以从地底升上高山。

二人面狮

人们定会以为
隆起的高山亘古已然，
若非我们亲眼所见
它们是如何拔出地面。
灌木环绕的森林渐次伸展，

---

① 帕纳斯山（Parnass），位于希腊中部，山脚有德尔菲神庙。希腊神话中认为它是太阳神阿波罗及缪斯栖居之地。据传，帕纳斯山有二峰，一个用来祭祀阿波罗和缪斯，一个用来祭祀酒神狄奥尼索斯。

岩石顶着岩石缓慢攀缘；

地震后森林高山仍在缓慢运动。

司芬克斯不会因此而动念：
我们在神圣的位子处之泰然。

雕头狮

前文看守宝藏的雕头狮、聚积黄金的蚂蚁再次出现。

金叶子，还有金箔

地震造成地表变化，地下的金矿翻到山上，在山石的缝隙中闪烁。

在岩石缝隙中闪烁
别等人把财宝抢走；

冲蚂蚁说。

蚂蚁们快上！先搞到手。

众蚂蚁

蚂蚁进出石缝搬运黄金。

巨人把山体
直向上托起，
快脚小蚂蚁
赶快往上挤！
飞速进进出！
在彼石缝里
每颗小渣粒
都值得占据。
细小如尘埃
也不要放过，

似风驰电掣
搜遍各角落。
吾等须营营，
泱泱蚂蚁群；
只搬黄金来！
休要理那山。

不停地忙碌（allemsig），取“蚂蚁”与“忙碌”的谐音。

矿工用语：不要理会不含富矿的岩石。

雕头狮

请进！请进！堆起黄金，
再按上我们的利爪；
这可是顶级的门栓，
准保看好这无价之宝。

小拳头侏儒 [1]

我们真的上了位，
突如其来无准备；

因地震 / 革命而上位。

---

[1] 小拳头侏儒，Pygmäen，古希腊传说中的侏儒族。该词在希腊语中意为“拳头”，故译为小拳头侏儒，与下文更小的小拇指矮人区分。他们即是上文地震神所言原居住在地底的“快乐的居民”（寓指第三等级，市民阶层），他们是地震（革命）的受益者，因剧烈变革，从地底翻身到高山上。以下他们将指使比自己更弱小的蚂蚁和小拇指矮人，锻造武器，对苍鹭（寓指贵族）进行暴力射杀，并夺其羽毛做头饰。而与苍鹭同类的鹤，则伺机为苍鹭报仇，组织起同盟，联合作战（反法同盟）。本段可解释为，以动物寓言，影射歌德时代的政治事件——法国大革命、反法同盟。

莫问我们从哪儿来：
反正我们已存在！
论过日子的快活地
哪个国度都适宜；
哪的岩石有缝隙，
哪儿就有侏儒挤过去。
寻找、挖掘黄金。
侏夫儒妇立刻忙碌，
对对都是模范夫妇；
市民以金钱为目标的庸碌的日常生活。
不知在伊甸园里
是否就这风气。
是否自古由然。
我们在此最为适应，
感恩地祝福我们的吉星；
祝福一词本只可神职使用。
因无论东方西方，
大地母亲都乐于生养。

小拇指矮人①
比小拳头侏儒更小。

她既一夜之间
“她”接上文，指大地母亲。

---

① 小拇指矮人，Daktyle，古希腊神话中的精灵，据传如拇指一般大小。是他们最早找到铁和铜，并最早开始锻造。他们的家乡在弗里吉亚地区的伊达山（今土耳其的卡兹山）。此外，弗里吉亚还可令人联想到“弗里吉亚帽”，是法国大革命时期雅各宾党人戴的帽子，红色圆锥形，帽尖下垂，象征自由。

生就那般小人：

指小拳头侏儒。

也定能生就小小人，

最小的小人。自指。

小小人亦自有同门。

最小的小人有很多同类。

小拳头侏儒之长老们

长老们先冲本族侏儒发令，再对蚂蚁和小拇指矮人发令，令其打造武器盔甲，武装军队。

马上准备

冲本族小拳头侏儒。

各就各位！
抓紧干活；
快能补弱！

不强壮就要干得快。

和平虽在眼前；
锻场也要搭建，
用武器和甲盔
装备好军队。

尔等众蚂蚁，

冲众蚂蚁，令搬铜铁。

泱泱又踊跃，
负责搬铜铁！
尔等小拇指，

冲小拇指矮人，令搬柴烧炭。

人小势却众，
尔等悉听令
去取来木料！

一层层搭好
再用微火烧，
来把木炭造！

炭窑用微火烧炭。

铜铁和木炭是锻造武器的必备材料。

大元帅

小拳头侏儒的统帅。命令以上文所造武器，射杀高贵的苍鹭，然后以其羽毛装饰侏儒的头盔。

小的们听令
搭箭拉弓！
瞄准池塘边
那苍鹭一片，
它们聚众盘踞，
它们傲慢无礼，
给我放箭！
一个不留；
头盔插翎羽，
咱扬眉吐气。

用苍鹭的羽毛做头盔的装饰。

蚂蚁和小拇指矮人

均比小拳头侏儒弱小，受其奴役。

谁来救吾等！
我们搬铜铁，
他们锻枷锁。
我们欲挣脱

时机尚未得，
故而要灵活。

暗示它们不堪奴役，蓄意反抗，只等待时机。

苍鹭的同类。动物寓言。[2] 两者都有羽毛，可在天上飞行，与地底下冒出来的侏儒不共戴天。

伊比库斯的鹤群[1]

鹤群从天上看到的情景。

诛杀之惨叫垂死之哀鸣，
但见扇翅翻飞如鸟惊弓，

苍鹭遭屠戮。

怎样的呻吟，怎样的悲叹
直翀上云端我们的耳畔！
无一生还全都毙命，
池塘已被鲜血染红；
畸形而粗鄙的贪欲

如形体畸形，贪欲也畸形。

掠走了苍鹭高贵的翎羽。
羽毛已飘上恶棍的头盔
一群腆胸叠肚-罗圈腿。

借鉴荷马史诗《伊利亚特》中对侏儒的描写（参第一幕注）。

诸位是我军的盟友，

似对海上飞过的其他鹤群、雁群等；或对所有观众。

排成行在海上遨游，
我们召叫诸位复仇

---

[1] 伊比库斯的鹤群，据古希腊传说，鹤群偶然看到诗人伊比库斯为强盗所害，便伺机为诗人报仇。席勒有同名叙事谣曲（1797 年创作，1798 年发表在《缪斯年鉴》)。歌德再次启用这一典故，表达复仇的意思：鹤群号召海上盟友，为同俦苍鹭报仇。

[2] 荷马史诗《伊利亚特》中就有鹤与小拳头侏儒搏斗的情节。古希腊壁画、花瓶上可见相关母题。

为我们最近的亲友；

鹤以苍鹭为近亲。寓指欧洲联姻的各宫廷。

切莫顾惜流血出力，
誓与坏蛋血战到底！

鸣叫着在空中飞散。

地震场、动物寓言结束。

【以下回到梅菲斯特一线。上演其如何遇到各色女妖、女巫。并穿插荷蒙库鲁斯一线。其间泰勒斯与阿那克萨戈拉登场，进行关于水成说和火成说的辩论。】

梅菲斯特 在平地上

接 7239 行。[1] 以下回到梅菲斯特常用的牧歌体。

北方的女巫我懂得如何驾驭，

指第一部中北方（德国）哈尔茨山布罗肯峰上瓦尔普吉斯之夜的女巫。

但不知如何对付异域的妖女。

古希腊的拉弥亚。

布罗肯山确是个方便的去处，

第一部中瓦尔普吉斯之夜的发生地。

无论到哪儿，都轻车熟路。
伊尔泽太太坐石头帮着望风，
海因里希上了山顶就高兴，
打鼾岩虽则常数落贫困乡，[2]

---

① 接上一节梅菲斯特戏。前后关联如下：人面狮指给梅菲斯特看不远处的一群女妖拉弥亚，并鼓励其与之厮混。梅于是离开人面狮去找拉弥亚。此间发生地震，人面狮与梅菲斯特之间有山隆起，把两者隔开。梅菲斯特还在平地上，只不过在山的另一侧。舞台上只剩下梅菲斯特和一群拉弥亚女妖。

② 楷体对应原文中特殊字体，所涉均为哈尔茨山布罗肯峰附近地名。梅菲斯特或把合成词拆开，分别取意，做文字游戏（如伊尔泽太太、石头，是把地名 Ilsenstein 拆为 Ilse[n]-Stein，即伊尔泽-石头；海因里希、山顶，是把地名 Heinrichshöhe 拆为 Heinrich[s]-Höhe，即海因里希-山顶）；不能拆开者，则用其词义（如打鼾岩，是地名 Schnarcher 的词义，贫困乡是地名 Elend 的词义）。

可再过千年也还是老样。
不像这地方，只消走出几丈，
就不知脚下的地会不会鼓胀？……

前地震。

我乐呵呵走在平坦的谷地

河谷。

忽地在我身后就有山隆起
说山嘛，虽说也算不得山，
却也把我和司芬克斯隔开
也不算矮——沿河谷仍闪有火苗

地震的余火。

火苗映衬着我要找的女妖……

要想象本场全部在黑夜中进行。此刻鬼火闪动，鬼影幢幢。

竟也轻摇曼舞，对我若即若离，
一群妖女，调皮地要着把戏。
待小心上前！平生惯爱尝鲜，
管它在哪儿先扑她一个看看。

吸血鬼拉弥亚 引逗梅菲斯特在后追

拉弥亚，希腊神话中女吸血鬼，擅以色诱青年男子。详见前注。

冲梅菲斯特。其场景：梅菲斯特跟在后面追，拉弥亚躲闪。

快点，再快！
别停下来！
怎的又放慢，
开始聊闲天。
可真是开怀
让这老色鬼

跟着我们追，
好好来赎罪。
腿脚不灵便
一瘸又一拐
蹒跚跑过来；
他拖着老腿，
我们一后退，
他就往上追！

梅菲斯特有一只不灵活的马脚。

梅菲斯特 停下来

苦命啊！爱上当的男子！
亚当起就受诱惑的汉斯！
年纪见长，谁又变聪明？
你此生难道还不够痴情！

德语中戏称男人。

似老年歌德自己的心声。

话说女人压根儿就不中用，
涂脂抹粉，掐腰又束胸。
她们给不了你半点好东西，
抓过去，满是腐朽的肢体。
人们知晓，看到，明了，
可小妞笛一吹又都跟着跳！

拉弥亚的身体是腐朽的。

“跟着某人的笛声起舞”，德国成语，指按某人意志行事。

吸血鬼拉弥亚 停下

停！他停住脚在迟疑思考；
迎上去，别让他跑掉！

梅菲斯特 迈步向前

休得犹豫！别让自己
愚蠢地满腹狐疑；
话说若是没有女巫，
哪个魔鬼愿当魔鬼！

给自己鼓气。

吸血鬼拉弥亚 极妩媚地

咱围这英雄转圈；
爱情定在他心间
为某个姐妹点燃。

拉弥亚拉成一圈，围梅菲斯特转。

梅菲斯特

幽光影影绰绰
也难掩各位姿色，
我便不把你们数落。

拉弥亚取女相，梅菲斯特便不好口出不逊。接上文，欲合英雄风度。

驴头女恩浦萨[1] 挤进圈子

演员戴驴头，声音拟驴叫。

还有我！算我一个
请诸位让我也入伙。

吸血鬼拉弥亚

她在这里纯属多余，
惯来搅扰我们的游戏。

驴头女恩浦萨 冲梅菲斯特

恩浦萨小表妹向你问好，
就是你长着驴脚的老表；
你虽然只长着马蹄
可还是要向表兄你致意！

随便拉扯些亲戚关系。

梅菲斯特

本以为这儿都是生人，
不承想却都是近亲；
仿佛在翻一卷老族谱：

北方和古希腊无甚两样。

---

① 恩浦萨（Empuse），希腊神话中一可怕幽灵，肤色苍白，红眼睛，獠牙，一只驴腿驴足，吸食人血，可变形成多种动植物。据德国民间传说，恩浦萨长驴头，女相，同女巫一样淫荡惑众。其在此是拉弥亚中一员，只是形象丑陋，招人嫌弃。

从哈山到希腊都是同族！

哈尔茨山。参前注。

驴头女恩浦萨

果断如我马上行动，
我能变成很多东东；

恩浦萨善变。见前脚注。

可为向您一表景仰
我已经把驴头戴上。

变驴。调侃梅菲斯特。

梅菲斯特

看得出此处的民风
相当地重视亲情；

调侃恩浦萨为表敬意而努力变驴。

只是无论什么由头，
驴头我断不敢消受。

吸血鬼拉弥亚

别理这讨厌的恶婆，
一个大煞风景的家伙；
但凡有什么风景可言，
她一来，准烟消云散！

梅菲斯特

这群弱不禁风的亲戚，

转而指拉弥亚们。

我看你们也甚为可疑；
玫瑰花般的脸蛋后面
恐怕也藏着什么蜕变。

原词“变形”（Metamorphose），歌德常用于褒义。在此指下文的败絮其中。

吸血鬼拉弥亚

试试吧！我们人不少。

冲梅菲斯特。

快来捉！你若运气好，
定捉个头彩的彩票。

梅菲斯特去捉拉弥亚，如老鹰捉小鸡的游戏。

怎能只打些嘴炮？
你个糟糕的采花大盗，
虚张声势又故作高傲！——

挑逗梅菲斯特，将他的军。

他终于进到咱们群里；

冲队友。

咱们就挨个除去面具，
给他看看咱们的底细。

梅菲斯特

以下梅菲斯特一个挨一个地捕捉，拉弥亚则挨个由妖冶的女子现出原形。

挑一个最美的搂住……

搂住一个

天呐！一只干瘪的扫帚！

现了原形：扫帚。

去捉另一个

这个呢？……面目可憎！

吸血鬼拉弥亚

还想怎样？别痴心妄想。

梅菲斯特

我把宝押在这小个头……
上前去捉。
竟蜥蜴般从手中溜走！
小个子变成蜥蜴。歌德曾在《威尼斯小诗》中，称站街的妓女为蜥蜴。
辫子像蛇一样滑溜。
再去捉那高个子……
到手的却是酒神杖！[1]
高个子变成酒神杖。
杖头是松果的形状。
接下来？……捉个胖姑娘，
说不定能让人爽一爽；
最后一搏！定要抓获！
抓住一个胖拉弥亚。
真是颤巍巍，软绵绵，
东方人定不惜血本……
歌德时代认为东方人（阿拉伯人）喜欢胖女人。

---

① 酒神杖（Thyrsusstange），取无花果木，顶端松果状，刻有葡萄或常春藤图案。一说是阳具的象征。

啊呀！孢子菇爆成两半！[1]

胖拉弥亚变成孢子菇，爆裂开，放出黑灰色烟雾。

吸血鬼拉弥亚

变成黑色碎片一样的蝙蝠，围着梅菲斯特乱飞。

散开啦，咱们上下舞动
像闪电，像黑风，把这
乱闯的女巫崽子困在当中！
用不安和恐惧把他围住！
鼓翅无声如漆黑的蝙蝠！
不能便宜让他轻易逃出。

指梅菲斯特。

梅菲斯特　扑打着

扑打乱飞乱撞的蝙蝠。

看起来，我没聪明多少；
北方荒诞，此地亦然，
彼此的妖精都乱糟糟，
诗人和大众俱是无聊。
适才此地的假面狂欢
亦是一场感官的舞蹈。
我去捕捉迷人的假面

仍然容易上当受诱惑。呼应 7710 行等以下数行。

民间迷信和诗人发明了这些妖精。

称适才拉弥亚场景为假面狂欢。呼应第一幕皇帝的行宫场假面舞会、假面狂欢。

[1] 孢子菇（Bovist），灰球菌的一种，也称灰孢菇，圆球形，有大有小，成熟后一碰就裂开，里面的孢子会像烟灰噗地一下冒出来。欧洲民俗中认为，那是女巫的蛋或魔鬼的屁，长在女巫夜间聚会淫乱的地方。

真相却令人毛骨悚然……
我倒巴不得接着自欺，
若能接着玩儿那游戏。

在山石中迷路

梅非斯特离开拉弥亚，欲翻过山去找人面狮，在山间迷路。

我置身何处？如何走出？
刚还是小路，现变成渣土。
我本踏着坦途而至，
此刻眼前却是碎石。
我徒劳地爬上爬下，
不知我的人面狮在哪？
不承想会如此疯狂
一山只需一个晚上！
我称之新的女巫出行！
带来她们的布罗肯峰。

在山间迷路。

仿佛北方的女巫，刚在一夜间把德国的布罗肯峰搬到这里。彼此没什么区别。

山精俄瑞阿得斯[①] 在自然形成的山石上

老妇形象，现身非地震所致、自然形成的山石上。

到这儿来！我的山古老，
保持着原始的样貌。
请尊重这峭壁悬崖，

与地震形成的新山相比。

---

① 俄瑞阿得斯（Oreas，Oreades），原意山之少女，山精。在此代表自然形成的古老山脉，而非地壳剧烈运动形成的新品，故而以老妇形象出现。

品都斯最后的支脉！[①]
庞培越山而逃之时

公元前 48 年庞培与恺撒在色萨利展开决战，败北后逃往埃及。参本场开场部分注释。

我便岿然屹立于此。
旁边那座虚妄的幻影，

指旁边那座地震形成的新山。

鸡鸣破晓便无影无踪。

民间迷信认为，幽灵在破晓时消失。

我常见到童话景象
可转眼间却又消亡。

各种疾风暴雨式的新生事物均转瞬即逝。

梅菲斯特

向你致意，可敬的头颅！

山精仅显现头颅，身体与橡树合为一体。

掩映于高大茂密的橡树；

橡树也象征原始的自然力。

任最清澈皎洁的明月
也照不进你幽暗的密叶。——
可就在一旁的灌丛中
竟有泛红的微光移动。
世间竟有这等巧事！
没错！是荷蒙库鲁斯。
你从哪儿来，小伙子？

① 品都斯（Pindus），山脉名，希腊境内的部分在希腊中部、伯罗奔尼撒半岛北部，有橡树等很多自然植被。

荷蒙库鲁斯

> 人造小人出场，与梅菲斯特两线交织，并引出水成说与火成说的辩论。

我从一处飘到另一处
想在真正意义上生成，

> 寻找机会，获得肉体。

恨不能马上敲碎这瓶；
只是我一路所见
无一处我愿前去冒险。

> 哪儿都不适于生成。

不过，告你句体己话：
我正尾随两位哲学家，
因听说到：自然！自然！

> 令荷蒙库鲁斯想到自然生成。“自然”也是 18 世纪德国思想界的一个关键词。

我便不愿和他们分开，
他们定晓得世事本质；
或许这般我便能得知
求助于何方最为明智。

梅菲斯特

> 本段讽刺哲学家。

你最好自力更生。因为
哪儿的座上客是幽灵，
哪儿哲学家就受欢迎。

> 哲学家与幽灵并论。

为让人喜欢他们的本领，
展眼又造出一打新幽灵。

> 喻指哲学家层出不穷的新名词概念、理论方法。

你若不迷失，便不会理智！

你若想生成，就自力更生！

不能依靠哲学。哲学不能给人以有机生命。

荷蒙库鲁斯

好的建议也必不可少。

梅菲斯特

好吧！那咱们就走着瞧。

二人分道扬镳。

【以下是古希腊两位大哲——泰勒斯与阿那克萨戈拉——之间的争论。两人在此分别代表（具体歌德时代的）水成说和火成说。】

阿那克萨戈拉[1] 冲泰勒斯

从头至尾语气急切，态度火爆。

你心思固执不肯服输，

两人争论正酣。

如此明白你仍不信服？

泰勒斯[2]

从头至尾语气舒缓，态度从容。

---

[1] 阿那克萨戈拉（Anaxagoras，公元前 500—前 428），古希腊哲学家、自然科学家，认为太阳是一团炽热的金属，故而在此代表火成说。他与泰勒斯虽同属米利都学派，但非属同一时代，历史上不可能相见，此处为歌德虚构。

[2] 泰勒斯（Thales，约公元前 624/623—前 548 到前 544 之间），古希腊自然哲学家、天文学家、几何学家。哲学由他起，开始探讨世界本源问题。泰勒斯认为地球像一个圆盘浮在水上，水生万物，万物复归于水，故而在此充当水成说代表。本节泰勒斯的台词，其中关于人在水中有机生成的思想，尤其几处关键词，歌德借用了当时的博物学家、医学家和生物学家欧肯的学说。欧肯（Lorenz Oken, 1779—1851），德国医生、自然哲学家、自然科学家和生物学家。曾研究生物的繁衍迭代，撰有《论生育》（*Die Zeugung*），认为所有有机体最初都由一种“元胞”（Urbläschen）构成，动植物的生命体均由之变化而来。对照下文 8345 行后的脚注。

波浪愿向各方和风屈膝，
坚硬的石头它避之不及。

水服软避硬。泰勒斯自比，回敬对手。

阿那克萨戈拉

这石头正因火气而形成。

火成说认为，山脉由地球内部的“中心火”驱动形成。

泰勒斯

活的生命在湿润中诞生。[1]

荷蒙库鲁斯 在二人中间[2]

请让我与二位同行，
我本人便渴望生成！

阿那克萨戈拉

哦泰勒斯，你可曾在一个夜晚，
从淤泥中托出这样一座山？

如通过地震等剧烈地壳活动。水成说认为，山原是海的淤泥堆积而成。

---

① 亚里士多德对泰勒斯之“水为万物之原”思想进行过总结，称其“命意”为：“如一切种籽皆滋生于润湿，一切事物皆营养于润湿，而水实为润湿之源。”参亚里士多德：《形而上学》，吴寿彭译，商务印书馆 1996 年版，第 7 页。

② 该场景模式，一人走在两人中间，听其辩论，据说歌德受到阿里斯托芬的喜剧《云》的启发。剧中斯瑞西阿得斯、斐狄庇得斯父子辩论，苏格拉底居中。托马斯·曼的《魔山》中，亦有类似场景：汉斯·卡斯托普走在纳夫塔和塞特布里尼中间，倾听两人争辩。

泰勒斯

自然和它活跃的流动
从不拘泥于昼夜时钟；
它按规则造出种种形体，
纵宏伟壮丽亦不见暴力。

水成渐进。

又一“形体”与“暴力”押韵。水成渐进、缓慢，非暴力。

阿那克萨戈拉

此处不然！普路同的熊熊烈火，
埃俄罗斯之气爆炸的威力，①
冲破古老而平坦的地皮
便有山势不可挡拔地而起。

普路同：冥王。火成说中指地下深层。

埃俄罗斯：风神。烈火、爆炸都是暴力。

泰勒斯

争执下去又作何结果？
山既在那里，终究不错。
如此争吵兀的浪费时间，
不过牵动几个悠哉闲汉。

---

① 据古希腊神话，风神埃俄罗斯居住在由火山喷发形成的风神岛，把风保管在岛上的岩洞里。而根据古代自然科学家的想象，地球内部有洞穴和裂缝，其中聚集着水和空气，形成引发爆炸的气体。两者结合即有此处之“埃俄罗斯之气爆炸的威力”。

阿那克萨戈拉

瞧山上很快涌出来蚁族，[1]
赶着去到石缝里居住，
小拳头、小拇指、巨蚁，
还有其他能干的小东西。

冲荷蒙库鲁斯

你这厮一向胸无大志，
过着隐居–闭塞的日子；
你若不介意当个主子，
我让你加冕为王也未可知。

在曲颈瓶里。

因荷蒙库鲁斯个头儿小，可担当各类侏儒矮人的王。

荷蒙库鲁斯

泰勒斯意下如何？——

泰勒斯

劝小人不要做侏儒王。之后鹤群复仇，反扑侏儒，荷蒙库鲁斯幸免于难。

窃以为不妥；
与小人谋只能蝇营狗苟，
与大人谋小人亦可成大就。

---

① 蚁族，原文 Myrmidonen，密尔弥多涅人，也译密尔米东人，等等。远古时代色萨利南部的部族。荷马史诗《伊利亚特》中，系阿基琉斯所出之部族。据几种古希腊传说，其祖先曾是蚁人。后比喻绝对服从且勤劳的人群。在此泛指前文小拳头侏儒、小拇指矮人、巨蚁等。

看呐！鹤群如黑云压境！
胁迫着躁动不安的一众，
当然也会胁迫他们的王。
群鹤亮出了尖喙，利爪，
俯冲下来直把侏儒们捣；
如闪电预示着不祥之兆。
彼时有邪恶把苍鹭杀掉，
把和平安宁的池塘围剿。
此刻那箭如雨下的杀戮，
带来神圣复仇血腥残酷，
激起宗亲们的同仇敌忾，
誓向拳头侏儒讨还血债。
怎不见了盾牌头盔长矛？
怎不见了侏儒翎羽飘飘？
随着拇指矮人蚁族躲藏，
大军动摇，溃逃，覆亡。

来为苍鹭复仇的鹤群。

侏儒和小矮人们。

若荷蒙库鲁斯答应当王，此刻便大难临头。

回溯前文大元帅指挥侏儒射杀苍鹭一节。

影射神圣反法同盟。

呼应前文侏儒们锻造武器。

呼应前文，侏儒们用被射杀的苍鹭的羽毛装饰头盔，耀武扬威。

政治上的火成（革命）以遭到复仇最终溃散覆亡而告终。

阿那克萨戈拉　停了一会儿，豪迈地[1]

以下阿氏呼请月亮陨石，应验，他却以为是月亮坠落。

至此我既称赞了地下之物，

地下之火，地震之类。

接下来我将向上天求助……
你，在天上永不老去！

仰头冲月亮说。以下咏月，戏仿基督教赞美诗形式。

你三名合一，三形一体，

戏仿三位一体。参 7905 行脚注。

我因我子民的痛苦而呼求你，
狄安娜，露娜，赫卡忒！[2]
你这宽慰人心、思虑深沉的，
你这静谧普照、内心强大的，
请张开你阴影的可怕的喉咙，

阴影指月亮上的山。呼请月亮降下陨石。

无需魔咒便显示古老的权能！

无需色萨利女巫的魔咒。参 7920 行。

停顿

这么快就被俯听！
难道是我那

俯听：神听到人的祈求。由上段牧歌体变为不规则的短诗行，表情绪激动。

---

[1] 本段台词的逻辑：据火成说，地表（比如山）的形成，需要地下（地震）和天上（陨石）共同作用。上文既已表地震，下面便转向陨石。史记阿那克萨戈拉认为陨石是太阳上落下的石头，他还曾预言过一次陨石。而在此，太阳换成月亮，他向月亮呼唤陨石。据传，色萨利女巫崇拜赫卡忒（冥界的月神），可以魔咒让月亮从天而降。结果，阿氏呼请月亮降下陨石，却以为月亮自己落下。他以为自己像女巫一样，把月亮呼唤下凡。——可见，本段杂糅了有关古希腊哲人的生平传说、思想观点，古希腊传说，火成说理论，并歌德的改写。

[2] 露娜、狄安娜，罗马神话中对月亮女神的称呼；赫卡忒是希腊神话中掌管黑夜、月光的女神。一般认为，月在天称露娜，在地称狄安娜，在地下称赫卡忒，所谓三名合一，三形一体，都指月神。

向上的呼请
扰了自然秩序运行？

它越来越近，越来越大
女神那圆盘样的銮驾，
有陨石飞落，以为是月亮坠落。
目之好生恐怖，可怕。
其火焰在黑雾中泛红……
停下！猛烈袭来的圆拱，
别把我们和陆地海洋葬送！

难道真是色萨利的女巫，
用你熟悉的邪恶的巫术，
你：再冲月亮。
用咒语让你偏离正途？
硬是要你万劫不复？……
那发光的圆盘周边变暗，
猛地裂开、光闪、火花飞溅，
怎样的轰鸣！怎样的呼啸！
尚夹杂隆隆雷声和风暴！——
我谦卑地俯伏銮座阶下！——
恕罪！是我把它呼下。

俯伏在地。

泰勒斯

这位该不是混淆了视听！
我竟不知有何事发生；
故也无法与之感同。
需承认，这时节有些疯狂，
而露娜却静卧无比安详
在自己的地方与方才一样。

泰勒斯什么也不曾听到看到，以为刚才的场景是阿那克萨戈拉的幻觉。

泛指时局动荡。影射歌德时代各种革命、变革。

荷蒙库鲁斯

且看那边侏儒的地盘，
山本浑圆，现削出了尖。
我才感觉一声巨响，
有石头坠下了月亮，
它也不问青红皂白，
不分敌友统统砸扁。
这诸般技艺我必须称赞，
造物一般，在一个夜晚，
同时从地下又从天上，

受陨石撞击。上下齐力，山形成。[1]

歌德时代认为，陨石是月球上火山爆发所致。

---

[1] 本段包含了歌德时代之火成说对地表、山体之成因的解释：一方面，受地震挤压，山体隆起；另一方面，天上有陨石坠落削尖了山峰。且歌德时代已认识到，陨石来自月球或地球以外其他星体。无论地震还是陨石，均属于受强力或暴力驱动的剧烈运动。

造就了这样一座山岗。

泰勒斯

别说了！幻觉而已。
讨厌的坏蛋死何足惜！
你未作王实在好极。
咱们启程去往海的盛宴，
那儿正在恭候各路神仙。

侏儒们被砸死。

没有和侏儒们同归于尽。

泰勒斯、荷蒙库鲁斯也算在内。

二人下。

【地质地貌学–政治隐喻到此结束。以下再回到梅菲斯特线。梅菲斯特戏已近尾声。他终于找到最丑女巫，达到目的而退场。】

梅菲斯特 在山的另一侧攀爬

可怜我要越过这悬崖峭壁，
还有老橡树那坚硬的根柢！
在我哈尔茨有哈尔茨之气[1]
混合着沥青颇让人心怡；
还有硫黄……可希腊人这里
庶几闻不到同样的气息；

硫黄和沥青是点燃地狱之火的燃料。

---

[1] 哈尔茨山之哈尔茨（Harz），是树脂、松脂之意，因此“哈尔茨之气”，一语双关，既是松脂之气，也是（哈尔茨山上）瓦尔普吉斯之夜女巫聚会之浊气、之地狱之气。

我煞是好奇，不妨探察此地
点燃地狱之苦的火有何玄机。

橡树精

取老妇形象。

愿你在故国如鱼得水，
在异地自然难得顺遂。
你不该背了思乡之情，
在此把神圣的橡树崇敬。

劝梅菲斯特返乡之意。梅菲斯特一线接近尾声。

梅菲斯特

人离开了哪里就会惦记，
习惯了的地方就是天堂。
还望告知：那边山洞里，
昏暗中，蹲着仨什么东西？

橡树精

是福耳库斯三姐妹！你若有胆，
就走过去，和她们搭讪。

梅菲斯特

无妨！——可眼前，实令人惊愕。

走过去看。

骄傲如我，也不得不说：
此类怪物竟从未见过，
就连爱娜温都觉逊色……[①]
若见了这恶煞般的三坨
谁还觉亘古无极的恶婆
还有那么一丁点儿丑恶？
就算某个地狱恐怖至极
她们也休想把门槛登及。

最恐怖的地狱也无法忍受她们，也不让她们进去。

她们竟也根植这美的国度，

古希腊也有这等丑陋至极之物。

这被冠以古典美名的地土……
三位在起身，似察觉有人，
唧唧如蝙蝠和吸血鬼的声音。

本段极言福耳库斯丑陋，亦即梅菲斯特找到了最丑的女巫，如愿以偿。

女巫福耳库斯三姐妹［其一］[②]

姐妹们，给我眼睛，倒要看看，
是谁斗胆接近我们的大殿。

实为山洞里。

---

① 爱娜温（Alraune），中世纪日耳曼民间传说中的魔。据说由曼陀罗的根孕育而成，因曼陀罗的根呈人形，故爱娜温常被想象成根茎与女性结合的形象。又因曼陀罗的根有麻醉和媚药之功效，爱娜温也常与催情和淫欲联系在一起。在此主要取其形状丑陋之意。

② 福耳库斯三姐妹（Phorkyaden），海神福耳库斯（Phorkys）之三女，也称格赖埃（Graeae），生来即是老妇。三人共用一眼，一牙，需要时相互借用。生活在山洞里，终年不见日月之光。歌德把她们塑造为古典的瓦尔普吉斯之夜中最丑的女巫。亦即，古希腊有绝世的美（海伦），也有无极的丑（福耳库斯姐妹）。

梅菲斯特

各位至尊！请恕我上前
接受你们的三重祝愿。
我进得殿来，虽不是熟人
若没搞错，也定是远亲。
德高望重的老神我曾得见，
一躬到底在俄普斯和瑞亚面前，[1]
令姐妹，卡俄斯之女，命运三女神，[2]
我昨儿——或是前儿才见她们；
却从未见过诸位这般神祇，
我着实无语只觉心荡神迷。

恭维话，仿佛她们在神殿，为一方祭司。

指狂欢节假面舞会上。

福耳库斯三姐妹

这人物看上去相当明智。

因奉承恭维了她们。

梅菲斯特

奇怪，竟无诗人把你们歌颂。
唉！这是何故，怎么可能？

---

① 俄普斯（Ops），罗马神话中掌繁衍、丰收的女神，相当于希腊神话中的瑞亚（Rhea）。

② 卡俄斯（Chaos），原始的混沌之神，众神都是其子孙。故此处在广义上，把命运三女神和福耳库斯三姐妹都算作卡俄斯之女，两组互为姐妹。又因梅菲斯特曾自称混沌之子（见第一部书斋［二］），故也与福耳库斯三姐妹是“远亲”。

至尊们的画像我从未见过；
凿子们当努力把你们雕刻，
别总是帕拉斯、维纳斯、朱诺。

天后朱诺、智慧女神雅典娜（别称帕拉斯）、美神维纳斯，三正统女神。

福耳库斯三姐妹

埋没在孤独而寂寥的夜晚
我三姐妹何曾生此妄念！

永远生活在黑暗的洞穴中。

梅菲斯特

这也难怪！你们遁世而居，
终不见人也不为人注意。
你们当住在那样的地方
繁华与艺术并御宝座之上，
且每天里，三步并两步，
英雄们从大理石中走出。
且——

福耳库斯三姐妹

住嘴吧休要吊我们胃口！
就算我们想到复又何求？
黑夜里出生，与黑夜为亲，

自己都不认得自己何怪他人。

梅菲斯特

此等状况也无需再嚼舌根，
倒不如把自己让渡给他人。

梅菲斯特请一福耳库斯之女把自己的形象暂时出借给他。

你们仨既共用一眼，一牙，
那大略也可算依循神话

传珀尔修斯在去寻美杜莎时，偷过格赖埃（福耳库斯姐妹别称）的眼和牙。

把三个的本质合并到两个，
再把第三个的形象借给我，
暂且一用。

一姐妹

二位觉得是否可行？

另二姐妹

可一试！只别给他牙和眼睛。

只给一个身形。与珀尔修斯偷走牙和眼睛不同。

梅菲斯特

你们刚好把最重要的抽走；
那身形如何完美而无纰漏？

一姐妹

你闭上一眼，这很好做，
接着，再露出犬牙一颗，
如此这般，从轮廓来讲
便与我们姐妹别无两样。

建议梅菲斯特自行装扮。闭一只眼，再露一颗犬牙。

梅菲斯特

回头见！变！

因将变形，故就此别过。

福耳库斯三姐妹

变！

梅菲斯特 轮廓如福耳库斯三姐妹

已在此，
卡俄斯所喜悦的爱子！

三姐妹合并为二（仍共享一眼一牙），梅菲斯特单成一个（用自己的一眼一牙）。

戏仿耶稣是神所喜悦的爱子。[①]

福耳库斯三姐妹

我们无疑是卡俄斯的爱女。

---

① 戏仿《新约·路加福音》3:22："又有声音从天上来，说：你是我的爱子，我喜悦你。"另见《马太福音》3:17；《马可福音》1:11。本句系耶稣在约旦河接受洗礼后，听到的神的声音，是天父对子说的话。另参前第一幕宽敞的大厅一场注。

梅菲斯特

羞死了！人会骂我雌雄同体。　　梅菲斯特男身变女形。[1]

福耳库斯三姐妹

新的三姐妹何其标致！

两只明眸，两颗皓齿。　　加上梅菲斯特的。

梅菲斯特

我只好躲避开众目睽睽，

到地狱渊薮去恫吓鬼魅。　　极言丑陋。

下。

【梅菲斯特线终止于此。梳理一下，约有三个比较集中的场景：始于人面狮、雕头狮等，经女妖拉弥亚，最后至福耳库斯三姐妹，逐级过渡到最丑的女巫。梅菲斯特且化作最丑女巫形象——在舞台表演中，他戴上了福耳库斯姐妹的面具。他/她再次出场，是在第三幕第一场斯巴达墨涅拉斯王宫前。为示区别，彼处译名改为“福基亚斯”，身份是（海伦前夫）墨涅拉奥斯宫中的老管家婆，以其无极之丑反衬海伦绝世之美。】

---

① 也象征其与最丑女巫结合。如下文荷蒙库鲁斯之于海的女儿伽拉忒亚，浮士德之于海伦。

爱琴海的岩石海湾

月悬中天[①]

【以下古典的瓦尔普吉斯之夜场的终场。回到荷蒙库鲁斯一线。上接他与泰勒斯共同赶赴爱琴海海湾，参加大海的节日。荷蒙库鲁斯最终撞向海的女儿伽拉忒亚的贝车，象征性完成与大海的婚配，开始了在水中的有机生成之旅。终场始于咏月，结束于对爱若斯的礼赞，场景恢宏，出场形象众多，通场背景是月光下的大海。】

美人鸟塞壬 分散在礁石上，边吹笛边唱

她们在其间已从地震地飞到爱琴海海湾。充当本场的歌队。

往日里趁夜的阴森

对月吟唱。四音步扬抑格。

色萨利的女巫们
邪恶地咒你下沉，

你，月亮。末句点出。在不是月悬中天的日子，月亮下落是女巫诅咒而致。

今宵请从夜的苍穹
怡然俯瞰波光粼粼
柔辉中熠熠的一众，

海上游行的队伍。

照耀从海之波涛中
升起的煊赫的众生。

熙熙攘攘的游行队伍。

我们殷勤把你侍奉，
美丽的露娜保佑我等！

① 此月相预示不寻常的时刻即将到来。

众涅瑞伊得斯和特里同[1] 海中精怪

以下分别简称海中仙女仙童。

你们的歌声清晰嘹亮，
嘤嘤地穿透辽阔海洋，
从海的深处呼出吾众！
为避风暴恐怖的喉咙

剧烈变动、变革。

我们躲在平静的底层，
美妙的歌儿引我们上升。

塞壬的歌声把因惧怕风暴躲入海底的民众呼唤出来。暗对火成说。

看呐！我们欣喜至极
用金项链来装饰自己，
冠冕上的宝石珠翠
与钩环绶带相映交辉。

大革命前王侯贵族的打扮。

凡此都承蒙你们所赐。
宝物，因沉船而被吞噬，
是你们用歌声钩至，[2]

---

[1] 海神涅柔斯（Nereus）与神后多里斯（Doris）共有五十个女儿。本场将其分为两组。一组称涅瑞伊得斯（Nereiden），即涅柔斯之女，由父名派生而来，粗犷豪迈，野性十足。另一组称多丽德（Doriden），即多里斯之女，由母名派生而来，柔美多姿。伽拉忒亚属多丽德一组。这些女子常骑海豚、海马或其他海洋动物出游，可平息海浪，给众神，尤其从海中升起的爱神维纳斯伴驾。众特里同（Tritonen），海神之子，是海神波塞冬与神后安菲特里忒的儿子，一般取半人半鱼形，充当海神的卫队，常与女子们一同出游。在此与涅瑞伊得斯为伴。另参 8390—8391 行之间的注。

[2] 言美人鸟塞壬用歌声迷惑船员，造成沉船。宝物被海水吞噬，沉到海底。海底的仙女仙童们拿来做华美的装饰品。

你们是港湾里的魔女。

美人鸟塞壬

见清澈海水之中
鱼儿在自在游动，
怡然地左突右冲；
而你们！盛装游行，
今晚我们要一观
你们比鱼儿欢快。

海中仙女仙童

我们来这儿之前
心中就做好打算，
兄弟姊妹，快点！
今晚只需短短旅行，
就足以充分证明：
我们比鱼儿能干。

由下文看，当指到萨摩色雷斯岛请出卡比里偶像之旅。

游开。

美人鸟塞壬

倏地就已游去！

直向萨摩色雷斯，[1]
乘风而去无踪迹。
他们想做些什么
在崇高的卡比里国？[2]
那儿有奇特的神灵！
生生不息自我衍生，
却不知为何方神圣。

后人对卡比里的形象和数目众说不一。

请继续高悬于天，
迷人而慈祥的露娜；
以留住黑夜，莫让
白昼把我们驱走！

祈月。

请求月亮不要下沉，以免天亮各类仙怪消失。

泰勒斯 *在岸边冲荷蒙库鲁斯*

泰勒斯走在岸边，荷蒙库鲁斯在空中飘行。言海神涅柔斯讨厌人类。

老涅柔斯我愿带你去拜见；
尽管他住的洞离这儿不远，
可是他头脑固执，

海神。见下页注。

---

① 萨摩色雷斯（Samothrace），爱琴海上的岛屿。岛上曾出土胜利女神雕塑。也是卡比里崇拜的中心。

② 卡比里神（Kabiren），一种弗里吉亚地区的冥神，亦司丰收，又为水手们的守护神。萨摩色雷斯岛是卡比里崇拜中心。卡比里崇拜带有秘仪性质。关于卡比里的数目和形象有不同说法。

牢骚满腹不招人喜欢。
所有人类的男男女女
全不入他刻薄的法眼。
只是他可以预见未来，
为之无人敢对他怠慢，
人人都敬他的权职；
他也尝为人做些好事。

荷蒙库鲁斯

过去敲门，一试无妨！
想我也不至瓶毁人亡。

海神涅柔斯[①]

人从不听长者劝诫，故而生气。

是人的声音传入我的耳朵？
这怎不令我登时满腔怒火！

见到人就生气。

众生已矣，竟欲与诸神比拟，
可惜比照的永远不过是自己。

第一部中，地灵曾如此羞辱浮士德的僭越。

我自古过着神祥安宁的日子，

---

① 涅柔斯（Nereus），希腊神话中的一个海神。蓬托斯（大海）与盖亚（大地）之子。赫西俄德《神谱》称他是“值得信赖、和蔼可亲、公正良善”的长者。他与海中仙女多里斯结合，生下五十个女儿（见前注）。涅柔斯有预言未来的能力，有变身的能力。

可也忍不住为好人做些善事；
到最后把其所作所为一观，
就仿佛我从未出言相劝。

涅柔斯以预言能力诫人，人却终究不听，仍为所欲为。

泰勒斯

哦有人信你的话，海中老人，
智者如你，别赶走我们！
瞧这团火焰，虽似人一般，
却愿完全听从你的指点。

指荷蒙库鲁斯，在瓶中如火焰。

海神涅柔斯

举例，帕里斯、奥德修斯如何不听劝诫。事取荷马史诗《伊利亚特》《奥德赛》。

何谈指点！谁人可听规劝？
明智的进言都阻隔在耳畔。
任愚行频频地怒斥自己，
人们一如既往不可理喻。
我曾警告帕里斯如慈父一般，
还在他起念诱拐异邦女子之前。
他冒失地站在希腊的海边，
我便向他奉告我天眼所见：
但见浓烟弥漫，火光冲天，
上有屋顶燃烧下有死伤一片：

自己：愚行的反身代词。

涅柔斯曾预言，帕里斯若劫走海伦，会给特洛伊带来灾难。

特洛伊的末日，将以格律诵传，

> 如荷马史诗《伊利亚特》，维吉尔的《埃涅阿斯》。

千百年不变令人毛骨悚然。
于彼狂徒老者的忠告如同戏言，
他兴致不减而伊利昂沦陷——
饱经了痛苦，巨人直直倒下，

> 特洛伊城。

成了品都斯山群鹫的美餐。

> 成为色萨利人的战利品。一说成为聚集在品都斯山的众诗人的素材。

尤利西斯亦然！难道我未事先

> 奥德修斯亦然。举另一部荷马史诗《奥德赛》，为排比修辞故，实为杜撰。

告之喀耳克的诡计、巨人的凶残？

> 喀耳克女妖、独眼巨人，《奥德赛》中的形象。

惜同伴的轻率，本人的多疑，

> 尤利西斯或奥德修斯本人多疑，同伴轻率，屡屡阻碍其回乡之旅。

不可一一！劝言于他何益？
直落得历尽漂泊，不知何年，
惠浪才把他带到好客的岸边。

> 最后到达淮阿喀亚人岸边，为公主瑙西卡所救，受老王款待，得以还乡。

泰勒斯

如此行事怎不令智者心寒，
可好人啊还请您再次出山。

> 给荷蒙库鲁斯出主意。

锱铢的感激，会令您满意，
抵得过那千斤的忘恩负义。

> 我们的一点点感激就抵得过你遭受的很多忘恩负义。

因我等所求并非小事一桩：
这孩子他盼着明智地成长。

> 自然有机地。

海神涅柔斯

别败坏了我极难得的雅兴！
今儿我还有不寻常的事情。
我把所有的女儿盛情邀请，
多里斯之女，海中的精灵。
无论奥林匹斯山还是尊地，

无论神界还是人间。

都难觅那美丽轻盈的身影。

她们纵身一跃，千姿百媚，
由蛟龙跨上涅普顿的马背，

涅普顿（Neptun），罗马神话中海神，以马为坐骑。

与水元素柔美地结成一体，
仿佛浮沫都可把她们托起。

体态轻盈。令人联想到维纳斯诞生。

映着维纳斯贝车的色彩游戏

五光十色。已远远看到海上游行的队伍。

伽拉忒亚，那最美的来仪，[1]

伽拉忒亚乘维纳斯的贝车游行。

自库珀里斯离弃了我们，

库珀里斯（Kypris），维纳斯的别名。

她就成为帕福斯崇拜的女神。[2]

帕福斯岛上有敬拜维纳斯的神殿。现改为敬拜伽拉忒亚。

且自我这小女把女神继任，

---

① 伽拉忒亚（Galatee），涅柔斯和多里斯五十个女儿之一，在此充当爱神维纳斯的继任。古典的瓦尔普吉斯之夜似乎要避开那些著名的大神，转向更古老的神祇。

② 帕福斯（Paphos），塞浦路斯岛西南海滨城市，传说阿芙洛狄特（维纳斯）在此诞生。

便也坐拥了其神殿和贝辇。

伽拉忒亚接替维纳斯，成为爱神，继承了其神殿和贝辇。

走开吧！在某父的欣喜之时，
莫让他心生不快，口出恶言。
去找普洛透斯！去问彼大仙：
你如何生成，复又如何演变。

另一位海神，善变。见下注。

向大海游去。

泰勒斯

冲荷蒙库鲁斯。

看来咱们这趟是一无所获，
普洛透斯，他一向神出鬼没；
就算他肯为你停下，终不过
说些令人惊讶又无厘头的话。
然你既是亟需那般建议，
咱就不妨上路再做努力！

善变。

去找善变海神普洛透斯。

两人下。

美人鸟塞壬 在海湾上方的岩石上

我们眺望远方
是何在凌波徜徉？
仿佛借着风势

点点白帆而至，
她们如此耀眼，
靓丽的海之女仙……
让我们攀下山岩，
聆听他们的交谈。

海中仙女仙童

我们捧来的东西
愿大家看了欢喜。
刻罗涅的大龟甲上[①]
是威仪赫赫的群像，
我们请来了诸神；
请你们把赞歌高唱。

即前文提到的卡比里神。就是几只泥罐（参下注），托在盘子样的龟甲上。

美人鸟塞壬

以下塞壬的诸节是对卡比里唱的赞歌。

个头虽小
威力却大。
失事者的救星，
自古为人崇敬。

又一处形体（Gestalt）押强力（Gewalt）。

据说卡比里身材虽小，但威力很大，可营救海上失事的船员。

① 刻罗涅（Chelone），传说中的大龟。原是一位美女，出于傲慢待在家中不去参加宙斯和赫拉的婚礼，被赫尔墨斯变成一只大龟，永远驮着自己的房子。

海中仙女仙童

我们请来卡比里，[①]
欢度和平的佳期；
哪里有神祇做主，
涅普顿便不会动怒。

海神。海上会风平浪静。

美人鸟塞壬

赞卡比里。

我辈岂可比肩，
若有行船遇难，
你们力大无比
保护水手船员。

海中仙女仙童

我们请来了三名，
第四尊拒绝同行，
称自己才是那个

卡比里不止一个，但就其数目，众说纷纭，这里是泛指。

---

① 接 286 页卡比里注。古希腊晚期曾有秘密的卡比里崇拜，以上文提到的萨摩色雷斯岛为中心，遍及整个希腊。卡比里在本场是神秘而保持沉默的偶像，海中仙女仙童把它们托在龟背上参加海的节日。歌德同时代的神话学家，如克罗伊策（Creuzer）和谢林，均对卡比里有所研究，但纠缠于一些细节问题争执不休，比如卡比里的形象如何（可能就是些陶罐）、数目多少等。歌德在此意在讽刺神话学家们追究细节、故弄玄虚（他曾在一次谈话中特别提到本段暗含讽刺）。

急他人之所急者。

美人鸟塞壬

赞卡比里。

神与神之间
惯相互取笑。
要敬其恩宠，
要畏其祸凶。

海中仙女仙童

祂们原本是七尊。

当时有研究认为卡比里共有七个。

美人鸟塞壬

以下开始与仙女仙童对答，充当歌队。

另三尊何处去寻？

刚才共提到四个。

海中仙女仙童

我们不得而知，
这要问奥林匹斯；

问神。

那儿许还有第八尊，

据歌德时代神话学家研究，第八尊可能是个神秘、身份难辨的形象。

惜尚且无人问津。
愿有幸得到印证，
一切尚未尘埃落定。

还在争执中。

这些无可比拟者
总是要上下求索，
那饥饿的渴求者
渴求不可及的则个。[①]

似在说卡比里神，又或神话学家们。

美人鸟塞壬

我们习以为常，
任其镇坐何方，
向着日月祈祷
祈祷终有回报。[②]

海中仙女仙童

我们的荣耀煊赫到至高
有幸为此节日开道！

美人鸟塞壬

古代之英雄

---

① 此处或在影射和讽刺谢林的“饥渴说”（“渴望”）。谢林在其卡比里研究中提出，所有受造物，其生成的原始动力在于渴望。在此指荷蒙库鲁斯和浮士德，前者渴望获得有机生命，后者渴望得到不可企及之物（海伦）。

② 塞壬针对上文诸般一味追求不可企及之物者，讲自己如常对日月祈祷，至少奉行一种朴素的自然崇拜。

亦无此殊荣，
任其煊赫的名声；
彼夺金羊毛，
汝得卡比里。

阿尔戈号的英雄。

齐唱重复

以下塞壬与仙女仙童齐唱，重复上两句，故有“我们”“汝等”之称。

彼夺金羊毛，
我们！汝等！得卡比里。

海中仙女仙童 游过去。

荷蒙库鲁斯

只见怪物在我眼前
像泥做的简陋陶罐，
智者怎就撞了上来
直打破固执的脑袋。

卡比里大约只是些原始的陶罐，海中仙女仙童却奉为神明，抬着游行。

讥讽当时神话学家、古代学学者。

泰勒斯

这刚好是人们的渴求，
古币值钱就在它生锈。

善变海神普洛透斯[①] 隐身

此类杜撰颇让老朽喜欢！
越是奇异就越让人服气。　　回应泰勒斯。

泰勒斯

普洛透斯你在哪儿？

善变海神 腹语，忽远忽近

这儿！还有这儿！

泰勒斯

你的老花招我不与计较；　　指隐身四窜。
只是，和老友不要客套！　　指前面的恭维。
你在声东击西我明知道。

善变海神 仿佛从远处

再见啦！

---

① 普洛透斯（Proteus），也称普罗泰乌斯，早期希腊神话中一个海神，未列正统神谱。有预知未来的能力，最大特点是可以变形，可变成各种动物植物，难以琢磨和捕捉，是变形的化身和代名词。

泰勒斯 低声冲荷蒙库鲁斯

他就在跟前。快放光，
他好奇如鱼儿一样；
无论变形停在何处，
见到光便按捺不住。

鱼喜光，可用光诱捕鱼，——吸引普洛透斯。

荷蒙库鲁斯

我这就倾注些光出来，
且要适量别把烧瓶炸坏。

神秘神学用词，光被（圣神）倾注出来。同时预示以下终场荷蒙库鲁斯的一泄如注。

善变海神 一只大龟的样子

是什么发着迷人的光？

泰勒斯 遮上荷蒙库鲁斯

好啊！好奇就上前看仔细。
你不会费这点力就发脾气，
赶快变成人形双脚站立。
求我们开恩，要我们愿意！
谁若想看我们遮上的东西。

善变海神 体态高贵

你还不忘那些圆滑的手段。

泰勒斯

你还是那么热衷于把身变。

两个老友相互调侃斗嘴。

露出荷蒙库鲁斯。

善变海神 惊讶地

发光的小矮人！真是稀罕！

泰勒斯

他前来请教，他很想生成。
这小人，就我听他所讲，
神奇地只一半来到世上。
他身上不缺少精神品性，
却不能出手干任何事情。
他的重量只在那只烧瓶，
他希望能首先有个身形。

善变海神

你可真是童贞女的儿子，

影射耶稣基督。

在有身形之前就已存在！[1]

泰勒斯 低声地

他看上去似乎另有问题，
我觉得他是个雌雄同体。

善变海神

如此一来便更加容易，
无论变什么都很适宜。

> 既然目前是雌雄同体，那变男变女都可以，相对更容易。

只是在此多思无益，
要到大海把生命开启！

> 在大海和水元素中逐渐获得生命。

先从渺小的形态开始
不惜把最渺小之物吞噬，
就这样一点点渐渐成长，
不断成就更完美的形象。

> 在海中经历一个从小到大渐进的成长过程。

荷蒙库鲁斯

这儿竟然是微风徐徐，

[1] 两句戏仿圣母和圣婴：依罗马公教教义，耶稣基督系童贞女马利亚所生，因具有神性，在成肉身之前就已存在。

绿意盎然，沁人心脾！

荷蒙库鲁斯得到如何生成的建议，心情舒畅。

善变海神

说得不错，至爱的小弟！
再往下会更加惬意，
至彼狭长海岬的岸边
那气氛更加妙不可言；
浩荡的队伍已在眼前，
正浮游过来，相隔不远。
随我前去！

泰勒斯

我也同行。

荷蒙库鲁斯

荷蒙库鲁斯在空中飘，海神在水中游，泰勒斯在陆上走。通往雾气蒸腾的海岬。

奇哉三精同行海陆空！

罗得岛的忒尔喀涅斯人[①]

骑马头鱼尾怪和海龙，

① 忒尔喀涅斯人（Telchinen），也译泰尔刻辛人，希腊神话中远古时期罗得岛上的原始居民。取半人半水獭相，善于锻造，是能干的铁匠，曾为海神波塞冬（涅普顿）锻造三叉戟。

手持涅普顿的三叉戟。

全体忒尔喀涅斯人

四扬音扬抑抑格，对韵，庄重的颂歌体。

我们为涅普顿锻造三叉戟
他用之把滔天的巨浪搅起。
若雷公一展密布的乌云，
涅普顿便对以波涛翻滚；
天上若辟出道道的闪电，
大海便回应以浊浪冲天；
任有何物惊惧地垂死挣扎
终究饱经激荡被巨浪吞下；
故他今夜向我们交出权杖，
任我们庆祝节日安然徜徉。

雷公在此指（与涅普顿相应的古罗马神话系统中）众神之首朱庇特。

与大神呼应。

海神交出三叉戟，好不去搅动海水，让海面平静。

美人鸟塞壬

侍奉太阳的诸君，
享赐白昼的福人，
值此崇敬露娜之际
我们向你们致意！

忒尔喀涅斯人居住在罗得岛，岛上供奉太阳神，有巨大的阿波罗神庙。

忒尔喀涅斯人本在白日侍奉太阳神，现在却来到月亮笼罩的黑夜。

铁匠忒尔喀涅斯人

妖娆妩媚的女神高悬天穹
陶醉地把赞兄弟的歌聆听。
请侧耳俯听有福的罗得岛，
那儿有永恒礼赞响彻云霄。
每当祂开始或结束一天的旅程，
都用火红的霞光把我们凝望。
山峦、城市、海岸、波浪，
祂无不喜欢，因其可爱明朗。
无雾气缭绕，但有悄然升腾，
一缕光一阵风岛上复又纯净！
天尊望着自己的形象几多，
有少年有巨人，雄伟或温和。
是我们最早，把神的威力
依照崇高的人的形象树起。

黑夜中独此一段太阳神颂。

月神。

太阳是月亮的兄弟，月神听人歌颂哥哥。

日出日落的彩霞。

罗得岛上无浓雾，但凡有也很快被阳光和和风驱散。

罗得岛上的诸太阳神造像。

有巨大的太阳神像柱（七大奇迹之一），又有神庙柱子上的雕像。

威力押形象。

据传是忒尔喀涅斯人最早造太阳神像柱，且把神塑造成人形（之前为兽形）。

善变海神

随他们自夸随他们唱！
太阳神圣的生命之光
令死的作品贻笑大方。
塑造，熔化，不懈努力；

冲荷蒙库鲁斯说。

再好的雕塑也不及鲜活的太阳。揶揄忒尔喀涅斯人。

一旦他们把塑像铸起
就以为是了不起的东西。
然傲慢之徒终究如何？
神像确也曾高大巍峨，——
一次地震即将之摧毁；
想是早已又熔为铁水。

据传罗得岛上的太阳神像柱毁于地震。

土地上的种种忙碌，
总不过是艰辛劳苦；
唯海浪更把生命滋养；
我驮你到永恒的大洋
我普洛透斯-海豚。

土与水对比。

变成海豚

请骑上！
愿你自此一路顺畅，
我把你驮在我的背上
去把你婚配给海洋。

与伽拉忒亚结合，象征意义上完成与大海的婚配。

泰勒斯

去吧愿你心想事成
从头开始受造生成，

准备好了马上启程！
愿你按永恒法则活动，
经历千种万种形式，
终至从容获得人形。

荷蒙库鲁斯 骑上普洛透斯–海豚。

在水中从头、从小开始，逐渐演化为人。

善变海神

冲荷蒙库鲁斯。

小人精同往湿润的远方，
在那儿你立刻伸张如常，

可自由活动，（打破烧瓶）摆脱限制。

尽管你在此可随意浮荡；
但只别一味追求更高，
因你一旦完成人的演变，

成人。

也就彻底完蛋再无发展。[①]

仍以谐谑口吻。

泰勒斯

要看情况；倒也不算辜负
若他成为他时代的翘楚。

泰勒斯似感觉受到挑衅，他也是人，却仍具精神品质。故有下文普洛透斯的机锋。

① 一旦进化成人，便无法再进化发展；或一旦获得肉身，人就开始受限制，丧失了精灵、精神的品质。辩证。

善变海神 冲泰勒斯

也有老兄这般禀赋！
想必亦可流芳千古；
因在苍白的魂灵中间，
我见你已有了千百年。

泰勒斯也是魂灵，但比其他的魂灵持久。

美人鸟塞壬 在岩石上

是何物如晕如环
团团绕明月盘旋？
是鸽子，为爱点燃，

鸽子成群绕月飞翔，形如月晕。

翅羽似雪光洁明艳。
帕福斯将它们派遣，

帕福斯即维纳斯。鸽子系爱神维纳斯所遣派。

她春情激荡的使团；
我们的节日，圆满完成，
开怀的喜乐圆满而清明！

【按歌德原设计，本场到此结束。以下部分，系歌德 1830 年 12 月（临终前一年）所加，具体上演了伽拉忒亚出场，荷蒙库鲁斯与之象征性完成婚配。同时受当时最新海洋微生物学理论启发，融入了相关场景。[①]】

---

① 基于当时微生物学研究，有生物学家（如埃伦贝格）提出猜想，认为生命诞生于在水中聚集并发出荧光的鞭毛虫。歌德将该理论与水成说的自然观相结合，续写了以下场景：荷蒙库鲁斯在伽拉忒亚的贝辇上撞碎了自己的玻璃瓶，（精神物质）流溢到海面之上，着火发光，从而和（发荧光的）鞭毛虫一样进入自然进化的过程，将从最简单的原始生物形态开始，逐步变形成人。埃伦贝格（Christian Gottfried Ehrenberg, 1795—1876），德国著名博物学家、动物学家、解剖学家、地理学家和微生物学家，微生物学和微体古生物学的创始人。

海神涅柔斯 走向泰勒斯

或许夜间的漫游者　　听着像歌德时代之人。
称月晕大气的折射；　　气象学现象。
吾辈神灵另有拙见
抑或说是真知灼见。
那是白鸽，陪伴着
我爱女出游的贝车，　　爱女：伽拉忒亚（维纳斯）。[1]
用它们奇异的飞翔，
飞翔习自亘古洪荒。

泰勒斯

尊驾所喜悦之高见
在下亦为妙不可言，
愿于静谧温暖之巢
某种神圣鲜活永葆。

希伦人和马尔斯人[2] 骑海牛、海牛犊和海羊

在塞浦路斯荒凉的洞穴，　　土。

---

① 常人眼中的月晕在神灵眼中是神圣的东西，是维纳斯派来的鸽子，伽拉忒亚的伴驾。

② 希伦人（Psyllen），古代利比亚东北部一个族群；马尔斯人（Marsen），古代意大利中部一个族群。两者均擅医治毒蛇咬伤，被认为是有魔力的族群。歌德误以为他们居住在塞浦路斯，保管住在岛上的维纳斯的贝车，此时护持贝车载来伽拉忒亚。

那儿未曾被海神淹灭，
水。
也未被赛斯摩斯摧毁，
火。
却为永恒的和风包围，
风。
一如，在鸿蒙之初，
我们怡然安于静处，
把维纳斯的贝车守护，
守护塞浦路斯岛上维纳斯的贝车。
而今，随飒飒的夜风，
乘柔美如织的海浪，
隐形于新新的人类，
理性的人看不到神话的神秘世界。
载来绝世可爱的佳人。
伽拉忒亚。预示下一幕的海伦。
我们不声不响地护持
何惧鹰和插翅的雄狮，
鹰是罗马帝国的徽章，代指罗马帝国；插翅的雄狮是威尼斯的徽章，代指威尼斯。
何惧十字和半月旗帜，
十字是十字军的徽章，代指十字军；半月是奥斯曼帝国的徽章，代指土耳其人。
任那上面改朝换代，
四种人曾先后占领并统治塞浦路斯岛。话题转入政治风云变幻。火成。
任那城头王旗变换，
任那相互驱逐残杀，
把庄稼与城市践踏。
我们，一如既往，
载来绝世可爱的女王。[①]
火成与水成际会。

① 无论政治风云如何变幻，和平美丽的生命盛会仍周而复始。与生生不息无始无终的大海相比，人以及人世间最重大的政治生活，都显得微不足道。

美人鸟塞壬

继续充当歌队，唱出她们所看到的景象。

轻游曼荡，不忙不慌，
围着贝车，环环散宕，

以伽拉忒亚的贝车为中心，环绕着向外侧延伸。

倏地一排排潜入水底
又鱼贯而出如蛇逶迤，
是结实的涅柔斯之女，

即涅瑞伊得斯，参前注（8043—8044 行之间注）。

粗犷洒脱，野性十足，
又有柔美的多里斯之女，

即多丽德，参前注（8043—8044 行之间注）。

引来伽拉忒亚，貌若其母：

貌若母亲多里斯。

仰之如诸神一般肃穆，
更具不朽者的崇高，
却又似迷人的凡妇，
优美绰约妩媚妖娆。

优美与崇高，优美对人间凡妇，崇高对神性。

众多丽德[1] 骑海豚，从涅柔斯身边鱼贯游过

请露娜洒下光和影，
把花季少年照分明；

指身边随游的众少年。

我们把亲爱的夫君
讨好地展示给父亲。

---

[1] 多丽德在此被塑造为柔美的女子，轻衣薄带，美貌和善，善围成圈随波浪的节拍曼舞，以“少年”为伴。参前注（8043—8044 行之间注）。

冲涅柔斯

少年系我们搭救，
从巨浪的狼咽虎口，
又安置在芦苇荡中，
暖过身来重见光明，
他们少不得用热吻
忠诚地向我们报恩；
请好生把美少年相认！

传说善意的海中仙女常搭救遇难的船员。

海神涅柔斯

双赢的善举值得赞许：
怜悯他人，愉悦自己。

多丽德既搭救了少年又可与之合欢。

众多丽德

父亲既夸女儿们能干，
便要默许到手的合欢，
让我们把少年紧拥在
不老的怀中直到永远。[①]

多丽德是海神之女，有神性，不朽。少年是凡人。

---

① 本节一、三两行以 walten 和 halten 押韵，隐含一个文字游戏：德文中有短语 jdn. walten und halten lassen，意为“放任某人做某事”。作者把 walten（能干）和 halten（拥抱）拆开使用，但通过韵脚，仍能明显读出短语，不仅符合而且强化了本节的意思。

海神涅柔斯

愿我儿心悦那美妙猎物，
把少年塑造成丈夫；
只是为父无力赠送
唯宙斯能赋予的永恒。　　无法赋予少年们神性。
浮荡和摇曳你们的波浪，　　爱情如波浪浮荡不定。
也不会让爱情久长，
若到了爱慕已无计回还
便从容地送他们上岸。

众多丽德

美妙的少年啊诚然可贵，
可咱们终要离别挥泪；
谁人不想不离不弃，
可这不合众神的心意。　　人神不能长久地两合。

少年们

惟愿你们再施与甘泉，
与我好样的水手少年；
有过了那般神仙日子
此生也算是了无遗憾。

伽拉忒亚[1]　乘贝车而来

海神涅柔斯

是你我的爱女！

伽拉忒亚

哦父亲！多么幸福！
海豚请停留一下！此景把我迷住。[2]

海神涅柔斯

过去了，他们已游过
环环相绕此起彼落；

众海仙围绕贝车转圈游动，又整体一起向前。

有谁顾得我内心的激动！
唉！何不带我同行！

台词恢复正常，之前类似诗朗诵。

---

① 伽拉忒亚（Galatee），海神之女，在此充当维纳斯，一如维纳斯乘贝车而至。贝壳自古喻指女人下体，象征爱欲和孕育。伽拉忒亚也是欧洲喜欢塑造的形象，尤在文艺复兴时期，拉斐尔作有同题材壁画。歌德曾研究并收藏有关伽拉忒亚的版画复制品。拉斐尔的壁画中画有很多射箭的爱神，表现一场神秘的爱的节日。（见插图 8）

② 伽拉忒亚只有这一句台词。听之令人联想到浮士德与梅菲斯特的打赌："请停留一下，你是那样的美！"伽拉忒亚在此是美和爱的化身，她一方面呼应下一幕（第三幕）即将出场的海伦，一方面呼应将在第五幕终场山涧中出场的荣光圣母，荣光圣母也由层层角色引导出场，并且也只有一句台词。

只一眼就让人如此心怡
不枉整整一年的分离。

海上的节日一年一度，看一眼高兴一年。

泰勒斯

对水成的礼赞。

圣哉！圣哉！三呼圣哉！
我是何等心花怒放，
美和真在周身激荡……

没有善，未强调德性。

万物乃皆源出于水！！

生命的起源。《浮士德》剧独此处出现双叹号。歌德亲手点在手稿上。

万物乃皆由水维系！
愿海洋你生生不息。
若非你派遣云霓，
馈赠无数的小溪，
让江河九曲蜿蜒，
把大川盈盈注满：

以上四行结尾以扬抑抑格动词词尾押韵，拟淙淙流水的节奏。

怎会有山脉、平原和大千？

水同样塑造了地表。

是你把最鲜活的生命维系。

回声 各组仙女仙童齐声

最鲜活的生命皆源出于你。

海神涅柔斯

他们飘摇着返归远方，
再没有面对面的相望；
盘桓的队伍逶迤绵长
好一副节日的仪仗，

大海的节日，神话中爱的盛宴。

蜿蜒起伏浩浩荡荡。
伽拉忒亚的贝车金銮
仍悠悠地映入眼帘。
它如明星点点

海星，与启明星都是圣母马利亚的别称。

透过随驾的众仙；
我之所爱其光透过济济，

我之所爱：上面全副的海上游行队伍。

虽已遥不可及
却仍明亮而清晰，
真切如在眼际。

以上几行长短不一，韵脚 abb, cdd, caa，似拟时隐时现状。

荷蒙库鲁斯

骑在善变海神普洛透斯所变的海豚背上。

置身这和惠的湿润
我点点微光所照，
一切都那么美好。

善变海神

此刻作为海豚驮着荷蒙库鲁斯。言语间充满情色暗示，诱惑了荷蒙库鲁斯。

置身这生命的湿润
你方得大放光芒
伴着畅美的吟唱。

荷蒙库鲁斯激动时，曲颈瓶会发光并发出音响。

海神涅柔斯

队伍正中有何新的秘密
欲启示给我们的双眼？
绕着贝车伽女双足竟燃起火焰？
时而高涨，时而温柔时而甜蜜，
仿佛被爱的搏动牵系？

荷蒙库鲁斯已扑向贝车脚下。

拟荷蒙库鲁斯与伽拉忒亚的合欢。

泰勒斯

是荷蒙库鲁斯，受普洛透斯引诱……
竟现出莽汉般饥渴的症候，
接着恐怕就是隆隆的喘息；
继而撞碎在辉煌的贝辇上；
已燃烧，闪亮，一泄汪洋。

拟男女交合。

荷蒙库鲁斯撞向贝辇，曲颈瓶破碎，“精神”物质如火流出。

如情极之死，爱之死。①

① 荷蒙库鲁斯的火与大海的水，其所代表的精神与贝车象征的肉体生命结合，结合后的物质注入大海，将在大海中开始生成新的、有机的生命。

美人鸟塞壬

是怎样奇异的火明澈水波，
水波激荡辉映着闪烁之火？

水火交融。

其光且闪且动且灿然高涨：
夜幕下泛出生命体的红光，

似已有微生物生成（发出荧光的鞭毛虫）。

但见流火把一切团团围上；

火元素伴随水元素，水火结合，交融。

愿生发万物的爱若斯称王！

引出古老的爱欲之神，其生于混沌，是万物有机生成的根源。

圣哉大海！圣哉波浪！

以下四行句式参郭译。

圣火将它们团团围上；
圣哉万水！圣哉火焰！
圣哉这非凡的历险！

全体合唱！[①]

全体场上角色齐唱。四扬音扬抑格，对韵。气势恢宏。

圣哉柔和的惠风！

风。

圣哉奥秘的穴洞！

土。上节颂水和火，本节加风和土。

高歌把你们称颂
四大啊水火土风！

水火土风四大元素，宇宙的原始质料。对古希腊宇宙生成观的颂歌。

---

① 叹号：叹号标注在出场人物提示之后，《浮士德》中仅此一处。歌德亲手添加在口授稿上，指示生命的最强音。

补充说明

古典的瓦尔普吉斯之夜场共1483诗行，与著名的第三幕“海伦剧”（1551诗行）相比，仅少了68诗行，单从体量上就足见该场的分量。

古典的瓦尔普吉斯之夜是一个剧中剧，既与前后剧情有关联，又自成一体。从标题上看，它与第一部的瓦尔普吉斯之夜遥相呼应，同样展现了一个群魔出没、欲望横流的世界，但在人物、场景丰富、“不着边际”（歌德语）方面，更胜一筹。

虽冠名古典，但歌德在该场几乎未搬出奥林匹斯众神，也很少提及荷马史诗中的众神，而是另辟蹊径，搜罗了大批更为古老的另类怪力乱神。［歌德在很多地方参照了当时新出的一本介绍古希腊神话的书：Hederich: *Griechische Mythologie*. 1770］这些神祇本就让人感到陌生，而他们的组合更令人费解。

另一方面，歌德似乎还有意把一些早年写就、无处搁置的心得，以格言警句的形式，悄悄舶入了古典的瓦尔普吉斯之夜，包括当初未得发表的某些讽刺诗（Xenien）。凡此都使本场显得更加扑朔迷离。

在《浮士德》解读中，很长时间里，人们多把注意力集中在后面的海伦剧，对该场大多一带而过，认为它不过是个过渡而已，从而忽视了古典的瓦尔普吉斯之夜实际上是整部《浮士德》中最富想象力的一场。本场台词和场景都极富戏剧性，加之舞台提示丰富，很显然是为实际演出而设计。

在诗歌形式方面，本场在第一段厄里茜托出场时，使用古希腊双三音步抑扬格，表示场景切换到古希腊。除此之外，其他地方灵活运用了多种诗体，尤其使用了瓦尔普吉斯之夜的格律。且很多段落为唱段，如充当歌队的众塞壬的台词。此外尚有合唱、独唱、二重唱，至终场汇聚为恢弘的大合唱。

在本场终场部分，歌德借鉴了西班牙剧作家卡尔德隆的巴洛克大戏《爱超过一切魔法》(*El mayor encanto Amor*)。在卡剧中，伽拉忒亚在音乐伴奏下，乘海豚，引凯旋的贝车从海上而来，由众塞壬和特里同伴驾，贝车四周的海面燃起焰火。卡剧于1635年8月在马德里附近王家花园的露天剧场上演，当时的设计是，通过撤掉背景幕布，让海上游行队伍由舞台后面的大池塘接近舞台。

卡剧由奥古斯特·施雷格尔（大施雷格尔）翻译成德文，歌德因此知晓卡剧剧本和上演情况，并曾在1803年6月的一封信中表示，计划在魏玛借伊尔姆河（Ilm）上演卡剧。若干年后，歌德为本场亲手绘制过舞台设计草图。

古典的瓦尔普吉斯之夜是老年歌德的华彩乐章。歌德在1826年开始创作，到1830年12月杀青。77到81岁的歌德愈发返璞归真，走向豁达的"玩笑"。古典的瓦尔普吉斯之夜成为他驰骋想象，展示人生感悟、世事洞察之结晶的舞台。因此，若想了解老年歌德的才情，本场是必修的功课。

古典的瓦尔普吉斯之夜结束于对爱欲之神"爱若斯"的礼赞，歌德以雄浑的合唱，歌颂了激发宇宙创造力的爱若斯。这是老年歌德生命的最强音，也是他对生命的崇高礼赞。

【插图 7】

P. S. 巴托鲁斯（Petrus S. Bartolus）作，铜版画，临摹拉斐尔
梵蒂冈壁毯《保罗被囚腓立比监牢》
（地震把他救出监牢。参《使徒行传》16:23 及以下）
左下有刻字：Terr<a>e Motus［地震］

（藏于：魏玛的歌德-国家博物馆）

【插图 8】

D. 库内寇（D. Cunego）作，铜版画，临摹拉斐尔
罗马法尔内西纳别墅壁画《伽拉忒亚的胜利》

（藏于：魏玛的歌德-国家博物馆）

第三幕

本幕说明

本幕共三场：斯巴达墨涅拉斯王宫前，城堡内庭，阿卡迪亚。

本幕也称海伦剧。海伦正式登场，与浮士德相遇、结合、生子欧福里翁，在儿子坠崖身亡后，海伦仙逝。海伦在第一幕即已登场，但只作为魂魄，出现在供宫廷娱乐的招魂戏中；在第二幕中未直接出场，只是通过浮士德去古希腊寻找海伦，予以了间接呈现。在本幕中，海伦上升为主角。

海伦剧经历了漫长的创作过程。1800年歌德撰写了片段，题为海伦在中世纪，原只想写古希腊的海伦与属于北方蛮族的浮士德相会。后席勒建议把海伦剧植入《浮士德》并作为其主体部分。

歌德部分采纳了建议，决定把海伦剧植入《浮士德》，但并不想把它作为主体。直到1825/1826年，歌德再次重拾海伦剧的创作并一气呵成。1827/1828年出版单行本，题为海伦：古典–浪漫的幻象剧·幕间剧，其中副标题“幻象剧”暗示，这是一场由魔法师和文学家导演的招魂剧。至歌德死后1832年《浮士德》全本出版时，方改为现标题。

海伦与浮士德相会，这一构想并非歌德原创。在施皮斯版《浮士德故事书》（1587）和浮士德木偶戏中都有海伦情节。在施皮斯版故事书中，浮士德因与魔鬼签约而无法履行婚姻圣事，海伦被作为“侍寝人”送与浮士德；在普菲茨版（Pfitzer, 1674）故事书中，海伦是侍妾和侍寝人，浮士德对之一见钟情，与她共度了几月良辰，而且从一开始就知道她并非血肉之躯。两人结合生子，在浮士德死后，母子消失。

在各类有关浮士德的故事书中，都有浮士德想见到最美美人的情节，这属于他虚妄之想的一部分。歌德沿用这个母题，对之进行了改编和重塑。本幕是一场“假戏”，是寓意剧。

本幕主体共三个场景，再加一个尾声。第一场发生在斯巴达王宫前（以特洛伊战争为背景）；第二场在浮士德的城堡（以十字军东征在斯巴达北部建立的拉丁国家为背景）；第三场在林苑，即阿卡迪亚般的田园风光中（影射了希土战争，尤其是1824年的夺取迈索隆吉翁之战）。场上人物不变而场景转换。几场之间，时间相隔三千年，空间上也存在穿越。同时，为拟古希腊悲剧，三场均在室外演出，无内景，有歌队，演员数目限制在三至四名。

在诗歌形式方面，本幕是诗体与时空、角色互为表里的典范。海伦一方使用古希腊双三音步抑扬格（短长格）、双四音步扬抑格（长短格），歌队用古希腊悲剧中的歌体；浮士德一方使用五音步无韵体诗（Blankvers）或骑士爱情诗（四音步双行押韵）；守塔人林叩斯主要用骑士爱情诗，兼用巴洛克爱情诗的母题；浮士德在阿卡迪亚多用牧歌体；最后在浮士德和海伦退场后，梅菲斯特同样使用接近口语的牧歌体（Madrigal）。按歌德设想，本场诗歌形式应具德国底蕴和意大利的形式。

在拟用古希腊语言形式时，歌德刻意追求古风，就词汇而言，如动词分词、陌生化词汇的使用；就格律而言，包括无韵、轻重音与语义的错位、隔行断句、不合常规的语序等，目的是造成一种拟古的效果。如海伦出场时所用古希腊双三音步，表现了海伦的庄重、矜持、高雅，营造出凝重的气氛，尽显古希腊高贵之美。

在诗歌形式方面可圈点的还有，浮士德与海伦的相互接近，其过程伴以诗歌格律的相互接近，即海伦的古希腊风与浮士德的骑士风，逐渐交叉直至融合。两人之间的韵律游戏借鉴了古代波斯诗风，与《西东合集》中的对唱异曲同工。

本场说明

斯巴达墨涅拉斯王宫前场，海伦登场，被俘的特洛伊女子充当歌队，海伦的侍女潘塔利斯担任歌队领唱，王宫的管家婆是由梅菲斯特扮演的福基亚斯。

海伦名义上是斯巴达老王廷达瑞俄斯之女，夫婿墨涅拉奥斯（歌德使用了古希腊-多里克方言及法语形式墨涅拉斯［Menelas］，故译文皆用墨涅拉斯）。因老王二子早丧，传位于婿，故称墨涅拉斯王宫前。

场景的背景为，——根据荷马史诗《伊利亚特》——，墨涅拉斯为夺回被特洛伊王子帕里斯带走的妻子海伦，与乃兄阿伽门农组成希腊联军，并由阿伽门农担任统帅，渡海攻打特洛伊城，十年后打败特洛伊，返回斯巴达。

本场即在此基础上，续写战争结束后，海伦作为特洛伊战俘，与被俘的特洛伊女子一同被墨涅拉斯带回斯巴达。墨涅拉斯先遣海伦回宫，准备祭祀用品，自己则包藏杀机，意欲把海伦作为牺牲献祭。女子们得知后惶恐万分，决定听从管家婆建议，逃往北部日耳曼骑士的城堡，由此接下场与浮士德相遇。

斯巴达墨涅拉斯王宫前

海伦登场
连同被俘的特洛伊女子组成的歌队
潘塔利斯领唱。

> 本段诗歌形式拟古希腊双三音步抑扬格（短长格，歌德多以轻重音代替短长音），无韵，隔行断句。

海伦[1]

备受欣赏也备遭诽谤海伦

> 知道后世对自己毁誉参半的评论。

我从刚刚登陆的海岸而至，

> 从海岸登陆再策马来到宫殿。见后文。

晕眩未减因着海浪活跃的
摇荡，将我等自弗里吉亚平地

> 特洛伊所在地。

于马鬃高耸的浪脊，借波塞冬的惠顾

> 未搅动大海掀起风浪。

并欧洛斯的力量驮回父国的海港。

> 东南风神，从特洛伊到斯巴达是向西南方，故此处泛指风。

下面岸边上墨涅拉斯王正欣喜

> 墨涅拉斯先遣海伦回宫。

自己与最勇敢的战士一同返乡。
而你，巍峨的殿宇，请向我致意，

> 海伦对宫殿大门讲话，古希腊悲剧风格。

你是家父，廷达瑞俄斯，临坡而建

> 斯巴达老王，勒达的丈夫，海伦名义上的父亲（实为宙斯所生）。

就在他自帕拉斯山回乡不久

> 帕拉斯山代指雅典。此系杜撰，实为迎娶勒达所建。

---

[1] 海伦，在阔别家乡斯巴达十数年后，作为特洛伊战俘，被自己的夫君墨涅拉斯，随参战的士兵，乘船渡海，带回斯巴达。本段开场白中，海伦做自我介绍并自述返乡观感。拟欧里庇得斯悲剧《特洛伊妇女》的开场。内容上拟古，同时追求陌生化效果：海伦知道自己的美、身世和命运；她因忽然回到家乡，同时也因忽然从冥府回到人间而感到迷惑。

继而，伴着我与长姐克吕泰涅斯特拉，
与卡斯托耳和波鲁克斯一起嬉戏成长，
他把你装点成斯巴达最华美的殿堂。
坚固大门的双翼请接受我的问候，
曾几何时你们热情好客地敞开
墨涅拉斯，力压群雄，以新郎
形象，满面春光向我走来。
双翼请再次打开，好让我忠实完成
国王紧急的命令，尽妻子的本分。
请让我进去！愿一切都成为过去，
那让我厄运不断、颠簸至此的一切。
因自从我无忧无虑离开此地，
依圣仪，前往库特瑞神庙拜祭，[1]
自从弗里吉亚强盗，把我掠去，
已是沧海桑田，人们于兹
津津乐道，而当事人岂愿听到
编排她的传说渐渐演绎成童话。[2]

为斯巴达老王所生，海伦同母异父的姐姐，嫁与阿伽门农为妻。

两人为海伦的孪生哥哥。参古典的瓦尔普吉斯之夜场。

以下对两门扇讲话；门扇隶属于门。

据说海伦有四十多位追求者。

指下文墨涅拉斯令海伦准备祭祀。

指被帕里斯抢走。据说海伦在祭祀时出于好奇前去观看帕里斯的船队。

---

① 库特瑞（Cytheren），岛名，因设有祭祀阿芙洛狄忒的神庙，也是爱神的别称。海伦在此献祭时被掠走。

② 本段不仅格律拟古，而且在用词和表述习惯上，都带有古希腊风，增加了开场的陌生、神秘和距离感，凸显了海伦的庄重和所处时代的古远。

歌队

拟欧里庇得斯《特洛伊妇女》中的歌队。歌队所用诗体更为古旧，无韵。主要内容是夸赞海伦之美，美名为众荣誉之首。

莫要鄙夷，哦美妙的妇人，
你所荣膺的至高的财富！

美。

唯你被赐予莫大的福分，
众美名之上那美的美名。
英雄总是令名先行，
故而能够昂首挺胸，
而最刚毅的男子也甘愿低眉
俯首面对战无不胜的美人。

海伦

罢了！我和夫君一道乘船而至
他却遣我先进入他的城池；

斯巴达城。

而他怀的什么心思我不得而知。
回乡的我是妻子？是王后？

妻子与王后系同义反复。不知自己是作为先王后回乡，还是作为将被献祭的战俘。

还是祭品，用以偿还君王的苦痛
和那希腊人长年忍受的不幸？
我被征服，但不知是否是囚徒！

海伦此时属于被征服的特洛伊女子，不知能否恢复斯巴达王后的身份。

神明啊，心思难料的美人的陪同，
真让我摸不清自己的运数名声，

神明伴随美，是美的陪同，决定美人好坏参半的名声和命运。

此刻祂们就伏在这门槛
阴森恐怖地站在我身边。
因还在空心船上夫君就甚少
看我一眼，更无安慰的语言。
他与我相对而坐似有祸心包藏。
继而，一伺头船的船喙驶入
厄洛塔斯河深入的河滩，尚未及[1]
向陆地问安，他如受神驱使而言道：
我的战士即在此，依次下船，
在海滩上列队待我检阅
而你则继续前行，沿神圣的
厄洛塔斯富饶的河岸径直北上，
策马驰过繁花点缀的肥沃草原，
直到达一片美丽的平地，
斯巴达先祖在那儿开垦了多产[2]
而辽阔的耕田，环绕巍巍群山。
然后踏进塔楼高耸的王宫

海伦有不祥的预感：墨涅拉斯将以其献祭，她即将遭受厄运。

尚未登岸之时。

从海岸由南向北，向河流的上游走，到斯巴达城。

① 厄洛塔斯河（Eurotas），今名埃夫罗塔斯河，是伯罗奔尼撒半岛上的主要河流，由北向南流经斯巴达，注入拉科尼亚湾。

② 斯巴达先祖，原文拉科尼亚（Lakedaemon），根据希腊神话，是宙斯之子，妻子名斯巴达，故称斯巴达地区为拉科尼亚，称城池为斯巴达。两名常换用。

帮我查点侍女，当日我把她们
留下，连同明智的老管家。
令她向你展示积累的财宝，
系汝父当年留下还有我自己
在战争与和平年代，添加聚集。

墨涅拉斯一心想着财宝，却无视妻子的美，不知后者才是更高的财富。

你会看到一切井井有条：因
君主有权，于返乡之际，看到

主人有权看到家中一切如故。

宫中一切原封不动，一切仍旧
各归其位，如他离开时的样子。
而仆人的权力就是勿动主人的东西。

仆人无权擅动主人的任何东西。

歌队

继续渲染海伦的美：美胜过所有黄金珠宝。

就让聚集起的美妙的财宝，
润泽你的眼睛和心田；
项链的珠翠，王冠的嵌饰，
骄傲地躺在那里自以为是；
而你只需进去向它们挑战，

指美人以其美向黄金珠宝挑战，爱情诗中常见的修辞。

它们则定要急急招架。
我高兴看到美的博弈
与那黄金珠宝一决高低。

劝海伦与黄金珠宝对决。

海伦

夫君接着发布他的君王之命：
待你依次细细查点了诸事，
便取些三足鼎如你以为所需
连同诸般器具以供献祭者
随手取用，在他主持圣仪之际。
须有巨釜，钵碗，还有浅盘，
至纯至净的取自圣泉的水
盛在长颈的水罐，再就是干柴，
需那速燃的，也要备好，
磨得锋利的刀终不可缺少；
至于余者我则交由你代劳。
他边交代，边催我离开；然而
宰杀何等喘气的活物向奥林匹斯
众神献祭，发令者却只字未提。
难以捉摸，可我并不想太多
而是把一切交与崇高的神明，
祂们只成全合自己心意的事情，
无论在人觉得是善，抑或是恶
我辈有朽者只需承受即可。
常有祭司已祝祷着举起重斧

与第一幕的三足鼎（三足香炉）呼应。

如《伊利亚特》中所列各种祭祀用具。

墨涅拉斯事实上准备把海伦献祭给奥林匹斯众神。

海伦不知是拿自己献祭，亦不愿多想，而是把一切交付给神明。

对准俯伏在地的牺牲的脖颈，
却终未能执行，是因为恰好
有邻敌或神的来到把他阻挠。

如伊菲革尼亚。

歌队

劝慰海伦。

要发生的事你想不出，
请王后拿出勇气
走上前去。

向前走进宫殿。

好事坏事莫不
出乎意料找上人来；
即便有预言我们也不信。
难道特洛伊未烧尽，我们

本有预言说特洛伊城不会被攻破。

未目睹死亡，惨痛的死亡；
我们不是又陪着你
来到这里，欢喜地服侍，
难道天上炫目的太阳
地上的美景不是慈祥地
望着你，和幸福的我辈。

命运变换，非人可预知，故劝主人不必多想。

海伦

随他去吧！无论如何，都少不得

登上石阶走进王宫不再耽搁，
阔别已久，心心念念，庶几失去，
此刻它又在眼前，却不知为何。
双脚啊怎的不再勇敢地载我
登上孩提时一跃而上的阶墀。

实为魂魄返乡。

［下。］

歌队

讲述海伦走进宫殿；因被释放而赞美众神；庆幸海伦的运气。与此同时，海伦已踏入王宫，巡视了一周。

抛却吧姊妹们，汝等
伤心的被俘的女人，
把痛苦远远抛却；
分享女主人的幸福，
分享海伦的幸福，
她正朝父宫的灶台，
迈着迟到故而更加
坚定的返乡的
步伐欢喜地走去。

赞美那神圣的
营造了幸福并
引路回乡的众神！

这厢被松绑者
自比。
如乘着翅膀
飞过蛮荒，那厢被俘的
尚被关押未获得自由的战俘。
徒劳地渴望着
从牢房的栅门
伸出双臂形销骨立。

而她，被带离的女人，
带离特洛伊。
却有神灵抓住；
言得神眷顾。
从特洛伊的废墟
祂把她带回这里，
到古老而装饰一新的
父宫，
在无以言表的
喜悦和痛苦过后，
得以重温并缅怀
从前的少女时代。

潘塔利斯暨歌队领唱

海伦的贴身侍女，充当领唱。领唱者用宣叙调，歌队用咏叹调。讲述情况不妙。

离开满载欢歌的小径吧
把目光移向殿门的双翼。
不要再高兴了，向宫殿门口看。

姊妹们，眼前是？莫非王后，
步履激动而沉重，回身走来？

海伦在殿内见到令人惊骇之物，调头出来。

遇到了什么，高贵的王后，在
自家殿堂中，竟非家仆的问候，
而是惊骇不成？你掩藏不住；
在你额头上我看到了厌恶
高贵的恼火在与惊讶搏斗。

言海伦既惊讶又恼火。实则看到了梅非斯特所饰的管家婆——最丑的女巫福基亚斯。

海伦 令宫门敞开着，激动地

讲述她看到福基亚斯后的惊愕。

宙斯的女儿不会有庸常的恐惧

指海伦自己。

随随便便的恫吓之手触她不到；

海伦称自己不会为微不足道的恐吓而像刚才那样惊惧。

这惊愕，诞生于宿夜的肚腹，

古老黑夜的肚腹即是混沌。

升起于太初的洪荒，奇形怪状
如赤色的云雾，从火山口喷出，
盘旋升腾足令英雄的胸膛震动。

极言海伦所见场景的恐怖。

就算今日是狰狞的冥府的魑魅
指示我进入殿堂，我也宁愿
从这常常迈过、盼望已久的门槛，
如被逐的不速之客，退下离开。

甚至不惧怕冥府的魑魅，甚至不愿踏入盼望已久的王宫。极言所见之物丑陋。

哦！我已退到阳光底下，鬼神啊，
任你们是谁，就别再把我继续驱赶。

我愿做仪式，待洁净了，炉灶
之火会将王后欢迎如国王一般。

领唱

请女主人告知缘由。

高贵的夫人，请向侍奉你的
忠仆们，揭示你遇到了什么。

海伦

讲述在殿中见到丑陋可怖的管家婆之始末。

我见到的你们也当亲眼目睹，
倘若宿夜尚未旋即把自己的
产物回吞到它奇异肚腹的深处。

若过后福基亚斯还在。

但为你们知道，我先来讲述：
王宫肃穆的大殿我恭恭敬敬地
踏入，心中惦记着第一项任务，

墨涅拉斯的吩咐。

却诧异于荒芜的走廊的沉寂。
并无急急奔走者的响动入耳
又无匆匆执事者的疾趋寓目，
未见宫娥，亦未见那管家婆
平素里她们本该友好地迎客。
而当我走近那灶台的肚腹，
却看到，惨惨余灰旁的地上，

坐着好个大个的裹严的女人，
与其说在睡觉，不如说在思考。
我以主人口气喊她起来干活，
心中暗忖，或许她就是夫君
精心招来并留下看守的管家婆；

墨涅拉斯出征，留下管家婆看守王宫。

可她却裹着缁衣纹丝不动；
最后被我恫吓，她微抬起右臂，
似要把我从灶边和殿内驱走。
我恼火地转身离开径直奔向
阶梯，上面高高的是装饰华丽
的婚房，紧挨着是密室的宝藏；

欲巡查宫室和财宝。墨涅拉斯吩咐的第一项任务。

只是那怪物呼地从地上腾起，
颐指气使挡住我的去路，体形
细高干瘪，目光空洞，浑浊血红，
怪异的形象，兀的令人目眩心慌。
怎奈我词不达意；用言语创造性地
建构某某形象不过徒劳而已。
你们看！她竟敢来到光天化日之下！

福基亚斯走出王宫，来到室外。

这里我们是掌门，直至国王驾临。
美的朋友福玻斯，会把阴森的

福玻斯：太阳神。

夜的产物赶入洞穴，或把它们制服。

太阳会驱走或制服丑恶。

福基亚斯[1] 出现在楹柱间的门槛上。

通过把福基亚斯的丑与特洛伊陷落的惨状进行类比，引出对特洛伊战争的回溯。

歌队自指时，单数复数交替使用。如古希腊悲剧，单数亦作表集体的单数。

歌队

我经历了许多，虽卷发
仍青春地垂在双颊！
许多可怕事我都见过，
战争的哀号，伊利昂的夜，
在它陷落的时刻。

特洛伊的别称。

特洛伊城陷落。

透过滚滚硝烟中冲锋的
战士的喊杀声我听到
众神在惊恐地吼叫，听到[2]
铮铮对决之声响彻沙场，
直向城墙。

特洛伊战争。

---

① 福基亚斯（Phorkyas），即第二幕第三场古典的瓦尔普吉斯之夜中福耳库斯三女之一——梅菲斯特在古典的瓦尔普吉斯之夜找到了最丑的女巫，福耳库斯的三个女儿，三者是老妇形象，共用一眼一牙。梅菲斯特见到她们后，化作了其中一个，在本场中再次出现。从情节逻辑上讲，因梅菲斯特是中世纪基督教的产物，故而不能直接进入古希腊，必须幻化为古希腊的“人物”。为简化“福耳库斯之女”的说法，同时为区分其为梅菲斯特所扮，在本场中把译名按音译改为“福基亚斯”。

② 《伊利亚特》中写道，希腊联军攻城时，不和女神厄里斯就会制造仇恨，发出吼声。

哦它们尚在，伊利昂的
城墙，然燃烧的火焰
从一处烧到另一处
接二连三四处蔓延
借着火生的风势
吞噬黑夜中的城池。

边逃，边透过战火硝烟
并冲天的火苗我看到
愤怒的众神阴森地走近，
奇异的形象踏步而来
巨人样高大穿过
火光四映的烟霾。

是我眼见，还是那
被恐惧窒息的精神
想象出的混乱？我实在
说不明白；可此刻眼前
这阴森可怕的东西
却是确凿无疑；
它几乎触手可及

眼前的福基亚斯。以特洛伊陷落时的恐怖，比福基亚斯的恐怖。

若非对这危险之物的
恐惧把我的手拦住。

特洛伊沦陷时的恐怖尚可能是虚幻，福基亚斯-梅菲斯特的恐怖确实无疑。

你竟是福耳库斯
三女中的哪一位？
因我在拿你与
这家人比对。
你莫不是那生来白发、
共有且交替使用
一只眼一颗牙之
老妪中的一位？

尚不知福基亚斯就是其中一位，只是看着像。

参古典的瓦尔普吉斯之夜场相关注释。

你这讨厌的东西
竟敢站在美的旁边
把自己暴露在福玻斯
行家慧眼之前？
你尽管走上前来
因祂看不到丑的东西，
一如祂神圣的眼睛还
从未见过阴影。

海伦。福基亚斯的丑与海伦的美形成强烈对比。

太阳。

太阳看不见阴影，看不见丑陋。

惜我等凡人，哎，却
因惨惨厄运而不得已
目睹永世-无福的
可鄙之物，令其白白
刺痛爱美之人的双眼。

丑的东西让爱美之人感到眼痛，可凡人又不得不承受。

你且听好，你若敢
过来，就请听诅咒，
请听谩骂和恫吓，
出自我诸神所造之
幸福之人的咒骂之口。

冲福基亚斯。

福基亚斯

嘲讽海伦，指责海伦的女仆。[①] 戏仿海伦的诗体，不押韵。

话虽是老话，可理还是那个理：
羞耻与美貌永无可能，手牵手，
在世间碧绿的小径上一路同行。
羞耻美貌间的旧仇根深蒂固，

奥维德、西塞罗、塞内加等都有过类似表述。

美人必不知羞耻，如德貌不能双全。

---

① 福基亚斯在本场的身份是斯巴达王宫的管家。她介绍自己的身世，称自己是墨涅拉斯从克里特掠来的女奴，主人出征特洛伊之前把她留下，看宅护院。她随后向海伦及侍女揭示了她们即将被拿去献祭的厄运，游说并带领惊慌的众女子前往浮士德的城堡（相当于梅菲斯特设计引海伦去见浮士德）。她在第二场城堡内庭中未出场，至第三场阿卡迪亚再次出场。她言语刻薄，与歌队相互嘲讽、揶揄、谩骂。

无论两者何时在哪条路上相遇，
都免不了转过身去反目为敌。
各方遂快马加鞭，越行越远，
羞耻日渐沮丧，美却更加嚣张，
直至奥库斯空寂的夜将她围住，
若非年老色衰事先就把她制服。

奥库斯（Orkus），罗马神话中一位冥神，德语中代指冥府、地狱。此言死去。

美比羞耻嚣张，但终会衰老或死亡。讽刺海伦因美而不知羞耻。

尔等放肆之徒，由异邦至此地
通身注满乖张，如鹤群成行
嘶鸣呼啸而过，在我们头上，
又如长云掠空，把嘎嘎叫声
送下，引得安分的漫游者引颈
张望；就让它们走它们的路，
漫游者亦然，同样的咱们之间。

冲海伦的侍女，歌队。从特洛伊来到斯巴达。

福基亚斯自比安分的漫游者，把面前的众女子比作嘈杂的鹤群。

尔等何人？敢在国王的大殿前
如迈那得斯，喝醉了酒撒野？[①]
尔等何人，敢在王室的管家前
狂吼乱吠，俨然群狗吠月一般？
尔等以为，尔家世竟瞒得过我？

俗语：色厉内荏者故作强势进行挑衅。

① 迈那得斯（Maenaden），古希腊神话中酒神狄奥尼索斯的女追随者，在酒神祭上饮酒，醉后狂欢，进入迷狂状态。

一班战争所生、打斗所养的货色；
你这狐媚，为人诱惑又诱惑他人，
消磨战士，又消磨良民的气力。
瞧你们一众活像群蝗虫俯冲
下来，把绿油油的秧苗覆盖。
你们吃光他人辛勤的劳作！你们
偷嘴且捣毁破土发芽的惠福，
被俘虏、被叫卖、被交易的货物！

特洛伊战争。

第二人称单复数交替使用。

海伦

谁若当着夫人在场责骂女仆，
谁就冒犯了家法中女主的权利；
因唯她一人有权表扬那值得
称许的，并惩罚不齿的行径。
对她们的服侍我着实满意，就
在伊利昂的强大军队
被围困、陷落、倒下之时；且
在我们忍受亡命途中变幻的
困苦之际，她们也未只顾自己。
此刻我期待姑娘们侍奉如初；
奴仆不计品格，只看他服侍如何，

他人斥责仆人等于冒犯了主人的权利。

故而请你沉默，莫再把她们奚落。
若你至此，替代女主，把王宫
妥善看管，这便是属你的荣誉；
然如今她本人归来，你便让开，
莫要让惩罚取代应得的报酬。

你本做得好，应得报酬，此刻若冒犯，就会将过抵功。

福基亚斯

恫吓家仆是一项不小的权利，

应上节海伦对她的恫吓。

当为神佑君王之高贵的夫人
因了经年聪明的主掌所应得。
既你，获认者！重又复归

［本场 1800 年创作至此。以下是 1825 年后的新作。[1]］

王后和女主的旧位，就请握紧
久已松弛的缰绳，做主吧，
接管财宝连同我们一众奴仆。

把主管家政权归还女主人。

尤请保护我这上年纪的不受
这班人欺侮，在你天鹅之美之侧，

这班人：海伦的侍女。天鹅：暗示知道海伦的来历。

她们犹秃毛短羽嘎嘎聒噪的蠢鹅。

开始谄媚女主人。

---

① 新作部分，首先加上的是粗鲁的对骂；然后是借福基亚斯之口，调侃海伦的各种身世；最后是道出墨涅拉斯欲拿海伦献祭的意图。

领唱

在美的身旁丑显得多么丑陋。

至 8825 行，是歌队成员轮流与福基亚斯的对骂，双方都借神话形象，不断升级。拟古希腊悲剧风。福基亚斯站在海伦身旁更显丑陋。

福基亚斯

在聪慧身旁蠢显得多么蠢笨。

两句略似对仗，以同词根的形容词和名词做文字游戏。

以下歌队女子轮流
单个出列对答

歌队女子一

说说你父厄瑞珀斯，还有黑夜你母。

厄瑞珀斯（Erebus），混沌之神卡俄斯所生，黑暗之意。言丑。

福基亚斯

讲讲斯库拉，就是你那位亲侄女。

斯库拉（Scylla），福耳库斯众女儿之一，六头海妖，吞吃水手。

歌队女子二

你家谱里不少飞黄腾达的妖怪。

福基亚斯

见奥库斯去！到那儿找你的同族。

奥库斯，冥神，代地府。参前注。犹言“见鬼去！找死去！”。

歌队女子三

住在那儿的和你比都太年轻。

言福基亚斯老。

福基亚斯

去找忒瑞西阿斯老头儿调情。[1]

歌队女子四

俄里翁的奶妈是你重重孙女。[2]

福基亚斯

是哈耳庇厄们用屎尿把你喂大。[3]

歌队女子五

你保养得如此干瘪都喂自己啥?

福基亚斯

当然不是血，你才嗜血如命。

歌队中的女子如海伦一般都是幽灵，据说幽灵吸饱了血方能讲话。

---

① 忒瑞西阿斯（Tiresias），瞎老头儿，预言者，古典的瓦尔普吉斯之夜出场的盲预言女曼托之父（歌德在彼处根据情节需要，将曼托置换成医神之女），能活二三百岁。一说忒瑞西阿斯曾在诸神关于男人女人孰更淫荡的争论中担任裁判，认为朱庇特比起朱诺一不及九。

② 俄里翁（Orion），古希腊神话中的猎人。据一传说系统称，他是乃父亦即宙斯之子许里俄斯（Hyrieus）把大神宙斯、波塞冬、赫尔墨斯及公牛的尿液混合，再埋于牛粪中十月所成。此处以此骂福基亚斯是又老又蠢的母牛。且由此引出下句福基亚斯以屎尿回应。

③ 哈耳庇厄（Harpyen），阿尔戈号远征途中某个岛上的妖怪，她们偷吃国王的食物，在吃不掉的上面拉上屎尿，致使它们恶臭难闻，难以下咽。

歌队女子六

你嗜腐尸，自己就是腐尸一个！

福基亚斯

你毒口里亮着吸血鬼的獠牙。

领唱

我说出你是谁就会堵住你嘴。

福基亚斯

你先自报家名，谜自然解开。

言双方都来自冥府，彼此彼此。

海伦

不怒而悲，我迈步至你们中间，
来制止这般粗暴的互怼；
因对于君主和主人其害莫过于
忠实的仆人私下酝酿不和。
他的命令便不会迅速付诸行动，
从而得到和悦的复命的回声，
相反，他被自作主张的聒噪缠绕，
不知所措，只好徒劳地斥责。

不止如此。你们以无礼的愤怒
招来了样貌阴森的不祥之物，

虚指，不详。

围着我，让我感觉被撕扯至
奥库斯，虽是站在父国的殿前。

奥库斯：冥府。言几乎令其重回冥府。

是记忆？是曾经的幻觉在触动我？

从冥府来到阳间，时空恍惚。

那个倾人城的梦幻和恐怖形象，
是过去的、现在的还是将来的我？

过去是挑起特洛伊战争的祸水；预指下场在城堡迷惑浮士德。

姑娘们在战栗，而你这最年长的

冲福基亚斯。

似若无其事，讲些明智的话给我听。

福基亚斯

以下对话，影射歌德时代学界有关海伦身世的各种推测。

谁若忆起经年之起伏不定的运命，
便觉诸神至高的恩惠终也如幻如梦。
而你则备受恩宠，处处与众不同，
毕生所见，无一不是热忱的情郎，

海伦先后遇到的男人。

一触即燃奔赴种种冒险一往无前。
忒修斯一早垂涎于你，亢奋而贪婪，

忒修斯掠走年幼的海伦。见前注。

又有强壮的赫拉克勒斯，身材伟岸。

海伦

掠走了我，十三岁的娇小的小鹿，

指忒修斯抢走海伦。汉堡版为十岁。

把我关在阿提卡的阿氛努斯城堡。

后由海伦的双生兄弟救出，带到斯巴达。参 7415—7416 行注。

福基亚斯

卡斯托耳和波鲁克斯很快把你救出，

海伦的双生兄弟。

你又被慕名而来出色的英雄们追逐。

海伦

我愿承认，群雄中悄然赢得芳心的，
是帕特罗克洛斯，佩利德的同形。[1]

福基亚斯

父亲的意志把你许给了墨涅拉斯，
大胆的海上的浪子，又长于治家。

海伦

父亲嫁女，把国度一并递交女婿。

由此墨涅拉斯作为女婿，接掌斯巴达，成为斯巴达王，海伦为后。

夫妇好合生下了女儿赫耳弥俄涅。

赫耳弥俄涅（Hermione），海伦与墨涅拉斯之女。

---

[1] 帕特罗克洛斯（Patroklus），荷马史诗《伊利亚特》中阿基琉斯的挚友，曾披戴上阿基琉斯的盔甲装扮他出击赫克托尔，故称与阿基琉斯同形。据说也曾追求海伦，败选。佩利德（Pelide），阿基琉斯的别名。

福基亚斯

可当他又放胆去争夺克里特的遗产，[1]
一位翩翩来客出现在寂寞的你面前。

帕里斯。

海伦

你为何要忆起那段独守空房的旧事？
宁不知由此生出的事端令我身败名裂？

福基亚斯

是那次出海让我这自由的克里特人
陷入被俘的境地，长时间受到奴役。

福基亚斯称自己是克里特战俘，被墨涅拉斯带到斯巴达。

海伦

他随即招你来作管家还托付许多
东西，有城堡和冒险得来的财宝。

福基亚斯

是你丢下城堡，奔向伊利昂角楼

① 此言墨涅拉斯出海到克里特岛，争夺其外祖父留下的遗产，令海伦独守空房，给了帕里斯以可乘之机。亦值此克里特之行，墨涅拉斯把福基亚斯作为战俘带到斯巴达。

林立的城池和无尽的爱的欢娱。

言海伦弃斯巴达，随帕里斯而去，到伊利昂寻欢作乐。

海伦

休得再提什么欢娱！太多苦涩
无穷无尽倾注到我脑海和胸怀。

福基亚斯

然有人称，一度出现两个海伦，
人见在伊利昂，又在埃及看到。[1]

海伦

休再惑众吧荒唐的无稽之谈。
我是哪一个，此刻竟不自知。

俏皮。传说太多，以致海伦自己都颇为迷惑。

福基亚斯

人们还说：从空寂的阴间地府尚有
阿基琉斯上来与你打得火热；
为早年恋情，忤逆一切命运的决议。

有传说，阿基琉斯曾暂离冥府与同样暂离冥府的海伦结合。

---

[1] 根据欧里庇得斯的《海伦》剧，海伦被劫持后，真身在埃及，后由墨涅拉斯接回斯巴达，帕里斯带到特洛伊的只是她的假身。

海伦

我作为幻象，与作为幻象的他结合。

不实之像，阴间地府出来的魂魄。

梦幻而已，正如词语本身的意义。

梦幻。

我在消退，将成为我自己的幻象。

海伦消退后将再度成魂魄，即此时之幻象的幻象。被关于自己的传说搞蒙。

倒在另一半歌队女子怀中。

晕厥。六位与福基亚斯对骂的女子出列后歌队余半（可见歌队十二人）。

歌队

冲福基亚斯。诗的格律和断行都不规整，拟因愤怒、恐惧、急切而造成的语无伦次。

住嘴吧，住嘴！
目光邪恶、口出恶语的你！
从你恶毒的独牙的
双唇从可怖的阴险
喉咙能吐出什么好话。

假做善事的恶人，
把狼的狰狞掩在羊毛底下，
远比三头恶犬之
喉咙更为可怕。
我们胆战心惊听你讲话，
不知何时，何地，如何
你潜伏至深的
种种诡计爆发？

三头犬是看守地狱之门的恶犬。

此刻，你非但不友善地以巧言
以解忧和极温柔的话语安慰
反搅起最恼人的陈年
旧事好事不提，
这样你一并
让随着现在的光彩
缓缓放亮的未来的
希望之光黯淡。①

住嘴吧，住嘴！
好让王后的灵魂，
那已准备飞离的，
留住，且牢牢留住
一切形象的形象
太阳底下的第一美人。

形象中的形象，拟希伯来语修辞，表最高级，最美的形象。

海伦缓过来，站立在众女子中间。

① 海伦返乡（现在的光彩），要开始新生活（未来的希望之光），却被福基亚斯用过去的不光彩搞得暗淡。包含过去、现在和未来三个维度，言以海伦的过去牵累其未来。

福基亚斯

以下福基亚斯开始，改用古希腊双四音步扬抑格，准备道出真相威胁海伦。

就请今日崇高的太阳走出飞逝的浮云

太阳与海伦互指。

它掩面就已动人，此刻高悬光彩照人。

有云掩面：面带愁容。

世界呈现在你面前请目光和蔼地一览

你：太阳暨海伦。

纵使她们骂我丑陋我却也知什么是美。

海伦

步履蹒跚从晕厥时包围了我的荒野走来，

晕厥时如置身荒野。

我多想重得安宁，因我筋骨已疲惫不堪；
然而王后女王，所有人都应当镇定自若，
打起精神，无论受到怎样突如其来的胁迫。

福基亚斯

此刻你既崇高又美貌地站在我们面前
眼神流露你在发令；有何吩咐尽管说出。

海伦

你们要补偿地狱般争吵带来的耽搁，
快去采办一具牺牲如国王对我的命令。

福基亚斯

宫中一切备好，碗、三足鼎和锋利斧头，
用来洒水，上香；把献祭的牺牲指给我看。

海伦

这个国王并未说明。

福基亚斯

并未说明？哦惨了！

海伦

是什么痛苦袭击了你？

福基亚斯

王后，他说的是你！

呼应歌德早年作品《伊菲革尼亚》中的活人献祭。

海伦

是我？

福基亚斯

还有她们！

海伦的随行侍女——歌队女子们。

歌队

鸣呼哀哉！

福基亚斯

你将被斧子砍死。

以上四句为一行，表现对话的急促。

海伦

残忍啊！可怜的我，却也料到！

福基亚斯

看似在劫难逃。

歌队

啊！还有我们？何等际遇？

福基亚斯

她自会死得高贵；
而在殿内承载屋顶山墙的高高房梁上，
你们则如捕笼中的画眉鸟，挨个扑腾。

指赐悬梁，《奥德赛》中以此惩罚不忠的女仆。

海伦和歌队

［惊愕而惶恐地站在那里，摆出富有表现力的群像。］

福基亚斯

改回双三音步抑扬格。

本场出场的海伦和一众女子皆为从冥府招出的魂灵。

一群魂灵！——如僵固的图像站定，
将惊恐地离开那不属于你们的白昼。
所有人，及所有幽灵都同你们一样，
亦不情愿放弃灿烂而明媚的阳光；
请求吧，否则无人救她们出此结局；
她们人人知晓，只是无人愿意开口。
够了你们完了！来吧行动起来。

让歌队请求自己，她们 = 你们。

后半句指挥手下的侏儒。

拍拍手，殿门口立刻出现
头戴面具的侏儒，迅速地
执行发出的命令

过来，你们这群阴森圆滚的怪物，
滚过来，这儿坏事可随心所欲干。
那移动祭坛，饰金角的，把它摆好，
斧子，要寒光闪闪放在银质的案边，
把水罐灌满，以备待会儿洗刷
乌血喷洒的骇人的斑斑痕迹。
把这毯子在地上美美地铺开，
好让牺牲跪下而不失王家风范，

以下描述残忍而恐怖的活人祭过程。

之后再把她裹起，虽身首分离，
却也可体面而讲究地拿去安葬。

领唱

因受福基亚斯恫吓，由领唱开始，歌队转为谄媚地请求福基亚斯提供营救的办法。

王后她若有所思地站在一旁，
姑娘们像新割的草蔫头耷脑；
而我，最年长的，遵神圣的义务
看来要与你这祖祖师太把话讲。
你见多识广，智慧，且古道热肠，
纵使我等头脑简单不识泰山多有冒犯。
故请告知，你可有什么救命的法子。

长者有保护幼者的义务。

福基亚斯

逐步引出去找浮士德救驾。

说来简单：这完全取决王后一人
若想保全她自己，连同你等附庸。
只需毫不迟疑速速做出决定。

歌队

继续谄媚福基亚斯，以求救助。

命运女神中的至尊，睿智的西比拉，[1]

皆系谄媚的称呼。

---

[1] 命运女神中的至尊，当指命运三女神中最年长、负责剪断生命之线的阿特洛波斯；西比拉（Sibylle），巫女，女预言者。

收金剪入鞘，再把得救的日子相告；　　不剪断生命之线。
因我们已感觉到肢体悬在空中飘摇　　被悬在殿梁上。
着实的不爽，它们更愿先愉快起舞，
再放松地靠在情人的肩上。

海伦

让她们去惊慌！我感到苦痛，却无畏惧；
然你若能营救，我自会感激地接受。　　冲福基亚斯。
聪明且审慎之人的确常可把不可为
之事变为可能。说吧，请告诉我们。

歌队　　继续谄媚福基亚斯。

说吧，快快相告：我们如何逃脱那残忍、
可恶的绳套？如最拙劣的项链，它们
将致命地套上脖颈。我等可怜人已预感到，
要断气，窒息，倘若你瑞亚，崇高的　　瑞亚：第二代天后，宙斯、赫拉、波塞冬、哈德斯等众神之母。
众神之母，不把我们怜惜。

福基亚斯

汝等可否有耐心静听我一五一十
从头讲起？这里面有好多的故事。

歌队

多的是耐心！听你讲便可活着。

影射《一千零一夜》。

福基亚斯

谁若固守家中保管好高贵的财宝，
且晓得给高屋砌上结实的高墙，
抑或在暴雨来袭前加固好屋顶，
谁便会福寿安康地度过一生；
谁若把家门神圣的门槛步履
匆匆轻率且毫无忌惮地迈过，
谁就会在返乡之际虽找到老宅，
却发现面目全非，若无彻底毁坏。

未雨绸缪。

以上预告下文将出现的浮士德和城堡。先声夺人。

以下暗讽海伦的丈夫墨涅拉斯。与浮士德对比。

海伦

何苦说些尽人皆知的俗语在此？
讲你的故事，休提恼人的旧事。

海伦意识到，福基亚斯仍在讲与自己相关的故事。

福基亚斯

那可谓历史，绝不带无端指摘。
墨涅拉斯摇桨出海挨个港湾掠夺，
浅滩岛屿，他全都敌意地荡过，

满载战利品归来，堆放在内宅。
在伊利昂城前他度过漫长的十年，
而回乡之旅不知又用了时日几多。
只是围绕廷达瑞俄斯巍峨的殿宇

海伦之义父，斯巴达老王。见前注。

发生了什么？四境国土又已如何？

墨涅拉斯只顾出海行盗、打仗，任家国荒芜。暗示四境已有骑士进驻。

海伦

莫非你把那牢骚吃进了肚里，
以致你一鼓唇舌就要谤责他人？

福基亚斯

好多年有处幽谷群山无人问津，
在斯巴达以北渐次向北抬伸，
背靠泰格特斯山，欧罗塔斯河如

泰格特斯山（Taygetos），伯罗奔尼撒半岛（斯巴达）以北的山脉。

小溪淙淙流下，沿我们的河谷
并芦苇荡流淌滋养你们的天鹅。

再次影射宙斯化天鹅与勒达交合，暗示海伦的身世。

话说那群山幽谷来了个强劲的
部族定居，由基墨里奥伊的黑夜涌入，[①]

指北方蛮族。

① 基墨里奥伊人，荷马史诗《奥德赛》第 11 卷中，居住在奥克阿诺斯河边，永远处于黑夜不见阳光的人。译名参王焕生译本，人民文学出版社 2003 年版，第 194 页。在此泛指北方蛮族。

给自己建起城堡陡峭而坚固，
由此随心所欲侵扰良民和地土。

西欧中世纪骑士城堡。十字军所建。① 同时影射路德的赞美诗“神是坚固的堡垒”。

海伦

彼等竟能建成？仿佛不大可能。

福基亚斯

他们不紧不慢，大约二十余年。

海伦与墨涅拉斯婚姻十年，后特洛伊战争十年，共二十年。

海伦

是一个首领？还是强盗的联盟？

福基亚斯

那不是强盗，可也有一个首领。
我不骂他就算他也曾骚扰我处。

浮士德。

---

① 意思是在斯巴达以北地区，有北方蛮族定居，修建城堡。由此引出浮士德，作为中世纪的骑士。其背景史实是，在第四次十字军东征过程中，即在1202—1204年间，有法兰克和诺曼籍的十字军骑士占领伯罗奔尼撒半岛，在此建立起政权，延续数百年之久。尤其1249年，十字军曾在米斯特拉斯城（Mistra）建造城堡。城堡位于泰格特斯山余脉，距欧罗塔斯河不远，且在斯巴达西北部，与剧中描写吻合。有研究指出，歌德曾阅读希腊游记，受到启发，设计了这一套情节。从这里开始，下文处于两厢对照之中：一方是古代尤其是古希腊的奴隶制，一方是西欧中世纪的封建制；一方是荷马史诗中的古希腊英雄墨涅拉斯，一方是中世纪的骑士浮士德；一方古典，一方浪漫。

他本可拿走一切，却满足于少许
赠品，称是自愿捐赠，而非纳贡。

中世纪采邑制下的自愿捐赠，而非古罗马式强制的纳贡。

海伦

他相貌如何？

一上来先关心相貌，足见是个情种。

福基亚斯

不错！我很是喜欢。
那是个开朗善战、身材伟岸的
理智之人，实希腊人中少见。
人们斥之野蛮，可我不认为
他们当中有人像伊利昂城前
某些吃人嗜血的英雄那般凶残。

《伊利亚特》中只有阿基琉斯曾如此威胁赫克托耳。

我看中他的大度，对他信赖。
还有那城堡！你们必要亲眼一瞧，

以下赞城堡——中世纪骑士制度的标志之一。

它与笨重的城墙全不一样
就是你们父辈，不管三七二十一，
如独眼巨人，把巨石摞上巨石

《奥德赛》中居住在简陋山洞里的独眼巨人。

所堆砌；而在那里，人家那里

斯巴达很多宫殿由巨石砌成，如巨人之作，但并不粗糙。

一切都是横平竖直中规中矩。
瞧它的外观！奋力朝向上天，

如此平整，挺拔，钢一样平滑。
若想攀爬——想一想都会滑下。
里面是疏阔的内庭和居室，四下
环绕着建筑，林林总总各有用途。
但见有高柱，矮楹，大小拱券，
有露台，回廊，供向外向内观看，
还有纹章。

露台用于向城堡外瞭望，回廊对城堡内庭。

纹章是骑士的标识，产生于十字军东征。

歌队

纹章

法兰克或日耳曼部族或家族，曾将纹章刻在米斯特拉斯城中的建筑或城堡入口处。

福基亚斯

好比埃阿斯盾上
有盘蛇的图样，如你们自己所见。
忒拜城前的七雄，人人盾上都是
满满的纹饰，丰富多彩意味深长。
有的是月亮和星星悬挂在夜空，
也有女神，英雄，云梯，利剑和火把，
还有威吓友善之城的种种狰狞。
如此图案咱们的群雄也有遥远
祖先代代相传且色彩绚烂。

比照古希腊盾牌图案讲解纹章。

特洛伊战争中希腊联军里的英雄。

实为盘龙。特洛伊女子当见过埃阿斯的盾。

七雄攻忒拜。

出自埃斯库罗斯的《七雄攻忒拜》。

以上是古希腊的纹章。

以下是中世纪骑士的彩色纹章。

有狮子，鹰隼，并那利爪和尖喙，
有水牛角，翅膀，玫瑰和孔雀毛，
还有飘带，金、墨、银、蓝、红。
如此这般一排排悬挂在大厅绵延，
大厅无边无沿，广阔如世界一般；
足够你们起舞！

歌队

不知可否有舞伴？

福基亚斯

绝世男儿！金色卷发，蓬勃少年。
散发青春的馨香，唯帕里斯在
迫近王后时曾有过那般芬芳。

据说帕里斯尝使用诱人而昂贵的香水。

故意提及帕里斯，一为刺激海伦，二暗把浮士德比作帕里斯。

海伦

你完全
失了身份，只消说该怎么办！

佣人不能如上说主人。

福基亚斯

这要你来说，言辞义正说声好！

指答应一同去城堡求助。

我旋即让你置身那城堡。

歌队

哦请说出
那一个字！来救你自己还有我们！

说声好，答应福基亚斯的建议，到城堡寻求庇护。

海伦

怎么？我竟怕那墨涅拉斯王
会残忍地下手将我戕害不成？

福基亚斯

你竟忘了，他如何把你的得伊福玻斯[①]
那战死的帕里斯之兄，闻所未闻地
分了尸？那男子执意要争得你这寡妇
且有幸搞到了手；他于是割鼻剜眼
把他大卸八块；实令人目不忍睹。

---

① 得伊福玻斯（Deiphobus），特洛伊王子之一，帕里斯的哥哥，赫克托尔的弟弟，在帕里斯死后娶了海伦，特洛伊城攻陷后，被希腊联军所杀。按文中所讲，当是被墨涅拉斯残忍地大卸八块。

海伦

他对他下手，恰是为了我的缘故。

海伦仍念夫妇之情，心存侥幸。

福基亚斯

为那人之故他对你也将如法炮制。
美不可分割；完全占有过它的人，
宁愿把它摧毁，诅咒每一种分有。

原文用“美”(Schönheit)，而非美人，海伦是抽象的美的化身。

远处传来军号声，歌队惊慌失措

恰如嘟嘟的军号尖厉刺耳撕扯
人的五脏六腑，紧紧揪在男人
心中不放的是嫉妒，他忘不了那
曾经占有此刻失去且不复拥有的东西。

歌队

你没听到号角声起？没看到凛凛刀光？

福基亚斯

欢迎主人和国王，我愿做总的汇报。

模拟墨涅拉斯到来之状，吓唬众人。

歌队

那我们呢？

福基亚斯

很清楚，先看她死在眼前，
再见自己死在殿里；你们死到临头。

指将被吊死在殿内。

停顿

海伦

讲为避免杀身之祸，答应前往城堡求助。换成不规则的双三音步，表急切。

我在想可放胆去做的头一件事。
你是个恶魔，我深切感到，
担心，你把好事变成恶事。
我首先愿随你去那个城堡；
余者我自知道；若问王后
内心深处或隐藏何等秘密，
他人休想知晓。老妇，开道！

预感与浮士德好合？不详。

王者心事不为人知。

歌队

短行，无韵。

哦我们多愿前往，
步履匆忙；
背后是死亡，
前面则又是
壁垒高耸

攀不上的城墙。

类比特洛伊城。

愿它坚不可摧
如伊利昂，
若非最终
陷落于卑鄙的伎俩。

因木马计而陷落。

雾气弥漫，遮掩了背景，
前景若隐若现

怎么？怎么了？
姐妹们快瞧身边！
刚刚不还是晴天？
自欧罗塔斯神圣的河中
有雾气缭绕升腾；
美妙的蒹葭环绕的河滩
已淡出了视线，
那自由自在，优雅-傲慢
边成群戏水
边轻轻浮过的天鹅
唉，也再看不见！

又一次提及宙斯化天鹅戏勒达的场景。古希腊风光消失。

哎呀，哎呀

我听见它们的叫声，
那远处嘶哑的鸣叫！
是死之将至的哀鸣；

天鹅绝唱，预告死之将至，指墨涅拉斯已至，开始杀戮。

这哀鸣该不会最终
取代预言的得救和祥康
也宣告我们的灭亡；
颀长优美-脖颈雪白
天鹅一样的我们；哎！

众女子自比天鹅，以为死之将至。

还有天鹅生下的王后。

指宙斯化天鹅所生的海伦，所有人都如天鹅死之将至。

悲哉，悲哉三声悲叹！

以下的场景：众女子穿过烟雾，魔幻般一下子来到北面的城堡。

四下里一切
为浓雾掩盖。
姊妹们对面不见！
咱们是在行进？
还是虽蹀躞疾趋
却不过在地面上飘移？
你没见？那不是赫尔墨斯
在前引路？不是金棒

据传说，赫尔墨斯持金棒引死人入冥府。

在闪，勒令我们重返
那令人沮丧、幽暗、

充满飘忽不定影像、
拥挤、永远空虚的冥府?

海伦与歌队女子本是出自冥府的幽灵，此刻以为自己要被迫重返冥府。

诶怎忽地漆黑一片，未见光雾却已散
灰暗间褐城依稀可见。城墙矗立眼前
挡住开阔的视线。是庭院? 还是一坑深陷?
好不恐怖! 姊妹们啊! 我们又被捉住，
和从前一样被俘。

到达城堡内庭，雾气散尽。

城堡四面高墙，置身其中的庭院，有如置身天井（深坑）。

以为又被俘虏。

简评

就海伦这一母题，本场有两点需要特别指明。其一，接第二幕古典的瓦尔普吉斯之夜场，海伦及特洛伊女子，都是被浮士德从冥府招魂出来的幽灵，而非现实中有血肉之躯的真实形象。这点在台词中被反复点明，却经常被读者遗忘。

其二，本场在内容上的核心，是海伦返乡后，面临被献祭的危险。亦即，她的夫君墨涅拉斯把她带回斯巴达，目的是拿她作为牺牲，为特洛伊战争中战死的希腊士兵，给众神献祭。为逃避这一场残忍的活人祭，海伦一众逃往北方蛮族的城堡，寻求庇护。这与《伊菲革尼亚》中残忍的活人祭遥相呼应。

本场说明

城堡内庭场，顾名思义，在城堡内庭上演。时间是欧洲的中世纪，地点在斯巴达以北的高地。在上一场台词中，至少对于地点上的穿越，作者试图给出一个合理的说法：十字军东征期间，有北方“蛮族”曾在斯巴达以北安营扎寨，建立城堡。而时间上的跨越，就只好采用穿过“雾气”的魔幻方式。

本场中，除福基亚斯消失外，原台上演员保持不变。舞台背景趁雾气从古希腊切换到中世纪；由斯巴达王宫前，切换到城堡内庭。

有了上一场铺垫，在本场中，海伦与浮士德，古希腊美女与西欧中世纪骑士，就顺理成章相遇。与古希腊英雄（墨涅拉斯）耽于出海劫掠、拿活人献祭的习性不同，中世纪骑士（浮士德）不仅为海伦提供庇护，击败来犯之敌，而且懂得欣赏美，不仅把美和美的化身海伦视为至高珍宝，而且将其奉为女主，把国度、城堡、财宝拱手相让。

也是在本场中，海伦与浮士德的相遇、结合，同时通过诗歌格律的变化象征性表现出来：两人对话过程中使用的格律渐次靠拢、接近，直至两人练习使用“对韵”（Paarreim），以韵脚的融合模拟出两人心灵肉体的结合。

需要略作说明的是，就本场而言，歌德手稿中只标出地点变化，并未作真正意义上的场次划分，后人则习惯以地点变化来区分场次；本场很多表述、肢体语言等，化用了西欧封建采邑制下的概念及特征。[①]

---

① 关于封建采邑制的基本概念及特征参〔法〕布洛赫:《封建社会》，张绪山等译，商务印书馆 2007 年版，第 249 及以下诸页。

城堡内庭，

四周是众多奇特的

中世纪建筑[1]

领唱

告诫侍女们不必过于惊慌，且看女主人如何采取行动。

急躁而又蠢笨，不愧是群女人！
见风即是雨，全凭一时情绪，
福兮祸兮，从不知以平常心
面对。一方总是与另一方激烈
对峙，而后又与各方争执；
遇到悲喜，哭笑起来是一个调子。
快些闭嘴！竖起耳静听女主高瞻
远瞩为自己和我等做何决定。

女人之间平时互相争吵，遇事却又都没有主意。

海伦

皮提尼撒你在哪？无论你叫啥，[2]
快从黑黢黢的城堡的拱门走出。

海伦并不知福基亚斯的名字。

---

① 或许暗示还有教堂和修院。比如在米斯特拉斯的城堡周围曾建有数座修道院以及圣索菲亚大教堂、圣杰米特厄斯大教堂和潘塔纳萨大教堂。它们的遗址至今尚存。

② 皮提尼撒（Pythonissa），即德尔菲神庙的女祭司皮提亚（Pythia），泛指女巫、女先知，在此指福基亚斯。

你若已进去，向神奇的英雄领主
通报我的来到，以备盛情的欢迎，
我便谢谢你，且快带我进去相见；
福基亚斯不见了，海伦以为她已进去通报，故而唤她出来。
我希望结束颠沛流离，获得安宁。

领唱

你徒劳地，王后啊，向四下张望；
那恶婆已然不见，或许是留在了
雾里，不知怎的，我们从雾气的
胸膛里，步伐诡异转眼来到此地。
又或许是她迷惘地走失在雄奇的
由众多建筑组成的迷宫般城堡里，
在她因欢迎仪式去请示主人的时候。
城堡主人。
诶看呐，那上面早有众人济济
出现在回廊、窗边和大门洞里
匆匆地往来疾趋一众众仆从；
预告着要把贵客典雅–热情地欢迎。
按中世纪宫廷风格。

歌队

我的心终于放下！哦，快看
是怎样一群英俊潇洒的少年

举止优雅，得体含蓄，列队
缓步走下。诶？是奉谁人之令
一清早就有如此俊美的少年

结合下文，指尚未成年的骑士的马童或宫廷侍童。仿佛已度过一晚，天傍黎明。

列队整齐出现在眼前？
哪项我最喜欢！是优雅的步伐，
还是光彩照人的额头的卷发，
抑或是浮现着茸毛髭须的
桃子一样红润的双颊？

以上极言少年的俊美和优雅。

好想咬上一口，可又害怕
因曾经有过，待吃到嘴里
哎说起来恶心！却化成了灰渣。[①]
　　至美的侍童
　　走上前来；
　　所抬何物？
　　宝座的阶陛，
　　毡毯和坐垫，
　　围屏与幔帐
　　华美的宝盖，
　　覆在上方，

① 影射所多玛（《圣经·旧约》中记载的好男色的淫城）的苹果，外表光鲜，令人垂涎，里面却是灰。

如云顶花环，
罩王后头上。
因她已受邀
登上华美的坐榻。　　抬出一副宝座，海伦已上座。
咱们一级一级
走上阶梯
肃穆又整齐。
威仪，威仪，三呼威仪　　拟三呼圣哉。
求神祝福如此大礼！

歌队所宣叙的内容，依次在台上呈现。

浮士德

待侍童列长队走下，[①]
出现在城堡陛阶上端，中世纪宫廷骑士装束，
庄严缓步拾级而下。

【综合以上描述，其格局当是：在城堡内庭，正厅大门前，有多级台阶，两侧先列仪仗，随后抬下宝座，与大门同向放置，海伦先上座，之后仪仗走下台阶，浮士德（在海伦后方）出现在正厅门口，拾级而下。】

① 侍童：封建附庸关系中的概念，根据习惯法，骑士的儿子在孩童时，父亲就要将他“寄养”在领主宫廷，充当侍童，随侍左右，学习狩猎、比武，稍晚学习宫廷礼仪。通过这样的方式可加强领主与附庸的亲密关系。（参布洛赫：《封建社会》上卷，商务印书馆，第363—364页。）

领唱 边仔细端详边说

就算诸神，未如其常常那般，
须臾地，把令人惊叹的身材、
堂堂的仪表、和蔼的容颜
暂借给此人：他所谋之事也会
常胜不败，无论是与男人作战，
还是与最美的妇人的小的战争。

男女之间的爱情角逐被称为小的战争。

他果不其然竟是出类拔萃，
赛过多少我亲眼见过的豪杰。
君侯他迈着庄重徐缓、穆穆
沉稳的步伐；哦王后请回首！

浮士德 走上前来，身边一人五花大绑[①]

称瞭望者未看到海伦到来，导致有失远迎，绑来让海伦治罪。

恕未依礼致最隆重的问候，
恕未按例高接远迎，我即
给你押来五花大绑的仆役，
他玩忽职守，令我未得尽职。

未向我通报，导致我未能准备隆重的欢迎仪式。

---

① 以下浮士德使用五音步无韵体（Blankvers），这本是18世纪德国古典戏剧常用的诗体，但他刻意拟古希腊风，故与海伦使用的古希腊悲剧的双三音步无韵体非常接近。由此开始，两人台词在诗歌韵律、风格上渐次接近，摹状浮士德与海伦的逐渐接近，直至两人练习使用对韵，以韵脚的融合摹状两人心灵肉体的结合。

还不跪下！向至尊的妇人
坦白地交代你的罪过。
崇高的女王，这人因眼力
过人而被安排在塔楼之上
向周边瞭望，在那儿机敏地
察看辽阔天空和广袤大地，
看远近约有什么可以报告，
从高丘到低谷再到城堡
有何异常，是羊群在徜徉，
还是敌军在游荡；羊群就保护，
敌军则迎上。今日，他竟视而不见！
凭你走近却未见通报，耽搁了
对贵客当致以的崇敬有加、
最高礼遇的欢迎。他已顽劣地
辜负了自己的生命，本该受死
倒在血泊之中；然今唯你一人
可随心意，决断惩罚还是开恩。

以下常用“Frau”，中古德语中贵妇之意。

千里眼林叩斯。见下注。

在本场充当浮士德城堡的守塔人、瞭望者。

通过林叩斯的失职，反衬海伦的美。反衬模式。

惩罚仆人是主人的权利，现交付海伦，暗表暧昧。程式。

海伦　出于礼貌，改双三音步为五音步，向浮士德靠拢。

如此崇高之威严你惠之与我，
让我作法官，作女主，虽则

暧昧地笑纳了女主人的权利。

只是试探，如我私下忖度；
那我便履行法官的首要职责
来听被告者的陈说。请讲。

海伦认为，城堡主人让她裁决，是对她的试探，试探也作诱惑讲。

守塔人，林叩斯[1]

以下使用中世纪骑士爱情诗形式。[2]为自己辩护，因惊讶于美而失职——爱情诗程式。
本节原文环抱韵（abba）。余者交叉韵（abab）。

要我俯仰，要我死活，
全凭着尊驾发落，
因我已把自己交付
眼前之神赐的贵妇。

期待着清晨的欢喜，
东向寻觅她的轨迹，
然骄阳猛然间升上
竟奇异地出自南方。

太阳升起。

太阳。

海伦从南方的古希腊（斯巴达）而来，如太阳升起。言其美光彩照人。

因把目光移向那边，

---

① 林叩斯（Lynceus），古希腊神话人物，有千里眼，目光敏锐，故而曾担任阿尔戈号的舵手。古典的瓦尔普吉斯之夜场中马人喀戎曾提到。林叩斯在此充当浮士德城堡的守塔人，亦即瞭望者。其此处台词，功能是反衬、歌颂海伦的美。他先声夺人，道出主人浮士德的心声。同时兼具中世纪游吟诗人的形象和特征。

② 骑士爱情诗（Minnesang），在内容上以歌颂宫廷贵妇为主，用很多程式化表述，赞美其美貌、贤德，包含古罗马以来各种爱情诗的母题，同时吸收了十字军东征舶来的古代波斯和阿拉伯爱情诗中的情色韵味。一般是四音步，押韵，四行一节。

也不顾山涧，峰峦
也不顾大地，长空，
只顾把她一人窥觇。

如炬的目光天生赋予
似高树尖上的猞猁，
而今时我却需发功
好比挣脱深沉的梦境。

林叩斯即猞猁的意思。因猞猁擅夜间行动，被认为眼力极好。

要努力观看，方可识别。

竟何以至此？不是有
垛口？塔楼？大门紧扣？
雾气缭绕，雾气消散
女神兀的出现在眼前！

不知海伦一众为何突然出现在城堡内庭。

呼应前文福基亚斯带领众女子乘雾而来。

引我投上目光与胸膛
去饱吮那柔和的光芒，
如这般的美令人失明
我这可怜人瞎了眼睛。

美如太阳，直视会令人失明。海伦之美令林叩斯失明而导致失职。

我忘了守塔人的义务，

置吹号的宣誓于不顾，

仆人要对主人宣誓效忠，履行职责。吹号：以吹号报告敌情等。

诚请你处我以极刑，
美会平息一切怨怒。

言不会怨怼海伦。

海伦

以下五音步无韵体诗，同浮士德所用诗体。

我自己带来的恶果我怎可
责罚。唉！何等不爽之运命
把我追踪，处处迷惑男人的
心胸，令其既不能自我保全
又无法保全颜面。一时劫掠

忒修斯。

一时诱拐，打斗，四处分身；

帕里斯，墨涅拉斯，海伦自己。

半神，英雄，众神，巫魔，

巫魔：福基亚斯。

带着我在迷茫中四处颠簸。

海伦总括自己的身世，被不同男人以不同方式得到手，被福基亚斯引诱至此。

一身已迷惑世人，双身尤甚，
现三身四身，更是连连害人。

指海伦的多重化身。参上一场注。在此又是一重，诱惑了林叩斯。

把这好人带走吧，给他自由；
莫让被神迷惑的人无端蒙羞。

浮士德

五音步无韵体。但刻意拟海伦之古希腊风。

女王啊，惊讶地我看着

百发百中者，和这被射中的；

遭遇、射中是一个词。喻海伦如爱神射箭，百发百中，被射中者为情所困。

我看到了弓，是它放箭

指海伦。

射伤那人。且已万箭齐发
根根中我。只觉得箭羽
纷飞嗖嗖地弥漫着城堡。

浮士德与自己的仆人——守塔人一样，被看不见的爱神之箭射中。

我成了什么？须臾间你让
我的忠仆反叛，让我的城墙
不再安全。就连我的军队恐
也要听从这战无不胜的女人。

以上四行程式化赞美贵妇之美的说辞：让忠仆反水，军队反叛。

我能奈何？只得把自己以及
妄以为自己的东西拱手相与。
就让我，自由而忠诚地，俯在
脚下尊你为主，让你甫一
登场便已赢得财产和御座。

因被美战胜而投降，自己归顺并进献所有财产乃至御座。

林叩斯 捧着宝匣，数名男子捧匣随后

替主人言，实浮士德心声。对韵，韵脚较前更为明显。① 译文尽量模拟。

女王，我又来到近前！
富有者求你看他一眼，
他只消见你便觉自己

① 一首典型骑士爱情诗，使用很多赞美贵妇之美的程式，如美敌过一切财宝、城池和国度。

一无所有又富埒王侯。

骑士爱情诗程式：只求贵妇看一眼，便如乞丐变王侯。

我本何职？现担何任？
有何奢望？尚能做甚？
锐利的目光又有何为！
你的宝座便把它弹回。

见到美人，武功全废。

我等此番来自东方

十字军东征回程。亦影射三王朝圣。

而西方业已几近沦丧；
去时的队伍人山压地，
首尾不相望浩浩荡荡。

十字军东征出发时的队伍。

前者倒下，后者跟上，

插入一段十字军东征历史和场景。

第三个手中紧握长枪；
人人使出百倍的力量，
哪管千万人黄泉命丧。

我们奋勇，我们冲锋，
攻城略地，步步为营；
我今日为王发号施令
他烧杀抢掠不俟天明。

战斗激烈，王旗变换。

我们张望，张望匆忙；
有人掠走绝色的美娘，
有人掠走漫步的公牛，
所有马匹也一并带走。

而我则喜欢去窥觇
发现那稀世的珍玩；
无论他人占有何等珍宝，
于我都不过干枯的野草。

林叩斯自述凭超凡眼力发现稀世珍宝。铺垫下文悉数进献海伦。

我循着宝藏们的踪迹，
跟随自己敏锐的目力，
我窥视所有的行囊，
无宝匣逃过我的目光。

黄金一堆堆归我所有，
华美的宝石尽我消受：
然今唯绿宝石有资格
佩在你胸前碧光闪烁。

以上极言所搜罗珍宝之多。从侧面反映十字军东征掠夺的行径。

再让口耳之间楚楚
摇动大海深处的珍珠；
红宝石竟至黯无光彩，
是红颊把它比得苍白。

耳坠。

珍珠原文“水珠蛋”。据印度传说，珍珠系露水化成的贝壳的蛋。

夸张对比。骑士爱情诗或巴洛克诗歌中常见的修辞。

我今将万千的宝藏
置于你宝座的前方，
让诸多血战的收获
统统放到你的脚旁。

以上铺张的描述实为在此反衬海伦的美。

瞧我搬来这许多宝盒，
铁皮的匣子还有更多；
请允许我随你上路
摞满那高拱顶的宝库。

还在你尚未上座登基，
理智连同财富和权力
就已对这无双的形体
俯首躬身，拜倒在地。

又一处权力（强力）与形体（形象）押韵。

理智、财富和权力都对美俯首躬身称臣。

所有一切我曾把为己有，

此刻松手，尽归你所有，
昨以其珍贵而值得争取，
今方晓其原是毫无意义。

移交财产，移交权力。

昔我之所有已随风飘摇，
如割下的干枯的野草：
哦只消你的美目一顾，
就抵过他毕生的财富！

千金重权博美目一盼。他，我自称。

浮士德

五音步无韵体。但刻意拟海伦之古希腊风。

快把靠膂力得来的赘物搬离，
虽无过错却是多此一举。
要知城堡腹中之所藏，尽已
归她所有，何须乎再向她
进献他物。去把宝藏摞得
井井有条。树起一派旷世的
荣华富贵景象！务让穹顶
灿若晴空，用无生命之
生命搭建起一个天堂。
随她脚起步落展开一席席
地毯花团锦簇，让柔软的

再度升级——城堡内一切都已归海伦所有，无需再单独进献他物。

黄金珠宝大放其光。

黄金珠宝为无生命的生命。

地面迎接她的玉足，让唯神
能承受的光芒迎接她的目光。

珠宝的光芒。

林叩斯

对韵（aabb），因韵脚明显，终于引起海伦的注意。

主人的命令软弱无力，
仆人执行权作儿戏；
这美人以美的任性
做主我们的身家性命。
整个大军业已归顺
所有利剑麻木迟钝，

美使军队归顺，利剑变钝。

面对这美妙的形象
太阳冰冷黯淡无光，
面对这容颜的财富
一切皆是空洞虚无。

夸张的对比。

下。

海伦 冲浮士德

五音步无韵。古希腊风。

我希望与你交谈，请上来
到我的身边！这个空位

召唤着主人也保全我的位份。[1]

浮士德

诗体同上。

贵妇啊先让我跪请，笑纳
我所进献的忠诚；这抬我
至你身边的手让我来亲吻。[2]

可见海伦同时伸手与浮士德。

请赐我你这无边帝国的

美的帝国。

共治者以力量，请收我作

浮士德称自己是美的帝国的共治者。

你的崇拜者、仆从和卫兵！

海伦

我看到，听到种种的奇迹
惊讶无比，想问许多问题。
请你赐教，为何那人讲话
听之煞是稀奇，稀奇又友好。

指林叩斯用韵。

一个音调顺从另一个音调，

韵脚相互押韵。

仿佛一个词来与耳鬓厮磨，

---

① 海伦此话十分暧昧：她称浮士德为主人，主人上位即可保证她坐稳另一侧女主人的位置。言外之意，浮士德既是主人，又是庇护者，同时是与她共治的（夫君）。海伦随口一说，便天然流露出一段引诱，可见是天生的情种。

② 吻手礼，中世纪封建采邑制下的一种礼仪。骑士以此向领主或女主人称臣，发誓效忠。在此伴随权力移交。

另一个也赶来，与它摩挲。

海伦用情侣间的相互找寻、相互厮磨描述押韵，引发下文的对韵练习——爱情游戏。

浮士德

诗体同上。

你既中意敝族讲话的样式

那歌咏嘛也一定让你着迷，

耳和心听了会由衷地满意。

然百闻不如我们马上练习，

这引人对话，召唤人对答。

浮士德提出与海轮练习押韵。

海伦

以下是两人的押韵练习。

告诉我，怎样说才如此美妙？

浮士德

仍用五音步，第二行以下开始对韵。对韵，西语中意为“成双的韵”，拟配对成双。在此以吟诗作对做爱情游戏。[1]

这也容易，只需发自内心。

每当胸中的渴望充溢流淌，

便环顾四周且问——

---

① 歌德拟波斯诗歌所作《西东合集》中，也有此类对韵游戏。据传，波斯诗歌中使用尾韵，最早始于萨珊王朝的皇帝巴赫拉姆（420—438 年在位）与所爱女奴迪拉拉姆的唱和。《西东合集》中有诗句：“人说，是巴赫拉姆发明了韵脚”（FA I, 3, 92）。

海伦

谁与共享。

浮士德

心灵它既不前瞻也不后顾，
唯此时此刻——

强调现世。

海伦

是你我的幸福。

浮士德

今宵是财富是担保千金难求；
敢问谁予以确认？

担保、确认等，均为具法律效力的词。

海伦

我的手。

对韵唱和，往来如“耳鬓厮磨”“摩挲”，浮士德与海伦接近、好合。

歌队

谁好责怪我们的女君主
施与了城堡主人
以友好的表示。

不再用王后。改用中世纪侯爵、君主之类的概念。

需承认，我们都不过
是俘虏，一次次，

先是被俘的特洛伊女子，后又要逃离墨涅拉斯的献祭。

自伊利昂屈辱的
陷落，自踏上忧惧而
迷宫般的逃难之旅。

“迷宫般”尤指雾气中魔幻般的逃离。

惯享男人之爱的女子，
不是挑剔者，
却是懂行的。
任金色卷发的牧人，
抑或黑髭刚硬的法翁，[1]

牧人、法翁都代指好色之徒。

无论恰好是谁，
对自己丰腴的肢体
她们全给予同样的权利。

以牧人和法翁作比，兼讽刺了海伦和浮士德。

两人愈靠愈近[2]
已相互偎依，
肩并着肩，膝交着膝，
手挽着手摇动

摇动在此即交合意。

① 法翁（Faun）：在此对应古希腊神话中的萨提尔，半人半羊，好色，形容丑陋。参前注。

② 以下相当于歌队在唱“婚礼颂”。补遗中写道：海伦“接近浮士德”，“合欢”，“颂歌”。

就在宝座
铺设的华美软垫。

在宝座上合欢。

陛下她不介意
将私密的欢娱
在众目睽睽之下
恣意地一展无余。

写两人当着歌队及众侍从，情不自禁，在宝座上婚媾的场景。[①]

海伦

以下五音步，但用韵，且9411—9418行有行内押韵（Binnenreim），表示音韵游戏更加娴熟，且恋人间更为亲密。

感觉近在眼前又相隔万里，
不由想说：我来了！来到此地！

海伦与浮士德此刻在时空上既远且近。

浮士德

我几乎窒息，在颤抖，失语，

激动。

这是场梦，时日和地点逝去。

超越时空。

海伦

我仿佛已死去而今又获新生，

---

① 就该场景，手稿补遗显示，歌德曾注有“宝座幻化为帐篷”的舞台提示。显然本意图予以遮掩。但终稿并未采纳，而是直接把上述场景搬上舞台。

与你相交织，对陌生人忠诚。

陌生人：指浮士德。在中世纪语境中，海伦也使用“忠诚”。

浮士德

莫再细想这千年不遇的好运
此在即是义务哪怕只有一瞬。

丑婆再现。四音步押韵。扬抑格，造成突然打断两人爱情游戏的效果。来报军情。

福基亚斯 *急匆匆上*

做爱情入门的练习，
钻研如何眉来眼去，
边琢磨边悠哉调情，
此刻全然不合时宜。
你们未觉隆隆的轰鸣？
但听那嘟嘟的号声，
便知有人前来索命。
墨涅拉斯正率如潮大军
向你们这里开进；
披挂好吧准备恶战！
若被胜利者们包围，
你将如得伊福玻斯被剁碎[①]

“调情”系洛可可诗歌用词。谐谑浮士德、海伦用情轻浮。

战争将至。

来夺海伦。

指被墨涅拉斯打败。

---

① 得伊福玻斯（Deiphobus），参前注。

来偿还你的护送-女人。[①]

随后贱货们梁上飘摇，

把歌队女子悬梁。参前注。

再就是这位，祭台边

指海伦，将被拿来献祭。参前注。

锃亮的斧子业已备好。

浮士德【海伦】[②]

古希腊双三音步，无韵，拟古。

横来的搅扰！兀的闯入令人懊恼，

打扰了良辰美景。

纵犯险境我也不喜无端的急躁。

不幸的消息会令最美的信使变丑；

你本逆天丑婆，不肯报喜唯愿报忧。

可这次你不会得逞，就让你的空话

徒把空气震动。此地断无凶险，

即便有也不过是虚张声势的恫吓。

信号声，角楼上的爆炸声，长号和短号声，
军乐声，大军行过。[③]

---

① 护送（Geleit），中世纪骑士的一项义务。这里指浮士德对海伦等众女子的庇护、保护。但由墨涅拉斯角度观之，这显然侵犯了他的权利——一则因庇护墨涅拉斯的战俘，侵犯了墨涅拉斯对战俘的占有权；二则侵占了其原配，构成对墨涅拉斯荣誉的侵犯，——故而引发讨伐。

② 本场浮士德台词中，仅此一处使用古希腊双三音步。或可表示其将沉着应战，并以海伦熟悉的格律安慰之。一说是抄写错误，或为海伦台词，亦通。译者从后说。一则，文中连续两次标注“浮士德”，不妥；二则，根据上下文，尤其听说话语气，更似前番海伦训斥家奴。

③ 舞台上常用的几种表现战争的方式，如城头观战、战况报告、声音效果等（详见第四幕第二场注），此处为声音效果。

浮士德

转入四音步抑扬格，用韵，抑扬顿挫，鼓舞士气。仍为爱情诗体例，故而可朗诵或吟唱。

哦你这就放眼望去
英雄们一队队结集：

日耳曼各部族结集。

谁拼力把女子保护，
才会赢得她们的眷顾。

中世纪骑士有保护妇女（及老幼等弱者）的义务。

向出列走上前来的
各部首领发话

【以下进行防御和进攻部署，针对伯罗奔尼撒半岛，后分封采邑。浮士德从御座上发话。】

节制而无声的愤激，

对战墨涅拉斯，战前动员。

定给你们带来胜利，
各位北方的花季少年，
各位东方似锦的力量。

北方来的十字军骑士，在东方作战。

身披钢甲，凛凛威风，
一群勇士，略地攻城，
他们出征，大地震动，
他们过境，雷声隆隆。

继续鼓舞士气。

我们曾在皮洛斯上岸，

位于伯罗奔尼撒半岛西南，濒爱奥尼亚海，港口，比邻斯巴达。

老涅斯托尔现已归天，

皮洛斯国王，年长而有经验，《伊利亚特》中德高望重的长者。

而所有那帮小的王国
被我脱缰大军各个攻破。

伯罗奔尼撒半岛上有很多分散的小王国。
以上回顾以往作战的英勇。

如今刻不容缓由墙垣
把墨涅拉斯逐回海岸；
让他继续漂泊伏击海盗，
这本就是其命运和爱好。

以下是本次作战的目标。

诸位大公我当致以问候[1]
系遵命于斯巴达王后；
若将高山低谷置于她足下，
帝国所赢新土将归大家。

现有的领土属王后，拿新获土地分封。

日耳曼人！[2] 科林斯湾[3]

命防守。

---

① 13 世纪初，第四次十字军东征（1202—1204），以法兰克（法兰西）和威尼斯的骑士及军队为主，攻下君士坦丁堡，东罗马（拜占庭）帝国被摧毁。十字军在君士坦丁堡及周边地区建立拉丁帝国。雅典、伯罗奔尼撒半岛等地在夺取后被分封，建立起一系列不同等级的“十字军国家”，施行西欧封建采邑制。故而此处称“诸位大公”。

② 日耳曼人在此是一个总的称谓，包括下文的哥特人、法兰克人、诺曼人、撒克逊人。

③ 科林斯（Corinthus），又译哥林多等，是连接希腊半岛与伯罗奔尼撒半岛的重要军事枢纽。科林斯湾在科林斯东北部，是通往爱奥尼亚海和地中海的海上要道。第四次十字军东征期间，法兰克人（法兰西-高卢骑士）曾占领科林斯，建立科林斯-亚该亚公国。当地希腊将领曾据卫城反抗。

以卫城和工事防范，
亚该亚的百壑千沟[1]
我交给哥特人防守。

法兰克大军挺进伊利斯，
撒克逊人负责迈锡尼，
请诺曼人清理各海域
继而拓展阿尔戈利斯。

命进攻。伊利斯位于伯罗奔尼撒半岛西北。

位于伯罗奔尼撒西南。

阿尔戈利斯位于半岛东部。至此已涵盖除下文阿卡迪亚外的半岛各地。[2]

而后人人得落户安居，
对外尽显荣华和武力；
然斯巴达要在你们上位
作为王后旧有的属地。

跟随领主打仗的诸公，得胜后将各得采邑，对外防御，对内称臣。典型的采邑制。

她愿见诸位人人尽享
各自洪福满盈的国邦；
诸位大公尽可在她足下

采邑制下的形式：各邦国各自为政，同时又是一个统一在斯巴达之下的整体。

---

① 亚该亚公国（Achaia），是第四次十字军东征之后，法国骑士（此处的高卢）建立的十字军国家之一，是希腊地区十字军政权中世系延续最久（至 1432 年）、实力最强大的一个。该地区在占领后被分封为很多小的领地，原拜占庭式君主政体被改制为西欧式封建采邑制。

② 伯罗奔尼撒半岛上的邦国从斯巴达（正南）开始，顺时针分别为迈锡尼（西南）、伊利斯（西北）、亚该亚（正北）、科林斯（东北）、阿尔戈利斯（正东），阿卡迪亚被包围在中间。

采邑制下封君封臣的关系，靠人与人之间的联盟（Personenverbund）维系。

寻求认可、权利和荣光。

浮士德走下御座，诸侯们把他围在中央，
继续听从命令和调遣。

歌队 无韵。古旧。以比兴，引出君主赞。

谁若贪恋最美的女子，
就要首当其冲
智慧地把武器寻求；
就算他凭殷勤得到
世间无双的极品；
也未必能永葆无虞：
有伪君子谄媚把她骗走，
有强盗用蛮力把她掠去，
凡此他需得时刻提防。

比兴。

我赞美我们的君主，
赞美他盖世无双，
智勇双全把义务履行
令强者召之即来
唯命是听。
他的命令他们尽忠执行，
人人为自己的利益

君主赞（Fuerstenlob），古代及中世纪赞美君主的诗歌体裁。

智勇双全，历代理想君主的美德。

与主人的犒赏和感激，
并双方共得令闻美名。

封君与封臣关系。

现如今谁人还敢
夺她于强悍的主家？

领主强大，可保女主（美的财产）不被掠夺。仍属于君主赞。

她归于他，天赐于他，
复加上我们，他把我等

侍女从海伦，于浮士德是双重的仆从。

主仆于内用最坚固的堡垒
于外用最强大的军队守卫。

整段台词使用交叉韵（abab），由中古的四音步过渡到五音步，再返回。用词古旧、生僻。拟古希腊与中世纪的交融，同时为过渡到下一场阿卡迪亚场做准备：浮士德与海伦离开中世纪的斯巴达，进入远古的阿卡迪亚田园世界。

浮士德

此为赠土，颁与臣属——

先写分封。

每位一份富饶的国度——
辽阔而美好，开拔吧！
我们则驻留在中部。

伯罗奔尼撒半岛中部，即阿卡迪亚，为各邦国所包围。见前注。

诸公争先恐后去拱卫
你这周边为浪花击打的
非岛，你以平缓的山冈

非岛：伯罗奔尼撒半岛。

与欧陆最后的支脉接壤。

言伯罗奔尼撒半岛通过一段狭窄的地峡与马其顿境内的山脉相连。

愿此国度，在万邦之阳光
之下，为各民永锡洪福，
此刻它已归属我女王，
殊不知它早已把她仰望。

由此写阿卡迪亚。[1] 先海伦诞生，再风景，再黄金时代的意境。说服海伦同往。

此处接下文，指海伦实际上在阿卡迪亚田园风光中诞生（勒达与宙斯）。

伴着欧河蒹葭的私语，
她光彩夺目破壳而出，
其光熠熠，刺痛了
母亲与兄姊们的双目。

欧罗塔斯河，见前注。

海伦从天鹅卵中破壳而出。再及海伦身世。

海伦诞生光芒四射，令人眩目。

此国度已归复你一人，
它向你致以繁花似锦；
任普天之下非你莫属，
哦！都不抵你父的国度。

海伦的真正诞生地（父国）：阿卡迪亚。

---

[1] 阿卡迪亚，如前注，在伯罗奔尼撒半岛中部，斯巴达以北，以田园风光著称，是远古田园牧歌时代、黄金时代的代称。

纵使父国之山脊上叠嶂的[1]
峰峦尚忍受着寒阳的冷箭，
此刻的山岩却已泛起绿颜，
贪吃的羊儿寥落星星点点。

以下阿卡迪亚的风光，从春寒料峭，到夏季的枝叶繁茂，到秋季的丰收。

峰峦高寒，山间却已有春色。早春。

泉水迸发，交汇成溪流涌下，
于是绿了山坞、草甸和涧峡，
千百个丘岭间是缓坡片片
绒绒的羊群满坡映入眼帘。

仲春。

三五成群，小心、笃定地
长角的牛儿踱向陡峭岩壁，
那儿有为众生备好的荫庇，
千百个岩洞原为它们避雨。

夏天。

看似危险，却是造化天成。

是潘在保护，还有生命的宁芙
住在草木葱茏湿润凉爽的山谷，
又有充满渴望、朝更高界域

潘神，田园中自然界的大神；生命的宁芙，在此当指水仙。

仲夏。

① 以下转五音步，用韵，共六段。写阿卡迪亚风光。既以断行、生僻词、不规则的语序等古希腊风，拟远古之古朴，又以规则押韵拟中世纪的典雅。用意奇绝，细思又极为贴切。语言高难。为供领略故，至少意思上拟据实移译。

竞相舒枝展叶挺拔向上的大树。

古老的森林啊！橡树坚韧有力
枝丫繁茂任性地交织在一起；
枫树慷慨，甜美的枫浆满怀，
单纯地上长又与沉沉树冠嬉戏。

橡树坚韧，也是日耳曼的象征。

秋。

静谧的树荫里，温暖的乳汁
汩汩慈母般哺育孩儿和羔羊；
不远处的平原有熟透的鲜果，
蜂蜜沥沥由树干的巢中流淌。[①]

人畜共生的田园牧歌景象。

仲秋。

止于仲秋，盖因阿卡迪亚没有寒冬。蜜蜂筑巢于树干中。

此地的恬淡世代相传，
唇齿留香，春风满面，
人人安分而长生不老：
个个知足而身强体健。

以下返回四音步，中古骑士爱情诗体例。写天人合一，黄金时代。

如神一样。在阿卡迪亚田园中幸福永驻。

于是就在纯净的日子里
迷人的孩子成长为父亲。

伊甸园一般纯净、未被沾染的自然，人神共处。

---

① 应“流着奶和蜜的地方”,《旧约》中的应许之地。亦合乎古代对黄金时代的描写。

我们惊异；仍有个问题：
其乃人乎，抑或是众神？

阿波罗曾取牧人形体
比照其最俊美的之一；
在自然主宰净土之地，
天地人神浑然一体。

据神话传说，阿波罗曾化为牧人的形象。

坐到海伦身边

就这样你我如愿以偿，
让我们来把过去遗忘；
感悟自己迸出于天神吧，
你唯属那原初的世界。

开始说服。

阿卡迪亚。

莫让坚固的城堡画地为牢！[①]
为你我将青春活力永葆，
长乐无央，比邻斯巴达
尚有一带乐土阿卡迪亚。

阿卡迪亚比邻斯巴达。点题，说服海伦同往。

① 坚固的城堡（feste Burg），两场多次出现，令人联想到路德最著名的同名赞美诗。路德诗中指基督、基督教是信仰的坚固的堡垒。

被说动去往福地居住，
卿本逃亡却因祸得福；
宝座将化作林间小屋，
愿田园般自在是你我的幸福！

补充说明

林叩斯形象在《浮士德·第二部》中共出现三次。第一次，在第二幕古典的瓦尔普吉斯之夜场，浮士德与马人喀戎的对话中简略提及，其身份为阿尔戈号的舵手；第二次在此，作为浮士德城堡的守塔人，亦即瞭望者出场，功能是代替主人表达心声，歌颂海伦的美；第三次在第五幕前三场，作为浮士德宫殿的守塔人和瞭望者出场。在彼处，他报告梅菲斯特的海盗船队出海劫掠归来，用歌声描述菲勒盟、鲍咯斯老夫妇及漫游者被害、茅屋被焚烧的过程。

综合看，只有后两次，林叩斯作为舞台角色，在真正意义上出场。而这两次，一次是作为美的见证者，一次是作为海上劫掠和滥杀无辜的见证者。这或可视为歌德在不同人生阶段，所看到的德国的变化：在 1800 年前后的古典时期，笼罩在德国思想界的是对美的探讨和追求，歌德是这场运动的参与者与共同塑造者；待至 1820 年代，现代化进程中的弊端显现，歌德已敏锐捕捉到，并做出了先知般的预言。

本场说明

以下场景转换至阿卡迪亚。歌德手稿中，在此仅给出一段舞台提示，表明场景变换，并未给出真正意义上的标题。尽管如此，本场通常称阿卡迪亚场，相当于第三幕第三场。

在本场中，浮士德与海伦诞下一子，名欧福里翁。舞台上由青年浮士德的扮演者，同时也是自称为“诗”的驾车少年的扮演者出演。此子甫一出世，便以跳代步，即只会跳，不会脚踏实地行走。他轻浮地与歌队女子嬉闹，暴虐地强之就范。最后听到远处交战声，不顾父母规劝，如伊卡洛斯，欲飞至战场，终致坠崖而亡。

海伦随之重归地府，歌队领唱亦然。余下众女子愿留在人间。她们返于自然，化作自然界中的山水精灵。浮士德则乘海伦衣裙所化浮云飞回北方。

本场附有一个尾声，拟古希腊悲剧终场的酒神颂和萨提尔剧，由歌队女子分组歌唱（或诗朗诵）表演。

舞台场景全部转换。
数座林间小屋，背倚一排岩洞。
茂密的树林，绵延至周围陡峭的山坡。
浮士德与海伦隐而不见。歌队女子散卧在地上熟睡。

如前，梅菲斯特饰，与歌队对话。侧写浮士德与海伦好合。古希腊双三音步，抑扬格，无韵。拟古，叙事。

福基亚斯

姑娘们到底睡了多久我不知道，
她们是否让自己梦到我眼前
明白所见，我同样也不知晓。

浮士德与海伦隐在林间小屋中的勾当。

待我叫醒她们。年轻人定会惊诧；
长须老者亦然，台下坐等的诸公，

与观众打诨，拟古希腊喜剧。台下观众多为上岁数的男人。

终于要看到可信的奇迹的谜底——

可信的奇迹，逆喻。浮士德与海伦的好合。

起来！起来！快抖去额前的卷发；

冲歌队姑娘们。

别睡眼惺忪！把眼睁大，听我讲话！

古希腊双四音步与双三音步交替，双四音步居多，拟讲述或闲淡。

歌队

说吧，讲吧，请讲发生了何等奇事，
我们最爱听自己断不能相信的故事，
老是盯着这山石我们真真无聊之至。

作为旁观者，讲述浮士德与海伦的结合。古希腊双四音步，扬抑格。

福基亚斯

没等揉开眼睛孩子们就已感到无聊！

那就听好：这山洞，石窟，林间小屋
提供了遮蔽和保护，给田园中的眷侣，
咱们的男主和女主。

原始的自然，田园中的爱之场所（locus amoenus）。

歌队

什么，在那里面？

福基亚斯

角色转换为老仆妇，但仍不失梅菲斯特之犀利的调侃。

孑然
世外，他们唯叫我一人去悄然服侍。
深感荣幸我在旁侍立，如心腹知趣，
我东张西望若无其事。我左转右转，
找草根树皮和苔藓，谙知各种功效，
这样他们便可独处。

言二人公开行事，福基亚斯尴尬，羞于正视。

女巫了解各种草药功效。

该诗行只此半句，余味深长，如以下省去若干字。

歌队

照你所说，里面似乎另有一番天地，
森林草地，溪流湖泊，你在编故事！

福基亚斯

古希腊双四音步，扬抑格。

当然，你毫无经验！里面深不可测：

层层厅堂、庭院，找得我好不辛苦。
猛然间一阵笑声朗朗在岩洞中回荡；
顺声而望，一个男孩从妇腹跳入夫怀，[1]

欧福里翁诞生。

又从其父跳向其母；亲昵爱抚无度，
溺爱嬉闹，追打喊叫连同纵情欢呼
震耳欲聋此起彼伏。
赤身的精灵无翅膀，法翁不带兽相，[2]
他跳到坚实的地面，然地面又把他
反弹到空中，接着是第二，第三下，
他就碰到了穹顶。

半句。欧福里翁是只会跳的精灵、天才。

母亲担心地呼喊：可随意跳来跳去，
但要小心：别飞，自由飞翔不允许。
诚恳的父亲如此警告：地底有弹力，
把你向上弹起，务要让脚趾触地，
你便如大地之子安泰一样获得定力。

安泰：神话人物，脚着地就会获得无穷力量。

就这样他跃上大块岩石，又在石棱
间跳来跳去活像只皮球被击来打去。

---

[1] 浮士德与海伦的儿子欧福里翁诞生。据说，海伦曾与阿基琉斯魂灵结合，生子欧福里翁，有翅膀。

[2] 精灵，亦作精神、天才讲。法翁，淫欲的羊人，参前注。下文欧福里翁调戏歌队女子，应了法翁之疯狂和淫欲的特征。

忽然间他消失在一个荒山沟的缺口
仿佛是走丢。母亲叫苦，父亲安慰，
我担心地耸耸肩。可忽地眼前一亮。
那儿竟藏有宝藏？绣花条纹的长衣
他庄严地披在身上。
臂上闪动着流苏，彩带在胸前飘舞，
手执金色的里拉，活像尊小福玻斯，[1]
他得意地迈向石棱、悬崖；众人惊讶。
双亲陶醉，一次次相互拥抱在一起。
他头上笼罩着光环？但不知是何在闪，
是金发卡，还是超强精神力量的火花？
小公子举止不凡，小小年纪便预示着
来日之一切美的大师，永恒的旋律
在他周身涌动；待你们听到他声音，
待你们目睹他本人定为之叹为观止。

在荒山沟里换的装。

半句。

这装束和打扮似与驾车少年一样华而不实。

福玻斯：太阳神，也称阿波罗，司掌艺术之神。

歌队 旧体。无韵。

你称这是奇迹，

---

[1] 里拉，里拉琴，诗歌和艺术的象征，阿波罗和诗人的道具。据古希腊传说，赫尔墨斯一生下，就用龟甲和肠衣制作了一把里拉琴，赠送给阿波罗。

克里特的丑婆？

指福基亚斯。她自称克里特人。参前注。

寓教于乐的诗文
你竟从未听过？
爱奥尼亚的不曾听，
希腊的没听说
更何谈先祖之丰富的
神和英雄传说？

今日之时
无论发生什么
均不过先祖时日之
辉煌的悲凉的余音
你的讲述哪堪与
那动人的谎言相比

言史诗、文学创作均为虚构。

亦即人们所歌咏的
比真理还要真实的

文学创作、文学虚构比真理更为真实。

玛雅之子的故事。

赫尔墨斯。[1]

那个玲珑而强壮的

① 玛雅之子，指赫尔墨斯。玛雅为一宁芙，与丘比特结合，生赫尔墨斯，据传亦生于阿卡迪亚。里拉琴即为赫尔墨斯所制，赠与阿波罗。参上注。

婴儿甫一落地，

赫尔墨斯。把欧福里翁比作赫尔墨斯。

便有群饶舌的婆子
凭着自作主张

没料到小孩会溜走。

给他裹上干净的尿布
塞进装饰华美的襁褓。
谁料那强壮而玲珑的
捣蛋鬼竟狡猾地抽出
他柔软而灵活的
肢体，把紫色的

帝王的颜色。

紧紧裹着他的外壳
淡定地留在原地。
宛如变好的蝴蝶
挣脱僵硬的茧子
抖动翅膀敏捷地钻出
大胆而任性地振翅
飞过阳光普照的上苍。①

他既身手敏捷，

① 据神话传说，赫尔墨斯出生不久便挣脱襁褓溜走。本段在此之上加入了化蝶的比喻。如蝴蝶脱茧而出，是信奉变形学说（Metamorphose）的歌德常用的一个比喻。《浮士德》终场（山涧场）中，歌德亦用之作比浮士德的复活。此两处可谓遥相呼应。

准能当上小偷无赖
并所有不劳而获者
永远的保护神魔。

赫尔墨斯也是小偷的保护神。

他说干就干
操着最娴熟的手法。
海上霸主的三叉戟

海神波塞冬。以下列数婴儿赫尔墨斯偷盗的勾当。[1]

他飞快偷走，阿瑞斯的剑

战神。

他狡猾地抽出剑鞘：
还有福玻斯的弓箭，

太阳神。

赫菲斯托斯的火钳；

锻造神。

就连父亲宙斯的闪电
他也要拿，若非怕火的话；
他还赢了厄洛斯

厄洛斯，爱神。一译爱若斯。

在使绊子摔跤之时，

赫尔墨斯出生当天就向厄洛斯挑战摔跤，靠偷走人家的腿获胜。

塞浦路斯女子抱他入怀，

维纳斯的别名。见打败厄洛斯，维纳斯把小赫尔墨斯抱到怀里。

他顺走了她胸前的束带。

以上赫尔墨斯所偷之物皆为各神最要紧、因此也看护最紧的东西。

---

① 本卷曾在古典的瓦尔普吉斯之夜场的“补充说明”栏下，给出就古希腊神话，歌德频繁参照的一部辞典，即歌德同时代人黑德里西所编《古希腊神话辞典》（Hederich: *Griechische Mythologie*. 1770）。此处关于赫尔墨斯的典故，亦出自该部辞书。歌德几乎逐字逐句引用了其中有关墨丘利（赫尔墨斯在罗马神话中的称谓）的词条，只是将之改写成诗的形式。

一阵迷人、纯净悦耳的琴声从洞中传出。

众人侧耳倾听，似乎立刻被深深打动。

由此至下文的“音乐终止”提示，全程音乐伴奏。[①]

福基亚斯

配乐诗朗诵，用韵。冲歌队说，劝其忘掉上文的神话典故、古老神祇，转向讲求内心的善感和浪漫文化。

听啊琴声天籁一般，
快摆脱那神话杜撰，
你们之古老的神祇，
休再提起已成过去。

上文的神话典故。

无人还愿理解你们，
我等要求高了几分：
因打动人心的东西，
它必得要出自内心。

歌德时代的善感潮流、浪漫派文化，讲求由心而发，打动人心。

退至巉岩边。

歌队

被打动，采用福基亚斯的诗体。

若你这可憎的妖人

---

① 以下类似配乐诗朗诵。包括福基亚斯的段落。并间有哑剧和芭蕾。“似乎立刻被深深打动”，似在讽刺某些悦耳动听但有轻浮之嫌的浪漫派音乐。总之由此开始，告别对古典的模拟，转向对浪漫派的讽刺。诗歌体例、风格骤变，从艰涩但古朴、内容丰富的古希腊风，转向简单、显白、自我中心、重韵律的浪漫派风格。

都有感这靡靡之音，
那如病初愈的姊妹，
更要被打动得流泪。

指被救于献祭。

讽刺浪漫音乐煽情。

就让太阳失去光芒，
心灵中若有天光，
则我们心中自有
寰宇不曾有的明亮。

讽刺浪漫派之强调内在性、之绝对主观主义。可与第二幕哥特式书斋场对照阅读。

海伦，浮士德，欧福里翁 如上述打扮。

欧福里翁[①]

冲浮士德和海伦。

你们若听我唱童谣，[②]
一会儿就会跟着笑；
你们若看我合拍跳，
父母的心便随着摇。

听、看：感官捕捉；唱、跳、摇：强调动感。皆区别古典之强调客观、静态的特征。

---

① 欧福里翁（Euphorion），古希腊语有“轻佻敏捷”之意。据传，海伦曾与阿基琉斯魂魄结合，生子欧福里翁。参前注。在此为浮士德与海伦魂魄之子。

② 似影射布伦塔诺、冯·阿尼姆所编（连同改写并创作）民歌集《男童奇异号角》。至少在戏仿某些浪漫派诗歌（如布伦塔诺之作），一味讲求音韵，内容简单、重复、浅显。

海伦

爱，为人性之欢娱，
拉近两璧人的距离，
又为着神性的天伦
造就醇美一家三人。

虽改用简单的四音步，但仍具古风，思虑、用词考究。

浮士德

于是一切顺心遂意：
我是你的你是我的；
我们如是结为连理，
海枯石烂永不分离！

古老的婚礼誓言。《雅歌》中有。又见于有文字记录的最古老的德语情诗。

歌队

多少年的中意
终汇聚于这对夫妻
温柔地表现为孩童。
哦这结合让我感动！

同海伦，虽继续用四音步押韵，但回到古风。

寓指古希腊与浪漫结合，生下欧福里翁。

欧福里翁

就让我蹦，
就让我跳，

以下台词以二音步为主，韵脚不规则，抑扬或扬抑格，拟弹跳、躁动。浮士德、海伦随之，急切、力劝。

朝向空中
奋力上冲
我已感到
阵阵热望。

浮士德

适可而止！
不可放肆，
万不可失足
万不可跌落，
宝贝儿子
我们会疼死。

欧福里翁

我再也不想
停留在地上；
松开我的手，
松开我的头，
松开我衣裳，
其为我所有。

可见双亲在拽住不放。

海伦

哦要时刻记着
你是谁家的！
你如若毁掉
我你他来之
不易的美好
岂非大不孝。

歌队

我担心这家
终咫尺天涯！　　终究要离散。

海伦与浮士德

悬崖勒马吧！
权作为父母
勒住你旺盛、
强烈的冲动！
于静谧的田园
装点这平川。　　在平川上玩耍。

欧福里翁

但为合汝意
我不再跳起。

在歌队中穿梭，拉姑娘们跳舞

轻盈地我绕
姑娘们起舞。
这舞姿和旋律，
看是否合宜？

海伦

嗯，如此甚好，
引美人们围圈
翩翩把轮舞跳。

浮士德

还望能停下！
这样的把戏
我着实不喜。

浮士德表示看不惯欧福里翁与歌队女子轮舞嬉闹。

欧福里翁与歌队 边跳边唱，轮舞接龙。

［**歌队**］

格律不一，用韵不整，仍余古风。

当你迷人地
摇动着双臂，
当你甩动起
光环中的卷发，
双足行云般
划过地面，
当你舞之蹈之
舞姿翩跹，
可爱的孩子
你已达目的；
我们所有的心
无不倾慕于你。

欧福里翁头上有光环。

欧福里翁起舞，歌队女子倾慕。

停顿

以下气氛变化，转向对浪漫派的讽刺。

欧福里翁

你们是无数
捷足的小鹿，
快来聚集
玩新的游戏，
我是猎手

你们是野兽。

猎手捕捉小鹿、野兽，情色暗示。与梅菲斯特捕捉拉弥亚场景遥相呼应。

歌队

想把我捉到
也不必快跑，
因我想要的
不过是终究
把你来拥抱
你这位美少。

欧福里翁

要穿越林苑！[①]
要越岭翻山！
容易到手的
让我不乐意，
强行得到的
才让我欢喜。

浮士德式的强迫症。

---

① 林苑（Hain），影射哥廷根林苑派。该派系狂飙突进时期，一批年轻文人在哥廷根附近的林苑聚会得名，有自由放纵之嫌。《浮士德》多处对之进行了影射和讽刺。

海伦和浮士德

四音步，扬抑格。未能劝住欧福里翁，反而在格律上受其影响：实每行拆为两个二音步。

好个恶剧！好个不羁！
再无指望还有节制。
仿佛已有号角之声
在密林和幽谷轰鸣，
好一派胡闹！喧嚣！

“号角声”，浪漫派常用意象。只是此处并未反衬山谷森林的静谧，反而引起不安。

不知适度和节制。

歌队　快速鱼贯而上

形成轮舞之势，欧福里翁与一群姑娘嬉闹。

他走过我们身旁，
不屑一顾的模样，
一大群中他拖出
那个最野的姑娘。

欧福里翁　夹着一年轻姑娘进入轮舞圈子

我拖来这倔强小妞
强迫她来享受。
为我之喜乐，欢娱
我强拥反抗的胸，
我强吻拒斥的唇，
一展力量和意志。

逆喻，言强迫他人，为己之欢。

为自己欢娱，以暴力强迫他人，刺浪漫派的极端主观主义？

姑娘

放开我！这副躯壳里
也是精神力量和勇气，
我的意志堪与你的相比
不会被轻易夺去。
你竟以为我陷入窘地？
你太相信自己的臂力！
抱紧吧，我要烧焦
你这蠢货为我的游戏。

她燃烧起来，火苗冲天升天。

随我入轻盈的空气，
随我进僵直的地穴，

地穴：坟墓。火、风、土三元素。

快捕捉消失的标的。

指消失的自己。以自焚反抗。寓指欧福里翁玩火自焚。

欧福里翁 抖落残余的火苗

本节起，欧福里翁的诗句押韵整齐，但有时长短不一，拟其跳跃状。

此地丛林密集
巉岩相逼，
逼仄奈何，
少年蓬勃如我。
风呜呜呼啸，
浪翻滚咆哮

即便在山间亦觉逼仄。

风和水元素。

我听两者在远方

我好想去到近旁。

无限自我膨胀，接近宇宙元素。

沿巉岩而上越跳越高

海伦、浮士德及歌队

莫非你想学那羚羊？[①]

恐你坠下我们心慌。

欧福里翁

我一定要不断高攀，

我一定要不断望远。

边向上攀边说。势如第一部中的浮士德。

我已知身处何处！

登高后确认自己的位置。

是在半岛的中部，

伯罗奔尼撒中央，

阿卡迪亚的位置，在伯罗奔尼撒半岛中部。参前注。

与陆地海洋接壤。

指半岛与陆地海洋接壤。

歌队

你既不喜在山林间

和平地流连，

---

① 参《旧约·雅歌》2:17："我的良人哪，求你等到天起凉风、日影飞去的时候，你要回转，好像羚羊，或像小鹿在比特山上。"《雅歌》中描写情人在傍晚时分，像羚羊翻山越岭而来。

我们便去寻找
一片片葡萄，
在小丘山脚；
并无花果金苹果。
哦迷人的你
请留在迷人的土地。

预示下文的酒神节。

两种果子让人联想到新旧约。

以田园美果劝欧福里翁不要离开此地。

欧福里翁

以下忽然转入（希土）战争，欧福里翁进入拜伦角色。

你们在梦想和平？
谁爱做梦尽管做梦。
战争才是口令。
胜利！是回应。

战争、胜利（Krieg, Sieg）二词德语押韵，故常用于战地口令。

歌队

谁置身和平
却期望返回战争
他便告别了
希望和好的运命。

欧福里翁

此国诞育了战士

他们出生入死，
自由而勇往直前，
不惜牺牲流血，
神圣的意念
不可遏制，
愿胜利归于
所有的斗士！[①]

歌队

举目望他攀了好高！
观之却并不渺小。
如身披铠甲走向胜利，
如钢打铁造神采奕奕。　　上战场。

欧福里翁

没有铜墙，没有铁壁，

① 该节语法混乱，意思含混。据薛讷注，有两种解释可能性。一种认为，其中隐含对希腊解放战争的影射。该战争发生在1821—1829年间，目的是反抗和推翻土耳其外族统治。歌德对之报以同情态度。据此，大概意思便是：此地诞生了某些希腊人（战士），从外族统治的危险到解放战争的危险（出生入死），他们勇往直前，不惜流血牺牲，为了爱国的神圣意念，但愿所有斗士（包括外援）赢得胜利。第二种，即是按字面意思。欧福里翁一边反抗歌队提出的和平反战，一边忘乎所以地向上跳，故而语句意思跳跃，语法缩合，无法理解——其语言也离开稳固的地面。

只有人人依靠自己；
持久的坚固的城墙，
是男儿的铁血胸膛。
谁若不愿做亡国奴，
便轻装赶赴战场；
女人们都是亚马逊
孩子们个个逞英强。

希腊神话中好战的亚马逊女人。

歌队

神圣的诗，
愿它升向天空，
闪耀吧，最美的星，
远远的它渐行渐远，
却依然映入我们
眼帘，能听到它，
愿捕捉到它。

heilige Poesie，浪漫派诗人常用。原指宗教文学。这里指称或反讽欧福里翁。

欧福里翁，即诗，即最美的星。

欧福里翁越攀越高。

欧福里翁

不，我焉能以孩童出现，
来到的是持枪的少年；
与坚强、自由、勇武者为伴，

他在精神上业已实现。
启程吧！
在那里
通往荣誉的道路开启。

奔赴战场，赢得荣誉。出于理想主义参战，比较明显影射了拜伦。

海伦和浮士德

未俟呱呱落地，
未俟得见天日，

欧福里翁刚刚诞生。

便渴望从眩目的石级
奔赴充满痛苦的疆域。

战场。

我们于你
一无所是？
美好结盟一场梦而已？

海伦、浮士德、欧福里翁结为一家。

欧福里翁

可听到海上隆隆的炮响？

希土战争中海战的炮声。

轰隆隆在山谷间回荡，
黄沙海浪中两军对垒，

陆战与海战。

冲锋陷阵乎痛苦万状。
而死亡
是命令，

一下子变得理所应当。

海伦、浮士德及歌队[①]

多么惨烈！令人震惊！
死亡是给你的命令？

欧福里翁

难道我该在远处旁观，
不！我要去分担患难。

三者 同上

狂放遇凶险，
必厄运连连！

欧福里翁

以下至“休止”，扬抑格，结束于阳性韵脚，只扬无抑，摹状脚不再着地。

可！——一对翅膀

欧福里翁并无翅膀，仅幻觉而已。只有披风托了他瞬间。

已然展放。
去那里！我必须！必须！

不可遏制的意志。

就让我凌空飞去！

① 以下至“休止”提示，三者之间或歌队与欧福里翁之间的对话，通过交叉韵或其他韵脚上的应和，模拟出一种急切的对话或应答。惜汉语无法尽现。

说着纵身跃入空中，披风仅托了他一瞬间，
他的头闪光，身后托着一条光尾

如彗星陨落。

歌队

伊卡洛斯！伊卡洛斯！[1]

悲哉如斯。

一位美少年坠落在父母脚下，人们以为
在死者身上看到一位熟悉的形象；
然而形骸旋即消失，光环则如彗星升向
天空，衣衫、披风和里拉琴留在地上。[2]

海伦与浮士德

本场浮士德最后一段台词。

谁承想竟是

乐极而悲至。

欧福里翁 *声音从深处传来*

已入地府。

母亲啊，地府阴森，

莫丢下我孤身一人！

喊母亲海伦同往地府。

---

① 伊卡洛斯（Ikarus）：古希腊神话人物，代达罗斯的儿子，因不听父亲警告，带着用蜡黏合的翅膀，向高空飞向太阳，蜡熔化后翅膀脱落，坠海而死。在此喻指欧福里翁。

② “熟悉的形象”似明显在暗示拜伦。“光环”指绘画中常见的围绕圣人头部的光环。此处应和前文，指精神的光环。

休止

歌队 挽歌

拟古希腊挽歌，用韵。挽拜伦。据说在拜伦去世两月后，歌德曾撰文纪念。

不会一人！——任你驻足何处，

应欧福里翁的请求。

我们坚信会把你认出，

应上文舞台提示。转入拜伦生平事迹。

唉！你匆匆告别天日，[①]
却没有心会与你分离。
我们哪里是在哀悼，
分明在妒你运数奇妙：
无论时日清明阴郁
你都情绪高昂歌声美好。

哦！你为世间福乐而生，
出身高贵，气力强盛，
只可惜！天不假寿，
风华正茂被骤然夺走。

拜伦 36 岁因热病死于希土战争前线。

你有洞察世事的目光，
感同身受每一个心动，

---

① 以下转为纪念拜伦。歌队唱词中增加了严肃的反思。

献给佳人炽热恋情
拜伦有很多爱情传奇。
并独一无二的歌唱。

然而你一路奔跑不停
甘愿落入妄为的网中，
于是你强行与习俗、
与法律，反目成仇；
直至最后深思熟虑
让位于纯粹的情绪，
出于情绪而非思考去参战。
你想要把荣耀荣膺，
却终是功败垂成。

然谁人功成？一道难题，
让命运也遮上面具，
不敢直面这一问题。
就在那最不幸的一天
或指 1824 年 4 月 19 日拜伦亡日。
民众泣血愕然沉寂。
然就请让新曲重振，
莫要再垂首躬身；
表悲痛。
因地土还将诞育他们，
如其自古至今。
大地自古至今都诞育此类奇人。

告一段落。音乐终止。

与浮士德告别。恢复开场的双三音步，无韵。唯 9939 和 9943 两行押在“我”和“你”上。[①]

据说源自卡尔德隆的剧作《圣帕特里克炼狱》。

海伦 冲浮士德

有句古话惜也应验在我身上：
幸运和美貌的合一不会久长。
生命连同爱情的纽带撕裂，
我哀悼二者，痛苦地道声永别！
再一次把自己投入你的怀中。
珀尔塞福涅请收下孩子和我。

珀尔塞福涅：冥后。海伦再度回到冥界。

拥抱浮士德，形骸消失，
衣裙纱巾留在浮士德怀里。

五音步，无韵。抒情。此时浮士德和海伦均已退场，由福基亚斯、领唱及歌队收官。

福基亚斯 冲浮士德

抱紧留给你的唯一的东西。
衣裙莫要松手。业有阎魔
来拽衣角，彼等惟愿
将之夺至冥府。且抱紧！
你失去的她不再是女神，
然其神性依在。借崇高而
无价的惠泽让自己抬升，

劝浮士德抱紧海伦遗留的衣物，否则冥府的阎魔会抢走。

---

① 与情节和内容呼应，诗歌形式各归其宗，表古典与浪漫共同体的分离。

它骤然载你超越一切平庸
抵达苍穹，终其你一生。
你我将再见，离此地很远。

回到北方。直接到第四幕开场：浮士德驾云至高山之上，梅菲斯特穿七里靴赶至。

海伦的衣裙化作云彩，围绕浮士德，
将他托至空中，与他一同飘走。

福基亚斯 从地上拾起欧福里翁的衣衫、披风和里拉琴，走到舞台前沿，举起蜕下之物，说[1]

以下回到牧歌体（Madrigal）格律，用韵。亦即梅菲斯特常用的诗体。暗示已从福基亚斯角色转换为梅菲斯特。

有幸找到蜕下的残余！
火焰当然已销声匿迹，
我不为世界感到惋惜。
世间总不乏诗人入行，
羡煞那些行会与工匠；
而我既无法出借才气，
便至少要把衣钵收起。

一说暗指拜伦，像火焰消失。

有才气的诗人，令匠气诗人羡妒。

诗才无法出借，诗才消失。散文时代的匠气诗人，欲以真诗人衣钵招摇，故藏匿。

靠着舞台前方的一根柱子坐下。

领唱潘塔利斯

无韵。恢复古希腊风格。

姑娘们快些！咱们终把巫魔摆脱，
有色萨利老巫杂芜的精神强迫；

福基亚斯的魔法。

---

[1] 蜕下之物（Exuvie），原意是动物在生长过程中蜕下的皮，如蝴蝶幼虫蜕皮，内核化蝶而去。在此又是一个变形隐喻。

有乌七八糟令人不振的乱弹琴，

指阿卡迪亚场的配乐，浪漫派音乐。对于古希腊的耳朵如乱弹琴。

乱人耳畔不算，更令人心性迷乱。
快下到哈德斯吧！王后已急急

海伦已下到冥府。

迈着沉稳步伐走下。忠诚的女仆
当接踵跟随她的步武。待我们
在深不可测者的宝座边与她相见。

深不可测者：冥后。

歌队

无韵。古希腊风格。

女王们自是愿四海为家；
在冥府她们也高高在上，
骄傲地与其同俦为伴，

冥神冥后，都属于神祇。

与珀耳塞福涅你我不分；

冥后。

而我们则在后台
与深处的冥花冥草，

百合花类，生在冥府，与下文杨树、柳树、蝙蝠同属冥府。

与细高的白杨，
与不结果的蒲柳为伴，
又如何打发时间？
像蝙蝠那样唧唧啾啾，
幽灵般郁闷地交谈。

歌队不愿再下到冥府，恐寂寞无聊。

领唱潘塔利斯

谁若未赢得令名，又不思贵重，

侍女们无女王的令名，又不愿再尽义务。

他便属自然元素，请各位上路！

四大元素，水土火风，言其不入人间伦理。

与女王在一起，为我心之所系；

不止立功，保全人格的还有忠诚。

潘塔利斯愿随海伦下到地府。

下。

歌队女子愿留在尘世，但失去人格，幻化为自然界的元素，分别取了代表不同自然物的宁芙的形象。

全体

我们已归还给天日，

虽不再具人格，

不再是有血有肉的人。

我们感觉得到，明了，

可哈德斯我们再不要回去。

生生不息的自然

对魂灵享有全权，

听凭自然处置。

我们对自然亦然。

也有权利向自然提出要求，幻化为自己喜欢的元素。

歌队中第一组[①]

本组为林中仙女，树精。

---

① 歌队共十二名女子（参前注），在此每三人一组，分为四组，依次代表林中仙女（树精）、回声仙女（山精）、水精和葡萄精——酒仙。本段拟古希腊悲剧终场的酒神祭和萨提尔剧。各组配以类似哑剧的形式，表演各自所描述的事物。用古希腊双四音步，扬抑格，无韵，有音乐伴奏。再次拟古希腊风，用极为陌生化的语言，高难。四组最后汇聚到酒神节，如“交响乐最后的华彩”（歌德语）。

我们在万条丝绦之喃喃抖动、沙沙摇曳中，	树精现于树，与树合为一体。
巧笑迷惑，轻柔地吸引生命之泉由树根	树根输送水分。
涌上枝干；一时用叶，一时以花，铺张地	
装点飘动的须发，无拘无束向空中舒展。	须发：代指树冠。花与叶装点树冠。
一俟果实落地，便有欢快的人儿并牧群集聚	继而果实。人畜共生。
来摘取，来尝鲜，急急赶来，你拥我挤；	
恰似面对最初的神明，全都围着我们鞠躬。	躬身捡果子。本节亦包含由春至秋生命的嬗变过程。

第二组

本组为回声仙女，山精，石精。[1]

我们偎依着峭壁那平滑且烁光远播的	
镜面，在柔波中移动，殷勤地前行；	指声波沿峭壁运动、传送。
倾听、捕捉动静，鸟鸣和芦苇的笛声，	
就算是潘可怕的吼声，也会立即回应；[2]	
沙沙，以沙沙回敬，雷鸣，回以雷鸣	
以令人震惊的双重，跟着三重、十重。	

第三组

本组为水精。

姐妹们！我们怀着心动，同百溪奔腾；	化于溪水中。

---

[1] 回声仙女，据说，话多的宁芙被朱诺变成山石，只保留了声音，且只能重复一句话的最后几个音节。

[2] 据神话传说，在酒神的随从中，潘用号角和其他乐器，加上自己的喊叫，再加上回声，制造出可怕的音响，令敌人四处逃窜，酒神得胜。

吸引我们的是远方鲜花满坡的山岭，
总是向下，向深处，蜿蜒曲折，我们[1]
灌溉草坪，牧场，环绕农庄的花园。
那儿有松柏挺拔的树冠，笼罩在平原、
绵延的河岸、如镜的水面，伸向苍天。

第四组

本组为酒仙，葡萄精。为酒神节而设。先分春夏秋描写葡萄返青、管理、收获、榨汁和酿造。后过渡到酒神节。

任诸位在哪里，我们则包围、环绕	现于葡萄园、葡萄枝蔓上。
山坡上满园的葡萄，藤在架上泛青；	酿酒的葡萄发芽。春季。
日渐一日酒农的激情让我们预见	
爱意浓浓的勤劳带来听天由命的收成。	丰收需要酒农的激情、勤劳和上天的惠顾。
时而锄地铲草，时而培土，绑枝，剪条，	酒农精心种植，管理。夏季。
又向神明们祈祷，太阳神最不可少。	祈祷风调雨顺，尤其要有足够阳光。
巴克斯，担待毫无，漠不关心他的忠仆，	巴克斯，酒神，其忠仆指酒农。插入一段。
树荫间休憩，倚在洞里，与小法翁打趣。	酒神只管休憩调笑，不关心劳作者。
但凡他为沉醉于梦境所需的一应，	
都在酒囊里，酒罐酒桶中，尽其享用，	

[1] 蜿蜒曲折，原文迈安德罗斯河式的（mäandrisch）。迈安德罗斯河，在今土耳其，向西注入爱琴海，以曲折著称，类黄河九曲十八弯。

藏在左右凉爽的地穴里永世无虞。
如若各路神明，赫利俄斯首当其冲，
令风雨暖热适中，浆果之丰饶角堆起，[①]
酒农默默劳作之处，一下子充满生机，
叶沙沙响成一片，窸窣之声棵棵相传。
筐筥吱吱，木桶啪啪，背篓呼呼往来，
统统运到大酒槽让榨汁者使劲舞蹈；
神圣丰饶，纯种诞下的饱满果实遭到
肆意踩踏，无情挤压，浆汁翻涌四溅。
于是有铙声钹声震耳欲聋戛戛响起，
是狄奥尼索斯脱去了神秘的外衣；
由雌雄山羊脚簇拥东摇西摆地走来，
夹着西勒诺斯胯下长耳兽放肆的尖叫。
毫不顾惜！分瓣的蹄子践踏着伦理，
直搅得人五内哄哄，嘈杂声震耳欲聋。
醉醺醺还伸手够杯，直喝到脑满肚圆，
虽有好事者来管，却不过平添了混乱，
盖为藏新酒，人们正急着把旧瓶喝干！

落幕。

酒神需要的酒储存在酒窖，源源不断。

太阳神。

风雨暖热，对应风水土火。葡萄丰收。秋季。

丰收时节热闹起来。

采摘葡萄，热闹而繁忙。

把葡萄浆果倒入大桶，由榨汁人裸足踩碎成汁。

已踩碎成葡萄原浆。

新酒即成，刺耳的打击乐响起，预示酒神将至。

山羊脚指陪伴酒神的萨提尔。

西勒诺斯，萨提尔之一；长耳兽，指驴子。

萨提尔的羊蹄（偶蹄）放荡不羁，打破习俗。

① 丰饶角（Füllhorn）：神话中盛满果子鲜花的羊角（或编织成羊角形的筐筥），象征丰收，富饶。

福基亚斯

在舞台前沿如巨人般站起，脱下厚底靴，
把面具和面罩推到脑后，
现出梅菲斯特，仿佛如若需要，
将在尾声中点评此剧。[①]

① 此处的厚底靴，即是古希腊悲剧演员在台上表演时所穿的厚底靴。由此推断，海伦在本幕第一场出场时也当着此厚底靴。这一动作，在有意识提醒观众，这是一场戏中戏。古希腊与日耳曼的结合，仅表演而已。且特别突出了梅菲斯特，似乎在有意强调，是他总是出现在关键时刻，主导事态发展，充当了这一幕真正意义上的导演。

补充说明

首先看本场中的欧福里翁。学界一般认为，歌德以之影射了英国诗人拜伦（1788—1824），比如他受女人青睐，私生活放荡不羁，喜欢冒险，以致参战，英年早逝。据说拜伦曾亲自武装一支雇佣军队伍，佩戴的头盔上打造有荷马史诗所描述的图案。从精神上讲，拜伦的英雄主义、撒旦主义、自由主义等，同样体现在欧福里翁人物身上。

另一细节，同样与拜伦形象吻合：作为没落贵族的后代，拜伦常追溯自己曾参加过十字军东征的祖先。而此处的欧福里翁同样系十字军东征人物——浮士德——所生。且他所参加的土耳其解放战争，可与十字军对穆斯林之战类比。

由歌德的多种表述，可见他对拜伦褒贬参半的态度。1824 年，在拜伦去世后不久，歌德作有散文《纪念拜伦勋爵》（法兰克福版 I 22，第 730 页）；在 1827 年 7 月 5 日与爱克曼的谈话中，又表示，拜伦的毫无节制，也是德国浪漫病的表征。这两种倾向，在对欧福里翁的塑造中均有所表现。

当然如若考虑到歌德及于《浮士德》，一向擅从个案提取普遍规律，则本场的欧福里翁亦具有普遍意义，大可抛开具体影射去理解。

其次看第三幕的表现形式。歌德在本幕中，尤其在诗歌和戏剧形式上，对古希腊悲剧进行了试验性模仿。甚至可以说，创作本幕的意图之一，便是进行一场艺术实验和游戏。

自 1770 年代，德国开始致力于荷马史诗和古希腊悲剧翻译。歌德曾于 1796—1797 年间读到荷马史诗《伊利亚特》的德译本。就戏剧而言，本幕部分母题借鉴了欧里庇得斯的《特洛伊妇女》。且整体分为三场，外加一个由歌队、酒神、羊人组成的终场。由始至终，场上主要人物限制在

3—4 名。全程伴有歌队，与场上人物进行对话，或介绍背景、场景，推动情节发展。

在诗歌格律方面，歌德有一位精通希腊格律的顾问，也是他的好友里默（Riemer）。在里默帮助下，歌德在第三幕进行了大规模试验。第三幕遂也成为整部《浮士德》剧就格律而言最为着力的部分。

与 1780 年前后创作的拟古之作《伊菲革尼亚》相比，海伦剧的语言更为古朴、硬朗，在模仿意义上更为地道。这种地道一方面表现在，词法、句子的构成更富希腊特征（断行、动词分词的使用、词序等）；另一方面表现为对意象和语言习惯的模仿。凡此都造成浓厚的神秘感和陌生化效果。而歌德同时代常见的对古希腊的模仿，则大多不过作者的某种自我投射而已。对于歌德种种的执着和努力，其当时代的学者固可领略。

最后再次聚焦海伦形象的塑造。在第二幕第三场“说明”中已扼要指出，海伦这一形象并非歌德的首创，而是早在 1587 年的《浮士德故事书》中就已出现。歌德不过是继承了这一母题。同时，文本呈现顺序与成文顺序不同。按文本呈现顺序：第一幕是渴望——海伦的招魂剧引发浮士德对海伦的渴望；第二幕是找寻——在马人喀戎帮助下去寻找海伦；第三幕海伦出场，与浮士德结合。从表面上看，这样的安排顺理成章。

而成文顺序则是颠倒的：第三幕最早开始创作，海伦更多是一位正剧中的人物；1825 年后，第一幕写成，此时海伦已是招魂戏中的魂魄，与帕里斯一道出场，供皇帝和宫廷消遣取乐；1827 年，第二幕写成，海伦没有出现，但涉及海伦的戏份，通篇是对她的品评。

事实上，远在被认为是正剧的第三幕，也就是在本幕中，就其外在框架即可看出，歌德把古希腊野蛮的活人祭，置于西欧中世纪骑士爱情的对立面，令骑士对美和贵妇的尊重与古希腊英雄（墨涅拉斯）之掠夺和暴力、中世纪的基督教文明与古希腊的异教文化形成鲜明对比。

还在歌德初创海伦剧时，席勒曾于 1800 年 9 月 13 日致信，希望歌德能把海伦塑造为“一切美的形象的象征”。歌德显然并未真心听从，而是坚持要塑造一个高贵与野蛮相结合的形象（歌德 9 月 16 日复信）。

待至创作第一幕时，歌德甚至有意识继承“傀儡戏传统”（1826 年 10 月 22 日歌德致威廉·洪堡信）。这意味着，海伦首先是一位“侍寝”的女子，供掠美和取乐之用。而在最后创作的第二幕中，所谓海伦或海伦之美，不过是语文学家的自欺欺人，“他们欺骗了自己又欺骗了他人”。即海伦从正剧形象（虽然也是暂离阴间的鬼魂），过渡到招魂戏中的魂魄，最后被点明不过是语文学家的建构。

这条成文线索，显示出歌德对海伦认识的变化；相应地，也显示出歌德对古希腊，确切说是对 1800 年前后德国学界将古希腊理想化的这一做法，所进行的持续反思。

第四幕

本幕说明

本幕分高山、山麓观战、伪帝的营帐三场，是《浮士德·第二部》中篇幅最短的一幕，也是成文最晚的一幕。

本幕创作于 1831 年 5 月至 7 月，用时三月余。转年 3 月，歌德去世。早在动笔前的一次谈话中，歌德曾意味深长地称第四幕是“一个相对独立的小世界”（1831 年 2 月 13 日与爱克曼谈话）。

然而于此《浮士德》绝唱，于此“相对独立的小世界”，很长时间德国学界都忽视了对它的研究。原因有：如认为它不过是第三与第五两幕间的过渡，本身并不具重要意义；如认为它不过是老年歌德匆匆写就，有创造力减弱和创作不充分之嫌。加之歌德自己也曾有类似表述，更让人觉得第四幕不过勉力为之而已。

但近年来仔细观之，发现问题远非那么简单。第四幕之高山场，以地底火山爆发类比革命，再次集中而充分地探讨了革命问题；山麓观战场，上演了战争，是一部浓缩的古代、近代、歌德时代战争史，且以探讨战争伦理为导向；伪帝的营帐场，上演了神圣罗马帝国分封，依《黄金诏书》将帝国建制呈现于舞台。

可见，第四幕诚涉及《浮士德·第二部》，亦即大世界中，亦即公共政治领域中，最为宏大的问题：革命、战争和政体形式。又因其直接取自或曲折影射歌德时代重大历史事件，故而也可谓探讨了当时代最敏感的政治问题。

鉴于此，考察老年歌德，或歌德在临终前，如何反观、反思、塑造法国大革命、拿破仑战争、神圣罗马帝国政体，破译隐微在第四幕中的立场和信息（歌德出于各种顾虑显然不能明言），当对以后任何时代都具有现实意义。

对于整部《浮士德·第二部》，第四幕无疑起到衔接第三幕和第五幕的作用：浮士德在第三幕结尾，乘海伦衣裙化作的云飞向北方；在第四幕开场，他降落在高山之巅，通过大段独白，告别对古希腊理想的追求。随后他在梅菲斯特的引诱（试炼）下，道出征服海洋的意志。为此，他需要帮助皇帝打败对立皇帝，立下战功，获得海边滩涂作为封地。继而戏剧便可顺理成章过渡到第五幕：浮士德已在海边建立起自己的王国，进行围海造陆、垦殖和海外劫掠。

值得注意的是，在第四幕中，海洋成为浮士德关注的中心，成为其意志所向。海洋不再是爱琴海海湾月光下举行海上节日、孕育万物的海洋，而是即将成为浮士德征服的对象，成为他通过海盗行径积累资本的场域。

本场说明

高山场，接第三幕阿卡迪亚场：海伦仙逝，回归地府，留下衣裙化作浮云，载浮士德飘离阿卡迪亚。本场开场，浮士德已乘云来至（北方的某）高山之巅。他通过大段独白，告别对理想的追求。

高山，显然影射《马太福音》第 4 章，魔鬼在高山之上试炼耶稣的情节。在福音书中，耶稣在高山上喝退了以“世上万国的荣华”前来诱惑的魔鬼。在《浮士德》中，相反，浮士德欣然接受了梅菲斯特的诱惑，更或者说，魔鬼的诱惑，恰好道出浮士德的心声。

与福音书类比，梅菲斯特的诱惑亦分为三个层次，从平庸的市井享乐，经帝王的穷奢极欲，到征服海洋的意志。

本场第一部分对话掺入了歌德时代新兴的地质学、地貌学术语。与第二幕古典的瓦尔普吉斯之夜场呼应，火成说、水成说作为解释地表形成的理论再度出现。就火成说而言，彼处的表现形式是地震和陨石撞击，此处是火山爆发。并且，梅菲斯特在此，把火山爆发与基督教中的地狱之火联系起来。这样，火成说就脱离先前自然哲学语境，进入基督教魔鬼学理解。对（革命之）破坏力量的隐喻也随之升级。

高山

巍峨耸立的群峰，
一朵浮云飘然而至，
依势落在
一块探出的
平台上。分开。

浮士德 从云中走出

俯瞰着脚下深不见底的孤寂，
我深沉地踏上群峰的边际，
放飞载我的云霓，它温柔地
带我在朗朗白日飘山过海。
它缓缓离我而去，却不散逸。
化作云团奔向东方的故里，
我双目惊叹地把它望断。

大段独白。[①] 第一行七音步，之后改为六音步，无韵，拟海伦之古希腊双三音步，作别。

与上幕终场喧闹的酒神节形成反差。

山边探出的平台。

积云。东方指希腊，海伦的故乡。[②]

---

① 第四幕再度以浮士德大段独白开场。在本段独白中，浮士德告别以往对爱（格雷琴）和美（海伦）的追求，转向广阔而具体的革命、战争、帝国建制等政治话语。浮士德的大段独白，一般都会显示其人性中善的一面，表明人内在有向善的能力。此外，本段独白化用了 1810—1820 年代气象学新知识、新理论，如对云的性质和形状的研究，并借鉴英国气象学家霍华德的定义，把云分为层云、卷云、积云等。

② “云”在此可引发多重联想：神的显现（神掩藏在云中与人对话）；19 世纪的气象学术语；回应格雷琴剧、海伦剧，预示和呼应终场山涧场中“朵朵薄云”般偎依在荣光圣母脚下的赎罪女。

它分离兮徜徉，如波涛兮万变。
> 分裂为向东飘去的海伦和留下的格雷琴。

它意欲成形。哦！竟如此真切！——
> 飘走的云显出海伦的形状。

似玉体横陈于灿烂的锦榻，
虽巨硕无比，却状若神女，
看呐！她像朱诺，勒达，海伦，
> 伊克西翁曾觊觎朱诺，朱庇特以云形朱诺迷惑他。

庄严柔美在我目中摇动。
哦！惜已走远！消散涌起，
> 海伦最后如云飘散。

止于东隅，如遥遥在望的冰山
映照着匆匆岁月的伟大意义。
> 以上告别海伦。

怎的有道柔亮的薄雾萦绕
> 以下格雷琴。轻如薄雾。

在胸前额梢，清爽而又亲昵。
此刻缠缠绵绵冉冉升起，
凝聚。——难道是位迷人的女子，
少年时的早已割舍的至高财富？
内心深处最初的宝藏涌出，
是曙光女神的爱，是轻盈的摇荡，
> 最初的爱。

是心有灵犀的懵懂的第一瞥，
它若被牢牢抓住，将胜过一切宝物。
曼妙的形象如心灵之美升腾，
并不消散，直升向苍穹，
> 格雷琴的云轻柔，似卷云。

带走我心底最美好的事物。

呼应第五幕终场天堂中的格雷琴。

一只七里靴 笨重地抬起

另一只紧跟。

梅菲斯特走下来

靴子继续匆匆前行。[①]

至此彻底告别第三幕的古典理想和浪漫情怀。

梅菲斯特

恢复其通常使用的牧歌体。

我说这可真的叫领跑！

拼命追赶乘云飞行的浮士德。

说说吧你想起了什么？
竟落在这可怕的山中，
四下里怪石面目可憎？
我看着熟悉，却非此地，
因这儿原本是地狱的底。

言此高山原为地狱深处。故而可怕，狰狞。

浮士德

你从不乏疯癫的传奇，
又开始信口这类东西。

---

① 七里靴：童话中日行七里的靴子。浮士德驾云，梅菲斯特足蹬七里靴，二者同时到达高山。“靴子继续匆匆前行”，或寓指现代日行千里、匆匆不驻足的步伐。

梅菲斯特 一本正经

自打上帝天主——我亦知何故——
把我们从天上打入最深的深处，
在那里，火从中生，一层层，
永恒的大火蔓延，烈焰熊熊，
我们便被刺得睁不开眼，
乱糟糟狼狈地挤成一团。
魔鬼们又开始乱咳一气，
上下两头齐发打嗝放屁；
地狱里膨胀着硫黄的酸臭，
那浊气啊！竟一发不可收，
它猛然让各邦平整的地皮，
本厚实无比却咔嚓迸裂无余。
现在咱们是站在另一端，

描述地狱变高山。按地貌学上的火成说，为火山爆发，地底岩浆喷出，堆积成高山。

堕落天使被罚入地狱。[1]

即地狱深处。

中心火。[2]

可想象地狱之火中受永罚者挤成一团。

地狱之混乱龌龊。

硫黄的臭气是地狱和魔鬼的味道。[3]

双关，各地、各邦、各国，德语中一个词。

地狱中的浊气膨胀，引发类似火山爆发，地壳剧烈变化，形成高山。

---

① 参《彼得后书》2:4：“就是天使犯了罪，神也没有宽容，曾把他们丢在地狱，交在黑暗坑中，等候审判。”

② 歌德时代，支持火成说的地质学家认为，地球中部有一股“中心火”，引发火山爆发，地表形成。又按17世纪著名学者、耶稣会士基尔歇（Athanasius Kircher）想象，“中心火”比邻地狱，魔鬼等魑魅居于其中。此段似综合了两种说法或想象。

③ 据《启示录》21:8记（“惟有胆怯的、不信的、可憎的、杀人的、淫乱的、行邪术的、拜偶像的，和一切说谎话的，他们的分就在烧着硫黄的火湖里；这是第二次的死。”），硫黄是地狱的味道。民间迷信也以为，有硫黄味道的地方便有魔鬼在场。

昔日的地底今日的山巅。

地狱变高山。很可能寓指 18 世纪下半叶的革命及其余续。[1]

他们就势创立恰当的学说

他们指上文的魔鬼；学说一说为证明暴力革命正当性的自然法学说。

为的是把最低的翻到最高。
我们才逃受奴役-煎熬的阴曹，
又进了过度自由空气的笼罩。

手稿 H3 中，在此有歌德亲手标注的“《以弗所书》2:2.”字样。[2]

公开的秘密要好好隐蔽
不必过早地向万民开启。(《以弗所书》6:12)

《圣经》出处系歌德在秘书的誊抄稿上亲自用铅笔所附。[3]

浮士德

群山在我面前高贵-不语，

---

[1] 这里很可能同时影射 1830 年的法国七月革命。因本幕本场作于 1831 年中，七月革命及其余续之后。歌德对之表现出十足的反感，称其为“1790 年［法国大革命］悲剧的重演”，又认为它是“旧日令人眩晕的骚乱，在四十年后卷土重来”。

[2] 《以弗所书》2:2，其经文为：“[1 你们死在过犯罪恶之中，他叫你们活过来。] 2 那时，你们在其中行事为人，随从今世的风俗，顺服空中掌权者的首领，就是现今在悖逆之子心中运行的邪灵。”可见此处“自由空气”指“今世的风俗”“现今在悖逆之子心中运行的邪灵”。

[3] 《以弗所书》6 章 12 节及其上下文：“10 我还有未了的话：你们要靠着主，依赖他的大能大力作刚强的人。11 要穿戴神所赐的全副军装，就能抵挡魔鬼的诡计。12 因我们并不是与属血气的争战（原文作摔跤；下同），乃是与那些执政的、掌权的、管辖这幽暗世界的，以及天空属灵气的恶魔争战。13 所以，要拿起神所赐的全副军装，好在磨难的日子抵挡仇敌，并且成就了一切，还能站得住。14 所以要站稳了，用真理当作带子束腰，用公义当作护心镜遮胸，15 又用平安的福音当作预备走路的鞋穿在脚上。16 此外，又拿着信德当作盾牌，可以灭尽那恶者一切的火箭；17 并戴上救恩的头盔，拿着圣灵的宝剑，就是神的道；18 靠着圣灵，随时多方祷告祈求；并要在此警醒不倦，为众圣徒祈求，19 也为我祈求，使我得着口才，能以放胆开口讲明福音的奥秘，20 我为这福音的奥秘作了带锁链的使者，并使我照着当尽的本分放胆讲论。”可见第 12 节所言，指涉与魔鬼的斗争。保罗嘱咐以弗所的人要警醒，时刻准备全副武装与魔鬼斗争。

我不问出处也不问何故？

不问如何形成。

自然于自身建构自我之时，
便纯然地让地球浑然一体。

纯然：未经历暴力或强大外力。非火成。

它因峰峦，因沟壑而欣喜，
令岩石挨岩石山体依山体；
它令山丘缓缓地向下舒展，
令其温婉柔和地伸入谷底。[①]
万物萌发生长，为自得其乐
自然何须搅起疯狂的旋涡。

一切自然天成，无需激烈的运动。

梅菲斯特

言之凿凿。一派你们的说辞！
可亲历者却知是另一副样子。

言自己作为魔鬼亲历了地狱如何变高山。

在下当时在场，就在地底
沸腾，鼓胀，火流四溢之际，

地下岩浆。

摩洛举着大锤，一锤又一锤，

摩洛：《旧约》列王纪下中亚扪人的偶像。[②]

把大山敲碎砾石向远处横飞。

---

① 根据歌德时代的水成说，地球表面本是一片汪洋，后水位下降，岩石堆积，自然形成高山和低谷，再经过气象现象的打磨，形成今天的样子。

② 克洛卜施托克也曾借用列王纪中的意象，在《救世主》中写道，摩洛是地狱的君王，为与耶和华作战，把山石凿下，堆起一座新山。

地上仍突兀着横来的巨石；
这般投掷的蛮力谁能解释？
哲学家们也搞不明白，
那儿巨石一块，如此而已，
我们早知他们不过已矣。——
唯有忠实的芸芸大众明了
且不让自己受任何干扰；
他们早就智慧地看到：
那是奇迹，是撒旦的功劳。
我的朝圣者拄着笃信的棍子，
蹒跚着走向魔鬼山，魔鬼桥。

1820 年代学界有关于散落巨石来历的讨论。不赘。

指自然哲学家。

笃信魔鬼的大众。

魔鬼山，魔鬼桥，皆系瑞士地名，概因有自然的“奇迹”得名。此处化用。

浮士德

魔鬼如何观察自然，
我辈倒是愿闻其详。

梅菲斯特

与我何干！自然随它怎样！
亮点是！——魔鬼当时在场。
吾辈系欲成伟业之士：

火成的伟业均有魔鬼参与。

混乱、暴力和胡闹！看那记号！——[1]
好吧，我就到底把话说明白，
我们的表面你竟无一丝钟爱？

表面，双关，地球表面，也作浅薄。浅薄：魔鬼所属，现代的特征。

你刚刚放眼看到，无边无涯，

浮士德站在高山上俯瞰。

乃世上的万国与万国的荣华；(《马太福音》4)[2]

特别标识《圣经》出处——即便对于当时的人无需此举。

怎的，永不知足如你，
竟未曾感到过一时兴起？

浮士德

回应和接受诱惑。

当然！曾有伟业令我向往。

应梅菲斯特之"欲成伟业之士"。

你猜上一猜！

以上对话以暴力改变社会的自然秩序，以下浮士德将以人力改变大自然的自然秩序。

【《马太福音》第 4 章记有魔鬼三次试探耶稣，以下梅菲斯特将三次诱惑浮士德。最后引出拦海造陆。同时呼应天堂序剧和书斋［二］中魔鬼对浮士德的诱惑。】

梅菲斯特

以下描写工业革命前的市井生活。

　　　　不难猜上。
让我来找出某个都市，

---

[1] 混乱、暴力和胡闹，类比三位一体，是毕希纳对法国大革命的总结。在此称之为魔鬼的记号。魔鬼的记号相对于神的记号，如《旧约》中象征人神和好的彩虹，或君士坦丁所见的十字架。

[2] 《马太福音》4:8—11："魔鬼又带他上了一座最高的山，将世上的万国与万国的荣华，都指给他看，对他说：你若俯伏拜我，我就把这一切都赐给你。耶稣说：撒但，退去罢！因为经上记着说：当拜主你的神，单要事奉他。于是，魔鬼离开了耶稣，有天使来伺候他。"该行同时呼应本场标题"高山"，耶稣经受住魔鬼的诱惑，浮士德则屈从于梅菲斯特的诱惑。

内里是可怕的男女-饮食，
逼仄的弄堂，尖尖的山墙，
局促的市场，有限的花样；

原文：卷心菜，萝卜和洋葱。

肉案子上综着苍蝇
把肥肥的肉排来叮；
每时每刻都少不了
某些个臭味和操劳。

以上源自歌德对童年时代家乡法兰克福中心市场的记忆（《诗与真》第一卷）。

另有宽阔的大路广场，
透露出优雅的迹象；

市中心外围，行宫官邸所在。

终于，不再有城门阻挡，
城郊便无限延长。
我高兴地看到马车，
吱吱嘎嘎来回驶过，
高兴看到人如蝼蚁，
聚散来往永不停息。
而我，或乘或骑，

我：泛指，某人，或你。

永远是中心人物
受千百人致敬瞩目。

以都市中的显贵市民来诱惑浮士德。

浮士德

这岂能让我心满意足！

人高兴看到人民繁庶，
各得其乐衣丰食足，
甚而接受修养教育，
却只培养出逆贼反目。

影射启蒙、教育、修养引发革命。

梅菲斯特

以上市井，以下王宫。

那我便器宇轩昂，自信满满，
在游乐场建游乐的宫殿。
把山林、草地、农田
统统纳入气派的花园。
宫墙碧碧，绿草茵茵，
香径笔直，树荫精致，
假山喷泉，穿梭石间，
水舞银蛇，样式繁多；
有泉赫然喷出，四下却
丝丝密密，溅出万朵水花。
再着人给羞花闭月的美妇
建起私密-舒适的小屋；
在那里度良辰无数

绝对君主制下君王之自信，自我意识，如路易十四“朕即国家”。

指供君王游乐的夏宫。下按法国绝对君主制下王家花园风格。

宫廷情妇。

于最销魂–热闹的独处。

逆喻。[1]

注意是美妇们；因一提到
美妇我想的从来都是复数。

浮士德

拙劣又摩登！沙尔丹纳帕勒！

传说中古亚述荒淫的国王。代指近代绝对宫廷中的奢靡之风。

梅菲斯特

你的追求到底能否猜到？
想必一定大胆而又崇高。

崇高：18 世纪末关键词；大胆：描写墨涅拉斯的主词。

一向欲上九天揽月的你，
莫非要跟随热望飞去那里？

热望，即癖好、瘾。

浮士德

才不是！这个世界
尚有空间留给伟业。
当行惊天动地之举，
勤奋大胆沛然我力。

---

① 独处（Einsamkeit）：夏宫本为君主暂避政务“独处”而设，但实际上，常有宫廷一众、臣僚等跟随，反而可尽狩猎、观看戏剧音乐表演、与情妇们幽会之欢。

梅菲斯特

那我猜你欲挣得声名？

看得出你才会过女英雄。

荣誉。

女英雄，古希腊的海伦等。

浮士德

我要赢得统治，财产！

只要行动，声名无用。

声名、荣誉，属封建贵族价值系统；以果敢勤奋的行动获得财产，近代市民价值观。

原文 Tat，行为，行动，（犯罪）行为之意。无“事业”的意思。

梅菲斯特

将来一定会有诗人，

向后世传布你的光荣，

用愚行去点燃愚行。

浮士德

所有一切都与你无干。

你如何知晓人的贪恋？

你天性可憎尖酸刻薄，

人的需求你如何晓得？

人的贪得无厌魔鬼无法想象，无法相助。

梅菲斯特

但愿按你的旨意而行！

戏仿主祷文之“愿你的旨意行在地上”。

敢问你全副的奇思异想。

梅菲斯特遂成为浮士德的心腹、帮凶，直至剧终。

浮士德

我目光早移向深远的海洋，
那儿波涛汹涌卷起千堆浪。
又渐次舒缓而倾注着波澜，
层层涌上平坦辽阔的海岸。
这把我惹恼。见海的傲慢
以其恣肆的激情和血性
令珍重一切权利的自由精神，
感到怏怏不快情何以堪。
我以其为偶然，然定睛观看，
见浪头止住又翻转回还，
离开骄傲地到达的终点；
且待时辰一到，又故伎重演。

由陆地转向海洋，19 世纪欧洲尤其德国的视野转向。本节用过去式，表明早有想法。

海的傲慢触犯了自由精神。

以上描写海浪拍岸，潮起潮落。

梅菲斯特 冲观众

对我来说没什么新鲜，
千百万年都不曾改变。

浮士德　激昂慷慨，继续说道

波涛舐岸，在千端万端
本就贫瘠怎带得来丰产，
海边滩涂盐碱地贫瘠。
海浪涌起、翻滚、吞噬
荒凉滩涂的不毛之地。
本一浪推一浪充满能量，
却终又返回而毫无担当。
未做有益的事。以人的标准衡量。
直令我心悸几近绝望的，
是不羁之水无目的的力量！
以人的标准衡量。
我的精神甘于冒险飞越自身，
我要在此搏斗，要把它战胜。

这不难实现，它虽如潮涌，
仍指海浪。
却蜿蜒流过每一个沙丘；
纵使它狂放不羁恣肆漫灌，
小小高坡便可骄傲地阻拦，
区区低洼亦可有力地吸纳。
我头脑里飞快转动着计划：
让自己得享美妙的盛宴吧，
把专横的大海封锁在海岸，
让广漠的水域缩小界限，

再把它，更深地，逼回自身。

我已一步一步为自己论证；[①]

此乃吾愿，还望大胆促成！[②]

拦海得陆。本段化用了某些当时水利工程术语。

浮士德主动请梅菲斯特相助。同时再次化用《约伯记》。[③]

战鼓和军乐从观众背后响起，
从远处、右方传来。

【话音未落，战事已起。以下梅菲斯特为使浮士德获得海边封地，施展宏图，引其助其为皇帝打仗。也寓指征服海洋的计划直接或间接引发战争。】

梅菲斯特

易如反掌！可听到远处战鼓？

---

① 对于滩涂改造、营建港口等项目，歌德时代已有筑坝、排水、排干沼泽、打通运河等水利工程和技术。本段化用了其中一些元素。

② 本段中，浮士德比较集中地表述了自己的意图，甚至设计了一套套方案（头脑里飞快转动着计划）。其初衷是以其意志、精神和行动力，遏制大海，与自然的水元素抗衡，获得陆地。至少在此并未提到“为民造福”。

③ 在《约伯记》38 章中，耶和华就约伯的各种“天问”，从造物主的高度反诘约伯，称我造地、为大海划界之时你在何处。《约伯记》38:1：“那时，耶和华从旋风中回答约伯说：2 谁用无知的言语使我的旨意暗昧不明？ 3 你要如勇士束腰；我问你，你可以指示我。4 我立大地根基的时候，你在哪里呢？你若有聪明，只管说罢！ 5 你若晓得就说，是谁定地的尺度？是谁把准绳拉在其上？ 6 地的根基安置在何处？地的角石是谁安放的？［……］8 海水冲出，如出胎胞，那时谁将它关闭呢？ 9 是我用云彩当海的衣服，用幽暗当包裹他的布，10 为他定界限，又安门和闩，11 说：你只可到这里，不可越过；你狂傲的浪要到此止住。”——有学者指出，歌德曾在 1831 年 5 月 21 日日记中写道，圣西门把神对大海的约束力量转移给了人：“是你建造了大堤，是你命令恣肆的大海：你只可到这里，不可越过。”由此，浮士德欲以人力干预大海，首先意味着欲与造物主比肩，而非单纯的工业资本主义式的征服自然。

浮士德

又是战争！聪明人不愿为伍。

接第三幕，浮士德曾与墨涅拉斯交战。抑或是歌德对拿破仑战争的感受。

梅菲斯特

管它战争和平。聪明之举
莫过努力为自己捞得利益。
要留心关注每一有利时机。
机会来了，浮士德，快抓取。①

浮士德

少跟我打这些拙劣的哑谜！
简断截说，这究竟是何意？

梅菲斯特

一路奔来我真真地看见
咱们皇帝遇到了天大麻烦，
你那旧相识。咱曾伴他消遣，
给他手中变出虚假的财富，
一时间成了天下的债主。

着七里靴奔来的一路所见。内容接第一幕皇帝的行宫等。

第一幕。浮士德曾作为占星师侍奉皇帝左右。

纸币。

---

① 浮士德，原文用了其拉丁原名 Faustus 的呼格 Fauste。浮士德拉丁原名 Faustus，意为幸运者。此处为文字游戏。

年纪轻轻就登上御辇，
难免会轻率妄下论断：
以为两者大可并驾齐驱，
而且实在美好值得希冀，
一则统治一则享乐奢靡。

浮士德

谬莫大焉。颁布旨令者，
必要于降旨中感悟福祚。

福祚：神的祝福。对君权的理解。

其胸中当充满崇高意志，
然其圣意，则无人可揣度。

善于掩饰。马基雅维利主义。

他对亲信的附耳秘命，
一旦完成则举世震惊。①
如此他将永葆至高无上，
永葆至尊，享乐令人平庸。

梅菲斯特

他并非如此！他享乐无度！
其间帝国已分崩陷入无政府，

无序状态。

---

① 此两行既是概论，又同时暗示第五幕中，已成为极权君主的浮士德授意梅菲斯特作恶，特别就菲勒盟-鲍咯斯悲剧而言。尤其考虑到，第四幕作于第五幕之后。

大小势力东奔西突，
兄弟相互驱逐，杀戮。
骑士对骑士，城市对城市，
行会对贵族——寻衅滋事，
主教对教士会和教区；

教士会系负责主教府事务的教士团体。相当于村长与村委会和村民作对。

放眼望去全是仇敌。
教堂里是暗害凶杀，城门口
行商过客个个都要搜刮。
到头来人人都生出熊心豹胆；
活着就是自卫——这样才行。

总写社会剧烈变革后的无序状态。

浮士德

这样行，踉跄，摔倒，爬起；

“行”字：文字游戏。

又人仰马翻，狼狈滚翻在地。

梅菲斯特

这般状况不得有人指责，
因人人都能，都要得到认可。
螳臂也被认为可以挡车。
直闹得精英们感觉太过。

精英：最优秀的人。

各路枭雄群起凭着力量

枭雄：以膂力取胜。

扬言：带来安宁者为主上。
皇帝既无能无意——则咱们推举，
让新帝重新给帝国注入活力，
他既保障人人安全无虞，
便在一个新造的天地
和平与正义结为一体。[①]

以上既概而论之，又为下文的拥戴对立皇帝做铺垫。

浮士德

一派神父的口气。

神父布道的口气。

梅菲斯特

当然有神父，
他们保障着便便的大腹。
他们比别个更深度介入。

参与革命和暴乱的教会诸侯。

暴乱滋长，以神圣为暴乱辩护；

如目的使手段神圣。以上概论教会诸侯。

而咱们那个被哄开心的皇帝，
正开向此地，或只剩背水一役。

进一步为下一场的打仗做铺垫。

浮士德

令人惋惜，他是那样坦诚善良。

皇帝好的一面。

---

① 典出《诗篇》85:10：“慈爱和诚实彼此相遇；公义和平安彼此相亲。”

梅菲斯特

且来观望，他既活着就有希望。

皇帝还有救。

咱们且救他出这狭峪！

一次得救便保万世无虞。

决定性的一次营救。

况谁知骰子终落向何方？

皇帝方未必败北。

又或他有幸得忠臣勤王。

原文：（封建制下的）封臣，附庸。梅菲斯特（浮士德）自指。

二者经山腰走来，观看谷中的排兵布阵。
战鼓和军乐从山下传来。

从高山之巅经山腰走向山麓，斜朝观众席方向。接下场**山麓观战**。

梅菲斯特

这阵地，看上去，选得甚好，

待咱上前助战，便胜券稳操。

浮士德

还能有什么期许？

做假象！障眼法！施诡计。

下一场作战使用的手段。

梅菲斯特

兵法诡道是为赢得胜利！

既胸怀大志便要坚定不移，

为得海边封地实现宏图伟业，不惜使用诡道。

要时刻谨记自己的目的。
咱若为皇帝保住江山社稷，
你便俯伏受封获得
无边的海滩作为采邑。

点明作战的目的为得海边封地。

浮士德

你已然做了不少勾当，
那就请再加一个胜仗。

浮士德的一切批判和道德考量，均让位于个人意志。

梅菲斯特

不，是你打赢此仗！
此番你是主将。

浮士德

这实在高估了我的能量，
一无所知何谈领兵打仗。

梅菲斯特

你令总参谋部操办
陆军元帅无需露面。
垃圾作战部我早料到，

普鲁士总参谋部。1806 年耶拿战役失败后始建，以适应现代战争形式需要。详见下场注。

现代战争出现前，统帅要身先士卒。

作战部遂提前组好，

原始山地的原始人力；[1]

纠集了他们便一切顺利。

垃圾作战部（Kriegsunrat，战争垃圾），作战部（Kriegsrat），德语文字游戏。

下文的三悍卒。

浮士德

那儿什么人带着武器？

莫非你已把山民煽起？

山民：由下场观之，当指各种山精地灵。

梅菲斯特

非也！就好比彼得·昆茨先生，[2]

选出精锐从乌合之众。

为押下行“精锐”之韵，选此人物，重点在突出战争的核心本质。

精锐，Quintessenz，原意炼金术中的第五元素，最重要的核心。寓指战争之本质、要义。

---

[1] “原始”加“三悍卒”，深刻寓指了战争的原始本质：暴力、掠夺、贪婪。此处“山地”，并下文的“山民”，或兼影射瑞士雇佣兵。在欧洲，很长时间里，雇佣兵由来自贫穷落后山区的瑞士兵充当，其向以勇敢著称。瑞士步兵在 14、15 世纪使用短戟（便于白刃格斗），后加弩、长矛和火器，又因其善于利用地形，采用灵活机动的迂回包抄战术，使步兵得以复兴（克劳塞维茨:《战争论》，解放军出版社 2015 年版，第 332 页）。就发源地、兵器、兵种等特点，并雇佣军历史来看，言其兼影射了瑞士雇佣军似无不可。

[2] 彼得·昆茨，德国 17 世纪巴洛克剧作家格里菲乌斯（Gryphius）1657 年同名笑骂剧中的形象。本为农民，硬要当导演，召集了一班不伦不类的演员。此处指梅菲斯特从乌合之众中选出三悍卒。

三悍卒上[1]

《撒母耳记下》23:8.[2]

梅菲斯特

喏我的伙计们来了！

瞧，他们有老有少，

老中青三代。

行头和装备各具其妙，

不同年龄，分任步兵中的不同兵种，装备也不同。

你定与之相处甚好。

冲观众

现如今孩子们无不沉迷

---

① 三悍卒（Die Drei Gewaltigen），歌德一手稿中标有“三主角”的字样，表明他们是战争的主角。其中“打得凶”“抢得急”和“捞得快”系《旧约》以赛亚 8:1 所提及人物：“耶和华对我说：你取一个大牌，拿人所用的笔（或译：人常用的字），写上玛黑珥沙拉勒哈施罢斯（就是掳掠速临、抢夺快到的意思）。”其中“玛黑珥沙拉勒哈施罢斯”系和合本按希伯来原文音译，路德版《圣经》将之译为“Raubebald-Eilebeute”，一个人名。歌德将前词拆分为音似的 Raufebold（打得凶）和 Habebald（抢得急），将后词设计为另一位女性形象“捞得快”。另，三悍卒分别代表不同兵种：古罗马步兵方阵中有青年兵、壮年兵和成年兵之分，在方阵中位置和功能不同，披挂和武器由简到繁。在此约对应“打得凶”（青年，轻装，好勇斗狠）、“抢得急”（壮年，精装，善抢夺，贪得无厌）、“把得紧”（老年，重装，捞到手的东西死把住不放，吝啬）。下一场中将根据其不同特点，分别投放到相应的右中左翼。

② 《撒母耳记下》23:8：“大卫勇士的名字记在下面：他革扪人约设巴设，又称伊斯尼人亚底挪，他是军长的统领，一时杀了八百人。”其中提到大卫王的“勇士”。接着至第 13 节，记录了三勇士及其助战过程。“勇士”在路德《圣经》中对应的德语词是 Helden（英雄）。大卫王的三勇士协助大卫王重建统治。梅菲斯特的三悍卒则协助浮士德打败对立皇帝。一方是神的事业，一方是魔鬼的事业。故而是戏仿。进而不应将之译为中文褒义的“三勇士”，而是当按歌德原文（Die Drei Gewaltigen）译为“三悍卒”甚而“三暴徒”。

披甲戴盔骑士的游戏；
那，这等寓意的泼皮，
定会让人们倍感惬意。

浪漫派的中世纪情结引发骑士热，充斥戏剧小说，十分叫座。歌德讽刺之。

自曝三悍卒为寓意形象。

打得凶　青年，轻装，披挂花哨

代表年轻人，好勇斗狠。语言粗鲁不规整。[1]

谁敢跟我当面叫板
看我不一拳打他个青鼻肿脸，
要是个娘炮掉头就跑，
我一把薅住他的辫梢。

徒手斗殴。

抢得急　中年，精装，披挂炫富

代表中年人，贪得无厌。

好勇斗狠那是胡闹，
糟践了日子还不知道；
只管乐此不疲抢夺，
其他的嘛日后再说。

把得紧　老年，重装，无战袍

代表老年人，吝啬守财。

来得容易也于事无补，

[1] 本幕关于年轻人、壮年人、老年人的特征，符合亚里士多德《修辞学》第十二、十三、十四章所表述的特征。参亚里士多德：《修辞学》，罗念生译，《罗念生全集》第一卷，上海人民出版社 2015 年版，第 235—242 页。

去得快万贯也难留住，
随生活洪流哗哗流走。
夺取虽好可把紧更妙；
只管托付给白头老耄，
保管没人敢取你分毫。

来得容易去得快，德语中的俗语。

一众一齐向山麓走去。

补充说明

本场最后一次直接涉及水成火成二说，故补充说明歌德本人观点并作结。

自 1770 年代到 1820 年代，前后五十余年间，歌德一直持续关注并研究地质和矿物问题，写有大量札记。他本人先在很长时间里，在两种地表形成学说之间摇摆不定，后逐渐倾向于水成。据此，他认为地表形成于一个缓慢而持续的渐进过程，并认为这种看法更“符合自然”。

即便不久后，亚历山大·洪堡以在拉美实地考察为基础，进一步证明了火成说，歌德仍不愿全盘接受，而是将自然界与人类社会进行区分，只针对自然界做有保留的接受。因在当时人们的心目中，自然界与人类社会之间存在类比关系，火成对应激烈的社会变革，水成对应缓慢进化。接受火成说便意味着承认革命对社会的积极推动作用。

本场说明

山麓观战，上演军事作战。歌德以438诗行篇幅，浓缩军事史、兵法战术、兵器兵种知识，结合当时代的军事理论、军事科学，勾勒出一部西方军事史，推演了歌德时代军事作战形式，以戏剧舞台，为战争这一人类政治历史中的重要事件，国之大事，进行了呈现。

与现代影视作品不同，戏剧舞台无法直接上演大规模军事作战。本场首先集中呈现了传统舞台表现战争的形式，诸如借用山上、城头观战者的对话、探报的报告，并辅以军乐等音响效果，间接再现战争进程。

如此，本场实际上舞台相对空旷，出场人物不多，各角色都在山麓观战，听到的也仅有对话，但听众若充分调动想象力，则会还原并如亲眼目睹惊心动魄的场面。

当然另一方面，客观上，对话可有效屏蔽混乱的具体场景，把观众注意力引向理性认知，即令观众更清晰意识到战争理论和作战部署。

本场交战的双方，一方是皇帝，一方是自立为帝的对立皇帝（史学术语，参《德意志史》，商务印书馆1999年版），或称伪帝、逆帝。

皇帝方由主将指挥，浮士德与梅菲斯特助战。皇帝是中世纪骑士和近代早期主帅作战方式的化身，比如他坚持派使者挑战，坚持要作为主帅与对方主帅对决。主将则演绎了弗里德里希二世时代的军事理论和作战方针，比如使用战斗队形和线式战术，选择起伏不大的山丘布置右翼、草甸布置中路方阵、峡谷关隘布置左翼防守等。

具体而言，主将首先指挥军队撤退到谷口，然后线性排开，右翼布以进攻兵力，对峙敌方左翼；中路布置步兵方阵；左翼依傍山体，进行防守。——我方右翼首先向敌方发起进攻，打击敌方左翼并采取迂回包抄。随后我方中路方阵的右侧向右旋转，配合右翼进攻，促使敌方左翼挤压敌方中路，造成混乱，溃败在即。

但此时战局急转直下，因伪帝方使用了较为灵活机动的散兵线，其右翼已趁不备，爬上山准备“偷袭”皇帝方左翼。伪帝方并无人物出场，其动向仅从皇帝方视角、以皇帝方人物的对话展现。

在本场中，浮士德的身份是萨宾术士派来助阵的使者。皇帝曾在无意中救下该术士，如今得其报答。梅菲斯特又是浮士德的助手。作为魔法师的使者，浮士德向皇帝展示了海市蜃楼、埃姆斯火等自古战争中常见的自然现象，或水晶球占卜、鸟迹占卜等古代战争常用的预测手段。而在皇帝方危急时刻，梅菲斯特使出各种诡计或障眼法，如召唤水妖，造成水漫金山的假象；令山精制造焰火；借尸还魂，从墓穴中召唤出阴兵，制造兵戎相接、喊杀震天的声势。最终皇帝方得胜。

此外值得注意的是，青年、中年、老年三悍卒分别投放到右翼、中路方阵和左翼，其扮相与所扮演角色，符合传统作战兵力、兵种投放规律。

山麓观战

战鼓和军乐从山下传来
皇帝的中军帐搭起

皇帝　主将　侍卫

主将[1]

该部署看来依然是上上权宜，
即我方把全副兵力
密集撤到这有利的谷地，
希望如此抉择带来运气。

指参谋部按理性作战原则部署，下文“撤（退）”同。

利用山口谷地有利地形。18 世纪下半叶以来常用战术。

一上来便提到战争与运气的关系。

皇帝

结果如何，会见分晓；
只是这半撤半逃，令我懊恼。

皇帝秉承传统，不喜撤退。[2]

---

① 主将，原文 Obergeneral，德文中并无该词，格林《德语字典》该词条下也仅注有《浮士德》一处出处（但据说常出现在卡尔亲王所著《战略基础》[1814] 中）。该称谓非传统意义上的元帅、统帅，亦非现代通用军衔。歌德似乎想以之表达某种过渡形式，比如介于传统陆军元帅与普鲁士军事改革后设立的总参谋部高阶军官之间的某种将领身份。

② 撤（退），容易造成军心涣散，乃传统作战之忌讳，故而亦暗示其出自参谋部权宜。兼从侧面暴露敌强我弱的局势——必须撤至有利地形，借山体防守，以减轻兵力不足给司防守的左翼造成的压力。一说同时影射耶拿战役（1806）中普军紧急后撤，造成军中混乱，这也是导致战败的原因之一。耶拿战役，普军惨败于法军，给歌德留下深刻印象，也使普鲁士痛定思痛，决定进行军事改革。

主将

本节讲我方右翼部署。主将台词自始至终拟战地指挥官，使用军事术语，冷静，客观，清晰，简练。

吾皇请看这里，我军的右翼。
按军事思想这地形十分有利；
丘陵虽则不陡，亦不易通过，
于我军有利，于敌军却难破；
我军半隐蔽，在略有起伏的平地；
敌军的骑兵料也不敢近逼。

山口起伏不大的丘陵向外舒展，与平原交会，利于我军隐蔽。

如此地形，敌军用于抵挡我军右翼进攻的左翼（轻）骑兵不易靠近。

皇帝

我无可置喙只有夸赞；
膂力和气概将经受考验。

均为传统作战所需品质。

主将

本节讲中路部署。

这边，在中部草甸的平坦地段
布着方阵，士气高昂准备应战。
阳光下，透过清新的晨雾，
长矛在空中凛凛寒光彻骨。
方阵黑压压如排山倒海！
万千建功之心急不可待。
在此你可见集团的力量，
相信定会让敌军溃不成样。

步兵方阵。

歌德在其自传体战争回忆录《1792年出征法兰西》中曾写到晨雾。

长矛：重装步兵（雇佣兵）的主要作战武器。1700年前后才逐渐放弃使用。

方阵的特点即是以集团形式，组合和强化单兵作战的战斗力。

皇帝

我头一次看到如此美景。[1]
这样的队伍战斗力倍增。

主将

本节讲左翼部署，以及对战局的乐观预测。

我军的左翼我无需赘言，
有勇猛的英雄据守巉岩。

左翼据山体把守。只需投入少量兵力或弱兵，一般在敌强我弱时采取类似部署。[2]

山间石壁映着刀剑之光，[3]
保卫狭关要塞固若金汤。

左翼既据山而守，则要守住山间要塞，谨防敌军突破，从左包抄我军后方。

我预感敌军值此血战
必出其不意大败不堪。

结果敌军采用灵活战术，右翼以散兵爬上山，准备偷袭我军左翼，几乎反败为胜。

皇帝

从那边开来虚情假意的亲戚，
任他们喊我叔舅表兄堂弟，

欧洲自中世纪，依靠家族联姻，扩大领地，稳固政权，故大小领主多处于亲戚关系。

---

[1] 皇帝是中世纪骑士作战方式的代表，未曾见过近代重启的古罗马式的排兵布阵方式。歌德曾在一手稿中标注，皇帝为马克西米利安一世，后删去，而马克西米利安一世通常被称为“欧洲最后一位骑士”。

[2] 一说影射耶拿战役。主帅奥地利的卡尔亲王采用类似防守战术，但终因左翼由弱兵把守而失利。在普奥七年战争的鲁腾战役中，奥地利方面同样因以弱兵把守左翼而失利。

[3] 由此可见，我军的皇帝、主将，包括后来的浮士德、梅菲斯特，当立于我军右翼后方的山麓，左翼的对面，中间是谷口，部署着中路方阵。整个大军背对谷口列阵。——故而可以看见左翼山上石壁映着刀剑之光。

却越来越放肆越来越猖狂，
盗取权杖的力量宝座的威望；
接着是内讧，不惜蹂躏帝国，
如今蛇鼠一窝矛头直指向我。
一众诸侯犹疑不决忽左忽右，
左不过是跟着浪头随波逐流。

帝国大小诸侯在皇帝与伪帝间举棋不定，与下层百姓无关，百姓只跟随本邦诸侯。

欧洲中世纪并未出现大规模讨伐皇帝的事件。当是近代宗教改革后的情况。

主将

某个耳目，被派去打探消息，
正奔下山来；愿他有好运气！

非打探敌情，而是打探诸侯们的态度和动向。

故从后方山上奔向皇帝一众所在的山麓。

探报一

通过探报报告，可得知帝国局势，诸侯动向。战地报告，语言简洁，结论只给出关键词。

我们有幸探得消息，
狡黠勇敢我们的手艺，
我们惯是神出鬼没；
可惜没带回什么好果。
不少人发誓勤王效忠，
恰如一群忠诚的附庸，
却又借口袖手旁观：
内部骚乱，民众造反。

以上军中探报的特征。

诸侯对皇帝有效忠和出兵等义务。

影射反法同盟。各国以国内不稳为借口，实为保存自身实力，不愿出兵救援。

皇帝

自我保全的法宝是自私自利，
不顾感激、爱戴、义务和荣誉。

封建制下封臣对封君应有的态度或应具备的品质。

诸位如今打满了如意算盘，
竟忘了有个道理叫唇亡齿寒。

原文：邻人失火殃及自己。依然影射反法同盟。歌德对各邦的观望掣肘耿耿于怀。

主将

又来一个，下得山来动作迟缓，
筋疲力尽浑身打颤。

探报二

先发现逆贼混乱
我等暗自喜欢；
不料，顷刻间
一位新帝出现。

叛众推举新帝。或暗指拿破仑，欧洲近代史独此一位与神圣罗马帝国皇帝对立的皇帝。

沿着既定路线
一众越过野田；
逆旗招展，各路
跟风。——羊的天性！

羊群跟随头羊，比喻叛方诸侯盲目跟随对立皇帝。

皇帝

出个伪帝对我颇为有利，
我终于感到我是皇帝。
作为战士我曾身着铠甲，
如今为更高目的再次披挂。
一个个节庆，任如何光鲜，
又何等足餍，却独少了危险。
任凭谁都曾赶赴骑射竞技，
我也曾心动闻到比武气息。
若非你们劝我莫要征战，
我此刻已闪着勇武的光环。
朕切感到有印封了胸膛，
就在那日我映于熊熊火光，
那大火狰狞地向我扑来，
虽则假象，可假象也澎湃。
胜利和荣誉我疯也似的梦想，
我要把罪恶地错过的一切补上。

派出使者
向伪帝挑战。

伪帝出现，激起皇帝斗志。

承平之日没有感觉。

继位前，皇帝也同其他贵族、骑士一样，比武打斗。

保卫皇权。

自中世纪至近代早期，西欧贵族骑士第一要务是比武打斗，舍此唯宴饮享乐。

中世纪尤其教会颁布很多休战条例，以遏制骑士打斗的天性。

感到帝王的使命，保卫皇权，恢复秩序。

接第一幕，称把假面舞会上的大火想象成战火，感到自己的英雄气概。

最后写成的第四幕找补了第一幕中皇帝的形象。

激发出皇帝的帝王和英雄品质，为承平之日中的无聊奢靡辩护。

本节寥寥数行，写尽西欧骑士尚武的特质，基本忠于史实，不见明显褒贬。

浮士德　身披铠甲，戴半闭的头盔，

> 为不被认出。

三悍卒　如上述打扮。

> 浮士德率三悍卒前来助战。梅菲斯特另有去处，见下文。

浮士德

> 在本场身份：自称是萨宾（亚平宁山）术士的使者，以此遮掩其与梅菲斯特施黑魔法助战之实。

我等上场，万望海涵；
虽无危难亦防范为先。

> 表示愿在危难时救驾。

你知山民擅冥想苦思，

> 你：对皇帝。山民：各种山精、地灵。开始导入萨宾（亚平宁山）术士身份。

深解自然和岩石的文字。

> 通过自然和岩石的裂缝纹路读出奥秘。

精灵们，早已抽身平原，

> 以下讲山精。加入了一段矿物学。

比以往更青睐陡峭高山。
它们静静游走迷宫般石缝，
在富含金属的贵气中做功。

> 按歌德想象，含金属的气体做功，促使宝石形成。

不断分离、检验、合成，
发明新品是其唯一冲动。
用精灵之轻轻指尖的力
它们造出晶莹剔透的东西；

> 水晶。

然后在永远沉默不语的水晶中
观看人世间发生的事情。

> 水晶球占卜。

皇帝

我已洗耳恭听且信你所言；

还望好汉告知，此来有何贵干？

浮士德

讲皇帝曾宽赦一位术士，使之免于火刑，作为报答，术士派使者（浮士德是也）用魔法为皇帝助阵。

那位诺西亚的术士，萨宾人，[①]
是你忠实而正直的仆人。
厄运令其一度陷入凶险，
干柴噼啪作响，火舌上蹿；
易燃的柴火，搭成一圈，
掺着沥青和硫黄枝蔓；
人、神、鬼俱已束手无策，
是陛下打碎了灼热的枷锁。
那是在罗马。他念念不忘，
无时无刻不关心你的动向。
从那一刻起他便忘了自己，
他占星、问地，一意为你。
他委托我等，十万火急，

火刑堆。

引火材料。

宽赦了术士。见下文。

寻求报答。

① 诺西亚的术士，萨宾人，歌德曾从意大利语翻译过一本大部头的自传，作者本维努托·切利尼（Benvenuto Cellini，1500—1571），系意大利文艺复兴时期的金匠、画家、雕塑家、音乐家。自传中有一段说到，在以巫术闻名的亚平宁山区、诺西亚山附近，有一位黑魔法师，因其著述于1327年在佛罗伦萨被施以火刑。歌德大约受此启发，杜撰出这样一位人物。另，17世纪耶稣会戏剧、阿旺悉尼的《虔诚的胜利：君士坦丁大帝》中，在决定胜负的一战中，君士坦丁以大主教为辅佐，僭主马克森提乌斯起用术士。本场术士的设置，亦参考了阿旺悉尼的剧作。

前来助你。大山有无边伟力；	委派浮士德前来救驾。
是自然之力量自由而强大，	
愚钝的教士却斥之为魔法。	教会给术士的定罪。
皇帝	表示要亲自为荣誉而战，不要外援。
若是在喜庆日子大宴宾客，	
令他们乘兴而来，乘兴而乐，	
则是摩肩接踵都不为过，	
纵是人挨人，把厅堂挤破。	宴乐之时欢迎来客，多多益善。
而最受欢迎的莫过某位君子，	实指眼前的浮士德。
他上门来为助一臂一力，	
在令人担忧的黎明之际，	据前文，此时正是清晨时分（清新的晨雾）。
因命运的天平此刻开启。	将要开战，一决胜负。
然而请来人，值此生死关头，	
把有力的手从欲亮之剑撤走。	请浮士德及前来救驾的三悍卒，不要拔剑，皇帝拒绝外援。
请尊重这一刻，千军万马开拔，	
为拥护或反对我而杀伐。	皇帝的逻辑：千军万马为我而战，我岂能不亲上战场。
我自是好汉！欲求宝座皇冠者	
自当有配得上这般荣誉的人格。	封建采邑制下君主的为君之道。要求具备个人德性。
待我把那犯上作乱的幽灵	指伪帝。
任其自称皇帝、诸邦首领，	

任其自称邦君之主、领兵的大公，
待我用自己的拳头取他性命！

决心亲自上阵。拳头与浮士德是一个词，文字游戏。

以头和身体四肢的比喻（封建制下，封君与封臣的关系，非与百姓的关系），言皇帝的重要性，劝其不要亲上战场。

浮士德

即便要把英雄壮举成就，
亦不至就此赔上自己的头。

头，双关，皇帝的头，皇帝作为头。

那饰着鸡冠和羽毛的头盔，
莫不把鼓舞斗志的头保卫。
若没有头，四肢又有何为？

以下以作为中枢的头与四肢协调联动的关系，比喻封君封臣构成的有机整体。

因头若欲睡，则四肢倾颓；
头若受创，四肢焉能不伤，
其获新生，若头很快如常。
胳膊旋即运用自己的权利，
强有力举起盾牌遮头避体，

胳膊的权利是用力。

剑随即意识到自己的义务，
奋力招架又反复刺出；
干练的双脚也来凑运气，

借胳膊和剑的运气。

飞快向击败者的脖颈踏去。

最后制敌。

皇帝

我君王之怒，要如此回敬，
把仇敌骄傲的头变为脚凳！

典出《诗篇》110:1：“耶和华对我主说：‘你坐在我的右边，等我使你仇敌作你的脚凳。’”

皇帝按惯例派使者，到敌方阵营下战书，要求以两方主帅阵前决斗来定胜负，被认为过时，遭对方奚落。

使者 返回

何为轻蔑无礼
我辈此行亲历，
铮铮高贵的挑战[1]
他们奚落为愚顽：
“尊皇已渐行渐远，
如空谷回音消散；
我们若把他怀念，
就来读童话：——从前。”

---

① 挑战，下挑战书，皇帝方遣派使者，到伪帝阵营递交战书，提议以两军主帅阵前决斗来定胜负。挑战和主帅决斗，属骑士作战惯例和伦理，是一种“仪式化”战争形式，体现尚武精神和英雄气概，客观上起到限制战争扩大、减少死伤的作用。这当然也有其历史原因，比如此前骑士或士兵（雇佣兵）的武器装备均十分昂贵，故而双方都要尽量避免死伤。据记载，神圣罗马帝国皇帝查理五世曾于 1528 年下了欧洲最后一份挑战书（向法王弗朗兹一世提出主帅决斗，遭到拒绝）。法国大革命后，法国开始施行义务兵役制，公民无偿为国家服务。战争随之由统帅决斗、消耗战形式，转化为以消灭有生力量为主的歼灭战。说到底，战争形式的转变终究引发军事伦理的转变。很明显，剧中皇帝与伪帝之间，有传统与现代之别，分别代表不同历史阶段的军事伦理。

浮士德

事态发展遂了众豪杰心愿，
彼等坚定忠诚，在你身边。
敌人迫近，你的人马待命，
吉时已到，敬请发令进攻。

忠君勤王者，不忍皇帝亲上战场。客观上便于自己建立军功，获得封地（如浮士德）。

术士派来的，随时占卜。吉时也作军事作战中的时机。

皇帝

这里的指挥权朕就此放弃。

冲主帅

既在你手，君侯，你来担起。

非懦弱，非回避责任，而是非其作战方式，非其义务。皇帝仅代表骑士作战模式。

即前文的主将。皇帝放弃指挥权后，改称主帅。

排兵布阵交付将帅执行。代表近代经典（弗里德里希二世）作战模式。

主将

那便右翼听好准备出击！
敌军左翼，正越过坡地，
要不等其就位，就被我
忠勇善战的青年兵击退。

向右翼发令。

指越过前文之“略有起伏的平地”。我军右翼对阵敌军左翼。

首先用我军右翼——由擅冲锋的青年士兵组成，进攻敌军左翼。

浮士德

请允许这位抖擞的英雄
毫不迟疑列入你的队中，

配合右翼进攻，符合青年兵特征，把三悍卒中的“打得凶”投放到右翼。

强调梅菲斯特的悍卒进入队伍。

与之融为一体天衣无缝，
并肩作战一展斗狠好勇。

向右一指。

右翼的进攻，与年轻人斗狠的本性、战争的暴力本质，通过寓意人物，完美结合。

打得凶 出列

原文配合内容和语气，诗的格律混乱。

跟我打照面的，就休想掉头
非打他个满脸开花方肯罢休，
见我掉头跑的，就让他项上
人头脑袋天灵盖嘀里当啷乱晃。
你的人要长剑火枪抡上
学着我发飙时的模样，
管保让敌人，一个个扑地，
血流成河把自己溺毙。

带刺刀的火枪，可当棍棒使。

下。

主帅

向中路发令。

我中路方阵小心跟进，
巧妙用全力正面迎敌，
稍稍向右，那里我部
已彻底打乱敌方部署。

跟进右翼。

令中路稍向右偏移，配合右翼进攻。

敌军左翼的部署（防守），已在我军右翼进攻下被打乱。

浮士德　指着中间那位

配合中路进攻，又符合壮年兵特征，把三悍卒中的“抢得急”投放到中路。

喏就让这位也听你调遣。
他身手敏捷，席卷一切。

寓指战争另一本质是掠夺。

抢得急　出列

皇帝大军的英勇顽强
当配上对战利品的渴望；
要给人人树个理想：
伪帝那富有的营帐。
他休想再在位子上吹牛，
我这就排到方阵的前头。

捞得快　随军女贩，紧贴着抢得急

女人，寓意人物，与抢得急为伴，寓指女人的贪婪。再见于下一场开场。

就算不是他家的婆娘，
他也是我最爱的情郎。
此刻恰似秋收好个忙！
女人捞起来凶悍异常，
毫不留情把个东西抢；
胜了跑在前！无法又无天。

抢夺战利品的时节到了。

两人下。

主帅

攻击我左翼的，如预计，

是敌军右翼，强而有力。

务必各就各位，遏制住

10540　其攻克山路隘口的企图。

讲左翼。

我军左翼对敌军右翼。其右翼是进攻翼，我左翼防守。

敌军右翼进攻我军左翼，以夺取关隘，从后包抄中路。

浮士德　向左手边示意

请先生也注意下这位，

强强联手总不会吃亏。

配合左翼防守，符合老年兵特征，把三悍卒中的"把得紧"投放到左翼。

把得紧　出列

贵军左翼无需顾虑！

有我在阵地安全无虞，

10545　老朽最拿手的是守财，

我把紧的闪电劈不开。

下。

德语中，所占有的地产和所占有的财产是一个词（Besitz），原文中也以此做文字游戏。

梅菲斯特　从山上走下来

各位请看一下背后，

从道道崎岖的咽喉，

都涌出武装的兵卒，

梅菲斯特此时上场。其间他在布置魂灵大军（阴兵）。

场上人物背后的山上。

咽喉小路。

阴兵。

浮士德 第二部

挤满本狭窄的山路。
披甲戴盔，荷盾持剑，
在我们身后筑起防线，
一俟有令便前来增援。

小声对知情者

从何而来您不必打探。
我当然是紧赶慢赶
把周边的武库们搜遍；
瞧他们有步卒有骑兵，
仿佛还是世间的英雄，
曾经的骑士国王皇帝，
此刻不过蜗牛的空壳。
更有些幽灵扮上披挂，
令那中世纪铁树开花。
无论里面藏着何等鬼魂，
此番倒颇能以假乱真。

放大声音

听他们先已按捺不住，
噼噼啪啪打斗到一处！
呼啦啦的是残旌败旗，
终于等到了新鲜空气。

对观众。

施魔法借尸还魂的幽灵大军。

各地废弃的武库。歌德时代、今天的德国，都有类似场所，常在古城堡及周边地区。

由盔甲而想象到的。

中世纪的各级骑士。

兼讽刺浪漫派时期的中世纪热。参前注。

幽灵配上旧武库里的盔甲兵刃，足以充当援兵，迷惑敌人。

阴兵似已行动起来，金属盔甲兵刃相撞发出啪啪声。

想想，这儿有一班旧人
随时准备加入新的战争。

寓意深长，人好斗的本性从未改变。

山上传来刺耳的号声，
敌军出现骚动

当是阴兵的号声。

浮士德

目之所及已天昏地暗，
只零星可见红光闪闪
带给人以不祥的预感；
刀光剑影血光冲天，
山石，林木，大气，
整个天空弥漫一体。

开始交战。

冷兵器作战。[1]

梅菲斯特

回到右翼。刚才布阵，现在为开战后场景。

右翼保持着强劲有力；
我眼见有个异兵突起，
是大个子，打得凶兄弟，
其身手敏捷左右出击。

---

[1] 此处描写更多是中世纪的冷兵器作战。歌德时代已出现火器，如火枪（Flinten）、步枪（Musketen）、卡宾枪（Karabiner）、大炮，等等。

皇帝

先我见一只胳膊举起，

青年兵轻装，这里是徒手打斗。

现我见一打儿在出击，

魔法。

这看上去不合常理。

皇帝警觉，发现异常。

浮士德

用海市蜃楼解释。海市蜃楼，战场硝烟中常见景象。但此处系梅菲斯特一魔法。

你未曾听说有种雾气
在西西里海岸飘移？

西西里的海市蜃楼有名。

白日里，它清亮抖动，
熏蒸升腾上至半空，
映在别样的水气中，
显现着奇特的幻景。
有城市飘浮不定，
有花园上下浮动，
一幅幅图景划过苍穹。

海市蜃楼景象，西西里岛常见。战争史及兵书中有记载。

皇帝

回到中路。加入埃姆斯火，本战场常见现象，但此处为梅菲斯特又一魔法。

好生可疑！我眼见
长枪的尖个个放电；
方阵中闪亮的长矛

中路方阵步兵，使用长矛长枪，冷兵器，历史场景。壮年兵使用兵刃。

舞动着急促的火苗。

埃姆斯火现象。遇雷电，空气中的电与金属相遇，放出电光球。海员航海亦常见。

感觉竟似鬼影飘摇。

皇帝再次意识到诡异，感到不安（为下一场赎罪做铺垫）。

浮士德

解释为埃姆斯火。

哦陛下恕罪，此系
消失的神灵的脚迹，

埃姆斯火尤见于雷电中航船的桅杆，若可见双球，便是双生子救援的信号。

是那双生子的影子，

宙斯的双生子。

船夫们见之而发誓，
聚集起最后的余力。

见到救援信号后，发誓最后一搏。

皇帝

竟不知当感谢何人
让自然单为我们，
荟萃了这般奇门？

梅菲斯特

回到前文浮士德所言术士，当日得皇帝恩赦，今日发功助战。

除却那位心系你命运的
大师，高人，还有何人？
强敌压境大厦将倾
让他内心片刻不宁。
他为报恩定要救你，

搭上性命也在所不惜。

皇帝

解释当日的来龙去脉。加入一段君主特赦权和特赦惯例。

众人欢呼簇拥着我游行，

昔日在罗马加冕后的游街仪式。

既成了皇上便要试试权柄，

按惯例，值皇帝加冕大庆，可特赦罪犯。

正好赶上，也不曾多想，

就为那白胡子送去风凉。

给火刑堆上的术士送凉风灭火。特赦了术士。

这便扫了僧侣们的雅兴，

自然也再难得其恩宠。

指难得僧侣的祝福和保佑。

难道这许多年过去

还有人回报那乘兴之举？

术士救驾，以报答当年特赦之恩。

浮士德

引出鸟迹占卜。

慷慨之善举红利无穷；

请你把目光举向上空！

感觉他要把信号发送，

术士将发来记号，戏仿《旧约》中神的记号（彩虹）、君士坦丁所见神的记号（十字架）。

注意，卜迹马上现形。

以下的鸟迹占卜。[1]

---

[1] 鸟迹占卜，古代兵书常有记载。前注所及阿旺悉尼的耶稣会戏剧《虔诚的胜利：君士坦丁大帝》中，有类似情节：君士坦丁与僭主马克森提乌斯决战前，僭主一方由巫师进行鸟迹占卜；君士坦丁一方则看到天空浮现出十字架。歌德在此借鉴并化用。

皇帝

一只鹰在高空中盘旋，
一只雕头狮疯狂追赶。

鹰：皇帝的纹章。

雕头狮：雕头狮尾，有翼（参第二幕注）。伪帝的纹章。

浮士德

注意：观之万事大吉。
雕头狮乃虚构之鸟；
它怎可忘乎所以，
与真鹰一比高低？

神话动物，虚假皇帝。

皇帝

此刻，它们兜起大圈，
继续周旋；——一转眼，
又相互对冲
劈头盖脑撕扯成一团。

浮士德

快看那可憎的雕头狮，
被扯烂撕碎鳞伤遍体，
夹着狮子尾落荒而去，
坠向山头林子销声匿迹。

鹰打败雕头狮，预示皇帝将战胜伪帝。

皇帝

愿这，好兆头，应验！
我不无惊讶地待它兑现。

梅菲斯特 面向右翼

面对一次次猛烈攻击
我劲敌不得不退避，
边手忙脚乱地招架，
边向自己右侧挤压，
于是乎边战边扰乱了
自己中路主力的左侧。
我中路方阵前锋稳健
向右移动，闪电一般
插入敌军薄弱的一环。——
一时间，如风卷狂澜，
腥风血雨，仇敌相见，
短兵相接厮杀成一团，
再无更壮美的景观
此役我军稳操胜券。

描述决胜环节。近似沙盘推演。

右翼进攻。

敌军左翼受我军右翼攻击，向自己右侧挤压。

敌军左翼受我军右翼攻击，向右侧挤压，扰乱了自己中路的左侧。

我中路方队，配合右翼进攻，向右移动增援。

我中路增援右翼，合力进攻敌军已混乱薄弱的左翼并中路左侧。

皇帝　站在山麓左侧，冲浮士德

看！那边我心生疑虑，
我守军似处境不利。
看不到有投石飞起，
却见敌人爬至半山，
山上则已束手放弃。
此刻！——敌人已是
大举出击，节节近逼，
已攻下要塞也未可知，
歪门邪道的最终结果！
你们的伎俩徒劳无获。

皇帝观望自方左翼，发现敌军右翼已出其不意，将要攻下左翼要塞。皇帝警觉。

皇帝站在山麓左边，向对面观看我军负责防守的左翼。

左翼薄弱，遇敌方右翼（进攻翼）登山进攻并无抵抗，甚至不投石阻截。

敌军改变战术，以灵活机动的散兵线，取代传统线式打法，使战事急转直下。现代战争端倪。

影射耶拿战役，左翼羸弱兵力把守，放弃，失利。

暗中有兵力增援。

浮士德、梅菲斯特魔法巫术的结果。

眼看战局转胜为败。

停顿

梅菲斯特

瞧我的两只乌鸦来到，①
听它们有何战事相报？

---

① 两只乌鸦，据日耳曼传说，它们是北日耳曼战神奥丁（Odin）的随从和顾问，一只名“思想”，一只名“记忆”，蹲在奥丁肩上，向他耳语咨议，间接指挥作战。在欧洲的基督教化时期，奥丁被解释为魔鬼。《浮士德·第一部》女巫的丹房场中，曾提及两只乌鸦，作为梅菲斯特的陪同（2491 行）。

我担心我方情况不妙。

皇帝

你要这恶鸟来此何干？
它们不过是鼓着黑帆[1]　　乌鸦不祥。
来自那边山上的激战。

梅菲斯特　冲两只乌鸦

过来贴近我耳边坐好。
有二位保护不会输掉，
因二位出招最有成效。　　乌鸦耳语出招。

浮士德　冲皇帝

陛下定听说过鸽子，
从遥远的国度飞至，
给巢中的幼子觅食。
两者，有重要不同：
飞鸽传信报告和平，

---

① 黑帆，据古希腊传说，雅典老王与儿子忒修斯相约，若其打败米诺陶鲁斯，便在返航时摘掉黑帆。结果忒修斯在得胜返航时，忘记约定，父亲远眺到黑帆，以为儿子战败而亡，雅典需继续向米诺斯进贡童男童女，绝望投海而亡。

战争则命乌鸦传令。

梅菲斯特

报来一个天大不幸，
乌鸦报告。

看！那里我方雄兵
左翼。

在山边陷入窘境。
敌人登上周遭山岭，
一旦他们占领关口，
则我军局势堪忧。
攻下要塞，敌军右翼便可从我军左翼包抄到我军后方，与其正面而来的中路形成夹击之势。

皇帝

终究还是受了蒙蔽！
你等把我引入网里，
恐怕从此难再逃离。
魔法的贼船难下。

梅菲斯特

振作！尚未一败涂地。
结网需要耐心和巧计；
通常收官时最是刺激。
我这儿有可靠的信使，
请二位授命我来指挥。
要接过指挥权。

主将 此时已走过来

恢复主将称谓，因准备交出指挥权。

你同这种人搅在一起，

你，指皇帝。

着实令我尴尬无比，
戏法带不来可靠的运气。

主将也意识到是魔法诡道，不屑，不信任。

战局我已无力回天，
就让他们善始善终，
我交回我的指挥权。

不愿与之沆瀣一气。

皇帝

拿好指挥棒等待吉时，

令主将保留指挥棒。

或许有运气带来转机。

再次提及运气。

这家伙让我不寒而栗，
还有他与乌鸦的默契。

冲梅菲斯特

恕不可交与你指挥权，

未把指挥权交给梅菲斯特。皇帝警觉。

我看你并非正当人选，
发令吧，设法解救我等；
我等则只待听天由命。

下。与主将进入军帐。[1]

---

[1] 本节表明，盖因伪帝方不按传统作战方式行事，导致皇帝方转胜为败，刺激梅菲斯特启用魔法诡道，或给之以可乘之机。皇帝与主将表现出反感与不信任，但又出于不得已而纵容之。但关键点在于，皇帝并未交出指挥权，表明其终究未对“邪门歪道”予以正式承认。

梅菲斯特

让那根破棍去保护他！
对于我们它用处不大。
那上面似乎有个十字架。

指指挥棒。

（普鲁士）元帅、军官的指挥棒上有的会带有明显的十字架图案。

浮士德

怎么办。

梅菲斯特

说干就干！——
黑老弟，迅速执行任务，
至山间平湖！代问水妖好，
请她们制造发水的假兆。
她们懂得以真假难辨的
妖女的绝技，以假乱真，
竟至人人以为假就是真。

派乌鸦向水妖传令，令其制造发水假象，在敌军中制造混乱。以下利用水，拟水攻。

乌鸦。

温迪娜。

请水妖制造发水假象。

停顿

浮士德

乌鸦定是用了软语温言

描述发水的障眼法。

谄媚。

让水底的美女浮出水面，

水妖。

那里已出现细流涓涓。

已见成效。

更有干爽光秃的巉岩
迅速涌出泉水淙淙，
敌军得胜化为泡影。

梅菲斯特

好一个绝妙的请安，

水妖给敌军的请安。

令攀爬的敌兵乱成一片。

浮士德

描述山间大水，聚散往复。假象。

湍流而下一溪成百溪，
复有二百回还自涧底，

视觉幻象：一条溪水变成百条，下至山涧再加倍逆流而上。

再汇成洪流抛下水柱，
忽又散落平缓的石矶

水聚散急缓。

泛着泡沫，四下流淌，
顺势逐级向山坳奔放。
任英雄好汉如何能挡？
巨浪滚滚势将之冲散。
谁人不胆寒见这般狂澜。

一切都是假象，障眼法。

梅菲斯特

描述敌军士兵反应：以为是真水，惧怕被淹死，游水逃命。

我看不到任何水的障眼，

梅菲斯特看不到假象。

只有人的眼睛会被欺骗
这奇景于我如好戏连连。
敌人横冲直撞乱作一堆，
傻瓜们以为自己会溺水，

敌兵以为会被大水淹死。

脚踏着实地在空中换气，

实无水，假象而已。

操着泳姿游走好生滑稽。
漫山遍野一片狼藉。

以下用火，拟火攻。水火乃自古兵家常道。

乌鸦飞回。

指萨宾术士，是其暗中施的魔法，梅菲斯特在现场操纵。

我要当着大师把二位夸讲；
倘若二位也想把大师来当，
那便请急赴火热的锻场，

参第二幕古典的瓦尔普吉斯之夜场，侏儒司挖矿，锻造武器。

一众侏儒，不知疲倦，
在那里凿石锻铁火星飞溅。

与对水妖之“软语温言”（谄媚）呼应。乌鸦如使者，靠唇舌之功。

二位摇唇鼓舌，讨些火种，

暗示种种战地光亮，如照明弹、火枪和火炮。以下描述火器投入使用。歌德时代，出于种种军事伦理考量，普鲁士军队慎用火器尤其火炮。此处暴露矛盾心理。

闪亮、闪烁、炸开的种种，
如人们内心深处所衷。
尽管遥远天边的闪电，
或天外划下流星点点，

在夏夜里并不稀罕；

以上自然光亮。

然草莽茂林中的闪电，

以下战场的种种亮光。似炮弹爆炸。

星星贴着湿地嘶嘶流窜，

火枪射击。

却不那么轻易得见。

冷兵器刚刚过渡到热兵器。

二位此去，亦不必为难，
恳请不成，则强行下令。

强迫侏儒听从，提供火——火器。

乌鸦 飞走。上述场景一一兑现。

梅菲斯特

总写火器投入后的战场。只差喊杀声。

就让敌营愈发昏暗！
时时处处陷入不安！

此二句如念咒语。

鬼火幢幢遍地可见，
猛地一闪令人目眩。

18 世纪常用照明弹、烟幕弹，造成人眼暂时失明。

一切皆已完美无瑕，
只还需鸣金用来恫吓。

还需要音响效果，恫吓敌人。

浮士德

来自洞穴武库的空空枪林

用废弃武库的兵刃制造音响。

一见天日便感到浑身是劲；
它们早在上方噼啪作响，
听上去美妙而又激昂。

梅菲斯特

说得对！它们已势不可挡，
早发出骑士打斗的声响，
如同在旧日的美好时光。
臂甲胫甲，铮铮铛铛，
圭尔夫派，吉伯林党，[①]
展眼间重启永恒的较量。
它们陈陈相因代代相传，
坐实了世仇无法回还，
怒号咆哮已直冲云天。
说到底，大凡魔鬼的节庆，
党派之仇都是最好的助兴，
直至最后的血流漂杵。
空中回响着厮杀的残酷，
夹杂着刺耳的狼嚎鬼哭，
令人心惊胆战响彻山谷。

兵刃继承了当时主人帮派斗争的遗绪。

敌对派别的斗争自古由然，无休无止，今天的不过是古代的延续，不过换了一副面孔。

战争乃魔鬼的节日。

战争无非党派之争，发展到后来即是游击战（按其词源）。

以战场的厮杀声作结。

军乐队拟混战的嘈杂，
最后过渡到欢快的军乐。

皇帝方得胜。

---

① 圭尔夫派，吉伯林党，也称教皇派和皇帝派，中世纪神圣罗马帝国内部的两个敌对派别，相互争斗几个世纪，在此代指相互斗争的派别。

补充说明

国之大事，在祀与戎。战争作为人类政治生活一个重要现象，对于追求全景图的歌德来讲必不可少。

首先，就母题而言，浮士德助阵皇帝打仗的情节，见于各种浮士德故事书。其版本不同，收录的内容也不尽相同。但诸如电闪雷鸣、焰火四射、阴兵助阵、喊杀音响等，均有涉及，非歌德首创。当然除此之外，歌德在很多细节上，借鉴或化用了古代军事著作或近代戏剧作品，明显的如普鲁塔克的《希腊罗马名人传》、阿旺悉尼的《虔诚的胜利：君士坦丁大帝》等。

其次，就与现实关系而言，本场堪称歌德对他那个时代军事生活的记录。歌德生活的时代，是一个战争频仍的时代。他诞生于1745—1753年的普奥七年战争期间，亲自参加了法国大革命期间的反法同盟（1792年三次进攻法国），亲眼目睹了拿破仑战争。1806—1815年欧洲共组织八次对抗拿破仑的战争，主要战场在德国，其中的耶拿会战、德累斯顿会战、莱比锡会战，均距歌德居住的魏玛城不足百公里。

再次，就军事经验而言，歌德本人曾负责与军事或战争相关的事务：他曾于1779—1786年作为魏玛公国军事委员会主席，负责魏玛公国的征兵等军务，曾亲自随萨克森-魏玛大公出征，且切身感受到耶拿战事的威胁。1820年代，歌德根据对当年的回忆，结合笔记，撰写了两部自传和回忆录性质的作品：《1792年出征法兰西》和《1793年围攻美因茨》。

最后，就军事知识而言，军事是歌德时代一个重要公共话题。歌德不仅阅读过大量军事书籍，研究过魏玛军事图书馆中的作战地图，观看过很多战役的沙盘推演，而且曾与欧洲各路上百位元帅、将军、高阶军官、普通军官交游，对军事史、军事理论和具体战役的部署有深入了解。

故而，本场可化用、杂糅、影射鲁腾会战、反法同盟战役、耶拿会战等多个战役，十分巧妙地把列阵、地形、兵种、战争性质、战场常见自然现象、占卜、魔法（水战、火攻）等战争因素相结合。

举例而言，皇帝军右翼，地形平坦而略有坡度，投放青年士兵，轻装，用于进攻，体现战争好勇斗狠的本性，配以海市蜃楼；中间方阵，平坦，投放壮年兵，精装，用于主力进攻，体现战争掠夺的本质，配以埃姆斯火。

以下对皇帝伪帝双方的战术略作说明。皇帝方主要使用线式战术，或曰“斜形线式队形”。其最早为古希腊著名统帅埃帕米农达发明，至普鲁士王弗里德里希二世（又译腓特烈大王，1740—1786 年在位），将之发展到炉火纯青的地步。

根据这种战术，如剧中所示，主将将我方军队排成横队，但不与敌军平行对阵，而是有所偏斜地以右翼及中路一部分兵力，率先进攻敌人的左翼。中路主力及左翼则不与敌人接触，只牵制敌人，使其不能增援被进攻的左翼。我军率先进攻的右翼以优势兵力击溃敌人左翼后，即从右侧包围敌人，随即全线攻击，以求彻底击败敌人。

在七年战争期间的鲁腾会战中，弗里德里希二世运用该战术，创立了以少胜多的典范。在 1815 年的滑铁卢会战中，布吕歇指挥普军从右翼突袭拿破仑的法军，成为关键一击，决定拿破仑最终战败，是另一个成功的范例。

然而此类经典战术，在实际应用中也显示出刻板和不便的一面。尤其到了拿破仑战争时期，与法式灵活机动的战术相比，更显得迂腐和僵化。

比如它要求军队完整而机械地排成一个战斗队形，行军和作战时，分别组成纵队和横队，秩序不得改变，故而行军和部署起来都十分复杂，且各个部分不能独立作战，而是必须集中编组战斗队形（参克劳塞维茨:《战争论》，解放军出版社，第431页）。在1806年的耶拿－奥尔施塔特会战中，普鲁士几路统帅（费迪南·冯·布伦瑞克、布吕歇、陶恩青等）均因恪守上述战术而战败（见克劳塞维茨:《战争论》，第131页）。

伪帝方则使用了比较先进的法式的散兵线。该战术在拿破仑战争中法军方面得到广泛使用。其优势在于，可根据战况，灵活机动改变作战方式。如剧中所示，伪帝方根据战况需要，解散右翼线式部署，以散兵登山，偷袭皇帝军弱兵防守的左翼，同时灵活向其右翼增加兵力，辅助进攻。

可见，本场所演绎的，实则是一场经典、常规、以消耗战为主的传统作战模式，与新型、灵活、以歼灭战为主的现代模式之间的较量。且两种模式分别参考了歌德时代军事教科书式的著作。皇帝方参考了奥地利的卡尔亲王所著《战略基础》（1814）。该书是对弗里德里希二世战术的总结。1815年亲王曾亲自赠送歌德一部。伪帝方参考了法国军事史家吉贝尔（Comte de Giubert）1770/1772年出版的《战术通论》。歌德于1776年阅读过德译本。后者虽出版在先，但战术思想更为现代，被拿破仑视为军事理论指导。

除歌德时代的作战模式，本场还塑造了另一种更为古老的作战模式：中世纪骑士的作战模式。它以皇帝为代表，特征是以主帅对决定胜负，具有如下战书挑战等一整套仪式化的程序。同时本场也预示了现代的作战机构——参谋部的设立。其以主将为代表，特征是制定理性化的合理的作战部署。在这种情况下，军官不再冲锋陷阵，而是退避到后台进行指挥。

之所以称之为预示，是因为参谋部在当时尚属新鲜事物。其设立的契机，是 1806 年耶拿战役的失利。耶拿战役后，普鲁士军队为适应现代战争形式，在军官冯·沙恩霍斯特、冯·格奈森瑙等人倡导下，着手军事改革，设立总参谋部（1821 年正式得名）便是军事改革的核心项目之一。作为高级军事指挥机构，总参谋部的职能是对战争进行规划和决策。

在剧中，与皇帝所代表的中世纪骑士之尚武精神、英雄主义不同，与（腓特烈大王所代表的）讲求战争艺术、战争伦理的经典方式不同，总参谋部是理性主义的产物，它精于计算，刻板教条，成为讽刺、至少是反讽的对象。

综上，可以说，本场篇幅虽小，却记录了西方战争史上以拿破仑战争为界，经典战争向现代战争的转折。同时掺有对中世纪的回顾和对现代的瞻望。伴随这一转折的，还有冷兵器逐渐为火器所取代——这在歌德时代，是对战争想象、军事伦理的又一挑战。歌德在第四幕中塑造的这一“相对独立的小世界”，意义深远。

本场说明

伪帝的营帐场是整部《浮士德》最后创作的一场。歌德 1831 年 7 月动笔，当月完成，7 月 22 日日记中标注“主业完成”。

作为情节上的衔接和过渡，本场本该突出浮士德受封的场景。歌德也曾将之列入写作计划，但终究未落实到舞台，而只是通过其他角色的台词，一带而过。可见，浮士德人物、受封情节、与上下两幕的衔接，已非本场重点。

事实上，本场的核心在于，根据《黄金诏书》，塑造神圣罗马帝国的登基典礼、册封仪式，呈现帝国的建制。换言之，它似乎更希望以戏剧舞台，为后世留下一个对帝国的永久纪念。

因本场内容与《黄金诏书》息息相关，更有大量关键词直接取自《诏书》，故而有必要在此提前对《诏书》予以简要说明。

《黄金诏书》相当于帝国基本法，由神圣罗马帝国皇帝查理四世（1347—1378 年在位）于 1356 年颁布，因盖有黄金印玺而得名，直到 1806 年帝国解散都在生效。《诏书》主要内容是确定皇帝选举法和规定诸侯权限。

根据《诏书》规定，皇帝由七位选帝侯选举产生。选举由美因茨大主教召集并主持。七位选帝侯中有三位教会神职君主，四位世俗非神职君主，其分别为美因茨、科隆、特里尔大主教，萨克森公爵、普法尔茨伯爵、波西米亚王、勃兰登堡马克伯爵。

当然，根据帝国建制，臣僚的设置更多是形式上的虚设，臣僚均有属于自己的邦国，本身是各自邦国的君主。对于选帝侯，规定有长子继承制，领地不可分割（为确保选帝侯数目不变），在领地内政治独立，拥有征税、铸币、盐铁开采权，以及独立的、不准臣民上诉的最高司法裁判权等。

本场登场的有五位君主，以一位（美因茨）大主教代表三位教会君主。按《诏书》规定，美因茨大主教为总理大臣（或称帝国宰相）；萨克森公爵充任军务大臣，勃兰登堡马克伯爵充任内务大臣，普法尔茨伯爵充任膳务大臣，波西米亚王充任酒务大臣。

本场所演示的册封仪式中，皇帝重申给选帝侯的各项特权，委托选帝侯选举和扶持继任皇帝，重申长子继承制及世袭领地不可分割，同意捐建教堂及缴纳教会课税等，亦符合《诏书》文字表述。

歌德于1763年十四岁时，在家乡、帝国城市法兰克福，亲身经历了系出哈布斯堡家族的约瑟夫二世皇帝的登基典礼，并在文学传记《诗与真》第五卷中予以了详细记载，诸如加冕的帐篷、隆隆礼炮、豪华的仪仗、册封典仪等。据记，加冕庆典历时月余，歌德家中接纳了前来参加仪式的使节和客人居住。

尤为重要的是，歌德曾在少年时代，亲自聆听过《黄金诏书》的注释者、法兰克福市长冯·奥伦施拉格尔对《诏书》的讲解。

本场主要为宫廷戏。除开头序场外，均使用亚历山大体。这一诗歌体例主要用于17世纪诗歌和戏剧，修辞丰富，沉稳庄重，符合宫廷仪制。当然，本场描画了一个风雨飘摇的旧帝国，所用亚历山大体也抱残守缺（据统计，194诗行中有60处有缺陷，包括用韵不妥，自然重音与格律重音不协调，单调枯燥等）。

歌德七岁时所作平生第一首诗，系献给祖父母的贺岁诗，便使用当时流行的亚历山大体。此时，在七十年后的生命的最后时日，他再次使用当日的诗体。这种轮回或许暗示出某种更为深刻的象征意义？

伪帝的营帐，宝座

财宝堆积如山

抢得急，捞得快。

捞得快

瞧还是咱们第一个来！

女。论抢夺，女人在前。简单的双行押韵体。

抢得急

连乌鸦飞得都没咱快。

据民俗，乌鸦擅偷，且喜欢闪光的东西。

捞得快

哎呀！竟是成堆的财宝！
从哪下手！捞多少为好?

暗示谋逆者的掠夺之实。

抢得急

满满的一屋子都是！
简直不知从哪儿开始。

捞得快

这毯子我要先把它拿，
我睡的地方常常太差。

抢得急

这儿挂着只金刚狼牙棒，
我早就把这么一个想。

一种同剑和长矛一样属于骑士使用的武器。

捞得快

那件红大氅镶着金边，
我做梦都想要这么一件。

国王或贵族的服装，按等级规定，平民不可随便穿戴。

抢得急 拿过那件武器

有了这个一下子齐活，
把人打死也不足为过。
瞧你扛了那么多东西，
却没装进什么值钱玩意。
那些破烂儿赶紧放手，
只需把那小箱子弄走！
这是供给军队的饷银，
小箱子肚里全是黄金。

因手持武器便是军人。

对立皇帝搜刮到的军饷。

捞得快

箱子虽小却沉得要命，
我搬不起，也扛不动。

抢得急

赶快躬身！弯下脊梁！
我把它撂到你虎背上。

捞得快

哦天呐！哦天呐完了！
重担压折了我的老腰。

小箱子摔下来跌开。

抢得急

一堆的红金撒落在地，
赶快上去把它们拾起。

捞得快 蹲下去

赶紧只管塞进怀里！ 用围裙兜起。
还有捡不完的满地。

抢得急

这回够了！赶紧逃命！

她站起身来。

天呐你围裙上有个洞！

不管你走动还是站定，
都仿佛在把财宝播种。

侍卫们 我方皇帝的

你等在这圣所有何贵干？
作何在皇家宝物里乱翻。

抢得急

我们扛着胳膊腿卖命，
到此地来取战利品。——
在敌军大营这是常情
我等，我等也是士兵。

得胜后掠夺财宝是得胜方常情。

侍卫们

这不合我们圈里规矩
当了士兵又打劫东西，
谁想靠近我们的皇帝，
就要做军人一身正气。

抢得急

正气嘛我们耳熟能详。
意思就是：征收军饷。

你们不过五十步笑百步：
交出！贵行当见面的招呼。

讽刺当兵也是抢劫的行当。

冲捞得快

搬上扛上你到手的货，
咱们在此是不速之客。

下。

侍卫一

以下四人台词，暗示刚才及在前番战场上被施了魔法。

要说你为何没立马
给那放肆之徒一嘴巴？

侍卫二

哪里知道，我浑身瘫软，
那两人竟如幽灵一般。

侍卫三

我感觉眼前一阵模糊，
金星直冒，看不清楚。

侍卫四

回溯上一场的战斗，一切都十分蹊跷，暗示被施魔法。

我也不知该怎么说：

这一整天都十分炎热，
闷得人心悸，烦躁不已，
有人站定有人倒地，
一面向前探一面出击，
对手则全然不堪一击，
眼前仿佛有雾气飘动，
耳中是各种嘤嘤嗡嗡。
如此往复，忽然至此
自己也不知怎么回事。

皇帝与四位诸侯上。
侍卫退下。

以下亚历山大体，至本场结束。六音步抑扬格，两三音步之间有停顿，巴洛克政治历史剧所用诗体，适于宫廷语言和仪制。

皇帝

无论如何！我们赢了这场对战，
敌人溃不成军平川上落荒而散。
眼前是空的宝座，逆贼的财宝，
用单子罩着，塞得帐中如此狭小。
我们，光荣地，由我卫兵把守，
以皇家风范把万邦的使节迎候；
从东南西北八方四面传来福音：

接上场。

逆贼的财宝，原文双关，同时指暴露了贪污的军饷。

等待万邦来朝。

帝国已平定，欢喜地臣服我们。	内乱后，帝国恢复旧秩序，万邦臣服。
就算我方战斗中夹带了把戏，	上场的各种魔法。
可终归还是孤军为自己博弈。	无援军。
种种偶然助了迎战者一臂之力，	
天降一块巨石，敌营下起血雨，	把魔法淡化为偶然的自然现象，为自己开脱。
岩洞里传出雄壮而奇异的声响，	魂灵大军的铠甲兵刃之声。
令我斗志昂扬，敌人闻之胆丧。	
战败者倒地，成为永远的笑柄，	
胜者荣耀，不忘赞美友善的神灵。	
天地万物齐声称颂，他无需发令，	他，皇帝自指。
神上主，我们赞美你！万众同声。	君王庆功时赞美天主的赞歌（Te Deum）。[1]
为致至高的赞美我把虔诚的目光，	
不同寻常地，俯向自己的胸膛。	赞美天主时，皇帝低下头，一说表示帝王的谦卑，一说表示忏悔。
年轻气盛的君主或把时日蹉跎，	
岁月却教给他光阴意味着什么。	程式化表述。不一定是个人体验。以普遍道理作比兴。
故而事不宜迟，我便值此联合	联合，具有法律效力，封建采邑制下，建立封君封臣关系。
四位君侯，为家族、宫廷与帝国。	神圣罗马帝国皇帝三重所属：家族，自己作为邦君的宫廷，帝国。
冲第一位	任命军务大臣。以下开始，帝国册封仪式。

[1] 赞美颂，Te Deum，公元 4 世纪写就的一首拉丁语赞美诗，是基督教最常用的赞美诗之一。歌德时代新教内流行的当是路德的德文译文，亨德尔的配曲版。开头三行：“天主，我们赞美你；/ 上主，我们颂扬你；/ 永生之父，万物敬拜你。”

爱卿！巧妙的排兵布阵舍你其谁，
又于紧要关头，予以了英勇指挥；
愿和平中，发挥时代希冀的作用，
我命你为军务大臣，授宝剑一柄。

适才战役中的表现。

对将来的期许。

军务大臣的标志物是剑。皇帝行册封时的语言，以《诏书》为依据。程式化。

军务大臣

你忠诚的军队，它至今忙于安内，
待其在边境巩固了你和你的皇位，
再行恩准，令我等在巍巍祖堡之
厅堂，值欢庆之时为你摆上宴飨。
我将为你亮剑，亮剑侍奉在一旁，
永远为崇高的陛下保驾护航。

据《黄金诏书》，由萨克森选帝侯暨萨克森公爵充任。应答亦以《诏书》规定为依据。程式化。

维护帝国内部和平。前番。

抵御外敌。将来。

意思是，待将来抵御外敌立了战功，再行册封。谦辞。

仪式性地。

保驾（Geleite），护送，扈从的义务。

皇帝 冲第二位

你，乃骁勇之身，又温和而勤谨，
爱卿！请受内务大臣，担当重任。
你即是所有皇家仆从的总管，
若其内部生事，我便无忠仆可选；
从今后请你继续作可敬的表率，
一展如何令主人并宫廷上下开怀。

任命内务大臣。

内务大臣掌管宫中仆从、一应内廷事物，包括宫廷财务。

内务大臣

据《黄金诏书》，由勃兰登堡选帝侯暨勃兰登堡马克伯爵充任。应答化用《诏书》对内务大臣的规定。程式化。

辅佐主上宏愿达成可享沐皇恩，
急君子之所需，亦不伤害小人，
清明兮不施诡计，安分而远欺！
若有主上你明鉴，臣死不足惜。

以上四行礼仪性、程式化表述，言内务大臣应普遍具有的品质。

可否尽情去想象那盛大的宴饮？

以下具体负责的事务。如登基典礼的宴饮。

你落座之前我将奉上一只金盆，

内务大臣的标志物是金盆。

且为你秉持戒指，以便宴乐之际
你双手爽利，你的目光令我欣喜。

皇帝象征性盥手时脱掉戒指（玉玺）。一旁服侍的内务大臣秉持。

皇帝

虽值此场面，我尚顾不得欢宴，
但也无妨！需来个喜庆的开端。

冲第三位

任命膳务大臣。

我择你做膳务大臣！自今日起
狩猎，禽场和果园胥听命于你；
请于各个时节选我喜爱的膳食
如其时令所产并进行精心调制。

膳务大臣

据《黄金诏书》，由普法尔茨选帝侯暨普法尔茨伯爵充任。

恪守斋戒本是我最心怡的义务，

标榜愿按基督教教义，恪守斋戒。仪式用语，程式化表达。

而今，它是奉上你喜爱的食物。

现在的义务是为皇帝准备膳食。

就让膳房的一众仆役与我同侪，
把远方的舶来，让四季流转加快。

不断推陈出新，变换菜品，言自己的义务。

你不在意桌上炫目的舶来与时鲜，
简单而实惠方是你心之所愿。

但皇帝并不奢侈。恭维。

皇帝 冲第四位

任命酒务大臣。

因宫中总不免一个接一个庆典，[①]
便请你，英武青年，变身酒官。

看来波西米亚选帝侯年纪尚轻。

酒务大臣负责管理我们的酒窖
务必打理得美酒盈樽无比丰饶。
你自当节制，切莫因一时兴起，
或受惑于良机，而失去了把持。

劝诫掌酒者自己莫要多喝。

酒务大臣

据《黄金诏书》，由波西米亚选帝侯暨波西米亚王充任。

吾皇，年轻人，只需施以信任，
转眼之间，便自行成长为男人。
我当全力以赴投入那盛大庆典；

---

① 宫廷庆典是封建采邑制下君臣联络的重要方式和手段，是宫廷生活重要组成部分。因此在设置的四项大臣中，既有膳务大臣，也有酒务大臣。负责宫廷庆典的大臣占到了宫廷职位的一半。

把皇家盛宴装点得美妙非凡
以华美的酒器，无数金杯银盏，
当然首先择最精致的大杯与你：
晶莹的威尼斯玻璃，满杯惬意，
让酒的味道更浓且永不会喝醉。
人们常过于相信此类神奇宝贝，
然陛下之节制，乃更好的防卫。

威尼斯以玻璃制品闻名。

传说威尼斯玻璃杯有特异功能，可防止喝醉或显示酒是否有毒。

皇帝因节制而不醉，胜于神奇的威尼斯酒杯。恭维。

皇帝

我在此庄严时刻所进行的册封，
诸位已信任地得自可靠的口令。
朕一言九鼎并保证每一项馈赠，
然为确认尚需高贵的文字凭证，
尚需签名。既说到公文的起草，
我见他款步走来刚好说谁谁到。

口头保证。

文书、文契、文件证明。

大主教［总理大臣］上。

也称帝国宰相，据《黄金诏书》，由美因茨选帝侯暨美因茨大主教充任。①

---

① 在中世纪，文化由第一等级——僧侣等级掌握，包括皇帝在内的第二等级——贵族等级只习武打仗，除个别家臣出身的低级贵族外，并不识字。因此各级宫廷中，都设有文书处，负责文件起草、书信往来等，由神职人员掌管。该神职人员一般同时担任宫廷礼拜堂的（转下页）

皇帝

若拱顶把自己交付给了封顶石，[1]
那它便大功告成且万世耸立。

指大主教暨总理大臣，众大臣之首，帝国核心人物。

这是四位诸侯！我们刚才商议，
皇家和宫廷所面临的当务之急。

皇帝一副汇报工作的态度。

而此刻，帝国整体当作何考量，
这重担和分量便落到五位身上。

大主教在此代表所有三位教会诸侯。[2]

你们的邦国当比其他邦国辉煌，
故此刻我便拓展贵属地的边疆，
用那些反叛者世袭的领地补偿。

没收对立皇帝及跟随者的世袭领地，分封给新的选帝侯。

我要把许多沃土许给各位忠良，
同时授予大权，汝可根据情况，

（接上页）神父，同时也是贵族的告解神父，相当于精神导师、政策顾问，按理地位高于贵族。以此类推，帝国的文书处由帝国境内最高级神职人员掌管，对于神圣罗马帝国而言，即是美因茨大主教。掌管文书处（Kanzlei）的人称总理大臣（Kanzler），因同时掌管玉玺，也叫掌玺大臣，负责帝国层面一应文书起草等。故而大主教与总理大臣（或称帝国宰相）同为一个人物，只是称谓不同，所指身份和功能的侧重点不同。至下文之“神父”，仍是同一人物，因该最高神职同时充当皇帝的告解神父、精神导师、政策顾问，在这个意义上，地位高于皇帝。

[1] 封顶石（Schlusstein），直译最后一块石头，建筑完工时，最后置于拱顶的一块石头，起连接和支撑作用，标志建筑最后封顶完工。

[2] 另外两位是科隆大主教、特里尔大主教。前者同时负责帝国在伦巴第地区的领地，后者同时负责勃艮第等帝国领地。

通过并入、购买、交换继续扩张，[1]

以下各项出自《黄金诏书》对选帝侯特权的规定。

此外还请接受恩准不受干扰地
行使属于诸位邦君的特许权利。

给予选帝侯的特许权。

作为法官最终判决由你们做出，
他人不得对你最高机构提起上诉。

据《黄金诏书》，选帝侯拥有独立的不准臣民上诉的最高司法裁判权。[2]

商税地租贡赋，采邑使用权护送费和关税，[3]
并开矿、采盐与铸币权亦均属各位。

选帝侯所拥有的各种可独立行使的权利或特权。

为使完全有效地检验我的感激，
我诚把各位擢升至仅次于皇帝。

选帝侯享有司法、税收、开矿、铸币权，相对独立，地位仅次于皇帝。

大主教

我代各位向你表示深深的谢意，
你令我等强固也加强了自身权力。

互利，皇帝令选帝侯强大稳固，也等于增强了自己的权力。

皇帝

以下委托选帝侯，待皇帝驾崩后，选举和拥立新君，避免类似此番的内乱。

五位贤臣我还要委以更高重任。

---

① 并入（Anfall），中世纪采邑制下的概念，指通过继承、联姻、馈赠等，把其他土地并入自己的领地。

② 帝国虽设有帝国法院，但只处理邦国之间的事务纠纷。或当邦国内部拒绝、推迟判决时，方可向帝国法院提起上诉。值得注意的是，歌德的本专业是法学，博士毕业后，曾在韦茨拉尔帝国法院实习（由帝国城市法兰克福搬迁至此），故而熟知帝国法律事务。世人只知绿蒂绯闻和少年维特烦恼，却忽视了歌德在韦茨拉尔的主业。

③ 均为中世纪采邑制下的概念。其中贡赋，指臣民自愿的捐赠或劳役；护送费，指护送行人所要求的保护费。

于帝国我尚健在且仍流连凡尘；
然先祖的交替却让审慎的目光
从只争朝夕转回到世事无常。

终有一死。

我也会，一日，离众爱卿而去，
届时恳请诸位负责，选任新帝。
为其加冕将其高举在圣坛之上，
切务和平解决莫似此番之动荡。

按基本法选举，避免再度产生争端动乱。

总理大臣

即大主教。

怀着内心深处的骄傲，举止谦卑，
万人之上的邦君，躬身面对万岁。

五位大臣均为各自领地的邦君，但在皇帝面前仍表现出谦恭。

只要忠诚的血流在饱满的血管里，

选帝侯要宣誓终生无条件效忠皇帝。

我们便是你意志轻易驱动的身体。

自欧洲古代常用的政治比喻，以头和身体的关系，比喻君主和臣子。

皇帝

以下规定选帝侯长子继承和领地不可分割（为确保选候的数目不再增加），仍按《黄金诏书》。

最后，让我们把至此达成的约定
以文字和签名为后世留下凭证。

有皇帝签名的文书。

作为领主，诸位对地产享有自由，
然有一个条件，即它不可分割。

选帝侯领地不可分割。

无论你们如何拓展由我处所得，
务必请各长子把领地悉数获得。

无论领地多大，都要由长子全盘继承（不可分割给其他子嗣）。

总理大臣

我将立刻欣然把最重要的章程，
付诸羊皮纸，为帝国和我等之幸。
誊写和封印且交由文书处操劳，
陛下你，将以神圣签名确认生效。

文书交与文书处处理。

皇帝

我即宣布退朝，这样人人便可以，
聚精会神，思考这个伟大的日子。

世俗选侯退下。

仅留下教会选侯，即大主教、总理大臣。

【歌德原计划在此加入浮士德受封情节，但最终略去，使本场成为完整的对神圣罗马帝国建制的呈现。】

神父　留下并慷慨陈词

现作为“皇帝的忏悔神父”（手稿标注），精神导师，位置在皇帝之上。

总理大臣退下，主教留下觐见，
严正的警示精神将他驱至你耳畔！
他慈父般的心为你担忧充满忧愁。

同一人物，身份变换。

要以逆耳的忠言劝说。他，主教自指。

作为教会选侯和总理大臣是臣子，作为神职，是皇帝的神父、慈父。

皇帝

请讲！值此喜庆时刻你有何担忧？

大主教

作为告解神父、精神导师，责成皇帝把与魔鬼梅菲斯特观战的山麓，献给教会补赎罪过。

在这一时刻，我无比痛心地看清，
你崇高神圣的头竟与撒旦的结盟。

指上一场默许梅菲斯特助战。

尽管，看起来，你稳坐上宝座，
只叹！神上主与教宗均受到嘲弄。
后者一旦知晓，便将立即惩处，
用神圣的光照摧毁你罪孽的国度。

神圣光照，婉语，指绝罚，即开除教籍，最严厉的惩罚。

他尚未忘记，你如何值隆盛之时，
即你加冕之日，释放了那位术士。

接前场，皇帝在加冕之日特赦了被教会判以火刑的术士一事。

从你皇冠发出的第一道恩慈之光，
竟有损基督徒照到那可恶的头上。

皇帝利用加冕时享有的特赦权，赦免了术士。

捶胸悔罪吧，从邪恶的侥幸所得，

捶胸，教会中表忏悔的仪式性动作。

择取九牛之一毛，补赎给圣所。

将部分所得献给教会、教堂，或购置圣物，以补赎罪过。

那段疏阔山麓，你军帐所在之地，
在那里，恶灵们联合保护了你，

魔鬼、术士、魂灵大军等一应恶灵。

在那里，你对谎言魔头附耳恭听，

指魔鬼梅菲斯特。

请将之捐赠，既受教便要做神工；

指把观战时所在山麓捐赠给教会。

连同高山密林，无论绵延到哪里，
连同四季常青的放牧牛羊的坡地，
加之清澈多鱼的湖泊，无数小溪，
其九曲十八淙淙流下，奔向谷底；

还有这开阔的山坳连同各处风景。

与魔鬼结盟的山麓，又附带许多，山林牧场湖泊谷地。

如此表达出懊悔，你将重获恩宠。

系讽刺教会贪婪、敲诈勒索的程式。

皇帝

我为自己沉重的过失深感震惊，
边界请由你按自己的尺度划定。

表示顺从和接受。

大主教

插入一段教堂建造，涉及教堂主体结构及工程顺序。[1]

首先！这因作孽而被玷污的地方，
将即刻宣布建起礼拜天主的圣堂。

指教堂。通过建造圣堂，净化此地的罪孽。

心目中，巍巍四壁正拔地而起，

想象教堂建造过程。

早有圣坛建成沐浴朝阳的霞光，

按传统，建造教堂首先从东向的圣坛开始，后依次为横殿和纵殿。

建筑日新月异现出十字形主体，

建成教堂横纵两个主体部分，横纵交叉呈十字形，如十字架。

中殿延伸，加高，信徒们欣喜，
已热切地，从庄严的大门涌入，
第一次钟声的召唤已响彻山谷，

教堂在弥撒开始前敲钟，以召唤信众。表明教堂已投入使用。

从高耸入云的钟楼，传出钟声，
赎罪者赶来，为获再造的新生。

---

[1] 德国有一类教堂称捐建教堂（Stiftskirche），由当地领主捐献地产或出资营建，目的为捐功德或赎罪。这样修建的教堂大多也相当于出资者的家堂，除在此举行宗教仪式外，还用于安葬家族成员。

愿盛大的落成典礼，早日到来！

教堂落成典礼，邀请皇帝参加。

你的莅临定为之增添无上光彩。

皇帝

愿此宏伟建筑昭告我虔诚的心意，
曰赞美天主，曰把我的罪孽洗涤。

应和主教前文的赎罪之说。

好了！窃以为自己的觉悟大有提升。

大主教

总理大臣要立字据确认上述决定。

皇帝

拟好公文，表明其交归教会所有，

上文的教堂。

你呈上前来，我将欣然签署接受。

大主教 告退，走到门口又回身

还可待教堂竣工，你便一并献出，
所有租赋：什一税，地租和贡赋，

周围属地的租赋。

且永久生效。圣所维护需要支付，

教堂维修管理的费用。

精心的管理同样需要大量支出。
就为在这荒郊野岭上迅速地营建

也请你从战利品中划拨一些真金。
此外还需，我无法对之避而不谈，
调运木料、石灰、板岩等等诸般。
运输由民众承担，受讲道的教训，

建筑教堂时民众所服徭役。

教会会祝福为她效运输之力的人。[①]

下。

皇帝

我身上背负的罪孽巨大而深重；
欺人的术士们带给我伤害不轻。

萨宾术士的使者浮士德及梅菲斯特。

大主教 再次转身，一躬到底

二度回身。以下言及浮士德的封地，与第五幕呼应。

抱歉主上！那个声名狼藉的家伙

浮士德。

受封了帝国滩涂；可他难逃绝罚，

因巫术等罪，大主教有权实施绝罚。

你若不同样懊悔地赠与彼教堂处

呼应第五幕前三场的小礼拜堂（包括钟声、祈祷等细节）。

诸如什一税、地租、捐赠和租赋。

皇帝 不快地

那儿尚无陆地，尚是广漠的大海。

尚未填造。

---

① 本节是比较程式化的对教会贪婪的讽刺。然而客观上，所需各项花销很大程度上符合事实。在当时历史语境中，人们为建造教堂付出徭役，其心境并不同于后人的理解（见上节对民众激动喜悦之情的描述），否则不会建有和留下许多教堂。

大主教

谁有权利和耐心成功便指日可待。

但愿陛下之诺言对我们永久生效！

对封地的权利，等待封地上建好教堂的耐心。

迟早会造出陆地，终要献出租赋。

皇帝 独自

照此恐展眼会把整个帝国转让掉。

第五幕

本幕说明

第五幕是《浮士德·第二部》的最后一幕，也是整部《浮士德》的最后一幕，共分七个场景，前三场构成一个单元，系后来所加；后四场是一个单元，是原初设计的《浮士德》的大结局。

第五幕成文在第四幕之前。歌德大约于1800年前后，在创作天堂序剧的同时，设计了浮士德死亡和升天的框架，且于1815年透露，结尾部分业已完成，而且“很好，气象恢弘”。后据考证，这时其实不过草拟了一些写作计划或创作了某些片段。

1825年，歌德重启第五幕创作，首先整合、修订了之前写成的片段，完成了子夜（浮士德目盲）、宫殿前宽阔的庭院（死亡）和埋葬三场。然后于1830年完成终场山涧（升天）。最后于1831年春，在创作第四幕之前，补作了前三场开阔的地带、宫殿、深夜——现一般合称菲勒盟-鲍咯斯悲剧。

也就是说，随时间推移，在原初设计的框架内，歌德后加入一个单元，用以呈现欧洲新旧秩序的交替，以及伴随这一过程的血腥和暴力。据歌德自称，这一单元他思考了三十年之久，其意义重大，以致他迟迟未敢动笔。

第五幕除题为山涧的终场，余者均发生在浮士德的封地。确切地说，发生在他围海造陆赢得的新土地上。于此，浮士德在最初的落户之地建起宫殿，在不远处建起海港，有运河从海港直通至宫殿，以便用驳船舶来海外掠夺的财富。

在新造陆地的外沿，当建有防水堤堰，阻止海水漫灌。另纵横挖有排水的沟洫，以供排水之用。新造的土地上已有稠密的人群居住。

与新大陆和新城对比，且与邻居浮士德的宫殿形成鲜明反差的，是原海边沙丘上（现已远离海岸）的一座茅屋。其中居住一对老夫妇，菲勒盟和鲍咯斯。与茅屋构成有机整体的，还有菩提树和小礼拜堂——一幅旧欧洲之人、土地、信仰合一的田园景象。

第五幕前三场中，首先通过漫游者的视角，描绘了海边滩涂的巨变。然后重点落在浮士德如何指使梅菲斯特进行海外掠夺，积累财富。最后上演了菲勒盟-鲍咯斯悲剧：两位老者因拒迁新居，不臣服新主，而经浮士德授意，被梅菲斯特带领悍卒前去恫吓致死。漫游者被杀，连同老者尸骸和茅屋被焚烧，在“火刑堆”中化为灰烬。

因此可以说，与第二部其他各幕、多个场次单元一样，抛开整部《浮士德》的结局，第五幕前三场也构成一个“相对独立的小世界”，仅与第四幕有微弱的情节和线索上的联系。歌德在这个“小世界”呈现的，是他对欧洲近代史以及以海权为特征的秩序变化的思考。

后四场中，歌德借用巴洛克寓意剧、宗教剧“末日审判”程式，塑造浮士德的死亡、埋葬和升天，与天堂序剧呼应，把浮士德一生纳入救赎的框架。

本场说明

开阔的地带场，上接第四幕最后一场帝国建制，但时空上均有巨大跨度。时间从中世纪晚期、近代早期跨越到19世纪上半叶，空间从山麓跨越到海边。浮士德显然已在封地耕耘多年，此地已造出新陆，垦殖了滩涂，建造了港口，开挖了运河。浮士德昔日落户之地已竖立起宫殿。

19世纪上半叶，在荷兰和德国北部，均已出现拦海造陆或建造深水港工程；德国或世界范围内已开凿或动议开凿莱茵-多瑙运河、苏伊士运河、巴拿马运河；在威尼斯和西普鲁士沼泽地引入了沼泽排水技术；垦殖、海外掠夺或海权争夺，进入最后定格的时期。

凡此水利工程、其所涉及的技术、当时的应用情况，歌德都予以密切关注。关于水利工程，后人在歌德藏书中发现布什1796年所著《水利工程大全》（Johann Georg Buesch: *Uebersicht des gesamten Wasserbaus*. 2 Bde. Hamburg 1796），该书详细讲述了当时水利工程和技术状况。

本场人物要按寓意人物理解。率先登场的是一位无名的漫游者。他曾在多年前遭遇海难，仰赖老夫妇菲勒盟、鲍咯斯救助得以生还，此时来到故地，意欲寻找和答谢旧日恩人。歌德首先借漫游者视角，描写了海滩翻天覆地的变化，从侧面反映出浮士德改造自然的力度，同时衬托出老夫妇对茅屋的坚守。接着通过三者对话，道出一切都是匪夷所思的“魔鬼的工程”。

菲勒盟和鲍咯斯一则老迈、安静、迟缓，一则虔诚、本分、友善，但不失倔强，坚持以沉默抵抗。与人物性格相应，本场很多名词使用了缩小形式，台词以四音步扬抑格为主，产生轻柔舒缓的声音效果，模拟从容、安逸的生存状态。

开阔的地带

漫游者

是了！那茂密的菩提，

在那边，老迈而有力。

11045 我竟重又找到它们，

几经了漫长的游历！

果然是旧日的故地，

那茅屋，曾把我庇护，

当狂飙激起的浪头

11050 把我抛上那片沙丘！

收留我的人我要祝福，

那对热心诚恳的夫妇，

当时就已年迈的二老

想是今日仍有幸见到。

11055 哦！多么本分的好人！

叩门？还是呼叫？——二老好！

不改好客二老今日仍

得享善行带来的福报。

> 很久以前在海上遭遇风暴，得老夫妇搭救，庇护，此时前来寻找和答谢恩人。
> 菩提树，田园的标志。

> 老夫妇的生存环境未改。

> 时代狂飙。

> "祝福"唯神可以发出，暗示漫游者的身份，同《旧约》或《变形记》中的耶和华或宙斯。

> 好客，给过路人提供庇护和饮食，在古代和基督教中都是基本的美德和善行。
> 再次暗示漫游者的身份。

鲍咯斯 小老妈，很老很老

亲爱的过路人！轻点！轻点！

与建筑工地的嘈杂和浮士德的咆哮形成对比。

请安静！让阿公安眠！

在安静中安稳地熟睡，一种心灵状态。

长长的睡眠会让老人
醒来的当儿做事灵便。

长时间安睡可以蓄积能量。

漫游者

告诉我妈妈真的是你，
在眼前接受我的谢意，

惊喜于老人依然健在。

还记得当年你与阿公
曾挽救过少年的性命。

古老、安静可救人于风暴，给人以庇护。

你就是忙把甘泉递至
垂危者嘴边的鲍咯斯？

甘泉，令人联想到给人以生命的“活水”。[①]

阿公上场

是你菲勒盟，你奋力，
救我财宝把洪水出离？

从洪水中拯救财富。

---

① 《约翰福音》4:6—13：在那里有雅各井。耶稣因走路困乏，就坐在井旁。那时约有午正。7 有一个撒玛利亚的妇人来打水。耶稣对她说：“请你给我水喝。”［……］10 耶稣回答说：“你若知道神的恩赐，和对你说：‘给我水喝’的是谁，你必早求他，他也必早给了你活水。”［……］13 耶稣回答说：“凡喝这水的，还要再渴；14 人若喝我所赐的水就永远不渴。我所赐的水要在他里头成为泉源，直涌到永生。”

你们迅速把火堆点燃，
你们的小钟银铃一般，

火堆和礼拜堂的钟声，给遭遇海难者以靠岸的信号。

那场可怕的历险
全仰赖你们救难。

似巴洛克海难寓意图。

让我这就走上前来，
眺望那无边的大海；
让我跪下让我祈祷，
我的心头如此澎湃。

跪下祈祷，通过仪式获得平静。

在沙丘上迈步向前。

菲勒盟 *冲* **鲍咯斯**

赶紧张罗摆上饭菜，

照顾客人要快，好客。

在鲜花盛开的小园。

小而充满生机。

就让他跑去，吃惊，
不敢相信自己的眼睛。

站在漫游者身边

昔日对您肆虐的海洋，

菲勒盟对过客尊称“您”。

汹涌澎湃，惊涛骇浪，
如今成了他们的花园，

您眼前一幅天堂景象。
我老了，实有心无力，
无法如从前急人所急，
而随着我年迈力衰，
浪头它也渐行渐远。
聪明主人之大胆仆役
挖掘沟渠，修堰筑堤，[1]
贬损大海的权利，
作为主人取而代之。
看新发的绿草茵茵，
牧场花园村庄树林。——
过来尽享这美景吧
太阳马上就要西沉。——
天边驶来点点群帆！
在寻夜间停靠的港湾。
如鸟儿认得自家巢头，
那里已有它们的港口。
你向远眺方可看见

滩涂巨变。

无法再奋力营救遇难者。

老人离海越来越远。老人力衰，改造自然的步伐加快。此消彼长。

谈论浮士德。

人取代海成为海的主人。

本句起，您改为你。以心灵之眼观看。

幻想中过去的美景，异象。

太阳落山，黑夜来临，灾难出现。

进行海外劫掠的海盗船入港。

已建起海港，供出海掠夺。

[1] 沟渠，在此分两种：一种用来排干堤内海水，填土造陆；一种即是运河，供驳船航行，把海船从海上掠夺来的财宝，从海港驳到浮士德的宫殿。

大海那蓝色的边缘，
左边右边，四下延展，
尽是稠密的居住空间。

海港建在离沙丘（浮士德最初的落脚处）很远的地方。由侧面可知填海造陆的力度。

三人围坐桌边，在小花园。

鲍咯斯

你默不作声？亦不把
饭菜送入饥渴的口中？

漫游者出于惊愕而无语，而忘食。

菲勒盟

他是想知奇迹如何发生，
你爱说话，就讲给他听。

神行奇迹，此处是人改造自然的奇迹。

鲍咯斯

好！那真的是奇迹！
至今令我心有余悸；
因为那整件的事情
发生得都不合常理。

菲勒盟

难道作孽的是皇上

他，指浮士德，似根本不愿提及其名。他即他者，非我同类。作孽：犯罪，渎神。

封赏了他这片海疆？

接第四幕。显然浮士德获封，有传令官到当地通报。

难道不是有传令官

以两个反问，接上场，补记浮士德从受封到入驻，从垦荒到建起宫殿的过程。

大声鼓噪一路宣传？
于是在沙丘不远处
便有人前来落户，
帐篷！茅屋！——绿树间，

从帐篷、茅屋到宫殿，浮士德的身份和地位发生巨变：由垦荒者变为领主和君王。

很快立起一座宫殿。

鲍咯斯

讲述筑堤（为拦海造陆）、挖掘运河（海盗通道）。暗示均系魔鬼工程。

日间仆役们白白喧哗，

白天人力劳动取得不了什么进展。

镐头铲锹，一下一下，

暗示魔鬼的工程。一说指现代机械投入使用。

哪里夜间有火苗攒动

夜间魔鬼大军出动，或梅菲斯特施魔法，迅速创造奇迹。以上四行言筑堤。

改日便竖起一道堤坝。

以下言挖掘运河。

一定有人流血牺牲，

当时机械落后，此类大工程会使很多人因劳累或染病而丧生。[1]

夜间响彻痛苦的哀鸣，

[1] 对此可略举两例：比如在18世纪下半叶，弗里德里希二世下令治理西普鲁士的沼泽，为此在瓦尔塔河（Warthe，今属波兰，波兰语Warta）与内扎卡尔河（Netze，今属捷克，捷克语Nezarka）之间挖掘一条36公里长的运河。该项工程造成1500人丧生；再如1820年代，在建造不莱梅深水港时，有900名劳工日夜无休劳作，后疟疾（德语：沼泽热病）流行，造成多人丧生。

一字火蛇流向海边，
11130　晨间便有运河出现。
　　　他不信神，他贪恋
　　　我们的茅屋，林苑；
　　　作为邻人他盛气凌人
　　　仿佛我们当俯首称臣。

菲勒盟

11135　可他确实向我们提出
　　　美宅一座坐落在新土！

鲍咯斯

　　　莫相信水域的来使，
　　　务坚守在你的高地。

菲勒盟

　　　让我们走向小教堂！
11140　去观照最后一缕阳光。
　　　让我们鸣钟，跪下，祈祷！
　　　去信任那位古老的神。

亦可指机器投入使用：当时已有蒸汽机用于挖掘、排水等装置。但明显在强调火元素。

不信神，等于说某人败坏、邪恶。

犯十诫中的第九诫（路德版）："不可贪恋你邻舍的房屋"。
邻人：浮士德。按以下事态发展，爱邻人成为除掉邻人。

善意地轻信。

以美宅交换。后证明实为坟墓。

对新事物不信任。

浮士德遣来宣谕（以新宅换茅屋）的使者，来自填海所造之陆。

传说中菲勒盟是祭司，"让我们……"是典型祭司用语。

补充说明

本场标题开阔的地带。其中“开阔”（offen）一词，德文中有敞开、坦荡、旷达的意思，与房舍连用，表示主人慷慨、好客，各重意思均可用来指示出场的菲勒盟、鲍咯斯老夫妇：他们随时敞开家门，准备营救海上的遇难者，慷慨招待来往过客；他们坦荡旷达，安贫乐道，知足常乐。可见，与开阔空间相对应的，是人心胸意念的开阔。

“开阔”同时与浮士德的封闭、不宽容、不坦荡、强硬、固执形成对比。浮士德意欲限制大海的自由，自闭地龟缩于自己的宫殿，清点入库的财宝，不能容忍茅屋阻碍他的视线，因小礼拜堂的钟声而暴跳如雷，用暗语授意帮凶梅菲斯特“弄走”老夫妇，等等。

值得注意的是，菲勒盟、鲍咯斯连同漫游者的人设，有两个故事作为原型。一是《旧约》中亚伯拉罕和撒拉的故事，即耶和华化作过客造访，受到年迈的亚伯拉罕和撒拉的款待，于是神赐福他们子孙繁盛。

一是罗马作家奥维德的《变形记》中记载，朱庇特和墨丘利微服进入某地，所到之处处处碰壁，唯有居住在茅屋，安贫乐道、知足常乐的菲勒盟和鲍咯斯倾其所有款待了他们。于是作为惩罚，二神用大水淹没了那一地区，但令二老跟随他们到高地，使其幸免于难；他们的茅屋化作大理石神殿。菲勒盟应邀提出请求，一愿担任神殿祭司，二愿与鲍咯斯共生死。后菲勒盟化作橡树，鲍咯斯化作菩提树，受后人敬仰。在两个故事中，漫游者都是神的化身，菲勒盟、鲍咯斯因接纳和款待过客而受到祝福。

本场说明

在上一场，人们从他人讲述中，得知浮士德及其海边帝国情况。本场宫殿，将镜头拉近到浮士德的宫殿，浮士德出场。

浮士德的宫殿附有“大面积的花园”，这不足为奇；奇异之处在于，还有一条“宽阔、笔直的运河”，直接从海港通到浮士德的宫殿。这是海上劫掠、海盗行径的直接通道。

歌德以此，导入了航海大发现以来，欧洲近代史上一项重要事件：以国家为组织的海上劫掠、海盗行径，充当了资本积累的重要来源。并由此深入到影响欧洲近现代海陆秩序的海权问题。——大多数《浮士德》注疏忽视了这一点，错误地仅把它理解为一般的海外贸易、海外殖民。

可以说，上一场借过路人和邻人的视角，呈现了浮士德造陆和垦殖的“伟业”；本场则重在呈现他第二个伟业：海上劫掠，资本积累。

本场有两个事件平行推进：一则，上场结束时小教堂的钟声令浮士德暴怒，意识到不屈服的茅屋和老人构成了他疆土上的飞地，阻挠了他奄有天下的意志。他于是授意梅菲斯特把他们“弄走”。一则，梅菲斯特率海盗船回港，货物由驳船驳到浮士德宫殿，经浮士德亲自登记查点后入库，然后犒赏参加劫掠的悍卒。两个场景所要突出的，均是新秩序的座右铭：“强权即公理”。

宫殿

大面积的花园，[1]
宽阔、笔直的运河

浮士德已薄天年[2] 在徘徊，思索

守塔人林叩斯 通过传声筒

守塔人林叩斯再次出现。行瞭望之责，用传声筒，向宫殿主人报告外界情况。

夕阳西沉，最后几只船

海外掠夺归港的船只。

正兴致勃勃驶入港湾。

海船只能停靠海港，不能直接开到宫殿。

一艘大驳船整装待发
且沿运河驶向宫殿。

驳船负责沿运河把海上打劫掠夺的财物，驳到浮士德所在宫殿。

彩旗欢快地迎风飘扬，
桅杆竖起准备停当，
在你内水手自赞神锡，

拟“在主内”。借用赞美诗格式，把神换为“你”，指浮士德，水手的保护神。

值此吉时福运前来致意。

吉时，一指财宝将至，二暗示浮士德大限将至。

沙丘上小钟敲响

接上场，菲勒盟敲响小教堂的钟。两下同时发生。

---

① 按歌德的想象，当是象征绝对君权的法式宫廷花园，而非崇尚自然风格的英式花园。

② 在 1831 年 6 月 6 日与爱克曼的谈话中，歌德说到，此时的浮士德当值百岁高龄。

浮士德 怫然大怒

该死的钟声！无耻狂妄
把人中伤，似阴险冷枪，
眼前我的帝国广袤无疆，
背后却有懊恼让我抓狂，
钟声让人忌惮似在提醒：
我宏伟的疆土并不纯净，
菩提所在，棕色的建筑，
枯朽的小教堂非我地土。
我若希望去那里歇息，
陌生身影会令我恐惧，
那是眼中钉，肉中刺；
哦！我好想远远逃离！

守塔人 同上

绚丽的驳船欢欢喜喜，
乘清徐晚风扬帆来仪！
它疾驶而来乘风破浪，
高高堆着，大小箱囊！

咆哮。与两位老人的平和、轻缓、安静、从容、宽容形成对比。

恶人先告状。不乏借口。钟声或也象征为浮士德敲响的丧钟。

反咬，无公理可言。

浮士德的宫殿面向大海，背靠沙丘，是新地与旧土的分界。

上有一块飞地。对纯粹的要求导致不宽容，导致彻底毁灭异己。

茅屋。浮士德用词更为现代。

第二虚拟式，强者永远不缺少借口，浮士德哪里会歇息。

惧怕陌生的身影，强者的借口，亦是内心的恐惧。

老夫妇并未对浮士德构成实质性威胁，浮士德却必除之而后快。

正话反说，意思是让老人迁居。

通过传声筒。

绚丽：挂彩旗，并满载各色货品。

壮观的驳船，琳琅满目，

满载世界各地的异域货品。

海外掠夺、海盗行径的收获。

梅菲斯特
偕三悍卒。

接第四幕的三悍卒。

齐唱

我们靠了岸，
我们到了站。

抵达宫殿。

愿洪福永驻！
保护神，我主。

保护神亦作船主。在此双关：点明浮士德之海盗船主和保护神的双重身份。

众人下船，货物被搬上岸

梅菲斯特

海盗船领班，海上劫掠的头目，听命于浮士德。

我们可谓历尽了艰险，
心满意足若船主夸赞。

船主：浮士德。其行动得浮士德默许，甚或指使。

出海时只有两只孤船，
却有二十只返回港湾。

九倍的利润，海外掠夺带来暴利。

我们都行了哪些壮举，
满载的货物即是证据。

自由的大海解放思想，	自由：首先涉及海权问题。[①]
谁还管它什么叫考量！	由上派生出自由的第二个含义：可抛开陆地上所有（道德）束缚。
要成事只需快速出击，	
捞鱼捕船，轻而易举，	
待当上三条船的老板	
再放手钩来第四条船。	用钩子（铁爪篙）钩船，罗致其他商船。近代早期海盗常用的手段。
第五条量也在劫难逃，	
谁有强权谁就有公道。	海盗逻辑。
只问什么，不管如何，	不择手段。
否则便不知航海之道。	
战争、商贸、海盗，	原文“海盗（行径）”与“如何（手段）”押韵。
三位一体，不可分割。	新的三位一体置换了老的三位一体。

三悍卒

无感激和致意！	浮士德还在因钟声生气。
无致意和感激！	
仿佛我们给主人	

---

① 大海本无主，所谓“无主的海洋”；近代早期开始，伴随地理大发现，新旧海上强国开始争夺海权，直至逐步制定海洋公约，划归海权，以制止无休止的海上争夺。在此前二三百年时间里，在海权尚未得到有效分配前，海洋不受国际法约束，是陆地法延伸不到的地带。详参施米特《大地的法》、格劳秀斯《论海洋自由》《捕获法》、马汉《海权对历史的影响（1660—1783）》、竹田勇《创造世界史的海盗》，等等。

带来的是粪土。
他显出一副
厌烦的面目；
帝王般的财富
他不屑一顾。

无心情顾及。

梅菲斯特

休再惦记
任何报酬，
你们那份儿
不早就拿走。

掠夺时顺手牵羊。

悍卒

那只是补偿
无聊的时光，

漫长无聊的海上航行。

我们的要求
是一人一份。

除了顺手牵羊还要正式工钱。

梅菲斯特

先上去
一间间放好。

所有财宝
一样不得少。
待他走去
好好瞧瞧，
再计算一切
不差分毫，
以点代面，浮士德每次都仔细计算。
他肯定不会
让人觉着抠门儿，
要大宴船队
一回接着一回。
赶明儿就有花鸟儿来到，
暗语，码头常见的妓女。
我保证尽心尽力安排好。

卸下的货物被搬走

梅菲斯特 冲浮士德

你眉头紧锁，目光阴郁，
面对自己超绝的运气。
崇高的智慧卓见成效，
海岸已然与大海和好，
大海已不再肆意拍打、侵犯海岸，因其间已构筑了防波堤。
大海愿接上离岸的航船

将之送上快速的航线；
船只可出港远航。
可以说从宫殿，从这里
你双臂拥抱着整个寰宇。
你由这个位置开疆破土，
宫殿所在地，最初落脚的地方。
在此竖起了第一座木屋；
垦殖者简陋的木屋。
当日向海边开凿的小渠，
如今摇橹鼓棹繁忙无比。
从最初开凿的小渠，发展到宽阔繁忙的运河。
你的才智，你属下的勤劳
赢得了大海和大地的酬报。
勤劳押酬报。
从这里——

浮士德
活脱脱暴君形象。

该死的这里！
可恶的这里令我窒息。
不得不告诉能干的你，
它似把刀插在我心头，
令我完全无法忍受！
说起来都羞于启口。
上面的老朽恐需搬走，
沙丘上。
我想要菩提来作架构，
以树作支架搭建瞭望台。
那几棵树，不归我有，

败坏了我的奄有全球。
我要于彼，为八方遍览，
依树枝把脚手架搭建，
我要为目光打开视野，
一览我所成就的一切，
要只消一瞥即可览尽
人之精神的伟大作品，
以聪明才智，连同实践，
为万民赢得的广袤空间。

菩提所在如飞地，影响了浮士德属地的完整。清除老人的原因之一。

下启又一借口：妨碍搭建瞭望台。清除老人的原因之二。

在高坡的树上搭建瞭望台，一览自己的领地和改天换地的成就。

浮士德几乎每句话都有“我”。完全自我中心。

填海所得居住空间。反讽，宣称为万民，实则为满足自己的意志。

如此我们饱受痛苦
感觉着富有中的不足。
小钟之声，菩提之气
围着我如教堂和墓地。
全力的意志的杀伐，
竟然在此折戟沉沙。
叫我如何能心平气和！
小钟一敲我便怒不可遏。

夸张，渲染。

一小块飞地不归己有。

墓地常在教堂周围，与教堂一体。恨之入骨，不共戴天。

全（暴）力，拟“全能”。意志的杀伐（决断）（Willens Kür），把随心所欲、专断二词拆开，似委婉，实加强。

梅菲斯特

那是自然！这大为光火

让你的人生变得苦涩。
谁人否认！聒噪如那般
令每只高贵的耳朵反感。

魔鬼的耳朵忍受不了神圣的钟声；据民间信仰，钟声驱赶鬼魅。

那该死的叮当——叮当
给朗朗夜空蒙上雾障。
每件大事都有它参与，
从初次沐浴直到葬礼。

初次沐浴：洗礼。[1]

仿佛，在叮——当之间，
人生便是无声的梦幻。

言仿佛无钟声便无生命。

浮士德

这份抵抗，这份固执

老人的抵抗、固执，构成最后一道防线。

枯萎了最辉煌的盈利，
以致，深受痛苦折磨，

反说，仿佛自己是受害者。

不得不疲于秉持正义。

已疲于秉持正义，将不再按正义行事，暗露杀机，预示以下所为。但自知是非正义。

梅菲斯特

那你还有什么忸怩，

---

[1] 教会规定七件圣事，洗礼（出生）、坚振礼（成人礼）、圣体礼（每日弥撒）、忏悔礼（告解）、婚礼（婚配）、晋铎（或称圣秩，祝圣神职）、终傅礼（为病人涂油），贯穿人的一生，规定每日的日常生活。圣礼多伴有弥撒礼仪，故而有钟声参与。

不是早该令其迁居。

浮士德

那你们去把他们给我弄走！[1]——

命令式，孤韵。针对你们：梅菲斯特及其悍卒。

那小小美宅你心知肚明，

暗语，当指坟墓。

是我精心给二老选定。

梅菲斯特

把他们抬走放他们在地，

暴力强迁。拟抬尸。

不等转头他们重又站起；

老人不屈。

待经受了一番暴力

美好的归宿让一切平息。

暗示将以暴力将老夫妇抬至新居；美好的归宿，坟墓。于是一切抵抗彻底平息。

吹了声刺耳的口哨。
三悍卒上。

梅菲斯特

咱们走！如主公所令，

明日开宴给船队庆功。

除掉老人与船队开宴相提并论，悲喜相照。且完成殖民与海外劫掠一同庆祝。

---

[1] 把他们给我弄走，字面意思：把他们给我弄到一边去。根据格林的《德语字典》(16, 388)有“连锅端、毁灭、杀掉，(秘密)清除”的意思。结合上下文，当是暗语，即授意梅菲斯特干掉老夫妇。——即便不是明确的命令，也是故意引起误解。

三悍卒

老头子待咱们一副冷漠
来场开怀宴饮还差不多。

适才未欢迎、夸赞、犒赏靠岸的水手。

船队庆功宴（Flottenfest），拆开即是开怀宴饮（flottes Fest），文字游戏。

梅菲斯特 冲观众

从前的故伎在此又要重演，
那个故事叫拿伯的葡萄园。（列王纪上 21）①

［下。］

---

① 拿伯的葡萄园，如文中标注，《圣经·旧约》列王纪上 21 章中记，拿伯有一个葡萄园，与之比邻的是亚哈王的宫殿。亚哈王企图占有拿伯的葡萄园用作自己的菜园。作为交换条件，他提出给拿伯一块更好的葡萄园，或付给他相应的银钱。拿伯信仰耶和华神，不愿交出自己祖先留下的产业。亚哈王回到宫中，闷闷不乐。王后看到，设计指使长老，令两个匪徒诬陷拿伯渎神，并用乱石打死拿伯。亚哈王得知拿伯已死，便要侵占他的葡萄园。此时耶和华派以利亚，告知亚哈王，他必得报应。亚哈王禁食、披麻衣，谦卑赎罪。耶和华说，他这代人的罪可免，但必降罚于亚哈的后代。——楷体字录自《圣经》原文，择之以供与本场文字对照阅读。

简评

本场中，浮士德的生存状态与菲勒盟-鲍咯斯的处于鲜明对比。按照歌德的想象，浮士德已年近百岁，大限将至。然而，他仍然在追求自我意志的完全实现，而且越到临终越变本加厉。他生活在新陆地，为统治欲、占有欲、行动欲所困，急躁、焦躁、暴躁的情绪达到极点，最后不惜以暴力去达目的。

与第一幕皇帝的行宫、第三幕墨涅拉斯的王宫、第四幕皇帝册封仪式所在的军帐相比，浮士德的宫殿最为清冷、孤闭。他完全蜕化为专制暴君，孤家寡人。梅菲斯特也已蜕化为浮士德的帮凶，率悍卒听命于君主。

需要特别指出的是，浮士德必要清除老人而后快，并非因为他们对他构成了实质性威胁，而是他们的生存环境、生命状态，破坏了浮士德疆土的同质性。更为重要的是，他们不屈服于暴君的强权，令浮士德如鲠在喉。

本场运用了描画暴君的程式，呈现浮士德形象，比如易怒、暴躁、不宽容。更为甚者，是其寻找各种借口，乃至摆出一副受害者的样子，会意心腹悍仆，清除异己。

为掩盖以暴力侵犯之实，亦如暴君惯用伎俩，浮士德亦使用婉语、隐语、暗语，这样一来，不仅欲盖弥彰，而且令人读之观之不免不寒而栗。

作者最后通过直呼“拿伯的葡萄园”、标注其列王纪出处，抖出了包袱，为读者和盘托出类比关系，消除了所有晦暗不明的隐语可能引发的歧义。

本场说明

上一场结尾预告的“拿伯的葡萄园”的故事，在深夜场发生。本场时间从傍晚过渡到深夜。守塔人林叩斯以歌唱的形式，报告了其目之所见：大火燃起，把茅屋、菩提树和小礼拜堂烧成灰烬，千百年矗立在眼前的景象毁于一旦。

随后梅菲斯特率悍卒回宫复命，详细讲述事件过程：他们闯进茅屋，吓死了沉默抵抗的菲勒盟和鲍咯斯，杀死拔剑搏斗的漫游者，把茅屋连同其中的尸首和周围的一切付之一炬。

浮士德则站在宫殿的阳台，观望到火起，听闻到汇报，称自己“内心中”对梅菲斯特的草率不满，对参与行动的人进行了诅咒。当然他并未吩咐施与援救，更未表现出真心的自责。

最后在大火余烟中，浮士德隐约见有黑影走近，以此接下一场并下一个单元：浮士德的目盲、死亡和升天。

于戏剧形式，本场使用了“城头观战”法，即通过瞭望者的讲述，再现舞台上无法展示的场景。诗歌形式中值得注意的是，林叩斯再度使用了他在第三幕“海伦剧”中使用的宫廷骑士爱情诗的诗体。该诗体在第三幕用以赞美海伦的美，在此却用来讲述一个悲剧过程。这是否在暗示，以古希腊为圭臬的人本主义，在此时已走到它的反面？

本场用歌声来吟唱无辜者惨遭杀戮的过程，以优美与残忍之间强烈的反差，烘托出一种欲哭无泪的痛楚（二战后保罗·策兰的《死亡赋格曲》便受此启发）。昔日的田园连同一切品质，为今时追逐经济利益的强权所剪除，被送上“火刑堆”。——启蒙以后的现代主义者，重复了当初自己所批判的宗教对异己的不宽容。

深夜

林叩斯，守塔人 在宫殿的瞭望塔上，唱

林叩斯本可夜视。参第三幕注。

为看而生，

原文二音步扬抑抑格，交叉韵，轻快而抒情。意思上四行一组。

为观领命，

看是普通的感官感知，观指直观事物本质的能力。在此指被安排观测。

誓向塔楼效忠，

尽瞭望的职责。

我自与世无争。
我眺望远方，
我观看近旁，
远有明月星辰，
近有麋鹿平林。
我在万物之中
看到永恒美景，
如万物娱我，
我亦怡然自得。
幸运的双眼，

对自己的眼睛说话。

你们从来所见，
任其何等大千，
都是那般美好！

以上歌颂造物之和平、壮美，双眼之愉悦。以下转折。

停顿

并非只为欣赏美景

> 改为四音步扬抑格，交叉韵。不再轻快抒情。

我被置于高高塔顶；
如何一阵悚人的阴霾

> 不祥之兆。

从黑暗世界向我袭来！

> 以下按火势由小到大，由茅屋内部到四围，铺陈梅菲斯特率悍卒纵火茅屋。

我看到火花四下飞迸

> 先是火花飞迸。

透过夜色菩提的阴影，
愈演愈烈红光流窜，
风助火威撩起烈焰。

> 接着燃起火焰。

哦！茅屋内火苗上蹿，
它本潮湿布满苔藓；

> 人为纵火。由茅屋内部燃起。

需得赶快前去营救，
却不见有人伸出援手。

> 无人赶去救火。

哦！两位善良的老人，
平素对火多么谨慎，

> 反衬，纵火。

眼看要被浓烟吞噬！
多么离奇不可思议！
火光熊熊，枯黑朽败

> 火势更猛。茅屋烧毁。

茅屋的骨架立在火中；

但愿好人们啊把自己
救出燃起大火的地狱！
火舌上蹿，闪电一般，
树枝，树叶燃成一片；

再度升级。火势由茅屋而及所有树木，连成一片火海。

枯树枝在火中抖动，
立时烧尽呼啦啦颓倾。
双眼啊你何苦要看清！
我何必有望远的眼睛！

悲切。

小教堂它轰轰然坍塌，

再及小教堂。

经不住树枝砸下重压。
火舌盘旋，凌厉上钻，
须臾间直抵树冠。
从上到下把树干烧得
空空，火光中泛着紫红。——

以所有树木烧空、燃尽作结。似拟火刑堆。可比照山麓观战场中的火刑堆。

紫红，耶稣受难的颜色。[1]

停顿良久，唱

昔日送入目光的景致，
连同千百年一同消逝。

充满惋惜和哀叹的宣叙调。

---

① 参《马太福音》27:28;《马可福音》15:17;《约翰福音》19:2。耶稣被钉十字架前，受辱被披上紫袍。

同时看到。阳台系帝王俯见下属、发号施令的地方。此阳台当在宫殿背面，面对沙丘。

浮士德 在阳台上，面对沙丘

上面的歌声如诉如泣？
歌词曲子传下来太迟，

托词自己知道太晚。

守塔人哀叹；我内在，

再次摆出内心、内在，实则旁人无法探察。[①]

深为这草率之举不快。

自我开脱的说辞。刺公共政治生活中，各种以内在为名，回避现实，纵容犯罪的做法。

然菩提树林既已焚毁，

话锋一转。终于得偿所愿！这或许才是内心所想。

树干成了可怖的炭灰，
那就刚好把看台搭建，

终于可按计划搭建看台，实现一览疆土的愿望。

以眺望无际的天边。
我亦可看到那座新居，
包围着那对耄耋夫妻，

包围，摹状坟墓。可见上一场授意迁居“小小美宅”即送入坟墓。

深感着宽宏的体谅，

体谅押新居。

他们在那里天年颐养。

颐养押包围。或正话反说，或故意以想象代替现实。或为开脱罪责，或是完全的自欺。

梅菲斯特并三悍卒 在阳台下

向主人复命，报告具体过程。四音步抑扬格，对韵，阳性韵尾，语气单调，冷酷。

我等一路小跑前来复命，
恕罪！是有些不近人情。
我们又是敲，又是叩，

---

① 内在，可用于内心省察、自我修养，但若在公共政治生活中过于强调内在，则会因其无法受监督和监察，而流为逃避责任的托词和借口。

怎奈门就是不打开；
我们开始摇，接着敲，
那破门就势被撂倒；
我们大声喊叫威逼，
无奈对方就是不理。
要说这种情况倒也平常，
他们听不见，是为不想；
那我们干脆也就趁早
赶快为你把他们除掉。
老两口倒也没甚受苦
惊吓之下便一命呜呼。
有个外乡人躲在屋里，
妄想还手，被撂倒在地。
就在胡乱打斗的时间，
四下撒下的火炭把个
干柴引燃。烈焰腾飞，
成了那三位的火刑堆。

戏仿《马太福音》7:7：“敲门，门就会开。”神为人敞开门。老人则以闭门抵抗魔鬼。

破门而入。暴力。

以沉默对抗强权和暴力。

暗语，黑话，婉语，同前。

老夫妇被活活吓死。

漫游者被杀死。

周围已撒放木炭，蓄意纵火。

同样对异己实施火刑。以上相当于一段倒叙，接上文林叩斯所见火景。

浮士德

我的话你们竟听不见！
我要的是交换，不是强占。

为自己开脱，诡辩。

不过脑子的胡作非为
吃我诅咒，你们人人有份。

淡化。

诅咒胡作非为，再及行为人。虚伪的诅咒，迁罪他人。

合唱

那句老话呀，老话响起：
你要乖乖地服从暴力！
你若大胆，你若抗争，
便要搭上房宅和——性命。

下。

浮士德 在阳台上

天上星光点点隐去，
地下火势渐已平息；
森森然有阴风骤起，
吹过来余烟和浊气。
令下得快，干得更快！——
怎的似有人影飘来？

令人不寒而栗。

焚烧的烟雾和气味。

仍在怪罪执行者不假思索。

下一场的灰衣老妇。

本场说明

子夜场开始，《浮士德》剧进入大结局。大结局围绕浮士德的死展开，分四场，依次上演浮士德的目盲、死亡、埋葬和升天。

按歌德最初（1800年前后）对《浮士德》结尾的构想，或按他原本对第五幕的设计，本场当是第五幕的开场，故而可能也是第五幕最早创作完成的部分。原标题宫殿，殿前庭院，一侧是海岸，夜晚，显然彼时尚未出现“运河”意象，未涉及海外掠夺问题；至于菲勒盟-鲍咯斯这等寓意深远的悲剧，亦尚未见端倪。纵观后四场，原计划的尾声，似乎仅止于围海造陆的“伟业”，以及“忧虑”此举带来的后果。

同时，从歌德最初的构想可见，他原本计划，遵循宗教剧尤其巴洛克宗教剧末日审判的模式，制定《浮士德》的大结局。而他最终保留了这一计划。故而本场首当其冲，以巴洛克式的寓意剧，呈现“一切皆为虚空”的巴洛克母题，把浮士德尘世的一生定义为盲目的一生，以引出之后的死亡和升天。

具体而言，本场时间由前场的深夜推移至子夜，地点由宫殿外转入宫殿内。先有寓意人物——四位灰衣老妇，分别代表不足、债务、忧虑和困苦，在殿外登场。

浮士德此时身为“富足之人”，并无物质上的匮乏。他缺少的只有忧虑之心，故而只有忧虑老妇得以进入殿内，与浮士德周旋。浮士德自始至终，顽固抵制和驱赶忧虑，且更加迫切地要实现自己的“大胆设想”。忧虑老妇离去前吹瞎了浮士德的双眼，称“人的一生都是盲目的”，浮士德终究也难逃。

本场除却开场部分，浮士德多用五音步抑扬格，忧虑老妇多用四音步扬抑格：浮士德的语调上扬，慷慨激昂；忧虑老妇的语调下降，平静迟缓。诗歌格律不仅摹状了两个形象的特征，而且加强了两者之间的对峙。

子夜

四位灰衣老妇登场。[①]

第一位

我名叫不足。

第二位

我名叫债务。

第三位

我名叫忧虑。

第四位

我名叫困苦。

四人常重复同一句式，且简单单调，下同。

三位一齐

除忧虑外的三位，均涉及物质上的匮乏，且呈递进关系。

大门是关着的我们无法进去，

里面住着富人我们不想进去

浮士德无物质上的匮乏。

① 老妇，因不足、债务、忧虑和困苦，在拉丁语中皆阴性名词，故取女相。四者类比丢勒的《末日四骑士》（战争、饥饿、瘟疫、死亡），在此同时充当大限将至的浮士德的死亡使者。

不足

我会变成虚影

债务

我会化为乌有。

困苦

养尊处优的脸见我会掉转头。

物质上的匮乏在宫殿里无容身之地。

忧虑

姐妹们你们不能也不得进去。

忧虑我便从这钥匙孔溜进去。

据迷信说法，精灵鬼怪常从钥匙孔进入室内。寓指浮士德只缺少忧虑。

忧虑不见了。

不足

诸位灰衣姊妹咱们离开这里。

债务

我贴在身边和你绑在一起。

困苦

困苦我紧随其后寸步不离。

寓指不足开路，并行的是债务，跟着的是困苦。

三位一齐

但见浮云飘过，群星隐没！
那后面！远远的，从远方
走来了兄弟，走来了————死亡。

原文连用五个破折号。死亡是四姐妹的兄弟，将至。

浮士德 在宫殿里

要想象，此原初设计的《浮士德》大结局中，浮士德第一段台词。面对终末审判，开始盘点人生。

我见四位走来，三位离开，
谈话的意思我不甚明白。
听来仿佛在说——困苦
押的是阴郁的死亡和虚无。

德文中死亡押韵困苦（Tod, Not）。

语声空空，幽灵一般沉抑。
我尚未挣扎到自由的境地。

未摆脱魔鬼，获得自由。

我多想把魔法从我路上清除

虚拟式，感叹无望；先前手稿用直陈式，表希望尚存。[①]

统统忘却那诸般咒语符箓；
自然啊！若能坦荡地面对你
一切做人的努力都在所不惜。

希望摆脱魔鬼，成为独立而自然的人。虚拟式。

我何尝不曾如是，直到开始

盘点人生。曾经独立而坦荡，未与魔鬼为伍。

---

① 因此时已面对末日审判，故而是否希望或是否能够摆脱魔鬼、摆脱与魔鬼的契约，会显示出浮士德是否有赎罪的愿望，决定他死后是被判升天还是入地狱。

在晦暗中摸索，诅咒自己和世事。

第一部书斋［二］场中，与魔鬼结盟前对“信、望、爱”的诅咒。

只是空气中如此鬼气弥漫
谁人知晓如何能把它避免。

人防不胜防，难逃脱鬼魅沾染。

就算某个白昼露出清明的笑脸
夜幕仍把吾人卷入可怕的梦魇；
我们欣喜地从初春的田野归来，

似回忆起当年与瓦格纳的复活节散步，时遇魔鬼。

却听有鸟嘎嘎鸣叫：不祥之兆。

乌鸦鸣叫，不祥之兆。

人或早或晚会被迷信缠绕：
它们显现、昭示，发出警告。
于是我们惊恐而孤独无助。
怎的殿门窸窣却不见有人进入。

吃了一惊

有人在此？

忧虑

既问了我便答是！

浮士德

敢问你，你是何人？

忧虑

我不请自至。

浮士德

请你走开！

忧虑

我适得其所。

浮士德　先是动怒，随后平息，自语

你要小心别再说出什么咒语。

浮士德准备克制，不再恶语诅咒。

忧虑

自我介绍，四音步扬抑格，声音和缓，与浮士德的抑扬格形成反差，也形成对峙。

纵使耳朵听不到我
心中也会感到逼迫；

人人心中都盘踞忧虑。忧虑伴随人的存在。

我变换着形象
施展强大的力量。

形象押力量。

任陆上海上旅行
我永远如影随形，

海陆旅途中，忧虑时时伴人左右。

从不用找总能遇到，

忧虑无时无刻不在，不用人找寻。

有人诅咒有人讨好。

讨好：平复忧虑。

你从不知忧虑为何物？

浮士德

人生总结。辩此世与彼岸。重此世而弃彼岸。

我只顾在世上奔波忙碌；

与上行押韵：人只顾奔波忙碌而不知忧虑为何物；奔波而不计后果，不思将来。

凡兴起我便抓住它发梢，

不让兴致跑掉。

不尽兴的我便把它丢掉，
溜走的就让它脱逃。
我一味渴求，一味成就，

唯有渴求和成就，无对过程的体验。

又心意难平，如此强劲
雷霆一生；先是气贯长虹，
后智慧大增，谨言慎行。
这尘世我已了如指掌。
彼岸于我们已希望渺茫：
愚人！才眯起眼向上看，
杜撰个同形者高居云端；

杜撰个神出来。原本神按自己的形象造了人，浮士德将之翻转过来。

他当脚踏实地环顾此际；

“他”，与“愚人”相反。

对能者这世界并不沉寂，

能者在此世大有作为，无需引颈彼岸。

他何须乎向着永恒迈步，

永恒对应彼岸、神的世界。

何不就把认识到的抓住；
就让他沿地上的时日行走；

过尘世的生活。

哪怕鬼魂出没也不言回头，

不顾一切，义无反顾。

漫漫长路有痛苦也有幸福，

他！任何时刻都不会满足。

“他”对应“愚人”，讲怎样做才不是愚人，实暗指浮士德自己，以自身为例。

忧虑

原文扬抑格，阴性韵尾，拟一种念经一样平稳单调的语气。描述人在忧虑（太过）时的症候，心灵抑郁瘫痪时的状态。

谁人一旦被我侵占

人为忧虑占据，人有了忧虑。

便对一切兴意阑珊，

心灰意冷，对一切不感兴趣。

永远都有雾障垂下，
太阳不升也不落下，
纵然外在感官沛然
内心住着一片黑暗。
纵有万般异宝珍奇
亦无心为自己集聚。
幸与不幸俱成虚妄，
富足之中饥渴难当，
无论欢愉还是灾难
他都把它推到明天，
只要此生还有来日
他便永远周而复始。

以上可概括为：悲观，冷漠，怠惰，自闭，拖沓。

浮士德

再度暴躁，驱赶忧虑。

住口！你休想让我就范！

我不要听你一派胡言。
走开吧！你念的歪经
足以让聪明人被转法轮。

接上，续写忧虑使人陷入的一种徘徊、偏执、萎靡、滞怠、不上不下、半死不活、无力决断的无为的生存状态。

忧虑

是何去，还是何从，
已由不得他来决定；
在辟好的道路中间
缩手缩脚逡巡不前。
他越来越迷失自我，
观看万物自带偏颇，
烦扰他人强迫自己，
犹在喘气却似窒息；
未窒息亦了无生机，
既不绝望亦不尽力。
如此滚动循环不息
痛苦地舍弃，违心地必须，
时感解脱，时感压抑，
辗转难眠又精神疲敝
凡此把他固着在一地

再一同把他送入地狱。

浮士德

不祥的幽灵啊你们这般
对待人类已有千百万遍；
稀松平常的日子也要把它
变成一团交织痛苦的乱麻。
众魔，我深知，难以摆脱，
与精神紧密相连无法割舍；

人与魔之间的纽带难以割断。

可忧虑啊，纵你法力无垠
无孔不入，我也决不承认。

不认可忧虑的力量。

忧虑

转换为浮士德使用的抑扬格，语气铿锵，显示胜利。

那便体认她吧，恕我
带着诅咒匆匆别过！
人终其一生都是盲目，

没有认知能力。

浮士德！你终也难逃。

祈愿式，咒语。

向他吹了一口气。

浮士德 失明

黑夜重重复重重地袭来

黑夜加之失明。

明亮的光唯闪烁在内在：	连用三个表光明的词，夸张写内在的光。①
我心所想我要加紧完成；	更急切地要把思想化为行动。无反思和悔改。
主人的话必要一言九鼎。	德语“主人的话”一般指上主、天主（上帝）的话，浮士德在此自指。
长工们起床！不得怠慢！	夜半对长工（劳工）发号施令。
我要有幸看到宏图实现。	围海造陆。此时已目盲，用心眼观看。
拿起工具，挥舞镐头铲锹，	人力劳作，显然创作时间早于前三场（已暗示有机械投入，参前注）。
标出的任务务必马上做好。	用标杆等标识划定的要挖掘的部分。
严守纪律，大干快上，	
将带来最美好的奖赏；	大干（勤劳）押奖赏，新教伦理。
要把最伟大的事业成就	
只需那精英指挥千万双手。	反而更要急迫、更无忧无虑地实现自己的意志。

① 内在，客观上，浮士德失明，只可能在内心中存有光明；寓意层面，联系本段台词并下一场情节，可知浮士德至此愈加枉顾现实，唯沉浸在自己内心世界。内在的光照非但未促使他进行内省，反而愈发激起他加速实现个人意志的欲望。再讽刺内在与公共领域、政治实践的混淆。参前注。

简评

本寓意剧中，在浮士德大限将至、盘点人生之时，“忧虑”登场。忧虑针对未来，是对现在所行之事对将来造成影响的担忧和顾虑。其反面是毫无顾虑，盲目蛮干。

浮士德此时身居宫殿，衣食无忧，他所缺乏的正是忧虑，是对自己行动的顾忌。因他终其一生，为实现自己的意志、满足自己的欲望而奔波，无暇思索和反省所行之事对外界、对邻人、对未来的影响。即便偶尔萌生反思，也都即刻被欲望的狂澜淹没。

然而忧虑登场，并未使浮士德警醒，心生忧虑和忌惮，反而引发他的抵抗，刺激他更加不顾一切贯彻自己的意志，实现自己大胆的设想。

同样以尘世的虚空作兴，引出人生的大结局，与巴洛克戏剧相比，歌德的《浮士德》架空了彼岸，因而面对末日审判，主人公并未省察良心，进行忏悔和补赎。此由浮士德一脉观之。

由忧虑一脉观之，除却自我介绍部分，忧虑实则被置于另一个极端，通篇在讲，若忧虑太过，将使人陷入悲观、停滞、萎靡、无为的生存状态。可以说，歌德在本场，将两种极端的生存状态进行了比对，似乎试图以此告诫世人，当奉行某种折中的人生智慧和美德。

最后，需要特别提醒注意的是，本场与之前多个场幕之间，存在明显的不同质，读之会感到意思和风格上的断崖。

其原因在于，本场，以及本场所引导的大结局诸场，成文较早，歌德大约在1800年前后创作天堂序剧时，便已构思甚至部分创作了某些片段。无论如何，本场作于本幕前三场之前，更作于整个第四幕之前，甚至作于第二部的大多数场幕之前。

故而本场，以及下一场宫殿前宽阔的庭院场中，并未涉及海外劫掠、修建运河等情节，而是比较单纯地集中于拦海造陆，体现着歌德原初的设想，即浮士德的事业在于围海造陆的工程，甚至抱着造福于民的初衷。

换言之，二十多年后，歌德在1820年代加入的情节——海盗式的劫掠和资本积累、血腥的清除异己行为——，尤其在力度方面，并未尽数体现在大结局中。这便导致后世学界诟病，称歌德令一位罪恶滔天、人神共弃的浮士德升入天堂。窃以为，成文史信息，或可帮助解释，对于浮士德人物，作者为何在大结局中，进行了相对温和的处理。

本场说明

本场宫殿前宽阔的庭院，接上一场，上演浮士德的死亡。先有梅菲斯特指挥一群滑稽的骷髅鬼，为浮士德挖掘坟墓。时已目盲的浮士德，误把掘墓的锹声，当作劳工听从他起床的号令，正大干快上，挖掘沟渠的声音。

本场场景再从宫殿里转移到殿前的空地。浮士德从殿内摸索出来，慷慨陈词，与第一部的开场独白遥相呼应，道出他的临终独白，随后即倒入坟墓而亡。继之以梅菲斯特的论虚无收场。

宫殿前宽阔的庭院

火把。

梅菲斯特 作为监工，在前面走

进来进来！跟上跟上！
一群骷髅鬼摇摇晃晃，
你们大筋连着骨头
一班提线的木偶。

骷髅鬼[①] 齐声

我们即刻听你使唤，
嗯，我们隐约听见，
我们将要分得的
竟是大大疆土一片。

约是梅菲斯特的许诺，待浮士德死后把疆土分封给自己的鬼魅下属。

这儿是削尖的木桩，

当时测量土地的方法，先打木桩，再用链子测量。

长的链子用来测量；

暗示挖掘沟渠也有他们参与。

叫我们来所谓何事，
我们竟是全都遗忘。

故意不说。

① 骷髅鬼（Lemuren），古罗马概念，魑魅魍魉的一种，是人死后化成的在夜间游荡的恶灵。与幽灵不同的是，它们尚具完整的骨架，骨骼间有韧带相连，形同提线木偶，晃晃悠悠，样子滑稽。鉴于该项特征，为与其他无形幽灵或纯骷髅区别，拟译“骷髅鬼”。【见插图 9】

梅菲斯特

这儿无需多好的手艺；
就用自己来测量距离：
个子最高的横躺在地，
余者挖开周围的草皮；
再如前人为咱们先祖，
把个长方形深深掘出！
从宫殿出来进到窄房，
到头来终究这般下场。

无需精准的工程测量。

让骷髅鬼比照自己的身长给浮士德掘墓。浮士德将埋葬于自己宫殿的前庭。

骷髅鬼 挖掘，姿势滑稽

少年的俺也活过爱过，
如今想来恁甘之如饴，
哪有欢歌哪有笑语
俺的腿脚就跑向哪里。

前两行互文《哈姆雷特》中的掘墓歌。①

现如今那狡黠的年纪
手拿着拐杖把俺打击；
俺一个趔趄落入墓口，
谁让墓门它正好开启！

年纪：拟人。本行互文《哈姆雷特》掘墓歌。

浮士德即将栽入刚挖好的坟墓。

① 《哈姆雷特》第五幕第一场中小丑甲唱：“年轻时候最爱偷情，觉得那事很有趣味。”（朱生豪译）

浮士德　*迈步出宫，摸索着两边的门柱*

应 11529 行，将从宫殿走向窄房。

锹声铿铿多令我心怡！

把骷髅鬼掘墓的锹声当作挖掘沟渠的锹声。浮士德已目盲，以下均为想象。

是那群人在为我服役，

让土地与土地合弥，

原陆地接上抽干水的滩涂。

又为波浪划出界域，

拦海。

给大海围上紧实的大堤。

筑堤围住海水，把水抽干，得到新陆地。未加前三场前，重点在拦海造陆。

梅菲斯特　*旁白*

预言浮士德的拦海造陆，将招致灾难。

你不过在为我们效力

我们：梅菲斯特所代表的魔鬼、鬼魅。

用你的大坝和防波堤；

因你已给海神涅普顿，

给水鬼，备好了宴席。

把海神涅普顿算作鬼魅一伙。预示决堤，水灾。

无论如何你们都已失败，

完成时。改用你们，人类。

四大已成我们共谋同侪，

四大：水火土风四大元素，自然力。

最后的结局是灭顶之灾。

似谶语，预言灾难的结局。

浮士德

监工！

梅菲斯特

到！

梅菲斯特已成为浮士德的监工，也可谓帮凶。

浮士德

要无论如何
征募大批劳工不厌其多！
鼓舞干劲用严管和娱乐，
金钱，诱惑，外加强迫！
我日日都要听到汇报
得知沟渠延长了多少。

无条件地。

劳工，做简单工作的劳动力，地位低于手工业者和农民。歌德时代尚不常用。

今天还在使用的管理办法。

征兵术语，类似抓壮丁。

梅菲斯特 压低声音

据报我的消息，说的
是坟墓，哪里是沟渠。

自言自语，或白观众。

浮士德想象的是沟渠，现实中是坟墓。①

浮士德

一股泥沼沿山脚漫溢，③

浮士德临终独白（领主），与第一部中的开场独白（学者）遥相呼应。主要为五步抑扬格，语气抑扬顿挫。②

已是想象的场景。

---

① 沟渠（Graben），坟墓（Grab），文字游戏。德语中，动词挖掘（graben），与名词沟渠（Graben）、坟墓（Grab）谐音，同源。于是，挖掘沟渠与挖掘坟墓既属文字游戏，又是意思上的双关。

② 歌德对该段独白进行了多次修改（见场后“简评”），且多处使用自造词或不寻常的表述。为不妨碍见仁见智的理解，本段尽量据实移译。

③ 泥沼，是拦海造陆工程中的实景，常出现在低于海平面的低洼地。当然也可作寓意理解。一说依山排水是此类工程的新技术。还有学者研究指出，就该场景，歌德参照了罗马东南郊蓬蒂尼亚（Pontinia）沼泽。据说罗马人自古就致力于对它的整治。教宗庇护六世（1717—1799）在位（自1775年）时，曾投入水利工程师和成千上万名劳工，试图根治。歌德曾于1782年的意大利之旅中穿越该沼泽地，并在《意大利游记》（1816，1817年部分出版，（转下页）

侵浸了所有赢得的土地；
要为那腐败的泥潭排淤
这最后的将是最高成绩。
我为兆民拓土，虽不安全
却可有所作为-自由地居住。
原野碧绿，肥腴；人与
牛羊随即共享崭新的土地，
人们沿坚固的土丘落户，
勇敢勤劳的万众把它高筑。
这里面的国度天堂一般，
外面洪水滔天直抵堤沿，
一伺洪水垂涎凶猛漫灌，
众人急速拥上把决口堵严。
在这个意义上我竭心尽力，

泥沼、侵浸、腐败、泥潭等，德语中除实义外，亦寓指罪恶的渊薮。

夸张，如为整个人类。自曝不安全。

有作为-自由（tätig-frei），描摹新大陆。自由见下文相关脚注。

田园风光，憧憬或幻觉。

防洪堤堰。

洪水，常指代表人类罪孽深重的大洪水。

似动物伺机扑食。

可预见将来的决堤之灾。①

（接上页）1829年全文出版）中进行了记录和描述。其景与治理方式确与此处多有相似之处。1820年蓬蒂尼亚治理工程再次被水冲毁。（1923年在墨索里尼治下得到根治。）——另值得注意的是，泥沼与山的场景，显然并未出现在后创作的前三场，即菲勒盟-鲍咯斯悲剧中。就自然景致而言，彼处仅提及沙丘或高地。这再度佐证，两部分创作时间不同，关注的侧重点不同。

① 决口，对于决堤的危险，歌德同时代的人深知其然。他本人了解到当时多种传言或记录。比如据说在17、18世纪，德国北部曾有一家族大规模建筑堤坝，造成人员伤亡，世人憎恶之，将其比作与魔鬼结盟的约翰·浮士德。另有记载，同样在德国北部，有某拦海造陆发起者和监工的后代，向皇帝列奥波德一世（1658—1705年在位）提出申请，希望恢复其先祖浮士德的贵族头衔，赐名“浮士德·冯·楚·新土地”。1825年该家族的新土地被洪水冲垮。

这方是智慧的终极：	
唯日日征服自由和生命者，	原文用情态动词“必须”，必须日日征服，不断迎接挑战乎？不解。
方能为自己把二者赢得。	
就这样，环绕着重重危险，	
老少偕壮年度过有为之年。	逻辑怪异，是因果关系（绿原译），还是让步关系（郭译），不解。
我想看到这般攒动的人群，	
在自由的土地上与自由的人民。[①]	
对那一刻我或许可以说：	第二虚拟式，表假设。
停留一下吧，你是那样的美！	希望这一刻永恒。呼应与梅菲斯特的赌约。但是虚拟，只在憧憬中。
我在尘世岁月留下的痕迹，	
纵历万世不会消弭。——	神一样的存在。
怀着对崇高幸福的预感[②]	在预感中。影射摩西临终前对应许之地的憧憬。
我来享这最崇高的瞬间。	在此也是大限已至的临终时刻。

浮士德仰面倒下，**骷髅鬼们**把他扶住，

---

① 本行直译为“我想在自由的土地上与自由的人民站在一起”。其中“土地”，德文 Grund，有“基础、根基”的意思；“人民”，德文 Volk，有“大众、民众”的意思。该行解释参见本场的简要评述。

② 幸福，德文 Glück，作幸运、运气、福运讲，对应拉丁语 Faustus，有运气的人，幸运儿，亦即历史上或故事书中浮士德的姓氏。但因彼浮士德的一个重要身份是炼金术士，而要炼金成功需要运气相助（如瓦格纳炼制人造人），故而人们至今不知，浮士德（Faustus，德文形式 Faust）是真姓还是江湖上的称号。人们倾向于认为它是一个号，抑或戏称。若果真如此，则此处不乏隐含着一个文字游戏。

停放到地上。

梅菲斯特

无乐趣令他足餍，无幸福令他意满，

他追欢的形象总在不断变换；

这最后的糟糕的空虚的一瞬

这可怜虫却愿把它抓紧。

任凭他对我奋力挣扎，

时间终成主宰，老叟卧于流沙。

时钟沉寂——

不满足于世间各种快乐。

此处用词带有情色意味。永不满足，呼应天堂序剧中梅菲斯特对浮士德的描述。

梅菲斯特的幸福和一瞬押浮士德的幸福和瞬间。

与梅菲斯特所代表的虚无对抗。反证了浮士德的一切行动，原为对抗虚无。

钟停止走动。

齐声

沉寂！如子夜沉默不语。

指针垂下。

也曾在打赌中提到。

梅菲斯特

指针垂下，成了。[1]

---

① 成了，德文 es ist vollbracht，按和合本译“成了”。此系《约翰福音》记耶稣临终前的最后一句话，意思是，耶稣完成了天父交与的为世人赎罪的使命，达到目的。此处说浮士德“成了”，是梅菲斯特渎神式的戏仿；同时与第一部中浮士德翻译《约翰福音》序言（“太初有为”）的情节呼应。

齐声

结束了。

梅菲斯特

致结束语。

结束了！愚蠢的字眼。
为何称结束？
结束与纯虚无，同为一物。
永恒的创造又有何益处，
若把所造之物再拖到无？
说结束了！其意思何在？
仿佛从来就不曾存在，
又似无还有，如此往复。
故而我更爱永恒的-虚无。

孤韵。以上骷髅鬼与梅菲斯特一唱一和，六句，合成三个诗行，效果滑稽。

以巴洛克式的虚空（Vanitas）母题作结。

简评

本场篇幅不长，情节亦不复杂，但因涉及浮士德的死，以及对浮士德之死的解释，故而尝引发颇多争议。

争议首先围绕浮士德的临终独白展开，尤其针对第11580行“在自由的土地上与自由的人民”中的“自由”。为理解“自由”所指乃至整行文字，除细读文本，注意上下文语境，还可参考手稿改动情况。

就浮士德的临终独白，终稿有28行，最初的手稿（H2）仅有9行，篇幅不到成稿的三分之一，移译如下：

是沟渠，它缓缓贯穿　　接梅菲斯特之“说的是坟墓，哪里是沟渠”。
泥沼最终延伸到海岸。
若为兆民赢得了地盘
我愿与他们住在一起，
在自己的地土和土地。　　现11580行。
对那一刻我便可以说：　　直陈式。
停留一下吧你是那样的美！
我在尘世岁月留下的痕迹
纵历万世不会消弭。

在此与11580行对应的是“在自己的地土和土地”，“自由”一词尚未出现。之后在同一稿中添加了“真正的”一词，变为“在真正自己的地土和土地”。再后一稿改为“在真正自由的地土和土地”，把“自己的”置换为“自由的”。最后改为现在的“在自由的土地”。至此，完全由强调“自己的”过渡到强调“自由的”。

早先各手稿之所以强调“真正自己的”，很可能是因为，浮士德原本从皇帝受封一块贫瘠的海边滩涂，严格说并非真正的土地。他是凭借自己拦海造陆的活动，才获得真正意义上的土地，故而强调“自己的”，以凸显造陆的成就。

针对“自由”一词，自歌德时代起就不断出现各种解释。比如有人将之与现实发生的、与自由相关的政治事件联系在一起，认为它指涉法国大革命提出的自由，美国《独立宣言》提出的自由，普鲁士取消雇农制后雇农获得的人身自由，等等；有人认为它具体指19世纪初期以后，自愿迁居新垦地区者可获免除役税的自由；或者，为躲避赋税、徭役和兵役，自愿去垦殖荒地、沼泽或易泛滥地区，在那里定居的人被称为“自由的居民”。

再如有人认为它影射新大陆上的居民因摆脱旧秩序而获得的自由；有人把它解释为浮士德建立起一个乌托邦式的自由国度。民主德国从乐观的历史进步论出发，认为11580行是对新的、不同于资本主义的社会主义社会形态的预言。

新近研究则越来越趋于将之解释为对自由的反讽。因这种表述与独白中有关危险和灾难的预感完全不协调。且根据上下文，此时的浮士德已完全陷入以自我为中心的偏执，开始毫无顾忌地贯彻自己的意志；一个在深夜喝令劳工起床做苦役的主人，不可能在自由的土地上与自由的人民站在一起。“人民”在本场浮士德语词中多以轻蔑的“一群”“一堆”来表示，仿佛不过是用以实现其意志的群氓。因此，11580行更多是目盲后的浮士德的幻觉和愿景。一边是他的激昂慷慨，一边是骷髅鬼为他掘墓，两厢对照，强烈反差造成滑稽效果。

更有学者（如薛讷）认为，此段并非独白，而是浮士德走出宫殿，面对（他以为梅菲斯特领命）所征募的劳工发号施令，以愿景蛊惑他们去实现自己的意愿。

笔者认为，此外或可结合后添加的前三场、其后写成的第四幕来理解（因歌德并未因此改换用词）。前三场进一步证明，浮士德的疆土并非政治意义上自由的土地，在极权暴君治下当然也不可能有自由的人民；而若与第四幕“自由的海洋”呼应，“自由的土地”无疑可指向摆脱了旧秩序、脱离了传统伦理道德束缚、奉行强权即真理的新大陆。

最后，上译最初的9行诗句，可谓再次证明，在添加前三场之前，歌德的注意力确实比较单纯地集中在拦海造陆事件。而且从直陈式可以看出，浮士德似乎真的愿意与由此赢得的“自己的土地”上的人们站在一起。他的确憧憬那一时刻到来，期待自己能够因此流芳万世。也就是说，虽则初稿也不乏反讽，但力度远不及二十年后浸润了对现代性批判的终稿。

本场另一处引发争议的地方，在于对打赌输赢的理解与评判。对于浮士德与梅菲斯特谁输谁赢，是半输还是半赢，德国学者各执己见，甚至有人为此列表进行统计。

然而《浮士德》文本显示，早在第一部中，作者便已对魔鬼契约的传统母题进行了淡化处理，即改为打赌。近三十年后，打赌似乎也变得不那么重要，因本场只暗示了前番打赌的部分内容，直接涉及的地方仅那一处标志性的：“停留一下吧，你是那样的美！”而即便在此，亦把直陈式改为虚拟式，表示并非真实发生。因此打赌输赢，成为一段无解的公案。浮士德更多是老迈年高，大限将至，寿终正寝。只有梅菲斯特自认为是赢家。

事实上，只有淡化打赌的输赢，歌德才能够为后面的天使与魔鬼争夺浮士德的灵魂，浮士德的得救、升天和肉体复活作合理的铺垫。

本场说明

本场标题埋葬，实际上是一场天使与魔鬼抢夺浮士德灵魂的滑稽剧、笑闹剧。最终天使设计，抢到浮士德的“不朽”，带它向上飞升，并由此接下一场，题为山涧的终场。

按基督教世界的想象，人死后，灵魂会化作长着翅膀的小人，随最后一口气从口中吐出，然后接受末日审判。灵魂或被判永罚，由魔鬼带入地狱；或得救赎，由天使带上天堂。

因浮士德与梅菲斯特订有契约，死后灵魂归梅菲斯特所有，故而梅菲斯特守候在尸体旁，准备捕捉灵魂。他同时招来各色鬼刹罗修做帮手，准备好地狱之喉即地狱的入口。

此时天使从天而降，播撒玫瑰花，花化作火焰，把众鬼魅击回地狱之喉；梅菲斯特除受火焰袭击，还受到天使迷惑，龙阳之兴大发而放松看守。天使趁机抢得灵魂。梅菲斯特最后发一通牢骚，扫兴退场。

末日审判、天使与魔鬼抢夺灵魂，是基督教受难剧大结局中的一个程式，在中世纪中期以后的宗教剧中经常出现，一般采用滑稽剧和笑闹剧形式。大约因末日审判和地狱场景十分恐怖，故而上演时加入喜剧元素，造成一种悲喜交加效果，容易为人所接受。歌德在此同样运用怪诞、荒诞、滑稽和讽刺元素，制造出一场滑稽和笑闹剧，穿插于内容严肃的两场——浮士德的死和升天——之间。

17 世纪的巴洛克戏剧，尤其耶稣会戏剧，发展出多种舞台技术，营造天堂之荣光和地狱之大火。而且久而久之，舞台布局呈现出固定模式。本场可谓继承并呈现了这一传统：面对舞台，左下方布置地狱之口，熊熊地狱之火燃烧；右上方是明亮的天堂，显示天堂的荣光。

对于本场的舞台和情节设计，歌德此外还参照了比萨圣公墓回廊的同题材壁画【见插图 10 和 11】，以及民间木偶剧等。

本场梅菲斯特与鬼刹罗修的对白，明显具散文化倾向，显示出滑稽、低俗特征；天使的台词则采用短诗行，拟赞美诗体例，轻盈、高雅、悠扬。两厢形成鲜明对比。

埋葬

骷髅鬼　独唱

独唱与齐唱相应和。

谁把宅子造这样粗糙，
用镐头又用铲锹？

宅子：坟墓。拟被埋葬者的口气。

引《哈姆雷特》中的掘墓歌。[①]

众骷髅鬼　齐唱

对你披麻的麻木过客
这已是再好不过。

身披麻衣，贫寒死者，或赎罪者。

骷髅鬼　独唱

谁把厅堂搞这样简陋？
桌椅板凳全都没有？

指坟墓的布置。

众骷髅鬼　齐唱

那都是临时赊来之物；
有数不清的债主。

所有物品死不带去。

① 《哈姆雷特》第五幕第一场，小丑甲（唱）：“锄头一柄，铁铲一把，/ 殓衾一方掩面遮身；/ 挖松泥土深深掘下，掘了个坑招待客人。”（朱生豪译）

梅菲斯特

身体停在这里精神却想逃逸，
我要即刻给它出示那份血契；——
可恶如今人们用太多花招
把灵魂从魔鬼手中抢掉。
想走老路行不通，
想上新路又不灵；
以往我一人就搞定，
如今要找小喽啰来照应。

我们竟无一事顺心遂意。
传统的习惯，古来的权利，
不再有任何可靠的东西。
以往它都趁着咽气往外跑，
我像只机灵的耗子盯着瞧，
然后啪的！把它拿住抓牢。
如今它赖着不离晦气之地，
那令人作呕的僵尸的躯体；
相互憎恶的四大元素，
终究会鄙夷地把它赶出。
而当我时时刻刻地纠结于

守在墓旁，伺浮士德灵魂出窍而抓之。按赌约，灵魂当归梅菲斯特所有。

灵魂要溜走，不愿让梅菲斯特抓到。

它，指精神，灵魂；血契，浮士德用血签署的出卖灵魂的契约。

与魔鬼抢夺灵魂。

魔鬼感叹自己落伍，跟不上形势。

魔鬼发牢骚，叹今不如昔。

抱怨如今礼崩乐坏，人心不古。

指灵魂，按人们想象，随最后一口气吐出。

以上过去行内规矩。

指人的尸体。如今灵魂不守规矩，不再随死即出。

指水火土风会让肉体腐烂。

以为肉体一腐烂，灵魂便不得不出窍。

何时？何地？何方式？的问题，	不知灵魂何时何地以何方式出窍。
那老死鬼却无力快速出击，	把死亡拟人化，死亡的力气不足，指垂死的人又活过来。
竟至是否？也早受到怀疑；	怀疑是否真的死了。
我常贪婪地盯着僵硬的肢体；	
竟是假象，它又蠕动有了生气。	假死。[①]
奇异的、排头兵似的标准的招魂动作。	变出几色鬼刹，前文所言小喽啰。
快步走！脚底下利索点，	“快步走！”：军人用语。
直角大侠，弯角大仙，	两群鬼刹头上角的形状不同。
都是鬼刹群里能干的老将，	
且顺便把那地狱之喉带上。	黑暗且燃烧得通红的地狱入口，状似咽喉，吞噬灵魂，巴洛克宗教剧常见的道具。
地狱之喉显然五花八门！	
需按等级尊卑各进各门；	入地狱的灵魂依照等级和尊卑各走各口。
只是人们倒也不太在意	
这最后通往来世的游戏。	反正是入地狱，无所谓等级尊卑了。
可怕的地狱之喉，在左侧洞开。	舞台上，地狱之喉在左前，天堂荣光在右上，以右为尊。

① 该段影射了歌德时代关于“假死”的医学讨论。当时有人（如著名的医生胡夫兰）提出，人体并不随呼吸停止、四肢僵硬立刻进入死亡状态，而是要待尸体开始腐烂，人才真正死亡。因此魏玛当时建造了停尸房，以避免出现“活埋”情况。让·保尔的小说有多处应当时的话语，写到诈尸情节。

獠牙开启；从咽喉上颌

地狱之喉，之口。

喷出火流呼呼四射，
透过汩汩浓烟见背景中
永恒之火淹没烈焰之城。

地狱之城。

直抵门牙翻滚通红的火海，
受永罚者盼着得救游将过来；

末日审判被罚入地狱者，在火海里游向出口。

却有鬣犬等着把他们撕碎

把守在地狱入口的恶狗。

彼等只得惊恐地原路返回。
仔细看角落里可谓蔚为大观，
比比惨不忍睹在逼仄的空间！

以上是地狱场景。

要说你们可真会把罪人恫吓

你们，搬来地狱之喉的直角、弯角鬼刹。罪人，指所有的人。

可他们总以为是儿戏或把梦做。

不相信地狱。所以戏剧舞台上要大力展示。

冲角短而直的**矮胖鬼**

你们这大肚子红脸蛋的一帮！
地狱之硫黄把你们养得肥壮；
挺着木头疙瘩一样的脖子
在低处看着是否有磷火闪光：

磷火闪光：灵魂出窍。矮胖鬼负责看守低处（和下半身）。

那是灵魂小人，有翼的普绪刻，

普绪刻：古罗马神话中的灵魂女神。如蝴蝶有翼。

拔掉翅膀就成恶心的毛虫一个；

我要用我的大印给她盖上戳
然后把她丢进火流汹涌的旋涡。

表明灵魂归魔鬼所有。

谓准备捕获浮士德的灵魂，打上魔鬼的烙印，然后丢进地狱的大火。

肥仔们，留意下半区域，
这是你们负责的领地；
她是否喜欢住在此处，
人们尚不十分清楚。
只知她喜以肚脐为家，
留神她会嗖地从那里飞出。

指下半身。

灵魂是否居于人的下半身。

人们不知灵魂到底栖居于人体哪部分。

以为灵魂盘踞在肚脐处。

冲角长而弯的**瘦高鬼**

排头兵似的废物傻大个儿，
你们要不停地向空中捕捉；
伸直了胳膊，亮出利爪，
休让那扇着翅膀的逃掉。
她在老宅里想是感觉不好
那精灵定想着从上面溜掉。

瘦高鬼负责看守高处。

灵魂普绪刻。

尸体中。

精灵（Genie, Genius），古罗马神话中带翅膀的精灵，在此指灵魂。

荣光出现在上方，右侧。

以下是天堂景象。天庭洞开，明亮，天使聚集。

众天使

天使们跟上，
下凡自天堂，
怡然地飞翔；
把罪人宽恕，
复生于尘土；
从容地徜徉
在空中飘荡
给一切造化
把友善留下。

> 让死人（罪人）复活。

梅菲斯特

一阵荒腔走板，刺耳的杂音，
伴着恼人的白昼从天上降临；
是些半男-不女的蹩脚作品，
那品味颇合貌似虔诚的文人。
要知，吾侪曾在邪恶之时，
盘算如何让人类绝孙断子；
我们发明的最不体面的东西
他们却刚好要膜拜顶礼。

> 天界的声音对于魔鬼来说是不和谐的。
>
> 伴随天亮，天使降临。时间从子夜推移到黎明。
>
> 天使不男不女无性别。
>
> 一说影射拿撒勒画派或比得迈尔画风（讲求风纪，纯洁）。
>
> 多关，原文（Geschlecht），德文性别、种属、家族、宗族是同一个词。
>
> 一说指阉割，阉人歌手即有天使般不男不女的声音。
>
> 人却刚好要膜拜不男不女的天使。

伪君子们道貌岸然地驾到！

天使。

已趁不备抢走我灵魂不少，
以我们之道还治我们之身；

指天使也以迷惑等诡计与魔鬼周旋。

他们也是魔鬼，隐藏至深。

天使是伪装的魔鬼，如魔鬼是堕落的天使。

你们要是输掉可尽失颜面；

对小喽啰们说。

快围过来守紧坟茔四边！

令其守好浮士德的坟坑。

天使合唱 边播撒玫瑰花

据下文山涧场倒叙，玫瑰系赎罪女所赠。短行，语义紧凑，意思根据上下文理解。

玫瑰灼灼其华，
把香膏播撒！
簌簌，飞舞，
悄然带来复苏，

以上扬抑抑格，拟华尔兹的节奏。

嫩枝生出翅膀，
蓓蕾抛却束缚，
哦快快吧开放。

春天里吐出，
朱红和碧绿；

玫瑰。朱红是耶稣受难的颜色，绿色是复活的颜色，标识一年伊始的复活节。

把天堂带给
冬眠的万物。

梅菲斯特 冲众撒旦

前文各种鬼刹罗修，梅菲斯特的小喽啰。

为何缩成一团？是地狱的习惯？

众罗刹惧怕玫瑰花。

给我顶住，就让他们播撒。
坚守阵地你们这群傻瓜！
他们以为就凭撒些小花
便能冻住火热的罗刹；

带着地狱之火的罗刹。

你们一吹花儿就打蔫枯萎。

魔鬼来自地狱之火，气息灼热。试图用灼热之气抵御玫瑰。

吹呀吹气鬼！——够了够了！

吹气鬼：下萨克森地区迷信中，一种喘气急促的圆脸小土精。

你们的热气让漫天飞花失色。——
别那么凶猛！赶紧屏住呼吸。
真是的你们吹得太过用力；
是了你们从来都一派胡闹。
花儿不光枯萎，还烧焦烧干烧着！

小鬼们吹气过猛，引得玫瑰花烧着。

飘近了有毒的清亮的火苗，

玫瑰变火苗，对魔鬼有毒。

赶快遮挡，抱成一团牢牢！
力量消失，全无了勇气！

玫瑰变火苗，令小鬼们丧失力量和勇气。

魔鬼们嗅到异样热辣的魅力。

被玫瑰花的火点燃情欲。

天使

蒙福的花瓣，
喜乐的火焰，

玫瑰花即是火苗，神圣之爱和神圣之火。

播撒着爱意，
给予着乐极，
恰称心如意。
真如之话语，

天使传达真言。

清明之太一，

来自苍穹。

于永恒之群体

天使群。

白昼永不移！

对于天使没有黑夜。

众鬼刹在玫瑰所变火焰袭击下，重跌入地狱。余梅菲斯特继续扑打，与天使对阵。

梅菲斯特

哦该死的！哦丢人的莽汉！

冲小鬼罗刹。

魔鬼竟也被搞得人仰马翻，
蠢货们翻着跟斗屁滚尿流
一个屁蹲儿跌进地狱里头。

魔鬼们的狼狈。

祝你们好好洗个热水澡！

民俗中有对沐浴的祝福。此处指小鬼们再度落入地狱。

我则还待在我的老地方。——

梅菲斯特未随之入地狱。

手忙脚乱扑打飘落的玫瑰

扑打火苗。

你！鬼火走开！再怎样闪耀，

鬼火，这里指玫瑰化作的火焰。以下四行，化用了一本1812年化学物理杂志对鬼火的描述。

抓在手也似恶心的凝乳明胶。

黏稠的东西。

你扑啦啦作甚？还不快滚！——
像沥青硫黄粘在我脖子根。

天使 合唱

非你族类者
你们当避之，
扰乱内心者
不可容忍之。
彼若强擅闯
我们当自强。
唯有爱人者
爱引之登堂！

天使自语。一手稿中用“我们”。非族类者、扰内心者，当指魔鬼。

天使准备对付梅菲斯特。

梅菲斯特

天使撩起梅菲斯特的龙阳之兴。

我的头啊心啊肝儿在燃烧，
被超魔鬼的元素燎着！
比地狱之火还要热辣。——
怪不得你们咿咿呀呀
不幸的恋人！不为理睬，
还歪着脖子张望着最爱。

头主理智，心主情感，肝在迷信中主情欲。

指火，爱欲之火。

还有我！是啥引得我频频转头？
难道我不正和他们殊死搏斗？
往日是仇人相见分外眼红。

情不自禁转头看天使。为天使所诱惑。

今日有异样的感觉周身奔涌，
可人的少年我怎么都看不够；

天使如貌美少年，引得梅菲斯特不能自已。

是什么拦着我无法大骂出口？——
既连我都甘受迷惑
日后哪儿还会有蠢货？

连魔鬼都受迷惑，其他痴汉便都属正常了。

我本痛恨的天使男孩

爱恨。

看上去实在太过可爱。——

俊美的孩子们烦请告之：
诸位不也同属路西法一支？

魔鬼是堕落的天使。

如此美色，我好想亲上一口；
我看你们来得正是时候。
我感到如此惬意，如此自然
仿佛已见了你们一千遍，
偷偷地怀着馋猫似的欲念；
每看一眼都愈觉美不可言。
哦走近一点，哦看我一眼！

舞台上一副猥琐而不能自持的样子。

天使

唯此一次改用牧歌体，以梅菲斯特的诗体与之对话。其他各处，均自说自语，未与梅菲斯特交集。

我们上前，你为何后退？

天使上前，梅菲斯特被逼后退。

我们走近，你倒是站稳。

天使们边绕场，边占据整个舞台。

梅菲斯特 被逼到前台边沿

猥亵的言语神情毕露。

你们骂我们可恶的邪魔
自己才是真正的巫婆；
你们把男女统统诱惑。——

天使无性别，不男不女，对男女都构成诱惑。

好一场该死的历险！

梅菲斯特艳遇天使。

这便是那爱的火焰？
浑身上下火烧火燎，
直感觉不到脖子在燃烧。——

感觉不到脖子上玫瑰花还在燃烧。

降下来，别再飘来荡去，
给优雅的身段添点尘世气息；
一本正经的确与你们相宜。
可我就想见你们莞尔一笑；
那会生生世世把我迷倒。
我是说就像情人四目相交，
但把嘴角微微那么一翘。

以上四行可谓粗俗调情之套路。

你这位修长小生你最是可人，

冲一高个子天使。

假行僧的神情与你全不相称，

天使神情严肃。

就求你动情地看我一眼！

你们尚可再体面地裸露一点，
多褶的长袍子也太过规矩——
他们转过身——从后面看去！——
小鬼们可真让人垂涎欲滴。

梅菲斯特龙阳之兴大起。

天使合唱

化为澄净吧
爱意之焰火！
自罚入狱者，
愿真理救之；
令其喜悦地
从恶中解脱，
以在全体中
成为有福者。

让玫瑰-火焰熄灭。

不是被神，而是自罚入地狱的人。

真理，神。《约翰福音》14:6："耶稣说：'我就是道路、真理、生命；[……]'"

全体（Allverein），歌德自造词。一说指奥涅金之全体得救之全体。

梅菲斯特 镇定下来

我怎么了！——竟如约伯，脓疮
遍体，自己看着都万分恐惧，[①]

① 典出《旧约·约伯记》2:7—8："于是撒但从耶和华面前退去，击打约伯，使他从脚掌到头顶长毒疮。约伯就坐在炉灰中，拿瓦片刮身体。"彼处是撒旦击打约伯，此处是自己挨打。

可也算胜利因他认清了自己，
懂得了信任自己和自家谱系；
得救了魔鬼高贵的部分，
爱的邪火只攻击到表皮；
卑鄙的火焰已化为乌有，
该轮到我，把你们统统诅咒。

他，梅非斯特自指。梅非斯特拿自己与约伯作比。

梅非斯特谐谑之语。①

玫瑰-火焰，被挡在皮肤，未得深入。实际上是天使得手后，熄灭了火焰。

天使合唱

向普天大众。

炽焰兮神圣！
环绕谁飘动
遂感生命中
善人福与共。
普天之大众
一起来称颂，
空气已洁净
吸吮吧心灵。

升起，带着夺走的浮士德的不朽。

指灵魂。

---

① 魔鬼高贵的部分，人若自我克制，不受诱惑，可谓人高贵的部分（伦理道德或精神部分）得救了；梅非斯特认为自己只伤及皮肤，算是抵住了诱惑，故称自己魔鬼高贵的部分——魔鬼的伦理或精神——得救了。

梅菲斯特 四下张望

怎么？——他们飘去哪儿啦？
没长大的孩子们让我惊讶，
他们带着战利品飞上天去；

不成熟，所以飞回到父亲（天父）那里。

难怪他们在墓穴边窥伺时机！
我独一无二的大宝贝被偷，

浮士德的灵魂。

那抵押给我的高贵灵魂
他们就这么狡猾地顺走。

[**天使** 已飘然而去

【薛讷谓本段盖于最后誊抄稿（1831，H）中被遗漏，故擅参之前誊抄稿（1825，H2）补充。故无诗行编号。有学者存疑。其他版本不具此段。】

慈恩普济的
行动着的爱，
慰藉普施的
爱的恩典
引路在前。
尘世幔帐的
桎梏褪下，
霓裳啊
请载他向上。

浮士德的灵魂。

梅菲斯特在《浮士德》剧中最后一段台词。终场（天堂）中，梅菲斯特未再出场。

梅菲斯特］

我能找谁去出口怨气？
谁能还我到手的权利？
到老来你却为人迷惑，
罪有应得，实在让人难过。
我自取其辱恣意妄为，
可鄙啊！一切都统统白费，
俗念，荒诞的心血来潮
让老辣的魔鬼冲昏头脑。
若老成世故者也至周旋于
这般幼稚–轻狂的东西，
那末了令其就范的痴愚
的的确确是不可小觑。

本节句句为梅菲斯特对上段作结，听之又隐约似老年歌德的自嘲。

本场说明

山涧场是第五幕最后一场，也是整部《浮士德》的终场。它与开场的天堂序剧遥相呼应，呈现浮士德的灵魂升天和肉体复活。如此，《浮士德》剧的开头结尾，至少在形式上，显示出巴洛克宗教剧框架（只不过彼处是末日审判，义人升天，罪人被罚入地狱）。浮士德的一生也因此被纳入神的救赎计划。

本场首先出场的是众隐修士和三位神父，构成由尘世向天堂过渡的第一个层级。据说歌德是受到一幅绘画启发，依彼构图，设计了该场景的布局。读者需要想象，在舞台上，面对观众的是一座石山，山上有丛林，山脚下有河水流淌。盖“山涧，丛林，岩石”之景由此而来。岩壁上下布有洞窟，每窟居一位隐修士。其样式宛如石窟，只不过窟中非佛造像，而是隐修士。【见插图 11】

隐修士们的合唱及其在山间的回声，导引出三位神父，呈纵向分布：第一位，出神的神父，上下浮动；第二位，深处的神父，在涧底；第三位，炽天使神父，在中层界域，半空中。炽天使神父，与已在半空中盘旋、前来接引浮士德灵魂的“有福童子”发生交集。童子进入神父身体，借他的眼睛观看尘世景象。与此同时，众天使托着浮士德的灵魂而至，把它交给有福童子，复活的浮士德由后者继续引领向上。

在更高层的界域，尘世间的最高处，另一位神父——玛利亚博士出现，其如司仪，用祈祷和赞美迎接和恭送圣母。在玛利亚博士预告圣母将临后，有三位已升至天庭的赎罪女，一同为另一位赎罪女——格雷琴——向圣母代祷，从而引出格雷琴，是她从有福童子处接过浮士德。

格雷琴的台词，进一步印证，浮士德已肉体复活，以新的面貌出现在天上。表明他的罪已得到赦免。荣光圣母此时飘临，指示格雷琴继续引领浮士德，一层层升上更高的天界。最后，舞台上所有角色加入神秘合唱，剧终。

这样，由山涧开始，其布局为：山涧中的神父，上下浮动的神父，半空中的神父——与有福童子交集；与此同时，天使托着浮士德的灵魂上升。在半空中，有福童子从天使手中接过已复活的浮士德，继续引领；在尘世最高处，是玛利亚博士，已可见圣母偕众女子飘过。其出场，为恭迎和恭送圣母；在他之上，是天堂，众赎罪女偎依在圣母脚下；代表慈爱和宽恕的圣母，指示格雷琴，继续引领复活的浮士德升向更高的天界。

就天界以下诸角色的位置，本场辅以气象学术语加以描述，如（大气）底层、中层、高层等，同时佐以由低到高之层云、积云、卷云的布局。【见插图 13】有福童子、赎罪女子高高在上，形如卷云。对天界分层的想象，则借鉴了但丁的《神曲》。此外，本场在用词、诗歌格律、角色选取、场景设置等方面，与天堂序剧呼应。但其篇幅和万千景象当然又远过天堂序剧。

在众译本中，以郭译拟汉语格律诗，文采斐然。然若达此效果，则必须化用原文，尤其对终场各种基督教想象，包括习俗、文化、场景、意象、精神等，进行儒释道化处理。拙译一因注释之故，二为贴切再现原文，三因终场原文虽也煊煌，但并非凭空状物抒情，而是仍以实意支撑，且终究为台词，用词多口语常言，并不为捧卷据辞书阅读，故而在此仍以据实为本。

山涧，丛林，岩石

旷野

圣隐修士　依山势向上分布，[①]
栖身于岩石与岩石之间。[②]

合唱及回声	众隐修士的合唱及其在山间的回声。回声的表现手法在文艺复兴及巴洛克时期流行。
林海，摇曳而渐，	动态。
山石，依傍其边，	远景。山林相连。
根茎，攀附缠连，	近景。攀附于岩石。
枝干紧凑着枝干。	原诗四行同韵，扬抑抑格，回声当重复后面几个字，增加动感。
任波涛逐岸飞溅，	山脚下，山涧有川流过。
有深深洞窟阻拦。	
群狮们悄然友善	影射先知但以理被困于狮坑，狮子绕行而不伤害他。
漫步在我们身边，	
尊此被祝圣之地，	隐修之地是被祝圣的场所，狮子亦尊重之。

① 隐修士（Anachoret），希腊词根，原指早期基督教在旷野中修行的隐修者。

② 该场景非歌德凭空想象出来，而是参照了很多关于末日审判的绘画、圣坛画，其中重要的有两种：一种是威廉·洪堡 1803 年出版的游记，其中有对西班牙巴塞罗那附近的蒙特塞拉山隐修院的描写，称彼处的隐修士居住在山间的岩石洞窟，且按修炼等级高低，由山巅依次向山下分布（本场相反）；另一种是意大利比萨墓地修院回廊的壁画，以埃及底比斯隐修士的生活为题材，绘有山涧的水浪、山上的丛林、岩石、洞窟、隐士、狮子等。歌德用形象的语言为本是静态的绘画，赋予了动态。【见插图 11】

神圣的爱之荫庇。

本场第一个“爱”字。不同词性，共十四个之多。

出神的神父[1] 上下浮动

已经部分脱离尘世。三位相继出场的神父当不属众隐修士之列。

永恒的极乐之火，
灼热的爱之纽带，

第二个“爱”。

胸中翻滚的痛苦，
奔涌的对神之欢爱。

人对神的认识和感受。

乱箭啊射穿我，

圣徒塞巴斯蒂安（Sebastian）殉道的方式，被乱箭穿身。

长枪啊刺透我，

门徒圣托马斯（Thomas）的殉道方式。[2]

棍棒啊击碎我，

三种尝对殉道者动用的刑具。

闪电啊劈开我；

请求消灭尘世的肉身。

让尘世的虚幻
化一切为云烟，
愿恒星之光照亮
永恒之爱的内核。

第三个“爱”。

---

① 出神的神父，原文用拉丁语标注，Pater Extaticus，借用基督教隐修士的鼻祖圣安东尼（250—355）的称号。“出神”是保罗和神秘神学概念，指人暂时出离自我、达到与神合一境界，也常译为狂喜、迷醉、迷狂。用之修饰隐修士，意指其已通过修行，可暂时达到出离自我的状态。故而该神父介于极度痛苦与喜悦之间，上下浮动。

② 同时影射耶稣被钉十字架后，有罗马士兵用长枪刺穿他的肋下。参《约翰福音》19:33—34：“只是来到耶稣那里，见他已经死了，就不打断他的腿。惟有一个士兵拿枪扎他的肋旁，随即有血和水流出来。”

深处的神父[①] 低层

据台词当在涧底。本段诗体同天堂序剧中天使的赞美诗。

脚下涧底的磐石
沉卧于更深的涧底，
百水千溪闪闪流淌
汇成洪流一泻汪洋，
如受自身之力驱动
树干笔直举向上空，
这便是全能的爱
塑造大千养育万物。

第四个“爱”，以“全能的爱”代“全能的天主”。

四下传来涛声一片，
好似林壑掀起波澜，
却是大水爱意满满，
汩汩奔流奔向峡涧，
似蒙召把山坳浇灌；
闪电带着火花劈下
为把胸中郁结着毒素

第五个“爱”。

一切都自然地合自然之目的。众水如此。

① 深处的神父，原文用拉丁语标注，Pater Profundus，“深处”典出《诗篇》130:1—2：“耶和华啊，我从深处向你求告！主啊，求你听我的声音！愿你侧耳听我恳求的声音！”此处借用中世纪西妥会神父、神秘神学家明谷的伯尔纳（Bernhard von Clairvaux, 1090—1153）的别号。该神父在低处，尚未摆脱痛苦，故而呼求神来抚慰和照亮。

与烟霾的大气净化；
大气亦如此。

此皆爱的使者，在宣告
第六个“爱”。上述自然现象皆在传达爱的消息。

是何不息地在周身萦绕。
是何：神。

求祂也把我内心点燃
那里精神正冰冷迷乱，
陷入麻木感官的桎梏
饱受紧锁的铁链的痛苦。
据说现实中早期隐修士尝把自己紧锁在沉重的铁链中。

神啊！抚慰我所思所想
通段未正面提及，在此点题。

把我匮乏的心照亮。
只有爱（神之代称）方可行救赎之功，精神、感官、思想均无能为力。

炽天使神父[①] 中层
半空中。构成接引浮士德灵魂的一个中转：天使与有福童子在此交接。

但见一朵小小的云霞
掠过松柏摇曳的须发；
云掠过树冠。

可知是何蕴于其中？
是一群年幼的魂灵。
有福童子成群结队而来，远望如一片云彩。

---

① 炽天使神父，原文用拉丁语标注，Pater Seraphicus，直译撒拉弗神父。撒拉弗，六翼天使，也称炽天使。天使有九级，撒拉弗级别最高，位于神的宝座边。此处借用方济各会创始人、圣方济各（Franziskus von Assisi, 1181/1182—1226）的别号。圣方济各因传说见过六翼天使的异象而得名。此神父位于半空，是接引浮士德灵魂的一个中转。

有福童子的合唱[①]

父亲啊我们浮在何处，

父与神父一词。童子对人世无体验，无认知，故发问。

好人啊我们终是何物？
我们有幸，我们全体
全体的此在温柔和煦。

没有罪的存在。比世人幸福。但因有原罪而不及天使。

炽天使神父

对童子讲话，用词相对简单明了，亲切。

童子哦！降生子夜，
精神感官尚未开启，

新生即殇，精神和心智尚不健全。

于双亲你们旋即失去，
于天使却是一份收益。
迎面有长者慈爱为怀

指自己。第七个“爱”。

若感觉到，就请过来；

眼睛、视觉尚未开启，只能凭感觉。

崎岖的尘世之路
幸运儿啊不曾涉足！
请下凡进入我的双眼
这尘世与俗界的器官，

有福童子看世界，需借用神父的双眼。

---

① 有福童子，Selige Knaben，根据教理和民俗，指午夜新生未及受洗即殇的孩子。其尘世感官尚未开启，最为纯洁无辜，但仍负有原罪。故而介于人与天使之间，是“有福的”人（福人），品级仅次于“神圣的”人（圣人）。有福童子死后升天，也可译“升天童子”。但丁《神曲·天堂》卷中也有这一角色设置。本场有福童子的功能，是由天使手中接引浮士德的灵魂，继续将之托上天界。

若能将之化为己用，
就请看看这片风景。

天使和魂灵等，可借人眼观看尘世。①

把童子们纳入自己身体

这是树木，这是高山，

给童子们介绍。

奔腾翻滚的是河川，
大水奔流而下为自己
把陡峭的山路缩短。

有福童子 从内里

从神父身体里。

看上去蔚为壮观
可此地太过阴暗，
令人战栗，惊惧，
贵人啊放我们离去。

任尘世如何壮观，对于升入天堂者来说，都过于阴暗，恐怖。

炽天使神父

升上更高的天界吧
愿你们静静地成长，
神的临在，永远
纯粹地给你们力量。

---

① 据说出自瑞典神秘主义者、自然科学家和哲学家、牧师斯威登堡（1688—1772）的学说。亦可解释为，如方济各，用心灵之眼观看神启的异象。

在无限自由的天穹
有魂灵们的食粮，
那便是永恒之爱，
化作真福启示出来。

第八个“爱”。

天上的食粮，是通过真福（Seligkeit）启示出来的永恒之爱。

有福童子的合唱 绕山峰盘旋

手挽手伙伴
欢喜围成圈，
起舞又歌唱
神圣之情感；
受神之教导
你们当相信，
你们所敬者
必得会见到

你们：自指。

无句号。无辜而有福的童子必得见神。[1]

天使 在高一层的大气中飘动，托着

浮士德的不朽[2]

---

① 典出《马太福音》5:8：“清心的人有福了！因为他们必得见神。”德文（统一译本）：“Selig, die rein sind im Herzen; denn sie werden Gott schauen.” 汉译所谓“清心的人”，对应“纯洁、纯净的心”，在此指无辜的童子，schauen（见），指因心地纯洁而可以直观到神。

② 浮士德的不朽，《浮士德》一手稿（V Hd）上写“浮士德的圆极（Entelechie）”，即古希腊（亚里士多德）所谓合目的、达到目的的圆满状态。歌德以之表示人的灵魂（可驱动人的禀赋使人达到圆满）。终稿中，作者用基督教的“不朽”置换了哲学术语“圆极”。

魂灵中的高贵者

魂灵：人死后灵魂尚无归宿的状态，或得救升天，或被判下地狱。

已得救脱离凶恶，

脱离凶恶，参主祷文和合本译。思高本译“免于凶恶”。

‘无论谁努力奋斗[1]
我们都可把他拯救。’[2]

所谓得救，获得救赎，即是人被免除、赦免了罪，死后进入天堂。

既复有来自上天
之爱加之于此公，

第九个“爱”。

则有福童子一众
定衷心把他欢迎。

稍年幼的天使

上一场中播撒玫瑰者。

适彼玫瑰，出自玉手
仁爱的赎罪圣女相授，

第十个“爱”。道出玫瑰出自赎罪女。

助我们赢得胜利，

---

[1] 此行原文：“Wer immer strebend sich bemüht / Den können wir erlösen.” 语法上也可作让步从句解：“无论谁努力进取，我们都可把他救赎。” 主要取决于对原文中“immer”一词的理解：该词作实意副词时，意为“总是，不断”；作小品词时，与 wenn 合用表让步。据下两行语气，取让步为宜。

[2] 因《爱克曼谈话录》（1831 年 6 月 6 日）中记录，歌德称此二行为“理解浮士德得救之关键”，故一向有各种解释。薛讷对此记录的真实性表示怀疑，注云，歌德手稿中，对这二行并无特殊标识，后来的版本中，为表强调，多有加下划线或双引号者，乃编者所为。他于是采用了单引号，表明或许是引用了某句（无明确出处的）格言。又称，此处为天使所言，而非天主所言 [按：此说恐牵强。天使本天主之使者，此一；“我们”，或如《旧约·创世记》、*天堂序剧*中，代指以天主为首的所有天上一众，此二；抑或以第一人称复数代第一人称单数，神的自称，此三。三者均可证明为神所言。]；且为表将来的语气，而非表结果的语气。总之，此二行含义并不十分明确，对之解释也并无定论。

助我们完成壮举，
把宝贵灵魂猎取。

见上一场，玫瑰化火焰，击败鬼刹，助天使抢到浮士德灵魂。

我们播撒恶人后退，
我们击中鬼刹逃溃。
众魔感到的非地狱
之火而是爱的折磨；

第十一个“爱”。

就连撒旦那老家伙
竟也遭遇锥心之痛。
欢呼吧！大功告成。

更臻完满的天使

这尘世的残余
无奈我们托起，

浮士德的灵魂不纯净，而是掺有杂质，故而有重量。

纵使它是石棉，
纯净也不完满。

火烧石棉可去杂质而不改其性质。指纯净之物。但仍为尘世之物，故不纯。

若精神之强力
把诸般元素

代指物质、物理性的身体。

紧紧地摄住，
天使便也不可
剥离内在二者

合一的双重自然，[1]
唯有永恒之爱
可将两者分开。

第十二个“爱”。

稍年幼的天使

似有云绕峰，
近旁似有动静，
我真切感到
有魂灵的生命。
云朵渐渐清晰，
但见有福童子
正凌空而至，
全无尘世压力，
伙伴们围成圈，
把上界的
春色满园
尽情饱览。
愿他在向满全

有福童子，接上，如云绕峰盘旋。

高空空气稀薄，气压减小，如摆脱了地上的压力。

浮士德。满全，Vollgewinn，歌德自造词。

---

[1] 合一的双重自然，多解释为灵魂与肉体，精神与物质。薛讷认为，歌德并不持此二元论，故倾向将之解释为尘世之不洁净（罪）与洁净的圆极。通过炼金术意义上的提纯，可将两者分离。此从薛解。在此意为唯有永恒之爱（神）可去除灵魂中的罪，使之臻于洁净。

攀升之开端，

便有他们相伴！　　交给有福童子，带领浮士德继续攀升。

有福童子

从天使手中接引浮士德。同时浮士德的灵魂，已由天使解开罪的束缚，获得肉体复活。

欢喜地接过

状若茧蛹者；　　浮士德灵魂的状态。如将化蝶的茧蛹。

我们就此得到

天使的担保。　　担保可以脱离蛹的状态，继续变形。

请解开裹缚　　对天使说。

他的薄絮，[1]　　剥去茧，蛹化蝶，喻变形和新生；同时如解开罪的束缚。

他已俊美魁梧

因着神圣的生命。　　同时影射拉撒路复活，解开罪的束缚而获新生。[2]

玛利亚博士[3]　在最高、最洁净的斗室中

尘世最高处。可见天堂。以下人物布局【见插图 13】。

在此极目远望，

---

① 薄絮，Flocken，如白色棉絮状物、片状物。解为蚕茧尚可。薛解为薄云消散，那么“天使解开薄云”似不搭配。终场景物描写确始终与气象学（包括云的类型）相映照，但一味以气象学解释，似有喧宾夺主之嫌。

② 参《约翰福音》11:43—44：“说了这话，就大声呼叫说：拉撒路出来！那死人就出来了，手脚裹着布，脸上包着手巾。耶稣对他们说，解开，叫他走！”

③ 玛利亚博士，原文拉丁语标注，Doctor Marianus，在天主教地区，玛利亚至今常用作男子名，尤其用于第二个呼名（如里尔克：Rainer Maria Rilke）。玛利亚博士，意思是属于玛利亚的博士，是很多神父、神学家（如坎特伯雷的安瑟勒姆或邓·司各特等）的别号。有早期手稿（He）中也曾作“玛利亚神父”。此处相当于设置一个类似司仪的角色，宣告玛利亚出场、退场。

顿觉精神高扬。
那儿有女子拂过，
悠然飘向上方。

> 已可见天堂人物。

荣光者，宛在中央，

> 圣母。人与神之间的中保，中间人，人世间最大的代祷者。

星冠璀璨辉煌，

> 圣母的头饰。

那是天上的女王，

> 荣光者、天上的女王，为圣母玛利亚的别称。

唯见其光芒万丈。

出神地

世间至高的君上

> 同时是世间的女主。以下向圣母祈祷。

请让我在张开的
碧蓝的天之幕帐，
把你的奥秘观望。
请允许把那激荡
男人胸膛之温柔
而恭肃的情肠载着

> 尘世的爱欲与神圣之爱交融。中世纪神秘神学圣母颂的特征。《雅歌》传统。

神圣爱欲向你奉上。

> 第十三个“爱”。

我们将无往不胜

> 拟圣母颂。

倘若你发号施令，
焦灼将瞬间和缓，
倘若你来抚平心愿。

童女啊，你至纯至美，
圣母啊，你值得敬畏，
为我们遴选的女王，

神遴选给我们。

与诸神媲美无双。

与诸神媲美，前有海伦和伽拉忒亚。非基督教正统。[1]

有薄云团团

对卷云。

萦绕在她身边，
是赎罪女子，

赎罪女子如轻盈薄云围绕在圣母膝头。

温柔的一班；
偎依在她膝头
吸吮着苍穹
需求着恩宠。
你，不可触及，

神圣者不可为凡人触碰。

却并非不允许
易受诱惑之人

以下三位赎罪女，并格雷琴，皆易受诱惑的女子。

信任地走近你。

陷入致命的弱点

赎罪女子。

其得救难上加难；
谁能凭自身力量

[1] 根据天主教正统教义，圣母既非神，更不可与异教神明作比。

打碎欲望的锁链？
如履光滑的陡坡
谁个不失足跌落？
谁经得住顾盼寒暄
不被软语温言迷乱？

比如格雷琴与浮士德的邂逅。

荣光圣母① 飘然而至

赎罪女子齐唱

呼唤荣光圣母。之后三女子分别以自己赎罪的历程，为格雷琴代祷。②

你飘然而至兮
永恒诸国之巅，
请俯听祈求兮
无与伦比的
慈悲为怀的你！

永恒之国是复数，把天国分成多层界域，同《神曲》。

---

① 荣光圣母，原文以拉丁语标注，Mater Gloriosa，与《浮士德·第一部》壁龛场中的“痛苦圣母”（Mater Dolorosa）呼应。在彼处，得知自己怀孕的格雷琴曾向圣母祈求救助。本段描写参照了提香的一幅圣母像（藏于维罗纳），其中圣母的目光悲悯地垂下，而非仰望。另有学者进一步指出，圣母和赎罪女的组图，参照了 B. 卡利亚里（Benedetto Caliari, 1538—1598）所作威尼斯万应圣母教堂（Chiesa [di Santa Maria] del Soccorso）的圣坛画。【见插图 12】

② 代祷（Fürbitten），代为别人祈祷，正规译转求，在天主教、东正教、英国国教中通行，一般是罪人请求圣母或圣人代之向神祈祷，以求宽恕罪过。此处是三位赎罪女子，代格雷琴向圣母祈祷，祈求宽恕格雷琴的罪。

大罪女① （《圣路加福音》7:36）

《新约》著名人物和故事。原文标注了经文出处和起始章节，台词呼应经文内容。

以爱的名义，它使

第十四个“爱”。代祷，用“以……的名义（祈求）”的句式。下同。

眼泪变为香膏流到
你神样儿子的双脚，

耶稣。此段涉及耶稣宽恕罪人。

任凭法利赛人嘲笑；
以那只汩汩流溢
香膏的玉瓶的名义，
以轻柔地擦干神圣
双脚之卷发的名义——

撒玛利亚妇人② （《圣约翰福音》4）

《新约》最著名最重要的故事之一，台词呼应经文内容。

以井的名义，曾几何时
亚伯兰令引羊群来兹，③

---

① 大罪女，原文拉丁语标注，Magna Peccatrix，意为“有罪女子之最”。参《路加福音》7:37—38：“那城里有一个女人，是个罪人，知道耶稣在法利赛人家里坐席，就拿着盛香膏的玉瓶，站在耶稣背后，挨着他的脚哭，眼泪湿了耶稣的脚，就用自己的头发擦干，又用嘴连连亲他的脚，把香膏抹上。”法利赛人故意用这个有罪的女子试探耶稣，而耶稣则因其谦卑、悔过和对主的爱而宽恕了她的罪。传统上称此女子为抹大拉的玛利亚，有手稿显示作者原标注了此名。

② 撒玛利亚妇人，原文拉丁语标注，Mulier Samaritana，典出《约翰福音》4：耶稣来到撒玛利亚的一城，那里有雅各井，有撒玛利亚妇人来汲水，耶稣与之交谈，讲了“人若喝我所赐的水就永远不渴”并得永生的道理，以及救恩从犹太人出来，启示自己是新的救主。撒玛利亚地区向不与犹太人往来，该妇人是一个外邦且有罪的女子（改嫁、通奸），耶稣向她讲道，其深意在于，他不仅是犹太人的救主，也是外邦人的救主，他的到来是宽恕罪人。

③ 亚伯兰（Abram），即亚伯拉罕，希伯来人始祖的原名，耶和华神赐其改名为亚伯拉罕。经文中的井为雅各井，非《旧约》中亚伯兰故事中的同一口井，只是在意象上有所关联。

以罐的名义，它有幸
清凉地沾到救主的唇；
以纯净多水的泉的名义
它从此从那儿涌出，
无比充盈，永远清冽，
萦绕着流遍大千世界——

指从耶稣口中，那里讲出的道如甘泉。此段涉及耶稣讲道。

埃及的玛利亚[①]（《圣徒传》）

台词与圣徒故事呼应。

以人们埋葬主的
至圣之地的名义，
以警示着阻拦我
入门的手臂的名义；
以我忠诚地在旷野
四十载赎罪的名义，
以在沙漠中写下的
我临终祈愿的名义——

指耶路撒冷的圣墓教堂。此段涉及耶稣的死亡和埋葬。

---

① 埃及的玛利亚，原文拉丁语标注，Maira Egyptiaca，典出《圣徒传》，该书以拉丁语撰写，于 17 世纪下半叶出版，记载圣徒和殉道者的故事。此埃及的玛利亚，系埃及亚历山大港的娼妓，随船到耶路撒冷，至圣墓教堂，被一只无形的手臂拦在大门外，她向圣母求助，得入教堂，后按指示到旷野赎罪 47 年，临终前在沙漠中写下请求，希望按基督教礼仪入葬。

三女子

一同呼叫圣母，集体为格雷琴代祷。

并不拒罪孽深重
女子在身旁的你，
把赎罪之功提升
至永恒诸界的你，
也请施与这良善
只一时忘其所以
不想会失足的心灵，
以你适当的宽恕。

以上为呼求，以下为代祷。

众赎罪女中的一位[1] 偎依着
别名**格雷琴**

偎依圣母身旁对圣母说。

你举世无双，
你荣光圣母，
求你慈悲地
垂颜俯看我的幸福。
昔日的情郎

参《浮士德·第一部》壁龛场中对痛苦圣母像的祷告（3587、3616行等）。

浮士德。

---

[1] 众赎罪女中的一位，原文拉丁语标注，Una Poenitentum。歌德似乎担心读者看不出来，同时也因复活后的格雷琴已拥有另一副容颜，于1832年1月，即在他临终前两个月，亲手添上“别名格雷琴”的字样。本段从祈祷内容、语气、诗歌形式方面，均与《浮士德·第一部》壁龛场格雷琴的祈求呼应。格雷琴在彼处向痛苦圣母的祈求，在终场得到了回应，她已得宽恕，来到荣光圣母膝下。

他不再沮丧

纠缠于尘世的罪。

返回了天堂。

呼应第一部格雷琴之“我们还会相见”（4585 行）。手稿 Hg1 以下还有 6 行。①

有福童子 围成圈盘旋而至

参《神曲》。

他四肢遒劲

远胜过了我们；

复活后的浮士德俊美魁梧。舞台上以饰青年浮士德的演员扮演。

对忠诚的照料

他定好好回报。

指有福童子引浮士德灵魂上天。

我们一早出离

生命的群体，

新生即殇，未得进入人生。

然此兄已得道

洞明世事。

定把我们教导。

那位悔罪女

别名**格雷琴**

同上，后加。

为高贵的魂灵簇拥

有福童子。

新人尚未辨得分明，

新人，指浮士德，肉体复活的人具有新的面貌和形象。

刚刚预感新的生命

---

① 6 行内容：“请停留，停留一下！ / 地球在脚下 / 怀抱甜美的圣婴 / 最富神性的孩童 / 为群星围绕着头颅［头戴星冠］/ 向宇宙星际升起。”——说明歌德本计划按天主教正统，塑造怀抱圣婴的圣母形象。且“请停留，停留一下”系格雷琴对圣母所言。

便已与诸圣人等同。

天上天使、圣徒等组成的群体。

看呐！他如何挣脱
旧躯壳上尘世的包裹，

可理解为化蝶，或对拉撒路复活的影射。

于是从苍穹的霓裳
走出最初的青春形象。

据奥古斯丁，复活之人取其青春时的形象。

新天还让他睁不开眼睛

天上的光过于明亮，浮士德尚不适应与圣人为伍，过新生活。

请恩准我施他以教诲。

荣光圣母

仅此两行台词，与以上格雷琴最后两行，构成交叉韵（abab），拟圣母回应格雷琴的请求。

来！向着天界层层上升，

天界有多层。

他若感悟到你便会跟随。

复活后的格雷琴亦改变了容颜，浮士德只能预感、感悟到她。

玛利亚博士 *稽首敬拜*

前四行对赎罪女，作结。后四行拟圣母颂，呼应迎接，在此恭送。

仰望救者的目光吧

圣母向下俯视，祈求者向上仰望。一说救主抑或指神。

所有悔悟的柔肠，

独此一处“悔悟”字样。针对所有人，敦促的语气。

请向着有福的运命

有福，人死后灵魂升天，与圣人为伍。

满怀感恩地变形。

据手稿 H35，原为“虔诚地”，后改“完全地”，最后“感恩地”。

愿每份更好的心意

以下四行针对圣母。

都甘心侍奉于你；
童女，圣母，女王，

三种公教正统称呼。

女神求你恩典绵长。	女神，呼应希腊异教之伽拉忒亚和海伦。非基督教正统。

神秘合唱[①]

二音步扬抑抑格，交叉韵，铿锵有力，富于乐感；格律近似第一部中天使的复活节合唱。

一切短暂者	转瞬即逝的，非永恒的，人世间的一切。
不过一比喻；[②]	人世间的一切是对神性的比喻。
不甚完美者	人世间的一切。
在此成大戏；[③]	展现在眼前，在舞台上演。人间舞台。
不可描述者，	指神性事物，无法以人的语言描述。
在此化行动；	通过戏剧舞台、具体行为，展示了不可描述的、神性的东西。[④]

---

① 神秘合唱，原文用拉丁语标注，Chorus Mysticus，意指道出神的奥秘。手稿补遗196号表明，此处原标注“在至高之处的合唱”，Chorus in Excelsis，语出《路加福音》2:14：“在至高之处荣耀归与神”，是天主教弥撒和路德教礼拜仪式用语、赞美诗词，终稿中改为现样。改后，合唱便既是对本场，也是对整部戏剧的总结。

② 比喻，Gleichnis，译法参和合本，尤见《马太福音》第13章，耶稣用比喻的方式讲述天国的道理。人不能直接认识的神本质，只能以尘世间具体的、转瞬即逝的事物为媒介，去接近对神的认识。在这个意义上，尘世的一切只是神性事物、神在世间的比喻。反之，世间万物也只有作为这个比喻，才获得其存在的意义。

③ 成大戏，原文 Ereignis，本意为出现在眼前的东西（Eräugnis），指在戏剧舞台上表演出来的事物——通过人间舞台，反映永恒之物，使人得见，接近对神性的认识，意思承上两行。

④ 比如基督教中讲，神对世人的爱表现在他差遣独生子，由玛利亚所生，来到世间，“道成肉身”（《约翰福音》1:14），以具体行动，展示神的爱，最终表现在被钉十字架，替世人赎罪。否则不可描述、不可言表的神性，无法为世人所知。参约翰一书4:8—10：“神就是爱。神差他的独生子到世间来，使我们借着他得生，神爱我们的心在此就显明了。[……][神]差他的儿子为我们的罪做了挽回祭，这就是爱了。”

永恒-女性者[①]
引我们上升。

圣母所代表的品质。与阳刚的品质相对。

剧终[②]

① 永恒-女性者，das Ewig-Weibliche，其构词同上文“短暂者”“不甚完美者”“不可描述者”，均为形容词作名词，指某种性质或某种品质，而非具体实物。“永恒的”，即“神性的”；“女性的”，即圣母所代表的阴柔的、慈爱的、宽恕的品质，与“男性的”、阳刚的品质相对。后者如浮士德所代表的奋斗精神。

② 剧终，原文用大写拉丁字母标注，FINIS。该类标识常用于古代和中世纪作品，歌德时代已过时，歌德作品中独见此处，标志毕生之作《浮士德》完成。

简评

《浮士德》终场表现的是爱与宽恕。在天堂序剧中，由三位大天使导引，天主出场，在与梅菲斯特对话中，谈论的是人的奋斗、进取；打赌的内容是，人是否只要进取就一定会犯错误；人是否能够通过自身的力量，重新回到正确的轨道。在终场，由三位神父并一位玛利亚博士引导，在天上出场的是圣母和赎罪的女子，浮士德的灵魂在爱、恩宠和宽恕中复活并以青春的形象继续上升。可见，序剧中的阳刚之气，在终场对以阴柔之德，亦即"永恒-女性者"的品质。

《浮士德》剧有一个副标题，"一部悲剧"。它显然并非悲苦剧意义上的悲剧，而是一部古希腊意义上的"羊人剧"，同时呼应但丁的《神曲》——其本意"神的喜剧"。《浮士德》终场可谓多方面呼应和借鉴了但丁《神曲》的结尾。从格雷琴的接引，到层层上升（只是据但丁理解，天分十八层，而非具有无限的高度和层次），到有福（升天）童子、玛利亚博士等角色的设置，均可看到《神曲》的影子。

当然，与诞生于13—14世纪、总体上遵循正统的《神曲》不同，《浮士德》的终场偏离了宗教剧末日审判的传统。按照宗教剧的末日审判，当是义人升天，罪人被罚入地狱。然而，《浮士德》终场中，浮士德作为一个罪人，——具体来讲，他是格雷琴悲剧和菲勒盟-鲍咯斯悲剧的制造者，是推动海外掠夺的暴君，——却未经过忏悔、赎罪环节，径直被接引上天，肉身复活。

这样的处理方式，致使终场迄今为止，都受到天主教和新教方面的诟病。因新教取消了公教的圣母和圣人崇拜，取消了神父独身制和隐修制，取消了代祷等仪式及末日审判的形式，等等。故而由新教视角观之，《浮士德》终场无异于重又"请出一整班天主教人马"，完全应和了1815年维也纳和会后复辟的格局。尤其考虑到，歌德出身路德教，身处新教地区，这种呈现方式，更令人不解。

从天主教视角观之，人的得救需要告解和赎罪，待得到教会赦免后，方可进入天堂。然而浮士德至死都未表现出任何悔过的迹象。此外，对圣母的塑造，如称之为女神、赋予其赦免罪人的权力等等，均不符合正统教义。尤其公教方面认为，人既已得救，则达到满全，当处于静止状态而不再发展。歌德的浮士德似乎仍在经历一个时间维度上不断臻于完善、空间维度上不断上升的动态过程。

就此，《浮士德》的注释者薛讷认为，浮士德的得救体现了奥涅金之“全体得救”的思想。这位公元 2 世纪的希腊教父认为，所有人，包括那些偏离和背弃神的人，甚至魔鬼，都可以得救。奥涅金的这一观点曾被各正统教派判为异端。薛讷的“全体得救”说并非无懈可击，毕竟薛讷自己也承认，歌德并未直接接触过奥涅金的著作，而只是通过巴洛克神秘神学作家阿诺德的转述而获得之。

事实上，与其说歌德信奉“全体得救”说，不如说，他通过设计众隐修士、众赎罪女以及格雷琴为浮士德进行代祷，尤其通过人世间最大的中保、代祷者——圣母，间接表达了浮士德的忏悔和赎罪。无论终场舶入了如何驳杂的元素，歌德仍彻底颠覆了传统浮士德文学中被罚入地狱的结局。这至少表明，歌德的愿望是人的得救，并且人终究无法凭借自身的力量获得澄明，而是需要神性力量的牵引。这既非正统神学，亦非纯粹的人学。

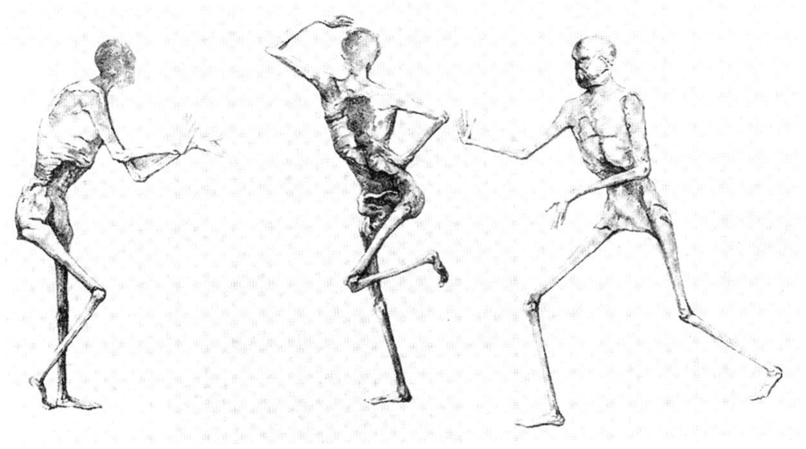

【插图 9】

冯·奥尔弗（Ignaz F. W. M. v. Olfer）论文《库迈墓及其中的图像·两幅浅浮雕》插图
载于:《1830 年柏林皇家科学院论文》，柏林，1832 年。

【插图 10】

A. 奥尔加尼亚（Andrea Orgagna）作（不确定），
铜版画，《战胜死亡》（*Il trionfo della morte*）
临摹比萨圣公墓的湿壁画（= Tavola XIV in Carlo Lasinio:
《比萨圣公墓的湿壁画》，佛罗伦萨 1822，1812 年开始？）

（藏于：杜塞尔多夫歌德-博物馆）

【插图 11】

P. 劳拉提（Pietro Laurati）作，《底比斯［希腊］隐修者的生活》
临摹比萨圣公墓的湿壁画（= Tavola XII in Carlo Lasinio:
《比萨圣公墓的湿壁画》，佛罗伦萨 1822，1812 年开始？）

（藏于：杜塞尔多夫歌德-博物馆）

【插图 12】

威尼斯万应圣母教堂圣坛画，约 1595 年
B. 卡利亚里作

（现藏：穆拉诺玻璃博物馆）

"卷云，最后消失在无尽的空中"

"更高一层"

"高层"

"中层"

"低层"

"最底层"

"荣光圣母：来！向着天界层层上升，他若感悟到你便会跟随。"

"天使，在更高一层的大气中飘动"

"有福童子，绕山峰盘旋"

"炽天使神父，中层"

"深处的神父，低层"

"深处的神父，脚下涧底的磐石沉卧于更深的涧底"

"然后出现一个上升的游戏，层云变成积云，积云变成卷云……

人们看到分三层分布。"

【插图 13】

为 1820 年歌德论文《霍华德云图》所配铜版画插图

左侧文字：摘自该气象学著作
右侧文字：摘自山涧场
图中云的名称后加

附录一
《浮士德》注释版，第八版序言

薛讷（Albrecht Schöne）撰　谷裕 译

《浮士德》注释版，第八版出版社题记

关于《浮士德》的解读和注释，已有160余年历史，在此期间，有很多研究一度追随过时的问题意识，制造了不少学术包袱，本注释版力图卸掉这些包袱；还有很多研究是对作品的误解和曲解，本注释版或对之加以清除，或对之进行重新审视。此外还有某些部分，则完全出于习惯，或出于无知，至今无人注疏。这尤其涉及作品与时代史、自然科学、神学和文化史的关联，而恰恰是这部分内容，使《浮士德》成为一部恢宏的尘世之诗。

就上述领域而言，本版远远超过以往任何注疏。本注释版首先希望唤醒今天和未来读者对歌德之《浮士德》的兴趣，同时向大家展示，一位“伦理-审美数学家”的文学“公式”（歌德语），如何能够开启我们自己的世界，又如何帮助我们“把握和承受”这个世界。

《浮士德》注释版，第八版序言

有朝一日，若所有的文学都从世上消失，人们或可以这部戏剧重建之。

（1804年1月28日，歌德致席勒）[①]

---

① Johann Wolfgang Goethe, *Sämtliche Werke. Briefe, Tagebücher und Gespräche*, 32 Bde (in 40), Frankfurt/Main 1985 ff.

歌德曾如此评论卡尔德隆的剧作《坚贞不屈的亲王》。然而，但凡可以充分理由如此评价世界文学中某部作品的话，那恰恰非歌德自己的《浮士德》莫属。

早在童年时代，歌德就曾观看以浮士德博士为题材的木偶剧；在去世前几周，他对自己《浮士德》剧的终场进行了最后修订，这期间相隔近 75 年。歌德的《浮士德》满载丰富的文学形式，唯有禀赋卓著之人以其漫长的一生，方可赋予它如此卓越的语言力量、文学塑造力，以及近乎独一无二的变化的能量。在该多声部作品中，汇聚了不同声音的言说和歌唱，有莱比锡的大学生，有斯特拉斯堡和法兰克福的狂飙突进诗人，有魏玛的古典作家，有居住在圣母广场边的老人。歌德在不同人生阶段、不同创作时期，学习和掌握了丰富的文学手段，并将之尽数用于《浮士德》创作，使之成为展示作者创作才能的集大成之作。

一

吸收前人和外来文学财富

所有艺术都建立在艺术积累的基础上，没有任何一部艺术作品仅归功于某一个人的天赋。[*][①] 在 1824 年 12 月 17 日致冯・米勒[②] 总理大臣的信中，歌德写道："前人和同时代人的成就"按理是属于作家的，"只有吸取他人财富化为己有，才会产生伟大作品。我不是也在（天堂序剧

① [译按] 此处省去与《浮士德》内容无直接关系的表述。下同。以下将同样省去的是：对德文版中相关页码的指示；过于局限于德文辨析讨论的文献。小标题为译者所加。

② [译按] 弗里德里希・冯・米勒（Friedrich von Müller, 1779—1849）：曾任萨克森-魏玛-埃森纳赫公国总理大臣，是歌德的密友。以下对人物的说明以及其他中文解释性文字，均为译注，不再一一标注。

一场天主与梅菲斯特对话中）塑造梅菲斯特时吸收了约伯的形象，且（在夜晚·格雷琴门前的街道场中）吸取了莎士比亚的小调吗？”

《浮士德》吸取了从古代至歌德时代不计其数、多种语言的小说家、诗人和剧作家的作品，《约伯记》和《哈姆雷特》仅是其中两例。歌德并非采用一目了然、一一对应的方式吸收外来财富，而是通过引用、改写、影射、用典等方式，对之游戏式地进行了改造。因此说《浮士德》可以“重建”文学，意思还在于，它的文学形式是文学家们的集体财富，作品丰富的意涵正得益于从集体财富这一宝库中汲取的大量营养，包括辞书引用、句式、修辞，包括母题、比喻、象征、寓意，包括典型形象、场景模式、行为方式、舞台艺术。对此将在以下注释中以大量例子加以展示。

本序言无意对整部《浮士德》做一个概述，而只是提纲挈领指出几点特殊之处，为以下的注疏给出基调。故而就“吸取外来财富”一项，在此仅以诗歌格律和文体为例加以说明。前者是一切语言规则的基础，对于后者会稍作展开。

在喜剧中，诗歌的格律通常可以比较自由地转换，而在“严肃”剧中，格律通常是统一的（使用每个时代特有的形式）。比如就演员台词来讲，古希腊悲剧规定连贯使用双三音步抑扬格，16世纪的狂欢节剧使用双行押韵体，法国文艺复兴戏剧和德国巴洛克悲剧使用亚历山大体，莎士比亚的主要戏剧和德国古典时期戏剧使用五音步无韵体，在近现代，狂飙突进剧作家开始使用散文体，到19世纪已经全面普及。

然而在一部《浮士德》剧中，不仅使用了所有上述形式，而且还有更多格律和不同形式的诗节（有学者将之分为37组，并按出现频率绘制出图表)。[1]此外，《浮士德·早期稿》中有个别部分使用了散文体，《浮士德·第一部》[2]中至少阴天·野地一场保留了这种散文体。当然在多样性方面可与之媲美的，尚前有西班牙剧作家德·维加和卡尔德隆的作品，后有浪漫派的戏剧。

诗歌格律

歌德的作品之所以成为格律大全，独具魅力，是因为他对所有学到的格律运用自如，它们在他笔下呈现为富于变化的形式游戏，更因为他同时把格律所携带的文化史光环、所附着的历史记忆、其中蕴含的潜在意义，植入了作品的语义框架。这样，格律这一媒介本身也成为文学信息的组成部分。

各种格律中使用最多的是源自意大利轻歌剧的牧歌体(Madrigal)。据统计，在《浮士德》总共12111诗行中，有4769行使用了牧歌体。牧歌体诗行(从两个到六个扬音)长短不同，用韵自由，因其灵活而富于变化，可满足多种创作意图，尤其成为对话段落的主要格律。这一基础格律仿佛作品的基本机理，其他诗体和诗节形式镶嵌于其中：在这个相对中性的背景上，其他形式更加凸显出来，其更为明确且特殊的语义担当也跳脱出来。

《浮士德》涉及的时空广阔，且时间和空间都映照在诗的格律中。格律同时辅助塑造戏剧人物性格，勾勒他们所陷入的境遇，揭示他们的情绪以及情绪的跌宕起伏，描画人物间已存在或正在发展的关系。(比如)

---

① Markus Ciupke, *Des Geklimpers vielverworrner Töne Rausch. Die metrische Gestaltung in Goethes »Faust«*, Göttingen 1994, S. 205ff.

② 以下简称《浮士德·一》。

开场中，浮士德使用了双行押韵体，与其书斋中老旧的父祖的家什同属那个时空；在与格雷琴的“宗教对话”中，格雷琴表达了她严格遵循教会和教义规定的信仰，而浮士德则有意躲闪之，此时他使用了格律和韵脚都不受限制的自由体诗，诗的形式与诗所表达的内容相互匹配。

再比如梅菲斯特，其老到的谈话艺术，体现在他可以自如地运用格律灵活的牧歌体，可以像变色龙一样，在格律上适应对方的讲话方式，一如他让格律符合自己扮演的角色和所处的情境。斯巴达王后海伦的“古典”美也是音步之美。伪帝的营帐一场具有复辟特征，与之相应，台词不仅在内容上回溯到《黄金诏书》的条文，而且在格律上使用了过时的亚历山大体。即便是此处格律上的疏漏，或在其他地方出现的明显的蹩脚、不流畅甚至是“失败”的韵律，也是作者有意为之的结果，或是与角色相符，或是包含着可识别的意义。因此遇到这样的情况，断不可以为是格律大师本人力所不逮的结果。

同样的艺术游戏也体现在用韵方面。比如在城堡内庭一场，浮士德与海伦的相遇相爱，是通过对韵这一媒介完成和见证的；又比如荣光圣母对格雷琴祈祷的回应，通过交叉韵的媒介表现出来。歌德在韵律艺术宝藏中汲取的养料，同样化用在《浮士德》中，使得韵脚在此不仅具有功能性，而且常常直接承载很多意义，这样的例子在作品中俯仰皆是。

诗歌韵脚

同样在韵脚的使用上，也有某些不合规则的地方系有意而为之，比如从规则的韵脚跳脱出来的所谓“孤韵”，又如天使唱词中使用的某些给人以过度修饰之感的三音节“滑韵”。然而，正如歌德在使用常规格律时，除去与人物角色相关的、有意而为之的地方外也常常自由发挥一样，他在用韵方面有时也很随意。这些所谓“不纯”的韵脚还不包括他的方言所造成的那些，比如他有时会按他出生地法兰克福-黑森地区的发音，有时会按他生活地萨克森-图林根地区的发音，有时按上萨克森发音押韵。[①]而今天人们感到的出于方言与标准德语不符造成的不规则押韵，当时的人们对之却丝毫无感。在当时的有教养阶层中，上萨克森-麦森一带的语言被视为标准德语。当然另一方面，歌德并不特别在意评论家们对他“用韵不纯”的诟病，而是表示，自己不过把注意力放在所要表达的内容，而非技术本身。[②]

因此对于《浮士德》，无论如何不能默“读”。谁如果只是数音节，而不去聆听诗行和韵脚如何被大声朗读或唱诵出来，或者不是在默读时至少用心耳去倾听，那么他便不会感知到乐谱中各种韵律、旋律、抑扬顿挫、轻重缓急所创造的丰富的乐感。

戏剧形式

《浮士德》吸纳了丰富的诗歌形式，同时也吸纳了丰富的戏剧形式。

歌德把自己创作的多部戏剧称为悲苦剧，单单把《浮士德》称为悲剧。还在 1797 年歌德重拾《浮士德》创作之际，他就表达过自己的疑虑，他担心“写一部真正的悲剧”,“这一尝试或许会毁了”他自己（1797 年 12 月 9 日，致席勒）。继而在《浮士德》即将杀青时，他再次进一步表示:“我天生不是悲剧作家，因我天性随和；纯悲剧事件不会让我感兴趣，因它本质上必是不能和解的，而在这样一个平庸至极的世界，我觉

---

① 文中分别举例 Buch–genug；Ach neige–Du Schmerzenreiche；ä–ö, äu–ei, e–ö, ei–eu, ü–i (Zügen–liegen)。

② [译按] 原文引用了 1831 年 2 月 9 日歌德与爱克曼的谈话。

得不和解简直是荒唐的。”（1831 年 10 月 31 日，致采尔特）[1]

歌德称整部作品为一部“悲剧”，这其中包括天堂序剧和山涧一场。然而单是这一形而上的框架，无论人们如何理解，它都消除了剧作的“不可和解性”。若论在框架中发生的一切，虽然进取–迷茫的浮士德一次次失败，他在尘世游历的每一个驿站都导致灾难，但因此框架它们便绝非“纯–悲剧–事件”。人们习惯于把《浮士德》分解为诸如“学者悲剧”“格雷琴悲剧”“海伦悲剧”，或者如汉堡版将之分为“思想者悲剧、爱情悲剧、艺术家悲剧和统治者悲剧”，[2]要知“真正的悲剧”并非如此由“个别悲剧”组成。

无论如何，对于歌德来讲，浮士德所遭遇的一切，他所造成的一切，或他在大世界经历的一切，已经具有足够的悲剧性，尽管他并未让戏剧结束于无可救药的毁灭，或让主人公陷入毫无希望的自我毁灭，而是把一切“提升”至山涧之上那个不可描述者的无限开放的天界。

歌德的《浮士德》全称《浮士德：一部悲剧》，副标题给出的文体形式成为某种预设的标签，从一开始就阻止了对框架内事件，在历史乐观主义–目的论意义上的理解。因此，断不可因循长期占统治地位的解释传统来理解这部剧作，比如把它说成是有关个体或以浮士德为代表的人“类”日臻完善的教谕诗，[3]或认为它是对——包括科学认知领域，技

---

① 卡尔·弗里德里希·采尔特（Carl Friedrich Zelter, 1758—1832）：德国音乐家、教授、音乐教育家、作曲家和指挥家。歌德密友，两人有长达 30 年的书信往来；曾为歌德的一些诗作谱曲。

② *Goethes Werke, Bd 3: Faust I, Faust II, Urfaust (zuerst Hamburg 1949)*, 2. neubearbeitete Aufl., hg. v. Erich Trunz, München 1981, S. 516.

③ Georg Lukács, *Faust-Studien (Teilabdruck 1941 ff., erster Gesamtdruck 1947)*, in: ders., *Werke Bd 6: Probleme des Realismus III*, Neuwied und Berlin 1965, S. 547ff.

术-工业领域，令自然屈从人类或人类经济、社会、政治关系方面（无论人们怎样把这一过程说成是“辩证的”，无论人们认为这种预言具有怎样“乌托邦”特征）——有着明确目标的“客观”进步的赞美。

因这样的理解，显然忽视了作品中很多足以驳倒上述观点的反面表征，比如作品中有很多信号显示出不确定性，有很多指征表现出深度怀疑，此外还有大量对灾难的报告，对灭亡的预测，以及随处可见的有关末世将至的弦外之音——由此简直可以把《浮士德》称为一部末世之作。同时，这样的理解，也全然将悲剧概念的主要特征和必要保留条件置之不顾。《浮士德》接受史已充分证明，如此理解与某种入世的、追求完善的意识形态以及进步的意识形态密切相关。

然而虽称之为悲剧，剧作并未排除“有许多按经典分类规则当算作喜剧的场景”，或可算作悲喜剧的场景。剧中不少地方表现为严肃与搞笑、令人震惊又令人惬意的混合风格，不仅如此，可以说《浮士德》是不同时代、不同文学中多种文体、准文体、文学式样、塑造方式、戏剧传统的集合。它留有木偶剧和流动剧团演出的痕迹，在天堂序剧中借鉴了大型宗教剧模式，在夜一场加入了中世纪复活节剧，在格雷琴剧中展示了当时代市民悲剧的特征，在“海伦”一幕中模拟了古希腊悲剧，重拾了酒神节的羊人剧，此外还有与巫魔滑稽剧、粗野闹剧、宗教剧、道德剧，与歌舞剧、假面联欢、假面游行、宫廷或酒神节庆典相对应的“文本形式”。

音乐性

在《浮士德》的念白中，间有一系列不同文体的抒情成分，包括为数众多的歌曲和合唱，这些都是为唱出来而设计的。多处戏剧底本常常本身就为配合音乐而设计，需要有独唱、合唱、大型交响乐团或乐器伴奏（在配乐诗朗诵时）。《浮士德》中不少片段带有轻歌剧性质，或本身是清唱剧，尤其在第二部中很多地方接近歌剧。（据统计，在第一和第二部中，分别有19%和24%的台词，为以不同音乐形式呈现而设计。）[①]

自1819年起，拉齐维乌侯爵[②]多次在柏林以配乐诗朗诵形式，上演了《浮士德·一》中的部分场景，由此开辟了为《浮士德》谱曲的先河。从此，在作品接受和影响史上，音乐一直起到举足轻重的作用。（有学者为迄今为止所有与《浮士德》相关的谱曲做了详尽的目录。）[③]在音乐谱曲中，一部分是受歌德《浮士德》启发、与其内容相关或由之派生的合唱和康塔塔（如李斯特等人的作品），一部分是歌剧（如柏辽兹和古诺等人的作品）、交响曲加合唱（李斯特和马勒）或纯器乐作品（瓦格纳和鲁宾斯坦），还有一部分是大量个别的对《浮士德》中歌曲的谱曲（采尔特、舒伯特、舒曼、瓦格纳等）或对某些场景的谱曲（柏辽兹、舒曼）。

然而至今还没有哪位才能与《浮士德》相媲美的作曲家，为作品中全部与音乐相关或为音乐而设计的段落谱一整套曲出来。贝多芬曾计划创作一部《浮士德》歌剧，多年后也终于搁浅。在1829年2月12日的一次谈话中（《浮士德·第二部》[④]尚未出版），爱克曼对歌德说，自

---

① Hans Joachim Kreuzer, *Faust · Mythos und Musik*, München 2003, S. 61. 另有学者列表演示了与音乐相关的场次和文本段落，并同时标注了可能参考的范本、传统、曲式，见 Detlef Altenburg, *Von Shakespeares Geistern zu den Chören des antiken Dramas. Goethes Faust und seine Musikszenen*, in: *Goethe und die Weltkultur*, hg. v. Klaus Manger. Heidelberg 2003, S. 350-364。

② 安东·拉齐维乌侯爵（Fürst Anton Radziwill, 1775—1833）：波兰与普鲁士政治家、大地主、作曲家与音乐赞助人，其最重要的作品是对歌德《浮士德·第一部》的谱曲。

③ Andreas Meier, Faustlibretti. *Geschichte des Fauststoffs auf der europäischen Musikbühne nebst einer lexikalischen Bibliographie der Faustvertonungen*, Frankfurt/Main 1990, S. 685ff.

④ 以下简称《浮士德·二》。

己“不会放弃《浮士德》终将被全部谱成曲的希望”，歌德的回答是，这“根本不可能”，因届时音乐中“难免会有令人反感、厌恶、惊悚的段落，不招时人喜欢。音乐当有《唐·璜》的特征，莫扎特是为《浮士德》谱曲的最佳人选。迈尔-贝尔[①]或许有能力，只是他不会情愿去做；他太过纠缠于意大利戏剧了。”

以上说明只为让读者意识到，《浮士德》中很大部分首先是供谱曲的底本，或是标准的轻歌剧脚本。按作者意图，作品当是一部调动所有感官的整体艺术，而非印在纸上的读本。换言之，那些部分并非只是满足于文字的段落（此前各种注释几乎从未关注过），这点需要读者重新审视、感知和理解。纸上文字常常让人忘掉了歌德诗句所蕴含的语言的音乐性。当然时常有些诗句或合唱诗节，在阅读时人们也可感到，音乐“如一股涌来的热气，可把热气球带到空中”（1820 年 5 月 11 日，致采尔特）。

舞台演出

《浮士德》剧采用了多种多样的文体，歌德以此展示了何为“总汇诗”。同样，在运用戏剧形式和舞台表演方面，歌德也充分发挥了舞台剧、朗读剧和阅读剧的普遍可能性。不同类型的呈现形式，以及与之相应的接受的可能性，为理解和观看《浮士德》提供了不同的视角；各种形式相互补充，共同决定了作品的活动半径。

显而易见，该部悲剧的目标是公演。人们应当听到诗句台词，听到歌

---

① 贾科莫·迈尔-贝尔（Giacomo Meyer-Beer, 1791—1864）：德国钢琴家、作曲家和指挥家。迈尔-贝尔是 19 世纪最成功的歌剧作家之一，被认为是法式歌剧大师。

曲和合唱，看到哑剧表演，欣赏到按舞蹈设计的芭蕾舞场景；人们应当对魔法、“魔幻的”角色变换、舞台场景变换、火水云的游戏等如身临其境。

1831年，在歌德与福尔斯特的一次谈话中，当后者说到“把《浮士德》改编为能在咱们的（魏玛）舞台上演的程度，实在难上加难”时，歌德表示，他“从一开始便没想过要在舞台上上演”。然而，这一宣称却与文本给出的信息相互矛盾。因文本针对导演和演员、舞台设计师、舞台技术员、化妆师等，给出了成百上千条直接或间接的提示。此外，《浮士德》中显然倾注了歌德经年积累的舞台实践经验，因他在担任魏玛剧院领导期间，不仅上演话剧，而且也与轻歌剧和歌剧的导演、舞剧的舞蹈设计者打过许多交道。

当然，歌德对《浮士德》的舞台设计，并未局限于当时的舞台技术条件。并且，即便魏玛舞台捉襟见肘，满足不了他对演出的设想，他对实现上演所面临的问题也从未置之不理。比如，对于*假面舞会*一场，他甚至表示过要牵一头活的大象上场；又如对于*爱琴海的岩石海湾*一场中的海上节日，他想到的是西班牙巴洛克戏剧中露天的水上剧场，并且想在魏玛如法炮制；对于“海伦”一幕他说，“够语文学家忙的”，然而当爱克曼说道，台词“对读者提出了很高要求”时，歌德回答说，其实“一切都是感性的，若能在舞台上表演，人人便可尽收眼底。我别无所求。只要大多数观众高兴看到演出，懂行的能领悟到更高的意义”（1827年1月29日）。

作为戏剧实践者，歌德毫无疑问很清楚，《浮士德》的上演会面临一系列问题，且问题不只在于第二部的复杂，也不只在于整部剧本过长的演出时间。歌德本人作为剧院领导，自己在排练上演其他剧目时，也难得做到严谨地“完全忠于原著”，因此他宁可接受删减和改编的代价——至今人们见到的《浮士德》演出脚本大多经过删减和改编——也希望作品能在舞台上得以呈现。

对此，在一次魏玛计划上演《浮士德·一》、歌德要亲自把剧本改编为独角戏时，他曾经说："这与演出要求差别很大，需要牺牲很多东西，要以其他方式代替，实在又提不起情绪。"（1815年5月1日，致信布吕尔[①]）无论如何，《浮士德》剧很晚才被搬上舞台。1809年1月13日的上演算是开端，那次是以当时流行的中国皮影戏形式，也就是借助剪影，在魏玛剧院上演了几个场景。据当时在场的阿贝肯[②]称："那场面十分滑稽，格雷琴、瓦伦汀、浮士德和梅菲斯特都是用黑纸剪出的指头大的小人儿，在歌德面前晃来晃去。歌德则安静地观看。第二天他对席勒的夫人说，'他感觉自己死了一百年了'。"[③]

十年后，在拉齐维乌侯爵和布吕尔伯爵领导下，开始在柏林宫廷以独角戏形式上演部分场景。直至1828年，《浮士德》才在巴黎举行了首演，用的是施塔普法尔[④]的法译本做脚本。之后，1829年，在科灵尔曼[⑤]领导下，在布伦瑞克进行了《浮士德·一》的德语版首演，当然之前对原剧本进行了严格删减和"监查"。《浮士德·二》则是在作品出版后22

---

① 卡尔·冯·布吕尔（Carl von Brühl, 1772—1873）：曾任普鲁士皇家枢密院议员、柏林剧院和博物馆总管，早年与歌德相识，曾向歌德学习矿物学。

② 伯恩哈德·鲁道夫·阿贝肯（Bernhard Rudolf Abeken, 1780—1866）：德国语文学家、教师，曾在魏玛担任家庭教师。

③ 大概相当于说自己死了得了。Biedermann/Herwig: *Goethes Gespräche. Auf Grund der Ausgabe und des Nachlasses von Flodoard Frhrn*. von Biedermann hg. v. Wolfgang Herwig, 5 Bde (in 6), Stuttgart und Zürich 1965-1987, Nr. 2895.

④ 菲利普·阿尔伯特·施塔普法尔（Philipp Albert Stapfer, 1766—1840）：瑞士政治家、外交官和神学家。曾在旅居巴黎时将歌德的一些剧作翻译为法语，扩大了后者的影响力。

⑤ 奥古斯特·科灵尔曼（August Klingemann, 1777—1831）：德国浪漫派作家、戏剧导演。

年才得以首演：1854年在汉堡，经过达·冯塞卡[①]的改编。又过了22年，1876年，狄夫里昂[②]首次在魏玛上演了第一部和第二部。

朗读文化

然而事实上，早在首演甚至出版前，《浮士德》剧就已广为流传：通过歌德自己公开朗读手稿的形式。对于剧本的传播这种形式如今已不多见。然而几十年之久，它都是《浮士德》传播的唯一方式（即便在作品出版和被搬上舞台后，歌德也终生保持了这一方式）。在大约在1797年创作的献词中，歌德写道：他们再听不到我将作的歌吟，/ 虽则开篇曾是唱给这些灵魂；/ 欢聚的友人早已是四散飘零，/ 可叹最初的应和已无影无踪！/ 我的歌将要面对陌生的观众……（行17及以下）

在小的朋友圈子中传播和接受文学作品，直到18世纪还相当流行，作家可口头-直接传播，听众是一个熟悉的圈子，可直接对作品进行“应答”。这样的形式逐渐被在无名读者中的文字传播、面对陌生观众的公演所取代。献词中哀怨的诗句无疑是对这一深刻作用于作品的、充满危机的过渡阶段的反思。

早在移居魏玛之前，歌德就开始朗读作品，这一习惯一直保持到他去世前不久。他曾在1813年这样说过：“莎士比亚要通过活的语言表现出来，朗读是最好的流传方式，这与表演不同，听众不会因表演的好坏分散注意力。最美妙和最纯粹的享受，是闭上眼睛，听人用自然的声音朗读而非朗诵莎士比亚的戏剧。”这样“我们会不知不觉获得生活中的真

① 沃尔海姆·达·冯塞卡（Wollheim da Fonseca, 1810—1884）：德国作家、戏剧顾问、语言学家和外交官。

② 奥托·狄夫里昂（Otto Devrient, 1838—1894）：德国演员和剧作家。

理”[①]。当然对于《浮士德》的作者，朗读还不仅仅只是一种传播方式，它同时可以检验行文是否合适，它可以要求、促进、塑造纸上文字所不能给予的“活的语言”。

歌德日记显示，在 1832 年 1 月 2 日至 29 日间，老年歌德最后一次全文朗读了他禁止在生前出版的《浮士德·二》，听众只有他自己的儿媳奥蒂莉。日记同时记录了本次朗读对修改音律所起的作用，如 1 月 17 日日记中写道“帮助修订了《浮士德》中的几处”，1 月 18 日日记中称“改写了几处”。虽然歌德生前做的最后这番修订是由“内容”决定的，但毕竟内容自带形式，形式永不脱离内容。[②]

歌德生前讲话一定是声情并茂，他的所有文字也便带有这样的特征，也就是说，在写下的文字中，一定包含活的语言（更何况有很多文字是他口授给书记员的）。因此可以说，在《浮士德》诗行表现出的不刻板的韵脚中，在富有魔力的音韵和生动的旋律中，朗读者歌德的声音依稀可辨。

阅读剧

《浮士德》是舞台剧，是朗读剧，但同时也是一部阅读剧。这并非说要把《浮士德》当作阅读剧来接受，而是指它同时具有阅读剧的特殊品质，或曰只有通过这种传达形式和接受方式，才能感知到其深意。比如在高山一场中，紧随梅菲斯特关于地壳运动、高山形成的故事之后，是一处重要的对圣经的影射，给出了火成说所包含的政治-革命寓意，这

---

① Johann Wolfgang Goethe, *Sämtliche Werke. Briefe, Tagebücher und Gespräche*, 19 Bde (in 40), Frankfurt/Main 1985 ff, S. 638f.

② Paralipomenon 1, siehe: Johann Wolfgang Goethe, *Faust,* hrsg. v. Albrecht Schöne, Text-Band, Berlin 2017, S. 576.

便是戏剧表演所无法传达的。

因此说剧中有很多地方，只有通过阅读才能理解到其深意。再比如所有舞台技术都无法呈现终场中，炽天使神父如何把有福童子接纳到自身之中，好让这些不谙世事的童子，用他的眼睛观看山涧；或者对于浮士德的不朽、裹缚他的丝絮被解开、从苍穹的霓裳中，/ 走出最初的青春力量等等，人们都只能通过想象去感知。

当然并非诸如此类不能在舞台上呈现的个别场景，决定了《浮士德》同时是一部阅读剧，而是更重要的是，整部戏剧需要人们启动思考，“用心”去领会。按照作者自己所讲明的意图，读者需要自己去补充完整，去“衔接前后关联”；为理解整部作品，人们必须认识到前后的呼应，把作品当作一部“前后相互映照的整体”来读；同时还要加入读者自己的处世和人生经验，甚至需要读者“敢于超越自己”。[①]

也就是说，《浮士德》剧要求“接受者自身要有所贡献”。不间断的舞台演出、朗读时快速的语流，都无法给人留下足够的思考空间。只有缓慢阅读、不断驻足、前后翻阅、深入思考的读者，才可能发现作品更多的内涵。如果说舞台演出和朗读（作为对演出台词的一种实践性解释）需要选择性地，也就是局限性地对某些角色和场景，针对个别词句乃至整部作品，给出固定的意义取向，那么阅读则可增进对这部丰富而自由的作品的多意性的认识，因为终究是这种多意性赋予了作品以张力、广度和深度。

本版本的《浮士德》只能提供一个阅读本，注释也只能把它当作一个读本来对待，这样就难免会偏离完整的、完全的文本实践，不得不又

① Leseanweisungen, siehe: Johann Wolfgang Goethe, *Faust*, hrsg. v. Albrecht Schöne, Text-Band, Berlin 2017, S. 815ff.

是用文字来解释文字。如有某些地方会对舞台演出有所启发，那么则希望这些地方会对导演、演员、舞台设计师或技术员有所帮助。但注释首先要唤醒的是读者自己对舞台的想象力。它们当启发读者，走出书本上的文字，开启想象力，去想象那个奇妙的自由的舞台。因为虽说《浮士德》是一部舞台剧、朗读剧、阅读剧，但它终究是为此一完全“不可想象”的舞台［读者想象力中的舞台］创作的。

“集体”创作

歌德自己曾说，“只有学习和借鉴外来财富才能产生伟大作品”，这并不局限于我们至此所探讨的艺术领域；如果人们认为，“若有朝一日文学从世上消失”，人们可以《浮士德》“重建”之，那么人们必须看到，这部文学大全并非只是产生于文学的文学。这种时髦的艺术领域的近亲繁殖并非歌德所求。以下表述说明了这一点：

> 我做了什么呢？我不过是对我所见所闻的种种进行收集和加工罢了。我的作品是由成千上万不同的个体所哺育的，他们之中贤愚不齐，老少兼备。所有人都纷纷来到我面前，向我吐露他们的思想，展示他们的才干，呈现他们的存在方式，我所做的仅是常常伸手去收割旁人替我播种的庄稼而已。我的作品本是一种集体创作，不过是冠以歌德之名罢了。[①]

（歌德致弗里德里克·索莱，1832 年 2 月 17 日）

这段谈话发生在歌德去世前不久，他刚刚在几周前完成了对《浮士

---

① 引文原文为法语，由张皓莹译出。

德·二》的最后修订，并且把誊抄稿封存起来。为照顾客人，谈话是用法语进行的。在歌德毕生作品中，没有哪部比《浮士德》更符合这段表述。

当时大家在圣母广场边歌德的家中谈论米拉波伯爵[①]，就是那位法国大革命初期的重要推动者，说他不过是天才地观察、收集和借鉴了他人的想法和理念，利用了已有的思想和思考并对之进行了大力宣传。时已82岁高龄的歌德发问道，米拉波自己又做了什么呢？他的工作归功于成百上千他人的生活方式、经验、观点和能力。他常常仅仅是收获了他人播下的种子。然后便是这句语出惊人的："我的作品本是一种集体创作，不过是冠以歌德的名字罢了。"

为歌德之创作做出贡献的，大多是一些无名英雄，他们的生活方式、思想方式、行为方式、讲话方式反映到歌德这位伟大的人类观察者、形象塑造者的作品中。希腊人和犹太人参与了创作——希腊神话和犹太圣经奠定了《浮士德》的基础；除世界各地和各个时代的文学家外，还有无数其他人（在狭义或广义上）"共同撰写"了这部集体创作，他们有神学家、哲学家、自然科学家，有政治家、法学家、经济学家、军事理论家，有工程师、技术员，有历史学家、语文学家、百科全书编纂者，有建筑师、雕塑家；还有画家特别是素描画家，歌德或收藏有他们的原作或复制品，或通过他人描述得知他们的作品。很多作品都给予了他很大启发，为《浮士德》的语言和戏剧人物、动作、场景等提供了模式。

既然歌德认为这样的"集体"是作品的真正作者，那么本版则将在注释中，清楚注明作品中包含的大量此类细节，其目的是为让读者更好

[①] 奥诺雷·米拉波（Mirabeau, 1749—1791）：法国革命家、作家、政治记者与外交官，是法国大革命时期著名的政治家和演说家。在法国大革命初期的国民议会中，他是温和派人士中最重要的人物之一，主张建立君主立宪制。

理解剧作，而非罗列各种证明。因就《浮士德》对外来财富的学习借鉴来讲，很多地方并非拿来就用或淡化出处，也并非因化用而使出处显得无关紧要，而是保留了可以辨认其出处的形式。

《浮士德》的创作，其孵化期和成文史贯穿了歌德漫长的一生，其主人公因此吸纳了各个时期广泛的经验（以致年迈的浮士德称：世事于我已足够熟悉），读者于是也跟随主人公经历广阔的时空。近代文学中没有一部作品可以为读者提供如此丰富的内容。当然作品给读者开启的维度，要远多于它赋予剧中人物的。如在天堂序剧中，在众多后台人物中，首先登场的是不可见的约伯；在"尾声"一场中，浮士德的不朽是沿着教父奥涅金给出的复归说[①]之路，向更广阔的空间和时代走去。因此可以说，戏在开场前就已上演，在歌德标上"剧终"后仍未结束。

二

成文史和影响史

你们都来吧！——
它于是增涨得
更加雄壮：整个一族
高高地拥戴它这位君主！（……）
它就这样率领它的兄弟，
它的珍宝，它的赤子，

① 复归说（Wiederbringungslehre）：一种神学学说。该学说将历史解读为一种符合目的论的循环模式，认为在世界末日之后，受造物将从脱离造物主的堕落状态重归于与上帝和解的状态。

欢呼地投向等待着它们的
缔造者的怀抱里去。[1]

（歌德：《穆罕默德之歌》，1774 年版）

歌德在《穆罕默德之歌》中把先知穆罕默德比作一条大河，它一路上吸纳无数细流、小溪、支流，不断增涨，变得雄壮，然后它把所有这些“珍宝”都带向海洋：伟大循环中云的最初孕育者。同样，在《浮士德》中也汇聚了丰富的支流。而该诗中“等待着它们的缔造者”同时也是它们的接纳者，对于《浮士德》相应的是成文和影响史。因歌德在此吸纳、接受到其作品艺术形式中的一切，又随他重新回到“集体”。

还在歌德生前，就有作家试图对《浮士德·一》进行续写，很快就出现了改编和续写，直到今天，各种改写、反写、重写、戏仿、讽刺都层出不穷。歌德生前同意把《浮士德》译为其他文字并积极关注过译文，今天《浮士德》已被翻译成近五十种文字，对整部作品的翻译超过二百种，对部分的翻译达四百多种。世界范围内对作品的借鉴和影射不胜枚举，更有不计其数的元素在很多作品中留下不易察觉的痕迹。

早在 1808 年，《浮士德·一》出版时，出版商就（不顾作者反对）部分装订了奥西昂德[2]的铜版画插图，从此开辟了造型艺术家为《浮士德》插图之先河。不久后就出现了史蒂格利茨、瑙威尔克、莱驰、柯奈

---

① 参考钱春绮译本，收于《歌德文集》第八卷，人民文学出版社，1999 年，62 页。个别地方有改动。

② 克里斯蒂安·弗里德里希·奥西昂德（Christian Friedrich Osiander, 1789—1839）：德国书商和铜版蚀刻画家。

留斯、拉姆贝格[1]等人的插图，歌德总体上来讲表示感兴趣，而插图也对早期演出的舞台和服装设计产生了一定影响。然而插图这种艺术形式很快就过时，成了浪漫时期的历史。在当时丰富的插图作品中格外醒目的，是德拉克洛瓦为1828年施塔普法尔的法译本所作的17幅石版画插图。歌德在看到两幅小样后，就称德拉克洛瓦狂躁、暴烈、粗犷的画风是“野蛮风格”，于是还在1827年，歌德就认为他“深陷《浮士德》之中，很可能画出一些别人无法想象的插图”[2]。

19世纪下半叶，插图大量涌现，但多流于模仿之作，其中唯有考尔巴赫的钢版画和施皮茨韦科的铅笔素描富有创造性且广为流传。[3]至20世纪，《浮士德》进入现代艺术家视野，且他们不再仅关注“格雷琴”场景，而是同时把目光投到《浮士德·二》。对个别题材进行创作的一系列艺术家中，重要的有诺尔德、施莱默尔、库斌、马泽雷尔、派希施坦和鲍迈斯特[4]；创

---

① 克里斯蒂安·路德维希·史蒂格利茨（Christian Ludwig Stieglitz, 1756—1836）：德国法学家，曾任莱比锡议员，乌尔岑修道院院长。路德维希·瑙威尔克（Ludwig Nauwerck, 1772—1855）：德国行政法学家、版画家和诗人。《浮士德》插图是他最有名的版画作品。莫里茨·莱驰（Moritz Retzsch, 1779—1857）：德国画家、铜版蚀刻画家。彼得·冯·柯奈留斯（Peter von Cornelius, 1783—1867）：德国画家，拿撒勒画派代表人物。约翰·海因里希·拉姆贝格（Johann Heinrich Ramberg, 1763—1840）：德国画家，经常为文学作品绘制插画，生前享有盛名。

② *Goethes Werke*, herausgegeben im Auftrage der Großherzogin Sophie von Sachsen. Abt. I-IV, 133 Bde (in 143), Weimar 1887–1919 (Fotomech. Nachdruck München 1987). – Zur Brief-Abt. IV: 3 Nachtragsbände München 1990. Hier: Abt. I, Bd. 41.2, S. 233f.

③ 威廉·冯·考尔巴赫（Wilhelm von Kaulbach）：德国画家，以其历史题材壁画和大幅天顶画以及文学作品插图而闻名。卡尔·施皮茨韦科（Karl Spitzweg, 1808—1885）：德国晚期浪漫派与比德迈耶时期的画家。

④ 埃米尔·诺尔德（Emil Nolde, 1867—1956）：德国表现主义代表画家，擅用水彩。奥斯卡·施莱默尔（Oskar Schlemmer, 1888—1943）：德国画家、雕塑家、舞台布景师。曾在魏玛和德绍的包豪斯建筑学校担任教授。阿尔弗雷德·库斌（Alfred Kubin, 1877—1959）：奥地利版画家、作家与插画家。弗兰斯·马泽雷尔（Frans Masereel, 1889—1972）：比利时画家，以黑白木刻作品闻名。马克斯·派希施坦（Max Pechstein, 1881—1955）：德国画家，德国表现主义画派代表人物，曾是艺术组织“桥社”成员。威利·鲍迈斯特（Willi Baumeister, 1889—1955）：德国画家、景观设计师、艺术学教授、印刷工艺师，是现代派艺术代表人物。

作系列作品的画家有克莱姆（1912 年为《浮士德·一》作 10 幅木版画），黑根巴尔特（1922 年为《浮士德·一》作 6 幅石版画；1959—1961 年为《浮士德·一》作 50 幅、为《浮士德·二》作 67 幅钢笔画），巴尔拉赫（1923 年为瓦尔普吉斯之夜一场作 20 幅木版画），施雷福格特（1925—1927 年为《浮士德·二》作 510 幅石版画和 11 幅铜版画），贝克曼（1943—1944 年为《浮士德·二》作 143 幅钢笔画），达利（1969—1970 年为《浮士德·一》作 21 幅干刻法铜版画），海泽希（1982 年为《浮士德·一》作 44 幅钢笔画）。[①] 对此详参相关文献。[②]

作家、画家、前文提到的作曲家、表演艺术家，都可谓得益于歌德吸纳而后又吐出的东西。如此得益的还有很多其他群体，比如神学家和哲学家，歌德从他们身上学习到很多东西，而后又为他们提供了很多可

---

① 瓦尔特·克莱姆（Walther Klemm, 1883—1957）：德国画家，擅长版画与作品插画。约瑟夫·黑根巴尔特（Josef Hegenbarth, 1884—1962）：德国画家，为许多文学作品创作过插图。恩斯特·巴尔拉赫（Ernst Barlach, 1870—1938）：德国雕塑家、作家和画家，其木雕与铜像作品最为著名。风格介于现实主义与表现主义之间。马克斯·施雷福格特（Max Slevogt, 1868—1932）：德国印象派画家、舞台布景师，以风景画闻名。马克斯·贝克曼（Max Beckmann, 1884—1950）：德国画家、雕塑家、作家。其作品受印象派与象征主义的影响，常常刻画悲剧中的人物。萨尔瓦多·达利（Salvador Dalí, 1904—1989）：著名的西班牙加泰罗尼亚画家，以其超现实主义作品闻名于世。他与毕加索和米罗一同被认为是西班牙 20 世纪最有代表性的三个画家。伯恩哈德·海泽希（Bernhard Heisig, 1925—2011）：德国画家，莱比锡画派成员，东德最重要的代表性艺术家之一。

② 18—19 世纪画家及作品参考：*Reallexikon zur Deutschen Kunstgeschichte. Begonnen von Otto Schmitt*, hg. v. Zentralinst. f. Kunstgesch. München. Redaktion Karl-August Wirth. Bd VII, München 1981, S. 848-866。20 世纪画家及作品参考：*Goethe in der Kunst des 20. Jahrhunderts. Weltliteratur und Bilderwelt. Ausstellung zum 150. Todestag von Johann Wolfgang Goethe*. Katalog, hg. v. Detlev Lüders. Fr. Dt. Hochstift – Frankfurter Goethe-Museum, Frankfurt/Main 1982, S. 45-123。历代插画概览还可参考：Thomas Fusenig, *Faust-Rezeption in der bildenden Kunst,* in: *Goethe-Handbuch Bd 2,* Stuttgart und Weimar 1996, S. 514-521。

供思考的东西；比如语文学家和辞书编纂家（《德语字典》的编者格林兄弟，《歌德辞典》的编者）；再如法学家和经济学家（见相关文本的注释部分）。

最后，还有很多无名者的观点、思想、行为方式、讲话方式汇聚到《浮士德》剧中，他们也同很多无名的读者和观众一样，在由接受和给予相互作用构成的成文史和影响史中，二百年来不断受到作品的影响。无论是博学还是简单，无论是睿智还是贫乏，如上段谈话中所言，所有读者也都在歌德感谢之列。接受者也共同组成一个集体。[*]《浮士德》的影响史（可惜本版无法全面再现）一直延续到今日，比如很多人喜欢引用其中的某些诗句，它们经由学校里通俗化的传授，进入大众俗语大全，或蜕化为陈词滥调，比如有人在聚会时会随口说出，我终于人之为人，自由自在，[①]却不知其出处不知其原意。

世界文学

> 故而我再说一遍：您待在我们这儿吧，不止这一冬，而是把魏玛选为您的居住地。从那儿，所有的大门和街道都通向世界各个角落。（1823 年 9 月 15 日，歌德对爱克曼）

通过歌德所言敞开的大门，在他所言双向行进的大街上，世界各地的访客、信件、报纸、杂志、赠画、赠书往来穿梭。歌德根本不曾提到德意志各邦国之间的界限，而是直接说，从魏玛“通向世界各个角落”！歌

① 《浮士德·第一部》城门外一场中，“复活节散步”一段 940 行。

德在那些年里亲历了交通技术不断发展给人们的活动和“交流带来的便利”，然而对于歌德来讲，这并不仅仅局限在工商贸易领域，而是它必定会促进一场新的广泛的精神“交流”。

“在一个来自世界各地、形式各异的快寄往来穿梭的时代，”1826 年歌德写道，“每一个知进取之人的当务之急，是认识自己在本民族和在各民族中的位置。”[①] 他称：“民族–文学恐怕已经不够了，世界–文学的时代来到了，每个人都要做出贡献，让这个时代尽快到来。”（1827 年 1 月 31 日对爱克曼）

本序言的任务之一便是要表明，歌德自己的《浮士德》如何从一开始，就以吸纳和给予的姿态，为促进世界文学时代到来做出贡献的。歌德有一段话，仿佛恰好适用于《浮士德》这部不折不扣的超民族的“集体”之作——1808 年歌德在计划编写一部诗歌读本时写道：“至于诗歌的外在形式，一种都不能少（正如在内容上费解的、平淡的、有趣的、枯燥的、言情的一种都不能少一样）。我们要在双行押韵体中看到最自然的形式，在十四行诗和三行诗节中看到最艺术的形式。

“如果想到，很多民族尤其是新兴民族，很少有绝对的原创性东西，那么德国人也不必羞于借鉴外来东西塑造自己的文化，尤其是文学中的形式和内容。事实上，很多外来财富已经变成我们自己的东西。纯粹自己本身的将变为学习和借鉴到的，它们要通过翻译或更为内在的处理方式去吸取，变为我们自己的。人们要特别指出那是其他民族的成就，因为（诗歌读本）也是为孩子们设计的，面对孩子，要尽早让他们注意到

---

① *Goethes Werke*, herausgegeben im Auftrage der Großherzogin Sophie von Sachsen. Abt. I-IV, 133 Bde (in 143), Weimar 1887–1919 (Fotomech. Nachdruck München 1987). – Zur Brief-Abt. IV: 3 Nachtragsbände München 1990. Hier: Abt. I, Bd. 41.2, S. 203.

其他民族的成就。”[①]

正是在1827—1830年之间，也就是歌德开足马力完成《浮士德·二》的阶段，他的各种谈话、信件和发表物，无一不斩钉截铁、纲领性地倡导发展“盼望已久的普遍的世界文学”。[②]这并非指某个“世界级别文学经典”的汇编，而是指欧洲乃至世界范围内相互吸收和给予的“交换”。对此《浮士德》当然是一个很好的范例。歌德所希冀的各国族的“伟大际会”[③]也并非某种文化上的整齐划一，比如切断乡土根基，拉平地区和国族间的差异，消除蕴于母语中的祖国的个性。相反，他十分现实而有远见地认为，“各国族不应思想一致，而是应相互意识到对方的存在并且相互理解，倘若它们之间不能做到相互爱戴，至少也要相互容忍”[④]。

歌德提出的“欧洲文学乃至普遍的世界文学”设想，[⑤]与当时后拿破仑时代的普遍意识以及他自己的坚决的爱国主义倾向密切相关。然而时过境迁，这些设想多年后获得了新的迫切的意义，以下不妨举一例说明：

“很显然，自古以来，各国族最好的文学家、追求审美的作家，无一不致力于普遍人性的东西。就每一具体情况而言，无论那作品是历史

① Johann Wolfgang Goethe, *Sämtliche Werke. Briefe, Tagebücher und Gespräche*, Vierzig Bände, Frankfurt/Main 1985ff. Hier: Abt. I, Bd. 19, S.400.

② *Goethes Werke*, herausgegeben im Auftrage der Großherzogin Sophie von Sachsen. Abt. I-IV, 133 Bde (in 143), Weimar 1887–1919 (Fotomech. Nachdruck München 1987). – Zur Brief-Abt. IV: 3 Nachtragsbände München 1990. Hier: Abt. I, Bd. 41.2, S. 348.

③ 1827年1月27日歌德写给施特莱克夫斯（Streckfuß）。后者是一位德国作家、翻译家和法学家。

④ *Goethes Werke*, herausgegeben im Auftrage der Großherzogin Sophie von Sachsen. Abt. I-IV, 133 Bde (in 143), Weimar 1887–1919 (Fotomech. Nachdruck München 1987). – Zur Brief-Abt. IV: 3 Nachtragsbände München 1990. Hier: Abt. I, Bd. 41.2, S. 348.

⑤ Ebd. Hier: Abt. II, Bd. 13, S.449. 时值1828年柏林自然科学家大会。

的、神话的、虚构的，还是或多或少任意的，人们都会透过民族性和个体性，看到普遍的东西暴露出来。[*] 只有当人们让每一个个人和每一个民族的特殊性安于现状，只有当人们坚守一个信念，即真正的成就是因为它属于整个人类，真正意义上普遍的宽容才一定能够实现。

"很久以来，德国人都在为这样的交流和相互承认做出贡献。谁若理解和研习德语语言，谁就如置身一个市场，在那里，各民族都在提供自己的货品；谁就如担任一个翻译的角色，且与此同时不断丰富自己。每一个翻译都要努力做这一普遍-精神贸易的中间人，致力于促进交换。因为尽管有人说翻译工作总会有缺憾，它也是而且永远是普遍世界交通中一项最重要和最有价值的工作。"[①]

民族主义和意识形态化解读：自强不息，"浮士德精神"

1832 年 3 月 17 日 [22 日歌德去世]，歌德回信给威廉·洪堡，拒绝他的请求，在生前出版《浮士德·二》。"混乱的学说引发混乱的行为，统治着世界"，歌德在信中说到。歌德死后形成的、很长时间里占统治地位的对《浮士德》的理解（大多以学术著作为代表，在大学和中学课程中固定下来，通过喜闻乐见的文章、报纸和讲座传播开来），几乎完全无视作品中"其他国族的功劳"，忽视通过作品并与之一道完成的跨国界的"普遍-精神贸易""交换"，且违背歌德实现"欧洲乃至普遍世界文学"的愿望，与他所作的各项努力背道而驰，——把《浮士德》宣扬为一部带有沙文主义色彩的民族文学。

---

① *Goethes Werke*, herausgegeben im Auftrage der Großherzogin Sophie von Sachsen. Abt. I-IV, 133 Bde (in 143), Weimar 1887–1919 (Fotomech. Nachdruck München 1987). – Zur Brief-Abt. IV: 3 Nachtragsbände München 1990. Hier: Abt. I, Bd. 41.2, S. 305ff.

还在《浮士德·未完成稿》1790年出版后，谢林在他1802—1803年的耶拿大课中，称浮士德博士为“我们的神话的主角”，并且，“至于其他人物我们可与其他民族分享，而这个人物我们则要完全占为己有，因为他是从德意志性格、从其基本面相中刻出来的”。[①]

事实上，如此独家占有的要求并非因为《浮士德》是用德语写就的。当时在德国以外的地区，有很多有教养的读者可读懂德语，而且仰赖日益发达的翻译，对于“普遍的世界交流”，德语也不再是长久不可逾越的界限。即便情节发生的场景地也不是问题。在众多场景中，不过仅有莱比锡的奥尔巴赫地下酒窖、瓦尔普吉斯之夜中哈尔茨山的布罗肯峰，明显是德国的地点，然而此类大学生酒馆或女巫出没之地，在欧洲并非只此一家。至于大学、书斋、实验室，再至于近代早期的城市、大教堂、雄伟的官府和宫殿、海边围海造陆工程，再至于与场景相关的社会、文化、政治格局或行为方式，在欧洲则更是比比皆是。

人们把《浮士德》当作我们民族文学的主要作品，进而把它当作表现德意志性的奠基之作，驱动这一切的杠杆的支点，在于悲剧的核心人物，也就是所谓的“从德意志性格中”刻出来的那位。《歌德的〈浮士德〉作为世俗的〈圣经〉》，1894年拉诺尔[②]如是命名自己的专著。由这样的视角观之，浮士德这一怪异的形象被理解为一位榜样-典范式人物，而这位毫无耐心、永远躁动、毫无节制、永不满足的自我中心者的形象，

---

① Friedrich Wilhelm Joseph Schelling, *Philosophie der Kunst* (Vorlesungen, zuerst gehalten 1802/03 in Jena, aus dem Nachlaß veröffentlicht 1859), in: *Schellings Werke*, hg. v. Manfred Schröter, Bd.3, München 1927, S. 458.

② Hugo Lahnor, *Goethes Faust als weltliche Bibel betrachtet*, Wolfenbüttel 1894.

则被美化为民族神话。[1]

19 世纪下半叶，伴随德国在军事上打败法国取得胜利，俾斯麦在 1870—1871 年促成德意志帝国统一，同时伴随帝国成立后德国在技术、工业、经济方面的突飞猛进，威廉时代帝国主义的形成，浮士德一跃成为奋发向上的德国的偶像式、提供身份认同的人物。人们把浮士德当作渴望认识世界内在关联的思想者和研究者的典型；当作因崇尚古希腊而变成了贵族的骑士，通过与海伦神话般的婚配和对伯罗奔尼撒帝国主义式的占领，把古希腊德国化了；当作帝国成立时期的巨人，企业-工程师，试图约束和降服自然，从大海赢得新土地，为千百万人开启生存空间，就这样，人们把浮士德抬升至一个民族的榜样，一个向着最高存在永远奋斗的民族的榜样，换言之：浮士德成为德意志本质和德意志使命感的化身。

本版的注释将充分展示，诸如此类的想象如何与歌德的作品相去甚远，它们如何片面地理解作品，从"以认识为导向的兴趣"出发误解作品，甚至有意曲解作品。人们援引天使为永不满足的进取者的辩护（行 11936），而忽视天堂序剧中天主的诫语：伴随进取者的是偏离正途（行 317）。人们也不顾歌德如何在其他地方对把进取神圣化的做法表现出的

---

[1] 关于《浮士德》的意识形态化解读，主要参见：Hans Schwerte (recte: Hans Ernst Schneider), *Faust und das Faustische. Ein Kapitel deutscher Ideologie*, Stuttgart 1962. André Dabezies, Visages de Faust au XXe siècle. *Littérature, idéologie et mythe*, Paris 1967。接受史参考：（资料汇编）：Karl Robert Mandelkow (Hg.), *Goethe im Urteil seiner Kritiker. Dokumente zur Wirkungsgeschichte Goethes in Deutschland (1773–1982)*, Teil I-IV, München 1975–1984。（相关解读）：Karl Robert Mandelkow, *Goethe in Deutschland. Rezeptionsgeschichte eines Klassikers*, 2 Bde. Bd I: München 1980, Bd II: ebd. 1989. Peter Michelsen, *Faust und die Deutschen* (mit besonderem Hinblick auf Thomas Manns 'Doktor Faustus'), in: *Faust through Four Centuries. Retrospect and Analysis = Vierhundert Jahre Faust*, ed. by Peter Boerner and Sidney Johnson, Tübingen 1989, S. 229-247。

忧虑："无条件的行动，无论采取什么形式，都注定让人一败涂地。"[①]另一处："在这个有限的世界中去无条件地进取，没有什么比这个更为可悲；这在1830年显得更不合时宜。"[②]再一处："正是那种无边际的进取，把我们驱逐出人类社会，驱逐出世界；那种无条件的激情，使得人们在遇到不可逾越的障碍时，只能在绝望中寻找满足，在死亡中得到安宁。"[③]

根据爱克曼1827年5月6日的谈话记录，歌德说道："一个从迷茫中不断向着更好方向进取的人值得去救赎。"当然这句话还有下文："这虽然是一个时时起作用、可以解释某些场景的好的想法，但它并非整个场景，尤其不是每一个场景的基本理念。"尽管如此，人们仍然根据这一表述，广泛地把《浮士德》解释为一部"向着完善发展"的作品，把整部剧解释为一部向着值得救赎去努力的修炼剧。

为此，但凡有可能，人们都会把浮士德的罪推诿到梅菲斯特身上。这样，梅菲斯特的角色就发生逆转。他原本是帮助浮士德实现自身愿望的帮手、帮助他上演"人生大戏的导演"；他原本充当着浮士德的帮手、侍从和奴仆（行1646及以下），扮演着浮士德的"孪生兄弟"，亦即浮士德身上固有的合二为一的双重自然（行11962）中的一重，换言之，梅菲斯特本就是浮士德天性中固有的品质，它在戏剧中被投射到梅菲斯特这个角色身上，成为一个独立的角色。而在上述通常的解释中，他被翻

---

① Johann Wolfgang Goethe, *Sämtliche Werke. Briefe, Tagebücher und Gespräche*, Vierzig Bände, Frankfurt/Main 1985ff. Hier: Abt. I, Bd. 13, S.40.

② Ebd., S. 83.

③ *Goethes Werke*, herausgegeben im Auftrage der Großherzogin Sophie von Sachsen. Abt. I-IV, 133 Bde (in 143), Weimar 1887–1919 (Fotomech. Nachdruck München 1987). – Zur Brief-Abt. IV: 3 Nachtragsbände München 1990. Hier: Abt. I, Bd. 41.2, S. 7.

转为浮士德的对手、败坏浮士德的魔鬼，是他把主人原本并无恶意的意图、把主人原本出于疏忽的命令，转化为恶的犯罪行为。

还有一类解释，同样出于为民族政治服务的目的，对浮士德进行了工具化处理。这种解释承认浮士德进取中的迷茫，也承认他的过失和罪过，然而却把这一切解释为对"悲剧性"之伟大的证明：错误和迷茫是伴随客观的、人道的进步出现的现象，是不可避免的，历史进程赋予了其正当性，无论是凶手还是牺牲者，都不得不接受这些代价。

此类想象包含在那个广泛流传的、流光溢彩的所谓"浮士德精神"概念中，而这一概念则完全脱离了歌德的作品本身，成为独立的意识形态化的公式。1900 年前后，出现一系列充满激情的口号式的书名：《浮士德式的人》《浮士德精神》《浮士德式信仰》《浮士德的天性》《浮士德的千年》等等。[①] 伴随这些著作，德意志使命感远播到近代的欧洲各处——当然是以一种完全不同于歌德所设想的方式：如前文所述，歌德曾设想，从魏玛条条街道通向"世界的各个角落"。

与对外宣传相应，在德国内部出现了"举办歌德年的号召"。这一号召于 1932 年 3 月 16 日出现在各大德国日报，由帝国总统冯·兴登堡、帝国总理布吕宁博士签署，参加签名的还有一系列知名人士，包括霍普

---

① Karl Justus Obenauer, *Der faustische Mensch*, Jena 1922. Constantin Brunner, Faustischer Geist und Untergang des Abendlandes – Eine Warnung für Christ und Jud, in: *Jüdisch-liberale Zeitung*, Januar 1929; wieder in: C. Brunner, *Vom Geist und von der Torheit*, Hamburg 1971, S. 153-163. Hermann August Korff, *Faustischer Glaube. Versuch über das Problem humaner Lebenshaltung*, Leipzig 1938. Oskar Walzel: *Goethe und das Problem der faustischen Natur*, Berlin 1908. Bernhard Kummer, *Anfang und Ende des faustischen Jahrtausends*, Leipzig 1934.

特曼、胡赫、托马斯·曼等等。[①]号召中写道:“歌德在毫无希望的低靡时代，为自己的人民指出了一条重生的道路。作为一位文学家的遗愿，他在最伟大的作品中展示了一幅自由土地上自由人民的愿景。他是一位高瞻远瞩的文学家，他把建立新秩序的使命理解为以相互帮助和行动的爱为内容的自然法。”[②]

然而无论哪个年代，所有这些做法都曾引起反对的声音。其中最富批判性的反对声音，出现在1933年波莫以《非浮士德精神的浮士德》为标题的檄文中。檄文旗帜鲜明地反对那些“至善论者”[认为浮士德不断追求完善]，称歌德的《浮士德》为一部“衰落史”，浮士德“从头到尾都是一位无可救药者”，扮演着一位蹚在“越来越深的血”里的“狂徒”。[③]

而另一方面，老旧的“德意志民族式”解读在种种框架下经久不衰，仿佛嵌在它们深处，表面上波澜不惊。很显然，这符合某种普遍的、深入且陈腐的想象。比如鲍伊特勒1980年还在说，“恰好在今天”，《浮士德》不仅就德语语言来讲是“最伟大的文学成就”，而且也是“以文学形式表现的德意志精神的最伟大的自我启示”[④]（在此,《浮士德》作品与浮士德人物被混为一谈，这样就必然推导出一种与文本相去甚远的-不断

① 格哈特·霍普特曼（Gerhart Hauptmann, 1862—1946）：德国剧作家和诗人，自然主义文学在德国的重要代表，1912年获诺贝尔文学奖。理查达·胡赫（Ricarda Huch, 1864—1947）：德国女作家、诗人、哲学家和历史学家。1933年纳粹上台后，愤然退出普鲁士艺术科学院。托马斯·曼（Thomas Mann, 1875—1955）：德国著名作家，1929年诺贝尔文学奖获得者。

② Karl Robert Mandelkow (Hg.), *Goethe im Urteil seiner Kritiker. Dokumente zur Wirkungsgeschichte Goethes in Deutschland* (1773–1982), Teil I–IV, München 1975–1984. Hier: Teil IV, S. 106f.

③ Wilhelm Böhm, *Faust der Nichtfaustische*, Halle 1933, S. 26, 22, 66.

④ Ernst Beutler, *Essays um Goethe* (zuerst 1941). 7., vermehrte Aufl., hg. v. Christian Beutler, Zürich und München 1980, S. 560.

追求完善的论述模式："浮士德若要逾越梅菲斯特魔鬼的世界，他就必须像走失的灵魂要经过炼狱之火一样，〈在海伦一幕〉经过美的炼狱。"①）。

即便政治苗头出现了彻底转向，威廉时代留下的解读模式，其基本特征仍旧挥之不去：从帝国时代爱国主义的长篇空论、一战的战地读物（1915 年出版的《浮士德·一》，排在《德意志战地图书》第一卷），到对德意志英雄［浮士德］的纳粹化改写（1933 年《穿棕色外衣的浮士德》），再到受政党左右的正统-社会主义解读。后者在几十年间决定了民主德国对《浮士德》意识形态化的解读，且在联邦德国和自由的西方学界赢得不少同道。②

在民主德国，在辩证唯物主义背景下，布洛赫尚称浮士德是一位"越界者"［从西德到东德］，是"乌托邦式的人的最高典范"。③ 而党的战略家们则视浮士德为民族的榜样，进而将其"客观地置于当时阶级斗争的前线"。④ 浮士德临终独白中所言自由的土地和自由的人民（行 11580），一跃成为历史对德意志土地上第一个"工农国家"所预言的愿景。1962 年，民主德国主席乌尔里希发表题为"致德意志民族"的演讲，

---

① Johann Wolfgang von Goethe, *Gedenkausgabe der Werke, Briefe und Gespräche*, Bd 5: *Die Faustdichtungen*, hg. v. Ernst Beutler, Zürich 1950 (Unveränderter Nachdruck Zürich und München 1977), S, 738.

② 参考：Paul Michael Lützeler, *Goethes Faust und der Sozialismus. Zur Rezeption des klassischen Erbes in der DDR*, in: Basis. Jb. f. dt. Gegenwartslit. 5 (1975), S. 31-54. Klaus F. Gille, *„Wer immer strebend sich bemüht... "—Überlegungen zur Faustrezeption*, in: Neophil. 68 (1984), S. 105-120. Deborah Vietor-Engländer, *Faust in der DDR*, Frankfurt/Main und Bern 1987. Karl Robert Mandelkow, *Goethe in Deutschland. Rezeptionsgeschichte eines Klassikers*, Bd II: München 1989, S. 206ff.

③ Ernst Bloch, *Das Prinzip Hoffnung*, in: ders., *Gesamtausgabe der Werke*, Bd 5, Frankfurt/Main 1959. 对 1188 行及以下的解释。

④ Walter Dietze, Nachwort zu: *Johann Wolfgang Goethe, Faust, Berlin und Weimar* 1986 (= Bibliothek der Weltliteratur, zuerst 1971), S. 638.

提出上述说法，从而把这种社会主义-民族的解读固定下来。总之，《浮士德》这部地道的悲剧，形象演绎了一部作品是如何被某种说教占为己有的。这种说教宣称，现实存在的社会主义是这部德意志民族文学代表作的唯一合法继承者，是它实现和完成了作者蕴于作品中的意志。

小结

一切都已过去。无论给歌德的作品上了什么颜色，无论是黑-白-红，[①]还是棕或红，都已褪去。《浮士德》成为背负着共同历史负担的德意志各邦的遗产，成为它们共同的财富。它的任务是把诸继承者们更好地联合在一起，而不是把它们再度分开。1827年，歌德警醒地对德国人说道："倘若公民们不懂得相互共处，那各民族为何要统一？（……）正如一个民族的军事-物质力量从内在的一体中发展出来，道德-审美的力量也会从类似的一致性中日渐显露。只有日久天长才会看到成效。"[②]

幸运的是，如此这般财富不会贬值，它只会升值，如果各国人民可以共同分享，如果各国可以自己的方式学习和借鉴。《浮士德》是"德国作家赠与世界的礼物"，同样也是世界反赠给德国的礼物；它是来自世界各地的财富汇聚到以我们的语言写就的作品，它同样也从魏玛走向"世界各个角落"；它教导我们，凭借接受和给予，"文学就是一个世界和各

① 黑-红-白是德意志第二帝国国旗的颜色。

② *Goethes Werke*, herausgegeben im Auftrage der Großherzogin Sophie von Sachsen. Abt. I-IV, 133 Bde (in 143), Weimar 1887–1919 (Fotomech. Nachdruck München 1987). – Zur Brief-Abt. IV: 3 Nachtragsbände München 1990. Hier: Abt. I, Bd. 41.2, S. 226.

民族的馈赠”[①]——对于所有这一切，人们无需此时给《浮士德》贴上一个质检合格的标签，它由内而外就是这样一部作品。

三

> 还只需一个月安静的时间，作品就会如巨大的一丛蘑菇，从地里冒出来，让人人为之惊讶和震惊。（1797 年 7 月 1 日，致席勒）

1797 年夏，歌德重拾《浮士德》的创作计划，试图把多年积累的“一大堆想法或创作了一半的东西”统合起来。这时他的顾问朋友席勒来信说：“我很难找到一副诗性的手环，把这样喷薄的材料聚拢到一起。您自己一定知道该如何自救。”[②]上面引文便显示出歌德是如何自救的。引文所写，并非对一部已完成作品之结构的总结和形象描述，而是预示出具体的创作计划。

然而作者所需时间却远远超过“安静的一个月”。歌德又用了差不多十年时间才完成《浮士德》第一部，完成第二部则用了三十多年。若论最后成稿的结构，那么用“巨大的一丛蘑菇”来形容，倒是十分形象和贴切：一方面是密集地长在一起的同种属的东西，“仿佛相互映照的形象”[③]，在地上各具形态，（而只有）在地下，通过菌丝之间的联系，却是一个相互关联的图景。

---

① Dichtung und Wahrheit 10. Buch. siehe: Johann Wolfgang Goethe, *Sämtliche Werke. Briefe, Tagebücher und Gespräche*, Vierzig Bände, Frankfurt/Main 1985ff. Hier: Abt. I, Bd. 14, S.445.

② 6 月 26 日席勒致歌德。

③ 1827 年 9 月 27 日，歌德致卡尔·雅各布·依肯（Carl Jakob Iken, 1789—1841）。后者是德国现代希腊语语文学奠基人之一。

放弃三一律

在漫长的成文过程中，善于学习和借鉴的作者不断把一切纳入到作品中，使得《浮士德》的内在机理和外在形式不断丰富，最终冲破了传统的-亚里士多德式的三一律框架以及“封闭的”戏剧结构。

仔细观之会发现，《浮士德·一》就已冲破了通常的戏剧构造。而在第二部中，散漫的现象就更加明显。戏剧场景和演出背景会经常性突然间发生变化，其多样性和广远程度，打破了“地点的统一”。同时，戏剧涵盖了漫长的时间段，而且常常并非在（想象的）时间顺序上移动，或者干脆脱离线性时间，进入魔幻世界，这样也就打破了“时间的统一”。亚里士多德《诗学》1449b 谈到（之后上升为一条规则），悲剧要努力做到，“尽量控制在一昼夜之内，或稍稍有所逾越”，而歌德则称，仅海伦一幕就“横跨了从特洛伊陷落到（1824 年）夺取迈索隆吉翁的三千年历史”[①]，然后又大胆宣称，“这或许也可算作时间统一，只是在更高级的意义上”（1826 年 10 月 22 日致威廉·洪堡）。[②]

同样，《浮士德》也放弃了“情节的统一”，而且是以一种更为陌生化的方式；或者说，它几乎是以一种让读者忍无可忍的方式，忽略了情节的统一。它省略了对于情节发展至关重要的、原本需要上演的过程，把它们移到“后台”。（这不仅限于第二部，第一部也如此。）对于某些段落，它只是草草地“讲述”一下，剩下的部分要靠观众的想象力、演员的即兴表演能力补充完整。作者似乎无意给事件一个符合逻辑的论证，

---

① 迈索隆吉翁：希腊中南部城市，1820 年代，希腊开展了反抗土耳其的解放战争，1824 年，支援希腊的英国诗人拜伦因染病在此城去世（海伦幕中的欧福里翁影射拜伦）。

② Johann Wolfgang Goethe, *Sämtliche Werke. Briefe, Tagebücher und Gespräche*, 37 Bde (in 40), Frankfurt/Main 1985 ff.

而是把情节之间的关联分解成一个个断片、一系列图像、一个个场景（这种情况不仅出现在未完成的《浮士德·早期稿》中）。

还在《浮士德·一》截稿前十年，歌德就已为《浮士德》这部“叙事”诗剧制订了计划，认为两部都应“自成一体”，这让他眼前浮现出那幅“巨大的蘑菇丛”。这样一来，“人物的统一”也势必被打破。早在《浮士德·一》中人们就发现，“主人公”的性格已缺少连贯性，而对于《浮士德·二》，人们已经很难说，主人公具有人格上的同一性。

一般情况下，人们要求一部作品至少应具有某种连贯的统合性的“理念”（如席勒所言，有某个统合作品的“诗性的手环”）。对此，作者本人表示：“我如何能把我通过《浮士德》所展示的丰富多彩、林林总总的人生，贯穿到唯一一根理念的单薄细线上！”①

前后的不匀质

令《浮士德》内外冲破传统戏剧三一律的一个原因，当然是它“对外来财富的学习和借鉴”；另一个重要原因在于它特殊的创作过程。在《浮士德》创作过程中，常常是长时间的停顿期与喷薄的创作期交替出现，②而且创作过程贯穿歌德一生。这就不但使《浮士德》内容异常丰富，而且留下很多不可弥合的不匀质的痕迹。

作者的手稿不断修改，写作计划不断推延，创作方案摇摆不定。“蘑菇丛”中不同的部分，也并非如其在舞台上所呈现的样子，依次长出，而是与今天所呈现的顺序不同，有着另一番成文顺序。因此，在这样一

---

① Leseanweisungen, siehe: Johann Wolfgang Goethe, *Faust*, hrsg. v. Albrecht Schöne, Text-Band, Berlin 2017, S. 819.

② *Zeugnisse zur Entstehungsgeschichte*, siehe: ebd., S. 755–814.

个“经过漫长的、几乎不可概览的岁月所塑造和修改成形的”[1] 文本中，一定存在形式不一、内容抵牾的情况，对断裂、裂痕和中断之处所进行的急就式遮掩或衔接随处可见。

此类“不统一性”不仅涉及《浮士德》悲剧两部分之间的衔接，而且在每部内部也明显可见。建立在手稿，尤其建立在补遗之上（本版的文本卷给出了更为详尽和修订过的补遗）的成文史研究，同样认为，这是成文过程留下的令人遗憾的结果。只是人们并不能确定，其中有多少地方不是作者有意为之的。

针对作品是否匀质的问题，学者中形成不同派别。“断片派”把《浮士德》视为一个自身充满矛盾、随意把很多部分组合在一起的混合物，他们引歌德自己的表述为证：“若演一部，就把它分成几出！/如此杂烩会让您好运十足；（……）呈上一个整体又何苦来，观众们终究要拆开各取所爱。”（行 99）这是《浮士德》舞台序幕中，剧团领导对剧作家的劝告，歌德或许不无反讽地指涉自己接下来的剧作。

对于此类人们后来发现的“不足”，歌德并没有视而不见，他承认问题的存在，并认可他人视之为作品的特征之一。然而，他在 1806 年与卢登谈话中所作的严肃的-自我辩护式表述，仍值得深思：“您此番言论，恕在下不能苟同。在文学中没有矛盾。矛盾只存在于现实的世界中，而非文学的世界中。作家所创作的，人们需得如其所是照单接受。”[2]

作品中的缺憾并不都是，或不一定是“艺术瑕疵”；矛盾之处可以

---

[1] 1827 年 5 月 24 日，歌德致尼斯・冯・艾森贝克（Nees von Esenbeck, 1776—1858）。后者是德国医生、博物学家、作家和议员。

[2] *Goethes Gespräche*. Auf Grund der Ausgabe und des Nachlasses von Flodoard Frhrn. von Biedermann hg. v. Wolfgang Herwig, 5 Bde (in 6), Stuttgart und Zürich 1965–1987. Hier: Bd. 2, Nr 2264, S. 106.

是增加作品内部紧张的元素，可为作品提供多重解释的可能性；断裂或裂痕可能造成建筑物倒塌，但不会影响一部文学作品，它们可能是“跳跃或省略”[①]。凡此种种，对于今天浸润在现代文学中的读者来说，接受起来不成问题，但对于19世纪的读者却不尽然。除上文提到的“断片派”，语文学家中还有一个所谓“一体派”，试图证明，《浮士德》中所有各部分均可以统合为一个整体。两派各不相让，争执了近一个半世纪。这表明，人们要用多少时间，才能最终接受作品所作的大胆尝试，才最终认识到打破形式的力量同时也是塑造形式的力量。[*]

1831年底，歌德对洪堡说，他已把第二部的誊抄稿封存起来，以免自己“忍不住再四处改动”[②]——这似乎也不符合人们对精益求精的想象。对于基本诗学纲领，歌德曾就其小说《威廉·迈斯特的漫游时代》做过一段非常现代的表述，用在《浮士德》上也颇为恰当：“这样一部小说和人生一样，综合整体看来，其中包含必然的和偶然的、事先规定好的和后来加入的因素，一时成功，一时挫败，由此小说和人生均获得某种无限性，可理解的理性的语言不可能完全把握或囊括这种无限性。”[③]

曾几何时，人们并不愿接受这样的观点，而是试图赋予这一奇异作品的“蘑菇丛”以古典主义的“统一”——因为人们宁愿认为这样一部完整的作品，一定每一部分都是完善的。把《浮士德》想象为民族文学的核心作品、德意志民族性的奠基性著作，显然是这种认识，对把受

---

① Johann Gottfried Herder, *Sämtliche Werke*, 33 Bde, hg. v. Bernhard Suphan, Berlin 1877–1913 (Fotomech. Nachdruck Hildesheim 1967–1968). Hier: Bd. 5, S. 196f.

② Ebd. S. 809.

③ 1829年11月23日歌德致罗赫利茨（Friedrich Rochlitz, 1769—1842）。后者是德国短篇小说家、剧作家和作曲家。

价值偏见左右的解释和注疏固定下来，产生了实质性影响。[*] 被赋予《浮士德》的民族意识形态，无论是坦诚的还是下意识为之的，即便在后威廉时代出现了各种变形，也在很长时间里，妨碍了对作品的恰当理解。

戏剧结构：丑角贯穿，相互影射

关于《浮士德》的戏剧结构，歌德有过文体理论方面的思考，他在一次与席勒谈论叙事和戏剧作品的基本原则时，曾富有启发性地表达了自己的观点。当时歌德谈到荷马史诗，认为它们是“逐渐形成的，无法把它们统合为完整和完善的统一体（尽管两部或许是更加完善的有机体）”（1797 年 4 月 28 日）。这段表述十分适用于《浮士德》。它没有满足传统的亚里士多德式的规则，也没有满足古典主义的整齐划一的要求，成为“完整和完善的统一体”，然而却是一个“更加完善的有机体”，只是人们不仔细考察便认识不到。本版在以下注释中会予以充分说明，在此仅做几点提示。

“倘有愚人贯穿全场，/ 这剧就算联系紧密”。歌德曾有一次为流动剧团演出改写了舞台序幕的台词，这是改写后一句丑角的台词。[①] 这显然在指涉梅菲斯特。尽管梅菲斯特在几场中仅作为后台人物隐现，或者只有在皇帝的行宫一场中他才扮演了真正意义上的愚人［宫廷弄臣］，但梅菲斯特在《浮士德》中所担任的角色，从始至终相当于流动［喜］剧团中大多是领班自己所担任的角色，他们作为滑稽的丑角出场，凭借这一角色同时领演、提词和对观众打诨：以此来整合整场演出。

---

① Paralipomenon 3, siehe: Johann Wolfgang Goethe, *Faust*, hrsg. v. Albrecht Schöne, Text-Band, Berlin 2017, S. 575.

此外，戏剧人物重复出现也对戏剧起到整合作用。鉴于歌德善于“变形游戏”，《浮士德》中重复出现的人物也常以某种“变形”的形象出现。如第一部的入学新生，在第二部再次出现时已成为一名学士，称“而我则已是脱胎换骨”（行 6726）。《浮士德》两部中重复出现的还有瓦格纳（助手变教授），格雷琴（变为山涧场中的赎罪女），梅菲斯特（在古典的瓦尔普吉斯之夜一场中变形为福基亚斯，等等），当然还有主角浮士德。

对于文学创作手段来讲，更具有独特性、更富启发意义的，是《浮士德》通过在完全不同人物间所作的大量对照、呼应、对比，加强了剧作的内部关联，比如在浮士德与新生 / 学士、浮士德与荷蒙库鲁斯［人造人］、驾车少年与欧福里翁、伽拉忒亚与荣光圣母之间所作的对照和呼应。当然在《浮士德》这部庞然大物中（有近 90 组人物、合唱团或人群，230 种角色[①]），还有很多不甚明显、涉及范围不甚宽广的角色之间的呼应。如此这般的相互关联，构成一个相互编织在一起的网格状背景，把种种大相径庭、情节上相隔甚远的人物联系在一起，把几乎各自独立自成一体的两大部分、松散的“不统一的”构造联系在一起。

在 1827 年 9 月 27 日致依肯的信中，歌德就《浮士德》的结构问题作了最富启发性的表述：“我们的某些经验，有时很难表达完整或直接说出，故而很久以来（！），我就选择了一种方式，通过相互对立或相互影射的人物，向比较用心的读者，启示更为隐秘的意义。”这里所谓的赋予意义的方式（相互影射的人物相互规定、相互揭示、相互赋予意义），同

---

① Paula M. Kittel, *Der Wortschatz der Bühnenprosa in Goethes Faust* <meint: Bühnenanweisungen, Szenentitel, Bezeichnung der dramat. Figuren in beiden Teilen>, zweite Aufl., besorgt von Norbert Fuerst (zuerst 1944), Madison 1946, S. 24ff.

时是《浮士德》中赋予形式和结构的元素，或者说实际上便是把各部分联系起来的方式。

不仅在戏剧人物之间，在戏剧的其他构造中也存在类似的影射关系。某些场景、布局、情节发展、基本事件不断重复（如女巫厄里茜托描述法萨卢战场上不断重复发生的战争：年年岁岁往复不断！岁岁年年直至永远……［行 7012—7013］；或如梅菲斯特所言：从前的故伎在此又要重演，那个故事叫拿伯的葡萄园。［行 11286—11287］），还有整场之间的相互影射（比如两场瓦尔普吉斯之夜，一场发生在哈尔茨山，一场发生在“古希腊”土地上，或者爱琴海海湾的爱的欢宴和山涧场）。即便舞蹈人物设计也存在影射关系（比如花园一场中，浮士德与梅菲斯特分别与格雷琴和玛尔特或瓦尔普吉斯之夜中年轻貌美的裸体女巫与粗野的老女巫，等等）。

最后还有不计其数微观形式上的关联，对文本起到整合作用。比如某些基本思想和概念，比喻、象征或“主导动机”，加以微调后不断重复出现的语词、讲话方式、程式化表达方式，等等，都把相隔或近或远，甚至前后两部的相关部分联系起来（如格雷琴在第一部对痛苦圣母的祈祷，与在第二部终场对荣光圣母的祈祷，都用到“求你慈悲地垂颜俯看……”）。上述简单的几例表明，所有重复均并非简单的重复，而是含有变化、对比、类比-反题等等，属于歌德式的用“两极化和提升”构成的“驱动轮”，[①] “通过相互影射的人物”展示“更为隐秘的意义”。

事实上，冲破古旧之戏剧三一律的力量，在《浮士德》中成为形式

① Johann Wolfgang Goethe, *Sämtliche Werke. Briefe, Tagebücher und Gespräche*, Vierzig Bände, Frankfurt/Main 1985ff. Hier: Abt. I, Bd. 25, S.81.

塑造的力量。比如“人物统一”的消解，意味着人物丧失了鲜明的个性或性格的一致性。除上文引过的学士所言“而我则已是脱胎换骨”，还有海伦所言：我是哪一个，此刻竟不自知。(……) 我在消退，将成为我自己的幻象。(行 8875，行 8881) 很多人物都面对这样的“认同危机”摇摆不定（最明显的是水银一般无定形的多面的梅菲斯特），消解在很多不同角色中，消失在不同面具后面，仿佛是善变海神普洛透斯统治着各个场景。然而正是这种“消解”带来起到“整合”作用的新的形式：伴随人物性格的稳定性消失，变化的原则本身成为稳定性。

使用上述影射手法的目的，可通过荷蒙库鲁斯与浮士德的关联窥见一斑。荷蒙库鲁斯进入到大海，通过千万种变形，走上进化的道路，浮士德是“与之对应”“相互影射”的主角，他永远不会停止变化，持续有能力变化，直到死后仍可以“满怀感恩地变形”（行 12099）。1795 年，歌德曾从博物学角度说到：“形态是某种变化的、不断生成又持续灭亡的东西。形态学便是变形学。变形学（通过变形、变种、变化分阶段发展）是解开一切自然形态符号的钥匙。”[①]在《浮士德》中，歌德通过梅菲斯特之口，表达了这一结构原则：落落随性。流影随形，永恒感观之永恒的愉悦。(行 6287—6288)

对此，炼金术思想也参与其中。炼金术在《浮士德·一》中就起到重要作用。其宗旨是通过元素的质变，把不受欢迎、不完善的贱金属变为贵金属。此外，形态生成的原则不仅涉及“人”的形态或虚构的形象（如吸血鬼拉弥亚，变形后将更加丑陋，甚至令梅菲斯特感到惊恐，行

---

① Johann Wolfgang Goethe, *Sämtliche Werke. Briefe, Tagebücher und Gespräche*, Vierzig Bände, Frankfurt/Main 1985ff. Hier: Abt. I, Bd. 24, S.349.

7759），而且动物也参与变形游戏。如在第一部中，从大象般庞大的黑色贵宾犬中，走出了梅菲斯特（行 1310 及以下）；第二部中，从梅菲斯特扮演的、奇丑无比的孪生兄弟左伊罗斯-忒耳西忒斯，变出蝮蛇和蝙蝠（行 5475 及以下）。

歌德常使用茧蛹化蝶，作为变形的核心象征，而这一意象也贯穿了《浮士德》中的变形游戏。它带着讽刺口吻用在学士身上（行 6729—6730），随后用于赫尔墨斯的童年（行 9657—9658），用于纵身跃入空中的欧福里翁（行 9897 及以下），最后用于浮士德——有福童子接到如茧蛹一般、要经历不断“变形”的浮士德（行 11981 及以下）。以类似方式，《浮士德》中以象征意义出现的烟、云、雾气等也贯穿始终。典型的如终场山涧中，歌德把气象学上，云从积云、卷云到层云这一“逐层上升的游戏”，抬升至对神学意义上“返回天堂”的类比。

小结

就这样，通过一个多层面相互勾连、相互支撑的影射结构，通过一个表面上已很难辨认但编织细密的“象征和比喻网”[①]，《浮士德》“奇特的结构”[②]得以从内部整合在一起。正是靠这层在地下蔓延的菌丝构成的地下网络，剧中很大程度上自成一体的各部分——呈现为眼前“巨大的蘑菇丛”——构成了一个相互关联的景象。

---

① Wilhelm Emrich, *Die Symbolik von 'Faust II'* (zuerst 1943), Königstein/Taunus 1981, S. 14.

② 1832 年 3 月 17 日歌德致洪堡信。

四

如果说我又把问题普遍化了，您但笑无妨。作为伦理的-审美的数学家，我到了耄耋之年，总是不得不坚持最后的公式，只有通过它们，世界对于我才依然是可以把握和忍受的。

（歌德致布瓦西埃[①]，1826 年 11 月 3 日）

人们大可把《浮士德·一》称为一部晚成的早年之作，把《浮士德·二》称为一部早年开始的老年之作。尽管在两者之间存在多种相互支撑，但悲剧的两部分之间仍然存在深刻的不同。

从象征说到寓意说

在 1943 年出版、随后影响学界几十年的专著中，埃默里希就《浮士德·二》提出“象征-生成”说，认为有一个存在内在关联的“象征和比喻网”，“按严格的演变法则”，贯穿了“从歌德最初到老年的”所有作品。[②]而另一方面，他把《浮士德·一》完全从关联中剥离出来，坚决与《浮士德·二》划清界限。事实上，在 1805—1806 年左右，歌德的创作诗学的确发生了某种变化。[③]在他早期的概念定义、早期使用的象征中，“特殊的”与“普遍的”合而为一，符号及其所指一致，而在后来，则转变为一种（从文学史角度来看是回溯到）“寓意的”塑造方式，也就

---

① 布瓦西埃（Sulpiz Boisserée, 1783—1854），艺术品收藏家、艺术和建筑史家，歌德的密友之一。

② Wilhelm Emrich, *Die Symbolik von 'Faust II'* (zuerst 1943), Königstein/Taunus 1981, S. 14.

③ Karl Robert Mandelkow, *Goethe in Deutschland. Rezeptionsgeschichte eines Klassikers*, Bd. II: München 1989, S. 109ff.

是说“特殊的只是一个例子”，“普遍中的一个范例”。[1]

埃默里希的问题在于，他未对术语进行清晰界定，常笼统地称“象征-寓意”现象，进而借助这一模糊而泛泛的概念，把整场、整个情节、戏剧人物以及概念、转喻、比喻、象征、寓意等等，都置于《浮士德·二》的象征手法之下，不加区分地套上他从老年歌德作品中得出的“生成”解释的外衣。这样，《浮士德·二》“就比《浮士德·一》包含更高的统一性”。[2] 此外，更大的问题在于，他用来统合作品的“象征结构”同时也是一个封闭的结构，相互指涉、相互映照只在作品内部进行，与作品以外的世界完全脱钩。[*]

针对埃默里希这一象征说，史腊斐在 1981 年完成了范式转换。他重拾魏瑟在 1837 年提出的洞见，认为《浮士德·二》的形式原则是寓意说。他更坚决（也更清晰）地代表与埃默里希相对立的观点。当然反过来也可以看到，埃默里希的象征说在上述几点上都相当牢不可摧。

史腊斐论述的主要依据，是《浮士德·二》第一幕中的假面舞会一场。该场的寓意特征显而易见，而且台词中直接说出这是一场寓意剧（寓意剧的前提是人们能够认出它来）。假面舞会中有一位司仪，负责为狂欢节游行队伍报幕，解释出场人物，但对于节目之外的大象登场、魔幻的四驾马车以及相应的假面人物，司仪却不知所措。这时驾车少年对他说：“我们是寓意人物 / 请按此把我们描述。”（行 5531—5532）

该场与《浮士德·一》中同样是寓意剧的瓦尔普吉斯之夜的梦之间存在相互影射的关系。然而史腊斐把这一层边缘化了，对其他类似场景

---

① Johann Wolfgang Goethe, *Sämtliche Werke. Briefe, Tagebücher und Gespräche*, Vierzig Bände, Frankfurt/Main 1985ff. Hier: Abt. I, Bd. 13, S. 368.

② Aao. S. 37.

也视而不见（如瓦尔普吉斯之夜中的寓意–讽刺人物，或女巫的丹房中寓意性的长尾猴戏），宣称道："曾经的例外，现成为规则。"[①]正如埃默里希在其象征–生成说中把第一部排除在外，史腊斐在寓意说中也把第一部排除在外。

另一方面，史腊斐的寓意说，与埃默里希的象征说一样，被认为是理解整个第二部的总钥匙。[*] 上述两种解释方式，都力图把第一和第二部分开，然后为第二部寻找一种一以贯之的解释方式，只是史腊斐的进路逾越了埃默里希仅关注作品内部的局限性，这从史腊斐专著的名称《浮士德·二：19世纪的寓意》便可窥见一斑。史腊斐进而说道："在歌德作品中，现代市民社会的各项本质规定性，与寓意形式的意义结构正好吻合。所谓本质规定性包括：扬弃感性，解除自然关系，建立一个人造世界的、摧毁自然现象及人为现象的虚无，把对象功能化为修饰物，现象与意义不相符，个体性的解体，抽象占主导地位。"等等。[②]

于是，"政治经济学的基本概念就登上舞台"，"马克思的《资本论》和《浮士德·二》开始相互解释"。[③]按寓意历史剧的方式，《浮士德·二》被解释为，或者说被简化为，是对封建社会向资本主义社会秩序过渡的塑造，并且是歌德对其抽象原则的根本性批判。按此逻辑，这样的观点仿佛不仅适用于今日，而且其建立在马克思政治经济学理论上的启发力和说服力也适用于未来。比如1976年梅彻尔就称：浮士德"与［资产］阶级的命运密切相关，他的存在归功于阶级在历史上的上升。随着这一

---

① Johann Wolfgang Goethe, *Sämtliche Werke. Briefe, Tagebücher und Gespräche*, Vierzig Bände, Frankfurt/Main 1985ff. Hier: Abt. I, Bd. 13, S. 66.

② Aao. S. 98.

③ Aao, S. 62, S. 54.

阶级的结束，其文学象征也会从世界史的舞台上退场”[①]。——然而果真如此吗?

人生经验

作为文学研究者或文学史家，要么做到像埃默里希那样的作品内部研究，要么做到像史腊斐那样结合历史语境的研究，能做到这两点已足够令人满意，或者说，研究者们的工作本该就限于这两点。然而，《浮士德》的作者却对读者提出更多要求和更高希望（歌德提出的要求，某些没有误入歧途的读者本就可以自行做到）。

对于《少年维特的烦恼》，歌德在晚年谈到它时说道：“若非每一个人在某个人生阶段，会感到维特是为他而写，就不对劲儿了。”[②]——因为人们当在其中看到自己的人生经历和经验，并对之予以“回应”。这段话适用于《浮士德·一》中的很多段落。在《浮士德·二》创作过程中，老年歌德也有过一系列类似表述。比如他在1828年5月1日对鲍夏特写道，他本来想进行“文学塑造”，却“在写作中有了说教倾向”，“这样，有心的读者便可以在文学塑造中看到自己的影子，可以根据自己成长的经验，自行得出多样的结论”。[③]

此前在1827年，他对依肯写道：“我所讲述的一切都建立在人生经验之上，这样我便可以给出暗示或者希望，人们愿意或势必再度经历我

---

① Thomas Metscher, Faust und die Ökonomie, in: *Vom Faustus bis Karl Valentin. Der Bürger in Geschichte und Literatur*, Argument-Sonderbd 3 (1976), S. 145.

② 1824年1月2日歌德与爱克曼谈话。

③ 尼古拉斯·鲍夏特（Nikolaus Borchardt），俄国翻译家。

的作品。”[1] 1830 年歌德致信采尔特说：“有理解力的人”应当对我的做法感到满意，因“作品中总有某个角色，把那份他自己的经验和经历进行升华，使其具有普遍意义，然后他又可以重新将其作为属于自己的特殊的东西予以接受”。[2] 最后 1831 年，在谈到《浮士德·二》的塑造方式时，歌德对爱克曼说：“谁若没见过些世面，有过些经历，就完全不得其门而入。”[3]

与《浮士德·一》相比，《浮士德·二》可谓更为有意识地针对这样的读者而作，也更有的放矢地针对这样的阅读方式而作。歌德本人是在“对很多世俗事物有了更清晰的认识后”（1829 年 12 月 6 日）创作的第二部，这对于《浮士德》当然大有裨益：“对我来讲，就像一个人在年轻时候，有很多小的银币和铜币，在一生中，他不断兑换它们，直到最后，年轻时的财产变成了纯的金币。”读者则可以把这些诗意的金币，重新兑换成自己世界或人生经验中的“小的银币和铜币”。而作者或许根本不曾见过那些货币和币种。[＊]

《浮士德·第二部》第一幕皇帝的行宫诸场，再现了一个经济上摇摇欲坠、道德上每况愈下且受各种骚乱威胁的国家的形象。在那里，公共意识完全丧失；占统治地位的是公开的不义，不合法的暴力行为，普遍的贪腐；军队的最高统帅不能很好地控制军队；通货膨胀正加速国家的破产。而皇帝的行宫一场中，众朝臣（行 4728 前）仍以盛大的仪仗出场，寄生的统治阶层仍在火山口上举行狂欢节舞会。史腊斐把该假面舞会场，解释为从“腐朽的封建社会”到早期资本主义市民社会秩序之剧

[1] 1827 年 9 月 27 日歌德致依肯。

[2] 1830 年 3 月 27 日歌德致采尔特。

[3] 1831 年 2 月 17 日歌德与爱克曼谈话。

变的寓意性塑造。然而此处“文本中”并未表现出一个国家和社会秩序的崩溃，此后的读者也未曾有过类似历史经验。

可见起决定作用的并非某种“解释”，而是一个事实，即同样的一系列场景，可以可信的方式用于两种或其他尚不可预见的情况。比如青年马克思在第一部的我若付得起牡马六匹，不就坐拥了它们的力气？（行 1824 及以下）中读出，这是对资本主义私有制的刻画；保尔·策兰在第二部第五幕，从暴君浮士德及其监工梅菲斯特的一系列言谈行为中，读出其中体现了策兰亲身经历的德国人对犹太人的罪行。这就说明，《浮士德》的文字是开放的，它所吸纳的经验超过了作者的想象空间及其时代的视野。在这个意义上，整部作品中有大量情况表明，无论在宏观还是在微观部分，作者都有意让文字超越文本本身，且不局限在具体“物质性”塑造上面。

伦理的-审美的公式

《浮士德》中存在十分复杂的“符号”，按作者和作品的意图，它们所指示的东西并未直接表现在文本中，而是等待读者根据自身的经验去兑现。给这些符号下一个定义，用界定不明的“象征”“寓意”等术语去概括，实在是勉为其难。用诸如“寓言式的”“样板式的”“模式化的”来概括也都不能达意。因此在本版解释中，会（在但凡需要的地方）使用一个不太常见的提法，取自老年歌德在上述 1826 年 11 月 3 日致布瓦西埃的信。作为“伦理的-审美的数学家”，他在彼处写道：“我到了耄耋之年，总是不得不坚持最后的公式，只有通过它们，世界对于我才依然是可以把握和忍受的。”

这样的公式当然不具有纯数学公式的抽象程度，最多不过是“转喻为”更形象的说法。“伦理的-审美的数学家”自然会给出“伦理的-审美的公式”。歌德显然希望以数学形式，表达某种确切且具有普遍适用性的东西。他的公式与数学公式的可比之处在于，它们也适用于那些该数学家自己并不知晓，或不曾涉及的具体的或经验的现象。

如果歌德说，唯有借助这些公式，对于他来说“世界才依然是可以把握和忍受的”，那么这便也同样适用于读者。读者会在公式中看到自己的经验被把握和预示了。而称世界可以“被忍受”则并不意味着，世界被审美地美化了。比如歌德在菲勒蒙-鲍咯斯悲剧中，把浮士德所言眼中钉，肉中刺当作伦理的-审美的公式，用以表达古今暴力驱逐的灾难史；或者，梅菲斯特在高山一场用火成说来解释地表形成，那么火成说便是用以把握歌德时代之暴力性、毁灭性流血革命的公式；再或者，歌德把最后一幕中耄耋之年浮士德所进行的围海造陆，作为伦理的-审美的公式，来概括所有人类征服自然、奴役自然的做法，那么这些公式丝毫不意味着诗意的美化。它们更多意味着：读者若能以此方式，更好地理解“不断循环或螺旋重复的世间之事”的进程，[①] 那么世间之事对于读者也就更容易忍受。

小结

上文谈到，歌德曾说，谁若“见过些世面，有过些经历”，才可以得《浮士德》之门而入。若此言不虚，那么新的经验一定会给伦理-审美公式所预设的视野中带来新的认识，一定可以拓展和丰富对这部作品的理解。按歌德自己的说法，谁若领悟《浮士德》中每一个“表情、手

---

① 1820 年 5 月 11 日歌德致采尔特。

势和不经意的暗示”，都会“发现更多的东西，比我所能给予还要多”。[1]

歌德所言，会以与现在不同的方式，适用于后来各个时代和各类读者，只要文学还没有完全从世上消失，只要还存在集体的创作，只要街道还从魏玛通向世界各个角落，只要蘑菇丛还清晰可见，只要人们还记得这位伦理-审美的数学家。——“如果说我又把问题普遍化了，您但笑无妨……”！

---

① 1831 年 9 月 8 日歌德致布瓦西埃。

附录二

编本说明

薛讷（Albrecht Schöne）撰　谷裕 译

歌德极其重视作品的编辑和印刷。1808 年科塔出版社出版了 13 卷本的《歌德文集》,《浮士德·一》列为其中的第八卷。还在出版的筹备期间，1805 年，歌德致信科塔本人，说明自己对付印稿进行了精心修订，希望出版社严格按照他的修订排版，不要改动任何写法和标点，哪怕是原稿的错误也务要保留。[①]

本版分为文本卷和注释卷。文本卷的文字编辑与以往版本不同，表现在正字、文字、标点、诗行位置、场次划分等方面，希望消除以往版本的缺损和歪曲，因此尤其就文本流变、文本形态等方面，需要一个特别说明和辩护。[②]

---

① 1805 年 9 月 30 日致科塔（Cotta）。

② 在第 8 版中，编者和注释者薛讷再次进行了通校，添加了最新文献。再次以手稿为基准，修订了 31 处（10 处拼写，15 处标点，6 处编排格式）；针对《早期稿》共修订 55 处（12 处拼写，41 处标点，2 处编排格式）；针对《补遗》共修订 200 处（121 处标号，个别字母或整词拼写，52 处标点，27 处编排格式）。在注释部分，进行了一些文风上的改动，根据新的研究成果进行了部分添加和删减；大规模扩展的是人名索引和名词索引。［参 Schöne，第 8 版后记］

一　文本选取

1.《浮士德：一部悲剧》

1）歌德生前的手稿和出版

《浮士德·一》的手稿只有很少一部分流传下来。[①]除补遗外，还有6个小片段；夜晚·格雷琴门前的街上、大教堂两场的完整稿；一段较长的，内容涉及瓦尔普吉斯之夜。[②]也就是说，《浮士德·一》没有完整的手稿和供排版使用的誊抄稿等。

a)《浮士德·早期稿》：在《浮士德·一》出版前，存在一个前身，是一位魏玛宫廷女官露易丝·冯·格希豪森的手抄本，下文还将详述其流变。这个版本通常被称为"《浮士德·原始稿》"，本版将其改名为《浮士德·早期稿》[因可能还存在其他更早的手稿或手抄稿]，它虽然也由夜场开始，结束于牢房场，但整体文字上与《浮士德·一》大不相同。比如它缺少城门外、书斋[一]、女巫的丹房、森林与洞窟（其中只有一部分包含在该稿夜晚·格雷琴门前的街上），缺少瓦尔普吉斯之夜和瓦尔普吉斯之夜的梦。这里独有的是乡间道路一场，以后各版本都没有。

此外，与《浮士德·一》相比，即便已有的场次也尚不完整。比如《早期稿》的夜场中，没有浮士德企图自杀和复活节场景；书斋[二]中

---

① *Goethes Werke*, herausgegeben im Auftrage der Großherzogin Sophie von Sachsen. Abt. I–IV, 133 Bde (in 143), Weimar 1887–1919 (Fotomech. Nachdruck München 1987). – Zur Brief-Abt. IV: 3 Nachtragsbände München 1990. Hier: Abt. I, Bd. 14, S. 253ff.

② Siehe: Johann Wolfgang Goethe, *Faust*, hrsg. v. Albrecht Schöne, Text-Band, Berlin 2017, S. 741, Abb. 13. 该手稿摹本见：Johann Wolfgang von Goethe, Die Valentinszene und die Walpurgisnacht aus Faust I. Faksimile der Handschr. Ms. germ. qu. 475 u. 527 d. Staatsbibl. Preuß. Kulturbesitz in Berlin (zu Nacht Straße vor Gretchens Türe und Walpurgisnacht 3235–4208) mit einer Einführung. v. Ingeborg Stolzenberg, Hagen 1975.

只有与新生对话的学院讽刺部分——梅菲斯特是在没有任何铺垫的情况下突然出现的；夜晚·格雷琴门前的街上（在此接在大教堂之后），没有与瓦伦汀的格斗、浮士德的逃逸、濒死的瓦伦汀当众羞辱诅咒格雷琴等场景。最后，在《早期稿》中，奥尔巴赫地下酒窖的绝大部分、整个牢房场，还都是散文形式（《浮士德·一》中阴天·野地场是唯一一处保留了散文形式的地方）。

b）《浮士德·未完成稿》：下面谈一下1790年出版的《浮士德·未完成稿》。在此之前，《浮士德》仅通过歌德的朗读在小圈子里流传。《未完成稿》出版后，《浮士德》得以与广大读者见面。但因它已收录在多种歌德文集的版本，故本版并未收录。[①] 况且，与相对独立且常被搬上舞台的《早期稿》相比，《未完成稿》仅在成文史和歌德的创作生平上还有一定意义。

《未完成稿》在很大程度上，已与《浮士德·一》十分相似。但仍然存在"巨大漏洞"，如在夜中瓦格纳退场与书斋［二］梅菲斯特登场之间，还没有过渡。[②] 然而与《早期稿》相比，《未完成稿》已然增添了女巫的丹房、森林与洞窟（放在水井边后面）。只是它在大教堂场之后，

---

① 这些歌德文集的版本有：

Werke Goethes, hg. v. d. Dt. Akad. d. Wiss. zu Berlin unter Leitg. v. Ernst Grumach (Akademie-Ausgabe);

Johann Wolfgang von Goethe, *Urfaust / Faust. Ein Fragment / Faust I. Ein Paralleldruck*. 2 Bde, hg. v. Werner Keller, Frankfurt/Main 1985;

Johann Wolfgang Goethe - Sämtliche Werke nach Epochen seines Schaffens (Münchner Ausgabe), Bd. 3.1, hg. v. Edith Zehm, München 1990.

Johann Wolfgang Goethe: *Faust*. Historisch-kritische Edition. Hg. von Anne Bohnenkamp, Silke Henke und Fotis Jannidis. Frankfurt/Main 2016. – Internet-Adresse: beta.faustedition.net.（网络资源）

② Entstehungsgeschichte, siehe: Johann Wolfgang Goethe, *Faust*, hrsg. v. Albrecht Schöne, Text-Band, Berlin 2017, S. 782.

戛然而止，既无后面的瓦尔普吉斯之夜、瓦尔普吉斯之夜的梦，也没有《早期稿》中已有的阴天·野地、夜·旷野和牢房等场。

c)《浮士德·一》：在《未完成稿》之后，又过了18年，1808年，《浮士德·一》出版，列为《歌德文集·第八卷》。此时它已明确标注出"第一部"，而且加上了献词、舞台序幕和天堂序剧。从此，到1828/1829年《歌德作品·亲定版》之间，共有约20种版本，或以单行本形式或随文集出版，包括各种再版、复制版、盗版等。各版之间几乎没什么改动，区别仅在于排版或印刷错误。[①]

人们推测，歌德很可能把1808年出版的《浮士德·一》也视为某种未完成稿。比如答辩的场景还未补上，瓦尔普吉斯之夜中撒旦的戏也尚未展开。歌德自己的表述颇为模棱两可。1806年2月24日，他就第一部出版事宜写信给出版商科塔，称第一部"已包含《浮士德》能够包含的所有内容"；1831年9月8日，在《浮士德·二》杀青后，他又对布瓦西埃说："第二部不应也不会再像第一部那样只是一个未完成稿了。"

事实上，只有在1828/1829年的亲定版中，第一部才有了一点点扩充，而且仅限于瓦尔普吉斯之夜的梦中的几行诗（行4335—4342）。但无论如何，该版都是歌德生前出版的唯一一部完整的第一部。它作为《歌德作品·亲定版》的第12卷，1828年以小八开的口袋版形式出版（C1,12），1829年以按此口袋版重新排版的大八开出版（C3,12）。在两

---

① Inge Jensen, Zu acht Versen aus dem Walpurgisnachtstraum: Entstehung und Datierung, in: Sitzungsberichte d. Dt. Akad. d. Wiss. zu Berlin. Klasse f. Sprachen, Literatur u. Kunst 1965, Nr. 4, S. 63-78;
Werke Goethes, hg. v. d. Dt. Akad. d. Wiss. zu Berlin unter Leitg. v. Ernst Grumach. <Erg.-Bd 3:> *Urfaust / Faust. Ein Fragment / Faust 1 (Paralleldruck)*, bearbeitet v. Ernst Grumach und Inge Jensen, Berlin 1958, S. 260f.

版中，都接在《浮士德·一》后，印上了《浮士德·二》的第一幕（至行 6036），并标有“待续”的字样。

对于亲定版中的《浮士德·一》，歌德自己进行的修订不多，但委托耶拿的古典语文学家格特灵[①]进行了比较彻底的修订。后来在《浮士德·一》流传史中占主导地位的魏玛版（1887）说，歌德对之进行了精心修订，使之臻于完善，不愧为其毕生之作和遗产云云，是不尽属实的。事实上，1828 和 1829 两个亲定版大不相同，魏玛版误以为 1829 年的大八开版经过了新一轮更为精心的修订，故而采用该版作为蓝本。

然而格鲁马赫的研究表明，歌德及其帮手确实对亲定版进行了前所未有的精心修订，但这只针对 1828 年的口袋版或小八开本。大八开本系出版社出于经济利益考虑发行的，里面不仅出现新的印刷错误，而且包含了小八开中已改正的错误。[②]因此说，《浮士德·一》更为精确和保持原样的版本是 1828 年的亲定版［口袋版或曰小八开本］。

当然对该口袋版就再未进行过校对，里面仍然有印刷错误或科塔印刷场自行的改动。与供排版使用的手稿相比（此处指 1817 年科塔版《歌德文集》第 9 卷的《浮士德·一》，经由歌德亲手改过，并委托格特灵通篇校订，属科塔出版社档案，藏于马巴赫的德意志文学档案馆），1828 年的口袋版有 77 处不必要或错误的改动，包括小的书写改动，去掉、添加或改动了标点，添加或删除了某些撇号（’）等。

以下是《浮士德·一》《未完成稿》《早期稿》之间场次和段略对比表。

---

① 卡尔·威廉·格特灵（Karl Wilhelm Göttling, 1793—1869）：德国古典语文学家，是当时耶拿大学最著名的语文学家之一，与歌德书信来往甚密。

② Ernst Grumach, Prolegomena zu einer Goethe-Ausgabe, in: *Jb. Goethe-Ges*. NF 12(1950), S. 60–88 (leicht ergänzt wieder in: Beiträge zur Goetheforschung, S. 1–34).

《浮士德·一》 （共 4612 诗行，63 行散文）	《未完成稿》 （共 2135 诗行）	《早期稿》 （共 1441 诗行，360 行散文）
献词 1—32	无	无
舞台序幕 33—242	无	无
天堂序剧 243—353	无	无
1. 夜 354—605 606—807 ［后加的自杀与复活节情节］	1. 夜 1—248	1. 夜 1—248
2. 城门外 808—1177	无	无
3. 书斋［一］ 1178—1529 ［梅菲斯特出现］	无	无
4. 书斋［二］	2. 浮士德·梅菲斯特	2. 梅菲斯特·新生
1530—1769［过渡］		
1770—1867	249—346	
1868—1883	347—362	249—264
1884—1895	363—374	
		265—332
1896—1903	375—382	333—340
1904—1909	383—388	
1910—1963	389—442	341—394
1964—2000	443—479	
2001—2050	480—529	395—444
2051—2072	530—551	
5. 奥尔巴赫地下酒窖 2073—2080 2081—2336	3. 奥尔巴赫地下酒窖 552—559 560—815	3. 奥尔巴赫地下酒窖 445—452 1—196（散文）

续表

《浮士德·一》 （共4612诗行，63行散文）	《未完成稿》 （共2135诗行）	《早期稿》 （共1441诗行，360行散文）
无	无	4. 乡间道路 453—456
6. 女巫的丹房 2337—2604	4. 女巫的丹房 816—1067	无
7. 大街上［一］ 2605—2677	5. 大街上［一］ 1068—1140	5. 大街上［一］ 457—529
8. 傍晚 2678—2804	6. 傍晚 1141—1267	6. 傍晚 530—656
9. 小路上 2805—2864	7. 小路上 1268—1327	7. 林荫道 657—718
10. 邻妇家中 2865—3024	8. 邻妇家中 1328—1487	8. 邻妇家中 719—878
11. 大街上［二］ 3025—3072	9. 大街上［二］ 1488—1535	9. 浮士德·梅菲斯特 879—924
12. 花园 3073—3204	10. 花园 1536—1664	10. 花园 925—1053
13. 花园小屋 3205—3216	11. 花园小屋 1665—1676	11. 花园小屋 1054—1065
14. 森林与洞窟 3217—3341 3342—3373	（此处：见15场 1889—2013行） （此处：见15场 2014—2044行）	（此处：见17场 1408—1435行）
15. 格雷琴的小屋 3374—3413	12. 格雷琴的小屋 1677—1716	12. 格雷琴的小屋 1066—1105
16. 玛尔特的花园 3414—3543	13. 玛尔特的花园 1717—1846	13. 玛尔特的花园 1106—1235

续表

《浮士德·一》 （共 4612 诗行，63 行散文）	《未完成稿》 （共 2135 诗行）	《早期稿》 （共 1441 诗行，360 行散文）
17. 水井边 3544—3586	14. 水井边 1847—1888	14. 水井边 1236—1277
无	15. 森林与洞窟 1889—2013 （在《浮士德·一》中对应 3217—3341 行） 2014—2044 （在《浮士德·一》中对应 3342—3373 行）	（此处：见 17 场 1408—1435 行）
18. 壁龛 3587—3619	16. 壁龛 2045—2077	15. 壁龛 1278—1310
	17. 大教堂 2078—2135 （在《浮士德·一》中对应 3776—3834 行）	16. 大教堂 1311—1371
19. 夜晚 3620—3645 3646—3649 3650—3659 3660—3775	无	17. 夜晚 1372—1397 1398—1407 1408—1435 （在《未完成稿》中对应 2014—2044 行，在《浮士德·一》中对应 3342—3369 行）
20. 大教堂 3776—3834	（此处：见 17 场 2078—2135 行）	（此处：见 16 场 1311—1371 行）
21. 瓦尔普吉斯之夜 3835—4222	无	无

续表

《浮士德·一》（共4612诗行，63行散文）	《未完成稿》（共2135诗行）	《早期稿》（共1441诗行，360行散文）
22. 瓦尔普吉斯之夜的梦 4223—4398	无	无
23. 阴天·野地 1—63（散文）	无	18. 浮士德·梅菲斯特 1—60（散文）
24. 夜·旷野 4399—4404	无	19. 夜·旷野 1436—1441
25. 牢房 4405—4612	无	20. 牢房 1—104（散文）

与《浮士德·一》不同，《浮士德·二》有着完全不同的文本流变。歌德生前曾吩咐，要待他死后第二部全本方可出版。在他生前只出版过两部分，其一，如前所述，是第一幕的部分段落（4613—6036行），跟在《浮士德·一》后面，在1828/1829年亲定版第12卷面世；其二，是第三幕，冠名海伦·古典–浪漫的幻象剧·《浮士德》幕间剧，分别作为第4卷，收录在1827/1828年两版亲定版中。另一方面，《浮士德·一》几乎没有什么手稿保存下来，而《浮士德·二》则存有近300种手稿，充分展示了很多成文史细节。[①] 手稿大多保存在魏玛的歌德–席勒档案馆，

① 手稿参见：*Goethes Werke*, herausgegeben im Auftrage der Großherzogin Sophie von Sachsen. Abt. I–IV, 133 Bde (in 143), Weimar 1887–1919 (Fotomech. Nachdruck München 1987). – Zur Brief-Abt. IV: 3 Nachtragsbände München 1990. Hier: Abt. I, Bd. 15.2;

补充和修正参见：ebd. Abt. I, Bd. 53;

手稿概览表参见：Hans Gerhard Gräf, *Goethe über seine Dichtungen*, Bd 2.2: *Die dramatischen Dichtungen 2* (darin S. 1–608: Goethes Äußerungen über Faust), Frankfurt/Main 1904, S. 6ff.

手稿摹本和正体转写可通过互联网访问：Johann Wolfgang Goethe: *Faust*. Historisch-kritische Edition. Hg. von Anne Bohnenkamp, Silke Henke und Fotis Jannidis. Frankfurt/Main 2016. – Internet-Adresse: beta.faustedition.net.

而那里的镇馆之宝，是整部《浮士德·二》的誊抄稿（主手稿 H）。

这部手稿歌德本人曾多次审阅。它装订了纸板封面，包含 187 页对开页，3 页附加页，出于书写员约翰和舒哈特之手，[①] 此外还有很多爱克曼、里默[②] 和格特灵等帮手修订的笔迹。该誊抄稿于 1831 年 7 月完成，歌德本人最后的亲笔修订在 1832 年 1 月，也就是在他向儿媳奥蒂莉朗读《浮士德·二》的过程中。[③]

2）歌德去世后的出版情况

在歌德去世后，值 1833 年复活节图书博览会之际，《浮士德·二》作为亲定版第 41 卷出版。口袋版（标号：C1, 41）上标注的是 1832 年；大八开本（标号：C3, 41）标注 1833 年。爱克曼和里默协助组织出版事宜。然而就在该版中，就已出现读者无从辨别的他人的改动。据称，编者是试图按所谓作者“本来”意愿，对文本进行完善：比如他们修订了自认为不确定或错误的地方，修改了一些他们自认会影响读者正确理解的写法和标点。与手稿相比，爱克曼和里默版的《浮士德·二》，对于恢复一个正确的文本形态微不足道。在本版注释中，只有在其中的改动被其他版本沿用，或在接受史上产生重要影响的地方，才会提及。

---

① 约翰·奥古斯特·弗里德里希·约翰（Johann August Friedrich John, 1794—1854）：从 1814 年起直到歌德逝世一直担任歌德的贴身秘书，以忠诚和沉默寡言著称。约翰·克里斯蒂安·舒哈特（Johann Christian Schuchardt, 1799—1870）：德国法学家、画家、艺术史家，曾担任歌德最后一任贴身秘书。

② 弗里德里希·威廉·里默（Friedrich Wilhelm Riemer, 1774—1845）：德国教师、作家，曾任魏玛图书馆馆员，1814 年起担任歌德秘书。后者任命他和爱克曼一同负责其全集的出版编辑工作。

③ 总结：主手稿（H）包括整部《浮士德·二》，歌德曾多次审阅，共 187 页对开页。第 1—2、4—5 幕由约翰誊抄，第 3 幕由舒哈特誊抄，此外还有歌德的亲笔改动，有爱克曼、里默和格特灵的改动，1832 年完成。

在歌德最后一个孙子1885年去世后，歌德的家庭档案以及他的遗稿开始对外开放。在当时正在组织出版的庞大的魏玛版框架中，1887年，埃里希·施密特组织出版了《浮士德·一》（标号：WA I 14），第二年，1888年，他又组织出版了两卷本的《浮士德·二》（标号：WA I 15.1/2），其中包含详尽的异文比较。由此也引发了对庞大的业已疏于整理的手稿的整理工作。鉴于当时的编辑条件和速度，手稿整理可谓一项壮举。

然而与此同时，魏玛版也暴露出很多缺陷。主要是因为，就《浮士德·一》来讲，它不是以仔细修订的口袋版（C1, 12）为参照，也不是以当时尚不为人知的排版底稿为参照，而是选用了错误较多的大八开本（C3, 12）。就《浮士德·二》来讲，它一方面选用了1828/1829年提前出版的部分第一幕、1827/1828年提前出版的第三幕，其他没提前出版过的部分则选自完整的主手稿（H）。

如此一来，魏玛版的《浮士德·二》就成为一个组合文本。进而编者又（按魏玛版通行的标准和做法）擅自进行了规范性处理，遇有不确定的地方则进行了与时俱进的格式化，但却并未标注在正字、标点等方面所做的大量改动。此外，其异文检索也相对混乱，选择性明显且不完整，出现的错误超过了编辑允许的限度。总之，魏玛版不是一个合格的阅读和研究版本。问题是，之后大多数《浮士德》版本就建立在魏玛版基础上。

此后，很多学者都试图努力改善文本状况，至少部分恢复一个正确的文本，[①] 但皆未取得实质性进展。一般情况下，人们以魏玛版为基础，

---

① 如：*Goethes Faust*, hg. v. Georg Witkowski, Bd 1: *Erster und zweiter Teil / Urfaust / Fragment / Helena / Nachlaß* (zuerst 1906), Leiden 1949; *Goethes Werke*, Bd 12: *Urfaust / Faust. Ein Fragment / Faust. Der Tragödie erster Teil*, Bd 13: *Faust. Der Tragödie zweiter Teil*, hg. v. Max Hecker (zuerst 1932), Leipzig 1937; Goethe. *Faust und Urfaust*, erläutert v. Ernst Beutler (zuerst 1939), zweite erweiterte Auflage, Leipzig 1940 u.ö. (Sammlung Dieterich Bd 25).

然后对之进行改正和修订，这些改动似乎对作者认定的文字也置之不顾，尽管很多地方哪怕一点细微的改动都会引发重大的意义改变。在歌德仔细修订的稿子中，擅自用一个撇号（’）代替字母都会造成意思偏差。

大量的改动集中在开头字母大小写或词的分开连写，这些貌似很小的改动，事实上会阻碍语义的连贯。最后是编者对标点所进行的不计其数的改动，在很多情况下，它们会明显改变句子的意思（比如去掉一个逗号或换一个标点）。更为严重的，是很多看似不经意的添加，也就是，编者希望以添加标点去统合文本、凸显他们认定的诗句的意义，或者干脆按通常的格式和规则统一标点。

在新近出版的阅读和研究版本中，编辑不加标注的擅自校正和补正，少则几百处，多涉及语音或词义；对标点的添加或强化，则常常多达上千处（尚不包括不计其数的对撇号的改动）。这样擅改标点造成的迷雾，势必影响到文本的总体“气候”。[＊][①]

对作者亲定文本的大肆改动，多出自编者之手，他们以“疗伤”的名义损害着文本，结果是版版相传，错误越积越多。从文本流传史和整体来看，改动多带有对文本进行整齐划一的倾向。改动的目标是追求意思明确，但作品本身是多意的；改动寻求被理解，但作品本给读者设置了很多障碍，以激发他们去思考。各处改动试图缓和有伤风化或陌生的表达；它们窜改原文产生节奏和乐感的标点，将其纳入语法–句法规则；又把鲜活的语言肢体塞进杜登标点规则的紧身衣。

---

① 不妨将 1965 年出版的柏林版《歌德全集》作为一例：Goethe, *Poetische Werke. Kunsttheoretische Schriften und Übersetzungen*, Bd 8: *Faust*, bearbeitet v. Gotthard Erler (zuerst 1965), Berlin und Weimar 1990. ——与亲定的口袋版和手稿相比，该版有 1009 处与原文或书写方式不符的地方，647 处删除或有偏差地修改了标点，2415 处添加或强化了标点，45 处其他标点偏差。

1887/1888 年魏玛版的《浮士德》，因衍生的编辑改动太多而失去信誉。1950 年，格鲁马赫曾宣布民主德国要出一个德意志科学院版，然而在 1958 年出版了一个《浮士德·一》文本卷（无编辑说明，无异文索引）后便放弃了。随后，直到两德统一前，在联邦德国、民主德国方面，或以两德联合的形式，都有过出版校勘版的尝试，但结果都不了了之。[①]

2009 年起，开始了一项新的《浮士德》历史–校勘版的编辑出版工作，由法兰克福自由德意志高等基金会组织，沃尔茨堡大学和魏玛的歌德–席勒档案馆合作，安娜·鲍嫩坎普等人领导，其电子版已在互联网上公开发布。[②]

该项工作的核心是建立数字档案，亦即，把歌德《浮士德》–工作坊留下的所有手稿（约 2000 页），以及所有相关版本，连同所有信息和文字转换，全部转化为数字档案。数字版为直接获得完整的成文史资料提供了新的方式和研究可能性。以此为基础的纸质书版的《浮士德·一》《浮士德·二》将在不久后与读者见面。

2.《浮士德·早期稿》

歌德童年时观看过《浮士德》木偶戏，“木偶戏的情节”从此不绝于心，但他何时动笔创作自己的《浮士德》，学界至今并不确定且存有争议。根据一般推测，歌德是在 1773—1775 年间开始有计划地进行创作，也有人把时间向前移到 1765—1768 年他在莱比锡上大学期间。他 1775

---

① 如：Ulrich Landeck, *Der fünfte Akt von Goethes Faust II*. Kommentierte kritische Ausgabe, Zürich 1981 等。此版仅完成了《浮士德·二》的第五幕。

② Johann Wolfgang Goethe: *Faust*. Historisch-kritische Edition. Hg. von Anne Bohnenkamp, Silke Henke und Fotis Jannidis. Frankfurt/Main 2016. – Internet-Adresse: beta.faustedition.net.

年 11 月 7 日带到魏玛的手稿，或者 1786 年踏上意大利之旅时所带手稿（“手边老的混乱不堪的手稿”），[①]已无从考证。歌德遗稿中有两页，补遗 21 号和 54 号，可能属于这个时期的原始手稿。

1887 年，埃里希·施密特在整理魏玛宫廷女官露易丝·冯·格希豪森的遗稿时，发现一份她对《浮士德》的抄录稿，断定它与 1790 年出版的《未完成稿》和后来的《浮士德·一》出入很大。施密特于同年付梓出版了该稿，冠名《歌德浮士德原始稿》，并在导言中简称之为《原始稿》。

至于这份抄录稿因何而来，人们不得而知，对它的来历一向存在很大争议。[②]人们推测，该稿大约成文于 1776 或 1777 年，搞清这个年代，对于判断歌德是否在魏玛初期继续创作或修订过《浮士德》十分重要。同时人们也不清楚，抄录稿的可靠程度到底有多大，比如它是全文抄录的，还是有一部分是口授的（因其中间有图林根方言）。同样无法考证的是，歌德是否知晓、同意乃至参与过该稿的编辑；或者，该稿是直接抄录了歌德原始的手稿，还是抄录了一个原始手稿的摘抄稿（摘抄稿可能用于歌德在魏玛的朗读会，也可能是他在 1777 年 12 月 1 日寄给法兰克福的母亲的未保留下来的那稿），后一种的可能性更大一些。

很长时间里另一个争论的焦点是，抄录稿到底在多大程度上再现了歌德原始稿的全貌。可以肯定的是，歌德称之为“老的混乱不堪的手稿”中，一定包含很多创作计划或创作片段，抄录稿中肯定没有收录。其间

---

① 1798 年 5 月 5 日歌德致席勒。

② 相关的讨论参见：Ernst Grumach, Faustiana. I: Zum Urfaust (zuerst 1954), in: *Beiträge zur Goetheforschung*, hg. v. Ernst Grumach, Berlin 1959, S. 268ff，以及 Valters Nollendorfs, *Der Streit um den Urfaust*, The Hague 1967。

可以肯定的是，它甚至没有完整抄录或按原文抄录当时已经成形的场次。比如维兰德曾在1776年1月听到歌德朗读《浮士德》，在1796年（《未完成稿》已出版）一次谈话中，他表示，可惜《浮士德》由不同时期写成的片段拼合而成，很多有趣的场景被屏蔽了（如在牢房一场中，浮士德竟勃然大怒，令梅菲斯特震惊不已）。[①]

因此，格希豪森的抄录稿一定不是歌德的原始稿。《浮士德原始稿》的简称朗朗上口，加重了这一误解的广泛流传。本版希望彻底清除这种误会，将之改称为《浮士德·早期稿》。

施密特之后的《早期稿》版本，大多遵循了《浮士德》常用的编辑手法，此外，抄录者的一些疏忽和错误，被编者们不加说明地改过。在施密特的魏玛版和海克尔的世界–歌德–版中，格希豪森的书写方式被改得和青年歌德的一样。这样的改动无异于打着歌德的旗号进行篡改，更有甚者，他们由于太希望整齐划一而在无意中屏蔽了抄录稿中记录的青年歌德的书写方式——“天才”的无视规则的书写方式，这当然不只是一个外在形式问题。[②]

后来的版本，包括1954年格鲁马赫的版本、1973年费舍尔–拉姆贝格的版本，都放弃了之前对原稿的修改和补充。1985年凯勒的版本再现

① 参考：Ernst Grumach, Faustiana. 1: Zum Urfaust (zuerst 1954), in: *Beiträge zur Goetheforschung*, hg. v. Ernst Grumach, Berlin 1959, S. 268–275. – 2: Kommata (zuerst 1956), ebd. S. 276–278, Faks.-Abb. 2.

② *Goethes Werke*, herausgegeben im Auftrage der Großherzogin Sophie von Sachsen. Abt. I–IV, 133 Bde (in 143), Weimar 1887–1919 (Fotomech. Nachdruck München 1987). – Zur Brief–Abt. IV: 3 Nachtragsbände München 1990. Hier: Abt. I, Bd. 39, S.441f; *Goethes Werke*, Bd 12: *Urfaust / Faust. Ein Fragment / Faust. Der Tragödie erster Teil*, (zuerst 1932), Leipzig 1937, S. 408.

了一个几乎“字句和标点毫厘不爽的摹真本”。[①] 本版的《浮士德·早期稿》采用了毫无保留的“仿真版”。

3.《浮士德·补遗》

“补遗”的概念源自古希腊语，泛指被放到一边的东西，用于文本时，指暂时或永久被淘汰、忽略、弃置的文本，或指可留待以后用于补充、添加、附加的文本。歌德自己提出了补遗一词。在他为出版遗稿所提各项建议中，包括“补遗”一项，而且明确说明“《浮士德》的”补遗。

歌德提到的补遗，很可能指那些真正被删除或省略的段落，而非后来被收录到补遗里的辅助性文字或一些零碎的刨花，也就是说，不是各种草案、已落实的或过时的随想笔记、写作计划的关键词、弃置的异文等等。而他的建议表明，他并没有把坊间“经典”的《浮士德·一》和《浮士德·二》视为全部《浮士德》之作。按歌德自己的理解，未曾发表的片段也属于作品“有机的”组成部分。

1836年出版了一版《浮士德》四开本，爱克曼和里默遵循歌德的建议，附上了28个属于《浮士德》的片段。当然，二位编者擅自做了一些补充，未加以特别说明，又删减了一部分估计难以通过审查的部分。以后半个多世纪时间里，各版本的补遗部分以及各种对补遗的研究，均以该版本为基础。

---

① *Werke Goethes*, hg. v. d. Dt. Akad. d. Wiss. zu Berlin unter Leitg. v. Ernst Grumach, Berlin 1954. (Akademie-Ausgabe); *Der junge Goethe*, Bd. 5, hg. v. Hanna Fischer-Lamberg, Berlin 1973; Johann Wolfgang von Goethe, *Urfaust* / *Faust. Ein Fragment* / *Faust I. Ein Paralleldruck*. 2 Bde, hg. v. Werner Keller, Frankfurt/Main 1985.

歌德家庭档案开放后情况发生变化。在审阅和整理了档案中的文稿后，施密特修订出版了《浮士德·一》和《浮士德·二》，是为1887/1888年魏玛版的《浮士德》。该版共收录209条排好序的“补遗”，除诗句片段外，还包含草稿、草拟的“模块”、对下一步创作计划的内容提要等。于是人们把遗稿分为两部分，魏玛的歌德-席勒档案馆至今还在使用这一归类系统。也就是说，人们对所谓的“补遗”和“《浮士德》手稿”进行了区分（手稿包括所有纸条，哪怕上面仅有一行出现在《浮士德》终稿）。在此基础上，人们把“补遗”和“异文”分开，虽然这样的区分存在问题，但至今仍在沿用。

然而在魏玛版的补遗中，编者虽未擅自添加，但出于对审查的顾虑删除了一些段落。除文字识别错误、归类错误、遗漏了某些片段（散落到魏玛版不同的遗稿卷中），施密特常常不作任何说明，把某些诗行从手稿中移出，放到补遗中。于是便有学者试图更正施密特的错误，[①]但除去个别文字修改外，这些新的尝试又自立门户，有自己的一套择选、排序和编号，且没有一种符合校勘版的编辑原则。

在所有后来的尝试中，要数海克尔的流毒最深。他为1932年世界-歌德-版和1941年岛屿版修订的补遗，被之后多个版本采用（如1965年的柏林版）。编者不仅进行了重新排序和编号，而且还进行了擅自改动；不仅“小心地采用了新的正字”，而且还明显加入自己的解释。

---

① 如：Friedrich Strehlke, *Paralipomena zu Goethes Faust. Entwürfe, Skizzen, Vorarbeiten und Fragmente* <…>, Stuttgart, Leipzig, Berlin, Wien 1891; *Goethes Werke*, hg. v. Karl Heinemann, Bd 5: *Faust*, bearbeitet v. Otto Harnack, Leipzig und Wien 1902; *Goethes Faust*, hg. v. Georg Witkowski, Bd 1: *Erster und zweiter Teil / Urfaust / Fragment / Helena / Nachlaß (zuerst 1906)*, Leiden 1949; *Goethes Werke*. Festausgabe, Bd 5: Faust, hg. v. Robert Petsch, Leipzig 1926.

也就是说，该版在正字、标点、排版方面都与手稿有所出入，编者甚至还不加说明地对文字进行了改动。

1994 年，这种情况得到了根本改善。安娜·鲍嫩坎普第一次完整地对手稿中的补遗进行了记录。新版包含所有此前文集收录或单独发表的补遗段落（除第三者的报告、歌德独立的诗作或误列入《浮士德》的部分），又相比于魏玛版中的补遗扩展了近 50 段文本。此外，鲍嫩坎普还补充了一系列尚未发表的《浮士德》手稿，以及与《浮士德·二》相关的重要提纲。

重要的是，鲍嫩坎普的补遗，完全按照它们在手稿中的相关位置编排，这样很多补遗才可以被充分理解（此外还按成文史–时间先后顺序）。对于新的编排，她出于约定俗成的原因，仍沿用了魏玛版的编号。虽然手稿识别困难重重，但鲍嫩坎普的《浮士德·补遗》还是第一次在可能的情况下，遵循了原文的文字、书写方式和本来的排版格式。

本版的“补遗”部分即以鲍嫩坎普的补遗为基础，同时吸纳了 2016 年混合版对 1994 年鲍嫩坎普版的修订。

二　本版文本形态

1.《浮士德：一部悲剧》

1）基础文本

根据前文“文本选取”一节的说明，本版的《浮士德·一》选用 1828 年出版的亲定版的口袋版（C1,12）为基础文本，说得更具体一些，是当时在魏玛为付梓而修订的排版稿［从第四版开始］——这样就自动消除了口袋版中的排版错误，也消除了科塔印刷场所进行的未加说明的改动。

《浮士德·二》选用了誊抄的全本主手稿（H）为基础文本［从第四版开始］。1827/1828年先行独立出版的第三幕，原本也以此誊抄稿为基础。该稿中包含歌德的手稿。1828/1829年先行随亲定版出版第一幕（4613—6036行），用的是抄写员约翰1828年1—2月的用于排版的誊抄稿（HOa），[①]而约翰的蓝本也出自这个主手稿（H）（还有一个介于其间的抄写稿未留存下来）。一言以蔽，《浮士德·二》虽然有两幕先行出版，但均直接或间接使用了主手稿（H）。

另一方面，排版稿（HOa）中，比主手稿（H）中包含了更多歌德的标点，还有亲笔修订和文字改动，这些可能出于疏忽，并没有誊抄到主手稿（H）中。此外这里还有些改动有意未誊抄到主手稿（H）上。总之，在1828/1829年的排版稿和1832年1月歌德还改动过的主手稿之间，不好确定哪个更可靠。故而在本版中，对于《浮士德·二》第一幕来讲，用排版稿的修订置换了主手稿，并在与文本理解相关的地方，给出了对照表，同时在注释中加以了说明。

对于后来经编者擅自改动、与主手稿/排版稿不符的地方，本版有列表对照；对于成文史上与作者生前其他手稿或版本的不同之处、流变、异文、编者的窜改等，只要对文本理解、生成、接受史、影响史有重要意义的，本版均在注释中加以了说明。

这里所做的工作并非所谓的“恢复语文学”，即并非对古代或中世纪无原始手稿的文献、文字磨损严重的文献进行编辑。若非发现明显的错误，则不会把使用的主手稿与其他早期手稿或版本进行合并，然后再

---

① HOa：魏玛版中没有收录的手稿，涉及《浮士德·二》第一幕的4613—6013行，包括32页对开页，由约翰誊抄，相当于该部分1828年随亲定版《浮士德·一》（C1,12）出版时的排版稿，保存在马巴赫的席勒博物馆，编号：Cotta Mr. Goethe。

加上编者擅自的“修缮”。对于这样一个追求“正确文本理想状态”的编辑方法，新近编辑理论已经加以扬弃。因为它确实给编者的随意性打开了大门。《浮士德》的文本流变史清晰显示，当可靠文本不符合人们想象中的“作者意图”时，编者便通过主观臆测，炮制出一个符合不断变化的时代精神的“正确”文本。

2）诗行编号、缩进、版式

本版大体沿用了魏玛版的诗行编号。魏玛版的编号存在一定错误，但因普遍使用而约定俗成。散文部分的编号因句子长短不同而稍有不同［散文在诗行以外单编号］。关于缩进，某些版本一律采用左边对齐，这显然不符合作者意图。在亲定版付梓之时，歌德曾向科塔出版社的印刷场交代过排版样式。他认为排版式样应当辅助阅读和理解，要通过不同程度的缩进，区分念白和唱段，区分不同格律和不同长短的诗句（常常也代表说话方式的不同）。

比如歌德曾于1828年1月22日向莱歇尔[①]交代，个人的念白要向左对齐，多人或集体的念白、短句要缩进；同样，唱段或诗朗诵也要缩进。对于模棱两可的情况，则取决于个人品味，像这样为数不多的情况，歌德即交给出版社处理了。本版对缩进的处理主要沿循歌德这段交代，极个别情况会酌情处理（比如手稿每页起始行的缩进通常表示断页与段落合一，但有时并未严格遵守）。

关于版式，本版谨慎地对版式进行了规范化处理。比如对手稿中居中标注的说话人，一律改为左边对齐，用大写字母，台词则另起一行。

---

① 威廉·莱歇尔（Wilhelm Reichel, 1783—nach 1836）：科塔出版社奥格斯堡印刷场负责人，当时负责歌德作品的出版。

这样就可以很好地辨认出诗歌格律的变化。在说话人后一律不加逗号或句号。对于接在后面的舞台提示，只有在表示情节完成时添加标点。对于无台词的人物，只要它在手稿中居中，就按说话人格式给出。手稿中人名的缩写或舞台提示中的语词缩写，本版中都给出了全文。手稿中以其他符号标注的舞台提示，在此一律改为斜体字。手稿在舞台提示中，以下划线标注对某人物的强调，在此一律用小体大写字母，出现在台词中则用疏排表示。外来词用小体大写字母。手稿各场标题中的逗号、句号、分隔号，（不规则使用的）结尾处的破折号，均未沿用。

3）正字

自 1994 年第一版起，本编《浮士德·一》和《浮士德·二》，除符合“德意志经典作家出版社”的要求外，一直遵循 1996 年官方公布正字法改革前的正字规则。本版亦然。且任何正字的改动，均在不影响原词发音情况下进行。

当然，可能某些原写法，要特别表达某种语义上的意图，是口语中无法分辨、必须用文字方可表达的。[①] 尤其在涉及文字游戏的时候。[②] 就大小写来讲，当手稿大小写包含特殊含义的时候，均予以了保留。有些本该小写的地方使用大写时，一般都表示特别的意义。[③] 称谓出现大小写变化时，一般涉及讲话人与对象的尊卑关系。[④]

---

① Hans Zeller, Für eine historische Edition. Zu Textkonstitution und Kommentar, in: *Germanistik – Forschungsstand und Perspektiven. Vorträge d. Dt. Germanistentages 1984, Teil 2*, hg. v. Georg Stötzel, Berlin und New York 1985, S. 308–314.

② 如《浮士德·二》第二幕古典的瓦尔普吉斯之夜中 11644 行前，围绕 Grauen 一词的文字游戏，沿用了原文 graeulich 的写法。

③ 如 7808、10396、10408、11510 行。

④ 10962、10964 行。

大小写在很多时候不能随便改动，比如在皇帝册封选帝侯一场，若把（10944行）大写的“你们”[对第二人称单数的尊称，相当于“您”]，改为小写的，则意味宫廷记录重大国事时出现了纰漏；相反，在其他地方若把小写的“你们”改为大写的，则把作者泛指的意图改为仅针对说话对象了（舞台序幕场111行，改后就不再指代所有艺术家，而只针对剧作家了）。

手稿中在是否使用连字符的地方并不统一，很多地方不符合今天的习惯，但本版大多予以了保留，尤其摒弃了此前编者们各种标准化的改动。在同样的语法–句法结构中使用不同的词形、写法和标点，这在歌德时代比今天常见。以往的编者们也曾试图就此整齐划一，结果不但没有帮助读者更好理解，反而使手稿丰富的样态变得苍白。因在老的文本中，多样性并不只意味着外在形式。

总之，本版编者只订正了手稿中明显的抄写疏忽或印刷版中的排版错误。遇有模棱两可的地方，并无一处擅自“改善”，而是取来其他蓝本作为参照。遇到有意的、并可由较早手稿或版次证明不是由疏忽造成的不同的地方，都在注释中予以了说明。对于一些容易造成困惑或误解的地方，对于一些与上下文意思不符、容易造成误解的标点，编者进行了必要的改动，并列出了详细的对照表。本版《浮士德·一》与上文所讲亲定版（C1,12）的排版稿之间的差异、《浮士德·二》与主手稿（H）以及排版稿（HOa）之间的差异，见下表。[略。重要的地方德文版会在注释中做出提示，中文版将相应在注释中给出。]

此外有40处分号改为冒号，改动说明见下文“标点”一节。有14处添加以尖括号给出。重要的地方均在注释中加以说明。

4）本版文本处理的意图

本版对文本的详细考证，并非出于对古旧文本的学究式的兴趣，也并非出于对封尘已久文字猎奇般的乐趣，而是出于一种认识，没有任何艺术作品或文学作品，其形式是纯“外在”的。人们总以为歌德并不十分在意。但事实并非如此，如1805年11月25日，他曾对出版商科塔写道：“从咱们这方面讲，不得有任何疏忽，我强烈恳请您，找一个仔细的人来核红，当然他不得再以自己的方式添加或标点。”

如此处理的原因还在于，《浮士德》是一部老的作品。它呈现在读者眼前的是陌生的信号，而且要时时让读者意识到，他阅读的并非一部现代作品，他不能毫无限制地在自己时代的符号系统框架中，去理解其中的字词、句式，诗律、比喻、象征、寓意、概念和思想等。本版编辑的一个目的，便是要充分呈现文本的历史性。

另一方面，任何事物都像雅努斯的头，具有两面性。古老而陌生的文本也会对后来的读者产生新的“现实意义”。对于编者，这两方面都要考虑到。若对文字进行现代化处理，凸显其潜在的现实意义，那么这样的“大众版”会让读者忽视作品的历史性；反之，如果编者过于学术化，偏重于古旧的写法和陌生化效果，那么这样的“历史-校勘版”显然会影响作品的现实性。两种侧重都有各自的道理，但也都会窜改文本。本阅读-研究-版，则希望通过谨慎的有节制的对文字的现代化处理，逾越两难的选择。

本版的正字把一些古旧的写法进行了现代正字处理。[①]这完全符合歌

① 这些处理包括th-t, y-i，如《浮士德·二》开篇的Anmuthige Gegend以及so seyd ihr taub等拼法已改为符合现代正字法的拼写形式。此外，对变音符号以及双写元音也都进行了修改，如Aeolsharfen以及Schaale等处。

德自己的意愿。他在 1828 年 1 月致信科塔印刷场，谈及《浮士德·二》第一、三幕随亲定版（C1,12）出版时，曾明确希望他们注意用当时流行的正字法取代过时的写法，他不想让自己的写法沦为古董。[①]

2.《浮士德·早期稿》

《浮士德·早期稿》按魏玛宫廷女官冯·格希豪森的记录给出。其原件保留在魏玛的歌德-席勒档案馆（完整的真迹复制见 1954 年的科学院版第 1 卷）。与《浮士德·二》的主手稿（H）不同，记录并非为出版而作，故而本版保留了手稿特征，"不改真迹原样"。唯一进行处理的地方在大小写或连字符。其他就书写和标点，编者未进行任何修订、补充或整齐划一性质的改动。这包括明显的与上下文意思抵牾的疏忽或遗漏。若读者不能自行意识，可参照脚注中给出的《浮士德·一》的相应页数和文字。

由此指导思想出发，各场次严格按记录的手稿给出。各场结尾的分隔符、不规则的下划线、诗行版式、缩进、人名缩写、舞台提示标识（/:...:/）等等均与手稿相符。只有元音上标识重复字母的横线，出于印刷技术原因，恢复了双写元音。对散文的行号标注因行的长短不同而略有不同。诗行编号按通行的约定俗成的编法。

因《早期稿》与《浮士德·一》的诗行编号大不相同，对于读者很难进行平行比照。作为阅读辅助，除前文给出的列表对照外，《早期稿》脚注给出了与《浮士德·一》相应诗行的对照（第一个脚注中给出了使用说明）。

① 1828 年 1 月 22 日歌德致科塔出版社印刷场负责人。

3.《浮士德·补遗》

本版的《浮士德·补遗》是一个由安娜·鲍嫩坎普整理的阅读和研究版。它建立在鲍嫩坎普1994年的手稿整理之上，参考了施勒迈特1996年的订正，吸纳了2016年混合版《浮士德》的识读。[①]与以往出版的补遗相比，本版选取了更多文本片段，采用了按成文史排列的方式，顾及到手稿的上下文及特殊的书写格式，再现了作者的书写方式，完善了对原文正确的识读。

本版补遗，包含了所有至此随文集或单独发表的补遗中所有片段（除去第三者的报告，歌德单独的诗作或误认为属于《浮士德》的片段）。与1994年鲍嫩坎普版不同的是，本版放弃了14段草稿，因其与最后的成稿区别不大。

补遗的排序以手稿及成文史顺序为线索。对于《浮士德·二》，为方便起见，同时以幕为单位进行了分组。这与以往补遗的顺序不同。唯一保留下来的，是自魏玛版起约定俗成的对手稿的编号。这样，编号顺序与段落的先后顺序便不相吻合。同样沿用的，还有1888年施密特在魏玛版中使用的手稿标识。2016年新的历史-校勘版，即混合版，同样采用了这一标识系统，只不过对之进行了扩充和更新。本版同时为以前无标识的手稿添加了标识。

作为参照，对每段补遗均给出了手稿标识以及魏玛版编号。还有一个索引，按魏玛版编号顺序，给出相应文本页数。与1994年鲍嫩坎普版不同，本版补遗同时给出了最终的文本。成文史中的变文只在有特殊意

---

① Jost Schillemeit, Rezension von Bohnenkamp 1994 (Anne Bohnenkamp, Goethe und das Hohe Lied, in: *Goethe und die Bibel*, hg. v. Johannes Anderegg und Edith Anna Kunz, Stuttgart 2005, S. 89-110), in: *Arbitrium 14* (1996), S. 362.

义时给出。字母和符号均忠实于手稿。对模糊不清或不可识读的地方均作了标识。手稿版式，如分段、分隔符、页边附识、缩进、（为补充或修改而留的）空白，均按手稿给出，或由编者加以了说明。没有特别标明的是某些偶然或装饰性书写。

歌德在草拟文字时常丢落表示两点的横杠，本版予以了补充，未做特别说明。缩写、简化的角色标注、书写不完整的字词等，均添加完整，错误的拼写加以了纠正，凡此编者介入，均以斜体或尖括号标识。以下是补遗中出现的缩写一览表。[略]

三　标点

正字对理解文本意义重大，标点同样如此。歌德对此心知肚明。然而歌德生前出版的《浮士德·一》以及《浮士德·二》誊抄稿中的标点，并非全部出自歌德本人之手。其中某些同样不乏出自抄写员和助手之手。对于亲定版，歌德把排版稿的审阅主要交给了耶拿的语文学家格特灵，并全权授予他自行判断处理正字和标点。① 还在早些时候，他也曾致信出版商科塔，表示自己并不特别在意校订者加减一个逗号。② 但这当然并不意味，给予后来的编者和编辑根据自己臆测添加标点的自由。

很多迹象表明，标点对于歌德并非无关紧要。③ 他有一项总的交代，就是要避免过多使用逗号。格特灵在审阅时，基本遵循了歌德的这一思

① 见 1825 年 3 月 12 日歌德致格特灵信。

② 见 1816 年 6 月 3 日歌德致科塔出版社信，以及 5 月 9 日的随信附件。

③ 见 1805 年 11 月 25 日、1815 年 12 月 2 日、1817 年 1 月 7 日歌德致科塔出版社信，以及 1825 年 1 月 10 日致格特灵信。

路。[1]事实上，我们已经无法真正恢复歌德本人的标点，因其手稿中有些模棱两可的地方并不符合常规，或有时表现得有些不甚严格。鉴于这些情况，本版的标点已争取做到最大限度可靠。

反过来，即便如此，人们也不能按杜登的标准来修订这些标点。因如此一来，则需要添加无数逗号，从而违背了歌德有关诗歌标点的基本原则。[2]这些原则在《浮士德》手稿中清晰可见。它们与后来的规则存在本质区别。因此不仅演员和朗读者，而且普通读者也需要加以了解，这样人们就会发现，那些看似无关紧要的逗号、问号、叹号和分号会影响对文本的理解。

逗号

歌德曾对审阅者格特灵说，减少标点，“朗读时会更加顺畅”；1816年他致信科塔说，德国人更习惯阅读而非朗读，所以他逐渐养成习惯，点很多标点，“三十年以来，我在培养演员时，发现这对于现场表演十分不利”，歌德举例，如“你相信，她爱你！——难道我没告诉你，我不能来？”，其中的逗号会影响语流。[3]

演员格纳斯特回忆说，歌德任［魏玛宫廷］剧院领导时，曾上演卡尔德隆的《坚贞不屈的亲王》，在排练时，他对逗号、分号、冒号、叹号、问号、句号，按顺序规定了“延时”，或“时长”，其结果：“一开始

---

① 有学者认为，格特灵违背了歌德的说明。

② Ernst Grumach, Prolegomena zu einer Goethe-Ausgabe, in: *Jb. Goethe-Ges*. NF 12(1950), S. 73–82（就歌德整体作品而言）；

Lieselotte Blumenthal, Die Tasso-Handschriften, in: *Jb. Goethe-Ges*. NF 12(1950), S.110–123（针对《托夸多·塔索》一剧而言）。

③ 1816年6月3日、5月9日，歌德致科塔出版社信。

讲起话来有些机械，待逐渐适应了这一方法，就会发现修辞中迷人的、诗意的跌宕起伏！可以说一切都具有了乐感。”[①]

这样人们就会理解，放弃标点规则意义何在，也就会理解后来编者们擅自的规范化改动造成了怎样的后果。如汉堡版在7249—7253行中因增添了逗号，而阻隔了本来柔滑顺畅的河神的台词；在5749、10311行及以下，增添的逗号阻隔了喧哗骚动的语流。尤其是海伦开场的8488行及以下，按今天的规则添加的逗号，不仅破坏了节奏和旋律，而且影响和改变了语义。

逗号的一般规则在歌德时代已普遍使用，在19世纪下半叶开始通行。然而歌德并未严格按一般规则，也未严格按语法-句法规则，进行逗号的标点。他先后致信审校者或出版社，请求节制逗号的使用，表明他试图阻挠使用规范化的标点。在歌德的理解中，逗号（仍只）为辅助朗读而设，是用来更好地揭示意义、增强修辞-建构及节奏-乐感的辅助手段。它们如同微型舞台提示，规定着诗句的声音效果，辅助通过声音理解意思，不仅针对听众，而且同样针对默念的读者。

问号和叹号

与今天和当时已通行的规则不同，歌德的问号和叹号常常并不用于句尾［而是随语流用于句子中间］，这让已习惯整齐划一的读者颇感不惑。如11185句，“人们会问什么？而不问如何？”问号跟在表示疑问的

---

① 爱德华·格纳斯特（Eduard Genast, 1797—1866）：德国歌剧演员、话剧演员，曾在歌德领导的魏玛宫廷剧院工作。
Goethes Gespräche. Auf Grund der Ausgabe und des Nachlasses von Flodoard Frhrn. von Biedermann hg. v. Wolfgang Herwig, 5 Bde (in 6), Stuttgart und Zürich 1965–1984. Hier: Bd 2, Nr 3368.

词后，而不是标识整个句子是疑问句。问号有时跟在疑问句后，而不顾后面的关系从句。后来的编者（如汉堡版编者）对之进行了规范化处理，其结果，句中生动的起伏被抑制了。

比之问号，在句子中间使用感叹号的做法更为普遍。后来的各版本同样对之进行了规范化处理。在作者本人或可靠的写法中，叹号通常紧跟在要感叹的词后。如 7166 行："滚开！仇恨，滚开！嫉妒"[①]……人们一般会很快熟悉这样不合常规的标点方式。比较麻烦的是分号。《浮士德》的编者几乎无一例外，全部没有认清或误解了文本中分号的用途，对之进行了不恰当的处理。

分号

《浮士德》中分号的使用与今天的常规完全不同。如诗行：

> 话虽是老话，可理还是那个理；
> 羞耻与美貌永无可能，手牵手，
> 在世间碧绿的小径上一路同行。[行 8754—8756]

其中分号经常被无声无息地置换为逗号或冒号，虽然不违背意思，但修改者并没有注意到，分号并非出于疏忽，它们不仅为歌德而且也为当时的文人普遍使用。事实上，从 16 世纪起开始普遍使用的分号，在所有标点中，古今用法差异最大。它兼有今天分号和冒号的功能，这在《浮士德》中还相当明显：作为分号，它的断句意义强于逗号，但弱于句号；

---

① 此处为直译，强调标点，与正文不同。

它同时作为冒号，标识两句之间的递进或启承关系。

1788年起，对于歌德及其助手来讲，当时通行的是阿德隆的《德语正字全录》规定的正字法。[①] 其中在“正确的标点”一节写道，在两部分或多部分组成的句子中，冒号和分号均可使用。“若后面跟‘这样（so）’引导的从句，该标点可表示递进、条件、原因、比较的意思。”[②] 如例句显示，分号除有今天的分隔功能外，还兼有今天冒号的连缀功能。［*］冒号和分号的区别仅在于，冒号用于分隔长一点的句子，分号用于分隔两个中等长度的句子，这样实际上在判断句子长短时存在很大回旋余地。

歌德及其助手就是按照阿德隆的规则，来标点《浮士德·一》和《浮士德·二》的。故而当分号显示出递进等关系时，今天的读者就会感到不适或认为是标点错误。反之，若无法判断歌德的分号相当于今天的冒号还是分号，读者就会自动按分号判断，而忽视了隐含的递进意思。

为避免误解，凡是明显在冒号意义上使用的分号，本阅读和研究版全部置换为冒号，并附有对照表。［略］然而大多数情况下，《浮士德》中的分号需要权衡，也就是说需要在解释的基础上进行判断。[③] 编者认为自己无权在此进行解释和判断，但必须明确向读者指出，《浮士德》中的分号原则上不是表示分隔，而是更多表示递进意思，也就是用标点提示演员或朗读者（此处要保持语调或上扬），下面会接对前文的肯定、论

---

① Lieselotte Blumenthal, Die Tasso-Handschriften, in: *Jb. Goethe-Ges*. NF 12(1950), S.107.

② Johann Christoph Adelung, *Versuch eines vollständigen grammatisch-kritischen Wörterbuches Der Hochdeutschen Mundart, mit beständiger Vergleichung der übrigen Mundarten, besonders aber der oberdeutschen*. 5 Bde, Leipzig 1774–1786, S. 375, 380.

③ 如487、1672、1758、2071、4677、6728、11405等诗行。

述、结论、总结等。这对于理解文本非常重要。

比如就《浮士德》终场最后几行：

在此化行动；
永恒-女性者
引我们上升。[行 12109—12111]

此处的分号，到底是在冒号还是分号意义上使用，到底是表示排比还是总结，会导致对《浮士德》结尾的不同理解。也就是说，最末两行，到底是在今天分号意义上，与上文的一系列表述构成排比关系，还是在今天冒号意义上，构成对本段诗句、乃至整个终场、抑或是整部《浮士德》的总结，对此做出的不同判断，会导致对《浮士德》的不同理解。

四　歌德的自我审查

风纪横杠

对于《浮士德·早期稿》，我们不知宫廷女官冯·格希豪森是照哪个蓝本抄录的，但当她抄写到，梅菲斯特说，租住在“小啤酒飞花”太太房子里的大学生们，把她的名字写在了“粪屋”[茅房，厕所]上时，用了“-屋”。在另一处，遇到“路德博士”字样时，她用了四个横杠。后者倒并非出于反感（正统天主教徒会出于反感而拒绝写路德二字），而是因为出身路德宗的格希豪森小姐认为，用“大腹便便”来描写自己的改革宗主，有伤大雅。

这样的“风纪横杠”在18和19世纪相当普遍，《浮士德》中也偶尔出现。考虑到当时的风纪，对于《浮士德·一》中梅菲斯特与老女巫跳舞调情一场，歌德亲自把台词中出现下三路的地方或其他“猥亵”的部分，改为用横杠暗示。尽管它们在手稿中完整写出来，但在所有正式出版的文本中都进行了处理。再如1808年，人们曾严肃地考虑是否对“硕大的洞”和“合适的塞子”等文字——只有在上下文中才暴露出有伤风化——在朗读的时候用清嗓子代替，或最好用咳嗽蒙混过去。[①]

这样截断文本显然不合作者自由的意愿，但并非不可补救。本版恢复了删去部分本来的权利，将之印出，并用尖括号标明，在注释中给予了说明。然而编者的这一干预，在书评中受到某些洁版主义者指摘，称其“尤其荒谬”。[②]

此外，歌德的“风纪横杠”终于让人理解，他为何对一些段落不断进行改写——那常常是一些无法用横杠削弱其有伤风化特征的段落。在这个意义上，可以说《浮士德·一》“洁净”后的最终文字，曾被置于作者深刻的自我审查之下。

对《早期稿》的净化

与冯·格希豪森的《浮士德·早期稿》[对小圈子内朗读、传抄传阅的手稿的记录]相比，1790年出版的《未完成稿》和1808年后出版的各版文字都有所不同，这出于不同原因和意图。其中一项毫无疑问与“风纪横杠”所代表的问题有关。这不能简单归结为，狂飙突进以后作者自己的品味有所改变，语言有所收敛，而是要考虑到，传抄传看、在小圈子内朗读与正式出版，两者对文字的要求不同。

---

① Albrecht Schöne, *Götterzeichen, Liebeszauber, Satanskult. Neue Einblicke in alte Goethetexte (zuerst 1982)*, München 1993, S. 211.

② Siegfried Scheibe, *Germanistik* 1996, S. 196.

后来的改动涉及《早期稿》中的一些粗口（比如把“喝高了”改为“饮酒”，把“你这肥猪”改为“你这酒桶”）；另有一些改动是为避免惹教会的麻烦（如神父说“这样做才像个基督徒”，改为“这样做才是对的”）；还有一些出于道德风化考量（如格雷琴的台词“我的身体！天呐！向他扑去”，改自“我的胸脯！……”；格雷琴在牢房中激情四射的回忆：“你拥抱我，仿佛整个天空向我压来。你亲吻我，仿佛要让我在情极中窒息”，改为：“你的话语、你的眼神，/ 仿佛笼罩着我的天空，/ 你亲吻我，仿佛要让我窒息”）。

为让当时的读者可以接受，歌德对文本进行了如此这般修改。但这很可能不是歌德自我审查的唯一结果。人们推测，或许最原始的《浮士德》手稿中不少整段都成了牺牲品，也就是说，《早期稿》都未对之予以抄录。如前文曾引述的一段：维兰德曾在 1776 年 1 月听到歌德朗读《浮士德》，在 1796 年一次谈话中他表示，很多有趣的场景被屏蔽了，如在牢房一场，浮士德竟勃然大怒，令梅菲斯特震惊不已。[①] 此处所言牢房场，显然已非《早期稿》中的牢房场。

删除撒旦场景

对整部《浮士德》来讲，歌德自我审查带来的最大损失，莫过于对瓦尔普吉斯之夜场的删减。[②] 在该场中，歌德原本设计了撒旦场景以及以死刑审判为题的幻象剧，“女巫”格雷琴将成为宗教裁判所的牺牲品。作

---

① 参考：Ernst Grumach, Faustiana. 1: Zum Urfaust (zuerst 1954), in: *Beiträge zur Goetheforschung*, hg. v. Ernst Grumach, Berlin 1959, S. 268–275. – 2: Kommata (zuerst 1956), ebd. S. 276–278, Faks.-Abb. 2.

② Albrecht Schöne, *Götterzeichen, Liebeszauber, Satanskult. Neue Einblicke in alte Goethetexte (zuerst 1982)*, München 1993, S. 107–216.

者不仅制订了写作计划，而且已创作出一些重要段落。补遗第 34、48、49 和 50 号显示出相应计划和创作内容。

这样，瓦尔普吉斯之夜场就超出了现有的意义，因它显然被设计为与天堂序剧对应和对立的一场。作为对天主的类比和反题，在此出场的是自以为是天主对手的撒旦。也就是说，《浮士德》原本会因此获得以灵知-摩尼派思想为基础的、二元对立的紧张，而非像最终的文本那样，淡化了这种紧张——仅让天主出场，且浮士德在世间的道路完全被置于天主"救赎"的许诺之下。

为了对经典化的版本进行辩护，为了证明现有文本优于被删去的，人们试图从不同角度进行论证，比如从戏剧学角度（涉及戏剧的基本结构），从梅菲斯特的策略的角度，从戏剧经济［该场将过于冗长］的角度，或认为删去之所以必要，是因为否则无法与天堂序剧协调一致等等。[1] 还有人认为，这是以启蒙的方案代替"形而上"或"教义"的方案，也就是说，用人性角色天性中的"善恶辩证法"，取代撒旦所代表的纯粹-恶的原则，即"歌德决定放弃撒旦登场"是"纲领性的必然结果"。[2] 还有人从成文史角度出发，认为删除该场景纯粹是迫于"交稿时间压力"，因为为按时在 1808 年出版《浮士德·一》，歌德的确需要加快速度。[3]

然而无论如何，起决定作用的显然是出于对当时读者的考虑。有案可查的是，即便对洁版的瓦尔普吉斯之夜，当时的读者业已大为光火。由此

① Ebd. S. 201–204.

② Thomas Zabka, Dialektik des Bösen. Warum es in Goethes 'Walpurgisnacht' keinen Satan gibt, in: *Dt. Vierteljahrsschr*. 72 (1998), S. 201–226.

③ Siegfried Scheibe, Zur Entstehungsgeschichte der Walpurgisnacht im Faust I, in: *Goethe-Studien*. Sitzungsberichte d. Dt. Akad. d. Wiss. zu Berlin. Klasse f. Sprachen, Literatur u. Kunst 1965, Nr. 4, S. 52.

可以推断，删除梅菲斯特场势在必行。歌德亲自仔细誊抄了完成的部分，然后把它们封存在“瓦尔普吉斯的袋子”里。在一次谈话中，他对法尔克说，他此举“是为《浮士德》的女巫场备用，里面个别诗句可能会用到非布罗肯峰的场景中”，并且：“在我死后，如果瓦尔普吉斯的袋子被打开，所有此前被封存在冥河里的折磨人的魂灵，如同曾折磨我一样，也被放出来折磨其他人〈……〉，我想，他们（德国人）是不会轻易原谅我的！”[①]

里默的一段话证明了对于当时的读者，这些场景如何难以接受。作为歌德的好友，里默参与了为1808年出版《浮士德·一》所做的准备工作，包括对撒旦场的删除。三十年后，人们计划在1836年出版的四开本中加入部分被删除的文本，里默值此之际致信冯·米勒，表明，歌德曾一方面进行了删除，一方面希望在他死后发表。里默接着写道：“我们的观众，大多数是女人和女孩，小伙子和男孩，我们的时代恨不得亲吻圣人的脚趾，当然无法接受阿里斯托芬式的布罗肯峰场景。我本人最开始也予以了反对。”

然而里默笔锋一转写道：“这是一个非常重要的母题，它取材于民间童话，进行了大规模扩充，也就是说，撒旦出现在布罗肯峰，连同女巫的乱舞，——我们最纯洁的艺术家也会用不可言表的裸体进行塑造，——即便从艺术的角度，且作为天堂〈序剧〉中〈天主〉的对位，也非常有意义，至少有必要加以暗示。”［*］根据里默的建议，该场当为：在布罗肯峰上，撒旦坐在宝座上，被众巫魔簇拥。浮士德和梅菲斯特站在外围。

---

① 约翰内斯·丹尼尔·法尔克（Johannes Daniel Falk, 1768—1826）：德国新教作家、赞美诗作者，在魏玛与歌德相识。*Goethes Gespräche*. Auf Grund der Ausgabe und des Nachlasses von Flodoard Frhrn. von Biedermann hg. v. Wolfgang Herwig, 5 Bde (in 6), Stuttgart und Zürich 1965–1984. Hier: Bd 5, Nr 7228.

公绵羊在右，公山羊在左，典型的魔鬼仪式。根据教父神学，魔鬼本就是神的拙劣的模仿者，他戏仿敬拜神的仪式，也就是包括接受巫魔的觐见；撒旦的声音隐约可辨，有撒旦的就职演说。最后场景变得越来越乌烟瘴气，被女巫的浊气和喧哗掩盖；当然还有对新入伙的女巫的介绍，有魔鬼在布道坛上对女巫的布道，等等。

里默接着写道，私人谒见也不当省去。然后是神的模仿者，魔鬼，让众巫魔亲吻他的臀部，就如同基督的代表，教宗，让人亲吻他的拖鞋，这其中蕴含着无限细腻的反讽。“我用铅笔划去或用括号括上了要省去的段落，这样就不仅可以忍受而且也可以理解了，这就足够了。”[①]

时过境迁，今天不需要省去某些段落也可以忍受，而且如此一来会更易理解。本版从两方面打开了“瓦尔普吉斯的袋子”：一则印出了无视风纪、未经审查的补遗，一则给出了针对该场的建议上演版，其中重拾了被删除的段落。但同时希望不要引起误解，认为这是在努力恢复歌德的原初计划，或认为这是要用“更正确”、对于我们来说“更有意思的”文本去置换经典文本。事实上，本次重拾被歌德自我审查所牺牲的撒旦场景，并给出一个适于舞台演出的版本，其目的在于，用上演版取代烦琐的注释，向读者直接展示，这些场景相互之间、它们与歌德已发表的文本之间，存在着怎样密切的关联。

1829 年魏玛的提词本

1829 年 1 月 19 日 A. 克林格曼[②]在布伦瑞克上演了《浮士德·一》。

---

① 本段引文见：*Quellen und Zeugnisse zur Druckgeschichte von Goethes Werken, Teil 3: Die nachgelassenen Werke und die Quartausgabe*, bearbeitet v. Edith und Horst Nahler, Berlin 1986, S. 386f.

② 同前。

之后，魏玛也重启了1810/1812年搁浅的《浮士德》上演计划。1829年3月28日，歌德致信采尔特说："他们要上演我的《浮士德》，对此我的反应是消极的，或者说是不情愿的。"但在1828年8月29日魏玛首演之后，歌德的态度有些放开，同年9月2日，他致信罗赫利茨（此人向歌德详细汇报了1828年8月28日莱比锡的上演情况）[①]说："很奇异看到这颗果子此时从树上落下。这里也上演了，不是我推动的，但也未违背我的意愿，其上演方式等也算征得了我的同意。"[②]

魏玛演出的脚本保留了下来（魏玛的歌德-席勒档案馆，标识：歌德作品 XIX，5）。这很可能是一个从布伦瑞克购得的誊抄的提词本，原本当时供导演排练使用。毫无疑问，经歌德同意，里默、导演杜朗，或许还有爱克曼，为魏玛的演出重新审阅过这个脚本。当时，距1808年《浮士德·一》全本出版已有二十余年，人们已熟知作品，但作品本身被置于严格的审查之下。公开在舞台上演出，面对男女观众，审查的力度显然要大于面对个别读者的印刷版。

事实上，早在拉齐维乌侯爵在柏林上演时，人们就对出版的文本进行过改动。对此采尔特1820年6月7日曾致信歌德，告知他，鉴于观众多为宫廷小姐和她们的老女仆，为不在她们中惹起麻烦，人们对一些有伤风化的地方进行了处理。只是根据采尔特的建议，人们没有请求歌德本人进行修改，而是请演员们根据情况对个别词语酌情删减或改动。[③]

而这次人们却把提词本呈给了歌德本人。此前助手们已对其中大量的抄写错误或删节的段落进行了仔细补充修订。只是很多出于风纪原

---

① 弗里德里希·罗赫利茨（Friedrich Rochlitz, 1769—1842）：德国短篇小说家、剧作家和作曲家。

② 1828年8月2日歌德致罗赫利茨信。

③ 1820年6月7日采尔特致歌德信。

因被删节的部分[①]、瓦尔普吉斯之夜整场，他们未作恢复；不仅如此，他们还继续删除了2757行“整体身体”中的“整个”一词，以及2524和

---

① 这些被删节的诗行如下：

836–845: ZWEYTER SCHÜLER (zum ersten): Nicht so geschwind! dort hinten kommen zwey, / Sie sind gar niedlich angezogen, / 's ist meine Nachbarin dabey; / Ich bin dem Mädchen sehr gewogen. / Sie gehen ihren stillen Schritt / Und nehmen uns doch auch am Ende mit. / ERSTER: Herr Bruder nein! Ich bin nicht gern genirt. / Geschwind! daß wir das Wildpret nicht verlieren. / Die Hand, die Samstags ihren Besen führt, / Wird Sontags dich am besten caressiren.

872-883: ALTE: zu den Bürgermädchen / Ey! wie geputzt! das schöne junge Blut! / Wer soll sich nicht in euch vergaffen? – / Nur nicht so stolz! es ist schon gut! / Und was ihr wünscht das wüßt' ich wohl zu schaffen. / BÜRGERMÄDCHEN: Agathe fort! ich nehme mich in Acht / Mit solchen Hexen öffentlich zu gehen; / Sie ließ mich zwar, in Sanct Andreas Nacht, / Den künftgen Liebsten leiblich sehen. / DIE ANDRE: Mir zeigte sie ihn im Krystall, / Soldatenhaft, mit mehreren Verwegnen / Ich seh' mich um, ich such' ihn überall, / Allein mir will er nicht begegnen.

2512–2517: (MEPHISTOPHELES:) Du zweifelst nicht an meinem edlen Blut; / Sieh her, das ist das Wapen, das ich führe! (Er macht eine unanständige Geberde.) / DIE HEXE: (lacht unmäßig) Ha! Ha! Das ist in eurer Art! / Ihr seyd ein Schelm, wie ihr nur immer war't! / MEPHISTOPHELES: (zu Faust) Mein Freund, das lerne wohl verstehn! / Dieß ist die Art mit Hexen umzugehn.

3286–3310: (MEPHISTOPHELES:) Der Erde Mark mit Ahndungsdrang durchwühlen, / Alle sechs Tagewerk' im Busen fühlen, / In stolzer Kraft ich weiß nicht was genießen, / Bald liebewonniglich in alles überfließen, / Verschwunden ganz der Erdensohn, / Und dann die hohe Intuition – / (Mit einer Geberde) Ich darf nicht sagen wie – zu schließen. / FAUST: Pfuy über dich! / MEPHISTOPHELES: Das will euch nicht behagen; / Ihr habt das Recht gesittet pfuy zu sagen. / Man darf das nicht vor keuschen Ohren nennen, / Was keusche Herzen nicht entbehren können. / Und kurz und gut, ich gönn' Ihm das Vergnügen, / Gelegentlich sich etwas vorzulügen; / Doch lange hält Er das nicht aus. / Du bist schon wieder abgetrieben, / Und, währt es länger, aufgerieben / In Tollheit oder Angst und Graus. / Genug damit! dein Liebchen sitzt dadrinne, / Und alles wird ihr eng' und trüb'. / Du kommst ihr gar nicht aus dem Sinne, / Sie hat dich übermächtig lieb. / Erst kam deine Liebeswuth übergeflossen, / Wie vom geschmolznen Schnee ein Bächlein übersteigt; / Du hast sie ihr in's Herz gegossen, / Nun ist dein Bächlein wieder seicht.

3729–3731: (VALENTIN:) Ich sag' dir's im Vertrauen nur: / Du bist doch nun einmal eine Hur'; / So sey's auch eben recht.

3788–3791: (Böser Geist:) Durch dich zur langen, langen Pein hinüberschlief. / Auf deiner Schwelle wessen Blut? / – Und unter deinem Herzen / Regt sich's nicht quillend schon,

3505 两整行。出于神学考量，布伦瑞克提词本删去了 2559—2566 行，而魏玛版则再删去了 2441—2443、2834—2842 两段。[①] 最后他们还［为避免粗口或出于风纪］对个别词进行了改写。[②]

无可争议的是，歌德同意了这些改动。他的助手们出于对审查的顾虑，事先用铅笔或红笔所作的一系列删节建议，歌德在提词本页边亲手做了 17 处批示。他虽然称自己是“消极的，不情愿的”，但终究是同意了，且所删除的部分在今天看来简直不可置信。歌德进行了自我审查，从中可以看出，当时的人们认为什么适合舞台表演、歌德的助手们怎样表达了自己的顾虑，以及作者本人如何为适应观众的品味而采纳了顾问们的建议。

歌德是用铅笔在提词本相应页的外沿做出批示的，经过多年的磨

---

① 此处提到的诗行：
2757: (MARGARETE:) Mir läuft ein Schauer über'n ganzen Leib –
2524: (DIE HEXE:) Die auch nicht mehr im mind'sten stinkt;
3505: (MARGARETE:) Ach wenn ich nur alleine schlief!
2559–2566: (MEPHISTOPHELES:) Mein Freund, die Kunst ist alt und neu. / Es war die Art zu allen Zeiten, / Durch Drey und Eins, und Eins und Drey / Irrthum statt Wahrheit zu verbreiten. / So schwätzt und lehrt man ungestört; / Wer will sich mit den Narr'n befassen? / Gewöhnlich glaubt der Mensch, wenn er nur Worte hört, / Es müsse sich dabey doch auch was denken lassen.
2441–2443: MEPHISTOPHELES: Natürlich, wenn ein Gott sich erst sechs Tage plagt, / Und selbst am Ende Bravo sagt, / Da muß es was gescheidtes werden.
2834–2842: (MEPHISTOPHELES:) Er sprach: So ist man recht gesinnt! / Wer überwindet der gewinnt. / Die Kirche hat einen guten Magen, / Hat ganze Länder aufgefressen, / Und doch noch nie sich übergessen; / Die Kirch' allein, meine lieben Frauen, Kann ungerechtes Gut verdauen. / FAUST: Das ist ein allgemeiner Brauch, / Ein Jud' und König kann es auch.

② 如：2078 Sauerei – Sudelei, 2637 Heut' Nacht in meinen Armen – Noch heut..., 2662 Strumpfband – Armband, 3503f. Busen – Munde, Brust an Brust – Blick in Blick, 3536 Dreck – Schmutz.

损，已字迹难辨。1904年格雷夫对之进行了辨认。[①]我在此把经过再次核查的文字，全文录入如下：[②]

---

① Hans Gerhard Gräf, *Goethe über seine Dichtungen*, Bd 2.2: Die dramatischen Dichtungen 2 (darin S. 1-608: Goethes Äußerungen über Faust), Frankfurt/Main 1904, S. 489-94.

② 2023–2036: (MEPHISTOPHELES:) Besonders lernt die Weiber führen; / Es ist ihr ewig Weh und Ach / So tausendfach / Aus Einem Puncte zu curiren, / Und wenn ihr halbweg ehrbar thut, / Dann habt ihr sie all' unter'm Hut. / Ein Titel muß sie erst vertraulich machen, / Daß eure Kunst viel Künste übersteigt; / Zum Willkomm' tappt ihr dann nach allen Siebensachen, / Um die ein andrer viele Jahre streicht, / Versteht das Pülslein wohl zu drücken, / Und fasset sie, mit feurig schlauen Blicken, / Wohl um die schlanke Hüfte frey, / Zu seh'n, wie fest geschnürt sie sey.

2111–2114: (SIEBEL:) Zum Liebsten sey ein Kobold ihr bescheert! / Der mag mit ihr auf einem Kreuzweg schäkern; / Ein alter Bock, wenn er vom Blocksberg kehrt, / Mag im Galopp noch gute Nacht ihr meckern!

2132f: (BRANDER:) (singt) Da ward's so eng' ihr in der Welt, / Als hätte sie Lieb' im Leibe.

2648–2652: (MEPHISTOPHELES:) Die Freud' ist lange nicht so groß, / Als wenn ihr erst herauf, herum, / Durch allerley Brimborium, / Das Püppchen geknetet und zugericht't, / Wie's lehret manche welsche Geschicht'.

2709f: (FAUST:) Was faßt mich für ein Wonnegraus! / Hier möcht' ich volle Stunden säumen.

3334f: (FAUST:) Ja, ich beneide schon den Leib des Herrn, / Wenn ihre Lippen ihn indeß berühren.

3336f: MEPHISTOPHELES: Gar wohl, mein Freund! Ich hab' euch oft beneidet / Um's Zwillingspaar, das unter Rosen weidet.

3454: (FAUST:) Nenn's Glück! Herz! Liebe! Gott!

3686–3697: (MEPHISTOPHELES:) Laß, laß es seyn! / Er läßt dich ein / Als Mädchen ein, / Als Mädchen nicht zurücke. / Nehmt euch in Acht! / Ist es vollbracht, / Dann gute Nacht / Ihr armen, armen Dinger! / Habt ihr euch lieb, / Thut keinem Dieb / Nur nichts zu Lieb', / Als mit dem Ring am Finger.

3587ff: GRETCHEN: (steckt frische Blumen in die Krüge) Ach neige, / Du Schmerzenreiche, / Dein Antlitz gnädig meiner Noth!

3776ff: BÖSER GEIST: Wie anders, Gretchen, war dir's, / Als du noch voll Unschuld / Hier zum Altar trat'st,

3790–3793: (BÖSER GEIST:) – Und unter deinem Herzen / Regt sich's nicht quillend schon, / Und ängstet dich und sich / Mit ahndungsvoller Gegenwart? （转下页）

针对 2023—2036 行：（特别要学会引导女人；/ 她们永远地满腹怨言 / 纵千般万般 / 治愈就只从那一点，/ 您若略显得可亲可敬，/ 便可把她们尽收囊中。/ 先要有头衔增加好感，/ 显得您的手艺过人超凡；/ 迎客时便摸索周身的物件，/ 换个人要逡巡好多年，/ 要懂得轻捏她的脉腕，/ 边热烈而狡黠地盯着她看，/ 边一把搂过窈窕的腰身，/ 检查下它系得有多紧。）“我建议把建议划去的地方全部划去。”（落实了）

针对 2111—2114 行：（该发她个小矮人做情郎！ / 让他和她在苦路上调情；/ 让只老山羊，布山回来的路上，/ 疾驰而过向她咩个晚安吉祥！）“可删。”（落实了）

针对 2132 行及以下：（让它难受得不得了，/ 像中了爱的毒。）“至少要换一个重唱。”（落实了）

针对 2648—2652 行：（其乐趣远远不及 / 您先来来去去，/ 用尽各种手笔，/ 把个玩偶揉来搓去，/ 如某些罗曼传奇教的把戏。）“同意改动。”（落实了）

（接上页）3834: GTRETCHEN: Nachbarin! Euer Fläschchen! –

4412–4420: (Es singt inwendig.) Meine Mutter, die Hur, / Die mich umgebracht hat! / Mein Vater, der Schelm, / Der mich gessen hat! / Mein Schwesterlein klein / Hub auf die Bein, / An einem kühlen Ort; / Da ward ich ein schönes Waldvögelein, / Fliege fort, fliege fort!

4443f: (MARGARETE:) Laß mich nur erst das Kind noch tränken. / Ich herzt' es diese ganze Nacht;

4508–4510: (MARGARETE:) Mein Kind hab' ich ertränkt./ War es nicht dir und mir geschenkt? / Dir auch – Du bist's! ich glaub' es kaum.

4528–4532: (MARGARETE:) Und das Kleine mir an die rechte Brust. / Niemand wird sonst bey mir liegen! – / Mich an deine Seite zu schmiegen / Das war ein süßes, ein holdes Glück! / Aber es will mir nicht mehr gelingen,

4552–4561: (MARGARETE:) Rette dein armes Kind. / Fort! immer den Weg / Am Bach hinauf, / Über den Steg, / In den Wald hinein, / Links wo die Planke steht, / Im Teich. / Faß es nur gleich! / Es will sich heben, / Es zappelt noch,

针对2709行及以下：（一阵喜极而栗！ / 我愿久久地耽在此地。）“留给演员自己发挥。”（导演提示中删去一部分）

针对3334行及以下：（哎，我几乎羡慕主的圣体，/一想起她的双唇把它触及。）“同意改动。”（先改，后全部删除）

针对3336—3337行：（是呀，朋友！我时常把您羡慕/因着玫瑰花中吃草的一对小鹿。）“随便改吧。”（先改，后全部删除）

针对3454行：（称之福！心！爱！神！）“此处没意见。”（落实了）

针对3686—3697行：（别呀，别上当！ / 他让你进门，/进去是个姑娘，/出来成了婆娘。/你们呀要留神！ /一旦好事做完，/便只余下晚安，/你们可怜啊可怜！ /若是爱惜自己，/就别一片好意/让贼人偷走东西，/除非戴上了指环。）“最后几段可以删去。”（这几行删去）

针对3587行及以下（哦痛苦圣母，/求你慈悲地/垂颜俯看我的困苦！），3776行及以下（今非昔比啊，格雷琴，/你曾那样无辜地/走向这里的圣坛）：提词本中壁龛和大教堂场缩合成大教堂场。歌德：“酌情而定。”（除以上两项外，无其他改动）

针对3790—3793行：（——你心房底下/是什么已蠢蠢欲动？ /它不祥的存在/莫不令你和它自己惶恐？）“删去。”（落实了）

针对3834行：（邻座姐妹！您的嗅瓶！——）“酌情而定。”（略有改动）

针对4412—4420行：（母亲哦，一个娼妇，/是她把我荼毒！ /父亲哦，恶棍一个，/是他把我吃了！ /我的小妹哦/拾起我的遗骨，/埋在阴冷之处；/我化作美丽的林中小鸟；/飞走吧，飞走！）“未见不妥。”（最终4412—4415行删去，4412行之前改写过）

针对4443—4444行：（就容我赶着再喂一口孩子。/这一夜我都揽

他在心口；）“可有局部改写。”（改写）

针对 4508—4510 行：（我溺死了自己的孩子。/ 那岂不是对你我所赐？ / 也是赐与你的。——真是你！不敢相信。）“可改写。”（改写）

针对 4528—4532 行：（让小东西贴着我右怀。/ 身边不要任何人此外！——/ 能偎依在你怀里，/ 那幸福美好而甜蜜！ / 然于我已遥不可及；）“可改写。”（改写）

针对 4552—4561 行：（救救你可怜的婴孩。/ 快去！一路 / 沿溪流而上，/ 过小径，/ 进到树林，/ 左边立着块木牌，/ 那小潭里。/ 快抓住他！/ 他在向上挣扎，/ 还在扑腾！）“未见不妥。”（保留）

由上可见，歌德之所以允许删改，多出于对风纪审查的考虑，这与他删改《未完成稿》和《浮士德 · 一》的动机同出一辙。每处删改的部分，均涉及不合当时道德习俗的内容，或为避免有伤教会和神学教化。只是与书面印刷的版本相比，对用于舞台演出的脚本要求会更为严格。这就导致脚本的删改更多，差不多到了扭曲原文的程度。

好在严守规则的“文本主义者”，也并不认为这一由歌德亲自审阅修订的《浮士德 · 一》脚本是唯一适用于舞台演出的脚本（虽然它符合其原教旨主义的编辑原则）。不过幸好演出实践不会遵守什么条条框框。

本版注释说明

自出版至今，《浮士德》一直肩负历史所赋予的巨大权威，二百多年来的影响史和注疏史不断给它加码。它同时为无数学术阐释簇拥，又因号称深刻和艰涩而引发读者强烈的好奇。这一切都让人对之望而生畏。歌德本人在 1827 年说过一段话，很富启发意义，他说：德国人“处处寻找或植入他们深刻的思想和理念，让自己的生活变得沉重。——唉！但愿你们终于能够有勇气，相信自己的印象，让自己获得愉悦，受到感动，得到提升，让自己受教，被点燃和激励去面向伟大的事物”。①

然而激起这样的“勇气”需要某些辅助。1947年11月25日托马斯·曼致信黑塞，写道：“或许某人会有兴趣，写一个新鲜的、有益的《浮士德》注释，消除大家对这样一部高超、明快但并非不可接近的作品的畏惧。这特别需要大胆，同时允许犯错误。”② 我本人愿意做这样一次尝试。

人们当然不希望，这注释成为另一个令人生畏的庞然大物，而是希望，它能带来激励和启发；人们同时希望它少一些顶礼膜拜，多一些给人带来灵感的批判。然而呈现在读者面前的，是一部近800页的文本卷，一部1100多页的注释卷。如何阅读才能对读者有益呢？

为鼓励读者阅读，首先要说明的是：注释卷无需从头到尾阅读。

序言部分列出了作品的一些基本特征，作为注释的基础，需要知道和了解。文本形态部分也作为基础建议通读。《浮士德·一》和《浮士德·二》注释部分的主体是详注，具体到字词和诗行。其中不需要或不感兴趣的部分可一带而过。详注开始之前是本场说明。对于《浮士德·二》各幕之前还有一个本幕说明。两部分之前各有一个本部分说明。[也就是说，在具体详注开始之前，各部分、各幕、各场之前都冠以一个说明。]

需要说明的是，置于各部分开头的说明，并非以下各部分的“概述”；相反，详注也可能是对该场说明的一部分；对某场的说明可能是对

---

① Leseanweisungen, siehe: Johann Wolfgang Goethe, *Faust*, hrsg. v. Albrecht Schöne, Text-Band, Berlin 2017, S. 818f.

② 1947年11月25日托马斯·曼致黑塞信。

该幕说明的补充；对某幕的说明要与对该部分的说明联系起来看。这样各部分说明和注释相互关联，共同构成一个整体。

对《浮士德·早期稿》的注释为方便读者而设。除随文本的注释外，还在需要的地方，再次在《浮士德·一》相关部分给出。因《早期稿》以格希豪森的抄录本为基础，抄录疏忽和错误未经订正而原样照排，故而在脚注中给出与《浮士德·一》相应部分的正确写法。

对《补遗》的注释不同于对其他文本，只供需要时查阅。在这部分首先是总述补遗文本的特征和意义，接着是概述各段相关的信息，比如成文先后、功能等，指出写作计划与所有手稿的联系，以及与现有《浮士德》在前期或同期工作上的关系。对于日期标注未给出说明，对此可参考鲍嫩坎普1994年版的相关注释。补遗的解词、释义仅涉及《浮士德》注释中未涉及的部分。在文本卷中已在页边给出相应补遗信息，补遗部分不再反向指示。

最后，文献和缩写索引无需全部阅读。文献中包含了注释中所引用的文献，以及就一些专题另外提供的文献。

关于注释本身，因没有固定针对对象，故而可能对于某些读者过于烦琐，对于某些又稍显不足。我希望各方面读者都能各得其所。本版的目的在于，消除大家对经典著作的畏惧之心，同时有助于歌德达到自己的愿望："不断吸引人去反复思考。"[①]

虽说有人认为，注释就是某种祛魅，是宣布作品的死亡，读者当自己向作品发出叩问，[②]但事实上，有很多东西，无论人们怎样反复阅读，

---

① 1831年2月13日歌德与爱克曼谈话。

② Johann Wolfgang von Goethe, *Gedenkausgabe der Werke, Briefe und Gespräche*, Bd 5: *Die Faustdichtungen*, hg. v. Ernst Beutler, Zürich 1950 (Unveränderter Nachdruck Zürich und München 1977).

认真思考，也很难自行认识到。人们可以无视很多已变得陌生的词汇或名词，然而《浮士德》之所以至今经久不衰，靠的是它的深度和洞察力，若不求甚解，则无论看多少遍，也不会发现更多的东西。

当然人们可以自我安慰，说歌德时代的读者也未必就理解《浮士德》。令作品晦暗难懂的，并非文本的古旧或读者修养的缺失，作者本人也有意识舶入了很多晦暗的东西。陌生的、谜一般的、荒诞的、隐秘的，凡此种种不可思议之物，本身就是艺术的作料。对于这些，本注释卷会给读者指出，但不会破坏它们的意义和效果，不会带着“启蒙”姿态把它们清除。解释说明不一定要祛魅或破坏作品的生命力。

很多歌德使用的字词，如今已需要翻译；时代与传统的断裂，造成人们对古希腊神话、圣经经典不再熟悉，致使理解《浮士德》的基本前提丧失。同时，对歌德时代政治、社会、经济和文化格局的记忆，对哲学、法学、医学、神学的记忆，对歌德终生研习的自然科学的记忆也随之消失：意识到它们或破解它们越来越难。另一方面，这部深不见底的作品并非一部老旧的百科全书，可以封尘在故纸堆中，不为我所用。我们若无法理解那些符号，那么就不会从这位“伦理-审美数学家”留下的文学“公式”中得到启示。

《浮士德》涵盖了3000年时空，从特洛伊的陷落到1824年希腊解放战争收回迈索隆吉翁。这部人间大戏越是钩深，便越将致远，越指向未来和每一个当代。正如弓越是向后拉，箭矢就越会射向远方。

本注释版与以往各版多有不同，以下就其注释原则和特征略做说明。关于字词，本版不仅对古旧词汇加以注释，而且也包括至今常用但意思发生变化的词。因此最好不要等遇到问题再看注释。对词汇的解释主要针对其在上下文中的意思。对于名词解释的必要性，可以说，歌德关注世界上发生的一切，并有意识把它们植入自己的作品；它们满载生活经验和客观知识，扎根当时的现实，程度远超过今天读者的想象。它们为作品增添了色彩，今天读之会非常有趣。但刚好这部分，今天的读者常常会意识不到，因此针对这部分，希望读者边读边参照注释。

另一方面，有一部分内容，不断出现在各种注释版中，故而在本版或予以省略，或予以缩减，只在有观点发生变化的地方给出。这部分内容涉及三个方面。

第一，有关歌德生平，与理解文本无关的不予以说明，且避免用歌德自己的自传式表述来与文本呼应。

第二，不与歌德其他作品、文字、日记、谈话作平行比较，也就是说，不把作品纳入所谓全集或时代话语中，除非对理解文本有特别帮助。歌德自己的评论性表述，即通常所谓“关于《浮士德》的自评”，在此不单列栏目，而是散置于注释中的相关部分。歌德认为，作者虽熟悉自己的作品，但外人更容易指出作者由于疏忽、习惯和偷懒而忽视的问题。[①]更何况，作者的很多自评大多是即兴的、应景的、取决于当时的场景和对象。它们要迁就交谈者或信友的观点，或谋求某种动态平衡，它们要么是求和，要么是挑衅，要么是事后的表白，是补充“遗漏”的声明，是弥补自感的“不足”，再或者干脆就是藏猫猫的游戏。

原则上，每一个作者在解释自己的作品时，都会切换到另一个角色。他是自己作品的主人，但如何去理解作品，他无权作出规定，尽管他看上去比其他解释者更有权威，也更让人好奇。歌德自己曾在一次与

[①] 1808 年 6 月 22 日歌德致莱因哈特（Karl Friedrich Reinhard, 1761—1837）信。后者是法国外交官和作家，拥有德国血统，与歌德保持密切通信往来。在这封信中，歌德称有感于弗里德里希·施莱格尔对其作品的评介而发此言。

卢顿的谈话中表示："作家不应该成为自己作品的解释者，用日常的散文去肢解自己的作品，那样他就不是作家了。作家把自己的创作交给世人，在此之后，去考察作家创作的意图，就成为读者、美学家、批评家的事情。"[①]即便在某些注释者表示要毫无保留地再现歌德的自评时，读者也要特别谨慎。

第三，尽量摒弃"影响说"。古旧的、实证式的影响说试图为《浮士德》寻找所谓的、可能的或确实存在的启发和样板。人们一度以为，只要能找到作品所有组成部分的"来源"，就可以把握一部作品，这种方法早已过时。至于谁是首创、谁的思想在前、取自哪一位先人的精神财富等等，此类问题对于普通观众并不十分重要。

相反更富启发意义的，反而是歌德对既有文学遗产的改写，亦即，考察歌德的改写，会更好更可靠地识别作者的意图。此外，更重要也更需要注释的是各种"互文"情况，是"潜文本"由其原始或源文本为《浮士德》赋予的语义结构上的意义，包括素材、母题、各种文学形式，包括对源文本的引用、改写、影射，等等。比如在《浮士德·二》的后两幕中，作者多次给出《圣经》出处（虽然这无法在舞台上体现），而作者这样做的目的显然不是标识出处，而是告诉读者当把目光投向何方。

由此可见，人们需要在无数个地方，跟读《浮士德》潜在的文本，如同在刮掉旧字重新书写的羊皮纸上寻找下面的旧迹。这样做并非为发现它借用了什么，而是为认识"互文的增值"。这样的地方意义重大，而

---

① 1806年8月19日歌德致卢顿（Heinrich Luden, 1778—1847）信。后者是德国历史学家，曾在耶拿大学担任教职。见：*Goethes Gespräche*. Auf Grund der Ausgabe und des Nachlasses von Flodoard Frhrn. von Biedermann hg. v. Wolfgang Herwig, 5 Bde (in 6), Stuttgart und Zürich 1965–1984. Hier: Bd 2, Nr 2264.

且一定比之给出的注释本身具有更大挖掘空间。各种潜文本有显而易见的，也有隐藏至深的，如歌德对采尔特所言：“若想搞清楚所有那些秘密植入的东西，还真需大费些脑筋和心思。”[①]

最后，注释中还存在很多有疑问或存疑的地方，也存在注释者拿不准的问题。还有一些地方，注释者就某个问题引述了前人或他人观点，但同时表示了自己的质疑。这表明在接受史上，很多前人的工作为理解作品开辟了道路，但同时也埋下很多误解，影响了后人的前理解。成熟的读者尽可启动自己的认知去考察各种观点。即便面对注释者认为是正确或值得认可的观点，读者也要不畏言之凿凿的判断、权威的语气，而是要在接受前多打一个问号。

注释本应是明确的，但针对《浮士德》却很难做到，因这部作品本身就富多意性，故而至多只能在字词或名词解释等小范围内做到明确或正确。另一方面，根据注释理论，注释本应限制在客观领域，而不应当僭越去做解释的工作。然而，对于《浮士德》仅局限于实证性的注释显然还远远不够。

此外，虽说每个人对作品的理解会有所不同，且每个人的理解不一定都带来误解，而是也会丰富理解的视角，但这并不等于说，每一位读者都是一位独立的文本意义的“制造者”。注释不应沉湎于相对主义之中，这种相对主义建立在各种似是而非的现代理论之上，承认各种随意的解读；注释也不应泛滥地将文本置入各种“互文话语”，从而造成无限膨胀的解释乱象，致使文本本身变得无法辨认。

---

① 1828 年 7 月 26/27 日歌德致采尔特信。

对于一些作品，我们会在不同人生阶段有不同理解。作为时代的产儿，我们对同一部著作的理解，对它的兴趣，也会不同于以往的读者。1822年歌德对采尔特说："我今天读荷马，与十年前完全不同；我若活三百岁，那荷马更将是另一副样子。"[①]因为对每一段文本的理解，都在几方面取决于语境。在文本内部，每个字词的潜在（辞典）意思取决于整个句子的意思；某一场的意义受到整幕的规定；同样，整部《浮士德》也处于一个更大的外在语境（言说方式，行为方式，认识和经验，兴趣和期待），这个更大的外在语境左右着读者对作品的感知，规定着文本蕴含的意义。

歌德曾在《颜色学》的"历史部分"中写道："世界史要不断改写"，这不仅"因为很多发生的事后来才被发现，而且还因为不断会有新的认识出现。不断进步的时代会让人获得新的立场，从这些立场出发，可以以新的方式审视和判断过去的事物。这对于学术同样如此。迄今未知的自然联系和对象需要被发现，不断交替前行的意识和认识也会为之改变，并值得人们不断去考察。"[②]我们还可以再加上一句，对于艺术作品同样如此。

作者所处时代的语境逐渐褪色，注释的首要任务无疑是让读者认清那个时代的语境。同时，围绕《浮士德》又有新的语境出现，它又呈现在新的关联之中。作品之今日的形态，其对我们时代的言说，都值得我们不断去观察和思考。注释者通常的做法是向过去追溯，探究作品的出处、前身、生成条件，似乎一待作品完成，之后的事情就交付给接受和

---

① 1822年8月8日歌德致采尔特信。

② Johann Wolfgang Goethe, *Sämtliche Werke. Briefe, Tagebücher und Gespräche*, Vierzig Bände, Frankfurt/Main 1985ff. Hier: Abt. I, Bd. 23/1, S.684.

影响史了。“与时俱进”通常被视为非学术的。导演们则又有不同主张。然而这位“伦理-审美数学家”的“公式”，这些让“世界变得可以理解和忍受”[①]的公式，当然不只适用于过去，它们同时也指示着蕴含于古老文本中的未来的新事物。

① 1826年11月3日歌德致布瓦西埃（Sulpiz Boisserée, 1783—1854）信。

附录三
参考文献

Adelung:

Johann Christoph Adelung, Versuch eines vollständigen grammatisch-kritischen Wörterbuches Der Hochdutschen Mundart, mit beständiger Vergleichung der übrigen Mundarten, besonders aber der oberdeutschen. 5 Bde, Leipzig 1774–1786 *(in Goethes Gebrauch).*

Agrippa 1533:

Henricus Cornelius Agrippa ab Nettesheym, De occulta philosophia sive de magia libri tres, o.O. *<köln> 1533 (in Goethes Bibliothek. Faksimiledruck Graz 1967).*

Arnold 1729:

Gottfried Arnold, Unpartheyische Kirchen-und Ketzer-Historie, Vom Anfang des Neuen Testaments Biß auf das Jahr Christi 1688, 4 Teile in 2 Bdn, Franckfurt am Mayn 21729 *(in dieser Aufl. von Goethe benutzt. Fotomech. Nacbdruck. Hildesheim 1967).*

Bekker 1693:

Balthasar Bekker, Die Bezauberte Welt: Oder Eine gründliche Untersuchung Allgemeinen Aberglaubens / Betreffend / die Arth und das Vermögen / Gewalt und Wirckung Des Satans und der bösen Geister über den Menschen / Und was diese durch derselben Krafft und Gemeinschaft thun <...> *(zuerst niederl. 1691–1693),* Amsterdam 1693 *(von Goethe benutzt).*

Bibel:

Biblia, Das ist: Die ganze Heilige Schrift Alten und Neuen Testamentes, Nach der deutschen Uebersetzung D. Martin Luthers, Basel 1772 *(in Goethes Gebrauch)*.

Biedermann/Herwig:

Coethes Gespräche, Auf Grund der Ausgabe und des Nachlasses von Flodoard Frhrn. von Biedermann hg. v. Wolfgang Herwig. 5 Bde *(in 6)*,Stuttgart und Zürich 1965–1987.

Binswanger 1985:

Hans-Christoph Binswanger, Geld und Magie. Deutung und Kritik der modernen Wirtschaft anhand von Goethes Faust, Stuttgart 1985.

Bodin 1698:

Des weyland Hochgelehrten Johannis Bodini <...> Dacmonomania, Oder außführliche Erzehlung Des wütenden Teuffels in seinen damahligen rasenden Hexen und Hexenmeistern <...>. Welches der andere Theil Nicolai Remigii Daemonolatria *(zuerst französ, 1580)*, Hamburg 1698 *(von Goethe benutzt)*.

Bohnenkamp 1994:

Anne Bohnenkamp, '... das Hauptgeschäft nicht außer Augen lassend' Die Paralipomena zu Goethes Faust, Frankfurt/Main 1994.

Büsch 1796:

Johann Georg Büsch, Uebersicht des gesamten Wassetbaues, 2 Bde (=Versuch einer Mathematik Teil 3, Bde 2 u. 3), Hamburg 1796 *(in Goethes Bibliothek)*.

C14 *(Goethe)*:

Helena | klassisch-romantische Phantasmagorie. Zwischenspiel zu Faust (= Faust II, *3, Akt*), *in*: Goethe's Werke, Vollständige Ausgabe letzter Hand <*Taschenausgabe*>, Bd 4, Stuttgart und Tübingen 1827, *S. 229–307*.

C112 *(Goethe)*:

Faust. Eine Tragödie (= Faust I *und* Faust II, 1. *Akt bis v. 6036*), in: Goethe's Werke. Vollständige Ausgabe letzter Hand <*Taschenausgabe*>, Bd 12, Stuttgart und Tübingen 1828.

$C1_{4}$ *(Goethe)*:

Helena | klassisch-romantische Phantasmagorie. Zwischenspiel zu Faust (= Faust Ⅱ, *3. Akt*), *in:* Goethe's Werke. Vollständige Ausgabe letzter Hand <*Tascbenausgabe*>, Bd 4, Stuttgart und Tübingen 1827, *S. 229-307.*

$C1_{12}$ *(Goethe)*:

Faust. Eine Tragödie (= Faust Ⅰ *und* Faust Ⅱ, *1. Akt bis v. 6036*), in: Goethe's Werke. Vollständige Ausgabe letzter Hand <*Tasbenausgabe*>, Bd 12, Stuttgart und Tübingen 1828.

$C1_{41}$ *(Goethe)*:

Faust. Der Tragödie zweyter Theil in fünf Acten, *in:* Goethe's nachgelassene Werke, Bd 1, Stuttgart und Tübingen 1832 <= Bd 41 der Ausg. letzter Hand, *Tasccbenausgabe*>.

$C3_{4}$ *(Goethe)*:

Helena | klassisch-romantische Phantasmagorie. Zwischenspiel zu Faust (= Faust Ⅱ, *3. Akt*), *in:* Goethe's Werke. Vollständige Ausgabe letzter Hand <*Oktav-Ausgabe*>, Bd 4, Stuttgart und Tübingen 1828, *S. 223-291.*

$C3_{12}$ *(Goethe)*:

Faust. Eine Tragödie (= Faust Ⅰ *und* Faust Ⅱ, *1. Akt bis v. 6036*), in: Goethe's Werke. Vollständige Ausgabe letzter Hand <*Oktav-Ausgabe*>, Bd 12, Stuttgart und Tübingen 1829.

$C3_{41}$ *(Goethe)*:

Faust. Der Tragödie zweyter Theil in fünf Acten, *in:* Goethe's nachgelassene Werke, Bd 1, Stuttgart und Tübingen 1833 <= Bd 41 der Ausg. letzter Hand, *Oktav-Ausgabe*>.

Carl v. Österreich 1814:

Carl von Österreich, Grundsätze der Strategie, *3* Bde, Wien 1814 *(in Goethes Bibliothek).*

Chorus Sanctorum Omnium 1563:

Chorus Sanctorum Ominum. Zwelff Bücher Historien aller Heiligen Gottes <…> beschrieben durch Georgium Wicelium <…> Cölln am Rhein 1565 *(die textgltiche Erstausgabe von 1554 in Goethes Besitz).*

Creuzer 1821:

Friedrich Creuzer, Symbolik und Mythologie der alten Völker besonders der Griechen, 3. Teil *(Zuerst 1812)*, zweite völlig umgearbeitete Ausgabe, Leipzig und Darmstadt 1821 *(in Goethes Bibliothek).*

Dülmen 1991:

Richard van Dülmen, Frauen vor Gerichr. Kindsmord in der frühen Neuzeit, Frankfurt/Main 1991.

Eckermann:

Johann Peter Eckermann, Gespräche mit Goethe in den letzten Jahren seines Lebens, hg. v. Heinz Schlaffer *(= Goethe, Miinchner Ausgabe Bd 19)*, München 1986.

FA *(Frankfurter Ausgabe der Werke Goethes)*:

Johann Wolfgang Goethe, Sämtliche Werke. Briefe, Tagebücher und Gespräche, Vierzig Bände, Frankfurt/Main 1985 ff.

Faustbücher:

Historia 1587 (Spies):

Historia von D. Johann Fausten / dem weitbeschreyten Zauberer vnnd Schwartzkünstler / Wie er sich gegen dem Teuffel auff eine benandte zeit verschrieben / Was et hierzwischen für seltzame Abentheuwer gesehen / selbs angerichtet vnd getrieben / biß er endtlich seinen wol verdienten Lohn empfangen. <...> Franckfurt am Mayn, durch Johann Spies, 1587 *(227 Seiten – noch im 16. Jb. 22 Aufl.; dänische, engl., französ., niederl. Übersetzungen). Zitiert wird mit den dort vermerkten Seitenangaben des Originals nach:* Historia von D. Johann Fausten, Text des Druckes von 1587. Kritische Ausgabe. Mit den Zusatztexten der Wolfenbütteler Handschrift *(einer gegenüber dem Spies-Druck älteren handschr. Fassung der Faustgeschichte)* und der zeitgenössischen Drucke *(einer 2. Aufl. von 1587 und der Ausgaben von 1588 und 1589)*, hg. v. Stephan Füssel und Hans Joachim Kreutzer. Ergänzte u. bibliogr. aktualisierte Ausgabe Stuttgart 2006.

Widman 1599:

DEr Warhafftigen Historien von den grewlichen vnd abschewlichen Sünden vnd Lastern / auch von vielen wunderbarlichen vnd seltzamen ebentheuren: So D. Iohannes Faustus Ein weitberuffener Schwartzkunstler vnd Ertzzäuberer / durch seine Schwartzkunst / biß an seinen erschrecklichen end hat getrieben. Mit nothwendigen Erinnerungen vnd schönen exempeln / menniglichem zur Lehr vnd Warnung außgestrichen vnd erklehret / Durch Georg Rudolff Widman. Gedruckt zu Hamburg / Anno 1599 *(671 Seiten – einzige Aufl, in 3 Bdn. Faksimiledruck Schwäbisch Hall 1978).*

Pfitzer 1674:

Das ärgerliche Leben und schreckliche Ende deß vielberüchtigten Ertz-Schwartzkünstlers Johannis Fausti, Erstlich, vor vielen Jahren, fleissig beschrieben, von Georg Rudolph Widmann; Ietzo, aufs neue übersehen <...> und vermehret Durch Ch. Nicolaum Pfitzerum, Nürnberg 1674 *(635 Seiten – bis 1726 6 weitere Aufl.). Zitiert wird mit Seitenangabe des Originals nach:* Fausts Leben. Von Georg Rudolf Widmann *(in Pfitzers Bearbeitung!)*, hg. v. Adelbert von Keller, Tübingen 1880.

(Der) Christlich Meynende 1725:

Des Durch die gantze Welt beruffenen Ertz-Schwartz-Künstlers und Zauberers Doctor Johann Fausts, Mit dem Teufel auffgerichtetes Bündnüß, Abentheurlicher Lebens-Wandel und mit Schrecken genommenes Ende, Auffs neue übersehen, In eine beliebte Kürtze zusammen gezogen, Und allen vorsetzlichen Sündern zu einer hertzlichen Vermahnung und Warnung zum Druck befördert von einem Christlich-Meynenden, Franckfurt und Leipzig 1725 *(46 Seiten – Verfasserfrage ungtklart, etwa 30 Aufl. im 18. Jb.). Zitiert wird mit Seitenangabe des Originals nach:* Das Faustbuch des Christlich Meynenden von 1725. Faksimile-Edition des Erlanger Unikats mit Erläuterungen und einem Nachwort, hg. v. Günther Mahal, Knittlingen 1983.

Francisci 1670:

Erasmus Francisci, Neu-polirter Geschicht- Kunst- und Sitten-Spiegel ausländischer Völcker, Nürnberg 1670 *(von Goethe benutzt).*

Francisci 1690:

Erasmus Francisci, Der Höllische Proteus oder Tausendkünstige Versteller, Nürnberg 1690 *(von Goethe bemutzt in der Ausgabe von 1708).*

Goldschmid 1704:

Petri Goldschmids Höllischer Morpheus Welcher kund wird Durch die geschehene Erscheinungen Derer Gespenster und Polter-Geister <...>, Hamburg 1704 *(von Goethe benutzt in der Aufl. von 1698).*

Groß 1600:

Henning Groß, Magica, Daß ist: Wunderbarliche Historien Von Gespensten vnd mancherley Erscheinungen der Geister, Eisleben 1600 *(von Goethe benutzt).*

Guibert 1774:

Antoine Hyppolite Guibert, Versuch über die Tactic, Nebst einer verläufigen Abhandlung über den gegenwärtigen Zustand der Staats- und Kriegs-Wissenschaft in Europa <…> *(zuerst französ. London 1770; erweitert in 2 Teilen ebd. 1772)*, 2 Bde, Dresden 1774.

H *(Goethe)*:

Haupthandscbrift, den gesamten Zweiten Teil des Faust enthaltned, mebrfach von Goethe durchgeseben, 187 Foliobiätter. *Akt 1-2 und 4-5 von Johns, Akt 3 von Schuchardts Hand, dazu eigenbändige Korrekturen von Goethe sowie Eokermann, Riemer und Göttling. Abgeschlossen 1832.*

H1···/Ha··· *(Goethe)*:

Die der Haupthandschrift vorausgehenden Teilbandschriften zu Faust Ⅱ *(Die hocbgestellten Zahlen bzw. Buchstaben folgen der Numerierung der Handschlung in WA* Ⅰ *15. 2. Da sie für jeden Akt mit neuer Zählung einsetzt, wurden in der vorliegenden Ausgabe, wo nötig, die entsprechenden Ziffern* Ⅰ-Ⅴ *vorangestellt:* Ⅰ *H1...).*

HOa *(Goethe)*:

In WA noch nicht erfaßte Teilbandschrift zu Faust Ⅱ: 32 Folioblätter von Johns Hand mit den Versen 4613-6036 = Setzervorlage für deren Vorabdruck in C112 1828 *(Schiller-Nationalmuseum Marbach: Cotta Ms. Goethe).*

HA *(Hamburger Ausgabe der Werke Goethes)*:

Goethes Werke, Bd 3: Faust Ⅰ, Faust Ⅱ, Urfaust *(zuerst Hamburg 1949)*, II. neubearbeitete Aufl. hg. v. Erich Trunz, München 1981.

HA 1986:

Goethe, Faust. Der Tragödie erster und zweiter Teil. Urfaust, hg. u. kommentiert v. Erich Trunz, München 1986 *(= Sonderausg. v. Bd 3 der HA, 13. neubearbeitete u. erweiterte Aufl.).*

Hederich 1770 (1724):

Benjamin Hederich, Guündliches mythologisches Lexicon, bearbeiter von Joh.

Joachim Schwabe, Leipzig 1770 *(Fotomech. Nachdeuck. Darmstadt 1986). – Diese 3. Aufl. in Goethes Bibliotbek. und Gebrauch. Die noch nicht von Schwabe bearbeitete 1. Aufl.*, Gründliches Lexicon Mythologicum, Leipzig 1724, *die er gleichfalls benutzt bat, wird ggf. mit der Angabe* Hederich 1724 *zitiert. – Im Kommentar erfolgen alle Hederich-Zitate ohne dessen zablreiche, die Artikel durchsetzende Quellenangaben.*

Helmont 1691:
Franciscus Mercurius Freiherr von Helmont, Paradoxal Discourse, Oder: Ungemeine Meynungen Von dem Macrocosmo und Microcosmo, Das ist: Von der Grossen und kleinern Welt und derselben Vereinigung mit einander <…>. Auβ der Englisehen in die Hochteutsche Sprache übersctzet, Hamburg 1691.

Heyne 1822:
Christian Gottlob Heyne, Akademische Vorlesungen über die Archäologie der Kunst des Alterthums, Braunschweig 1822 *(Postumer Druck. Goethe besaß zwei zeitgenössische Mitschriften dieser Göttinger Vorlesungen).*

Hufeland 1791:
Christoph Wilhelm Hufeland, Ueber die Ungewiβheit des Todes und das einzige untrügliche Mittel sich von seiner Wirklichkeit zu überzeugen, und das Lebendigbegraben unmöglich zu machen, Weimar 1791.

A. v. Humboldt 1823:
Alexander von Humboldt, Über den Bau und die Wirkungsart der Vulcane in verschiedenen Erdstrichen. (Gelesen in der Akad. d. Wiss. am 24. Januar 1823), *in:* Abhandlungen d. physikal. Klasse der Königl. Akad. d. Wiss. zu Berlin. Aus den Jahren 1822 und 1823. Berlin 1825, *S. 137-155 (als Separatdruck mit Humboldts Widmung in Goethes Bibliothek).*

W. v. Humboldt 1904:
Wilhelm von Humboldt, Der Montserrat bei Barcelona *(Erstdruck 1803), in:*

Wilhelm von Humboldts Werke, hg. v. Albert Leitzmann, Bd 3: 1799-1818, Berlin 1904, *S. 30-59.— Ebd. S. 171-218:* W.v.H., Geschichte des Verfalls und Unterganges der griechischen Freistaaten.

Hybridedition Faust 2016:

Johann Wolfgang Goethe: Faust. Historisch-kritische Edition. Hg. von Anne Bohnenkamp, Silke Henke und Fotis Jannidis. Frankfurt/Main 2016. — *Internet-Adressen* beta. faustedition. net (*im Buchdruck wird ein Lesstext vom* Faust I *und* Faust II *voraussichtlich 2017 vorlieoen*).

Jaeger 2004:

Michael Jaeger, Fausts Kolonie. Goethes kritische Phänomenologie der Moderne, Würzburg 2004.

Keppler 1939:

Johannes Keppler, Weltharmonik, Übersetzt und eingeleiter von Max Caspar, München und Berlin 1939.

Kindleben 1781:

Christian Wilhelm Kindleben, Studenten-Lexicon, Halle/Saale 1781. *Fotomech. Nachdruck in:* Bibliothek zur historischen deutschen Studenten- und Schülersprache, Bd 2, hg. v. H. Henne u. G. Objartel, Berlin und New York 1984, *S. 27-312.*

Kluge 1895:

Friedrich Kluge, Deutsche Studentensprache, Straβburg 1895.

Kunisch 1981:

Hermann Kunisch, Theatrum Mundi: Anfang und Schluβ von Goethes Faust, *in:* Theatrum Mundi. Götter, Gott und Spielleiter im Drama von der Antike bis zur Gegenwart, hg. v. Franz Link und Günter Niggl, Berlin 1981, *S. 199-229.*

MA (*Münchner Ausgabe der Werke Goethes)*:

Johann Wolfgang Goethe, Sämtliche Werke nach Epochen seines Schaffens, hg. v. Karl Richter u.a.

Bd 1.2: Der junge Goethe. 1757-1775 (*darin:* Urfaust), hg. v. Gerhard Sauder, München und Wien 1987.

Bd 3.1: Italien und Weimar. 1786-1790 (*darin:* Faust. Ein Fragment), hg. v. Norbert Miller u. Hartmut Reinhardt, *ebd.* 1990.

Bd 6.1: Weimarer Klassik, 1798-1806 (*darin:* Faust I), hg. v. Victor Lange, *ebd.* 1986.

Bd. 18.1: Letzte Jahre. 1827-1832 (*darin:* Faust II), hg. v. Gisela Henckmann u. Dorothea Hölscher-Lohmeyer, *ebd.* 1997.

Mahal 1991:

Doktor Johannes Faust. Puppenspiel in vier Aufzügen, hergestellt von Karl Simrock, hg. v. Günther Mahal, Stuttgart 1991.

Mandelkow 1980/1989:

Karl Robert Mandelkow, Goethe in Deutschland. Rezeptionsgeschichte eines Klassikers, 2 Bde. Bd I: München 1980, Bd II: *ebd.* 1989.

Meier 1990:

Andreas Meier, Faustlibretti. Geschichte des Fauststoffs auf der europäischen Musikbühne nebst einer lexikalischen Bibliographie der Faustvertonungen, Frankfurt/Main 1990.

Meyfart 1635:

Mattaeus Meyfart, Christliche Erinnerung / An Gewaltige Regenten / vnd Gewissenhaffte Praedicanten / wie das abschewliche Laster der Hexerey mit Ernst außzurotten / aber in Verfolgung desselbigen auff Cantzeln vnd in Gerichtsheusern sehr bescheidentlich zu handeln sey. Erfurt 1635 *(von Goethe benutzt)*.

Olenschlager 1766:

Johann Daniel von Olenschlager, Neue Erläuterung der Guldenen Bulle Kaysers Carls des IV., Frankfurt und Leipzig 1766.

Olfers 1832:

Ignaz von Olfers, Über ein merkwürdiges Grab bei Kumae und die in demselben enthaltenen Bildwerke. (Gelesen in der Akad. d. Wiss. Am 4. November 1830), *in:* Abhandlungen d. hist.-philolog. Klasse d. Königl. Akad. d. Wiss. zu Berlin. Aus dem Jahre 1830. Berlin 1832, *S. 1-48.*

E. Schmidt 1894:

Erich Schmidt (Hg.), Goethes Faust in ursprünglicher Gestalt nach der Göchhausenschen Abschrift *(zuerst 1887)*, 3. Aufl. <*mit erweiterter Einleitung*>, Weimar 1894.

Seibr 2008:

Gustav Seibt, Goethe und Napoleon, München 2008.

Simrock 1846:

Doctor Johannes Faust. Puppenspiel, *in:* Karl Simrock (Hg.), Die deutschen Volksbücher, Bd 4, Frankfurt/Main 1846, *S. 153-226.*

Steinmetz 1994:

Ralf-Henning Steinmetz, Goethe, Guibert und Carl von Österreich. Krieg und Kriegswissenschaft im vierten Akt von 'Faust II', *in:* Goethe-Jb. III (1994), *S. 152-170.*

WA *(Weimarer Ausgabe der Werke Goethes)*:

Goethes Werke, herausgegeben im Auftrage der Groβherzogin Sophie von Sachsen. Abt. I-IV, 133 Bde *(in 143)*, Weimar 1887-1919 *(Fotomech. Nachdruck München 1987). — Zur Brief-*Abt. IV: *3 Nachtragsbände* München 1990.

Welling 1735:

Georgius von Welling, Opus Mago-Cabbalisticum et Theosophicum. Darinnen der Ursprung / Natur / Eigenschafften und Gebrauch / Des Saltzes, Schwefels und Mercurii, In dreyen Theilen beschrieben <...>, Homburg v. d. Höhe 1735 *(in der Ausgabe von 1760 in Goethes Bibliothek).*